家のイングランド

変貌する社会と建築物の詩学

Houses of England

The Transfiguration of the English Society and the Poetics of Architecture, 1850-1950

大石和欣
Oishi Kazuyoshi
著

名古屋大学出版会

口絵 1　夢想された「イングリッシュな家」――ヘレン・アリンガムによる挿絵，『イングランドのコテッジ・ホーム』（1909 年）より

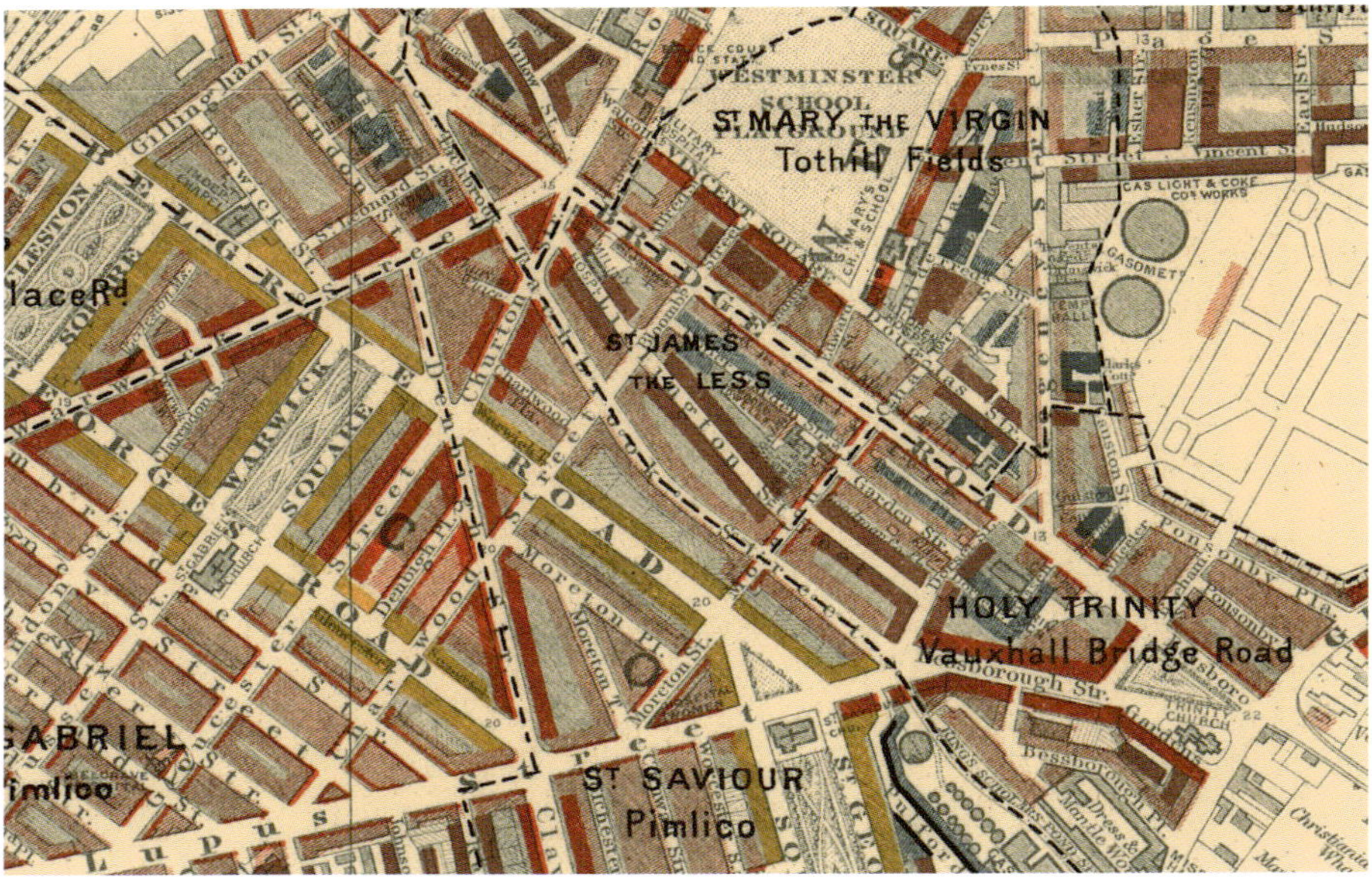

口絵 2　チャールズ・ブースが作成した「ロンドン貧困地図」より（ピムリコ地区セント・ジェイムズ・ザ・レス教会管区）

口絵 3　セント・ジェイムズ・ザ・レス教会（ロンドン，ピムリコ地区）

口絵 4　ド・クレスピグニー・パーク通り 13 番地——ギッシング『女王即位 50 年祭の年に』（1894 年）におけるフェンチ家のモデルと思われる郊外住宅の一つ

口絵 5　E・M・フォースターが少年時代を過ごしたルクス・ネスト（ハートフォードシャー）

口絵 6　デヴォンシャー公爵家の居館，チャッツワース（ダービシャー）

口絵 7　セント・パンクラス・ホテル（旧ミッドランド・グランド・ホテル）

家のイングランド——目　次

序章　イングリッシュな家のハビトゥス

1　イングリッシュな家と文学

イングリッシュなコテッジ

『イングランドのコテッジ・ホーム』（一九〇九年）という美しい挿絵入りの本がある。イングランドにおけるコテッジの歴史を概説したものだが、ページをめくるたびに、柔らかな陽光が降り注ぎ、牧場や畑が広がる風景のなかに、慎ましやかな家屋と花が咲き乱れる庭があり、住人たちがそこにたたずみ、談笑している光景に出会う（口絵1、図序-1）。子供たちが戯れ、犬や鶏も牧歌的な時間のなかで遊歩している。挿絵を手がけたのは、カーライルやテニソンなど文人とも親交が深かった女性画家ヘレン・アリンガムである。文章はステュワート・ディックが書いている。華美でもないし、形式張っているわけでもない、地面から生えたように雑然とした自然なたたずまいの民家は、いかにも「イングリッシュな」ものだ。(1)

「質素な」「素朴な」あるいは「家庭的な」を意味する“homely”は否定的なニュアンスで用いられることが多いが、それをあえてコテッジの美徳の形容として頻用しながら、ディックは地味で古いコテッジこそ「イングランド

図序-1　美しき田園の家と風景に囲まれた母子の姿――ヘレン・アリンガムによる挿絵,『イングランドのコテッジ・ホーム』(1909年) より

においてもっとも典型的なもの」だと断言する。「もっとも典型的なもの、それはもっとも素朴=家庭的《ホームリー》なものでもあり、それゆえにいつまでも変わることなく特徴的なものなのだ。いろいろな変化を重ねても家と家庭は常にイングランドの生活において真の中心でありつづけた」。カントリー・ハウスや公共建築のように「歴史的」だったり「公的」ではないが、人びとの生活の場であるコテッジにこそ、何世紀も積み重ねられた記憶と伝統という「国の本当の歴史」が宿り、「国民性」が集約されていると論じる。[2] この本は出版直後からベストセラーになり、一〇〇年以上経った現在でも増刷が継続され、絶版になる気配はない。私たちがイギリスの農村の生活風景を思い浮かべる時に脳裏に浮かぶイメージを、ほぼ完璧に再現しているからだろう。

だが、このステレオタイプ化された「ピクチャレスクな」コテッジと風景は、出版時においても限りなく虚構に近くなっていた。[3] 一八四六年の穀物法廃止以後、国内農業は自由貿易下で海外から輸入される廉価な農産物との競争を余儀なくされる。蒸気船によって北米やオーストラリア、アルゼンチンから廉価な大麦・小麦、羊毛が輸入され、さらには冷蔵庫の発明によって肉の輸入が可能になる一八七〇年代後半からは、衰微の兆しはいっそう顕著になっていく。影響については地域的なばらつきがあったたし、機械化と効率化によって競争力を高める努力が可能な土地所有者もいた一方で、大麦・小麦、羊毛のみに依拠していた小規模農家や小作農たちは土地を放棄せざるをえなくなった。[4]

農産物の価格下落のみならず、借地人の離農や土地価値の下落によって貴族を中心とする多くの土地所有者も、経済的苦境に立たされ、土地を邸宅ともども手放していった。[5] アリンガムが「イングリッシュな牧歌」をキャンバス上に表象したとき、イングランドからは牧歌的な風景が次々に消滅し、人びとの想像のなかでのみかろうじて生き延びようとする状況が生まれていた。現実の農民たちの多くは、談笑するどころか、不安を抱え、生活苦に悩み、やがて土地から離れ、工場労働者あるいは事務職員として都市に流れ込んでいった。しかしながら、だからこそその頃から、田園生活こそ「イングリッシュなもの」という「ロマンティックな神話」が形成され、流布するという逆説が成立することになった。[6] アリンガムとディックは、理想のイングリッシュな家と農村風景を、視覚美と文章を通して再創造し、人びとのノスタルジアに訴えたのである。

その試みは、同時代において政治家たちの一部が党派横断的に推進した、人びとを農地に帰還させようとする田園回帰運動と連動している。過密化する都市の劣悪な生活環境のなかで、国民が肉体的にも精神的にも「衰退」、いや「退行」しているのではないかという危惧の念を共有していた為政者たちは、都市居住者たちを田園の生活に戻して健全な肉体と精神を回復させることを企図したのである。[7] それを反映するように、エベネザ・ハワードが世紀末に提案したヴィジョンにしたがい、一九〇四年に法人組織として「田園都市《ガーデンシティ》」がレッチワースに設立された。産業と利便性を有する都市の機能と、健康な生活空間を保証する田園の機能を合体させることで、都市に流入した人びとをロンドン近郊の人為的田園空間に呼び戻す試みである。政治家も、ハワードも、伝統的でイングリッシュな風景と家、いわば想像の共同体を、政治的にあるいは企業組織の形で再構築しようとしたのである。

理想化されたイングリッシュな家と田園の生活は、虚構を扱う文学のなかでも再創造され、流通していく。『イングランドのコテッジ・ホーム』出版の翌年に出されたE・M・フォースターの『ハワーズ・エンド』(一九一〇年)は、ロンドンからさほど遠くない田園にある、地霊が憑依した古い農家屋をめぐる物語である。このイングリッシュな農家屋は、植民地のゴム事業を手がける実業家の妻の資産だが、彼女がドイツ人の血を引く友人マーガレット・シュレーゲルにそれを遺産として譲渡したことから、物語は思いがけない展開をたどっていく。ロンドンで十九世紀以前の古い建物が壊され、都市開発が進んでいくなかで、「イングリッシュな家」の意義が問いただされる小説である。

たしかにこの前後から文学作品においても、草花が一面に広がる庭と居心地のいい家は、イングリッシュな風景や文化と不可分なものとして、過剰なまでの愛着を付与され、理想化されていく。第一次世界大戦で戦死したルパート・ブルックの詩「兵士」は、「イングランドが養ってくれた肉体、イングランドの空気を吸い／川の流れに洗われ、故郷《ホーム》の陽射しの恵みを受けた肉体」（七―八行）を謳うことで、塹壕で戦う兵士たちのノスタルジアを代弁し、イングリッシュな家と故郷の風景を神話化した[8]。エドワード・トマスもまた一九一七年に戦死するまでの間に、ハンプシャーの田園生活に浸透している静謐な孤独と美を、抑制のきいた散文や瞑想的で俳句的でさえある詩句のなかで表現した。

それは家《ホーム》だった。一つの国民性が
私たちにはあったのだ。私とさえずる鳥たち
一つの記憶

（「家《ホーム》」四―六行）[9]

「家《ホーム》」は自然とともに、イングランドの人びとの国民性と記憶そのものだったのだ。

トマスを含むイングランドの田園美を謳った詩を集めた『ジョージアン詩集』（一九一二―二二年）も、第一次世界大戦期とその後を通して爆発的な人気を誇った。前線の塹壕で、また戦後急速に開発されていく風景のなかで、兵士や人びとはイングランドの風景に自らの居場所を求めていく。A・E・ハウスマンが当初私家版として一八九六年に出した詩集『シュロップシャーの若者』も、純情な若者の恋と生活を田園風景のなかで語ることで、一九二二年までに二万一〇〇〇部も売れた。一八九五年に設立されたナショナル・トラストも、そして一八九七年に発刊

されたイングランドの田園生活を主題にした雑誌『カントリー・ライフ』も、ともに第一次大戦から戦間期にかけてそれぞれ会員数・購読者数を大きく伸ばしていく。

同じ頃、ジョージ・オーウェルは「イングランド、私たちのイングランド」において、貴族や特権階級が構築する「イングランド」のイメージに対して、変わることのない庶民たちの「イングランド」、いわば常民的な生活文化と空間のなかに、裏庭を手入れし、花を愛で、暖炉の前でお茶を飲みながら談笑する風景を数えた。ダーツやクロスワード・パズルを愛好し、パブやサッカー観戦に出かける庶民たちの社会空間は、「国家的」あるいは「公式」の空間ではなく、家庭という私的な空間、いわば「親密圏」に根ざしたものだと主張したのである。「自分自身の家を所有し、余暇を自由に過ごし、上から選択されるのではなく、自ら楽しむことを選ぶ自由」が、人びとの庭と暖炉と紅茶に象徴されているという。[10] オーウェルが掲げる社会主義は、そんな自由を愛する庶民の精神文化に裏打ちされた生活主義である。

こうした、国家権力の対極に位置づけられる「家」は、ジェレミー・パクスマンが指摘するように、現代においても「イングリッシュなもの」を構築する、曖昧だが確固たる神話としてイギリス社会に浸透している。パクスマンは、天気について語ることを好む国民性がプライヴェートな空間としての家を愛する国民性につながることを示唆しながら、イギリス人にとっての「家＝故郷《ホーム》」が虚構でしかないことも認める。

> 祖国《ファーザーランド》の代わりにイギリス人が持っているのは「故郷《ホーム》＝家」なのだ。ドイツ語でいう「祖国《ファーターラント》」やフランス語で言う「祖国《パトリ》」の概念は、国を重んじる感覚や人種や育ちといった考えにとりまかれてしまっている。「故郷《ホーム》＝家」こそ個人が住む場所であるが、それはまた想像されたもの、精神的な憩いの場でもある。しかしながら、奇妙なことに、イギリスの人たちが心のなかに抱いている「イングランド」の概念は、実際に彼らが周りに見ている現実とは異なったものなのである。[11]

イギリス人が“home”というとき、どこにも存在しないユートピアとしての田園の故郷という響きがあり、同時にそこにたたずむプライヴェートで居心地のいい空間としての「家」、あるいは「家庭」という偶像が浮上してくる。オーウェルの主張の言い換えでもあろう。アリンガムの挿絵が喚起したのもまさにこの想像上の「故郷《ホーム》＝家」である。

「ハビトゥス」としての家

イングリッシュな田園と農家屋のイメージの再創造は、本書の第4章で詳細に論じる話題であるが、その再創造・再生産の過程には政治や社会ばかりでなく、文学も関与していることをあらかじめ強調しておきたい。政治や社会の動きと文学の関係は、フーコー流の不可視の権力や階級イデオロギーというマルクス主義的な装置を使って説明することもできようが、両者は一方から他方に作用するのではなく、双方向的に、言説やイメージを創出しつつ社会一般に定着させていく。それは、より日常的に行われる文化生成のプロセスとして、ピエール・ブルデューの言う「ハビトゥス（habitus）」の概念を適用して考えるべきものである。

ブルデューの「ハビトゥス」は、社会全体の生物学的傾向を部分的に組み込んだ個人の生態を表す概念である。人間は、個人的・集団的経験によって継続的に体内に刻み込まれ蓄積されたハビトゥス、つまり教育や階級、文化資本を通して構築される歴史的な生態的特性にしたがって、日常的な実践を行い、社会や文化の新たな形を創成していく。ブルデューによれば、過去の経験や社会的習慣が身体のうちに書き込まれ、統合されることでハビトゥスは機能する。それは、「持続性をもち移調が可能な心的諸傾向のシステムであり、構造化する構造として、つまり実践と表象の産出・組織の原理として機能する素性をもった構造化された構造である(12)」。

この構造化を促すハビトゥスは不可視なままで実体化できないが、ブルデューにその概念的ヒントを与えたのは、中世の建築物と人文学を支配する「精神的習性《アビテュード・マンタール》」であったと思われる(13)。まだハビトゥスの概念を定義していない一九六七年に、ブルデューはエルヴィン・パノフスキーの『ゴシック建築とスコラ学』を翻訳し、哲学者と石工・大工・彫刻家・ガラス工芸師など職人との間に共通して働く原理として「精神的習性《メンタル・ハビット》」が存在し、ゴシック建築誕生とスコラ哲学成熟の相同性を生み出したとするその主張から、大きな示唆を受けたと考えられる。(14) それゆえ、「ハビトゥス」はその本義からすると、家や建築物の建て方や様式はもちろん、そこに住む人間の住み方や生活スタイル、言動、異なる文化領域にまたがる身体技法と技術、そしてその生産物の背後にある“modus operandi”になる。(15) つまり建築物は、「ハビトゥス」を個人の身体に培養すると同時に、教育や社会、文化の伝統やシステムが個人のうちに刻み込んだ「ハビトゥス」によってデザインされ、生み出されるものである。

たしかに『オクスフォード・ラテン語辞典』によれば、「持つ、所有する（habēre）」に由来するラテン語“habitus”には、①存在のあり方、②立ち居振る舞い、③生活様式、④身体的性質といった意味があり、“habēre”からはさらに、「住む、居住する」を意味する“habitāre”が派生している。つまり、マルティン・ハイデガーが講演『建てること、住むこと、考えること』において述べたように、土地と家を持つことは住むことであり、結果として、家に住むことは住む人間の「存在のあり方、状態」を身体的にも精神的にも規定し、習慣、習性を形作り、しぐさや生活様式、服装、さらには身体的性質や構造まで変えていく。(16) そして、逆も真なりで、住んでいる人間が家や建築物を自分の身体の上に着飾るように据え、維持し、手を加えることで、世界内存在がそこに現れ出るのだ。

本書では、十九世紀後半から二十世紀前半にかけてのイギリス文学に描かれた家の表象を扱いながら、同時代の歴史的・社会的文脈との相互作用を通して、「イングリッシュな」家をめぐる言説とイメージが生み出されていく位相をたどっていく。そこに、習慣的に呼吸し、住み、感じる日常的生息空間《ハビトゥス》としての家が、文化を生み出す心的構造としての「ハビトゥス」としても出現する姿を確認する。

アリンガムが具象化したイングリッシュなコテッジも「ハビトゥス」の一つである。しかしながら、それは単に荒廃した農村の復興と伝統的な牧歌的風景の再生という目的だけから創造されたわけではない。十九世紀を通して

図序-2　歴史の層を重ねながらも消滅したカントリー・ハウス——ストリートラム城（ダラム）。不沈を繰り返したストラスモア伯爵家の居館は増築と修復を繰り返したのち，20 世紀初頭に遺棄され，1959 年に破壊された。

深刻化する都市内部のスラムの問題も陰に潜ませている。植民地主義の拡大と国内の産業振興は都市経済を活性化させる一方で、置き去りにされていった人びとは、密集し不衛生きわまりないスラムに流れ込んで、貧困と病原菌に犯された暗黒の都市空間を膨張させていった。こぎれいで、空気が清浄な田園のコテッジは、こうした都市内部のディストピアに対する、いわば批判であり、解決策であり、同時に逃避でもあった。実際に、十九世紀を通して富裕な中流階級から順々に人びとは、清浄な水と空気を求めて郊外へと脱出していく。その一方で、別の方向で理想化されたのが、貧民への慈愛を基盤にした中世の宗教的共同体である。それを具現するものとしての中世ゴシック様式の教会がスラムにも建てられ、ユートピアとしての中世という幻想が再現されていく。こうした、「ブルジョワのユートピア」としての郊外住宅と中世の幻想に彩られたネオ・ゴシック建築物は、トマス・カーライルの『過去と現在』（一八四三年）や、エドワード朝（一九〇一—一〇年）に流行した郊外小説、あるいはウィリアム・モリスの『ユートピアだより』（一八九〇年）のなかで社会的な意味を帯びていく。それらは、アリンガムの「イングリッシュな」コテッジという表象を生み出した精神文化と根底でつながっている。

さらに言えば、今ではイギリスの観光資産となっているカントリー・ハウスもまた「ハビトゥス」としての家である。農業不況と経済構造の転換の煽りを受けたのは、農民ばかりでなく貴族・地主階級も同じである。農民が農地を遺棄した結果、地代収入を失い、増加する相続税にも耐えきれなくなった彼らは、邸宅と土地を手放していく

（図序-2）。戦間期にイギリスのカントリー・ハウスは次々に消滅していき、今度は消えゆくカントリー・ハウスへの哀情がナショナル・トラストや文学によって人びとの間に喚起されることになる。そこにも「イングリッシュな家」への愛着がからみついていく。D・H・ロレンスの『チャタレイ夫人の恋人』（一九二八年）やダフネ・デュ・モーリアの『レベッカ』（一九三八年）、イーヴリン・ウォーの『ブライズヘッド再訪』（一九四五年）などは、カントリー・ハウスの終焉を記録しつつ、「イングリッシュな」情緒と歴史とイメージを、滅びゆく貴族の館の上にかぶせていくことになるのだ。

このように、農家屋のみならず、スラムからネオ・ゴシック教会、郊外住宅、そしてカントリー・ハウスまで、さまざまな形の「家」がそれぞれの時代の人びとの想像力や感情、社会的意味や価値を絡みつかせた空間的イメージとして生み出され、社会で流通していく。エリック・ホブズボウムは、儀礼に基づく伝統の創造を指摘したが、因襲や日常的習慣は伝統の概念から排除した。だが、日常の生活とその場としての「家」もまた伝統を創造する。(17)本書では、そうした諸々の見えない要素が「家」にまとわりつく過程を、文学を通して読み解いてみたい。

糠味噌くさい空間

イギリスに行くと多様な建築様式があり、それらが長い時代を経て地層のように町のなかに積み重なり、立ち並んでいるのを目のあたりにする。しかもそれらが空っぽになった保存物ではなく、実際に生活し、使用されている家として生き続けている。文学もまたそうした日常的な空間から生まれている。文学において「家」が描かれるのはなにもイギリス文学に限ったことではないが、歴史的な時間が流れる日常的な「場」として、文化を担った一種の「習慣」あるいは「慣習」、「伝統」を具現する空間として描かれる傾向が強いことは確かである。

それをイギリスの文化と文学の本質として指摘したのが吉田健一である。エッセイ「英国の文化の流れ」のなかで、イギリスの文化的特質を日常的な生活に根ざしたものであり、実用性と快適さを追求する精神が、建築や構造物、文学をすべて裏打ちしていると言う。エリザベス朝期に水洗便所を発明した民族だからこそ、言葉に対する実用的な感性が養われ、生活に根ざした文学も発達したと、吉田は主張する。

おそらく英国の文化の中で、間違いなく最も発達している部門が文学であるというのも、こうした事情に由来しているのである。それは、言葉というのが生活と生活を離れての精神活動の両面にわたっていて、そのいずれとも密接に結びついているものだからで、手紙や公文書をなるべく有効に、それは趣旨を徹底させるのに適した言葉遣いで書くことを心がけていれば、言葉というもの自体に敏感にならざるを得ず、言葉で表されたものがはっきりした作品の形を取る時、その内容は精神を刺戟するとともに生活の智慧にもなることに英国人が無関心でいる訳がなかった。[18]

この実用性がイギリスの芸術も支えている。フランスの華麗さに比べれば、絵画であれ、音楽であれ、イギリスの芸術は内容的にも美的にも貧弱な印象を与えるが、それは生活に根ざしたものだからであると吉田は考える。ウィリアム・モリスの生活芸術としてのデザインや装飾品、家具はまさにそうした事例であろう。また、ロンドンの生活を描いたディケンズの小説であれ、マンチェスターの労働者階級の暮らしを直裁に描いたギャスケルの小説であれ、教会を中心にした地方共同体を描いたトロロープの小説であれ、あるいは摂政時代の地方ジェントリーの社交空間を描いたジェイン・オースティンの小説であれ、語りの技法や劇的なプロットは地味で、飾りけもしゃれっけもない日常性を特徴としている。言葉は悪いが「糠味噌くさい」のである。吉田はそれをイギリスの建築と文学をつなぐ共通項として指摘する。

英国の文化を代表するものは文学に次いで建築であると言えるかもしれない。これは明らかに実用的なものであって、神殿から要塞や工場に至るまで、何かの用を足す為にでなしに何かが建てられるということは考えられない。又その中で最も早く発達したのは神殿でなければ住居であり、〈中略〉英国の代表的な建築は住居である。たとえば宮殿も一種の住居であるが、英国の建築の中で目ぼしい宮殿がないのもその特質を示していて、目的は常に人間が住むのに適した住居を作ることにあった。〈中略〉今日に至るまで英国の住居というものに例外なしに認められる一つの性格を述べるならば、それが住み易く出来ていることがその住居が英国のものであることを感じさせるということであって、〈中略〉英国風の考えでは住めない家というのは意味をなさないし、また居心地がよければ人目を惹くというので建築雑誌に写真が載る必要はないのである。[19]

こうした建築感覚は、イギリスに特徴的な風景式庭園の自然な造りとも通じており、フランスの幾何学式庭園と比べてこちらのほうが落ち着いて眺められることがイギリスの人びとにとって重要なのだ。めぼしい宮殿や教会がないというのは言い過ぎだろうが、生活に根ざしたものだからこそ派手さが乏しいとは言えるだろう。吉田の考察は実は独創的なものではなく、フランシス・ベーコンが十六世紀末に言っていることをそのまま外国人として述べているにすぎない。ベーコンは「家」を建てる際に、見た目の格好よさや統一性よりも、「住むこと」「使うこと」の快適さを重要視することを勧める。

> 「家《ハウス》」は住むために建てるべきであり、見るために建てるべきではない。それゆえに両方とも確保できる場合は別として、統一性よりも使用を重んじたほうがいい。美しさのためだけのすばらしい家の構造は、お金をかけずに建てる詩人たちの魅力的な宮殿のためにとっておけばいい。悪質な土地にすてきな家を建てる人は、自らを監獄に入れることになるのだ。[20]

全体的な統一性や見た目の良さではなく、使い勝手が家の建てられる場所や構造を決めるのである。そのうえでベーコンは宮殿や大きな邸宅を建てるに際しても、「棲む《ドウェリング》」ための空間と、社交や執務のための公的空間を区別

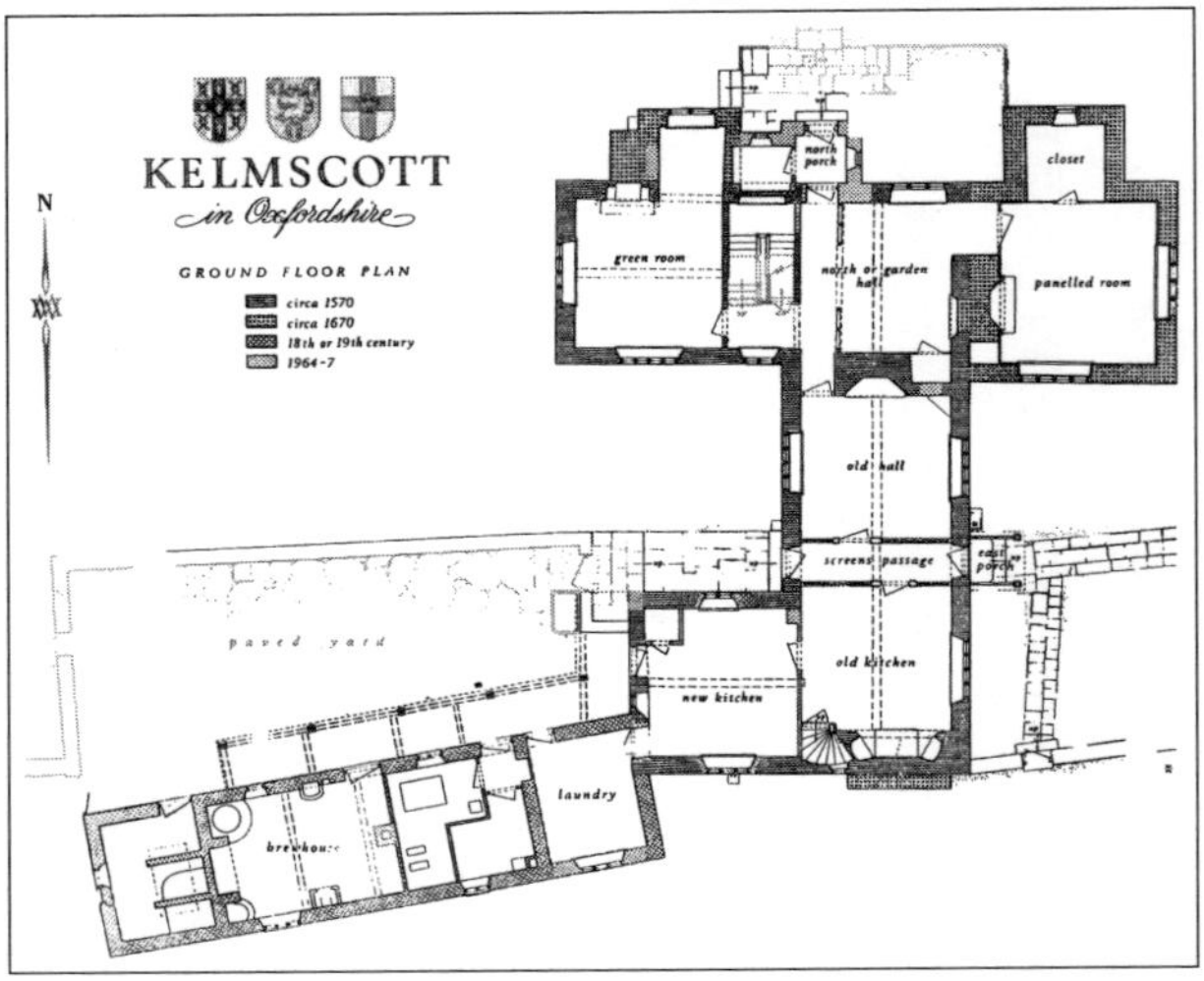

図序-3　ウィリアム・モリスゆかりのケルムスコット・マナー平面図。北側に客間，ホール，居間がある。南側の台所とは区別され，庭を眺めることができる配置となっている。

する必要性を論じる。生活するための空間は中庭に面して配置し、湿気から保護され、キッチンの匂いや宴会場からは隔離してつくるよう説いている。[21] 紳士・貴族階級の書斎や居間は、さすがに文字通りの意味で糠味噌くさくはならないが、それでも豪華な社交空間から隔離された地味で居心地いい空間にすることが理想とされている（図序-3）。ケイト・フォックスが文化人類学的に指摘する、現代イギリス人の表の社交空間と裏の私空間の区分けは、エリザベス朝から受け継がれた歴史的習性なのである。[22] イギリスで室内装飾が重んじられるのも、親密な空間に対するこだわりの表れと言えよう。今でもロンドンの郊外住宅街を歩けば、小さな表庭が玄関前にあり、家の裏にも表からは見えない庭があるという構造が歴然としている。東京やパリには見られない特異な住宅構造である。それは文学の裡に潜むイギリス人の「ハビトゥス」が可視化されたものである。吉田健一も、文学、美術、音楽をイギリス文化の要素として考察する際に、それらを「生活様式とか風俗とかに置いて」考察する必要性を強調している。[23]

文学における建築物の描かれ方を考察することは、イギリスの生活様式や風俗・習慣を考えることになるし、またそれはイギリス文化の基層を掘り起こしていくことにもなる。それは、ゴシック小説に描かれた中世の城・僧院や、ポーの『アッシャー家の崩壊』（一八三九年）に描かれた不気味な廃墟を、フロイトのいうリビドーを蓄えたイドに支配される無意識の反映として読んだり、全展望監視監獄《パノプティコン》に不可視の権力構造を読み解くことではない。日常的な生活空間として、そのなかで暮らし、呼吸しながら、時間の流れを感じ、歴史を経験する「場《トポス》」として、言語のなかから抽出することである。多木浩二の言葉を借りれば「生きられた家」であり、「出来事」としての人間の行為が浮かび上がり、「物」と交錯し、「場《トポス》」が生成されつづける現象学的かつ人類学的な空間を、文学的表象のなかから彫塑していくことである。[24] そんな「ハビトゥス」としての建築文学論が本書の目指すところである。[25]

2　歴史と建築と文学

歴史が造る建築、建築が造る歴史

家は本質的に生活空間として存在する。その日常性こそが私たちの身体活動、またそれを通して知覚し思考するプロセス、さらにはその上に成り立つ言語活動も構築している。文学に描かれるのはそうした知覚や感性、ときに想像力を媒介として、人間が家とともに築き上げていく生活の「場」である。言い換えれば、登場人物が存在し生きるための環境は不可欠だが、そのなかでも家はもっとも身近でかつ日常的な空間として設定されているのである。ハイデガーは、「建てる（bauen）」の語源は、古ドイツ語で「住む」を意味する“buan”であり、「存在する」「滞在する」「とどまる」を意味する“bin”もこの古語に由来することを指摘した。なぜなら、「生」を得て「死」を迎える人間の存在にとって、家は生きることそのものであり、実存的な意味を持っているからである。[26] それゆえに、そうした家や建築物が、そこに生きる人の人生、あるいは心の中を映し出す象徴になりえる。

家や建築物が人間に一方的に影響を及ぼすわけではない。人間が家を建てたり、修復したり、家具を置いたり、解体したりと環境に働きかけ、そうして変形した外部環境によってまた人間が影響を受ける。ナチス・ドイツの空爆《ブリッツ》によって、ロンドンをはじめとしたイギリスの都市と建築物が甚大な被害を受けたとき、チャーチルは損壊した国会議事堂の復旧を進めながら、「われわれは建築をつくる。すると、建築がわれわれをつくりはじめる」と述べたと言われているが、それは正しい。あるいは社会学者モーリス・アルヴァックスの言葉を借りて、「集団は場所の刻印を受けており、また場所も集団の刻印を受けている」と言ってもいいだろう。[27] 建築物と人間の作用と反作用の過程は、身体的経験としても、そして内的経験としても、生きる人間のなかに積み重なっていく。その経験の積層が記憶となり、それぞれの人間のアイデンティティとなり、それがコミュニティの歴史や文化をも構築していく。「建てる」こと、「補修する」ことは、「生きる」こと、「生かされる」ことであり、過去と未来をつなぐことでもある。聖堂や教会、公共建築物であれば、なおさらそのための大きな意義を担わされている。それゆえにピエール・ノラは『記憶の場』を編集しながら、記念碑や公共建築物が祝祭行事などを通して、集合的記憶を形成していくプロセスを提示したのである。彼にとって記憶は「生命であり、生きる集団によって担」われ、「それによって強く結び付けられている集団から湧き出る」ものであり、それゆえに「存在しないものの再構成」としての空虚な歴史とは異なる生きた歴史を形作っていく。[28]

歴史は建築物を造りだすが、建築物もまた記憶を宿すことで歴史を造りだす。そこに世代と世代、時代と時代をつなぐ建築物の役割と意義がある。ジョン・ラスキンが『建築の七燈』(一八四九年)で説いた建築物の美徳の一つが、そうした記憶と歴史の媒介である。野蛮で不均衡なゴシック建築の芸術性を彼がとりわけ高く評価した理由の一つは、それを建てた職人たちの精神と思想がそこに宿り、現在との交感が行われると考えたからである。そうした過去と現在の精神的絆とそれに媒介された誇り高い精神が「充足した生活が培う永続的な叡智」であり、「あらゆる時代において大いなる知性の力の主要な源」の一つになると言う。[29] 言い換えれば、歴史的な建築物を見ることは、壁や敷石に塗りこめられた時代の精神をテクストとして「読み」、「解釈する」ことであり、ラスキンは「あの黄金に輝く歳月の汚れにこそ、建築の本当の光と色、そして貴重な価値を見出さなくてはならない」と論じる。それによって建築物を通して過去と現在の人間が精神的絆によって結ばれていく。「建築物がなくても生きられるし、建築物がなくても礼拝はできるが、建築物がなければ記憶することができないのである」。つまり「思いっきり生き生きと蘇らせてくれる過去の感覚」を温めている場、「記憶の場」の一つがこうした建築物なのだ。[30]

> というのも、ある建築物が放つ至上の栄光は使われている石や金に宿っているわけではないからだ。建築物の栄光は歳月の中にあるのだ。通りゆく人間の波に長い間洗われつづけた壁に感じるあの深遠な喧騒感、厳しい観察に晒されているという感覚、神秘的な共感、いや、たたずまいを是非に付されているという感覚に宿っているのである。建築の栄光は、人間に対する永続的反証にあり、すべての事物がもつ有為無常の性質との静謐な対照にある。季節や時がめぐり、王国の栄枯盛衰、地勢と海域の変動を経ても、その彫飾された形を未来永劫保ちつづける力、忘却された過去と将来をつなぎとめる力、国民の共感を凝集することで、そのアイデンティティを半ば構築する力にあるのだ。[31]

アロイス・リーグルの経年価値論を先取りするかのように、ラスキンは、使用する歳月を重ねることで価値と意味が建築物に付され、国民の共感を凝集していくことを認めている。[32] 後世の人間は建築物をテクストとして解釈しつづけ、記憶を再構築していくからである。フランスにおいては、ヴィクトル・ユゴーが『ノートル＝ダム・ド・パリ』（一八三一年）において、ロマン主義的解釈を施し、民衆にとっての大聖堂という新たな偶像をつくりあげた。また、ユイスマンスは『大聖堂』（一八九八年）のなかで、学識豊かなブロン神父と主人公デュルタルとの対話を通して、大聖堂を加筆や繰り返し、散失や欠落を含む難解なテクストとして描く。ヴィオレ・ル・デュックやジョージ・ギルバート・スコットの中世建築物修復も過去の解釈行為であり、その解釈をめぐって賛否両論がわきおこった。[33] ラスキンは修復反対の立場を頑固に取りつづけたが、現在に生きる人間が建築物の解釈を通して過去とつながることを論じている点では、修復賛成論者と認識を共有している。

「過去」と「未来」を「つなぎとめる（connect）」建築の「力」は、フォースターが農家屋を主人公にして書いた小説『ハワーズ・エンド』の題辞に掲げられた警句「ただつなぎとめさえすれば……（Only connect...）」にも反響している。(34) テクストとしての建築解釈学を通して時代がつながるのは、なにも大きな聖堂や教会、大学、あるいはお城のような建築物だけではなく、ごく普通の住居にも言えることなのである。「私たちの普通の住居も長い間もつように建築してもらいたい。美しく建ててもらいたいと思う。外も内も、できるかぎり贅沢かつ限りなく快適に」とラスキンは言う。(35)

「層」を重ねるテクスト

とはいえ、テクストとしての建築物をめぐる解釈によってつながった過去と現在の関係は静的なものではない。ラスキン自身も「半ば」という言葉を挿入することで、両者の関係に亀裂があることを示唆している。修復が含まれた場合には過去、現在、未来の組成はいっそう変質し、流動化する。それは伝統の変質でもある。建築物は修復や改築によって機能も形も、ときに材質も変化して存続できる生命体である。修復や復原（復元）を含む「リノベーション」を軸に西洋の建築史をとらえ直した加藤耕一は、「既存建物の再利用の繰り返しによってもたらされたものは、建物のなかに刻み込まれた歴史の重層性であ」り、「そうして長い時間を生き続けた建築は、さまざまな時代、過去の欠片の組合せからなる建築空間を有している」と論じる。完成時のデザインだけを見る「点の建築史」に対して、ブローデルのいう「長期持続」のなかで変化しつづける建築をとらえる「線の建築史」と加藤は位置づけるが、実のところ修復や復原（復元）、リノベーションを重ねた建築物は異なる時間と歴史を抱合していくわけで、むしろ「亀裂を含んだ層の建築史」というのが妥当かもしれない。(36)

それを文学に置き換えてみれば、古典的なテクストに対して新たな解釈をほどこし、それを取り込んだ新しいテクストを重ね合わせるように生成する行為になろうか。イギリス・ロマン主義詩人たちはシェイクスピアやミルトンの詩句を取り込んで、新しい文学を構築したし、T・S・エリオットやジェイムズ・ジョイスなどモダニストたちが試みたのは、ギリシア・ローマから存続する巨大なヨーロッパ文学の伝統を修復し、リノベーションを施すことで、新しい伝統を生み出すことであった。エリオットが「伝統と個人の才能」（一九一九年）で描いた文学の見取り図は、そうした解釈学的循環の上に巨大な建築物としての文学的伝統を再構築するリノベーション作業図だったと言えよう。「歴史的感覚」を備えた才能ある個人が、過去を過去としてではなく、現在にある過去を知覚することによって、伝統を組み替えていく。全ヨーロッパ的規模で、過去と現在、あるいは未来が、リノベーション作業を通して「同時的存在」、「同時的秩序」として一つの構造物のなかに含まれることで、個人としての小説家や詩人が「伝統」へ参画し、歴史的時間のなかで居場所を確保するのである。(37)

そうした時間意識は実存的なものとして『四重奏』（一九四一年）のなかにも浮かび上がってくるが、そのときエリオットが用いるのが建築物のイメージであるのは興味深い。第一詩「バーント・ノートン」で「現在の時間と過去の時間／ともに未来の時間に存在するかもしれない／そして未来の時間は過去に包摂されているかもしれない」（一―三行）と謳った詩人は、第二詩「イースト・コウカー」の冒頭でそれを建築物の生々流転として描き、実存的意識をそこに重ねていく。

私の始まりに私の終わりがある。つぎつぎと
家々は建ち、倒れ、瓦解し、増築され、
撤去され、破壊され、修復され、あるいは跡地が
更地になり、工場になり、バイパスになる。
古びた石が新しいビルになり、古い材木が新たな焚き火になり、
尽きた炎が灰になり、灰が土に帰るが、

その土はすでに人間や獣、麦の茎や葉の
肉であり、柔毛であり、排泄物であり、骨なのだ。
家々は生き、死ぬ。建物に時があり、
生きているものや世代に時があり、
風が、ガタついた窓を破る時があり、
羽目板を揺らし、その背後で野ねずみが動き回る時があり、
黙した銘文を織り込んだボロボロのつづれ織を揺らす時がある。

（一一―一三行）[38]

人間の生は、建築物と同じように生から死へと向かう時間のなかに生き、呼吸し、滅びていく。あるいは修復され、新たな材木や石を加えられることで、新たな生命を与えられる。伝統もまた、固定され化石化したものではなく、常に新たな要素を加え、包摂し、内部に取り込んでいくことで、かたちと構成を変えていく。それはパリンプセストのように、地上にあった肉や家を密かにその内部に記録し、塗り重ねていく大地の記憶となる。文学という広大な大地のうえで、作家や詩人も埋没した言説や思想を再解釈を通して摂取することで、新たなテクストと伝統を生み出していく。ついでに言えば、ウォルター・ペイターに倣って、文学のみならず、人間の知と思考自体が古い材料を再利用したパリンプセストのような建築物だということもできよう。[39]

身体の記憶としての家

象徴的でも、寓意的でもない普通の家こそが、記憶を宿し、歴史をつくっていく。「住む」、そして「存在する」ことにとってもっとも本質的な意味を持つ空間だからである。毎日、目を覚まして眺める寝室や天井、窓から見える代わり映えのしない風景、居間での団欒、擦り切れた壁紙や色あせたポスターなど、私たちが呼吸をし、触知す

る日常的空間が、現在の自分の一部を構成し、そして到来する未来の土台となる。メルロ＝ポンティが空間知覚に与えた現象学的表現を借りれば、家という空間は「つねに主体の全生命を表現し、主体がその身体及びその世界をつらぬいて未来へ向かうためのエネルギーを表現している」場である。[40] そして、過去を振り返り、心の中を覗けば、子供の頃に育った家があり、学生時代を過ごした下宿や寮が自分の今を規定しているのを想起する。現在にあって、経時的に心の中に存在する記憶の部屋や家は、法律や図面が規定する不動産としての家とは異質な空間である。

だからこそ、ガストン・バシュラールは家が「過去、現在、未来」によって活力を与えられ、「人間の思想や思い出や夢」を「統合」していく力を付与される「夢想」の空間だと定義した。[41] イーフー・トゥアンもまた「家」をたんなる物理的な空間と区別し、人間が「知覚の経験」を通して「熟知」する「親密な場所」と位置づける。ささやきのような音や声、タールの匂いといった日常の感覚情報が身体的記憶を増殖し、長い時間をかけて潜在意識のなかで「場所」が筋肉や骨、細胞に記録され、身体の一部となり、無意識のなかに沈んでいく。それが「場所愛《トポフォリア》」である。[42]

そうした「場所」としての家をヘテロトピアと呼ぶことは不可能ではないが、フーコーの定義よりもはるかにナイーヴなものである。フーコーが言うヘテロトピアは、社会において制度化されている修辞・統語法あるいは空間秩序に対して、亀裂を入れ、突き崩し、撹乱する「反場所」的なもの、文化の内部にありながら外部性を保ち、他のあらゆる場所から絶対的に区別された空間である。[43] それは想像の空間、あるいは消滅してしまったが記憶の片隅に共存する自由な遊戯室の場合もあれば、身体の記憶として残っている場合もある。だが、オーウェルが指摘したように、「公的」なあるいは「公共」の空間から隔離された、私的で日常的な家、その記憶もまた、内面的かつ身体的な「自由」を確保し、異質な時間と情念を積み重ねた場所になる。制度批判力の乏しいヘテロトピアだが、逆にその日常性は時間をかけて新しい社会と文化を築いていく「ハビトゥス」としての磁場を持ちうる。

そうしたナイーヴで日常的なヘテロトピアの例の一つが、H・G・ウェルズの小説『アン・ヴェロニカ』（一九〇九年）に描かれている。ウェルズといえば『タイム・マシーン』（一八九五年）や『宇宙戦争』（一八九七年）などSF的な小説の作家として知られているが、『アン・ヴェロニカ』は女性の自立というフェミニスト的なテーマを、二十世紀初頭に流行した大衆的な郊外小説の系譜のなかで追究したものである。主人公のアンは、両親から自立しようとロンドン市内で一人暮らしを始めるが、すぐに女性として社会的にも経済的にも乗り越えられない壁にぶつかってしまう。郊外にある実家に一旦もどった後、妻子ある大学教授と駆け落ちすることを覚悟する。出奔する日の朝、庭を散策しながら、自らの過去と未来を振り返ることで、批判の対象だった郊外の家が、実際のところ自らの存在の根源を支えてきたことを認識する。「親しんだ家」のなかを歩き回り、家事をいそいそとこなし、両親への愛情も再確認したうえで、庭を徘徊する。

朝早く起きて、六月の朝日に朝露が輝く庭を散策すると、子供の頃が思い出された。今、その子供時代、家、そして成長過程に別れを告げるのである。巨大で多様な世界へと彼女は出て行くのであり、今度こそ戻ってくることはないのだ。明日には少女時代に終わりを告げ、女性としての無上の経験を手にするのだ。彼女の小さな庭だった片隅に足を運んでみた。忘れな草やキャンディタフトが、あれから長い時間が経つ間に雑草によってほんの形ばかりになってしまっていた。ビロードの服を着たあの少年と交わした最初の恋愛を隠してくれたキイチゴの茂みも、秘密の手紙を読みに入った温室も訪れた。(44)

過去から現在の自分、そして未来の自分との間に広がる「裂け目」を、アンはこの場で確認している。大衆小説に当てはめるには大げさかもしれないが、ハイデガー的な表現をすれば、庭と家を見つめながら自己の原点が「現れ出る」啓示的瞬間を経験しているのだ。(45) 挫折を繰り返し、社会において自らの居場所がないことに気づいたアンにとって、社会制度に対置された空間として浮上するのは、結局のところ庭のある郊外の家である。駆け落ちした後に教授と結婚したアンは、再び郊外の家に妻として住み、自己同一性を見出していく。フェミニストとしては挫折の物語でしかないが、そんなアンを受け入れ、抑圧的な社会から守ってくれるヘテロトピアが郊外の家なのである。そんな郊外の家を舞台にしたアーノルド・ベネットらの大衆小説がエドワード朝の庶民に流行するのは、それが彼らの日常と同時に願望を提示してくれるからである。

家の描写に拘泥するウェルズやベネットらを、モダニズム文学の旗手の一人ヴァージニア・ウルフは批判した。彼らは、主人公が「住む家の様子、窓から彼女が眺める家並みがどんなものかを、仔細にそして精緻に描写することから小説を書き出す。家屋のような不動産は、エドワード朝時代の人間が容易に親密になることができる共通基盤だったのだ」(46)。そう指摘するウルフにとって、人物の内面意識こそが描く対象であって、構造物そのものではなかった。だが、それでいながらウルフ自身も、意識がとらえた日常の生活空間、たとえば『ダロウェイ夫人』(一九二五年)の主人公が一人で引きこもる屋根裏部屋、彼女がパーティーをするディーンズヤードの自宅、あるいは『ジェイコブの部屋』(一九二二年)で描かれるフランダース家の屋内空間を、日常空間として認識する精神に焦点を当て、言葉によって掘り下げていく。外側の日常ではなく、「内側を見ましょう。すると生は「そんなもの」じゃないように見えます。あるごく普通の日のごく普通の精神をしばらく吟味してみましょう」と「近代小説」において提案する(47)。モダニズム文学においても日常性は重要な文学的・美学的「場《トポス》」として機能している(48)。物理的構造物として家を描くのか、意識がとらえた空間を描くのかは、小説技法として大きな違いだが、家が人物の実存的基盤であることに違いはない。読者は、技法とは無関係に、それらの空間を自分の脳裡のなかで再構築する。

本書では、そうした日常的な家、建築物が人間の「生」、そして歴史と文化に持っている意味を、虚構において言語によって構築された建築表象のなかから掘り起こしていく。言語による構造物としてとらえたとき、そうした建築表象はバフチンの用語を借りて「クロノトポス」と呼ぶこともできる。「言説において技巧的に表現され、本質的に結びついている時間と空間の関係性」のことだが、肉化され、具象化された時間と、その時間や筋《プロット》や歴史の動きによって内容物を充填された空間が融合し、具体的なまとまりをもった形になっている(49)。ヘテロトピアが、社会制度によって構築された序列や統語法的基盤に亀裂を入れ、混乱させる反場所的な機能を担っているとしたら、クロノトポスはむしろ制度そのものを無意識的に反映してしまうものでもある。(50)

家や建築物は物理的なものだが、同時に人間にとっては経験であり、記憶でもある。生を享け、死へと向かう人間が通過する劇場であり、儀礼の場であり、墓場でもある。建築工学的には構造や間取り、素材や材質、工法が問題になるが、そこに「住み」「呼吸し」「生きる」人間にとっては、質感、言い換えればクオリアが重要であり、そこに住み、呼吸しながら考え、感じ、悩み、喜ぶことの体験が問題になる。「モノ」としての「建物」ではなく、実存的経験としての「建築」の意味を問う必要がある。ときにそれは秘儀的象徴性を帯びることさえあるだろう。そうした経験としての家が、変容著しい十九世紀後半から二十世紀半ばのイギリス社会のなかで、どのように文学のなかに現れ出ているだろうか。文学という言語構造物が生成させる「家」のたたずまいを考察することで、人びとが「家」を通して「生きた」時代を照射できるのではないだろうか。

3　本書の骨組《スケルトン》

本書では、十九世紀後半から二十世紀前半にかけての文学に描かれたイングランドの家を詳細に吟味していく。上述のように、物理的な構造体というよりも、言語によって構築された虚構的「クロノトポス」としての家が考察の中心である。そこから身体的な知覚を通して経験され、実存的な意味を持った家の姿を浮上させる。それは人びとが日常的に住み、時間と経験を重ねながら、行動やマナー、言語活動までも規定する生息空間《ハビトゥス》であると同時に、愛着や思い出、内面的価値をまといつかせながらヘテロトピアとして生成し、文化と伝統を再構築していくブルデュー的な意味での「ハビトゥス」として機能している。

第1章では、「イングリッシュな家」というユートピア的空間が浮上する根源にスラムの問題があることを提示したい。海外覇権の拡張と市場拡大を遂行したイギリス帝国は、自由貿易と自由主義経済を追求することで富を蓄積していくが、その一方で貧富の格差拡大、それに伴う深刻なスラムの闇を都市内部に抱え込むことになった。エドウィン・チャドウィックやチャールズ・ブースが、ルポルタージュとしてあるいは社会統計的に、貧困の実態を明らかにするのと並行して、文学においてもスラムが描き出されていく。ディケンズやギャスケルは貧困者や労働者の声を彼らの居住環境とともに拾い上げ、物語をつづっていく。だが、スラムを見つめる彼らの目線は中流階級のものである。同情や共感という要素や宗教的な慈愛を含んではいるが、スラムは彼らにとっても「異空間」として認識される。世紀末になると、スラムは中流階級にとって恐怖の対象であると同時に、それを裏返した「好奇」の対象ともなっていく。歴史家ギャレス・ステッドマン・ジョーンズが示したように、労働者階級の実力上昇は彼らの目には「脅威」として映る一方で、貧困層が集まるスラムを犯罪や欲望、あるいは退廃が棲みつく「退化」の空間として位置づける傾向があった。[51] スラムは結果として中流階級（および上流階級）の居住空間と区分けされた、エキゾチックでセンセーショナルな舞台装置へと転換されてしまう。スティーヴンソンの『ジキル博士とハイド氏の奇怪な事件』（一八八六年）、ブラム・ストーカーの『ドラキュラ』（一八九七年）には、退廃と退化を美学的にとらえるブルジョワ的まなざしが見え隠れする。

そうした貧困とスラム化に対する中流階級の視線は、一方で中世社会を慈愛深く調和的な共同体として理想化し、他方で人びとを緑豊かな田園が広がる郊外へと駆り立てていくことになる。ピュージンはもちろん、ラスキンやカーライルの中世社会および中世建築物についての言説、そしてウィリアム・モリスの『ユートピアだより』には、貧困化とスラム化を引き起こした自由主義経済および自由主義そのものに対する批判として、中世の社会像とそれを象徴するネオ・ゴシック建築物が描かれていく。実際、十九世紀後半にイングランド国教会高教会派は積極的にネオ・ゴシック様式の教会をスラムに築いていくが、それは貧困救済の解決を目指す砦として具現する。しかし、これらの「ピクチャレスク」な教会は結局のところ、有効な打開策として機能することはなかった。第2章では、そうした自由主義に対するヘテロトピアとしてのネオ・ゴシック建築を考察する。

同じく「ピクチャレスク」な家は、スラムから距離をとろうとした中流階級が、「ブルジョワのユートピア」として築いた郊外に広まっていく。それらは彼らの道徳や習慣、生活スタイルを規定しながら、新しい文化を再構築していくハビトゥスとなる。第3章では、ヴァナキュラーで世俗的な住宅様式が無限に郊外に拡張していく様子と、それらが世紀末以降の文学のなかに描かれていく過程を考察する。「郊外小説」は、モダニズムの到来によって価値を貶められた大衆的なジャンルであるが、そこに描かれた下層中流階級《ロウアー・ミドル・クラス》の日常生活から、ハビトゥスとしての家が備えている社会的・文化的な意味が明らかになる。それは必ずしも静的で固定された空間ではない。多様な人間が欲望を抱えて移動する流動的な空間として立ち現れる。しかし、同時に「イングリッシュな家」という神話を生み出す基層の一つになっていることも確かである。ネオ・ゴシック建築と郊外住宅に絡みつく「ピクチャレスク」な装いは、スラムを隠すあるいはそこから距離をとることで成立する美学なのである。

第4章では、「イングリッシュな家」というイメージが生成されていく過程を、E・M・フォースターの『ハワーズ・エンド』を取り上げながら考えていく。一八七〇年以降、国内農業は海外から輸入される廉価な穀物や食肉との競争を前にして、厳しい局面に立たされていく。土地を放棄し劣悪な居住環境の都市に流れ込む農民も多く、結果として都市の居住環境はますます悪化する。世紀末には、イギリス人が「退化」あるいは「退行」しているのではないかという危機感が、政治家はもちろん、一般社会に共有されるようになる。そのなかで興隆したのが、前述したハワードの田園都市計画であり、政党横断的に政治家が推進した「田園回帰運動」である。清浄で緑豊かな郊外住宅をユートピアとして夢想する精神構造は、田園都市という新たな都市を構築すると同時に、「イングリッシュな家」として農村のコテッジを理想化し、それを流布していく。フォースターの小説はそれを反映しつつも、「イングリッシュな家」が幻想でしかないことを示唆している。

「イングリッシュな家」という夢想とノスタルジアが絡みついていくのは農家屋だけではない。上流階級たちのカントリー・ハウスもまた、二十世紀初頭から「イングリッシュなもの」の具現としてイメージを新たに再構築していくことになる。第5章ではその過程を明らかにする。農民が土地を放棄することで地代を失い、度重なる増税に耐えきれなくなった地主たちは、維持できなくなったカントリー・ハウスを放棄していく。植民地を抱え、工業や金融によって経済を動かしていくイギリス帝国の構造のなかで、貴族階級は経済的にも政治的にも権威と権力を失っていった。その衰微が戦間期におけるカントリー・ハウスの消滅という現象を引き起こす。しかし皮肉なことに、それが起こるやいなや、中流階級および賃金上昇の恩恵を受けた労働者階級によって、カントリー・ハウスは「イングリッシュな伝統」としてノスタルジアと愛着を付与され、再創造されていく。会員数を伸ばしたナショナル・トラストによって再構築されたカントリー・ハウスは、人びとにアクセス可能な「歴史的遺産」、「記憶の場」、イングランドの「伝統」として維持・公開されていく。D・H・ロレンスの『チャタレイ夫人の恋人』やデュ・モーリアの『レベッカ』、イーヴリン・ウォーの『ブライズヘッド再訪』は、カントリー・ハウスへの追慕を絡みつかせて描くことで、人びとの想像と感傷を刺激することになった。

第6章では、こうしたイングランドの家や建築、とりわけヴィクトリア朝建築物や教会を愛し、擁護し、詩のなかに綴った国民詩人ジョン・ベッチャマンの言説を考察する。『建築評論』で記者として働いた経験もあるベッチャマンは、モダニズム的な建築に対して、古き良きイングランドを体現するヴァナキュラーな様式やネオ・ゴシック様式の建築物を高く評価していく。そこにはモダニズムとは異なる方向で、伝統を再構築しようとする言動が見てとれる。多層的な時間を包摂した教会や建築物を愛するベッチャマンの言説からは、複合混成態《コングロマリット》としての家や建築の理念が浮かび上がる。それを最後に俯瞰することで、「イングリッシュな家」という幻想と神話が現在にまで持続する位相を読み解いてみたい。

虚構のなかに描かれた家は、実存的なものではあっても、必ずしも現実の建築物と照合できるわけではない。しかし、それらは歴史的文脈のなかで構築され、呼吸し、人びとにとっての日常的な生活空間を表象している。つまり「ハビトゥス」として出現する。それを明らかにすることで、家に付与されていく情念やノスタルジアの意味と位相も鮮明になろう。本書で扱う文学がすべて直接的に「イングリッシュな家」を創造していったとは言いがたいが、少なくともその過程のなかにあったことは確かである。

第1章　闇の奥の家
――スラムをめぐるまなざしと表象――

1　ディストピアの言説

「スラム」の誕生

ヴィクトリア朝のイギリスにおいて、スラムは社会問題であると同時に、「イングリッシュな家」という空間および概念を逆説的に再構築していくトポスでもあった。十九世紀後半から二十世紀前半のイギリスにおいて、生きる場であり、かつ「ハビトゥス」として生産された「家」を文学表象のなかにとらえようとするとき、理想化された家の姿だけではなく、問題視され、ときに嫌悪や恐怖を喚起する忌まわしき場と見なされたスラムの家屋群を対置して考える必要がある。田園に囲まれ、庭に花々を咲かせたコテッジ、街路樹の緑葉がそよ風に揺れ、木陰をなす郊外の住宅、あるいは広大な敷地のなかにたたずむ優雅なカントリー・ハウスが、「イングリッシュな家」の理想像として立ち上がってくるとき、その裏に対蹠物として常に沈んでいたのは、陰鬱で、汚穢にまみれ、猥雑な居住空間としてのスラムであった。

その表象は居住者たち自身によるものではない。スラムの実態と問題をルポルタージュとして新聞や雑誌で暴いたのも、また小説のなかで写実的に描いたのも、さらにはチャリティを通して貧民たちの救済と問題解決を試みたのも、大多数が中流階級の人びとである。スラムを見つめ、記録した彼らの言説のなかに、中流階級が「家」に求める価値観、ライフスタイル、政治的イデオロギーが逆説的に埋め込まれている。それを考察することで、同時代において「イングリッシュな家」が「ハビトゥス」として構造化されていくその根底にあるものを見透すことができるのではないだろうか。

そもそも「スラム」という言葉が生み出されたのは十九世紀のことである。『オクスフォード英語辞典』によれば、貧しい人びとの家、汚く悲惨な住居が密集する通りや路地、裏路地《コート》、あるいはその集合体という意味で「スラム」が使われだすのは、“back slums”という語句としては一八二五年が初出であり（*OED* 1a）、より一般的な“slums”という複数形の単語としては一八四五年の『アシニーアム』誌の用例が初出である（*OED* 1b）。H・J・ダイオスの研究も一八四五年の『タイムズ』紙における用例を挙げている。概念としていかなる建築物を示唆するのかは曖昧なままであったし、貧民窟自体はそれ以前からも存在しており、“rookeries”や“fever-dens”といった表現で形容されることが一八八〇年代まで多かった。[1] しかし、「スラム」という名詞が生まれたことは、貧困や不潔さ、犯罪と漠然と結びつけられた都市居住環境がこの頃から一般的に意識されはじめたことを示している。なぜだろうか。

原因の一つは住宅問題にある。帝都ロンドンには地方やアイルランド、さらにはヨーロッパやアジアからも多種多様な人びとが流れ込んできた。[2] マンチェスターのような産業都市にも、農村地域やアイルランドから人びとが工場労働者として吸い寄せられていったが、ロンドンでは一八〇一年から一八五一年までの五十年間に、人口が一〇〇万人以下からおよそ二五〇万人に増加した。[3] 土地開発を通して郊外にも住宅が供給されていくが、そうした住宅に住むことができない人たちは、都市内部の劣悪な環境のなかに押しこめられていく。安普請の長屋、崩れ落ちそうな下宿屋もあれば、もともとは中・上流階級の邸宅だったものが荒廃して低収入層の貸し間アパート《テネメント》となったケースも多かった。[4]

さらに問題を深刻にしたのは、道路・鉄道敷設を含む再開発の名の下にこうしたスラムが次々に撤去されたことである。(5) 住処を失った住人たちは、別のスラムへと流れ込むことで、スラムはさらに過密化した。こうした傾向は世紀後半に加速する。世紀末にチャールズ・ブースが詳細な社会調査に基づいて作成した「ロンドン貧困地図」は、家屋群を世帯収入によって色分けすることで、社会階層を明瞭に浮かび上がらせたものである。地図上には、イースト・エンドやテムズ南岸のサザックやランベスといった低収入層が多い地域はもちろんだが、黄色やオレンジ色で塗られた富裕階層の住宅群の裏通りにも、黒く塗られたスラムが染みのようにあちこちに広がっている（口絵2、図1-1）。スラムが中・上流階級の生活空間の内奥に、あるいは裏側に、密かに、しかし不気味な姿で、まるで病巣のように巣食っているのが可視化されている。

図1-1　チャールズ・ブースが作成した「ロンドン貧困地図」より（イースト・エンドの著名なスラム，ベスナル・グリーン界隈。この図で黒く見える部分がスラム）

しかし、「スラム」という言葉が生まれ、意識化されるためには、社会全体にとってスラムが深刻な問題として認識される必要がある。その一つが衛生問題である。

一八三一年十月にイギリスに上陸したコレラは全土を襲った。ロンドンでは翌年二月から十二月にかけて、計五二七五人の死者を出すことになった。一八四八年九月から翌年五月にかけてのコレラ再襲来に際しては、死者一〇一七人と比較的軽微な被害だったが、一八五四年に起きた三度目の襲来では、一万七三八人という未曾有の規模の犠牲者が出た。(6) ロンドンの医師ジョン・スノウは、一八五四年に大規模な水質調査を行うことで、コレラの感染経路が、排泄物、あるいは排泄物に汚染された水であることを突きとめたが、その調査の中心となったのは、最多の死者を出したと考えられていたソーホー地区にあるスラム、ゴールデン・スクエアであった[7]。それ以前からスラムの不衛生な環境は、中・上流階級にとっては忌避すべきものだったが、コレラの発生を契機に、より空気と水が清浄な生活空間を求めて郊外などに移住する傾向が加速していく。

だが、「スラム」が意識されるようになった最大の要因は、スラムの根源にある貧困が、社会問題として直視されだしたことである。ヨーロッパ全体で起きた「飢餓の四〇年代」と言われる不作を原因とする食糧危機は、イギリス国内では大陸ほど深刻ではなかったとはいえ、食品価格の高騰をもたらすだけでなく、不況も誘引することで労働者や貧民の生活を直撃することになった。海外からの廉価な穀物を国内市場から排除していた穀物法が一八四六年に撤廃される要因でもある。穀物法撤廃は自由貿易によって利益を増大できる都市産業資本家の目論見に適うものであったことも確かだが、食糧不足と低賃金に不満を募らせる労働者たちの胃袋を満たし、実質賃金を上げる点で大きな意味があった。しかし、ジャガイモ飢饉に苦しむアイルランドからの移民がイギリスの都市に流入することで、労働市場の需給バランスが崩れ、賃金低下を誘発し、貧困の拡大とスラムの過密化をもたらすことにもなった。

貧困にあえぐ労働者たちの不満が、一八三八年から五七年にかけて、チャーティスト運動という形で噴出したことも、彼らの窮状と悲惨な生活環境が社会の注目を集める契機になった。運動自体は、一八三二年の選挙法改正で選挙権を与えられなかったことに不満を抱いた労働者階級を中心とする人びとが、成年男子全員への無記名投票権、所有財産に基づく被選挙人資格の廃止、下院議員の有給化といった政治的要求を請願するものだった。だが、都市部の労働者たちの経済状況もその背景にある。賃金低下や失業に苦しむ彼らが、解決と救済を国政に求めることで運動は広範囲から支持を集めたからである[8]。各地での集会やスピーチ、国会への行進のみならず、暴動まで引き起こしたチャーティスト運動は、一八四八年にヨーロッパ大陸で革命が起きたことで、為政者はもちろん、中流階級にとっても、労働者や貧困層が置かれている状況に対して、危機感を持って目を向けざるをえない状況を作りだした。その過程で、犯罪や暴力の巣窟と考えられていたスラムが問題視されていくのは当然であった。

トマス・カーライルが『チャーティズム』（一八四〇年）において行なったのは、そうした「イングランドの状況」に対して警鐘を鳴らすことであった。「スラム」という言葉こそ用いてはいないが、労働者や貧民が抱える生活・経済上の問題とそのために募らせている不満や怒りを「不穏なもの」として直視し、精査する必要性を訴えた。恣意的な統計にのみ依拠して貧困問題を軽視したり、一八三四年の救貧法改正によって、働けない人びとを監獄のような救貧院に収容することで社会から隔離・隠蔽したり、あるいは法的扶助を嫌厭させることで貧者の削減をはかるのは、問題解決にならないと主張した。「現在の社会において、貧民や不幸な人びとは、もみ消したり、宥めすかしたり、またなんらかのうまい方法で取り除き、見えないところに始末できる有害物でしかないと、実務的立場から信じるのは褒められた信条ではなかろう(9)」。功利主義や穀物法廃止によって加速する自由経済が資本家による富の蓄積を擁護する一方で、労働者階級の生活状況が不安定かつ流動的になり、貧困問題が深刻になっている状況は、隠蔽したり、抑圧できるものではないと断じたのである。

「貧困と悪習の栖《すみか》」

「スラム」という言葉を使うか使わないかは別として、いわゆる貧民窟に関する調査や言説が目立ちはじめるのは一八四〇年代からである。一八三九〜四一年に、エドウィン・チャドウィックが行なった衛生状態に関する調査は著名なものである。貧困地域におけるコレラの被害が大きいことを憂慮したチャドウィックは、救貧法委員会の助成金を得て全国規模の調査を進め、都市生活環境の衛生状態が住民の病気や高死亡率、短命と相関性があることを証明しようとした。精度と医学的専門性の点では問題があるが、『グレート・ブリテンにおける労働者階級の衛生状態についての報告書』（一八四二年）は、貧困地域の実態を数字と言語の両方であぶりだした点で多大な影響力を持った。たとえばロンドンのオクスフォード通りにあるスラムについては、主にアイルランド出身の労働者が住む家が十八件あり、三家族が一部屋に起居し、なかには一軒に五十人もの人間が居住している場合もあると報告する。近年に改善が見られたものの依然として換気は悪く、水の供給と排水にも問題があるという。

それぞれの部屋は狭く、空気が淀み不潔で、じめじめした台所はたいてい石床だが、そこでも人が暮らし寝起きしている。このあたりに蔓延する貧困のために、暮らし向きはひどい。

ロンドンのデータに限定すれば、貧困とコレラによる死亡率、あるいは短命との相関関係は必ずしも明瞭ではないが、こうした不衛生な生活空間を「貧困と悪習の栖《すみか》」と見なすことで、チャドウィックの言説はその後のスラムについての形容とイメージに範型を提供し、住宅環境改善の動きを誘導することになった(10)。

チャドウィックが「悪習」として曖昧にしか表現していない内実は、ロンドンの労働者や貧困層へのインタヴューを通して彼らの生活実態を調査したヘンリ・メイヒューが、ルポルタージュとして明示している。『ロンドンの労働と貧困』は、最初は一八四八〜四九年に新聞連載の形で活字化され、一八六一〜六二年に増補されて三巻本になったものだが、貧民窟についてもその猥雑な実態が報告されている。とりわけ市内の安宿についてスキャンダラスな描写を提示する。二ペンスで一泊食事付きの宿を訪れた際には、路地や中庭のいたるところで洗濯紐にぶら下がった服が光と空気を遮断し、小さな家に八十四台もの簡易ベッドが詰め込まれているという。さらにそうした安宿には、定職につけない人びとや窃盗や掏摸によって生計を立てている人びとが多数いると指摘する。監獄に収監された履歴を持つ人も少なくない(11)。

また、最低の宿は、一部屋に十二人がせいぜいのところにベッドなしで三十人を収容し、キッチンの床にも着の身着のままの宿泊客を寝かせている。男女を問わず同じベッド、あるいは床の上で寝るために、「淫らな行為」に及ぶのは必然であり、大人の男女が「見境なく肉体関係」を取り結ぶばかりでなく、そうした安宿に出入りする若者たちも「猥褻行為」に及ぶことで「悪習」をはびこらせているという。寄宿人がもってきた盗品を転売する宿主も少なくない。「人間が落ちぶれたときには、豚同然であり、こうした安宿はまさに豚小屋だ」という寄宿人の証言を引用することで、メイヒューは理性も人間性も失い、動物と化した貧民たちの、不浄で不道徳な巣穴としてスラムを描き出した[12]。

メイヒューはスキャンダラスなものとしてスラムを描写するにとどまり、何ら改善策を提示するわけではない。それに対して、貧困による不浄な空気、湿気がこもった不潔で狭い生活空間を、快適さと清潔さを確保したものに改築する提言をしたのが、フリードリッヒ・エンゲルスである。マンチェスターを中心にしてスラムを俯瞰したエンゲルスは、『イングランドにおける労働者階級の状態』（一八四五年）において、チャドウィックの報告書に基づきながら、有産階級を批判する立場から、彼らによる労働者の虐待と搾取の証拠をスラムに見出す。ロンドンの貧民窟で目撃した、裸同然の母親の死体を床に放置したまま生きるために窃盗する子供、家財を質に入れ、食料も燃料もないまま極貧状態で生きる元警察官の未亡人、やはり質に入れる家具もないまま暮らす未亡人と病身の娘の事例を出し、「一人が社会によって徹底的に踏みつけられているときに、十人はもっとよいくらしをしている」、「勤勉かつ有能な〈中略〉何千もの家族が、人間に値しないこのような状態にある」と主張する[13]。

こうしたエンゲルスの言説は、スラムの悲惨で苛酷な生態を強調することで、その負のイメージを増幅させる一方で、チャドウィックの言説とともに生活環境改善の必要性を訴えることにもなった。裏路地《コート》という、中庭が袋小路状になった区画を撤去し、風通しをよくする区画構造に変えることで、衛生状態の改善ができると指摘した提案はその一つである[14]（図1-2）。さらに、マンチェスター市内を流れるアーク川に沿った裏路地の衝撃的な光景を描写することで、衛生的な都市開発を促すことにもなっていく。「もっとも醜悪な住居」が立ち並び、通路の入口脇に置かれたドアのないトイレからは、腐敗した排泄物が路地に溢れでて、汚穢に塗れることなしに裏路地を出入りすることができないと報告する。瓦礫とクズの山に埋もれた裏路地もあるという。

こうしたスラムが、コレラの発生により甚大な被害を被るのは当然であった。エンゲルスは、スラム地域を流れるアーク川に汚物が集積する光景に、富と権力を享受する資本家たちに搾取され、ゴミのように捨てられていく労働者たちの姿を重ねる。

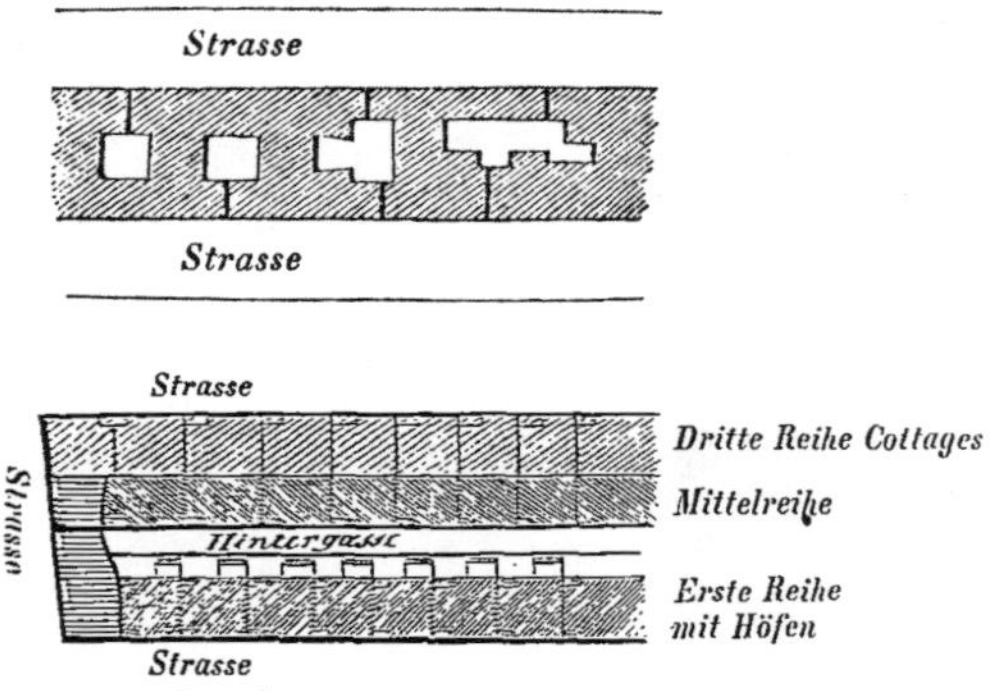

図 1-2 裏小路《コート》のあるスラムの家並み（上）と，それを改善し風通しがよく衛生的な区画にしたもの（下）——フリードリッヒ・エンゲルス『イングランドにおける労働者階級の状態』より

> 谷底をアーク川が流れている。いやむしろよどんでいる。それは狭い、真っ黒な、悪臭のする川で、ごみくずを多数浮かべ、それらはより平坦な右岸のほうに流れ寄せられている。かわいた天候のときには右岸に長い一列の不快きわまる黒緑色のぬかるみが生じ、その底からはたえず瘴気性ガスの泡がたち、水面から十四ないし十五フィートもある橋の上でさえ耐えがたい臭気を発生させている。それに加えて、川そのものが高い堰でいたるところでせきとめられ、堰の後ろには泥や廃物が厚いかたまりとなって沈殿し、腐敗している。橋の上手には丈の高い鞣し工場があり、さらに先には染色工場や骨紛製造所があって、そこからの排水や廃物はことごとくアーク川に運ばれる。アーク川はそのほかに、これに接続する下水溝や便所の中身も受けとる。

文明的なはずの都市内部で、排泄物に囲まれたスラムは、「居住性、清潔さや、換気、健康に対するいっさいの配慮を嘲笑し」た「地獄」である[15]。富と繁栄を誇り、世界一の工場と謳われているイギリスの都市に生まれた労働者の生活空間は、醜悪で、不潔なゴミ溜めに囲まれた非人間的なディストピアであることを、エンゲルスは暴き、批判したのである。

こうしたディストピアとしてのスラムを建築家として調査し、「改善」する必要性を訴えたのが、『ロンドンの翳』（一八五四年）を著したジョージ・ゴドウィンである。一八四四年から建築や開発に関わる業界誌『ビルダー』の編集長として、衛生問題や住宅改善に強い関心を寄せていたゴドウィンは、スラムの住居群が「荒廃して不健全な穴倉」であり、「犯罪」や「病気」の温床であるゆえに、「恒常的な改善と全体的改良」が急務であると論じる。[16]メイヒューが暴露した安宿は「宿泊施設法」（一八五一年）とその改正法（一八五三年）によって劇的に改善されたものの、貧民たちが鳥獣のように群生しているスラムが、教区や警察にとって「有害かつ経済的損失」でありつづけていると指摘する。[17]以下の描写は、一八四〇年代から顕著になる、不衛生かつ不快で、非文明的、ときに非人間的な空間としてのスラムに向けられた批判的まなざしを集約するものである。

住居群のほとんどはこれ以上ないほどまで荒廃し、汚れていた。それらの一つに入り、真っ暗闇のなかを腐った手すりを頼りにグラグラする階段を降りていくと地下室がある。そこは光のない部屋になっていて、汚れたわずかな布だけに覆われた骨組みだけのベッドが二台置かれていた。板石でできた床は敷物もないまま湿っていた。部屋の片隅には焼きジャガイモを売るために使われたブリキ鍋がある。ベッドの下からは玉ねぎやジャガイモが入ったカゴがはみ出していた（多くのロンドンの物売りは売れ残った果物、花、野菜、魚といった商品を、こうした所に保管している）。ベッド以外に家具はなく、その一つにアイルランド人の男が寝ていて、私たちが入っていくと体を起こした。「まだ起きてないのか。もう十一時近くなるぞ」と声をかけると、「そんなにもう遅いんですかい」と陰気な寝ぐらの住人は答えた。「でも朝の三時まで帰れなかったんです。ジャガイモを売りさばけなかったので」。[18]

スラムの住人であるアイルランド人にとっての家は、生活する空間ではなく、寝ぐらであり、かつ商品であるジャガイモなどの野菜を保管する倉庫である。人間的生活を示唆するのはベッドだけだが、マットもないし、シーツさえろくにない骨組みだけのものである。光のささない、崩れ落ちそうな家屋は、社会や人間的交流からも疎外され、身体的にも精神的にも荒廃した住人たちの状態を示す指標でもある。アイルランドから流れてきた移民ばかりではなく、機織り職人や仕立て職人といった職人たち、さらにはユダヤ人、ドックで働く労働者、犯罪者までもが、こうしたスラムに集うことで、「貧困、悪臭、犯罪の強大な塊」が形成されていると警鐘を鳴らす。[19]

それ以外にもイースト・エンドのベスナル・グリーンを調査したヘクター・ギャヴィンの『ベスナル・グリーン素描』（一八四八年）や、牧師トマス・ビームズがスラム発生の原因を調査した『ロンドン貧民窟』（一八五一年）があり、世紀末のジャーナリストたちが提示するスラム表象へとつながっていく。[20] こうしたスラムを調査し、貧困と不衛生、道徳的退廃、犯罪の温床として描き出した人びとはすべて中流階級であり、エンゲルスを別にすれば、スラムに暮らす労働者や貧民の立場に立って彼らの窮状や生活空間を描いているわけではない。結果として、彼らにとっての生活空間を代弁する言説とはならない。むしろ勤勉、誠実さ、家族愛、家庭性、品性《ディーセンシー》、上品さ《ジェンティリティ》や体裁《リスペクタビリティ》といった中流階級的な美徳と言語によって、スラムを批判的に描き出し、スラムの撤去と改善を主張する。彼らにとってスラムは、道徳的理想を具現する家を反転させたディストピアでしかないのである。[21]

2 スラムと中流階級の家の対比

家なき子《ホームレス》にとっての都市と田園——ディケンズ『オリヴァー・トゥイスト』

貧困とスラムの問題を虚構のなかにいち早く組み込んだのはディケンズだが、彼の小説にはスラムと中流階級の家の対比が寓意的に表象されている。『オリヴァー・トゥイスト』（一八三九年）には、これまで見てきたスラムに対する形容が先取りされるかたちで用いられ、中流階級的美徳を体現した家と対置されている。[22] 主人公のオリヴァーは奉公先の葬儀屋から脱走してロンドンへ向かう途上、子供窃盗団の一員ジャック・ドーキンズの甘い言葉に誘われてイースト・エンドのスラムに連れこまれる。「とても狭くて泥まみれ」になった界隈には「不快きわまりない臭気が充満しておﾞ」り、小さな商店には、掏摸の子供たちが出入りし、盗品の取引をしている。居酒屋からは騒々しい音が響きわたり、おぞましい光景が広がっていた。(23)

表通りからそここで分岐している小路や庭は屋根のようにものが覆っていて、ちいさな塊になった住居群がちらほら見え、そこでは泥酔した男女が文字通り汚物のなかを転げ回っていた。いくつかのドアからは、いかつい人相の悪い輩があたりをうかがいながら姿を現し、どうみてもまっとうには見えない、あるいは無害とは思えない用事にでかけていく。(24)

ディケンズらしいややデフォルメされた描写がつづくが、虚偽ではない。そんなスラムのなかに窃盗団の首領フェイギンがアジトを構えている。その磁力はブラックホールのように、オリヴァーを飲みこみ、アイデンティティを消し去り、たとえ逃げたとしても再度引き寄せることになる。仕事と匿名の生活を夢見て大都市ロンドンを目指した「家なき子《ホームレス》」のオリヴァーだったが、アンリ・ルフェーヴルの言う「都市の織り目」に絡みとられた果てに待っていたのは、犯罪の温床としてのスラムであった。(25)「老いさらばえシワだらけのユダヤ人」のアジトは、「暗く壊れた」階段の上にあり、「古さと汚れで真っ黒になった」壁に囲まれ、無数のハンカチが室内の物干に下がり、たくさんの少年たちが「古い麻袋でできた粗末なベッド」で寝起きしている空間である。(26)オリヴァーはこの空間に愛着を持つことなく、犯罪の世界の住人として起居することになる。

負債を抱えた父親が家族とともに投獄され、監獄から働きに出ざるをえなかったディケンズにとって、貧困を象徴する空間であるスラムは、人生の航路を邪魔され、遭難した人がいつでも落ちこむ身近な深淵でもあった。ユーラニア館などを通して娼婦に対するチャリティ活動にも熱心だったディケンズは、貧困にあえぐ人びとの生活状態や生活環境について、正確な知識と情報を持ち合わせていた。(27)『荒涼館』（一八五三年）のなかで「一人ぼっちのトム」と擬人化された名を与えられたスラムは、エンゲルスやゴドウィン、メイヒューらのスラム表象とほぼ同質の言語で表象されている。

それは黒く、荒廃した界隈で、品性ある人たちは避けて通る場所であった。壊れる寸前の家は、腐敗がさらに進むと、大胆な浮浪者が押し入り、自らの所有物としてしまうと下宿として貸し出すのである。今やこうした崩れ落ちんばかりの集合住宅は、夜になると惨めな窮乏人が蝟集する場となる。身を持ち崩した輩に寄生虫がとりつくように、こうした廃墟と化した宿泊所は、床や壁の隙間から這って出入りする無数の不潔な生き物を生み出すのである。(28)

「荒廃」し「腐敗」したスラムの家は、治外法権的に浮浪者や貧民たちが宿泊することで、道徳的退廃と犯罪、そして疫病の温床となっていく。スラムはもはや動物を通り越して、「寄生虫」の生息場所と同等になっている。それゆえにこそ、それと対照的な品性ある中流階級の邸宅、そして郊外の緑豊かな邸宅が、理想化されていくのである。『オリヴァー・トゥイスト』では、主人公を救済するペントンヴィルにあるブラウンロウ氏の邸宅や郊外シェパートンにあるメイリー家が、ディストピアであるスラムに対置されたユートピアとして描かれる。とりわけ後者は、オリヴァーが強盗に押し入ったにもかかわらず介抱され、最終的には住人が伯母であると判明することで、本来の出自である中流階級に戻る空間として機能している。ディケンズはそれを美しいイングリッシュな田園風景とそこにたたずむコテッジとして表象する。

この快楽と喜びを描写することなどとてもできない。心の平安と心地よい静けさ。まだ回復しきっていない少年は、それを内陸にある農村の芳しい空気、緑豊かな丘や木々が生い茂る森のなかに感じた。狭く騒々しい場所に住む疲労困憊した人びとの心に、平和で静謐な光景がどれほどしみ入り、日々の仕事に追われた心の奥

底に新鮮な空気を送り込むことか。〈中略〉
彼らがしばしば足を向けたのは美しい場所であった。かつて汚らしい群衆のなかで、騒音と喧嘩に囲まれて毎日を過ごしていたオリヴァーは、ここでは新しく生まれ変わった存在のようであった。バラやスイカズラがコテッジの壁に絡みつき、蔦は木の幹を這うようにつたっている。庭の花々はあたりに芳香を充満させている。すぐそばには小さな墓地がある。

オリヴァーはここでは「恐怖や心配事」で悩んだり、牢獄で衰弱したり、卑劣な輩と接触することもなく、「平和で穏やかで」幸せな時を過ごす。[29] レイモンド・ウィリアムズが『田舎と都会』において提示した都市と田園の対照が、明瞭に浮かび上がっている。だが、その田園の家は都市内部のスラムと対置された中流階級の理想である。「無関心で「不自然な」社会が与える人間的・道徳的結果」である都市、とりわけスラムというディストピアから離れることで、オリヴァーは平穏さと幸福、人間的な交渉を保証されたユートピアに身をおき、本来の階級へと戻っていく。[30]

迷宮の住人と功利主義者の家

ディケンズにとって必ずしもすべての中流階級邸宅がユートピアであるわけではない。『困難な時代』(一八五四年)では、スラムと対置された功利主義者グラッドグラインドの屋敷は、立派だが幾何学的構造を持った冷淡な家として描かれる。一方、社会に抑圧され、運命にも翻弄される労働者スティーヴン・ブラックプールは、誠実で勤勉であり、スラムにある彼の狭い部屋はこぎれいな空間として描写される。
舞台はイングランド北部の産業都市プレストンをもとにしたコークタウンである。煤煙のために「野蛮人の入れ墨した顔のように不自然な赤と黒の煉瓦でできた町」と化し、運河は常に臭気が漂い、染色剤のために紫色になっている。この町で「人手（Hands）」と呼ばれる工場労働者たちが住んでいるのは、入り組んだ路地に囲まれたもっとも劣悪な居住区である。彼らは都市の迷宮の住人として提示される。

コークタウンのなかで過酷なまでに働いている地域、この醜悪な要塞の内奥にある砦。命を消耗する空気とガスが煉瓦の壁に頑丈に塗りこめられ、その一方で「自然」はしっかりと排除されている空間。それぞれの区画が特定の土地所有者のために大急ぎでちぐはぐに造成された狭隘な裏路地と狭い路地が折り重なって入り組んだ迷宮の中心。住人全体は、自然状態とは無縁な家族であり、肩を寄せ合うように暮らしながら、互いを蹂躙し、押し合いへしあいして、死へといたらせてしまう。この巨大な疲弊したガスタンクの最奥の片隅。淀んだ空気に通風口を確保すべくつくられた煙突は、多種多様でありながらどれも発達障害になったようにねじ曲がっていて、どの家もそこで生まれる子供がどんな人間かを示す指標となっている。一般的に「人手」と呼ばれるコークタウンの群衆――もし妥当なことに摂理によって彼らが手のみ、あるいは海辺の下等生物のように手と胃だけになってしまうなら、もっと優遇する人もいただろう人種――そのなかに齢四〇歳となるスティーヴン・ブラックプールが住んでいた。(31)

迷宮そのもののような文体で綴られたこの一節から、人間的尊厳を剥奪され、作業をする「手」によってのみ存在を規定され、有機的な共同体を持ちえない抑圧された人びとの生活環境が浮かび上がってくる。歪な煙突の形をそこに住む人びとの身体表象としてとらえているのは、ディケンズ特有のまなざしである。狭苦しい住宅内で暮らす労働者たちは、栄養失調と疲弊、困窮によって、身体はもちろん、精神まで萎縮し、歪んでいることが暗示されている。そんな環境に這いつくばるようにして生息しているのが、スティーヴンである。レイモンド・ウィリアムズはディケンズの都市の風景には「社会的事実と人間的風景」が同時に描きこまれ、そこに「非常に複雑な感情構造」が劇的に提示されていると指摘するが、その例として挙げるのは『ドンビー父子』（一八四八年）に描かれた、

「高い建物がひしめき、暗いが、恐ろしいほど上品ぶった通りの陰」に立つ、「陰気で」「外側も内側も空虚」などンビー氏のオフィスと家である。[32]だが、「複雑な感情構造」はブルジョワの家だけではなく、窮乏する生活のなかで労苦にあえぐスティーヴンのような労働者たちの家の表象、さらに両者の対照のなかにこそ埋めこまれているのではないだろうか。

スティーヴンは、ほかの労働者たちのように演説や議論に熱をあげるわけでもなく、黙々と働く腕のいい織工であり、「一点の非もない誠実な男」である。彼が住む貧民窟にある一間の部屋は、それと呼応するように秩序だってこぎれいな状態にある。「住居の外側と空気は煤煙の煤で真っ黒になっている」が、部屋は「これ以上ないほどきちんと整理整頓され」、清潔である。「角におかれた古い書き物机の上には二、三冊の本と書類が置かれていて、家具はきちんとしたもので申し分なかった[33]」。しかし、スティーヴンはいつのまにか部屋に入りこんだ酩酊した妻の存在によって、心をかき乱され、先の見えない混沌とした人生に直面することになる。「いつも混濁(muddle)さ。そこから抜け出せないんだ。なんどもなんども混濁に出くわし、そこから先に行くことはないんだ[34]」。そう呟きつづけるスティーヴンは、周囲の奸計、そして運命のいたずらによって、貧困と労苦から解放されることなく死んでいく。

スティーヴンの整然とした住居は、その直後の章において暁前から煌々と灯りをつけて操業しはじめる工場、さらには教育者であり国会議員にもなるトマス・グラッドグラインドの邸宅と対比されている。工場は、ベルを鳴らして労働者を招き入れ、「自然を忘却させる技芸」という魔法によって「憂鬱で狂暴な象」を操り、単調な動作を繰り返しつづけさせる一種の監獄である。[35]一方、人間性について「単に数字の問題であり、単純な算数の事案である」と考える功利主義者の邸宅ストーン・ロッジは、そうした冷淡な単純計算に基づいて建てられている。

大きな四角い家で、重々しい破風のある柱廊玄関が表の窓に陰をつくっている様子は、住人たる教師の重々しい眉が目の上を覆っているのと同じである。計算され、合算され、差し引き勘定され、証明された家である。玄関のある右側半分には六つの窓、手前側面にも六つの窓、したがって片翼に合計十二の窓があり、もう片翼に十二の窓がある。建物の裏側まで合算すれば二十四の窓がある。芝生と庭と小径は、どれも植物図鑑のように定規通りにまっすぐになっている。ガス、通気口、排水溝、上水道はどれも最高の質である。鉄のかすがいと梁桁は下から上まで耐火性である。女中が刷毛と箒をもって昇降する機械のエレベーターもある。欲しいと思うものすべてがそろった家である。[36]

産業革命によって製造可能になった鉄柱が梁や桁に使われているのも北部の産業都市らしいし、ガスや通気口、排水溝や上水道までも完備されているのは、実際的なブルジョワ精神の現れとも言えよう。だが、滑稽なまでになにもかもが杓子定規につくられた家には、温かみや家庭性はない。『クリスマス・キャロル』(一八四三年)において「家《ホーム》へ、家《ホーム》へ、家《ホーム》へ」と幸福な家庭生活へのノスタルジアを強調したディケンズにとって、誠実な「家庭愛」あるいは「人間愛」によって裏打ちされた空間こそ「家庭《ホーム》」であり、その逆は、たとえ立派な邸宅であろうとディストピアへと反転する空間であった。[37]

「二つの国民」の家

ディケンズが描いたスラムや労働者階級の家と資本家を含む中流階級の家の対照性は、ベンジャミン・ディズレイリの「二つの国民」という言葉によって集約されうるものである。保守党内イングランド青年派の一員として寄せていた社会問題への関心を部分的に反映した小説『シビル』(一八四五年)において、彼は富めるものと貧しきものとの間に大きな溝が生まれていることを指摘した。

二つの国民。彼らの間にはなんの交渉も、なんの共感も存在しない。まるで異なる区域の居住者、あるいは異なる惑星の居住者であるかのように、互いの習慣や考え、感情について無知なままである。彼らは育ちもまったく異なり、食べる食事も違えば、従うマナーも違うし、統治される法律も異なっている。(38)

カーライルやエンゲルスにも刺激されながら、チャーティスト運動を喚起した労働者の状態、「イングランドの状況」に関心を持っていたディズレイリであるが、結局のところ小説は、主人公エグレモンに体現される華やかな上流階級生活の魅力に回収され、工場労働者たちの悲惨な生活環境に対する共感や社会政策への批判は腰砕けの状態になっている。「イタリア・オペラの歌詞として書かれた国会報告書」というジェイムズ・エリ・アダムズがこの小説に付与した形容は適切だろう。(39)

この「二つの国民」問題に対して正面から向き合い、共感を持って労働者の生活空間を文学のなかで描いたのが、マンチェスター在住のユニタリアン小説家エリザベス・ギャスケルである。処女小説『メアリ・バートン』(一八四八年)はマンチェスターの労働者をとりまく苦境を、チャーティスト運動を背景にして描いたものであり、ディケンズやカーライルからも高い評価を与えられるだけでなく、直接的経験に基づく写実的描写によって文壇に大きなインパクトを与えることになった。

夫ウィリアムがユニタリアン教会の牧師補であったギャスケルは、教会が行うさまざまなチャリティ活動に関与していた。マンチェスターをコレラが襲った直後の一八三三年に設立された家庭伝道協会もその一つである。困窮する人びとにキリスト教の信仰を伝道すると同時に生活救済を目指したものである。一八四〇年からこの協会の秘書を務めていたウィリアムを通して、ギャスケルは活動状況を詳細に把握していたことがわかっている。(40) 一八四二年の年報が、そのまま『メアリ・バートン』のなかに転写されている。

貧民たちは苦しみ、飢えていた。お茶や砂糖、バター、そして小麦粉までが、貧しい人たちが購えるように半ペニー単位で売られていた。大勢の子供たちが唯一のベッドと寝具を使えるように、父親と母親が七週間ものあいだ毎晩ずっと着の身着のまま暖炉の前に座っていた。十分な食事も燃料もないまま（しかも真冬に）、何週間ものあいだずっと冷たい暖炉の石のうえで寝起きしていた人たちもいた。生活が上向くだろうという希望で胸を膨らませることもないまま、大勢の人が詰め込まれた屋根裏部屋、あるいは湿った地下室で何日も飲まず食わずで暮らし、いや正しく言えば飢餓状態で生き、困窮と絶望に屈して若い命を落とす人たちもいた。彼らのやつれた顔や動揺、陰惨な家がこうした窮乏を如実に語っていた。これらは実際に耳にしたことなのだが、こうした話を聞くと、窮状と困窮の時期にあって彼らの多くが、声を上げて恐ろしい暴挙に出たとしても驚くにはあたらないだろう。(41)

前述の「飢餓の四〇年代」における労働者の困窮状態を記述した第八章の冒頭付近にあたる。作品中のジョン・バートンは貧困と絶望から自暴自棄になり、チャーティスト運動に身を投じ、資本家の息子を殺害してしまう。自分自身もチャリティ活動を通してマンチェスターの労働者の窮状を見聞きしていたギャスケルは、そうした労働者たちの不満と精神状態について、真摯に彼らの家の様子と家庭生活を背景に置いて描写していく。

このことは、ギャスケルの小説がたんに労働者の苦境をテーマにした「産業小説」の代表例であるだけでなく、マンチェスターのユニタリアンを中心とした中流階級のチャリティ活動を反映したチャリティ小説として定義できる可能性を示唆している。ギャスケル家と交流が深かったリヴァプールのユニタリアン牧師ジョン・ハミルトン・トムは、家庭伝道協会で伝道師たちに行なった説教で、貧苦にあえぐ労働者たちを真に救済するためには、彼らの生活のなかに入り、「外には見せない彼らの赤裸々な告白を盗み聞きし」心の内を観察するか、彼らの信頼を勝ち取り、包み隠さず「本音」を聞き出す必要があることを訴える。とりわけ一人の人間として愛情をもって労働者たちと接することの大切さを強調する。階級やカテゴリーとして労働者や貧民を扱うのではなく、「心に対して働きかける心」、「良心に対して働きかける良心」を持ち、「人間に対して働きかける人間」として彼らの家庭を訪問することで、善なる影響を与えることができると主張した。[42]

こうした態度はギャスケルの小説にも共有されている。登場人物たちは正直さ、真実、率直さ、公平無私の美徳の追求が期待されている。トムが訴えたように、労働者たちを群集ではなく一人の個性をもった人間として小説のなかで描き出している点は何よりも重要であろう。『北と南』（一八五四年）では、マーガレットはヒギンズ家や労働者たちの住居を頻繁に訪れ、彼らの生活と人間性を直に観察する。また、ストライキをする労働者たちがソーントンの家を取り囲んだ際に、警察が来るのを待っているだけの彼に対して、マーガレットが警察の力を借りず「外に出て、彼らに話しかけなさい、人間として人間に対して話しかけなさい」と檄をとばすのも示唆的である。[43]労働者の困窮状態やストライキを女性として描き、『ルース』（一八五三年）のような「堕ちた女」を小説の主人公に据え、労使の対立や組合運動をテーマとすることは、たんなる興味本位の動機で説明できるものではなく、「一人の人間」として労働者たちと「顔と顔を突き合わせ、人間と人間とが対峙」することが「義務」であり、「正しい」とするユニタリアンの宗教的信条を動機に想定するほうが妥当である。とするならば、ギャスケルが描いたスラムの家も、中流階級的イデオロギーを通してとらえられた言語構造物の一つということになる。

その意味で『メアリ・バートン』の冒頭で描写されたバートン家の様子は、中流階級的な美徳を反映するように、質素だが家庭愛に包まれ、清潔さと秩序を保った空間として表象されている。日曜日の午後の散策からの帰宅途上、ジョン・バートンは友人のウィルソン一家をティーに招待する。

バートン夫人はドアの鍵をポケットから取り出した。家の中に入るとまるで真っ暗闇に足を踏み入れたようだったが、猫の目のように一点だけ明るい場所がある。よく見れば明らかなように、それは赤く燃える炎で、大きな石炭の下でくすぶっていた。ジョン・バートンが急いで石炭を掻き崩すと、すぐに暖かく、赤々とした光が部屋の隅々に届いた。それに加えて、バートン夫人はロウソクの芯を暖炉の炎につっこんでつけると（粗悪なロウソクの黄色い灯りは真っ赤な暖炉の炎のなかでは弱々しいが）、満足げにブリキのロウソク立ての中に置き、来客たちをどうもてなしたらいいかとあたりを見回した。入ってきた入口の右側には、幅広の横桟のついた細長い窓がある。その両側に青と白のチェック柄のカーテンがかかり、友人同士が室内で楽しく過ごせるように彼女はそれをひいた。窓の下枠に置かれた二本のゼラニウムは、自然に伸びるにまかせて葉を茂らせていて、さらに外から人に覗かれるのを防いでいた。窓と暖炉の間には棚があって、いろいろなお皿、カップやソーサー、どう使うのかわからない名状しがたいもの、たとえばナイフやフォークを使う際にテーブル・クロスが汚れないようにするための三角形のガラスといったものが、なかに詰まっていた。バートン夫人が自分の陶器やガラスを誇りに思っていることは間違いなく、棚の扉を開けっぱなしにして、またうれしそうに、そして満足げに見回した。(44)

バートン夫人、そしてバートン家の家族がこの家に誇りと愛着を持っているのが見てとれる。バートン家の家屋は二階建てになっていて、階段を上ったバートン夫人は長女のメアリにお金を渡して、新鮮な卵とハムを買ってくるように指示する。貧しいとはいえ働くことができ、住居が確保され、食事もできるのであれば、労働者階級の家庭には、つつましやかな社交があり、幸福があったことが示唆されている。プライヴァシーが確保された家の中では、団欒と社交が保証されている。窓際に置かれた花や暖炉に灯された炎、棚に並べられた食器は、バートン家のような一家にとって、家庭愛、生活のエネルギー、社交を通した共同体の結びつき、快適な生活を確保し、喚起するものである。労働者階級にとっての「家庭《ホーム》」としての家の姿を描いている点でも、ギャスケルの描写はこの時代にあって例外的と言える。だが、ニコラ・ウィルソンが指摘しているように、こうした「家庭愛」の強調は、ヴィクトリア朝期に中流階級が共有した「家庭崇拝熱」を反映したものとして読むべきものでもある。(45)

しかし、直後にバートン夫人を失い、やがて不況の波もかぶったジョン・バートンは、この団欒の空間を失い、共同体からも隔離されていく。貧乏人の面倒を見てくれるのは「貧乏人だけなんだ」、「金持ちは貧乏人の苦しい状況なんかなにもわかっちゃいない。〈中略〉奴らと俺たちはまるで二つの別世界の住人のように、別々に生きている」というジョンの怒りは、ディズレイリの言葉を受けつつも、「創世記」（第三章）のラザロスの挿話に基づいた宗教的な理念であり、労働する貧者こそが最終的に救済されるという希望を代弁したものである。ギャスケルは労働者と資本家の家をディケンズと同様に常に対照させるが、労働者の家にも光と温もりが必要であることを、共感を持って描いている。

ギャスケルが追求したスラムや労働者の家の「正直」な描写は、チャリティという活動を通して「共感」を持って提示されたリアリズムである。リアリズムはこの時代に生まれ発達した写真と絡めて論じられやすいが、スラムの描写を念頭に置けば、貧困が巣くう生活環境《ハビトゥス》に関する観察と事実の集積の上に、中流階級が採用した言語表象ともいえよう。[46] 同時代の小説家ジョージ・エリオットが「ドイツ民族の自然史」（一八五六年）のなかで展開したリアリズム論に従うならば、ギャスケルの労働者階級およびスラムの描写は、成功したかどうかは別として、真実の姿を描くことで「自らが置かれた宿命的・社会的状態」を乗り越えて「共感の拡大」を図り、二つの階級を結びつけるよう意図されたものであった。[47]

3　チャリティを通して見つめた都市の最暗部

チャリティという目線が描くスラム

実際、ヴィクトリア朝において、さまざまな中・上流階級によるチャリティ活動を通して、エンゲルスやゴドウィンたちが訴えたスラムの生活環境改善は実践されていく。だが、こうした「共感の拡大」は一方的なものであり、彼らと貧民や労働者たちとの間の溝が埋められたわけではない。チャリティ活動の言説は、共感を媒介にしながらも、結局スラムという空間を、光を遮られ、不潔で不道徳な環境として言語化しつづける[48]。

中流階級の美徳を貧民たちの生活のなかに持ち込もうと試みた慈善家オクタヴィア・ヒルは、ディストピアとしてのスラム表象をさらに強固なものにした[49]。両親の自己満足的慈善事業の失敗を見たヒルは、貧困の正確な認識と貧困者たちの自己責任能力を高める工夫の必要性を痛感する。そして、ジョン・ラスキンから社会的弱者にとっての自然環境の重要さについても直接示唆を受けることで、彼らの住宅改善運動に尽力していった[50]。ラスキンと同じくロンドン郊外に育ち、福音主義の影響を色濃く受けていたヒルにとって、美しい自然環境は憩いの場であると同時に、人間の道徳生活を豊かにするためには必要不可欠であり、神の姿を反映した清浄なる生活環境であった。それゆえにヒルは、スラムに住む人びと、とりわけ子供たちにとって緑あふれる風景を確保すべく、生活環境の改善に加えて、都市部の緑地を購入・保全していくことを模索した。洗濯物がつるされ、ゴミや汚物が積み重なった暗い路地での生活に衝撃を受けながら、緑豊かな風景が彼らの精神的安らぎを確保するうえで必要だと主張する。

楽しげな春の野原、村の緑の共有地、陽光を反射する小川こそがこうした幼い子供たちをとりまいているべきでしょう。もっとも敏感で、永続的な印象が魂に封印されてしまう年頃なのですから。彼らの周りからこの惨めさを取り去り、汚れて息が詰まるような空気から遠ざけ、自由な神の光を彼らに与える力が欲しいのです。ここでは、右から左へ、窓から窓を眺め渡してみても、四方八方の高いところから洗濯物が吊り下げられていて、敷地の中が暗いのです[51]。

彼女にとって緑と光は神の摂理と恩寵の徴であり、それを貧民や労働者に付与する必要性を訴えたのである。都市における緑の空間、いわゆるオープン・スペース確保のために、ヒルはロバート・ハンターが牽引する共有地保存運動と連携していく。また、妹ミランダの発案にしたがい、都市部の陰鬱で不衛生な環境下におかれた人びとの生活に「色」と「美」を与えることを目的とするカール協会も設立し、ウィリアム・モリスや建築家ハリソン・タウンゼンドも巻き込んだ。[52] 共有地と同様に、都市にあるオープン・スペースは「人間に対する公共の贈与物」であり、「何世代にもわたって継承されてきた共有財産なのであり、それゆえに［社会を］貧困化させることなく贈与すべきものであるというのが、ヒルの立場であった。[53] やがてハードウィック・ローンズリーとも連携して、ナショナル・トラストを創設する思想的基盤がすでに垣間見える。

だが、カール協会は組織として未熟だったし、オープン・スペース運動も、「緑」の道徳的効果という中流階級的イデオロギーに支えられた生活環境改善であって、貧民たちの生活そのものを改善するにはいたらない。ヒルの懸命な活動をよそにスラムは一八八〇年代も都市内部に存続し、貧困問題もいっそう深刻化していく。[54] 個人的慈善活動に基づく生活環境改善の限界は明らかであった。一八八四年に設立され、ウィリアム・モリスも加わっていた社会主義同盟がしだいに先鋭化するのと平行して、チャールズ・ブースの調査を手伝ったビアトリス・ウェッブは中流階級的チャリティの限界を認識し、同じ一八八四年にフェビアン協会を設立して社会主義の実現へと邁進することになった。

最暗黒のロンドン

貧困問題とスラムが未解決のままの一八八〇年代に、ロンドンを震撼させる事件が起きる。「切り裂きジャック」事件である。そして、その記憶が人びとの脳裏にこびりついたままの一八九〇年、一冊の本がイースト・エンドをイングランドの「最暗黒」として表象し、そのイメージを決定的なものにした。貧民救済を目的として救世軍《サルヴェーション・アーミー》を設立したウィリアム・ブースの『最暗黒のイングランドとその出口』である。ブースは、同年に出版されたヘンリ・モートン・スタンリーのアフリカ探検記『最暗部のアフリカ』を引用しながら、アフリカ内奥にある文明の光なき暗黒の地域と同じ暗黒地帯が、文明化した都市のなかに潜在していることを指摘した。

スタンリーは後年ベルギーのコンゴ共和国設立にともなう非人道的植民地化に手を貸したことで世論の批判を浴びることになるが、彼が表象した植民地の様子は人びとを戦慄させるものであった。アフリカ内陸の暗い密林の奥地に隠蔽された、野蛮で孤立した「恐怖」の地では、マラリアや病原菌が蔓延し、「背の低い、獣のようでさえある原住民」が象牙狩のために奴隷として虐げられた生活を強いられている。それはダンテが描いた「地獄」のような光景でもある。「光はぞっとするような色を帯び、森ははてしなくつづき、森閑とし、峻厳で、薄暗い」なかで感じる「孤独は、血が凍るほど恐ろし」く、空想が働いてその恐怖はますます暗黒になっていく。[55] このアフリカ奥地の描写は同時代の常套的な表現を用いたもので、やがてジョゼフ・コンラッドが『闇の奥』（一八九九年）のなかで象徴的に利用することになる。だが、ブースはそれを「文明のど真ん中の奥地である」スラムに適用することで、それを「恐怖」の空間として描出することになった。最暗黒のアフリカがあるのなら、最暗黒のイングランドもまた存在し、そこに、文明が生み出した野蛮性によって隷属させられている哀れな「小人たち《ピグミー》」がいる。遠いアフリカの奥地ではなく、私たちの玄関のすぐ前に恐ろしい光景が横たわっていると指摘するのである。「スタンリーが巨大な赤道の密林に存在しているのを発見したのと同じ恐怖の光景を、聖堂や宮殿から石を投げればすぐのところに発見できないことなどあろうか」[56]。そうブースは問いかける。それは貧困や犯罪、悪癖がはびこり、宗教感情が一切ない不毛で、脱出不可能なスラムの密林である。

彼らが実在のものとして信じられるのは現状と過去の人生だけであり、それ以上は何も信じられはしない。アフリカの内地のように、周囲は密林、密林、また密林であり、それ以外の世界は何も想像すらできない。ここはそんなところなのだ。悪徳、貧困、犯罪で満ちた場所だ。そこの住人の多くにとって、スラムが全世界であり、救貧院《ワークハウス》は墓場に行く途中にある煉獄なのだ。スタンリーが描いたザンジバルの人びとが信仰を失い、力なく絶望し、思い悩みながら陰鬱な気持ちでトボトボ歩きつづけるのと同じように、私たちの社会改革者の多くも、最初は嬉々として慈善活動に励み、四十人ほどの開拓者とともにスラムの密林に分け入り、陽気に鉈を振るいながら進むが、すぐに意気消沈し絶望してしまうのである。[57]

ブースのセンセーショナルなスラム表象も、一八四〇年代から五〇年代のスラム言説の延長線上にあることは確かである。だが、同時に貧困やスラムの問題解決の試みが、バーデット＝クーツやオクタヴィア・ヒルの慈善事業や大学生によるセツルメント運動、フェビアン協会の社会主義など、さまざまな形で試みられているにもかかわらず、依然として不毛のままであり、高度な文明の陰で貧民たちの非人間的生活が継続していることを暴露したものでもある。富と文明を盾にして帝国主義と植民地化に邁進するイギリス近代文明が、本質的に「作為と偽善」によって成り立っていることを指摘したのである。[58]

ブースは詳細なデータを拾いながらスラムの貧民たちが、常に失業と病気、死と隣り合わせに生きていることを指摘する。稼ぎがなくなることで、結果としてホームレスの状態に陥り、死亡率・犯罪率の増加へ結びつくという。[59]見過ごされがちだが、ブースはそうした人びとでも「家」と「家族」というものへの執着があると主張している。ギャスケルやディケンズと同じ主張である。家具もない粗末な一部屋に暮らす貧民の家族たちにとっても「家」という空間が自分の存在、そして家族愛にとって重要な意義を持ち、生きるためのエネルギーを供給しているという。たとえそれほど粗末であっても、家は家なのだ。貧民たちが必死で最後の最後までこの悲惨な家の様相を保ったものにしがみついている様子は感動的でさえある。不潔な巣窟、熱病が蔓延し悪臭が漂う過密状態の裏小路があり、夜が耐えきれなくなるほど数多の害虫・害獣が解き放たれるために、夏がやってくるたびに恐怖が支配する。しかし、それにもかかわらず勤勉な住人にとってはこれらの住居が今のところ心身を休めることができる避難所《ヘイヴン》なのである。[60]

ほとんど家具がなく、不潔な部屋であろうとも、ここは「生」を営む空間である。そこで家族みんなが眠り、夫婦は生殖活動も行い、生を与え、そして死を迎える。溺れるものが半分沈んだ筏にしがみつくように、彼らはこの小さな空間にしがみつき、わずかな賃金を倹約して家賃を払い、泡沫を吹いている荒波に呑み込まれないように生きている。この空間だけが荒波から身を潜め、心を休ませることができる港のような安息の場なのである。しかし、不景気の波が押し寄せるやいなやこの溺れかけている人びとは、この木片のようなわずかな空間から引き剝がされ、押し流され、真っ暗な海底へと沈んでいく。自由主義者や功利主義者が「自立」や「自助」という美徳をいかに謳いあげようと、慈善家が溢れ出る善意をいかに提供しようと、文明や権力がいかに統制を試みようと、スラムの「家」は無情な景気の波によってなす術もなく混沌化と増殖、破壊を繰り返していく。

それゆえにこそブースは、貧困解決策として、「きちんとして、健康的で快適な家を建て、できればさらによい家を自分たちで建てることができるようにさせること」が不可欠であると主張する。救世軍による「快適な設備」を備えた安く「優れた下宿」の提供が必要であるとも訴える。[61] そして最終的には、中流階級、あるいは労働者階級の人びとと同じように、不衛生な市内のスラムから、郊外の快適で、自然と緑が広がる生活環境に移住すべきであると述べる。貧困層にとっての「家」の重要さを指摘したブースだったが、結局のところ、このヴィジョンは中流階級にとっての理想の生活環境を、貧民に押しつけたものになってしまっている。

4 「退化」と「恐怖」でつながるスラムと上品な邸宅

裏小路《コート》に住む「穴居人」――スティーヴンソン『ジキル博士とハイド氏の奇怪な事件』

貧困問題と住宅問題が、「自助」によっては解決しえない社会問題として深刻化した一八八〇年代以降、没交渉だったスラムと中・上流階級の二つの家は、「退化《ディジェネレーション》」の過程にある帝国において表裏一体の関係にあるものとして、文学のなかで表象されはじめる。[62] ロバート・ルイス・スティーヴンソンの『ジキル博士とハイド氏の奇怪な事件』（一八八六年）およびブラム・ストーカーの『ドラキュラ』（一八九七年）は、スラムという劣悪な生活環境が、中・上流階級の邸宅と背中合わせにつながっている、あるいは中・上流階級の生活空間を脅かすように存在していることを虚構のなかで提示したものである。

チャールズ・ブースが世紀末に作成した前述の「ロンドン貧困地図」（口絵2）を見ると、富裕層を示すカーキ色と深緋色や中流階級住宅を示す薄紅色が表通りにあり、その裏側あるいは隣に、貧困層を含む居住区を示す小豆色、青黒色、そして黒で塗られた街区があるのに気づく。このまだら模様はロンドンという都市の構造的特性が生み出したものであり、とりわけ十八世紀に開発された中心部において顕著である。高級住宅の裏には馬車や馬を管理する小屋が並ぶ路地があったが、なかにはスラムに変わるものもあった。また住宅街の中央には、もともとは中庭を意味する裏路地《コート》や行き止まりになった袋小路《クロース》があり、日当たりも換気も悪いスラムが生まれていた。さらに街区全体が高級住宅街からさびれていくケースもある。

スティーヴンソンの『ジキル博士とハイド氏』はそうした街区の一つ、前述のソーホーを舞台にしている。背中合わせになったジキルとハイドの家は、ロンドンがたどった世紀末の構造的変貌を反映している。薬を飲むことで理知的なジキルが暴力的な犯罪者ハイドに変身する物語は、フロイトの精神分析理論や、「分身」という概念で説明されたり、あるいはこの時代に流布する退化論を具現したものとして解釈される。[63] だが、その住居に着目したとき、二人の関係はたんなる意識と無意識では説明できない都市の問題を炙りだしている。ジキルの家は凋落の様相を如実に示すソーホー地区にある。一方、薬を飲んで彼が変身するハイドが出入りするのは、商店街が途切れて薄暗くなった裏通りの家である。そして、後者は前者と庭を挟んでつながっている。つまり、ジキルとハイドという二面性は、かつての中・上流階級の住宅街がさびれた通りとスラム化する裏通りの隣接性という都市空間上の特徴を構造的に示しているのである。

ジキルの弁護士であるアタソンは、友人エンフィールドから恐ろしいハイドの行状を聞き、その異様な居宅をロンドン繁華街の先にある裏路地《コート》の入口に目撃する。通りに破風を突き出した「塊のような一軒の不気味な家」は、まるで社会との接触を拒否するかのように、一階の玄関ドアを除けば窓が一切ない。長期間汚れるにまかせ、ドアのペンキも「ぼろぼろに剝げ落ち、変色している」。朽ちた壁にはナイフの切れ味をためした傷痕も残ってさえいる。[64] アンソニー・ヴィドラーが『不気味な建築』のなかでたどったロマン主義の系譜に属する家を一瞬想起させるが、隣接する賑々しい商店街とは対照的に、荒廃と退廃がこの家と裏路地《コート》には明らかである。[65]

ハイドが悪行を働く現場に出くわしたアタソンは、その人相が「臆病さと大胆さを残忍に混ぜ合わせた様相」をしているのに悪寒を憶える。「サタンが署名したような顔」と形容すると同時に、「なにか先史時代の穴居人（troglodytic）のようなもの」とさえ言う。聞きなれない「穴居人」という用語は、進化論や優生学に照らして考えれば、非文明的な人種、あるいは退化した人間性を暗示していると言える。[66] しかし同時にそれは、ブースが『最暗黒のイングランド』において描いた、ロンドン内部にある未開の暗黒部であるスラムとも呼応している。

そしてこの異様な家がジキルの家と表裏一体であることで、知的階級が標榜する理性と文明が野蛮なものへと退化する可能性が示唆されている。その家はハイドの家から近いかつて高級住宅地だった表通りにあり、均衡と調和の美徳を体現する瀟洒なジョージ朝様式で建てられたものだが、現在は明瞭に衰微の様相を呈している。

> 裏通りの角を周ると、古いが堂々とした家が立ち並んだスクエアがあった。かつては高級住宅地だったが今ではほとんどが衰微の様相を見せ、貸アパートや貸室となってあらゆる種類と境遇の人びとに貸し出されていた。地図版画職人、建築士、うさん臭い弁護士、卑しい事業主などである。しかしながら、角から二軒目の家だけは、依然として一軒全体が一つの住宅のままであった。玄関ホールの灯りを別にすれば今やすっかり闇のなか

に沈んではいるが、富と快適さをはっきりと漂わせたこの家のドアのところでアタソンは立ち止まり、ドアをノックした。すると立派な身なりをした年配の召使いがドアを開けた。(67)

ジョージ朝様式で統一されているはずのこのスクエアの家々が、ジキルの家を除いてはもはや一軒単位で居住する空間ではなく、階毎に貸し出されたアパート、あるいは部屋単位で貸し出される貸し間アパート《テネメント》になっていることが明記されている。高級住宅街が低収入層の住む住宅形態へと凋落しているのである。

ジキルの邸宅とハイドの家が表裏一体であることは、たんに両者の同一性、ジキルのいう「完全にして原始的な人間の二面性」を意味しているだけではない。「不正」と「正義」が、「別々のアイデンティティのなかに収容」され、ともに衰退と退化の過程をたどっていることになる。(68) ある朝、自宅で目を覚ましたジキルは、自分の肉体が「奇形と退廃の刻印」が押されたハイドのままであることに気づき動揺する。(69) 文明と知性を具現するジキルは、極悪非道で野蛮な「穴居人」へと退行してしまった。両者の空間的連続性は、敷衍すれば上流階級の集うウエスト・エンド、あるいは知識人やエリート階級が住む市内の高級住宅街と、「未開」の最暗部であるスラムとが「地続き」であり、ともに衰退と退化の途上にあることを示している。

「退化」の不安と階級的緊張は世紀末において高まっていた。医師のジェイムズ・カントリは、イースト・エンドの住民を「退化」した人種として定義した。(70) また、アンドリュー・マーンズの『ロンドン浮浪者の悲鳴』とジョージ・R・シムズの『貧民たちの生活実態』（図1-3）といった貧困状況のルポルタージュが一八八三年に出版され、『ペル・メル・ガゼット』の主筆W・T・ステッドも少女買春の問題を含めて貧困問題の深刻化をさかんに論じていた。社会主義の広まりもあり、『ジキル博士とハイド氏』が出版された当時、過酷な生活に対する不満が労働者階級の間に広まっていた。一八八六年二月初旬にウエスト・エンドを覆った濃霧は、上流階級の人びとを不安に陥れたし、翌年十一月にはトラファルガー・スクエアで大規模な暴動が起こった。社会民主同盟の人びとのデモに警察が介入し、死傷者が出た——いわゆる「血の日曜日」と言われた事件である。[71] そしてさらに翌年の一八八八年にはイースト・エンドで前述の「切り裂きジャック」による連続殺人事件が起こる。[72] ハイドの暴力的行状は、こうした貧困問題や労働者の不満を寓意するものでもあると同時代の人びとには受け取られ、舞台化を通しても一般大衆に受容されていくことになるのだが、その背後には、上流階級、エリート・知識人階級もまた自分たちの居住空間のすぐ背後から「退化」の波に襲われているという暗黙の不安が横たわっていたのである。

図 1-3　スラムの生活状況——ジョージ・R・シムズ『貧民たちの生活実態』（1883 年）より

都市の「裂け目」——ブラム・ストーカー『ドラキュラ』

そうしたスラムやイースト・エンドに対する中流階級の不安を反映したのが、ブラム・ストーカーの『ドラキュラ』だと言える。トランシルヴァニアからイギリスに侵入し、人の生き血を吸って吸血鬼に変えることで、不安と恐怖を引き起こしたドラキュラ伯爵は、移民や貧民が住むスラム、中流階級の郊外住宅と観光地、そしてロンドンの目抜き通りピカディリーといった都市空間に不安と恐怖《テラー》を撒き散らし、増殖させていく。その点、それまでのポリドーリやル・ファニュなどが書いた吸血鬼物語にはない斬新な筋書きとなっている。

『ドラキュラ』の解釈についてはもはや出尽くした感があり、なかでも一九九〇年にスティーヴン・アラータが提出した「逆転した植民地化」論は、大きな影響力を持った。ゴシック小説はしばしば大陸の古い城館を舞台にしていたが、ストーカーはドラキュラを居城のあるトランシルヴァニアからイギリス国内に侵入させ、イギリス人、とりわけ女性たちを「汚辱」し、血統を「穢」し、社会にパニックと血統の混乱を引き起こすことで、恐怖のトポスを世紀末の日常生活のなかに移植してしまったという。東欧問題が政治的に議論されていた世紀末において、このドラキュラの侵略は、イギリス帝国が植民地に対して犯した「罪」と「恐怖」が、帝国に逆流する構図を提示し、当時人びとに共有されだした外国（人）に対する不安を反映しているというのである。ライダー・ハガードの『彼女』（一八八六年）、ラドヤード・キプリングの「獣の印」（一八九〇年）、コナン・ドイルの『四つの署名』（一八九〇年）、H・G・ウェルズの『タイム・マシーン』（一八九五年）、『宇宙戦争』（一八九八年）など、たしかにこの時期の小説には異界からの侵略や攻撃を主題にしたものが目立つ。

いずれの場合も、恐ろしい逆転が起こっている。植民地化する者が植民地側の立場に置かれていることを自覚する。搾取者が搾取される側になり、加害者は被害者になる。民族的、道徳的、精神的な衰退は明らかであり、より活力がある「原始的」な民族からの攻撃に国民を無防備にさらすことになるために、その恐怖を生んでいるのだ。(73)

ドラキュラが体現する「原始性」は、フロイトの精神分析を応用するだけでは読み解けない。ウィリアム・ブースがスラムに見た「原始性」、つまり未開の非文明的な地域の性質である。丹治愛はその地政学的意味を解きほぐした。ロシアおよび東欧からのユダヤ移民とコレラ襲来に悩まされていた十九世紀の文脈を精緻にたどり、それらに対する不安と抵抗をドラキュラの表象に見出したのである。(74)彼の風貌もユダヤ人を想起させるし、彼がトランシルヴァニアの土を入れた木箱を運びこんだイースト・エンドも、世紀末にユダヤ移民が流れ込んだスラムと結びつく。ポグロムから着の身着のまま逃れてきた彼らは悪臭を放ち、すでに劣悪であったロンドンのスラムの環境をさらに悪化させていった。彼らは支援・慈善の対象でもあったが、コレラ発生に際しては感染源と見なされ、嫌悪されもした。(75)イギリス帝国が衰退し、国民が退化しているという不安が蔓延した時代、スラムと結びついた移民への不安と疑心は深まり、移民を規制する一九〇五年の外国人法制定へといたる。(76)グローバル化への反動として現代私たちが目にする移民・外国人排撃も想起される。

小説においてそんなドラキュラと戦うのは、ヴァン・ヘルシングたち一行だが、彼らは文明の利器でもある科学を武器にする。そのことは、ドラキュラが世紀末に残存する超自然的で、原始的な闇であることを意味する。

この不死者にたいして、魔術的で、深遠で強力な自然の諸力すべてが摩訶不思議に作用したにちがいないのだ。奴が不死者としてこの数世紀を生きてきたあの地域は、地質界と化学界の驚異に溢れている。どこへ通じるとも知れない深い洞窟や裂け目がある。火山があり、その火口からは、今なお奇妙な成分の液体と、生命を奪い、あるいは生気を与えるガスが噴出している。疑いなく、超自然的な力と結合した磁力か電気のような力が存在し、物質的生命に不可思議な作用を及ぼしているのだ。(77)

ドラキュラは「超自然的」で「魔術的《オカルト》」な存在であると同時に、火山から噴出する有害なガスの生成物と類推されている。それは「地質界と化学界の驚異」、トランシルヴァニアという非西欧的大地が保有している自然界の力《エネルギー》によって、「どこへ通じるとも知れない深い洞窟や裂け目」のなかで生成された力である。ドラキュラはその超自然的な力によって、人びとをその闇に引きずりこんでいく。

バートン・ハトレンはフロイトの理論を用いてドラキュラに「文明の暗い原始的地層」の表象を見出すが、その地層は無意識の闇と同時に都市空間に実在する闇なのではないだろうか。(78) 鉄道・地下鉄網がはりめぐらされ、タイプライターからフォノグラフまでの文明の機器が跋扈するロンドンにも、闇を抱えたスラムという「洞窟や裂け目」が存在し、ドラキュラはそこに潜入し、内側から帝国の虚飾を蝕むことになるのだ。

そのドラキュラが最初に購入した家は、テムズ北岸の小村パーフリートの屋敷であり、石壁で囲まれた中世の廃墟である。

敷地内には庭木がたくさんあり、そのために所々暗がりになっている。深く暗い池、あるいは小さな沼とでもいうべきものがあり、水が澄み、そこからかなりの量の水が流れ出ているので、湧き水があるのは明らかだ。建物は非常に大きく、古いもので、おそらくは中世にまで遡るであろう。なぜなら石材の一部がきわめて厚く、窓はわずかで、しかもすべて高いところにあり、太い鉄格子でおおわれているからだ。城の本丸の一部のように見える。古い礼拝堂か教会が付属している。(79)

建物は中世のものだが、湧水がある池と敷地は太古の昔にまで遡り、ドラキュラがトランシルヴァニアから持ち込んだ土と同じ地層に属す。「暗がりと闇」こそが自分に必要だというドラキュラにとって好都合な屋敷である。(80) 廃墟となった礼拝堂が彼の寝ぐらになるのは、信仰心が衰退した世紀末において、迷信や不安、欲望、恐怖といった原始的な心性が都市の片隅から侵食し始めていることを暗示している。(81) コンラッドの『闇の奥』においてマーロウは、河口に停泊する船を囲む闇の奥を見つめながら、植民地の内部に巣食う「恐怖」を想起するが、アングロ・アイリッシュであるストーカーは、ロンドンで自らの異質性を意識しながら、帝都に潜在する闇と恐怖を見つめていたのではないだろうか。都市開発が進行するロンドンにおいて、スラムと同じように遺棄された闇の空間がこの屋敷である。

実際、屋敷はスラムとつながっている。ドラキュラはここからバーモンジーにあるジャマイカ・レーン（実在するのはジャマイカ・ロード）やマイル・エンドのチックサンド通りなど、移民や貧困層が居住する地域に自分の寝床である木箱を送る。そこもまた文明の背後に潜む黒い「裂け目」だからである。教会も、学校もないスラムには、信仰の光も、啓蒙の光も届かない。それはマイル・エンドの隣にあるホワイトチャペルで起きた「切り裂きジャック」のような暴力、殺人、犯罪を胚胎した都市空間として立ち現れてくる。(82) 同時にイギリスに蔓延する退化と衰退の表徴としても読める。

原始的な闇は、ヴィクトリア朝の文化的中枢を担うピカディリーにも存在することを小説は示唆する。木箱のうち九個がピカディリーの邸宅に送られたことを、ヘルシングたちは突きとめる。人夫の証言によれば、「背が高く、正面が石造りで、張り出し窓があって、玄関まで高い石段がついている」家である。ドラキュラ・マニアたちは、当時一〇一‐一〇四番地にあった保守的なクラブ「青年憲政会」を西へ通り過ぎてすぐの建物と記されていることから、一三八番地の建物がそのモデルではないかと推測する。[83] たしかに現存する建物はグレードIIの保存建築物に登録され、正面は石造りで張り出し窓がある堂々とした古典様式の建築物である。一七六〇～六四年、もしくは一七九八年に建てられ、『ドラキュラ』が出版される直前の一八九一年に改装されたばかりのもので、正面全体はポートランド・ストーンで覆われ、一階部分はルスティカ様式、張り出し窓部分にはドーリス様式の片蓋柱が二階から三階を貫いていて、二階の窓上にはペディメント、三階上部には壮麗なフリーズが施されている。バッキンガム宮殿にも近いこの地域には、世紀末、ウエスト・エンドを代表する社交クラブやホテルなどが同じような古典様式の装いを保って整然と立ち並んでおり、青年憲政会の建物も今は駐英日本大使館として現存している。古典様式で建てられたピカディリーに立ち並ぶ建物群は、ギリシア・ローマ世界の合理性、自由、帝国、理性、文明といったものを象徴するものである。

しかしながら、ドラキュラが購入した家は、そんな街並みの最中にぽっかりあいた暗い裂け目としてたたずむ。ヘルシングたちは「窓には埃が積もり、鎧戸は閉め切られていた。窓枠はすべて古びて黒ずみ、鉄縁からはペンキがぼろぼろと剝げ落ちてい」るのを目撃する。家の中は人気がなく、書類が無造作に置かれている。[84]『ジキル博士とハイド氏』においてジキル博士の邸宅とハイド氏の陰気な家が表裏一体であるように、ドラキュラの邸宅は、洗練と衰退、理性と欲動、秩序とカオス、光と闇という矛盾する側面を内部に抱えこんでいる。さらに作中ではドラキュラがルーシー・ウェステンラを襲うことで、中流階級の海岸保養地ウィットビーやロンドンの郊外住宅地ハムステッドもまたカオスに侵されていく。

科学の美徳を体現するはずの病院もドラキュラの侵入を防ぐことができない。ミーナが目撃したドラキュラの作り出す白い「不気味」な靄は、「深遠な謎を秘めているかのように」病院を取り囲み、懸命に防御する敬虔なプロテスタントである男性たちを尻目に、院内に潜入し、ミーナを「闇に潜む不浄の存在」へと引きずり落とす。「穢れてしまった、穢れてしまったわ」と嘆くミーナの身体は、もはや聖餅によって浄化されることもない。ヘルシングもまた「奴はあなたを害毒《インフェクト》で穢しました」と認めざるをえない。[85] コレラや感染病の不安をそこに見出すことは可能だし、ストリブラスとホワイトが指摘するように、中流階級や上流階級が抱くスラムや労働者階級からの境界侵犯に対する不安を認めることもできよう。[86]

5　覗き見趣味の巡礼

ロンドンのスラムを語るときに欠かせない版画がある。ギュスターヴ・ドレによるものだ。とりわけ弧を描いている鉄道橋の脚台の間から、粗末な住宅群が下に広がっている版画が印象的である（図1-4）。実際にこうした鉄道の橋脚脇にスラムが存在していたことは確かだが、まるで窓から地獄を覗きこむかのような構図は、外の人間がスラムに足を踏み入れることなく「覗きこむ」目線を意識させるものである。それは一種のピクチャレスクの枠組みであり、この時代のジャーナリストや小説家たち、さらには慈善家が、スラムを見つめた視線でもある。

ドレがこの挿絵を描いたのは、ブランチャード・ジェロルドの『ロンドン巡礼』（一八七二年）のためであった。そのなかで、イースト・エンドのスラムやドックの人びとの生活風景、あるいは工場で働いたり、地下鉄の駅構内でうごめく労働者たちの姿は、瀟洒なウエスト・エンドの空間で繰り広げられる紳士・淑女の社交や暮らしぶりと対置され、版画特有の黒と白のコントラストが生み出す陰画によって、読者の前に示されている。[87] ドレは、都市の

図 1-4　橋脚の間からスラムを覗き見する——ギュスターヴ・ドレによる版画挿絵，ブランチャード・ジェロルド『ロンドン巡礼』（1872 年）より

中心部に残る闇によって隠蔽された社会の病理としてのスラムを、鉄道橋の脚台を通して覗き見させたり、警官が手にするカンテラの光やガス灯の光によって照らし出すことで、人びとの眼前に引きずり出した（図1-5）。版画は「光」ではなく「影」によってイメージを彫塑していく。ドレの挿絵は、「影」が支配する版画だからこそ、本質的には闇に潜む影であるはずのスラムという空間を、主役として中心に浮かび上がらせている。ジェロルド自身の意図は、テムズ川という「ピクチャレスク」な景勝を軸にしてロンドンの風物誌を俯瞰的に記録することだったが、ドレの目線は明らかにそうした明るい社交界とは正反対の闇の世界へと向かっている。[88] ジョアナ・リチャードソンは、簡略なドレの伝記のなかで、彼のロンドン挿絵について、「堅実で、網羅的なドキュメンタリー」ではなく、「ほとんど印象主義的」であると形容する。だが、「光」ではなく「影」によって、油絵ではとらえきれない人間社会の闇を写し取ったことは、むしろ版画によるリアリズムと言うべきだろう。[89]

ドレのスラム表象は、オスカー・ワイルドが『ドリアン・グレイの肖像』（一八九〇年）で主人公が住むウエスト・エンドと対比させながら描くスラムやイースト・エンドの姿とも連動している。「新しい快楽主義」にかぶれたドリアンは、薄汚い通りが迷路のように入り組むロンドンの東へと「美」を探しに「冒険」に出かけていき、場末の女優に恋し、そして幻滅する。友人を殺した罪悪感を消すべくアヘン窟に赴くが、結局アヘンは吸わないまま馬車でウエスト・エンドに戻る。彼にとってスラムは「見せ場《タブロー》」＝絵画に収められ、覗き見するだけの審美的ヴィジョンでしかない[90]。

唯美主義者ワイルドと特異な社会主義者ワイルドの奇妙な同居をそこに見てもいいが、むしろこの作品は、スラム問題が深刻化していった一八八〇年代以降、スラムの文学的表象が、ますます社会的優越者としてのプラットフォームを確保したまま中流階級が覗き見るセンセーショナルな空間になっていた可能性を示唆している。世紀末には、それまで以上にジャーナリストたちがイースト・エンドの貧民たちの生活を仔細に分析し、記録し、公表していた。また、紳士階級も変装してスラムに入りこみ、その光景、騒音、臭いを楽しむ「スラム探訪《スラミング》」を、釣りや自転車、ブリッジと同じような余興として行なっていた[91]。一種のフラヌールである。前述のシムズの『貧民たちの生活実態』やジャック・ロンドンの『どん底の人びと』（一九〇三年）をジャーナリスト的な記録だとすれば、ジェイムズ・グリーンウッドの「救貧院《ワークハウス》における一夜」（一八八六年）やC・F・G・マスターマンの『どん底から』（一九〇二年）には「スラム探訪」の要素が見え隠れしている。ワイルド自身も一八七八年にオクスフォードからロンドンにやってきて以来、「鄙猥」で「同性愛的」なロンドンの「夜の顔」を経験

図 1–5　警官のカンテラによって照らし出された貧困層の姿——ギュスターヴ・ドレによる版画挿絵, ブランチャード・ジェロルド『ロンドン巡礼』(1872 年) より

していた。(92)

だが、その一方で、『無階級の人びと』(一八八四年)や『ネザー・ワールド』(一八八九年)を書いたジョージ・ギッシングや『ジェイゴーの少年』(一八九六年)を書いたアーサー・モリソンのように、スラムを身近に見聞きし、あるいはスラムで育った作家たちによって、スラムは脱出しようとしてもできない、破壊しようとしてもできない、魔界的な空間として描かれていく。(93) ディケンズが提示したようなユートピアの可能性もないし、ギャスケルが提示した家庭愛と快適さ、誇りもそこにはない。住人がどうもがこうとも、道徳と人間性が破壊されていくディストピアが深淵を広げている。「共感」を伴うリアリズムさえ拒絶する絶望的空間である。ストーカーのドラキュラが喚起した「恐怖」は寓意でしかなかったが、やがてコンラッドは『密偵』(一九〇七年)において、実際にあった事件をもとに、爆破未遂を行うアナーキストの家を、再開発に置き去りにされたロンドン市内の「汚れた煉瓦造りの建物の一つ」に設定した。(94) ここにおいて、テロリズムとスラムが実際に結び合わされてしまうことになる。

それにもかかわらず、いやそれゆえにこそ、スラム破壊のための再開発は世紀末を通してつづき、住民たちはますます居場所を失うことになる。その過程でますます強固になっていったのが、清潔さ、快適さ、家庭愛という中流階級的美徳を体現した家の理想化であった。闇のなかに沈む不浄で不穏な労働者や貧民の生活環境《ハビトゥス》は、中流階級の目線によって描かれ、嫌悪され、批判され、その反動として後者にとっての理想の家がユートピア的衣をまとって「ハビトゥス」として生み出されていく。次章では、そのユートピアの一つであるネオ・ゴシック建築を探ってみたい。

第2章　スラムに聳えるネオ・ゴシック建築

——夢に終わった中世の理想——

1　封建主義の復権

スラムのネオ・ゴシック教会

ロンドンのテート・ブリテン美術館に地下鉄で行くには、ヴィクトリア線のピムリコ駅で降りるのが近い。駅を出てヴォクソール・ブリッジ道路という大通りを横切ればミルバンクにある美術館はすぐ目の前である。しかし、この通りに沿ってテムズ川と反対の西北方向へ少し歩くと瀟洒な教会が左手に見えてくる。ジョージ・エドマンド・ストリートが設計したセント・ジェイムズ・ザ・レス教会（一八五九―六一年建設。以下同）である（口絵3）。大きくはないが、赤を基調とした多彩色の煉瓦を用いて大胆な模様を浮かび上がらせている美しい教会である。その多彩色の煉瓦とトレーサリー（窓上部に施された装飾的格子）、そして尖った屋根を見れば、十九世紀のネオ・ゴシック様式なのは明らかだ。だが、この教会は堅牢で力強い構造でありながら、フランスの聖堂や城を思わせる丸みと柔らかさも持ち合わせている。ストランド通りにある王立裁判所をやがて設計することになるストリート特有のデザインである。内部の床や壁も多彩色の焼き煉瓦で荘厳な模様を織りあげている。二〇一八年の三月に三度目の訪問をした際には、近くの小学校の児童たちが課外授業の真っ最中であった。笑顔で迎えてくれた牧師は、こうした活動を通してこの教会の歴史的・文化的意義が伝わっていくと語っていた。

興味深いネオ・ゴシック様式の教会は、ロンドンの地図上でピムリコから正反対に位置するイースト・エンドにもある。ジェイムズ・ブルックスが設計したもので、一つはホクストン駅近くのキングズランド道路沿いに建つセント・コランバ聖堂（現在はクライスト・アポストリック教会、一八六八―六九年）、もう一つはすぐ近くのハガストンにあるセント・チャッド聖堂（一八六八―六九年）である。これらは外装も内装も、ストリートの設計した教会のように粋なものではないが、赤煉瓦による重厚なネオ・ゴシック様式の聖堂である。窓の開口部は狭く、白い線が横に複数走っている以外は彩色模様もない。トレーサリーまで削ぎ落とされているために、厳めしささえ漂わせている。これら二つの教会は、イングランド国教会のなかでも高教会派の流れをくんだものであった。カトリック式の式典・儀礼を重んじることで信仰の再建を推進しようとするオクスフォード運動によって権威と勢力を得た十九世紀の高教会派は、こうしたネオ・ゴシック教会を各地に建てていった。世紀末における高教会派の勢力は、イングランド全体で四分の一の教区をカバーするにすぎなかったが、ロンドンのイースト・エンドにおいては三分の一の教区を掌握していた。ホクストンやハガストンに加えて、ショーディッチにも教区牧師の住む権威ある高教会派のセント・レナーズ教会があった。(1)

ネオ・ゴシック様式は高教会派の教会に限定されたものではない。ヴィクトリア朝期の建築といえば、ネオ・ゴシック様式がすぐに想起されるほど、ネオ・ゴシック建築は世俗的な領域においても支配的である。テムズ河畔にそびえる国会議事堂はよく引き合いにだされるが、それ以外にも各地の公共建築物、さらにはホテルや郊外住宅にも、ゴシック様式の意匠が取りこまれている。国会議事堂は、構造自体はチャールズ・バリーによる左右対称の古典的デザインだが、A・W・N・ピュージンがゴシック装飾を施した。また、ウィリアム・バターフィールドが設計・デザインを手がけ、染色煉瓦を積み上げたマーガレット通りのオール・セインツ教会、ジョージ・ギルバート・スコットが設計した世俗的ゴシック建築物の代表であるミッドランド・ホテル（現在のセント・パンクラスホテル、口絵7）やグラスゴー大学なども、この時代のネオ・ゴシック建築物である。そのなかでピムリコとイースト・エンドの教会は見過ごされがちである。なぜネオ・ゴシック教会がそこに建てられる必要があったのであろうか。それは単なる流行の結果と見るべきなのか、それとも必然の結果なのだろうか。

世紀末にロンドンの貧困調査を行なったチャールズ・ブースが作成した「貧困地図」（口絵2）を見ると、セント・ジェイムズ・ザ・レス教会がある教区には、一週間の収入が一八〜二一シリングしかないCカテゴリーの貧民層とそのすぐ上のDカテゴリーの人びとが密集して暮らすスラムがあった。近隣にも青黒く塗られたスラムが目立つ。セント・チャッドおよびセント・コランバのあるホクストンとハガストンも同様の立地環境である。スラムが密集するイースト・エンドの北端に二つの聖堂は巨岩のように聳えている。実は、セント・ジェイムズ・ザ・レス教会は、著名な博愛主義者アンジェラ・バーデット＝クーツと姉妹が資金を出してストリートに設計させて建てた教会である。バーデット＝クーツは一八四七年に、ロチェスター・ロウにあるスラムの住民のためにセント・スティーヴンズ教会と学校を設立していた。その後ハイゲイトのホリー・ヴィレッジにヘンリー・ダービシャーの設計によるゴシック住宅を建てさせたり（一八六五年）、イースト・エンドにあるベスナル・グリーンのコロンビア・マーケットをフランス・ゴシック様式で設計させたりもしている（一八六六―六九年）。もう一方の、セント・チャッドとセント・コランバは国教会の資金と民間の寄付で建てられたもので、きらびやかさには欠けるが、いずれも同じように貧しい人びとのために建てられたネオ・ゴシック教会である。では、ネオ・ゴシック様式とスラムをつなぐ糸はなんであろうか。

『ゴシック・リヴァイヴァル』の著者クリス・ブルックスによれば、こうしたネオ・ゴシック教会は、貧しい人びとに「力強いキリスト教」を印象づけ、「畏怖」の念を喚起させるものであったという。ヨーロッパ大陸における革命などの政治不安に煽られ、「イースト・エンドという未知の領域に無政府主義と無神論が重なること」を恐れた中流階級の人びとが、この暗黒の地域を「布教」によって支配することで、政治的動揺の要因となるものをかき消すべく、「防御」を目的とした「植民地的、政治的」な「要塞」を築いたのだというのである。[2]だが、本当に「要塞」が必要なのであれば、窓や屋根に装飾的要素が必要なネオ・ゴシック様式の教会を建てる必要はなかったはずである。むしろ、スラムにネオ・ゴシック様式を持ち込むこと自体に意味があったと考えるべきではないだろうか。ショーディッチにあるセント・レナーズ教会においては、高教会派の美しい教会と厳かな儀式・典礼は、恐ろしく惨めな生活環境に押しこめられた人びと、とりわけ女性たちを魅了していた。[3]同じようにネオ・ゴシック的装飾は、その美的要素にこそ意味があるのではないだろうか。

とはいえ、儀式・典礼のためだけにネオ・ゴシック教会は建てられたわけではないし、高教会派だけがネオ・ゴシック様式を採用したわけでもない。ナポレオン戦争後の不安定な社会を危惧した国家は、一八一八年に資金を提供して聖堂建設委員会を設立したが、この委員会は機能的かつ安価であるという理由でネオ・ゴシック様式の聖堂や教会をイギリスの津々浦々に建てていった。[4]しかし、中世の再現とも言われるゴシック復興が、スラムのなかにも姿を現していく過程を見るとき、ネオ・ゴシック様式が標榜するメッセージをスラムとの関係から再度考えてみる必要があろう。退化への不安、帝国の衰退への不安と直結するスラム化の現象に対して、ネオ・ゴシック様式は一種の解毒剤として機能していた可能性がある。だが、その一方でスラムの問題が極致に達する世紀末に、ネオ・ゴシック様式はその終焉を迎え、クイーン・アン様式、モダニズム建築へと流行の座を譲っていったのも事実である。ネオ・ゴシック建築の崩壊過程を仔細にたどった鈴木博之が示唆するように、ストリートの一連の建築群はネオ・ゴシック様式の晩鐘を響かせている。[5]だとすれば、セント・ジェイムズ・ザ・レス教会が標榜するネオ・ゴシック様式とスラムの関係は、空間的にはお互いに寄り添うように見えながらも、見えない溝をその間に潜在させ、最終的には添いきれなかった痛ましい歴史的過程を示唆していることにならないだろうか。期待された解毒剤としての機能を果たしえなかった現実が、厳かなネオ・ゴシック教会には隠されている。その理想と現実の乖離が、スラムの中から眺めてみたとき、「ハビトゥス」としてのネオ・ゴシック建築の盛衰の背後に浮かび上がってくる。本章では、中世の理想化と復興という夢を託されたネオ・ゴシック建築が、貧困、退化、衰退という、イギリスがたどった世紀末の歴史の流れのなかで潰えていく位相を解きほぐしてみたい。

中世復興の一端としてのゴシック復興

イギリス文学史のなかで、ゴシック復興はゴシック小説の誕生とともに説明されることが多い。ホラース・ウォルポールによる『オトラント城奇譚』（一七六四年）はその嚆矢である。好古趣味者であった彼は、ゴシック様式の居館ストロベリー・ヒルを建築し、中世の古遺物を邸内に収集・展示した。また、西インドのプランテーションに資産基盤があった小説家ウィリアム・ベックフォードは、巨大なフォントヒル・アビーを建築し、ディレッタントな生活に耽溺した。中世を舞台にした歴史小説を書いた小説家ウォルター・スコットも、ゴシック様式を取り入れた自宅アボッツフォードにやはり中世の家具や装飾を収容していく。『アイヴァンホー』（一八一九年）、『修道院長』（一八二〇年）、『ケニルワース城』（一八二一年）、『クウェンティン・ダーワード』（一八二三年）など、中世を舞台にした彼の小説は、中世の騎士道的世界を近代の功利主義的社会と対比することで、十九世紀における中世復興の動きに拍車をかけていく。

ゴシック小説は古事物研究や好古趣味の流行と一体となった運動でもあるが、ベックフォード自身が体現し、アン・ラドクリフのゴシック小説も示唆するように、ときに扇情的なまでの感覚的なスリルを与えるブルジョワ的な娯楽の側面もある。また、専制的、父権的な人物や彼の居城とそれに対抗する騎士道的精神が織りなすゴシック・ロマンスは、フランス革命やナポレオン戦争、産業革命の時代にあって、強い政治的なメッセージを持ったものでもある。その一方で、古いバラッドが蒐集され、流行していくロマン主義の時代、過去の時空間は異国と同じように想像力を掻きたてながら、ナショナリズムの芽を培養してもいく。ゴシック復興は、そうした政治性と経済的背景を持った感性と想像力の産物である。ヴィクトリア朝においても、テニソンやブラウニングの詩に中世趣味が顕著になり、ラファエル前派がそれを表象し、新興中流階級の読者や購買層を確保していく。それらはネオ・ゴシック建築がイギリス各地に乱立していくのと並行した文化現象である。

しかし、こうした文学史的な「ゴシック」解釈は、スラムの真ん中に配置されたネオ・ゴシック教会の意味を解き明かそうとする際には、十分なヒントを与えてくれない。中世復興という別の大きな歴史的補助線を引いてみる必要がある。まずゴシック復興は中世復興とほぼ同義として受け取られがちだが、正しくは中世の指標としてのゴシック様式を近代において再考・再興する運動を意味する。とはいえ、イギリスにおけるゴシックはヨーロッパ大陸のようにアミアンやシャルトル、パリのサン・ドニなど規範となる聖堂や教会、基準となる様式や歴史的起源を持っているわけではない。ゴシックそのものも必ずしもゴシック建築盛期の十二世紀から十四世紀ではなく、アルフレッド大王治世のアングロ・サクソン時代を指すこともある。さらに、中世復興も複雑で、まとまりのない運動であるから、ゴシック復興も容易に定義することはできない(6)。復興された中世は、結局のところ近代の想像力によって根拠なく構築されたものとなり、ゴシック様式も近代の感性と技術によって創造された折衷的なものになる。つまるところ、過去の再創造による近代の超克がその本質であり、再構築された中世を通して新たな時代を構築する試みは、結果的に、時空間の圧力を受けて歪みと異種混交を繰り返していく。ゴシック建築自体、不均衡かつ多声的《ポリフォニー》な構造物だが、ネオ・ゴシック建築はそこにさらに異なる声と模様を継ぎ足し、変質させて造られた混成物なのである。

アリス・チャンドラーは、中世主義が、芸術や建築、文学、哲学のみならず経済学や社会学、政治、宗教という幅広い領域を横断し、「秩序立ってはいるが全体としては活力に満ちた、そのような世界に安らぎを得たい」という欲求に基づいて勃興する、と指摘する(7)。早くは十六世紀の宗教改革、そして十七世紀のピューリタン革命後に、消滅してしまった中世の社会機構や建築物に対する理想化と憧憬が起こる。だが、中世復興を政治的なイデオロギーに変えていったのは、十九世紀から顕著になる社会的、経済的な変化であり、その動力源の一つに貧困とスラムが大きく関わっている。

金融制度、市場経済、流通の仕組みなどのさまざまな変動は、荘園制度と独立自営農民《ヨーマン》による中世以来の共同体を破壊しはじめた。前章で見たように、それを加速する要因の一つでもあった産業資本による工場労働は、農村から都市に労働者を引き寄せると同時に、悲惨な生活・労働環境と貧困とを都市内部に生み出していく。社会の幸福を最大多数の物質的快感によって計量するベンサムの功利主義、人間の理性を信奉しながら自助の精神と独立を重んじる自由主義《リベラリズム》は、伝統や因習、社会的紐帯ではなく、契約と自立・自由に基づき経済の活性化、社会改善、産業振興を推進することで、社会の富と幸福が確保されると考えた。しかし、中世主義者にとっては、この物質的幸福を目指す社会制度こそが人間にとって有害なもので、貧困を増殖させるのみであり、中世の有機的世界こそがその救済をもたらす理想の社会に見えていたのである。

中世復興の一側面は、土地と共同体を失った農民や病気と貧困にあえぐ賃金労働者に比べれば、十三世紀の農奴でさえ幸せであったという幻想によって動機づけられている。原子論的な人間観に基づく自由放任主義経済、功利主義的な幸福観によって、家族や徒弟、農場における親近感や社会的な絆が破壊されていると考え、そうした人間同士の結びつきを取り戻そうという衝動が中世復興を突き動かした。賃金のみを媒介にした労使関係を「金銭に基づく人間関係《キャッシュ・ネクサス》」と批判したトマス・カーライルは、家父長的でさえある温情的な人間関係を中世の社会から近代へ移植することを主張した[8]。工場労働や産業資本への批判に加えて、そうした絆を希求する中世の理想化は多様な領域でさまざまなかたちを取って現れる。古きよきイングランドの農村共同体への憧憬、悲惨な労働者の生活環境およびスラムに対する父権的・保護的な配慮である。それらのいずれにおいても、中世的な農家屋、貧者に対して慈善を施した中世の教会といった建築物が、親密な社会的絆の象徴として表象されていく。

マルクスと青年イングランド派

興味深いのは、中世主義が大きな社会的うねりとなって台頭するのと同時期に、カール・マルクスが資本主義による封建制の解体を別の角度から見つめていたことである。『共産党宣言』(一八四八年)の初版冒頭では、産業労働者階級の創出と苦難、そして新たな階級闘争が、ブルジョワ階級が中世的な信仰と騎士道精神を失うことからはじまったと論じている。

支配についた場所で、ブルジョワ階級は、あらゆる封建的、家父長的、牧歌的な人間関係を破壊した。ブルジョワ階級は、人間を生れながらの優越者に結びつけていたさまざまな色の封建的絆を無残にも引きちぎり、人間関係を、感情のないたんなる「現金勘定」、むき出しの利害以上のなにものでもないものにしてしまった。ブルジョワ階級は、氷のように冷たい利己心の水の中で、敬虔な信仰、騎士道的な熱狂、小市民的な人情といった聖なる畏怖を溺れさせてしまったのだ。ブルジョワ階級は個人的な品位を交換価値に解消し、特許状によってやっと獲得した無数の自由を、ひとつの残酷な交換の自由に変えてしまった。一言で言えば、ブルジョワ階級のやったことは、宗教的、政治的幻想におおわれた搾取を、開かれた、恥知らずの、直接の、暴力的な搾取につくり変えたことである。(9)

労働者を搾取する点で封建制と資本主義は同じであるという考えが根底にある。競争原理による経済は国家による統制のない社会を生み、そのなかで労働者階級が堕落し孤立していったと論じ、マルクスはブルジョワ階級に対する抵抗と闘争を労働者に呼びかけ、怒りを結集させようとした。労働者たちの解放と共産主義の確立を目指す点でマルクスは中世主義者とは異なる。だが一方で、この一節には、近代のブルジョワ的社会観、利己的打算に基づく人間関係への批判を通して、中世の信仰と騎士道精神が理想化されていく可能性が示唆されている。

実際のところ、中世主義者たちは、ブルジョワ階級との闘いをマルクスとは正反対の方向から行う。「封建的、家父長的、牧歌的な人間関係」の回復、「敬虔な信仰と騎士道的な熱狂」、「聖なる畏怖」の再興を目指したのだ。「生まれながらの優越者」の特権も捨てることはないし、「宗教的、政治的幻想」も破棄しているわけではない。ただ、「搾取」と「冷たい利己心の水」の代わりに、「身分に伴う義務《ノブレス・オブリージュ》」としての慈善や温情を掲げる。彼らにとって、労働者たちの抵抗や暴動は脅威であり、その抑制と回避をこの優越者の義務によってはかろうとしていた。彼らが共有していたのは、人間は誤りやすく、利己的で、感情に支配され、弱気になったり、過失を犯したり、強欲に陥りやすい、とする悲観的人間観である。人間の理性と自立を信じ、自助の美徳を讃える「リベラル」な人間観とは対照的であり、それゆえに伝統と歴史が経験的に教えてくれるものを指針とするのである。アリス・チャンドラーの表現を借りれば、中世への回帰は、「人間の豊かな情感と忠誠心を、実り多き伝統や慣習と結び合わせる」ことで人間を「有機的な社会構造の中に」再び位置づけようと志向したものである。[10]

中世復興の動きは、産業資本家や聖職者の態度も刷新するよう求めていく。宗教的にはオクスフォード運動、それを受けた高教会派のなかで実践されていくが、政治的領域で実践しようとしたのが、トーリー党内で結成された青年イングランド派である。上流階級出身でイートン校、オクスフォード大学あるいはケンブリッジ大学で教育を受けたエリート議員の若者たちの集まりだが、結成を呼びかけたのはそれとは無縁のユダヤ系議員ベンジャミン・ディズレイリであった。騎士道精神を政治において発揮しようという彼らは、人類の進歩は物理科学と物質的進歩にかかっているとする「リベラリズム」を批判する。[11]チャンドラーは、彼らを「ヴィクトリア時代に残っていたロマン主義的精神」と呼ぶ。[12]当時トーリー党内は、「リベラル」な路線へと転換しようとするロバート・ピールが中軸となって、「穀物法撤廃」（一八四六年）など、産業労働者階級と妥協する政策を推進していた。ディズレイリらは、ピールの方針に抵抗し、貧民階級の生活の改善、階級間の秩序の回復、王室の権威の強化、イギリス古来の統治機構を尊重する精神を広めることを目指した。

メンバーの一人ジョン・マナーズ卿が書いた詩「イングランドの責務」（一八四一年）は、凡庸な韻文を通して、高教会派的な信仰の確信と中世主義を融合しながら、現実ばなれした理想を掲げる。聖職者たちと教会が社会と人びとを導いていた中世においては、すべての階級が差異化されながら有機的に束ねられ、「身分に伴う義務」に基づく慈悲と慈善を通して貧困なき社会が築かれていたというのである。

国王、農父、貴族、聖職者、いずれも自分の地位をわきまえ、
高貴なるものも、卑賤なるものとの絆を保っていた。
寛大な心があらゆる身分を貫き、
人間同士として社会がつながっていた。[13]

しかし、「自立」という美徳に騙されて、今ではそうした絆が瓦解し、貧しき人びとは奴隷のように働き、救貧院で死を迎える運命にある。かつては母親が見守るように、教会の尖塔は村の人びとを見守り、ドアを開けて日々の礼拝へと誘っていたが、今では「堕落し、下劣になって」いる。マナーズは彼らに対して教会が本来の責務を再び果たすことを夢見る。

ああ、無力な人びとに、教会こそ、彼らの悲嘆を
間違いなく取り除いてくれるものだと知らせ給え。
卑しきものや虐げられたものの保護という
これまで教会が所有していた資格を弁明させ給え。[14]

ここには、オクスフォード運動に同調した、社会の紐帯としての教会の機能回復を求める精神が謳われている。「自立」や「平等」を盾にして政治・経済政策を進める自由党、あるいは保守党内ピール派への批判でもある。「富と通商、法律と教養が潰えたとしても／われらが伝統である高貴なる階級は残し給え」というメッセージは、中世

復興を志す青年イングランド派の政治理念をよく表現しているし、高教会派がスラムや貧困に対して施した「保護」的な立場を反映してもいる。[15] スラムに立つ高教会派のネオ・ゴシック教会は多分に青年イングランド派の情熱的、しかし時代錯誤的な精神の隠喩《メタファー》でもある。

だが、コレラの被害を経験したのち一八四〇年代から断続的にはじまった貧困やスラムの問題を解決しようという「保護的」な、あるいは父権的な配慮を示す政治的な試みは、実際のところ彼らとは無関係に試行錯誤を伴いながら行われていた。[16] 一八五一年の「宿泊施設法（Common Lodging Houses Act）」は、定宿のない人びとの簡易宿泊所を登録し、定期的に検査することを自治体に義務づけ、同年の「労働者階級住宅法（Labouring Classes' Lodging Houses Act）」は、イングランドとウェールズの自治体（教区）に、労働者階級用の新しい集合住宅を供給するべく土地購入と建設資金の借り入れを可能にした。ディケンズを歓喜させた法律だが、実際にこの制度を用いて住宅を作ったのはイングランドとウェールズ合わせて一教区のみであった。一八五五年の「公害除去法（Nuisances Removal Act）」は、不衛生な住宅環境を改善することを教区に義務づけた。一部屋に一家族以上住んでいる場合、舗装、換気、上水道が不十分な不動産は、所有者に四〇シリングの罰金を科すことにした。しかし、教区は義務を放棄し、所有者も整備・修繕より安い罰金を選択し、効果は皆無であった。一八六六年の「衛生法（Sanitary Act）」は、政府が教区に上記の法律にしたがって衛生状況を監督するよう強制させる法律だったが、政府自体が動かないままで終わる。一八六六年の通称「トレンズ法」は、職人や労働者のために自治体および教区が不衛生な家屋を個別に買い上げ、再建築できるよう定めた法律であり、一八七五年の「クロス法」は、不衛生な区域全体を教区が買い上げ、再開発することを促す法律である。[17] 後者は、青年イングランド派から党首にのぼりつめたディズレイリが導入した。立ち退きを強制された小作人への補償制度制定、労働組合の強化など「トーリー・デモクラシー」と呼ばれる労働者の地位向上を目指す一連の改革の一環である。青年イングランド派の精神を体現した家父長的法律と言えるが、これらは実際のところ「ザル法」であり、私有財産の不可侵というイギリス的不文律の前に効力を持たなかった。[18]

スラムの環境改善の糸口をつかむには、自由党による一八八五年の「労働者住居法（Housing of the Working Classes Act）」まで待たなくてはならなかった。トレンズ法およびクロス法という一八五一年の法律を合わせて修正し、自治体が強制的に不衛生な家屋・区域を解体し、地域が国から借金をして再開発をすることを命じた法律である。

2 田園主義の具現

中世の農家屋と教会

貧民と労働者に対する救済システムとしての中世主義は、必ずしも都市に限ったものではなく、農村にも適用されうる。そもそも中世においてゴシック教会や聖堂が建てられていったとき、そこにはそれぞれの土地の異教的な森林信仰、樹木崇拝、地母神信仰や農村の祭礼があり、それを吸収しながら、空まで伸びる尖塔、樹木の枝が絡まるような穹窿、奇怪な彫像、渦巻くような草木の模様を身につけていったのである。農村から人びとが流れ込みはじめた都市に築かれたゴシック教会・聖堂は、彼らに豊穣かつ深遠な森の信仰を再現させる空間でもあった。(19) イギリスにおける中世復興も、都市内だけではなく地方の田園からも発生するのは不自然なことではない。

自らが独立自営農民であったウィリアム・コベットは、独立戦争後に帰国して政府と体制批判を繰り返していくうちに、しだいに封建制下の農村共同体の豊かさを確信し、中世主義を標榜していった。崩壊していく農村共同体を嘆き、金銭と製造業を牛耳る実業家・資本家、収賄や賄賂に溺れる同時代の政治をその要因として糾弾した彼は、富者と貧者が調和的に共生していた世界として中世をとらえていた。彼の『プロテスタント宗教改革史』（一八二四年）は、ジョン・フォーテスキューの『イングランド法礼賛』（一五四三年）、ギルバート・ホワイトの『セルボーンの古物と博物誌』（一七八九年）、シャロン・ターナーの『アングロ・サクソン民族史』（一七九九―一八〇三年）などに依拠しながら、宗教改革が「主人と奴隷、極端な贅沢を享受しているごく少数の者と、困窮の極みにあった何百万の人びと」を切り離していった過程を記述する。[20] ディズレイリが小説『シビル』（一八四五年）で使い、人口に膾炙した表現「二つの国民」は、コベットが農村に見ていたものを産業都市の社会構造に対する形容に置換したものであろう。[21]

中世においては、農夫はもちろん、厩肥車夫であっても一日の仕事で太ったガチョウ一羽半以上を買える報酬を得たし、四日働けば毛を刈りこんで太った羊を買うぶんを稼げたし、ふだんから牛、豚、子羊の肉を食べていたという。[22] 肉をほとんど口にできず、栄養価の低い食事でかろうじて生きている近代の農民の生活との対比は露骨である。アイルランドのカトリック教徒を弁護すべく書かれたこの本には、カトリックが君臨していた中世の共同体への礼賛が散りばめられている。近代とは異なり、中世には封建制とカトリック信仰が共同体を堅固にまとめ、愛国心が保証されていたと考える。それが、農夫と領主の信頼関係と美しく豊穣な田園を保証する荘園制度、堅牢さと美しさをもった教会や大聖堂、修道院や学校、大学、城や宮殿といった建築物が象徴するものであった。それらは「熟練と絢爛たる様態を伝える荘厳な古き証」であった。[23] ピュージンやカムデン協会によるゴシック様式礼賛を先取りしている。

コベットのより著名な散文『農村騎行』（一八三〇年）は、こうした中世主義に基づいた農村風景描写であり、近代の工場、大きすぎてぶかっこうな教会、成金が造ったゴシック的廃墟や、監獄を批判している。サレー州のレイゲイト滞在中に彼は、その地にかつては小修道院《プライオリ》があり、村の貧民たちの面倒を見ていたことを想起する。一人の地主の寄付によって設立された小修道院で行われる貧民救済は、プロテスタント国家となった現在において救貧法のもとで行われている法的扶助よりもはるかに優れていたと指摘する。[24]

農民たちも「質朴なマナーと豊穣なる生活」を忘れて、近代の資本主義と消費文化のなかで、洗練されて、功利的だが、冷淡かつ無味な生活様式に浸っている。コベットは、かつて質実剛健なイングランドの農村文化を象徴していた家が姿を変えて売りに出されている姿を嘆く。小川のせせらぎの脇に立つその家は、木立に隠れ、美しい水車も備えた古い農家屋だが、その装いは大きく変わっていた。

この農家屋はあらゆる点で、かつては「質朴なマナーと豊穣なる生活」の場であった。樫のタンス、樫の寝台、樫の引き出し、そして長くて、がっしりとした長椅子を備えた樫のダイニング・テーブル。なかには何百年も経っているかのようなものもある。しかし、いまではどれも腐朽の一途をたどっていて、ほとんど使われていない。かつては多分十人から十五人ほどの下男たちや子供たち、女中たちがいた家には、最近では家族の気配がないようだ。最悪なのは客間があったことだ。そう、そして絨毯がしかれ、召使いの呼び鈴の紐もついていた。このかつては質朴で頑丈だった家の正面の端は、「客間」へと改築され、マホガニーのテーブル、優美な椅子、優美なグラスなど諸々のものが、この国の株式売買人が自慢する成金者のように破廉恥な顔を見せている[25]。

農村が何世紀にもわたって維持してきた質朴な文化が、近代の成金趣味と消費文化によって侵食されている姿をコベットは描き出している。樫はイングランドの頑強な伝統と政体のメタファーとして用いられることが多いが、その樫の家財が、洗練されてはいるが脆弱なマホガニーのテーブルに代わり、農民たちがかつて使っていた陶製のコップは繊細なグラスに取って替わられている。砂のまかれた床ももはや絨毯で隠されてしまった。畑を耕す農夫や女中たちもかつては「家族」の一員であり、「広間《ホール》」でともに食事をしていたはずだが、「客間」ができた家からは姿を消し、召使いも呼び鈴で呼び出される被雇用者になってしまった。住み込ませるより、「賃金を与えてしまうほうが安上がり」だからである[26]。中世以来の伝統的農家屋や宗教建築を比較することで近代生活を批判しているのである。

ここにワーズワスの詩、ラスキンのゴシック論、モリスのアーツ・アンド・クラフツ運動、やがてはナショナル・トラストや田園都市構想と呼応する、あるいはそれらに受け継がれていく自然と人間との調和、あるいは田園主義というロマン主義的主題を認めるのはやさしい。政治的には急進的なコベットの中世主義は、カーライルに当てはまるトーリー的急進主義《ラディカリズム》というべき立場に接近しているが、しかし、近代都市に集積した資本と生活様式に侵食されていく伝統的な農村生活を維持・回復したいという彼の欲求は、やはり田園主義というべきものである。彼が理想とした中世の農家屋と教会は、そんな田園主義が生み出した「ハビトゥス」である。

ロマン主義者たちと農村建築物

田園主義の根底にあるのは、コベットが堅持した急進的政治性ではなく、ワーズワスを筆頭とするロマン主義の思想であろう。「牧歌的」な農村風景が、海外覇権強化のための戦争と近代の産業や商業の圧力によって荒廃していく様子は、「廃屋」、「最後の羊」、「マイケル」といったワーズワスの初期に書かれた「反牧歌」詩に克明に記録されている。だが、中世的農村共同体を近代社会と対置し、希求する態度がワーズワスにおいて明瞭になるのは、一八一〇年代以降のことである。中世の自由民の末裔であり、責任感のある独立自営《ヨーマン》農民たちが、新興の農業資本や産業資本によって農地を追われ、農村共同体が無知と不安定の犠牲になっていると考えたのである。一八一八年一一月二八日付の手紙のなかで、ロンズデール卿に対して、「今なお残っている封建的勢力が、世に広まりつつある改革の動きを止めるのに必ず役立つと考えざるをえません」と述べている。[27] フランス革命に熱狂した青年時代から反動化したと受け止められても仕方ない。

友人のコウルリッジと同じくカトリック解放には批判的であったワーズワスは、一八二二年の『教会ソネット集』において、正統なイングランドの教会を韻文のかたちで歴史的に再考する。彼にとって理想の教会は、村の伝統的生活の中心にあり、その素朴な生活を国の文化と結びつける田園的で、中世的だが、プロテスタントの教会である。一八一〇年に書かれた『湖水地方案内』では、農民たちの住まいの上にそびえる教会を「汚れなき共和国の最高権威」として讃え、「高貴な生まれの貴族も、騎士も、郷士も」いない「有機的な共同体」として湖水地方の農村を讃えたが、[28]『教会ソネット集』では、カトリシズムから宗教改革を経てプロテスタンティズムがイングランドに根を下ろす歴史的変遷をソネット連作によって語りながら、伝統的で父権的な社会構造を宗教建築物に表象させる。カトリシズムを礼賛しているわけではないが、ワーズワスは中世の「神聖なる聖堂の周りにはより上品な生活が広がって」(Part II, i, l. 12) おり、宮廷や領主の家には「苦労の額に褪せることなき花輪を／結んだ騎士道の花」が「賢智、雅量、そして愛」を示し (Part II, iv, ll. 7, 11)、神の慈悲が人びとに降り注いでいる光景を描き出す。牧師館は、「暖かき炉端に、歓待の食卓」(Part III, xi, l. 1) という古きよきイングランドの美徳を象徴しているし、古い廃墟となった修道院も、「年老いた人生の末に、過去の自分」を想起させ、「時の鍛錬によって賢明になり／弱きものに寛容になる」よう促すという (Part III, xvii, ll. 5–7)。[29] ロンズデール卿を讃えた別の詩「ラウザー」には、ワーズワスの中世主義が建築物の姿をとって明瞭に浮かび上がっている。

ラウザーよ！　汝の荘厳なる姿の内に
華麗で優雅なる聖堂が見える。
男爵らしき城塞の厳格な風采と良く調和して。
神への崇敬と意味深く結びついた、
由緒ある名誉の剣によって
勝ち取られ、守られた憲章。その和合から
優れた政治形態が生まれ、神の御加護があれば
賢者はそれを敬い、擁護するだろう。
時々刻々と民主運動の激流が膨れ上がる。

空虚な約束や希望にそそのかされ、
昔日を振り返る思考力は嘲笑される。
それが定めならば崩れよ、砦よ、そして尖塔よ、
おんみらが象徴せるものとともに。真正の語り手は
言うだろう、おんみらはイングランドの栄光とともに消滅したのだと！(30)

ここには、暴動や社会的動揺の原因として恐れられる民主主義への防御としての聖堂のイメージが浮上している。ブルックスがスラムに立つネオ・ゴシック教会に見出したものである。

中世的な農家屋と産業資本の象徴としての工場との対比は、ワーズワスではなく、友人のロバート・サウジーによる『トマス・モア卿、あるいは社会の進歩と展望に関する対話』（一八二九年）のなかに描かれる。封建社会という過去、そして理性を代弁する声として登場するトマス・モア卿が、十九世紀の人間モンテシノスに、封建制の利点を説いていく。今の社会が優れていると考えるモンテシノスに対して、モアはいかに現在が貧困、病原菌、劣悪な住居・生活環境に侵されているかを示す。「封建制衰退後に手にした自立は、情深い感情と気高い情愛の喪失という高価な代償と引き換えであった」。貧困に対して効力のない現代の救貧法と比べても、中世の教会は規律を保ち、「その廃墟のうえに立っている［救貧院］よりもずっと［貧民に対して］注意を払い、効率的であった」。農奴保護の義務を放棄した結果が、労働者と貧民が行き場を失った現代の不安定で無秩序な社会であるという。(31) 信仰の喪失の結果、現代人はかつて聖堂を建造した場所に今や綿工場しか建てることができない。サウジーは、ロバート・オーウェンがニューラナークに建てた工場と労働者住宅が労働者の福祉を保護する優れたものであると認めはするが、十九世紀建築物の醜悪さを物質主義の兆候と見ている。彼は「剝き出しで一列に並んだ」工業都市の労働者住宅を、工場と同じく「醜怪」なものとして批判する一方、コベットと同じく田園の農家屋を賛美する。

古いコテッジは詩人も画家も同じように喜んで眺めるものである。モルタルを使わず、白石灰で汚すこともなく、地元産の石でしっかりと造られ、長くて低い屋根はスレートで覆われている。そこに住む竪琴の名手アンフィオンの音楽の魔術によって建てられたとしても、これほどまでに周囲の風景に美事に調和した素材はないだろう。時の経過によって風雨による変色や苔類、短い草やシダ、さまざまな雑草とも調和している。[32]

煙突や窓など装飾的でもなく、派手でもないが、周囲の風土に合致し、住人が「清潔さと快適さ」のなかで「自然で、無垢で、健康な生活を享受している」ことを示唆している。現代の工業経営者は製品の廉価さと浅薄さでしか張り合うことができないのに対して、「たしかに封建時代は不完全であったが、今日の商業時代ほど人間性のやさしさや寛大さに害悪を与えることはなかった」。サウジーは工場生産機構を、切除しなくてはならない「腫れ物、菌類のできもの」と呼ぶ。[33] 十九世紀末から二十世紀初頭にかけて盛り上がる田園主義、その象徴としての「イングリッシュな」コテッジ礼賛の原型が、こうしたロマン主義に胚胎している。

自然のデザインとしてのゴシック様式

コベット、ワーズワス、サウジーが描いた自然の意匠と調和した中世的なコテッジや農家屋、田園のなかの教会は、複数の流れと接続して、一方では都市郊外の住宅様式や一八七〇年代から顕著になる田園主義へと流れ込むが、他方では十九世紀半ばの中世主義という流れを形成する。一つは、ピュージンやオクスフォード運動に感化されたケンブリッジ・カムデン協会(後述)が理想とした、中世の田園地域の聖堂である。彼らにとって、心身ともに荒廃し不衛生で醜悪かつ不信心な都市に対して、商工業にいまだ毒されていない田園にある聖堂とその横に立つマナー・ハウスは、時間を超越して共同体の福祉を維持する聖俗の伝統的権威の具現であった。イングランドのゴシックが、土地に根ざすというヴァナキュラーな要素を持つとすれば、それは田園主義と中世主義の融合の結果である。

ジョン・ミルナーが『ウィンチェスターの歴史』（一七九八年）において描いたのは、そんな近代化とともに衰退していったカトリック共同体の姿である。[34] そこでは、信仰によってつながった中世の共同体の姿がゴシック教会に重ね合わされている。そしてミルナー自身イングランドでゴシック復興の嚆矢となる教会を建設した。『ウィンチェスターの歴史』が十九世紀前半に版を重ねていくあいだ、ゴシック様式は都市内部へも進出する。

またその一方で、同時代において拡大の一途をたどっていた郊外の住宅やコミュニティにも田園主義は取り込まれる。前章で見たようにスラムが反ピクチャレスクな都市の汚点だとすれば、そこから富裕中流階級層が逃れて築いたのは、清浄な空気と清潔で、緑あふれる郊外のピクチャレスクな住宅である。次章で示すように、ゴシックとは本来無関係であった郊外住宅は、十九世紀半ば以降、しだいに中世の農家屋の意匠やモチーフをさりげなく取りこんでいく。それは都市と田園の中間の「半田園」に移植された、「半自然」で「半中世的」なユートピアであるとも言える。

さらにもう一つの流れが、ラスキンに代表されるゴシック建築解釈とその後のネオ・ゴシック建築の流行である。ラスキンのゴシック建築論は、建築史的には正統ではないヴェネツィアのゴシック建築を基準にしている点でも、また熱心な福音主義者である母親の養育もあってカトリック的要素を除去している点でも、問題が多い。だが、近代産業に毒されていない、自然、調和、創造、歓喜といった美徳や概念を中世のゴシック建築に見出し、そこから有機的な世界観を汲みだして、現代社会に適合させようとした意義は大きい。第4節で詳しく述べる『建築の七燈』（一八四九年）では、無名の職人たちが手作業で装飾を施していったゴシック建築を模範にし、有用性や堅固さではなく、真実、犠牲、力、美、生命、記憶、従順の原理を建築の基準に据えた。また、『ヴェネツィアの石』（一八五一—五三年）においては、ヴェネツィアの極彩色の石の壁、大理石と煉瓦の対照などの装飾性を称えることで、ヴィクトリア朝時代の近代的なゴシック、ネオ・ゴシック建築を世俗の領域で生み出す強い推進力となっていった。[35] 中世主義が「自然、プリミティヴィズム、超自然への関心を蘇らせ、有機的で創造的な、歓喜に満ちたものを高く評価する思潮」だったとすれば[36]、ラスキンがゴシック建築に見出した生命力は、まさにそれらを体現し、コベットやワーズワス、サウジーたちのロマン主義的中世主義を継承するものである。

『ヴェネツィアの石』のラスキンによれば、中世のゴシック建築は、未熟な労働者の手による粗雑で不完全なものだが、自由に想像力を働かせて、歓びをもって仕事をした点で、利益のために手作業の歓びを犠牲にして工場で製造された製品とは異なる価値をもつという。古い大聖堂の正面に刻まれた不恰好な怪物や彫像は、「石を刻んだ職人のひとりひとりの生命と自由のしるし」であり、「思考の自由と人間という存在の位の高さを示すもので、それはいかなる法則や証文や慈善によっても得られぬものなのである」(10 : 193–94, 邦訳三六頁)。したがって、「粗野」であり「不完全」であることは、キリスト教建築にとって「高貴であるばかりでなく不可欠の特徴でもあり、さらに言えば「建築は不完全でなければ真に高貴なものとはなりえない」(10 : 202, 邦訳四九頁)。労働者たちが産業の奴隷ではなく、「人間」として「幸福」を味わいながら労働した証として、ゴシック建築が表象されている。

ヴァザーリをはじめとする古典主義者たちはゴシックの不規則さや不安定さを批判したが、ラスキンはそれらこそゴシックの美徳だとする。なぜなら、不完全であり不規則であるのは、「自然」であるからだ。

生きているもののうちで厳密にいって完全なものはひとつもないし、また完全であるはずもない。その一部は衰退しつつあり、一部は生まれつつある。三分の一は蕾で、三分の一は盛りを過ぎ、三分の一は満開、というキツネノテブクロの花がこの世の生命の典型なのだ。そして生きとし生けるものすべてのなかにある種の不規則さと欠点があり、それは生命のしるしであるだけでなく美の源泉でもある。人の顔で左右の輪郭がまったく同一という人はいないし、完全な裂片をもつ葉もないし、完全に左右対称の枝というものもない。すべてが変化を暗示し、不規則性を認めているのだ。だから、不完全さを追放したりすれば表現を破壊し、努力を抑制し、活力を麻痺させてしまうことになる。あらゆる事物が不完全さゆえに、文字どおりより善く、より美しく、より愛されるものになっている。その不完全さは人間の生の法則が「努力」であり、人の判断の法則が「慈悲」となるように神の御心によって定められたものなのである。

（10 : 203-04, 邦訳五二頁）

進歩と変化、衰退がすべて斑になって存在しているのが、自然界の理であるとすれば、不規則さや不統一であることこそ生命力が溢れている証拠であるという。それを社会にあてはめて考えれば、貧富の格差などの不平等を「神の摂理《オイコノミア》」として容認すると同時に、「慈悲」を通して不完全さに対して寛容であることも要求していくことになる。後述するように、こうした社会的不平等を補正する解決策として、ラスキンは、騎士道的な美徳「雅量《ラルジェッセ》」を持ち出すことになる。

ラスキンは、ゴシック建築でとりわけ植物の意匠が好まれていることに着目する。注意深い観察に基づき、植物を「繊細で乱れぬ有機体の構造を豊かに備え」たものとして彫り上げたデザインは、「田園的で思索的な暮らしの歴史」を表象しているという（10 : 237, 邦訳一〇六頁）。そもそもゴシック建築の着想は植物から得られたのだとさえ主張し、「均整のとれた並木や絡み合う枝に由来するものだ」と述べる（10 : 237, 邦訳一〇六頁）。そして、「よき建物がもっとも光輝あふれたものとなるのは、「楽園」の葉叢に似た姿にそれが彫り上げられたときである」（10 : 238, 邦訳一〇八―一〇九頁）。それゆえにゴシック建築の過剰さは、自然の美徳を反映した職人たちの魂の輝きであり、彼らの「心の共感」の発露でもある。それを理解し、許容することこそ、現代の社会に必要だとラスキンは言う。

ゴシック的心性には装飾を積み重ねることへの粗野な愛と混ざり合って、はるかに高貴な関心がある。すなわち大いなる熱情がある。そのためにみずからの理想を十分に実現するまでにいたることがけっしてできないかのように感じている。また利己的でなく犠牲心がある。そのために市場に空しく立っているよりも祭壇の前で実りのない仕事にあたるほうを選ぶだろう。そして最後に、豊潤で豊かな物質界への深い共感の念がある。それは「自然主義」〈中略〉から生じるものである。

（10 : 244, 邦訳一一七頁）

ゴシック建築の解釈としては特異だが、この過剰で豊穣なデザインこそ、ストリートやバターフィールドによる高教会派の教会に取り込まれていくものである。そこに、スラム、貧民、労働者たちと共生しようとするネオ・ゴシック建築の意味がある。ゴシック式アーチは、森の木の枝がからみあう様子を模し、空を指し示す尖塔は、活力に満ちた創造的な中世を想起させ、調和と生命力と希望を体現していたのである。しかし同時に、不完全さを容認するゴシック教会は、貧困に慈悲を示しながらも、それを生む不平等な社会そのものを改革する力は本質的に持ちえなかった。

3 ピクチャレスクな過去と現在

対比と裏返し

十九世紀においてこのように立ち現れた中世とゴシックは必ずしも歴史的事実に基づいてはいない。言語であれ建築物であれ、表象され、可視化された「ゴシック」は、中世共同体への憧憬が生み出したものであって、厳密に言えば「ゴシック」ではなく、再構築された「ネオ・ゴシック」である。フォントヒル・アビーをはじめとして新たに地方に建てられていったゴシック様式の城館やマナー・ハウスの多くが、構造的にも近代生活に適合した建物であり、世襲貴族ではなく資本家のものであった。それらが象徴するはずの中世共同体は幻影でしかない。(37) 幻想としての中世が再構築され、差異と対照によって現在の時空間を異化し変質させていく過程で生み出されたのがネオ・ゴシック建築である。だが皮肉なことに、ネオ・ゴシックの建築物は功利主義や自由放任主義への批判を原動力としながらも、その建造と維持には功利主義と自由放任経済が生み出した富と技術が不可欠であったのである。近代において過去を編集したネオ・ゴシック建築には、相反する要素が同居している。

実際、ネオ・ゴシック様式の背後には、常に功利主義と自由主義が存在している。ロンドンやマンチェスターを歩けば、ネオ・ゴシック様式の公共建築物やアパート、住宅と共に、リベラル派の思想を反映した古典様式の建築物が存在していることに気づく。とりわけ金融街シティでは古典様式が支配的である。[38] 外務省と戦争省の庁舎建設をめぐる一八五六年の「様式論争」でも、裏工作によってゴシック建築家ジョージ・ギルバート・スコットがデザインの受注を勝ち取ったものの、首相パーマストンと建築家であり庶民院議員でもあったウィリアム・タイトの猛烈な反対運動によって、イタリア古典様式によってデザインをまとめざるをえなくなった。[39] スコットがゴシック建築家として面目をつぶしたこの一件は、一八五九年の自由党結成へと至る自由主義イデオロギーの躍進を反映したものであると同時に、この時代においてネオ・ゴシック建築と古典建築は、反発する磁石のプラス極とマイナス極のように表裏一体の関係にあったことを示す。

そもそも中世復興は十八世紀後半から十九世紀初頭にかけて、保守的なトーリー派と進歩的なホイッグ派の双方で推進されていた。コベットが熟読したシャロン・ターナーの『アングロ・サクソン民族史』は、写本資料の考証に基づいたトーリー的中世主義を標榜するものである。[40] キャサリン・マコーレイの『イングランド史』(一七六三―八三年)が、アングロ・サクソン人を自由人として理想化するホイッグ党の歴史解釈を提示したのに対し、人間性には限界があり、それゆえに封建的人間関係に基づき、伝統や君主による社会管理を厳格に行う必要があるという保守的な主張をする。[41] フランス革命が起き、暴動が頻発する十八世紀末にあって反動的に再構築された中世がそこにある。

その一方で、ヘンリ・ハラムの『中世ヨーロッパの状況展望』(一八一八年)は、中世は自由が享受されていた社会であったというホイッグ派が共有した歴史観を反映し、アルフレッド大王時代の賢人会議とジョン王時代のマグナ・カルタの延長線上に、名誉革命をおく。[42] それは君主制の制限と市民的自由の主張が到達した論理的帰結なのである。封建的関係は愛他的なものではなく、社会の自由を保護する事務的な契約を基盤としたものだと考えるハラムは、ジョン・カラムの『ホーステッドとハードウィックの歴史と遺物』(初版一七八四年、第二版一八一三年)が提示する中世の人びとの暮らしぶりについての統計データを確認し、現在よりもエドワード三世やヘンリー四世の時代のほうが労働者階級にとって生活は豊かであったことを認める。しかし、それゆえに社会的進歩が必要であると指摘することでホイッグ党の立場を擁護するのである。[43]

中世主義においては学問と社会哲学が密接に結びついていることの証左でもあるが、その貧困なき中世というイメージは、ネオ・ゴシック建築にも受け継がれていくことになる。

ピュージンの原理

それをよく表しているのが、A・W・N・ピュージンの『対比』(一八三六年)であろう。貧困なき中世と貧困がはびこる近代の対比を、中世の建築物と近代の建築物との対照を通して示す建築論である。中世社会では教会の尖塔が共同体の求心力と神の慈愛を具現するように屹立していたのに対し、十九世紀の都市では工場の煙突がそびえ立ち、有害な噴煙をまき散らしながら貧困と労苦を拡大している(図2-1)。[44]サウジーが『トマス・モア卿』で提示した対比を再現しているが、ピュージンが後者を描くときにイメージしていたのは、箱型の工場が乱立し、安普請の労働者の住宅や貧困が支配するスラムがひしめく同時代のマンチェスターなどの産業都市である。ピュージンにとってゴシック建築は、そうした近代の病んだ都市を癒し豊かにする神の恩寵の象徴であり、純粋な信仰心の具現であった。別の図版では、ベンサムのパノプティコンを想起させるような八角形の構造物の中心に塔を配置した近代の救貧院が、中世に貧民や病人を収容した病院・修道院が静かな田園の中に置かれていた風景と対比されている(図2-2)。貧しき者、病んだ者へ与える施しが信仰心の証として提示されているのである。これは、コベットの『農村騎行』において記述された建築物と共同体、貧困との関係とも共通する。こうした対照を通して、ピュージンは中世の建築群、とりわけゴシック様式が、近代の味気ない、反美的な建築と比べて、いかに美徳を備え、かつピクチャレスクなものかを示そうとしたのである。

ピュージンは、一八三四年にカトリックに改宗すると、近代化の過程で消滅したと彼が見なす中世のカトリック信仰を再興することに邁進する。[45] 父親がゴシック建築のバイブルともなる『ゴシック建築事例集』を一八二一年から一八三八年にかけて編集するのを手伝いながら修行した彼は、一八二九年にカトリック解放令が可決された時流に乗り、カトリック信徒たちの依頼を受けて教会や礼拝堂を厳密なゴシック様式で次々と手がけることで、自らの理想を可視化・構造化しつつ、ゴシック建築家として名声を高め、同時代の建築様式に強い影響を与えていく。『尖塔式すなわちキリスト教建築の正しい原理』（一八四一年）では、ゴシック建築の原理を構造的観点から意味づけ、正当化した。小尖塔が「神秘的」であると同時に「自然」であり、復活の象徴であると同時に雨水を流し落とす水切りでもあるように、宗教的象徴性が「ピクチャレスク」な「装飾性」や「機能性」と一体化したものとして示した。[46] 強固で大胆な建築的形態、自然主義的な彫刻、創意豊かなトレーサリーによって洗練された装飾、そして機能性に富み、自由な構造化が可能な非対称の図面、それらこそがピュージンにとってゴシック建築の「正しい原理」であり、その原理に従って教会を各地に建てていく。

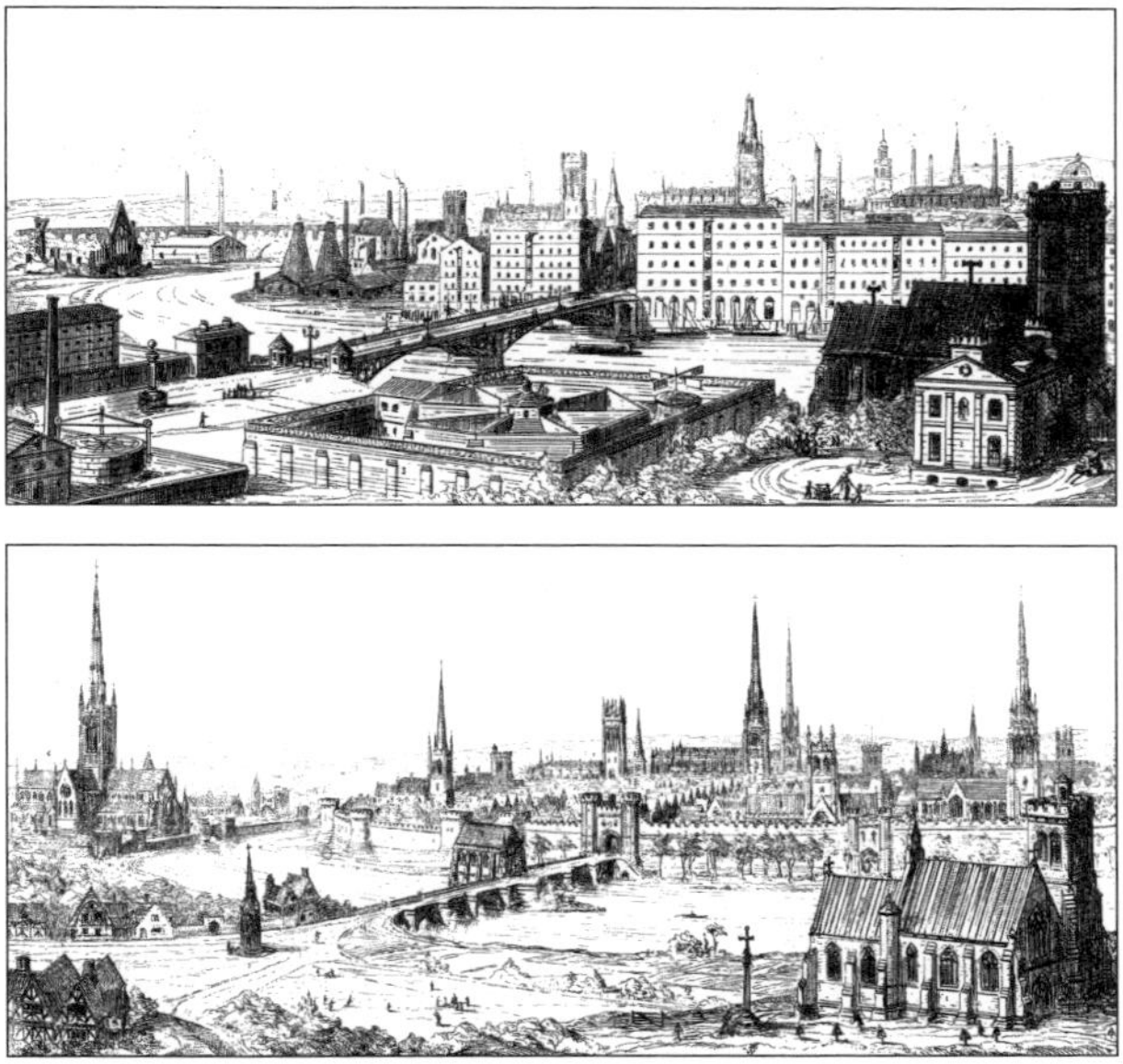

図 2-1　19 世紀の産業都市と中世の共同体——A・W・N・ピュージン『対比』（1836 年）より

建物そのもののみならずタイルや壁紙、家具などインテリアにまでゴシック趣味を持ち込むことができたのもピュージンの才能であり、ヴィクトリア朝の中世趣味の源泉の一つとなっていく[47]。

産業都市の工場、労働者住宅、スラム、あるいは監獄や銀行などが、ベンサムの功利主義や産業資本家たちの欲望と原理、社会観を具現しているとすれば、ピュージンはゴシックというデザインに、その醜悪さと卑俗さを克服する理想美を託した。それはピクチャレスクの美学でもあった。すなわち、労苦や貧困を隠し、卑俗な都市の風景

図 2-2　近代の救貧院と中世の病院・修道院——A・W・N・ピュージン『対比』(1836 年) より

を変質させ、美的な空間として表象しようとしたのがネオ・ゴシックの美学だと言える。しかしながら、そうした装飾や家具、建築素材の製造に際しては、近代的な技術に依拠していた点で、ピュージンの建築様式は限りなく近代の申し子でもあった。

オクスフォード運動とカムデン協会

カトリシズムのみがゴシック復興の原動力だったわけではないが、両者を完全に分断することはできない。十八世紀以来イギリス社会に浸透した福音主義がイングランド国教会内で低教会派を拡大していくが、それに対抗するように高教会派も信仰心の再興を目指していく。十九世紀においてその動きのなかから生まれたのが、すでに言及したオクスフォード運動である。国教会の世俗化と自由主義的傾向を批判するジョン・ヘンリ・ニューマンやエドワード・ブヴァリ・ピュージー、ジョン・キーブルたちオクスフォード大学のフェローたちが、一八三三年から小冊子《トラクト》を通して本来の信仰を取り戻すことを訴えた運動である。ローマ・カトリックおよびギリシア正教と並ぶ三番目のカトリック教会として国教会を位置づけ、中世教会の礼拝式に不可欠であった祈禱を国教会の礼拝でも採用することを求める彼らが、中世ゴシック様式に関心を寄せるのは当然だった。十八世紀末以降、非国教徒の諸宗派や国教会内の低教会派たちが、積極的に宗教的空白地帯ともいうべき都市の労働者居住地域、スラムへと布教を行なっていったが、その後を遅れて追いかけるように、高教会派は国教会を改革し、民衆の保護者としての中世以来の教会本来の姿を復興すべく、教会をスラムへと進出させていった。アングロ・カトリシズムの形成においてオクスフォード運動は多大な影響を及ぼし、新たなゴシック様式の創造を促す原動力となっていく。

それを建築様式として具現させていった母体がケンブリッジ・カムデン協会である。好古趣味を共有するケンブリッジの学生たちが、ピュージンによる非対称の装飾的ゴシック建築やニューマンたちの運動に呼応しながら、中世のゴシック建築や教会建築の研究を目的として一八三九年に設立した。一八四一年から月刊誌『教会建築学者《イクレジオロジスト》』

を発刊し、主要協会員の卒業とともにロンドンに拠点を移して教会建築学協会《イクレジオロジカル・ソサイエティ》に名前を改め、会員数を増加させた。著名な建築家はもちろん、一八四〇年代には国教会主教や国会議員、大学の首席司祭を含む七〇〇名ほどの規模になり、「真正な」ゴシック教会建築の建設を指導していった。

その寵児とも言える建築家がリチャード・クロムウェル・カーペンターとウィリアム・バターフィールドである。カーペンターは厳格なゴシック復興を目指したが一八五五年に早世する。他方のバターフィールドは非国教徒の家庭に育ったにもかかわらず、オクスフォード運動に感化され、一八四二年から『教会建築学者』へデザインを寄稿しだす。その過程でゴシック建築への造詣を深め、各地にゴシック様式で教会を建立したり、補修したりした。彼の様式は、ゲルマン的な十四世紀ゴシック様式の再興ではない。全体構造を意図的に不均衡にし、イタリアのゴシック様式を取り入れながら多色装飾を用いた煉瓦を外面に積み重ねていくスタイルである。これは、ラスキンが『ヴェネツィアの石』において称揚したデザインでもある。しかも、また、ラスキンの指示に従い装飾煉瓦によって水平線を強調しながら、尖塔にいたるまでそれを垂直に積み重ねることで、構造を正直に示した新しい工法であった。[48] その多色煉瓦は工場において大量生産され、大理石は機械によって研磨されており、近代の産業技術の粋を集めている。

その代表例が一八五〇年に設計され、五九年に聖別されたロンドンのマーガレット通りに建つオール・セインツ教会である（図2-3）。小さな区画に牧師館および学校を側面に配置し、尖塔を含む非対称の教会全体を、赤煉瓦を垂直に積み上げて築き、黒煉瓦で水平線の模様をいれた装飾的デザインは異彩を放つ。赤煉瓦建築はロンドンでは十七世紀以来衰退していたものであったが、それを復活させたのである。内部も多様かつ多彩な材料が堅牢かつ鮮やかに組み合わされ、内陣から床、柱にいたるまで縞やジグザグなど重厚な模様が衝突しあうように描かれ、その多層的デザインから生気が放たれている。教会建築学協会が範としたこの教会は、ヴィクトリア朝ゴシックの最盛期の到来を告げるものとなる。[49] ピュージンや前述のジョージ・ギルバート・スコットが世俗的建築物にも積極的にゴシック様式を取り入れたのに対し、バターフィールドは教会建築に固執する。ピュージンの唱えた物理的目的と精神的目的の両方に合致した機能的なゴシック様式建築をもっとも純粋に追究し、なおかつ独創的でイギリス固有のデザインへ昇華させていった建築家こそバターフィールドである。絵画においてエドワード・バーン＝ジョーンズが、オクスフォード運動の精神を継承してラファエル前派の手法を宗教画のなかで発揮したように、バターフィールドは同じ精神を建築の領域でゴシック様式を再創造することで表現したのである。(50)

図 2–3　オール・セインツ教会（ロンドン，マーガレット通り）の外観（上）と内陣（下）

ピクチャレスクな工場群

コベットやサウジーの描いた伝統的な農家屋も、ワーズワスが描いた廃墟の修道院も、ピクチャレスクなものであった。ピュージンがデザインし、カムデン協会が主軸となって広めていった田園や都市のネオ・ゴシック教会もまたピクチャレスクな美学を具現している。しかし、それとは逆に工場群そのものをピクチャレスクなものとして提示する事例が、ヴィクトリア朝に出現する。その好例がウィリアム・クック・テイラーの『ランカシャーの工場地域の観光覚書』(一八四二年)である。ダブリン在住のテイラーは、ランカシャーを訪れ、そこで目にした工場経営の状態や救貧院や労働者たちの環境を、ダブリン司教への公開書簡として提示する。産業振興が遅れていたダブリンと比較して、ランカシャーの工場町が優れて理想的な共同体として描かれる。

テイラーは、噂ほどには工場労働者たちは抑圧されていないし、貧困問題も深刻ではないと断言する。たとえばマンチェスターの救貧院に一八三八年の二月から三九年の二月まで収容された貧民一万七四〇六人のうち、マンチェスター出身者はごくわずかであり、実際に救済を受けたランカシャー出身者は三五〇〇人で、残りは一七〇〇人のアイルランド人を含む地域外から職を求めて流入してきた者であると指摘する。工場で働く人びとは、子供たちを含めて疲れた様子を見せることもなく、嬉々として帰路につき、危険とされている工場内でも事故らしい事故を目撃することもない。とりわけタートンにおいては、「清潔で良俗であるための規則」が厳しいために家事が大変だという労働者の妻の愚痴を引用し、労働者たちが住む棟割り長屋や生活環境はきわめて衛生的であるという。(51)

そんな好印象をいだいてランカシャーの産業都市を見回ったテイラーは、ボルトンの町のたたずまいに感動する。川が森の間をうねるように抜けている谷間に工場が建ち並ぶ光景がピクチャレスクなものに見えたのだ。重要な箇所なので、やや長い一節だがそのまま引用する。

今朝起きて目にした光景は、画家であればまたとなく喜んだものであろう。右手にはアーウェル川の支流の一つが流れ、森が繁茂し、急斜面となった谷、いや渓谷というべき大地の底をうねって進む。降り注ぐ太陽の光がキラキラと水面に反射し、あらゆる木々の葉の隙間から閃光のように輝いていて、疲れているのを言い訳にしなくてもこの場にいつまでもとどまっていたいと思う。〈中略〉私が立っている目の前の大地の端は、谷に囲まれた高台が突き出たようなところで、森の中に館がたたずんでいる。それがミュール紡績機の発明者クロンプトンの家であるのは注目すべきだろう。それに劣らず私が興味を覚えるのは、その館がサクソンの祖先たち、その子孫たち、つまりノルマン人の軛に屈することなく、大陸から輸入された流行を取り入れることを拒否したイングランドのフランクリン家や古い田舎の郷士たちの手による住居建築のうちで現存するもっとも完璧なモデルの一つだからである。その向こうの丘にはボルトンの忙しい町の大部分がある。その合間に広がる谷には工場や漂白所が一面に建ち並んでいる。高く伸びたそのほとんどの煙突から煙が立ち上っているのはなんと感慨深い風景だろう。工場の煙突から煙がたっていなければ、多くの家庭で暖炉の火が消え、働きたくても人びとに職がなく、多くの正直者の家族に食べ物がないことを意味する。ここまでやってくる間に数々の痛ましい話からそのことがわかった。ここでは煙はなんの公害も引き起こしていない。煙突はお互いにかなり離れ、空気や空に変化をつけていて、私には心地よく、ピクチャレスクな効果をもたらしているように思われた。[52]

テイラーがこの一節で提示しているのは、ピュージンが『対比』のなかで意図したものと正反対のことである。ピュージンは中世のゴシック建築がいかにピクチャレスクなものであり、その一方で近代の工場建築が醜悪であるかを示したわけだが、テイラーは逆に工場の建ち並ぶさまをピクチャレスクな光景として描き出している。技術革新の立役者の家が、伝統的なサクソン人固有の住宅であり、イングランドのヴァナキュラーな家屋であることが強調される。そこに川があり、森があり、自然の高台と谷があり、工場群はそのなかに抱かれるようにして横たわっている。ゴシック教会の尖塔、あるいはノルマンの城郭の砲塔の代わりに、煙突が聳え、そこから立ち上る煙も、労働者の生活と安寧を保障する美しき絵の一要素でしかない。

ボルトンの貧困状態を目撃したテイラーは、人びとが高貴な精神でそれに耐えていることに感動さえする。「高貴なる貧苦」、「道徳的すばらしさ」をそこに見出し、「月夜に照らされた廃墟の荘厳さ」という形容を想起する。(53)「月夜の廃墟」というピクチャレスクな構図を労働者の困窮に当てはめることで、工場町をユートピアに仕立てあげてしまったのである。

過去と現在――廃墟の修道院から立ちのぼるヴィジョン

テイラーのピクチャレスクな風景を批判的に取りこんだと考えられるのが、先にもふれたカーライルの『過去と現在』（一八四三年）である。テイラーへの言及は明示的なものではなく、救貧院をピクチャレスクなものとして眺める観光者のまなざしに、さりげなく重ね合わされるにとどまっている。『過去と現在』は、「富や多種多様な製品があふれかえり、あらゆる類の人間が生きてゆくのに必要なものに対しても十分な供給がなされている」一方で、それが労働者や貧困者にまったく行き渡ることがない矛盾を抱えた「イングランドの状況」を糾弾した著作である。(54)カーライルはその冒頭で、このありあまる富を生み出した労働力を提供した労働者たちが、その分け前にあずかることがないまま貧困にあえぎ、救貧院に収容されている実態を暴露する。

> こうした立派な熟練労働者たちのうち、今や二百万余にもおよぶ人たちが、救貧法監獄といわれる救貧院《ワークハウス》に座りこんでいるか、その壁の外側で施される「院外救済」を受けている。バスティーユになぞらえられるその救貧院は収容人員ではちきれんばかりであり、強力だった救貧法はさらに強靭な新しい救貧法によって粉砕されてしまっている。貧民たちはそこにいまや何ヶ月も座り、そこから出られる希望はないに等しい。聞こえよく「ワークハウス」と名づけられたのは、そこではなにも労働ができないからであり、イングランドだけで十二

万人の労働者が、悲しみを胸にして怠惰に横たわっている。このすばらしき世界の分け前であるべき、彼らの希望や未来への展望は、狭い壁のなかに封じこめられているのである。彼らはそこに恐ろしき魔法にかけられた状態で幽閉されている。餓死することがないように、監禁され、呪縛されているのである。[55]

一八四二年のイングランドおよびウェールズの貧民人口統計によれば、院内救済は二二万一六三七人、院外救済は一二〇万七四〇二人、合計一四二万九〇三九人であるから、カーライルのデータはやや不正確ではあるが、「イングランドの状況」がきわめて憂慮すべきものであることを印象づけるのには十分な迫力ある描写である。そしてこの直後に、救貧院をピクチャレスクな風景として眺める観光者が登場するのである。秋晴れの日にハンティンドンシャーの救貧院を通りかかった彼は、がっしりとした体つきで正直そうな面持ちの何千人もの壮年の男たちが、壁と柵で囲まれた収容施設の中庭で、手持ち無沙汰にぼうっと座りこんでいるのを見つめる。周囲の大地は陽光に照らされ美しく輝き、耕してくれと声をあげているのに、彼らは何もしないで座っているだけである。「そんなふうに俺たちを見ないでくれ。ここでうっとりと座っているんだ。なぜかはわからない。お日さまは陽の光をふりそそぎ、大地は呼んでいる。しかし、イングランドの為政者の権力と無能力が禁じているために、俺たちは応えられないんだ。大地の上で働いてはいけないと言うんだ[56]」。そんな貧民たちの心の叫びを聞き取り、この観光者はその場を去る。

カリフォルニア大学出版局版の編者は、この観光者はカーライル自身であり、彼自身の経験に基づいていると指摘したうえで、その背後にはカーライルがロンドン図書館から一八四二年九月に借り出したテイラーの著作の影響があるとしている[57]。テイラーがボルトンの高台の自然や邸宅と対比して谷間にひろがる工場をピクチャレスクな風景として描き出した表象を、カーライルの描写が対照的に想起させることは確かである。救貧院に収容された貧民たちが魔法をかけられたように監禁され、働くこともできずに座りこんでいる光景は、テイラーの提示した楽観的で、ユートピア的な工場町と労働者たちの生活風景からは隠されてしまっていると批判しているのである。目障りなものを美化する、あるいは隠蔽することで美的風景を作為的に創造するのがピクチャレスクの美学であるとすれば、テイラーの描写はまさにピクチャレスクである。

しかしながら、より重要なのは、カーライル自身が「ピクチャレスク」なものとして提示しているのが、サフォークにある共同体バリー・セント・エドマンズに残る中世の修道院の廃墟だということである。カーライルはその廃墟を見つめ、描写しながら、かつて修道院長ヒューゴーが無能な運営をして以来借金にまみれ、運営が立ちゆかなくなっていたこの修道院を、一介の修道士サムソンが断固たる改革を行い、健全な運営へと立ち直らせた長大な歴史的ヴィジョンを綴っていく。

丘の斜面から朝日が昇る右手のほうを眺めると快い気持ちになる。その東端には、長々と、黒く巨大に連なった修道院の廃墟が伸びている。一シリングを支払えば、観光客はその広大な内部空間へと入ることができる。現在はその内部は植物園になっている。観光客であれ、町の人であれ、この大きく厳しく神聖な廃墟のなかを気ままにぶらつきながら、かつてセント・エドマンドベリー修道院がここにあったことを信じようとしているようだ。いや、それは疑うべくもない事実である。ここにある巨大な古びた門を見たらいい。好事家たちの興味をそそる建築物である。そしてずっと向こうにあるもう一つの門はといえば、好事家たちが寄付を募って、鎹でとめ、支えを入れないかぎり、この数ヶ月のあいだにいまにも瓦解してしまいそうである。(53)

カーライルがここで念頭に置いているのは、テイラーが対比した自然と工場のピクチャレスクな対照ばかりでなく、ピュージンが『対比』のなかでみせた十九世紀の救貧院と中世の田園にある修道院、あるいは工場と中世の教会という対照性であろう。陽光が降りそそぐ大地が耕作を待ち焦がれているのに、貧民たちが怠惰な時間を救貧院のなかで送らなくてはならない矛盾した光景は、ピクチャレスクとは言いがたいもので、カーライルはそこに中世の時代に存在した修道院の廃墟を挿入することで、かつてあった理想の宗教共同体が瓦解したことを示唆したのである。中世建築物が廃墟としてしかピクチャレスクな風景の一部になりえない現状への嘆きと憤りがこめられている。

修道士サムソンは、「明瞭なヴィジョン」を持ち、「義にあつく、清廉な人物」であり、真に才能豊かで、「判事のなかでももっとも廉直だった」修道院長として描かれ、カーライルの英雄崇拝の脚色を限りなく帯びている(59)。そんな英雄が率いた修道院はもはや現代の社会には存在しえないのだろうか。カーライルはそんな疑問を読者に突きつける。そして、修道士サムソンのような英雄が、工場や産業、あるいは国家の指導者として、彼の表現を使えば「産業の指揮官《キャプテン・オブ・インダストリー》」として社会に君臨することで、「イングランドの状況」が解決できると主張する。ピクチャレスクな修道院の廃墟から立ちあがってきたヴィジョンは、社会の貧困化とスラムを生む社会構造を矯正し豊かにする英雄が率いる理想の共同体として提示されている。廃墟になったゴシック様式の修道院は、ピクチャレスクな救貧院に取って替わるユートピアの言説を生み出したのである。

4　「自由」と「秩序」と「雅量」と——ラスキンがゴシック建築に見出したもの

ブルジョワ・プロテスタントのゴシック論

ヴィクトリア時代における反《カウンター》スラムとしての中世主義は、ラスキンによっていっそう濃厚な道徳的意味を付された詩学として確立する。その礎ともいうべき著作『建築の七燈』は、ケネス・クラークが指摘するように、ピュージンやカムデン協会による先行の著作物と呼応する点が多く、建築論として独創的というわけではない(60)。だが、ピュージンが厳格な考証と正確な知識、そして情熱的な信仰に基づいて、カトリシズムの具現としてゴシック教会建立に邁進し、ゴシック建築の精神性のみならず、機能性や装飾まで構造的に論じたのに対し、建築家でもカトリックでもないラスキンは、ゴシック建築の外形と装飾の道徳的意味を強調する。幼年時の福音主義的教育からやがて離れていったとはいえ、「労働」というプロテスタント的美徳を神学的な秩序のなかで論じた点で、ラスキンの建築論はブルジョワ・プロテスタントのゴシック論といえる。[61] 前述の『ヴェネツィアの石』も、ヴェネツィア・ゴシック様式をイギリスに浸透させると同時に、多彩色を使ったゴシック建築物をプロテスタント中流階級の人びとの美徳を示唆するものとして、世俗の建築物にも幅広く浸透させるのに貢献した。[62]

ラスキンが建築物を道徳的に解釈するのは、社会や国家の制度や精神文化があらゆるレヴェルにおいて建築を規定し、その見えない力が建築にたずさわるすべての職人や労働者、さらにはその建物のなかで生活し仕事をする人びとの行動や精神にまでおよぶと考えていたからである。建築はそれゆえに「国民の政治機構、生命、歴史そして宗教的信仰が具現化されたもの」となる (8: 248)。フーコーは権力が中心から周縁へと及ぼす見えない力を、全展望監視監獄《パノプティコン》という構造物に仮託して批判的に論じたが、ラスキンはナイーブに人間の生き方を歴史的建造物に見出し、「従順」という燈《ランプ》によって統一された「国家的建築」が公共生活を強制的に支配すべきであるというヴィジョンを提示する。

それは「ハビトゥス」としての建築物についての「保守」的な解釈には違いない。だが、だからといって労働者たちに対するまなざしを無視してはならない。ラスキンがゴシック建築の美徳として讃えたのは、建築に関わった職人たちの自由であり、創意工夫であった。それは同時代を風靡していた二つの考え方に対する批判である。最初の敵は、人びとから労働の自由と歓びを奪っていると見なされる産業革命と資本主義、およびそれらをイデオロギー的に補完する功利主義である。もう一つは、抑圧されていた労働者たちの不満を煽り、社会を不安定にしていると見なされる共産主義である。冒頭の章「犠牲の燈」では、無益さと犠牲の精神を称揚することで寛大な愛他主義を説き、近代の功利主義精神を利己的として真っ向から批判する。

「生命と自由のしるし」

また、「従順の燈《ランプ》」の冒頭に「いわゆる自由という当てにならない亡霊が、いかに間違っており、それを求めることがいかに狂気じみているか」(8：248)と述べているのは、「ヨーロッパでひとつの亡霊がうろついている——共産主義という亡霊である」という言葉ではじまる『共産党宣言』への言及にも思えるが[63]、直接的にはヨーロッパにおいて「自由」の名のもとに国家政体を転覆させていった破壊的思想に対する非難である。前述のように、ラスキンにとってそれらは宇宙の秩序をつかさどり、政治社会と建築の両方を支配すべき法則を撹乱するものでしかなかった。

前述のように、ラスキンはその秩序と法則の具現をゴシック建築に求め、その秩序に沿って中世の職人たちが創意工夫を凝らした自由こそ、真の自由であるととらえた。ゴシック建築の形象的要素としてラスキンは尖塔アーチと切妻、外面を覆う装飾物や彫刻の「多彩さ」や「自然主義」を強調するが、後者を生み出す根源としてとらえたのが中世の人びとが保っていた「純朴さ《プリミティヴネス》」あふれる精神的活力である。

そこから、趣味の悪い贅沢品を消費したり、精巧で完璧な工業製品や模倣品を求めてはならないというラスキンの禁令も生まれる。不完全であることこそ自然であり、ゆえに真実であり、芸術および建築の本質であるとされる。ラスキンは、ゴシック建築はその不完全さを許容することによって、人間の自由をも認めているし、その包容力こそが神の秩序《オイコノミア》を反映した美徳であると考える[64]。「劣った精神の持ち主たちの労働の結果を受け入れ、そして不完全な部分ばかりの断片から、あらゆるところに不完全さを露呈しながら、寛大にも、荘厳かつ非の打ち所のない全体像を創り上げる」(10：190)。この包容力は後年の『フォルス・クラヴィゲラ』(一八七一―八四年)のなかで、中世の騎士道精神と結びついた「雅量《ラルジェッセ》」という美徳に結びつく。ラスキンにとって、それこそが貧困や社会的疎外、労苦に悩む労働者や貧民を「生命と自由」へと解放する政治的美徳であった。

原始的で、醜悪で、不均整な装飾のなかに職人たちの「生命と自由のしるし」を喝破する態度は、『近代画家論』

（一八四三―六〇年）において自然のなかに「美と真実の本質と威光」（3：4）を見出し、それを常に論証しようと宣言したラスキンの美学とも呼応している。ラスキンにとって芸術は自然を喝破し、再創造するものであり、「純朴さ」はその証である。したがってそれを表現している建築物は「美と真実と本質」の高貴かつ深遠なる証言者となる。そこに、「真実を取り戻すのが人間最後の誇り」であるという彼のロマン主義的な理念が透けてみえる。大人は、どれほど握力が強くてもできないが、「子供は純真であるがゆえに、かよわい指で真実をつかみ取る」のである（3：31）。

不完全さの証、自然の鏡としての「純朴さ」を許容するゴシック建築の包容力は、一見矛盾するように見える労働者の自由賛美と『建築の七燈』の終章で強調される「従順」の美徳を結びあわせるものである。粗雑にさえ見える奇怪な装飾を生みだす職人たちの自由な創意工夫を論じる一方で、ラスキンは規律や秩序に従順であることを要求し、「自由」の難しさを指摘する。「自由はあらゆる幻想のなかでもっともあてにならない」。「自由」は概念としても誤っているし、それを狂乱したように追求するのも間違いである、と言う（8：248-49）。

「秩序」と「歓び」

ここで批判される自由とは自由放任経済の自由であり、一八四八年にヨーロッパの政治体制を転覆させた革命の自由である。ラスキンにとって、神のための仕事を認識して、神聖な法と摂理に基づいて行うことこそ、従順でありながら真実を求める仕事であり、それゆえに自由であり、歓びが生まれる。日記のなかで、「人間が霊感をうけた神の道具となればなるほど、そして自分の行なっていることに自分個人の労苦や苦難のあとがなくなればなくなるほど、それは神聖なこととなる。よってわれわれは常に、仕事をわれわれが楽しんでできることのみに限る必要がある」と記している[65]。彼にとって、偉大な芸術とは自分のための仕事ではなく、神のための仕事における人間の歓びであり、創造性と服従、自発性と勤勉とは和解すると考えていた。

この「歓び」を構成要素として付与することで、ラスキンは建築物に「生命」という美徳を見出していく。「生命の燈《ランプ》」の章において「すべてのものは、その生命の充足に比例して、崇高である」(8:190)と論じたとき、中世のようにごく普通の労働者が仕事のなかで歓びと自由を表現することで、建築物はその力強さを増していくと示唆するのである。そしてこの「生」の歓びこそ、ラスキンがワーズワスから受け継ぎ、発展させた理念であり、功利主義や共産主義の政治論・経済論に対抗する独自の芸術経済論の礎になったものである。[66] ワーズワスが「感嘆と希望と愛によって生きる」(『逍遥』第四巻七六三行)と謳った言葉を『この最後の者にも』(一八六〇年)において引用することで、その生命美を金銭や物質的豊かさでは計量することのできない本当の「富」として定義するのである。

> 生をおいてほかに富はない。生は、愛と歓喜と感嘆といったすべての活力を含んでいる。もっとも富める国とは、高貴で幸福な人間をもっともたくさん育てている国である。もっとも富める人とは、自らの生の機能を極限にまで完成したうえで、人格と財産によって他の人たちの生に有益な影響をもっとも広く及ぼしている人である。〈中略〉最大の生とは、最大の美徳によってのみ達成できるのである。 (17:105)

『フォルス・クラヴィゲラ』においても、「きれいな空気と水と大地」という自然環境が人間の生にとって不可欠のものであるが、その上に幸福を確保するのに必要な無形の財産として「感嘆と希望と愛」が必要であると断言する(27:90)。そして、それは近代の経済学では無視されているが、労働者を含めた人間の幸せを保証するために経済学が是が非でも論じなくてはいけないものだと説くのである。

ラスキンにとって中世という時代とゴシック建築は、近代の「打算的で、楽天的で、自律・自治の人間」と差異化された「信じ、涙を流し、悩み、苦悶し、天によって治められる人間」(10:67)にとって、自らの不完全さを非難されることなく、生き生きと、自然に、自由に、ゆえに幸福に生活できた時空間であった。信仰の時代である中世においては、信仰と建築は堅固に結びついていたため、教会建築と人びとの住居は同じものとして考えるべきであるという。ラスキンはそうした神秘性を排除した実用的な建築様式、健全で、歓びに満ち、愛と感動を包摂した「ハビトゥス」としての建築を、ゴシックのなかに見出したのである。

「雅量」とゴシック教会

このように「粗削り《サヴェッジ》」であり、ゆえに不完全でありながら、神の摂理にしたがって歓喜とともに自由に職人が創り上げたものを包みこむ愛情深いゴシック建築は、アリス・チャンドラーが指摘するように、キリスト教的な同胞愛、騎士道的慈悲深さの象徴として機能する。[67] それが、ラスキンの中世主義およびゴシック建築論を反功利主義論として機能させる礎である。ラスキンは一八五七年の「芸術経済論」において自由放任経済を攻撃したが、すでに一八四一年の著作のなかでも、政府は父権主義的であるべきであり、人間の愚行を抑制し、悩みを軽減し、不実を鎮圧し、富を統制する必要があると説いている。「国民の気まぐれにみられる幼稚さを抑制し、目指すべき方向がわからない国家の活力を導く父親としての権威」(16 : 27) を政府に与えるべきであるという。エドマンド・バークやサウジー、カーライルの考え方とも共鳴しながら、『この最後の者にも』や『フォルス・クラヴィゲラ』に収斂していく見解である。富は生産物でも、蓄積された金でもない。生命こそが富であり、そして生命とは愛、歓び、賞賛の力である。ラスキンにとって、そうした富は国家によって、その生産と分配が注意深く配慮され、管理されるべきものとなる。

ラスキンにおいて、労働者や貧困者たちの「生命と自由」を擁護し、スラムを生みだす社会を批判する理念としての中世主義とゴシック建築を総括する最後のキーワードが、『フォルス・クラヴィゲラ』で用いられた「雅量《ラルジェッセ》」である。同時代の社会が採用していた功利主義的原理、利己的な態度を批判する際に、再度中世の騎士道精神を持ち出し、そこに「雅量」の美徳を見出して、これを讃えたのである。

金と食糧が必要だったのは、本質的には与えるためであって、消費するためではなかった。それは、従う者たちを養うためであり、自分たちで独占するためではなかった。あなたたちの騎士道精神は、いつも馬、武器、そして日々の糧だけで一生満足していた騎士たちによって支えられていた。真の権力を持つあなたたちの王も、フリードリッヒ王にいたるまで、決してそれ以上の私欲を持つことはなかった。彼らが本当に望んでいたのは、周りにいる人たちの強さであり、自分たち自身の雅量の力であった。

(28 : 157–58)

すでに述べたように、ここでいう「雅量」は、人間の未熟さや過ちを容認する神の「秩序《オイコノミア》」と対応した人間精神であり、職人の純粋ではあるが「粗削り」な技術や不完全さを包摂するゴシック建築が具現する中世的美徳である。『フォルス・クラヴィゲラ』は、王から貴族、地主、産業資本家、職人にいたるまで、それぞれの階級がその上の階級に依存し、上の階級が下の階級を慈悲に満ちた父親として面倒を見る階層社会を理想化する。聖ジョージ・ギルドを設立した際に、ラスキンは真剣にこの中世的社会の実現をはかろうとした。土地を買い、そこに自分たちの手で喜んで働く気のある若く健康的な家族を住まわせようとしたのである[68]。それが成功し、社会が追随することで、取引や商売に頼ることのない自給自足のコミュニティが成立すると信じていた。「雅量」を含んだ「騎士道」精神により、強き者が弱き者を守り、コミュニティ構成員のそれぞれが社会的役割を担い、その範囲内で自由と秩序を融和させた安定した社会を夢見ていた。実際には、聖ジョージ・ギルドは失敗し、ラスキンの中世主義が時代錯誤であり、チャンドラーが呼ぶように彼自身「実用主義的というよりも、むしろ哲学的な中世主義者」であるのを露呈してしまった[69]。

しかしながら、ゴシック建築に象徴される中世の「自由」で、神の秩序に「従順」な勤労精神、粗雑さと不完全さを包容する騎士道的な「雅量」の美徳を、貧困という病理を生みだす同時代の社会を救済する力とすることで、ラスキンが、スラムと対置された中世的ユートピアを提示したことは重要である。スコットやカーライルの中世主義も秩序やプリミティヴィズムを強調するが、ラスキンだけが自然の秩序と国家との関係について明瞭に言明にしている。[70] そのユートピア的ヴィジョンは愛弟子の一人であるオクタヴィア・ヒルの都市住居環境改善運動や『ユートピアだより』を書いたウィリアム・モリス、ナショナル・トラストの理念と活動、そして世紀末の田園主義を経由して田園都市の構想を提示したエベネザ・ハワードへと受け継がれていく。[71] 中世主義を下敷きにした反《カウンター》スラムとしてのゴシック建築を称揚し、貧困者や労働者の生活環境を改善し、さらには国民に「愛と歓喜と感嘆」を与える環境を確保する思想は、ラスキンを媒介にして中世から世紀末のイギリスへと移植され、昇華されたのである。

記憶の建築物

ピュージンや彼の影響を受けたカムデン協会、あるいはオクスフォード運動が、中世を構造と精神の両面で忠実に復興しようと志向したのに対し、ラスキンはカトリックとプロテスタントの断絶を認めながら、人間の不完全さと自由を許容する「聖なる秩序《オイコノミア》」の具現としてゴシック建築を讃え、「雅量《ラルジェッセ》」を有した騎士道精神をヴィクトリア朝社会に移植しようと試みた。「記憶の燈《ランプ》」に記されたように、それは断絶を含みながら、過去を継承し、そして現在を変容させ、再構築していく力である。それゆえに建築物は時の流れのなかにたたずみながら、過去への共感を人びとに喚起し、その心を過去と共同体のなかにつなぎとめる力を持っているというのである。[72]

過去への共感は現在という時間のなかに生きる人びとが恣意的に感じるものであり、必ずしも歴史的に正しい過去の認識に基づいているわけではない。それを認めているからこそ、断絶を含みながらの過去と現在の継続、「アイデンティティを半ば構築する力」を訴えるのである（8：233–34）。教会を中心とした建築物の修復が盛んに行われた十九世紀において、修復を全面的に否定したラスキンは、忠実な中世の復元を主張したカムデン協会や教会建築学協会《イクレジオロジカル・ソサイエティ》とも、「中世的」な修復を無差別に手がけたジョージ・ギルバート・スコットのような建築家とも異なる極端な立場にいる。修復をラスキンが認めなかったのは、同時代のゴシック復興が「どの側面においても不可避的に、生産、流通、供給という資本主義の手段に依存」せざるをえなかったからである。そこに伝統的職人たちの「生命と自由」を守ろうとするラスキンの中世主義の徹底を見出せる。労働者への共感をマルクスやエンゲルスと共有しながらも、騎士道的な「雅量」に基づいた「秩序」の実現と労働者たちの「生命と自由」を両立させようとするラスキンのヴィジョンは独自のものであり、そこに彼のゴシック建築論の原理がある。(73)

5 モダンな中世主義——ウィリアム・モリスの『ユートピアだより』

陰なき居住空間

ラスキンの『ヴェネツィアの石』に所収された一節「ゴシックの本質」に大いに感銘を受けたウィリアム・モリスの著作と活動にも、中世主義は濃厚に現れている。建築士への志を捨て、工芸デザイナーとして「アーツ・アンド・クラフツ運動」を推進する一方、社会主義に傾倒し、政治活動にも邁進したモリスは、人びとが資本主義下の労苦と貧困から解放され、喜びと美に囲まれた日常生活において生を満喫する社会を夢見ていた。その夢を直裁的かつ詩的な言語で語ったのが『ユートピアだより』(一八九〇年)である。(74)そのタイトルのとおりユートピアが実現された社会を、「客《ゲスト》」と呼称する主人公が見た夢物語として綴っていく。小説でありながら、政治的なプロパガンダでもあり、そして彼が目指す芸術のマニフェストでもある。当然すぎて看過されがちだが、このユートピアの最大の特徴はスラムが消滅していることである。貧困を克服した社会が中世的な世界であり、そこに快適で美しい装飾をほどこした建築物が林立している。同じ年に出版されたワイルドの『ドリアン・グレイ』やコナン・ドイルの『四つの署名』が、イースト・エンドのアヘン窟や猥雑な郊外の犯罪を描くことで、世紀末ロンドンの「陰」を表象していたとすれば、『ユートピアだより』は理想の未来を描くことで、「陰」なき居住空間を提示した。そこに出現するのが「イングリッシュ」で田園主義的な中世建築物なのである。

　ラスキンやカーライルと同じように、モリスにおいても中世主義はスラムを含む近代都市社会の病理を治癒し、資本主義体制を乗り越える社会を目指す過程で採用された新しいヴィジョンである。これをたんに保守的なものとして片付けることはできない。むしろ、世紀末以降の労働党の躍進や社会保障制度の改善にも通じる要素を胚胎したモダンなものでもある。彼が設立した古建築物保存協会はもちろん、ラスキンの思想的影響を受けたナショナル・トラスト、日本における柳宗悦の民藝運動にも深い影響を及ぼしたモリスの中世主義が保有する革新性を、スラムの反転としてのユートピアに建つ家並みのなかに考察してみたい。

　二〇〇三年に設定されているこの夢の社会では、五十年ほど前に起きた革命によって、怠惰な資本家階級や貴族たちが駆逐されている。通貨さえも廃止され、人びとは日々の糧のために自分の労働を売って賃金を手にする必要もなく、貧困に苦しむこともない。あくせくすることなく、美しい日常品に囲まれて生活している。夢の世界に迷いこんだ主人公は最初に、よく見知ったハマスミスの市場を通ったとき、人びとが中世風の明るい衣装を身にまとい、楽しげに行き交うのを目にする。自分の時代に市場でよく見かける「田舎風の人」、つまり「貧しい人たち」に出会わないのを不思議に思う（五二頁）。案内役に問いただしたところ、「貧しい《プァー》」という言葉の意味が通じず、「具合のわるい」という意味にしか理解されていないことに気づく。「貧困」が社会から消滅した結果、「貧しい」という意味が死滅してしまったのである。階級や通貨の撤廃は非現実な社会像だが、社会的不平等の是正にはそれが不可欠であるというのがモリスの立場であった。

　その後、トラファルガー・スクエアを通りかかったとき、かつて「周囲を高く醜い家」が取り囲み、争議のさいには「道路には汗だくで興奮した群衆があふれ」、青い服を着た警官や騎馬隊が監視していた光景を想起してしまう（八二頁）。だが、このユートピアでは、かつて「バビロン」と呼ばれていたロンドンは跡形もなく姿を消している。イースト・エンドに巣食っていたスラム、「罪のない男女を責めさいなむ場所」、「さらに悪いことに、その責め苦があたりまえの自然のくらしに思えてしまうほど、退廃した状態で男女を養い育てる貧民窟」（一二六頁）がどこにもないのだ。「スラム」という言葉自体が、「貧しい」や「労苦」という言葉とともに、人びとにはもはや理解できない死語となり、過去の歴史的事象として記録されているにすぎない。

今では、かつて最悪のスラムがあったロンドン東部のコミューンで、メーデーに〈貧困の一掃〉を記念する厳粛な祝宴を開くことで、「スラムの記憶を代々伝え残して」いるのみである。宴会を催しながら、音楽を奏で、ダンスをし、遊戯に打ち興じ、昔の革命歌やトマス・フッドが作詞し労働者たちが歌っていた「シャツの歌」を美しい娘たちが歌うが、彼女たちは歌詞の意味が理解できない。

綺羅をまとった娘が、近くの草原から摘んだ花を髪にかざして、幸福な人たちに囲まれて小高い丘に立ち――その丘に昔あったのは、家とは名ばかりのみじめな小屋、樽詰めの鰊みたいに男も女も汚穢のなかにつめこまれてくらしていたあなぐらで、いま申し上げたように、かれらの生活は、人間以下の存在へとおとしめられることによってかろうじて耐えられるような代物でした――その娘のやわらかく美しいくちびるから、威嚇と悲嘆の恐ろしい言葉が発せられるのだが、しかし本人にはその言葉の意味がわかっていない。（一二七頁）

どこに行っても人びとは明るい表情をし、健康的であり、親切心と知性に満ちあふれ、華やかな衣装を身にまとっている。一幅の絵を見るような光景ばかりである。モリスは、人為的に野趣に富んだ人物や廃墟などの風物を絵画に描きこんだり、庭に設けたりするピクチャレスクの伝統に対して批判的であった。このユートピアにおいては、健康的かつ喜びに満ちた労働こそがピクチャレスクを構成するものとして表象されている。道路を修理する工事人夫の一団は、そうしたモリス的ピクチャレスクの美学を代表する事例といえる。屈強な若者たちで、肉体を動かすことに「苦」を感じていない。「つるはしを強く打ち込む男たちの働きぶりは手慣れたものだし、またこの夏の日にこれだけ勢ぞろいしているのはめずらしいほどの、美しい体つきをした男たちなのだ」（九三頁）。汗を流すこと自体が喜びであり、美となっている。路傍に折りたたんで置かれた彼らの外衣のなかには、金糸とシルクの刺繍がきらびやかに施されたものも含まれている。その傍らで、五、六人の女性たちがパイとぶどう酒を入れた上質な大籠を置いて眺めている。それは「見るに値する」光景として称揚される（九二頁）。労働が強制されたものではなく、「本能」から「自発的に生まれでたもの」であり、「喜び」である社会を表象しているのである（二四七頁）。そこには、労働者たちの「自由」な労働をゴシック建築に見出したラスキンの思想が反響している。

そして、その自発的かつ喜びである労働が「芸術」を生み出していく。内戦のさなかにも芸術は破壊されることなく残り、その終わりごろには復興した。「自分が手がけている仕事に全力をつくそう」という生来の「本能」が目覚め、「美へのあこがれ」を強制されることなく追求しだしたのである（二四七―四八頁）。それは過去の芸術の記憶や再現ではなく、新たな芸術形式を生むことになった。その成果物としての美を通して、人びとは真に貧困から解放され、「幸福」になったとされる。

「仲間意識《フェローシップ》」と消費文化

歓喜を介した労働と芸術との結合は、たんにモリスの美学を構成するだけでなく、彼の思想の根幹でもある。『ユートピアだより』においても「仲間意識《フェローシップ》」（一五二頁）が強調されるが、それはモリスが理想とした中世的ギルドの精神文化である。十九世紀において、知識の探究は、「商業主義体制の付属物」に甘んじ、その商業主義体制もまた「警察の付属物」でありつづけた結果、「偏狭で臆病なもの」になっていた（二四四頁）。フーコー的な社会批判にも聞こえるが、モリスは「仲間意識」によって、商業主義体制を転覆し、高品質かつ美的なものが市場価値とは無関係に作られ、人びとの日常生活がそれらで満たされた社会を創造することを目指したのである。モリスはオーウェンやフーリエたちの思想にも共感し、またそこから影響を受けているが、それは貧困が除去され、労働に喜びを見出そうとするコミューンを実現した理念に共鳴しているからである。社会主義同盟において機関紙『コモンウィール』を創刊し、編集長として健筆をふるい、講演のために各地を奔走する一方で、それ以前から自らデザインした椅子などの家具やタペストリー、壁紙などを中世同様の手作業で製作し、販売した。

ただし、こうした制作工程やデザインを「中世主義」という形容でくくってしまうのは間違いではないものの、モリスのデザインには、中世の「記憶」や「再現」だけでは分類できない、モダニズムにも通じる斬新さがあることに注意すべきである。[75] さらに、社会主義を標榜したモリスにとって皮肉なことに、手作業ゆえに高価格でしか取引できない彼の製作品を購入した主な客層は、産業都市の資本家などであった。ゴシック趣味は「スノッブ的な様式、言い換えれば肩書きを好むような人々に愛好される様式」であったと述べたのはケネス・クラークだが、同じことはモリス商会の製品にもいえる。[76] 中世という歴史的遺産を継承しながら、それを新しい感性で再構築し、斬新なデザインとして売り出したモリスの家具や装飾品は、こうした都市中心の産業資本主義の社会において奢侈品として消費されたのだ。草光俊雄は十八世紀以降の中世主義のなかに、たんにトーリー的、伝統的家父長社会、前商業主義的世界への復帰だけでなく、「近代批判」を読みこみ、消費文化のなかでその意義を再考する必要を提言する。その議論を敷衍すれば、貧困とスラムを社会から除去したユートピアを志向するモリスの中世主義とピクチャレスクは、近代批判でありながら、新しい社会の消費文化に依拠せざるをえないという矛盾と逆説に根ざしていることになる。[77]

その逆説を支えるのが、十八世紀以来のブルジョワ的美徳の一つである「快適さ」という理念ではないだろうか。[78] それが『ユートピアだより』に反映されることで中世的な世界がモダンな様相を装って出現している。資本主義とその下での偏狭な精神が革命によって一掃されることで、来世的美徳がこの世に出現する。「むしろ中世の時代の精神のほうが、わたしたちのくらしの見方に近い」と、老人ハモンドはいう。「中世の人びとにとっては、天国とか来世の生活というものが非常に現実味を帯びていたので、それが現世でのくらしの一部になって」いる。「人びとはこの世でのくらしを愛し、また飾りたてもした」(二四五頁)。しかし、その彼岸性は必ずしも非物質的、非効率的なわけではない。賃金と切り離された勤労ゆえに仕事を楽しみ、質が高く、機能的であり、快適なものが生産されることが強調されている。人びとが身にまとう衣装にも中世的な趣味がうかがえるが、様式やフォルムが体の動きにフィットした機能的なものである点に気づいた主人公は、「かれらの衣服の色合いばかりでなく、そのかたちも美しく理にかなっている」と述べる。「その服は、体を締めつけたり、ゆがめたりせず、やわらかくつつみこむような具合になっている」(二五七頁)。モリスにとって、家具や生活品の使い心地がよいことが美の重要な要素であったように、服も着心地のよいことが美的要素の核であった。

「快適」な建築物

そうした「快適さ」の美学は、このユートピアにおいて建築物や都市景観にも反映されている。夢の世界に入った主人公が最初に気づいたのは居心地よさそうな家のたたずまいである。

両岸には小ぶりの瀟洒な家が川から少しひっこんだところに立ち並んでいる。ほとんどが赤煉瓦造りで瓦屋根。なにより、住み心地がよさそうで、言ってみれば、家が生きていて、そこに住む人びとのくらしに共感しているかのようだ。家並みの前にはひとつづきになった庭があり、それが水際までつながっている。色とりどりの花がいまを盛りとさきほこり、渦巻く流れの上に甘やかな夏の香りがただよってくる。(二四頁)

この生命力あふれる居心地よさは、中世的なものではなく、むしろ十九世紀において人びとが日常生活で求めていた快適な生活環境を理想化したものにほかならない。ここで描かれている赤煉瓦造りで瓦屋根の家は、友人フィリップ・ウェッブがモリスのために設計したレッド・ハウス(一八五九年、図2-4)を想起させるが、人びとの暮らしと「共感」した家であることに主人公は感激する。大きくはないが、住み心地のいい家。そして庭が小川に接し、咲き誇る花々が夏の芳香を周囲に振りまき、「生きた」構造物として家屋が生活を包みこんでいる。快適さはフランシス・ベーコンや吉田健一がイングランドの家の美徳として礼賛したものだが、同時代においては、都市内部の不衛生な生活環境から脱出して郊外に住みはじめた中流階級たちが想い描いていた住宅の理想像である。実際、「快適さ」と結びついたモリスのデザインを取り入れた住居は、「イングリッシュなもの」として受容されていく[79]。レッド・ハウスは、ウェッブが土着的な素材と様式を用いてデザインしたヴァナキュラーな住宅様式であり、その後の郊外住宅様式にも影響を与えていく。とすればモリスが提示した中世的ユートピアは、都市郊外住宅を支配するイデオロギーと連動していることになる。さらに言えば、スラムを消滅させ、あるいはスラムから逃避したユートピアの出現は、「快適な」住宅を求める中流階級イデオロギーに裏付けられているということでもある。

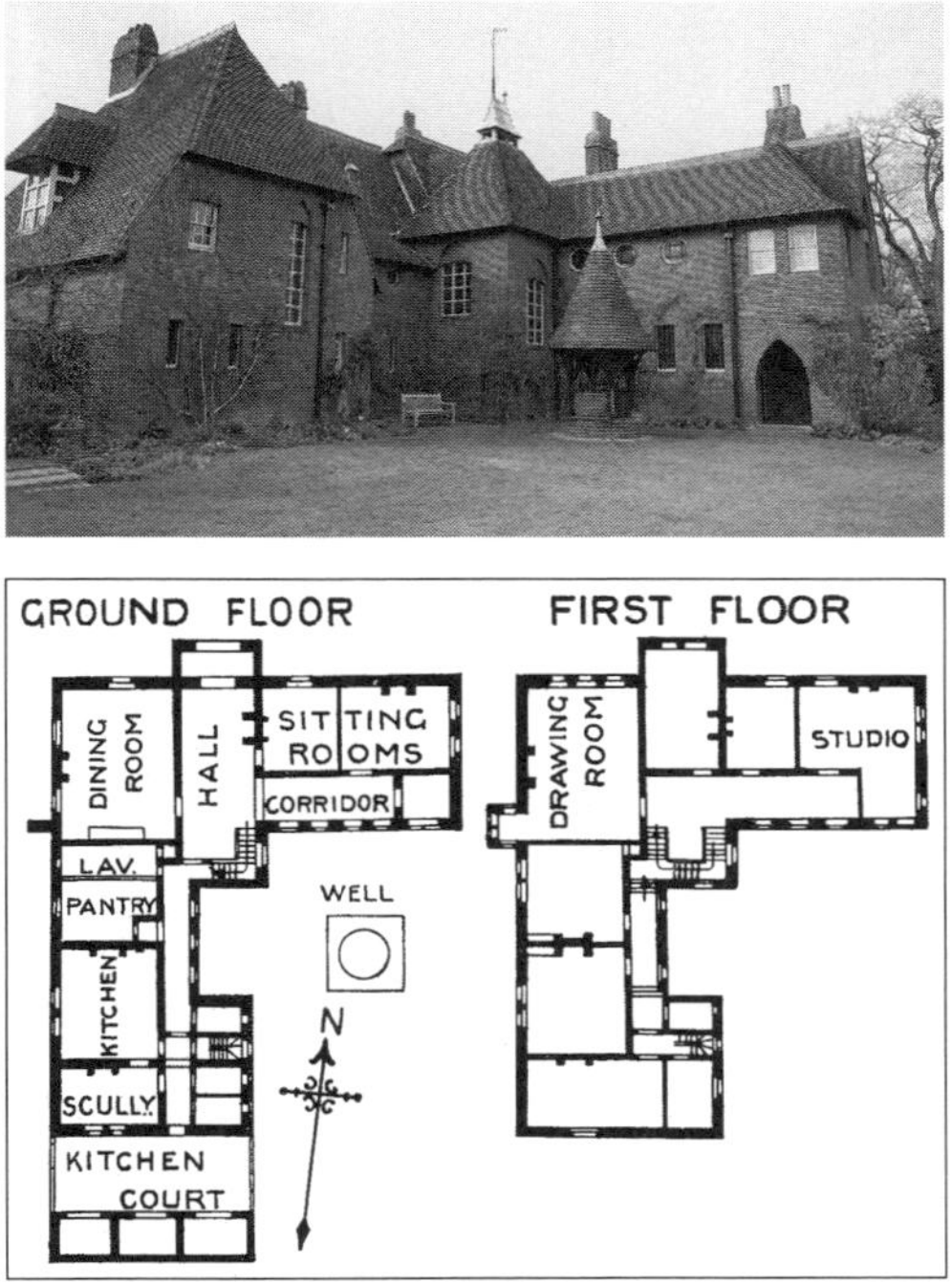

図 2-4　レッド・ハウス（上）とその平面図（下）

人びとの健康的で華やいだ服装に印象づけられた主人公はのちに、「建築をあれほど好む人たちが自分を装うことを怠るはずがない」（二五七頁）と述べるが、逆にいえば心地よい服装を好む人たちが、「生命力」あふれる居心地のいい家に住まないはずがないのである。E・B・バックスと共同執筆の形で社会主義の歴史を綴った著作のなかでも、「良い衣服は、身体を覆うのと同時に身体を現すものでもある。〈中略〉建築に大改革を起こす未来社会は、建築と同様に不可欠の飾りである衣服についても必ずや同じように変革するだろう」という。

そして同時に、「建築はなににもまして連合《アソシエーション》の芸術であり、必然的に協同《コーポレーション》社会の代表的な芸術となるべきものだ」という確信を語っている。[80] ハマスミスで遭遇する光景はそうしたモリスの思想を反映している。

気持ちのよい野原のなかにとつぜん立ちあらわれたこの建築群は、それ自体で妙なる美しさを備えているばかりか、大らかさとあふれんばかりの生命力を表現しているので、わたしはかつてないほど気分が高揚した。〈中略〉［馬車に］乗っている人たちは美しく、健康そうだ。男も女も子どもも、とてもはなやかな服をまとっている。とてもおいしそうな農作物をいっぱい積んでいるので、どうも市場用の馬車のようだ。（五一頁）

ここで言及されている建築群は、中庭のついた共同住宅、あるいは教会や礼拝堂などの公共建築物であると思われる。「生命力」と「美」を備えた建築群は、ラスキンの理想を継承している。"habit"に習慣、住処、衣服の意味が含まれているように、ここでは建築物と衣服がいずれも快適さを求める人びとの生活様式と合致している。それらは中流階級の願望が生み出した「ハビトゥス」である。

オクスフォード大学卒業後に建築家を志し、ジョージ・エドマンド・ストリートの設計事務所で働いたモリスは、建築物にも鋭い批評眼を持っていた。ラスキンに共鳴し、中世の歴史を無視したゴシック復興や修復に対して批判的であった彼は、古い建築物の保存のため、一八七七年に「古建築物保護教会」を設立する。[81]『ユートピアだより』では、ゴシック的な要素を持ち、壮麗な装飾を施されながらも、イスラーム様式やビザンツ様式、あるいはイタリアのルネサンス様式をも取り入れ、それでいていずれでもない建築デザインを描出している。

道路の北側には中庭のついた建物が並んでいる。低い建物だが、建築も装飾も堂々たるもので、その点、周囲の簡素な家々とは好対照をなしていた。一方、この低い建物の上に抜きんでて、大きなホールの急勾配の鉛葺きの屋根と控え壁、それに高い壁がそびえていた。壮麗な建物で、その様式はいわば北ヨーロッパのゴシック建築のもっともすぐれた性質にサラセンやビザンチンの美質をふくみあわせたように見えるが、それでいながらそれらの様式のいずれでもなかった。また道路の反対側、すなわち南側には、屋根の高い八角形の建物がある。輪郭はフィレンツェの洗礼堂と似ていなくもないが、ただし、その周囲に片流れの屋根がめぐっていて、アーケイドというか回廊になっている。そこにも繊細な装飾がほどこされている。（五〇頁）

この混合的、多文化的なデザインは、同時代のバターフィールドやスコットなどが手がけたネオ・ゴシック様式の特徴とも重なっているが、モリスの場合は「住み心地」という住む側の機能性に由来するデザインであり、市場価値に左右されずに職人たちが喜んで働き、造形した生命力豊かな造形物である点を強調している。彼にとって建築物は、そうした豊かな生活と生命力の象徴であり、それゆえに理想の社会においては、貧困と衰退を示唆するスラムは消滅していなくてはならなかったのである。

とはいえ、モリスにとって真に理想とする建築物は、こうした公共建築物ではなく、住宅であった。しかも生命力を湛えた住宅であるためには、都市内部ではなく、田園に囲まれ、むせんばかりに大地の匂いが充満し、過去の幸福を包みこんだ住宅でなければならなかった。それは、小説の最後に登場する一軒の古家として表象される。美しい付き添いの女性エレンとともにテムズ川の上流をたどっていった主人公は、美しい田園風景を通り過ぎたあとに、川沿いにたたずむこの一軒家にたどり着く。蛇行するテムズ川を遡行し、オクスフォードを過ぎてしばらく進んだ岸辺で船を降りると、グレーの破風屋根を戴いた古い田舎邸が見え、ゆるやかな曲線を描く小道に沿って近づくと、畑と庭の向こう側にやわらかな陽光を浴びて苔むした石壁が、自然な肌色をのぞかせている。エレンはその壁を愛撫しながら、大地、季節、天候、そして地上のすべてのものがこの邸を生み、わたしはそれを愛しているの、とささやく。

破風がたくさんあるこの古い家は、ずっと昔に、都会と宮廷でごたごたがあった時代にもかかわらず、素朴な田舎の人たちが建てたものだけれど、新しい時代が生み出したこの美しさのなかにあっても、いまなおすてきだわ。あの人たちが注意深く手入れをして、大事にしているのも、なんの不思議もないわ。わたしにはまるでこの家が、この幸福な時代を心待ちにして、混乱し騒然としていた過去の時代の幸せのかけらを拾い集めて、取っておいてくれたような、そんな気がするの。（三七〇頁）

この家はモリスが一八七一年にダンテ・ゲイブリエル・ロセッティとともに借りて住みはじめ、一八九一年に没するまでに夏期別荘として住んだケルムスコット・マナー（図2-5、前掲図序-3も参照）をモデルにしている。一五七〇年に、荘園を所有する地主が住むマナー・ハウスとして建造された石造りで破風が連続する家は、現在でも手入れをされ、庭には花が咲き乱れ、周囲には肥沃な大地と畑が広がり、まさにこの小説に登場するような家として存続している。モリスにとっては、『ユートピアだより』で描いた自らの美学と社会的理想を結実させた住宅であった。「過去の時代の幸せのかけらを拾い集めて」、内部に収容し、「新しい時代の美しさ」と対立することなく、住む人を幸福にしてくれる家である。

小説ではエレンとともに室内に入った主人公は、家と同じく地味で簡素な家具がわずかにあるだけで、タペストリーも色褪せているのに気づく。しかし、派手な装飾とは異なり、すべてがこの場所の静けさと調和した落ち着きを保っている。イングランドの館は自生しているキノコのように、「本質的に田舎の一部となっているのであり、たんに田舎にあるだけではなく、その一部として、自然に生えてきたもの」だ、と言ったのは二十世紀初頭の小説家ヴィタ・サックヴィル＝ウェストである。[82] ケント州のノウル・ハウスを所有するサックヴィル家に生まれ、自らも、廃墟と化していたシッシングハースト城を購入し、庭とともに蘇生させた彼女ならではの言葉である。ケルムスコット・マナーもまた、大地に自生し、自然の風味を壁に刻み込んだマナー・ハウスであり、機械による大量生産への批判から中世ギルドの再興を目指したモリスにとって理想の家であった。

しかし、主人公の夢は歴史の層を内部に湛えた家をクライマックスにして潰えてしまう。色褪せたタペストリーと対照的にエレンが「ますます生命と喜びと欲望に満ちあふれて」（三七四頁）いき、その姿に魅了された主人公だったが、一旦外にでかけ再び古家にもどろうとすると、貧しく、ぼろきれのような服を着て、体がまがって、足を引きずって歩いている老人に出くわす。その瞬間、夢が終わる。貧困と労苦の姿が、ユートピアを一瞬にして破壊してしまったのである。

図 2-5　エドワード・ゴドウィン『ケルムスコット・マナー』（素描）

モリスが描いたユートピアは、たしかに非現実的なヴィジョンでしかない。しかし、「生命力」を湛えた自然に囲まれた住み心地のいい家、快適で美しいインテリア、貧困のない健康的なコミュニティは、「退化」と「衰退」の強迫観念にとらわれていた世紀末の人びとの心をとらえていく。スラムの反転としてのユートピアは、郊外に住む同時代の中流階級が共有したヴィジョンでもあった。丹治愛は『ユートピアだより』に描かれている田園風景が、当時失われつつあったイングリッシュなものであり、それゆえ「国民が共有すべき共通の遺産として意識されはじめたこと」を示唆していると論じ、生きた「大地」はその基盤として、「産業革命後の工業化・都市化・資本主義化・帝国主義化の動向に逆行する農業的・田園的・共産主義的・リトル・イングランディズム的な価値観――田園主義的イングリッシュネス概念――の基盤として大きなイデオロギー的力を発散するようになっていく」と指摘する。[83]『ユートピアだより』の中世主義と田園風景はたしかに工業化、資本主義化、帝国主義化（ビッグ・イングランディズム）を批判し、二十世紀初頭に興隆するハワードの田園都市、「土地に還れ」運動へ、そして第一次世界大戦後のリトル・イングランディズムと結びつく要素を多分に持っている[84]。しかし、モリスの中世主義は必ずしも時代の精神に「逆行」するものではなく、むしろスラムにネオ・ゴシック教会を建て、貧困問題を解決しようとした同時代の動きと連動し、さらには田園主義を鼓舞する先駆的で「モダン」なものでもあった。

6 スラムの跡地のネオ・ゴシック住宅

ボクシング・リングのある教会

十九世紀末、ショーディッチの名高いスラム、オールド・ニコル通りの突き当たりに、ホーリー・トリニティという小さな教会があった。ヴェネツィアン・ウィンドウを備え、内装には大理石も使っていた粋な教会である。奇妙なことに、礼拝が行われるのは二階であり、一階部分にはボクシング・リングと社交場がしつらえてあった。近隣の人びとは、自由にやってきてボクシングで汗を流したり、お酒ではなく紅茶を片手に談義に耽ることができた。隣には簡易宿泊所まで備わっており、宿のない人びとに寝る場所を提供していた。義務らしいものといえば、礼拝時には牧師にきちんと挨拶と握手をしてから参列することだが、それとて肩肘がはらない簡易な礼拝であった。

牧師の名はアーサー・オズボーン・ジェイ。自らもボクシングをするハードボイルドな高教会派の牧師で、ブースの貧困調査にも協力した人物である。肉体的頑健さと騎士道精神を結び合わせたキリスト教社会主義の系譜に属する。オールド・ニコル通りの住人に対して身近で、友好的なかたちで接し、宗教の美徳を説き、彼らに必要な精神的支援を提供していた。ロンドン主教やほかの高教会派の重鎮からは眉をひそめられていたが、ジェイの支援はスラムの生活改善には有効だった。同時代の国教会、非国教徒の諸派、あるいはオクタヴィア・ヒルやバーデット＝クーツのような慈善家、オクスフォードやケンブリッジの卒業生によるセツルメント運動が、「上から目線」でスラムの住人にアプローチし、貧民のニーズに合わない解決法のみを提示したのに比べれば、はるかに有意義なものであった。ジェイの教会からは優れたボクサーが出たし、オールド・ニコル通りの人びとに誇りとアイデンティティを付与することにもなった[85]。

ジェイはオールド・ニコル通りを舞台にしたいくつかの小説にも登場する。T・H・ホール・ケインの『クリスチャン』(一八九八年)では孤児の娘のラブ・ロマンスの相手役の牧師として、L・T・ミード夫人の『ドブの王女』(一八九五年)では主人公がスラムで行う慈善事業について指南する、「強靭な魂」を持ったムア氏として描かれる[86]。また、オールド・ニコル通りをジェイ(Jay)が行く(go)スラムの洒落として「ジェイゴー(Jago)」と名づけ、迷宮的犯罪ネットワークから逃げ出すことのできない少年の運命をつづったアーサー・モリソンの『ジェイゴーの少年』(一八九六年)でも、強い意志と指導力、「超自然的な洞察力」によってジェイゴーの住人を救出するスタート神父として登場する[87]。しかし、ジェイは優生学を真面目に信じており、必ずしもオールド・ニコル通りの人びとの道徳性や未来を肯定的にとらえていたわけではなかった。ジェイと親しかったモリソンの小説にはそうした考えも反映されており、出版後は貧民の救済可能性についての論争を巻き起こすことになった。つまり、ボクシング・リングを備えたジェイの教会はスラムの人びとに友好的であり、一定の精神的・物理的支援を供与することはできたが、教会とスラムの間には見えない溝が潜在していたのである。ましてそれ以外のスラムに建てられたネオ・ゴシック教会が、住人たちを完全に理解し信頼していたわけではないし、救出できたわけでもないことは当然であろう。

それは十九世紀を風靡した中世主義の本質的な問題でもある。中世主義が理性と自立を謳った自由放任主義に抵抗する限り、その保守性は悲観的な人間観を克服することはできない。それは高教会派に限らずネオ・ゴシック教会を建てていった国教会、また中世の農家屋に理想を見出そうとしていたロマン主義者たち、またゴシックの聖堂に雅量と慈愛を読みとったピュージンやラスキンも同じである。異なる時間と様式を混交させていくように、王侯貴族から庶民、貧民まで包み込んでいくポリフォニーがゴシックの本質の一つであるが、ネオ・ゴシック教会は貧民に寄り添いながらも、必ずしも彼らの声をその構成物の一つとして取り入れることはなかった。それがスラムに建つネオ・ゴシック教会の欠陥であり、限界である。

ジェイの活躍を著名にしたオールド・ニコル通りは、世紀が変わる頃には突如として姿を消してしまう。一八八八年の自治体法によってロンドン市議会が誕生し、それまでメトロポリタン施工委員会が担っていた都市再開発の事業を継承して、より強力に行うことが可能になった結果、一八九〇年にベスナル・グリーンやショーディッチの不衛生なスラムを強制的に買収し、再開発を行うことが決議される。リベラル派が多数を占めた市議会では、オールド・ニコル通りの再開発に際して、公園を軸にして放射線状に七つの通りを通す斬新な都市デザインを採用し、そこにリチャード・ノーマン・ショーの広めたクイーン・アン様式とアーツ・アンド・クラフツのデザインをかけ合わせた瀟洒なアパートを建設することにした。しかし、もともとの住人を一旦退去させて、再度入居させる約束は果たせずに終わる。高い家賃と、彼らの生活スタイルには合わない様式のアパートを造ってしまったことで、住人たちは結局そこに入居できずに、散り散りに市内の別のスラムへと移動していった。いわゆるジェントリフィケーションの先駆的な事例となってしまったのである。一八八九年にチャールズ・ブースが作成した「ロンドン貧困地図」では真っ黒に塗られたオールド・ニコル通りは（前掲図1-1参照）、一九〇二—〇三年に作成された地図では、放射線状に通りが伸びる公園が白い空白地として不気味に浮かび上がっている。オールド・ニコル通りのアパートは、ヴィクトリア朝建築の遺産として現在でも見ることができる。中世の夢を託された家は、スラムを撤去したかもしれないが、住人たちを救い夢を与えることができなかった空虚な構造物である。住民たちとの間に溝を抱えたままのネオ・ゴシック様式の教会や建築もまた流行を終えて衰退していくのは必然の宿命だったと言えよう。

第3章 「混濁」した郊外と家
――不可解な空間――

1 ユートピアの幻影――解釈できない空間

郊外は空間的にも、また住民についても、またそのイメージについても、固定することはできないし、定義もできない。東京を例にとって考えてみても、江戸から明治、大正、戦前の昭和、さらに戦後から現代にかけて、郊外の境界は常に移動しつづけてきた。また、東京の西側と東側とでは住民の構成も、発展の過程も異なる。結果的にそれぞれの郊外は異なるイメージを提示する。川本三郎が『郊外の文学誌』において瑞々しい文章とノスタルジアをもって描いたのは、東京の西に展開した郊外の文学的表象である。(1) 田山花袋が牛込から移り住んだ明治末期の代々木、渋谷に住んだ国木田独歩が魅了された武蔵野の自然、徳富蘆花が満喫した多摩の田園生活、大正期に知識人が集まった阿佐ヶ谷界隈、大岡昇平の『武蔵野夫人』(一九五〇年)や三浦朱門の『武蔵野インディアン』(一九八二年)が哀愁とともに記録する江戸時代以来の武蔵野風景の消滅、そして庄野潤三の小説が写し取る多摩川沿いの平凡な現代の家庭生活。郊外というトポスはそれぞれの時代や文化、生活の匂いを絡みつかせながら、歴史的なイメージの層を積み重ねている。

ロンドンの郊外もまた一概に定義できないし、そしてその文学的表象も単一のイメージではない。近代的な郊外の先駆的事例としてしばしば取り上げられるのはテムズ川の南に位置するクラパムである。郊外を意味する"suburb"の原義が、都市（"urb"）の下（"sub"）に由来するとすれば、クラパムはまさに地図上でロンドンの下に位置する。十八世紀前半からシティで働く富裕な貿易商や金融資本家が、清浄な空気と水、緑豊かな生活環境を求めて移住してきた。ロバート・フィッシュマンは「ブルジョワのユートピア」と定義するが、その中心を構成したのは国教会福音派の人びとである。[2] バルト海貿易商人ジョン・ソーントンが邸宅《ヴィラ》を共有地《コモンズ》に面して構え、福音主義者ヘンリ・ヴェンを助任牧師としてこの教区に招聘したことで、国家の政治・経済の一翼を担う国教会福音派を代表する「クラパム派」が形成されていった。[3] 彼らにとって緑豊かな郊外は「楽園」の具現であった。喧騒と汚れた空気、あらゆる都市の腐敗から逃れ、郊外の清浄な空気のなかで幸福な家庭を保ち、そこで敬虔な信仰生活を送ることを理想としたのである。

理想郷としてのクラパムは、J・M・W・ターナーが牧歌的風景として描出し、ソーントンの支援を受けていたウィリアム・クーパーが詩「隠居」のなかでユーモアを交えて提示している。道路が次々に敷設され、埃が舞うなかで「狭苦しい箱のような家」（四八二行）が増えていく空間だが、それでも自然美を享受しながら「平らでまっすぐ、気持ちよく歩くことのできる」快適至便な居住地である（四八九行）。[4]

だがそれでも田舎なのだ。どの窓からも
木々が見え、草地は緑豊かに広がっている。
玄関の前の池ではカモが泳いでいる。
さらに田舎に行ってもこれほどの景色は見られない。
（四九七—五〇〇行）

人為的ではあるが都市のさまざまなストレスを軽減してくれる癒しの緑地空間として認知されたクラパムでは、

人間と自然の持続可能な共生が確保されているかのようである。[5] 福音主義が広範囲に浸透していったヴィクトリア朝社会において、美しく楽園のような風景を備え、清廉な家庭生活と宗教道徳との相補性を示す生活空間として、郊外は理想化されていく。前章で見たウィリアム・モリスの『ユートピアだより』(一八九〇年)にもそれらは忍び込んでいるし、本章で扱う十九世紀末から二十世紀初頭のいわゆる「郊外小説」においても影を落としている。

しかしながら、その一方で郊外はクーパーが揶揄したように、画一的な箱のような家が立ち並んでいるだけの殺風景な街区である。そして常に拡大しつづけ、あるいは再開発されて、住民が移動しつづける流動的空間になる。その傾向は十九世紀後半から顕著になり、二十世紀に入るころには無趣味で退屈な居住区というイメージが定着する。文筆家で詩人だったT・H・クロスランドは、郊外を「地上において品性の卑しく、不快で、不浄なものすべて」であり、「何マイルも何マイルも出窓と裏庭がついた郊外住宅がつづく」「しみったれた」場所であると痛罵する。[6] また、自然美を謳った代表的エドワード朝詩人エドワード・トマスも、郊外はキリル文字で書かれたもののように、「美しいものを表しているのか、それともひどいものを表しているのか」解釈も翻訳もできない空間であり、意義らしきものが積み重なりながらもお互いに打ち消しあって「謎」としてしか認識できないトポスだと嘆く。[7] 一九一五年にパトリック・ゲデスが「巨大な珊瑚」と形容したロンドン郊外は、とどまることなく発展しつづけた結果、定義不可能かつ無秩序な空間となっていった。[8]

本章では、世紀転換期に流行した「郊外小説」に浮かび上がる家の姿を考察してみたい。[9] 一世代前の貧困問題を記録した小説群が都市内部のスラムを主題としていたのに対し、郊外小説はその名のとおり郊外に舞台を移している。一見自然美を備え、ユートピア的な居住空間として表象される郊外住宅は、実際のところ、常に流動しつづけるカオスの空間だった。十八世紀に富裕中流階級層がそこへと脱出した郊外は、十九世紀末になると下層中流階級、さらには労働者階級までもが移り住み、多種多様な人びとが通りや区画を隔てて共存する空間へと変容していく。福音主義が掲げた「楽園」の中の平穏な家庭という郊外の理想は、形なきまま変化しつづける流砂のような社会空間のなかで、いつのまにか幻影として霧散してしまう。住人は解釈不可能な謎めいた空間のなかで、帰属感を失い、未来を読み通せないまま流離《さすら》うことになる。現在ではあまり注目されることのないジョージ・ギッシング、アーノルド・ベネット、キーブル・ハワード、シャン・F・ブロック、ウィリアム・ペット・リッヂ、グロウスミス兄弟などがその代表的作家たちであり、SF作家として知られるH・G・ウェルズの小説にも郊外が頻出する。

文学史で郊外小説が扱われることはあまりないが、実は当時において一大潮流を形成した庶民的な文学ジャンルであり、郊外の混沌のなかで平穏な家庭生活を懸命に追い求める主人公たちが描かれている。その多くは都市の事務職につく下層中流階級《ロウアー・ミドル・クラス》である。ブロックの『事務員』（一九〇九年）は、そのタイトル通り、毎日黒いコートを着て、指をインクで真っ黒にしながら机の前に座りつづける事務員の話である。何か劇的な事件が起こるわけでもなく、日々の郊外での生活と市内での仕事の様子、友人との食事やパーティー、子供の病気、家計の問題といった些末でありきたりな日常生活の記録である。話の結末も幸せな結婚、昇進といった喜劇的なものが多いが、ときには失意を胸にしながら郊外で暮らしつづけたり、ブロックの『ロバート・ソーン——ロンドンの事務員の話』（一九〇七年）のように郊外生活に失望して海外に移住する物語さえある。郊外住人への嘲笑や風刺でもあるが、郊外生活のルポルタージュでもあり、そこに生きる人びとの不安と喜びを言語化した文学である。中世の聖堂や城が過去の文明と精神を表象しているとすれば、十九世紀末から建てられていくロンドンの郊外住宅も当時の文化や精神の表象であろう。一八九一年の雑誌『アーキテクト』は、「いつの時代でも、どこの国でも、時代の精神は人びとが住む家に示唆される」と記述し、一八九五年にも「私たちの平凡な日常的環境が性格や考え、思考・行動様式におよぼす影響」が甚大であると指摘する。[10] とすれば「ハビトゥス」としての郊外住宅を郊外小説のなかに認めることができよう。

近年郊外小説についての研究が相次いでいるが、それはグローバル化により多様な人びとが混在するようになった現代の都市郊外への関心と不安を反映しているのかもしれない。その一人リン・ハプグッドは「文学的創造力の郊外化」が「ユートピア」あるいは「牧歌」を志向している点を強調する。[11] しかしながら、むしろ十八世紀的な楽園としての郊外がもはや幻影でしかないことを認めるところから郊外小説は出発しているのではないだろうか。その点、ゲド・ポウプの研究はディケンズからザディー・スミスまでを扱いながら、郊外を扱う文学が「不可視性と読解不可能性」という概念に憑依されていることを指摘していて、より説得力を持っている。[12] 彼によれば、プライヴァシーと公共空間とのバランスが取れ、整然として開明的で快適な生活空間としての郊外のイメージは、郊外小説の一面でしかないという。

しかし、他方で郊外小説には一つの重要な主題が往々にして繰り返されている。郊外の認識という問題である。小説内で何度も登場するのは、行き場を失った余所者や新参者が住みつく、この新しく造成され、周縁に位置する不可解な家庭生活空間において、何も見透すことも、理解することもできないことに苦しみつづける孤立した個人である。手がかりは決定的に重要なのだが、見つからない。郊外では誰も確かなことはわからないし、何も見えないままなのだ。〈中略〉このように郊外を十分に解読できないことは、充実した、あるいは満足のいくような場所の感覚、帰属感が欠落しているということであり、その土地や地域の歴史性から隔離されているという感覚や、世界が非現実であるというある種深淵な感覚に支配されてしまうのである。[13]

この考察はアーサー・コナン・ドイルが生み出したシャーロック・ホームズの物語はもちろん、現在の郊外生活やそれをテーマにした現代小説についても当てはまる。[14] だとすれば、下層中流階級の平凡で単調な日常生活を綴った庶民的な文学という、これまでの郊外小説に対する見方を修正する必要があるのではないだろうか。従来のイギリス文学史では、モダニズム文学に重きが置かれ、その直前のエドワード朝を風靡した通俗小説ともいうべき郊外小説は等閑視されてきた。たとえ言及されるにしてもモダニズム文学の高度な技法と意義を再確認するために比較対象とされる場合が多い。アーノルド・ベネットの小説が郊外の家や町並みといった外面だけをたどり、登場人物の内面意識を描いていないというヴァージニア・ウルフの批判は、時代遅れで技法的にも未熟な郊外小説に対する蔑視をともなって引用される。[15] しかし、郊外の住人たちは居場所を見失い、現在も未来も見通せない流動的な空間のなかで苦悩を重ねている。そうした、理解することも、維持することもできない自我と空間との関係こそが、実はモダニズム文学とも共有する郊外小説の主題であり、それは「家」の表象においてこそ浮かび上がってくる。

2　「ピクチャレスク」の変質

驚異の帝都

イギリス帝国が栄華を誇った十九世紀、ロンドンはたんなる「首都」ではなく、「帝国の首都」として機能していたことは確かだが、構造的には肥大したカオスというべきものであった。巨大な建築物が次々に建てられ、鉄道や地下鉄が敷設された結果、都市の表情は大きく変貌することになる。[16] それは必ずしも計画的なものではなく、投機的に改造・再編され、壮大なスケールで雑居的なまだら模様の景観を形成していった。[17] ペネロピー・コーフィールドはいわゆる十八世紀の都市ルネサンスといわれる現象を論じながら、都市の誕生を「衝撃」と形容した。[18] だとすれば、十九世紀のロンドンの変貌は「驚異」と呼ぶべきであろう。

それは建築物やインフラ整備だけに起因するわけではない。未曾有の人口増加がとりわけ世紀後半に起こったことによって生活環境が激変していった。地方やアイルランド、さらには植民地やアジアなど海外からの人びとが流入する一方で、幼児死亡率の低下によってロンドンの人口は十九世紀を通して膨張しつづけた。[19] すでに第1章および第2章で見てきたとおり、都市内部の劣悪な住居環境に社会の最下層として流入した人びとが押し込まれることでスラムが構築され、貧困、疫病、そして犯罪の温床となっていった。その一方で、スラムや工場や市場、皮革加工場、醸造場などが出す騒音や汚染、悪臭に辟易した富裕層は、より快適な環境に恵まれた周辺部へと住居を移動させていった。いわゆる郊外化現象である。[20]

とくに一八三〇年代から四〇年代にかけて複数回のコレラがロンドンを襲ったのと相前後して、郊外への移住はしだいに加速していった。[21] 郊外居住者の通勤のために鉄道や地下鉄が敷設され、さらには今のバスの先駆けである乗り合い馬車《オムニバス》、さらには馬が軌道に沿って馬車をひくトラムといった乗り物が次々に導入された。[22] 交通網の発達と投機的な郊外住宅の建設は、さらに多くの人びとの郊外への移住を促し、結果として秩序なき郊外のスプロール現象が果てしなく進んでいく。通勤にかかる交通費さえ払うことができれば、郊外では広い庭と居住空間、新鮮な空気に囲まれた安全かつ健康な生活環境が保証されていたからである。一八七〇年代以降の三十年間でロンドン中心部の人口は五〇万人しか増えていないのに対し、郊外の居住者は四〇万人弱から一五〇万人に跳ね上がっている。

この頃になると事務員などの下層中流階級《ロウアー・ミドル・クラス》が主な移住層になる。都市内部からだけでなく、近隣あるいは地方から上京して事務職についていた人びとも数多くいた。十九世紀半ばから二十世紀初頭にかけて、弁護士、医者、芸術家、事務員を含む専門職業人口が大幅に増えるのと対照的に、自由農民人口が中流階級に占める割合が半減するが、これは農民たちが地方から移住し都市の事務職に就くことで中流階級の人口構成の大きな変動が起こったことを示唆している。ベネットの『北部出身の男』も、ブロックの『ロバート・ソーン』も、主人公は地方出身の事務員である。

とくにロンドンの北部はグレート・ノーザン鉄道や北部ロンドン鉄道の運賃が安いために、下層中流階級に人気の高かった地域である。比較的安価な家賃で庭付きの大きな家に住め、快適かつ衛生的な生活が送れることは、彼らにとって魅力であった。新鮮な空気のなかに住み、子供が遊べる自宅の庭があることは、理想的な家庭生活だと思われたのだ。庭が壁や垣根によって外の世界から遮断されているのは、古典的「楽園」のイメージの近代版であり、子供や家庭が外にある「道徳悪」や「犯罪」の世界から守られていることを意味した。その結果、一八六一年から一九〇〇年までの間に毎年約五〇%増の勢いで郊外が住宅化されていく。(23) その一方で、既存の郊外では新しい住民増加と住宅建造に伴って家並みが不均質なものになっていった。安普請の家が建築され、混沌とした家並みを生み出していったのである。

ブルジョワたちの家

都市内部から郊外への脱出は、ヴィクトリア朝時代の中流階級の生活に浸透する、福音主義的な響きを持ったマイホーム主義と連動している。同じ時代、フランスの首都パリでは都市内部のアパルトマンに住むことを人びとが好んだのに対し、ロンドンでは人びとはこぞって一戸建て、二軒一棟建て《セミ・デタッチド》の住宅、あるいは棟割長屋様式のテラスハウスの住宅を郊外に求めた。職場と家庭が切り離され、妻は「家庭の天使」となり、小さな庭に面した居間での平和な家族生活が理想化されていった。郊外に「上品さ《ジェンティリティ》」、「体裁《リスペクタビリティ》」や「快適さ《コンフォート》」、あるいは「ピクチャレスク」という言葉が適用されていくが、それはスラムから距離をとった中流階級のマイホーム主義を理想化する新たな生活環境の誕生を示唆する。それらはブルジョワ的な価値観を反映した形容である。(24) つまり、ブルジョワの「ハビトゥス」としての居住空間が郊外を構成していくことになる。そして、この健全さと豊かさの象徴だった郊外の家が、いつのまにか露骨な社会的成功のステイタス・シンボルに変わっていく。

たとえば、十八世紀末の『タイムズ』紙に掲載された邸宅《ヴィラ》の売却もしくは賃貸の広告は、そうした快適さや上品さといったブルジョワ的価値観が郊外の住宅にからみついていった過程を示す好例であろう。通勤用の馬車を置く小屋や馬小屋があり、市内への通勤に便利至極なだけでなく、美しい庭、時には何エーカーもある畑や果樹園が付属していたり、あるいは共有地が眼前に広がる牧歌性を保有していることが謳い文句のように繰り返される。そして何よりも重要なのは、水はけのいい土地で、「健康的《ヘルシー》」かつ清潔であり、十分な水が供給されていることが情報として付加されている点である。つまり、日当たりや水はけが悪く、不衛生な都市内部の住居と峻別する一種のレトリックが用いられているのだ。

一七九九年七月二十九日の賃貸広告は典型的である。

とても心地よい、優れた設《しつら》えの快適な家族用住居。庭、馬車小屋、馬小屋、小さな馬場、そして釣り池が付属。あの健康的で魅力的なクラパム共有地に建ち、教会近くに位置している。素晴らしい修繕がなされ、重厚な煉瓦造りの住宅である。寝室五室、髪粉室、複数のクローゼット、居間、化粧室、食堂、素敵な玄関ホール、階段、台所、洗濯所、その他の家事用部屋、貯蔵室、馬車小屋、四頭用の馬小屋で構成されている。敷地は趣味良く整えられていて、有益な作物が作づけされ、選りすぐりの果樹が植えられた庭、小さな馬場、水はけの良い地面、魚がいっぱいの釣り池、前庭がある。

屋敷には十分な水の供給がある。先の夏至から数えて残り九年間におよぶ賃貸期間を更新料なしで年間四十七ポンドという安い賃貸料。(25)

髪粉室があるのは鬘に白粉をかけるのが依然として当時の富裕階級の慣習だったからだが、果樹園や釣り池など「田園」の要素が加えられ、水はけの良さと新鮮な水の供給も強調されているのは、買い手のニーズに焦点を合わせたものである。実際に「水はけの良い、健康的な立地」の邸宅をペカム、キャンバーウェル、クラパムといったテムズ川以南の郊外に求める広告も見かける。(26)一八五四年にジョン・スノウがコレラの原因をロンドンのスラムの井戸水に突きとめるはるか以前から、人びとは湿気を帯びた不衛生な土地を避け、牧歌的な風景だけでなく、清潔な水があり、なおかつ乾いた「健康に良い」生活環境を郊外に求めていた。

景色に関しても十八世紀の「ピクチャレスク」の美学に追随するように、こうした郊外の風光明媚かつ健康的な景色に対して審美的な価値が付与されていく。クラパムではないが、ウォンズワースやウェンブリーといった郊外でも「ピクチャレスク」な景色をうたい文句にした不動産広告が一七九〇年からすでに見受けられる。(27)また、一八〇一年に出版されたロンドンからブライトンまでの観光案内書では、テムズ川以南の郊外キャンバーウェルの「ピクチャレスク」な美観、またそこからロンドンの北部に広がるハムステッド丘陵地帯の「ピクチャレスク」な景観が強調されている。(28) ウィリアム・ギャスピーの『タリス版挿絵入りロンドン』(一八五一―五二年)ではそのハムステッドについて、「首都を一望の下に見下ろせ、多様な地域を見渡せるきわめてピクチャレスクな土地であり、空気は健康に良く、風光明媚で、荘厳な荒野《ヒース》が広がるゆえに、病気の人びとや地位と財産がある人たちにうってつけの場所となっている」と記述される。(29) また、一八五〇年頃のロンドンの郊外について言及した文章では、「ダリッジやノーウッドといったサレー州のピクチャレスクな丘には、街の喧騒からそこへ退去してきた市民たちの大邸宅が立ち並んでいる」と、ピクチャレスクという形容詞が本来の意味を保ってサレーの丘陵地帯の絵のような自然美と調和した郊外を形容している。(30)

ディケンズが『ピクウィック・ペーパーズ』(一八三六―三七年)において、ピクウィック氏が引退して平穏な余生を送る住まいとして、ロンドン南の丘陵地帯に広がる郊外ダリッジを選んでいるのもこうした背景がある。

すべてがとても美しかった！　正面には芝生があり、裏には庭が広がり、ちょっとしたコンサバトリー、ダイニング・ルーム、寝室、喫煙室、そしてとりわけ絵画や安楽椅子、珍しいキャビネット、風変わりなテーブル、たくさんの本がある書斎がある。書斎には大きくて明るい窓が快適な芝生に面していて、木々の間に隠れるようにしてそこかしこに散らばりながら建っているコテッジのある美しい景観が見渡せる。(31)

庭や芝生が示唆する牧歌的な自然美、喫煙室や絵画、サンルームより広く温室としても居間としても使えるコンサバトリー、安楽椅子が象徴する快楽や快適さ、書斎が示す知性、それらはピクウィック氏の郊外住宅がブルジョワ的価値を反映したハビトゥスであることを示している。ピクチャレスクが本質的に農民やジプシーなど「卑賤」な存在を美化し、汚れた風景を隠すものであるとすれば、郊外の家は、病的で不健全な都市内部の風景を隠ぺいする、あるいはそこから距離をとることで構築される環境である。[32]

しかし、世紀後半になるとその「ピクチャレスク」の意味が変化する傾向が見られる。一八六九年の郊外住宅について述べた本のなかでは、郊外住宅を「デザインする人間の目的とは、下の階級の人びとの家々にも可能なかぎり交錯する光と影と家屋の外形が生み出すピクチャレスクな効果をできるだけ獲得することである」と書かれている。[33] ここでは「ピクチャレスク」という形容詞が、自然美と結びついた本来の意味から離れて、郊外の家並みそのものが「絵のような」質感を確保するという意味で使われだしている。ドナルド・J・オルセンは郊外についての歴史的研究の中で、「ピクチャレスクというのがヴィクトリア朝期の郊外の特筆すべきイメージである」と認めながらも、それが自然美と調和した大邸宅の家並みの美しさだけでなく、中流階級の個人主義を反映した多様性によってかもし出される絵のような色と形の肌合いという新しい意味を獲得していったことを暗に認めている。[34] この「ピクチャレスク」の審美的意味の変化は、十九世紀後半の郊外という社会空間が自然美を喪失し、人為的な居住空間として確立することに起因しているのではなかろうか。さらに言えば、快適で、健康的で、美的な郊外がもはや「絵空事」となり、現実の郊外の、孤立した住人たちが一体感を共有しえないまま漂流しつづけることで生み出される混濁した模様こそ、郊外の「ピクチャレスク」として再定義されたと言えるのではないだろうか。それが郊外小説の描くデザインである。

郊外キャンバーウェルの誕生

上でふれた、ロンドンのテムズ川南にあるキャンバーウェルは、現在ではサザック区の西南を構成する一区画にすぎないが、文学的なトポスでもあり、また社会史的に見てもロンドン郊外の歴史を凝縮する意義深い地域でもある。いま述べた「ピクチャレスク」の意味の変質を、この地域における郊外住宅の文学的表象を通して考えてみたい。

キャンバーウェルは、ウィリアム一世が一〇八六年に作成した土地台帳ドゥームズデイ・ブックにも載っているほど由緒正しい場所であり、一六八七年にルイ十四世の迫害からロンドンへ逃れてきたユグノー軍人クロディウス・ド・クレスピグニーが買い取った領地である。子孫のクロード・チャンピオン・ド・クレスピグニーは一八〇五年に准男爵に任じられるまでになる。現在のデンマーク・ヒル駅がある辺り一帯が彼らの所有地で、ド・クレスピグニー・パークという通り名、チャンピオン・ヒル、チャンピオン・グローヴといった地名もこの一族に由来している。十八世紀末から十九世紀初頭にチャンピオン・ド・クレスピグニー家が風光明媚な丘上の領地の一部を開発業者に定期貸与すると、富裕な中流階級をひきつけることになる。チャンピオン・ヒルにはこの頃建てられた邸宅《ヴィラ》が多数現存する。十九世紀前半を通してキャンバーウェルはブルジョワたちの富裕さを顕示するトポスだったのである。批評家ジョン・ラスキンも、そして詩人ロバート・ブラウニングもキャンバーウェルの出身である。

父親が負債のために監獄に収容され、苦学を重ねたディケンズの目から見ると、その頃のキャンバーウェルは緑豊かで、シティで一財産を成した人たちが住む富裕生活を象徴する場であった。とはいえディケンズは一方で、そこが外見ばかりの成金たちが生息する社会圏域であることも鋭敏に察知していた。『ボズのスケッチ集』に所収された物語「ホレーシオ・スパーキン」では、「卑しく、比較的貧しい出自から、多少の投機で成功して地位を格上げした」マルダートン氏が、妻と娘と一緒に住んでいる場所としてキャンバーウェルが描かれている。[35] 娘が結婚できないのは、見栄と野心と無知だらけのマルダートン氏のお眼鏡にかなう男性がキャンバーウエルにいないからである。そんな時、見事な着こなしで紳士然としたマナーのホレーシオ・スパーキン氏にパーティーで出会い、有頂天になる。ところが、実は彼が市内の服飾店で働く店員であったことがわかって失望するという筋書きである。外見にとらわれてスパーキン氏の素性を見抜けないマルダートン氏が、結局は文化と見識のない下層中流階級《ロウアー・ミドル・クラス》から脱出できないことを諷刺している。

しかしながら、ヴィクトリア朝後半のキャンバーウェルは単純にブルジョワたちのユートピアとして片付けられない多層性を持ちはじめる。開発業者が土地所有者から土地を借り受け、住宅を投機的に建設・賃貸していくのが通常の開発プロセスだが、テムズ川以南では無計画に土地の貸し出し、切り売りが行われることが多く、多種多様な郊外住宅と居住者が入り混じっていった。H・J・ダイオスの研究書『ヴィクトリア朝時代の郊外――キャンバーウェルの発展』が論じているように、その好例がキャンバーウェルになる。(36) 家運の傾いたド・クレスピグニー家が、坂の下を含む土地を一八四〇年頃に切り売りしだすと、キャンバーウェルの様相は一変する。開発業者によって普通の中流階級層のための郊外住宅が建てられはじめたからである。彼らの通勤のために鉄道が敷かれてデンマーク・ヒル駅ができ、一八六五年までには完全に中流階級の郊外住宅地ができあがる。その直後から、今度は下層中流階級層のためのやや小ぶりの住宅も建てられ、彼らの通勤用に今度はレールの上を馬車で移動するトラムが整備されていった。世紀末には、キャンバーウェルの開発にはさらに拍車がかかり、新しい局面を迎える。坂の下にあるキャンバーウェル・グリーンの附近一体で、さらに小さな区画での分譲と開発が進み、ロンドン市が供給する労働者のための共同住宅が提供されたのである。(37)

その頃になると、この区域でもスラムが生み出されていた。チャールズ・ブースが世紀末に作成したキャンバーウェル周辺の地図をみると、黄色で塗られた富裕層の家がチャンピオン・ヒル、デンマーク・ヒルに広がり、赤色の中流階級とオレンジ色の下層中流階級の住宅が坂の中腹に混じりあい、坂下には灰色の労働者階級の住宅、そしてキャンバーウェル通りの西にあるスルタン通りには、真っ黒に塗られたスラムが息を潜めるようにして塊となっている。(38) しだいに富裕層はさらに南のダリッジやノーウッドへと移住し、入れ替わりにウォルワース通りから労働者階級が流入してくる。キャンバーウェルの坂下には貧困層も増加していき、二十世紀になると労働者階級や外国人の比率が増加する。(39) 結果として多様な人びとが、大きさも様式も異なる住宅に起居するまだら模様の郊外住宅地が出現した。ダイオスが無秩序で「歯止めなき多様性」と呼んだ郊外は、地位や賃金の「浮沈」にしたがって間断なく人口の流出・流入と雑居が繰り返され、異なる階級や背景を持った人たちが同一地域に共存する空間となって

いた。そしてそこには、外からは見えない緊張と不安、確執、分裂が生じることになった。(40)

「キャンバーウェリズム」と「新しい女」

階級的にも、また住宅様式としてもまだら模様を構成した郊外キャンバーウェルを舞台にした小説が、ジョージ・ギッシングの小説『女王即位五十年祭の年に』（一八九四年）である。一八八〇年代に書かれた『暁の労働者』（一八八〇年）や『ネザー・ワールド』（一八八九年）などの作品は、ギッシングが目撃した労働者階級の陰惨な生活をリアリズムの筆致で記録していて歴史としての価値も高い。しかし、下層中流階級《ロウアー・ミドル・クラス》という出自と、娼婦との結婚によって過酷な運命を背負ってしまったギッシングにとって、もっとも生き生きと描くことができたのは自分が身近に見聞していた下層中流階級の人びとであり、その日常生活であった。(41)

『女王即位五十年祭の年に』は、『ニュー・グラブ・ストリート』（一八九一年）や『流謫の地に生まれて』（一八九二年）と同じく、虚構の形を借りた、彼らの風俗と価値観のルポルタージュである。キャンバーウェルに住む主人公ナンシー・ロードが、下層中流階級の生活様式から脱出しようとするが、父親の遺言に反して秘密裏に結婚したために遺産を剝奪され、中流階級出身だが定職もない夫に愛想をつかしながらも、彼の指示に従って子供とともに別の郊外に下宿人として移り住む。「我が家《ホーム》」と呼べる家を持ちえない郊外の住人の宿命を、世紀末の「新しい女」の視点から描いていく。

その物語の中心に置かれているのが家の描写である。冒頭はナンシーの友人フェンチ姉妹が住む家である。

> これはド・クレスピグニー・パークにある一軒の家である。独立した家で、正面玄関の左右に窓があり、地下は半分だけ地表より下に沈んでいる。階段をのぼると、化粧漆喰柱が立っている玄関へ続くのである。ド・クレスピグニー・パークは、キャンバーウェルのグローヴ・レーンとデンマーク・ヒルをつなぐ公道で、同じよ

←至フロッデン通り
キャンバーウェル・グリーン
デンマーク・ヒル通り
ド・クレスピグニー・パーク通り
グローヴ・レーン
35
デンマーク・ヒル駅
チャンピオン・ヒル
LAMBETH
688-22
689-23
Camberwell
Workhouse
至ハーン・ヒル

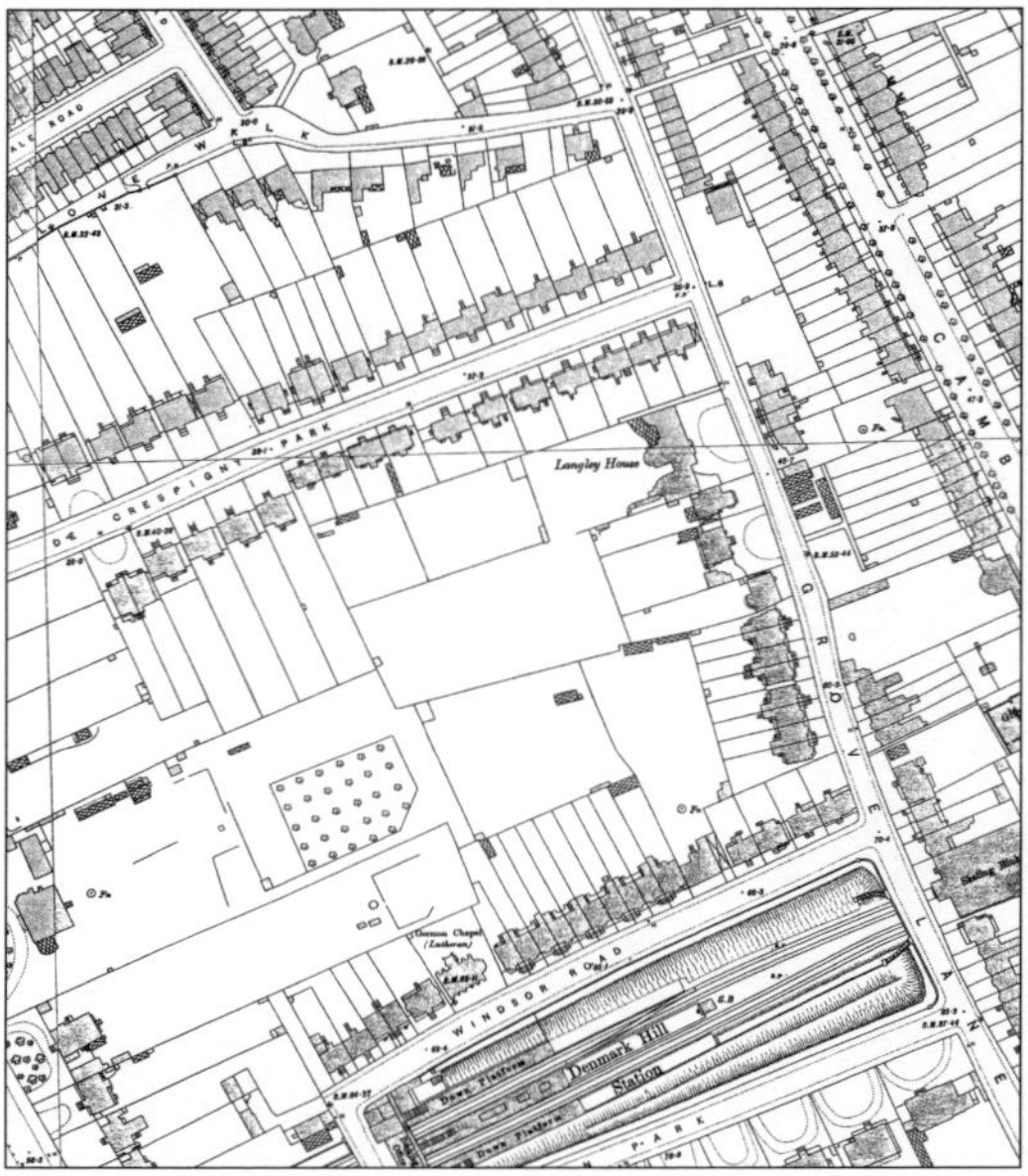

図 3-1　(前頁) キャンバーウェルのオーディナンス・サーヴェイ地図 (1894 年), およびド・クレスピグニー・パーク周辺の部分拡大

> うな家が道の両方につながっている。正面の庭にある木々や茂みの葉があるために清潔な空気がただよい、ロンドン郊外に慰めを求める目には快適な風情である。
>
> 　体裁《リスペクタビリティ》という点について言うと、この家をステキだと思うのはキャンバーウェルの野心的な中流階級ぐらいなものである。どの家も黄褐色の煉瓦で充足感に満ちており、それを見るたびに近所の人たちは、このあたりでは家を間貸しすることなどありえないことを思い出すのである。(42)

ギッシングらしく、現在でもキャンバーウェルに実在する家をモデルにしている。坂下のキャンバーウェル・グリーンからデンマーク・ヒル通りを上り、二〇〇メートルほど歩いたところで左に曲がればド・クレスピグニー・パーク通りである。同じような様式で建てられた黄褐色の煉瓦造りの住居が北側に十軒ほど並んでいる。引用文のように、地下は半分だけ地上に出た感じで、十段ほどの階段を昇って正面玄関にたどりつく地上三階建、半地下一階の住宅である。化粧漆喰の柱が立っている玄関を中心にして左右対称に窓が一つずつついている。黄褐色の煉瓦はもともと沼地だったロンドン近郊、主にケント州の土を焼いたもので、ロンドンの多くの住宅で用いられている。古典的なスタイルの残滓を留めた一八四〇〜五〇年代の住宅で、瀟洒な雰囲気を醸し出そうと背伸びしているが必ずしも上品というわけではない。南側の偶数番地に立つ家は近年改装されたようだが、北側にある奇数番地、すなわち一番地から十五番地までは建てられてから手をほとんど加えられていない。『女王即位五十年祭の年に』が出版された年と同じ一八九四年に作成された地図を見ると、この大きさの家がド・クレスピグニー・パークに並んで建っている（図3-1）。これらのうちいずれかがフェンチ姉妹の家のモデルだろう（口絵4）。

ギッシングは家を外側から描いているだけだが、その外観は物語において重要な意味を持つ。上品さや豪華さには欠けるものの、画一的な家並みのなかで体裁《リスペクタビリティ》を保っている下層中流階級の生活感を暗示しながら、坂上の邸宅《ヴィラ》に劣らない品格を目指そうとする意志と野心を秘めた家は、物語のなかでフェンチ姉妹が不幸や災禍に直面しながら維持する社会的な上昇志向を予兆するものになっている。なかでもビアトリス・フェンチは服飾店経営者として成功する「新しい女」の典型である。実際一八九一年の国勢調査の記録を見ると、この通りに住んでいたのは、鉄道会社の事務官、測量技師、法律事務所員、株式売買人といった下層中流階級に属する人びとであり、必ずしもロンドン出身者ではない。

その一方で、主人公ナンシー・ロードが父親や弟と一緒に住む家は、ド・クレスピグニー・パークのつきあたりにあるやや幅の狭い坂道グローヴ・レーン（図3-2）に建つ、小ぶりで庶民的な住宅である。

> グローヴ・レーンはゆったりとした坂道で、キャンバーウェル・グリーンから出発して、うす汚い店を二、三軒通り過ぎると、郊外住宅が並ぶ通りになる。家々は大きさも、外観も、それから建てられた時期もひどくまちまちで、そのために一種のピクチャレスクな景観を見せていて、道路の両側にある並木が美しく生い茂っているのがいっそうその効果を高めている。建築上の優美さはどこにもみられないが、今日の請負業者はまだ自分の意匠をほどこすことを許されていないだけである。大きな建物が数多く立ち並んでいるのが、見苦しさや

図 3-2　緑の並木道が続くグローヴ・レーンの挿絵（1878 年）

味気なさ、醜悪さそのものの実例を示しているにしても、時代が経ち、不規則な様相を見せた家並みは、一マイルも同じ様式で作られた真新しい通りの景観よりははるかに心地いい。(43)

実際に歩いてみると、ふもと近くにある十八世紀に建てられた大きなテラスハウスと真新しいショッピングセンターを別にすれば、まばらな並木を両側にしたなだらかな坂道に、十九世紀から二十世紀初頭に建てられたさまざまな形と大きさをした家々が建ち並び、郊外住宅の博物館のようである。一軒家もあれば、二軒一棟《セミ・デタッチド》の住宅もあるし、ヴィクトリア朝のテラスハウスに続いて、エドワード朝、さらには第二次世界大戦後のテラスハウスさえ建っている。残念ながら小説のなかでは、ナンシーの家の外観については詳細に述べられていないため特定できない。

「絵のような」自然美を意味するはずの審美的な用語「ピクチャレスク」が、こうした郊外住宅地のまだら模様の景観に転用されているのは、すでに述べたように、人為的な居住空間として確立した郊外に多種多様な人びとや住居が共存しだしていることに起因している。そしてその背後には、住人たちが帰属感を得られないまま孤独に漂流しつづける物語が潜む。ナンシーとともに勉強するジェシカ・モーガンはキャンバーウェルの坂下の小さな安普請の家に住み、結局望みは叶わず、救世軍の一員として、貧困を生む社会と戦うことになる。「文化」という言葉に憧れるナンシーも、階級の境界を超えることの難しさを思い知らされる。(44) 教育を身につけたところで、店の売り子のほうが稼ぎはいいし、工場の騒音は働く力のない自分をあざ笑っているかのように思え、自分自身が取るに足りない人間でしかないとナンシーは落ちこむ。召使いのメアリは「以前からの家事を規則正しくこな」し、「相変わらずの完璧な秩序と健全な家政」を維持するが、そうした郊外の生活様式は「キャンバーウェリズム」と揶揄される、しみったれて狭量なものである。だが、そこから「完全なる自由」を確保しようとしても居心地のいい場所を失うだけである。最終的にナンシーは、女性は「郊外の家へと身を縮めるようにして戻っていく」しかなく、子供の面倒を見る家庭空間こそが「我が家《ホーム》」になると悟る。(45)

「我が家《ホーム》」という言葉は彼女の耳にきわめて甘美な響きを持つようになった。男性は外の大通りへと赴き、仕事や快楽を見出すことができるが、女性は、守ってくれる屋根の下にしか居場所を見つけられないのであろうか。母親には、仕事や義務を求めて外の世界にいく権利はないのだろうか。我が子の面倒をみる仕事で十分だし、義務は明らかだ。(46)

夫のライオネル・タラントはキャンバーウェルにあるナンシーの家を訪れたときに、「本当に我が家《ホーム》という雰囲気を辺りにただよわせた居心地の良い部屋」に魅了されるが、その家庭的雰囲気を醸し出しているのは召使いのメアリである。(47) 父親の遺産とキャンバーウェルの家を失い、子供を産んだナンシーが「タラント夫人」として移り住むのは、そのメアリがロンドン北部の郊外ハローの丘のふもとに入手した家である。「静寂さ以外に魅力はない脇道に最近建てられた、長屋のようにつながった小さく地味な住宅」の一棟だが、「頑丈で、耐久性の高い」しっかりとした構造であり、プライヴァシーを確保した小さな裏庭がある。(48) ナンシーはそこで下宿人として暮らし、時おり訪れる夫を待つことになる。そんな彼女は、職もなく、資産もなく、したがって自立も不可能な自分には、居場所としての「家」を所有することはできないという事態をはっきり認識する。それでも世代が受け継いでいく家を夢見つづける。

ロンドン市内にある家《ハウス》を欲しいとは思わない。あそこでは何もかもが我慢ならないものばかりよ。歴史があるすてきな古い家は別だけど、そんなものは手に入りっこないんだから。我が家《ホーム》は、丘や森に囲まれて家並みが四方八方に広がった古い場所に見つけたいと思っているのよ。何世代かが暮らして、死んでいった家。そこでこの子が大きくなれば、それにつれて周りにある古くて美しいものを愛するようになるのよ。わたし自身は我が家《ホーム》をもったことがなかった。ほとんどのロンドンの子供たちはその意味なんか理解できやしない。彼らの家はたいがい快適な借家で、外側も内側も間断なく変化しつづけている。(49)

不動産としての建築物である「家《ハウス》」と、家庭生活が繰り広げられる「我が家《ホーム》」が意識的に区別されている。郊外に住む下層中流階級の人びとにとって、恒久的な「我が家《ホーム》」と呼ぶことのできる空間は所有できないものであり、常に移動を強いられる。結果的に世代間で歴史が受け継がれることはない。家族の歴史が刻まれ、積時性を内包した「我が家《ホーム》」を夢見ながらも、家の装飾や家具も、常に動きつづける都市化の波に流されていく。ラスキンが『建築の七燈』のなかで提示した、過去と現在、そして未来をつなぐ歴史ある家屋は、十九世紀末の郊外に住む下層中流階級には所有することも理解することも不可能なのだ。ナンシーはそう悟るのである。

ギッシングの、「新しい女」をテーマにしたもう一つの小説『余った女たち』（一八九三年）に登場するモニカ・マダンも同じ思いを共有する。幼い頃に父親を失い、わずかな遺産のみを頼りに生きざるをえない彼女と姉妹は、親戚に預けられたり、家庭教師をしたり、あるいはロンドンの郊外で下宿生活をしながら暮らすしかない。「幼い子供のころから私たちには我が家《ホーム》なんかなかった」とモニカは嘆息する。(50) 自立を目指す友人ローダ・ナンの学校で秘書になる訓練を受けることにしたモニカだが、不動産投機で成功した兄の遺産を手にした、無教養でひ弱なウィドーソンに見初められ結婚することになる。

彼の家があるのがデンマーク・ヒル通りをさらに登ったハーン・ヒルである。「二つの小さな邸宅《ヴィラ》が横並びに建てられ、正面は石造りで、玄関にはポーチがつき、破風には装飾がなされている」[51]。ラスキンが幼少・青年期を過ごした場所でもあり、一見、幸福な家庭生活を保証してくれる郊外住宅に見えるが、そんなモニカの期待は裏切られる。遺産を手にする前は借間生活をしていたウィドーソンは、子供がおもちゃを手にしたように屋敷と妻、さらにはハウスキーパーと召使いを扱う。モニカは「束縛された女ではなく、自由な伴侶」として暮らすことを希望するが、ウィドーソンは、肉体的にも精神的にも男女には性差があり、「完全に異なる義務」を遂行すべきで、その義務を遂行する場は「家」であり、女性が外で働くのは「不自然」だと主張しつづける。[52]

ヴィクトリア朝において一般化した「家庭の天使」像を押しつける夫にうんざりし、「愛」がない結婚が間違いであると確信したモニカは、家庭内暴力を受けた後、子供を身ごもったままハーン・ヒルの家から大雨のなかを逃げ出す。夫との面会を拒絶したまま田舎で子供を産んだ後、彼女は息をひきとる。ローダ・ナンが「新しい女」として経済的にも自立を目指し、「完全なる自由」をともに認め合う夫婦関係を理想とするエヴェラード・バーフットに求婚され、最終的に拒絶するのとは対照的である。[53] モニカは「意志」と生きる「目的」がないために、「弱々しく、無目的で、希望のない女性、堕落していくためだけに生きているある社会階層全体の典型」として切り捨てられてしまう。[54]

郊外は本来、スラムから脱出して「退化」の問題を解決し、健康と幸福を確保してくれるはずの社会空間であったが、ギッシングの小説が浮かび上がらせているのは、濁流の中で抗いきれずに漂流するみじめな存在なのである。

3　「没場所」としての郊外を読み直す

定義できない空間の住人たち

郊外が流動化すればするほど、それは富裕な階層にとっても好ましい状況ではない。居住区域が示すはずの社会的ステイタスとアイデンティティが無化されてしまうからである。彼らは良質の生活空間を求めてさらに遠い郊外へ引っ越していくことになる。当時の郊外住宅の多数が賃貸契約に基づくものであったから、引越すのは比較的容易であった。

ウィリアム・ペット・リッヂが書いた小説『バーナム通り六十九番地』（一九〇八年）の主人公フレッド・ハートリーが経験するのは、そうした社会的体面を気にする階層ゆえの悩みである。鉄道会社の部長の地位まで出世を果たしたハートリーは、「郊外《サバービア》の首都」クラパムに住居を構えて鼻高々であった。ところがある日、年収一八〇ポンドしかない部下の家族が同じ通りに引っ越してきたのを知る。家の一部を間貸しすることで、家賃と生活費の不足分を補塡する算段である。ハートリーにとっては部下の事務員と同じ通りに住んでいるのでは自負心も体面も保てない。そのために彼と家族はさらに家賃がかさむ郊外へと移り住んでいく。

だが同じ頃、そうした事務員などの下層中流階級《ロウアー・ミドル・クラス》の人びともまた、職人・労働者階級の人たちによる生活空間への侵入に悩まされていた。通勤のための交通網も整った郊外に、安い家賃で暮らすことができる住宅が供給され、彼らの居住空間のすぐ近隣に、職人たちや労働者階級の人びとまでが移り住んできたのである。彼らもまた体面を維持する必要上、さらに遠くの郊外へと移住せざるをえなくなる。税金や通勤のための交通費、光熱費などを含むと収入の三分の一が家庭のために消えていくにもかかわらず、「体　裁《リスペクタビリティ》」を重んじるがゆえの下層中流階級の苦悩はつづく。

こうして郊外は常に拡大し、人びとも移動しつづけることになる。郊外を地理的に、あるいは統計的に定義することが不可能な理由である。中流階級が微妙に異なる層に分かれ、常に変化しつづけるのと平行して、郊外も彼らの移動と移住に従って常に動きつづけているのである。都市内部と結びつきながらも恒常的に変化しつづける永遠の周縁部である郊外は、いわば定義できない空間なのである。[55]

こうしたなかで郊外小説の主人公となるのが事務員たちなのだが、同じ事務員といえど生活水準は一様ではない。下っ端の事務員は、収入と将来性の点でさして労働者階級と違わず、知的な仕事をしている点と中流階級の誇りだけが彼らを労働者階級と区別する指標であった。他方、銀行の事務員はそれとは異なる。才能があり、努力すれば経営に携われるまでになれる将来性豊かな職であったからだ。[56] とはいえ金融界は狭い世界で、事務員になるにしてもなんらかのコネが必要であったし、景気の変動によって彼らの地位も大きく左右されてしまう。とくに一八七〇～九〇年代の不況の際には、解雇された事務員たちが新たな事務職を探して厳しい競争にさらされることになった。第一次世界大戦後になると女性の事務員が登場しだすことで、彼らはさらに厳しい状況に置かれることになる。

E・M・フォースターの『ハワーズ・エンド』(一九一〇年)に登場するレナード・バストはそんな事務員の一人である。テムズ川以南のさびれた郊外に住み、事務員らしく黒くよれた背広を毎日身につけて通勤し、淡々と銀行の業務をこなす毎日を送っている。自分の銀行が経営の危機にあると助言されて別の銀行に移るが、すぐにそこをクビになってしまう。いったん職を失った事務員はなかなか次の職にありつけないのが通常で、バストも困窮のなかで不慮の死をとげてしまう。

この貧困の陥穽から抜け出すには、人並み以上に進取の気性に富み、強い意志を持ち、営業とマーケティングの才に秀でて商機を見逃さない目を持っていなくてはならなかった。現代の社会において当然と見なされている商才がすでに当時から強調され、被雇用者の淘汰が行われはじめていた厳しい社会の現実があったのである。なお、同じ郊外に住む中流階級の住人同士がお互いの微妙な生活格差を意識している様子は、ウィリアム・ペット・リッヂが書いた『都市圏外』（一九〇四年）に、より克明に記録されている。わずかな収入の差が微妙に異なる生活スタイルの差異へと反映され、それゆえの確執が浮かび上がっている。

「没場所」としての郊外

そんな郊外に対して同時代の人びとも必ずしも肯定的な意見を持っていたわけではない。上述のように、詩人であり保守的なエッセイストでもあるT・H・クロスランドが一九〇五年に著した『郊外の人びと』は、下層中流階級《ロウアー・ミドル・クラス》の生活と住居に対するもっとも痛烈な批判として悪名高い。「郊外」とは、「地上において品性の卑しく、不快で、不浄なものすべて」であり、「男であれ、女であれ、趣味、性向、気質、育ち、マナーにおいて欠陥があれば、上流の人は即座にその欠陥を「郊外的（suburban）」だと断言する」と切り捨てる[57]。郊外の住人は自慢する血統もないし、ちっぽけな郊外の家がまるで全宇宙であるかのように信じ、誇りに思っていると嘲笑さえする[58]。

クロスランドの攻撃の矛先は郊外の家並みにも向けられる。「もっとも上品で、豪壮で、芸術的な家屋といえばパブリック・ハウスしかない」と、郊外に並ぶすべての住宅の「しみったれた」下品さをあげつらう。

全体として「郊外」の根本を支えているのがこのしみったれの性質である。この地域の人間は誰一人として何かにお金をかけようなんてまるで思いもしないのだ。そのくせ安っぽい装飾を誰もが喜ぶ。それゆえ、けばけばしい悪趣味といっしょになった倹約（失敬！）がこの地域の基調となっている。道行く人の目を必ずとらえる一つの目立った建物はパブリック・ハウスであり、それは不快なものではない。それ以外は何マイルも何マイルも出窓と裏庭がついた郊外住宅がつづき、定価の四分の三の値札を下げた商品ばかり扱っている平凡な店が軒先を連ね、朽ちかけた「家族住宅」の塊りには過去五十年間に同じ家族が住みつづけたことなど一度もないし、ぞっとするほど悪趣味な公立小学校、さらにひどい鉄道の駅、ばかげたような無料図書館、これらを見ると胸が悲しみでいっぱいになり、頭はどうしようもなく腹だたしい想いで満ちてくる。[59]

クロスランドが標的にしているのは、画一化された家並み、開発業者たちがコストを削減すべく規格化したデザインと安い材料で普請した没個性的な居住空間である。それは、エドワード・レルフが言う「没場所性」を体現した空間、生きた歴史やアイデンティティを喪失し、巨大な資本によって大衆に消費させるための、意味も地霊も消滅した建築物のパターンへと変わってしまった空間である。それは、世界に対して心を開いて人間のありようを知ることから成り立つ場所の本物性と対置され、世界に対して心を閉ざしてしまう偽物性を体現した空間である。[60] 換言すれば、クロスランドは郊外の俗悪さと流動的な人口移動に、場所性を喪失していく悲しきイングランドの宿命を読み取っているのである。

十九世紀半ばまでの郊外住宅には、「オーチャード・ハウス」とか「ローズ・コテッジ」とかいった、自然への愛着を現す固有の家名が付されることが多かったが、郊外の開発が進むにつれ、「番地」だけで区別される単調な家並みが創出される。その均質さゆえに、郊外の生活を面白みと人間性が欠け、画一化されたものに見せてしまうことになる。デイヴィッド・トロッターの郊外小説論はそうした否定的な郊外のイメージを提示している。

郊外には差異もコミュニティも認められなかった。共通の人間的絆によって結び合わされながらも、個々人の能力と願望によって差異化された社会という、ロマン主義が育み十九世紀の社会理論が内部に組み込んだ理想像が否定されてしまったからだ。〈中略〉画一的な郊外は、ディケンズの見方にしたがえば善意に富んでいるとみなすことができるが、ラスキンの見方にしたがえばけち臭くて破壊的なものとみなすことができる。本当に難しいのは、そこに画一性以外のものを見出すことである。[61]

自らがハーン・ヒルに育ったラスキンは、こうした郊外住宅が示すプライヴァシーと隔離状態が「平和の場であること、つまり危害からだけではなく、あらゆる恐怖や疑念、差別からの避難所」であり「真正の家」であると、ブルジョワ的な発言をするが、その一方で、「差異もなく、交友もなく、類似していると同様に孤立した様式化されたちっぽけな家並みが陰鬱に続く様子」を毛嫌いした(62)。

教養豊かな自由党議員C・F・G・マスターマンも二十世紀初頭のイギリスの状況をつぶさに観察しながら、そんな郊外生活を批判的に眺めている。彼は、都市内部の労働者階級の悲惨な生活状況については同情的なのに対して、郊外に住む下層中流階級の生態については身も蓋もないほど辛らつである。

> 郊外の人びとはある一つの均質な文明を形成している。独立して、自己中心的で、しみったれ。ロンドンの北端と南端に沿った丘陵を覆いつくし、さらにその先の閑散とした野原まで侵略の手を広げようとしている。彼らはイングランドとアメリカに特異な産物である。工業や農業に加えて、商業やビジネス、金融を顕著にやり出した国民の産物なのである。「安泰」な生活、事務職の生活、「体裁《リスペクタビリティ》」の生活。これらの三つの特質がその特徴の鍵である。郊外の男性たちは日中ずっと、小さくてひといきれのするオフィスで、人工照明の下で膨大な計算をし、他人の金を数え、他人の手紙を書いている。日の出とともにシティに飲み込まれていき、夜の帳がおりるとともに再び散っていく。夕方になって彼らが帰るねぐらといえば、閑散とした狭い通りに、想像するのも嫌なほど無数の小さな赤煉瓦の家が何マイルも何マイルも続く地域である。それぞれ快適な居間、張り出し窓、ちっぽけな前庭、「アカシア荘」とか「キャンパーダウン館」といった仰々しい屋号をほこらしげに保っているが、それこそ克服しがたい人間の野心の証しであろう。〈中略〉奥さん連中はといえば、独身の召使たちを雇っているために、手持ち無沙汰で暇を持て余している。とはいえ、ウエスト・エンドのショッピング・センターへ買い物に出かけ、教会関係の社交、時折は観劇、家庭での娯楽を楽しんでいる(63)。

「体裁《リスペクタビリティ》」を気にする下層中流階級は、労働者階級と一線を画していることを誇りに思いながらも、小さな職場で仕事を黙々とこなし、小さな家に帰宅する毎日を送っている。そうした小市民として汲々と生活をする郊外の人びとに対して、マスターマンは共感や同情を微塵も示さない。

たしかにアーノルド・ベネットの『北部出身の男』(一八九八年)を読んでも、主人公はさえない会社の同僚以外にまったく社交がない孤独な生活を送っている。同じ頃、市内に取り残されたはずの労働者たちが多種多様なクラブを通してアソシエイション文化を謳歌しだしたのと好対照をなしている。(64) サー・ウォルター・ベサントの『十九世紀のロンドン』(一九〇九年)でも、「社交のない郊外生活——仲間同士で集まることも、集会施設もないし、とうてい耐えきれない退屈な生活」と形容されている。(65) だからこそ、二十世紀に入って田園と都市双方の機能を合体させた田園都市がレッチワースに建設されたとき、居住者たちのための遊戯室、集会場、講演会場、図書室などがあることや、居住者たち自身が園芸コンテストやコンサート、講演会などを実行する委員会を形成することが大いに宣伝されることになる。(66)

実存的空間としての郊外

こうした批判はけっして間違っているわけではない。しかし、郊外を外から俯瞰しただけの偏見というべき要素も多い。実際に郊外に住んでいる人間にとっては、陰惨な都市の内部空間から脱出したことに意味があるのであり、裕福ではないにしても、自分と家族のプライヴァシーが確保された空間があることが重要なのである。レルフの議論を逆手に取れば、「画一的」で「没場所的」な空間に見えるとしても、住んでいる当人にとっては「住み、使用し、経験しているというまさにその事実」によって、そこに「ある程度の本物性」がもたらされることになる。(67) ニコラス・テイラーは、英国の都市の、戦間期に開発された完全なまでに均質な郊外でも、そこに暮らす家族の日々の生活と呼吸によって「場所の質」が確保されると指摘する。「家庭中心的な核家族は、どこか一定の場所に所属しているという感覚を家庭自体の中にもつことができる。彼らは、自らの生活を秩序づけるための現実的責任を果たす能力をもった、独自の環境の中の独自の人類である」[68]。

とはいえ、流動的な郊外において、テイラーが言う重層的時間が創りだす「場所の質」の確保は大きな問題となる。ナンシー・ロードやモニカ・マダン、フレッド・ハートリーなど郊外小説の主人公たちは、現状の生活に不満をいだきながらも、夢を実現できる保証もないし、現在の生活がいつ転覆するかもわからない[69]。むしろ郊外の流動性ゆえに不安と不満が生じ、それが「ハビトゥス」としての郊外住宅に「場所性」を付与していく。ノルベルグ＝シュルツがハイデガーの実存的建築論に依拠しながら定義した住宅は、郊外住宅にも当てはまる。すなわち、住むことが即存在することであり、「人間の場所に対する本質的な関係、およびそれを通した空間との本質的関係は住まうことにあ」り、それは即「人間存在の本質的な特質」となるのである[70]。レルフもそれを受けて、実存空間としての場所は「意味の中心、ないしは意志と目的の焦点」であると定義する。それは、「空間に関わる経験を「生きられた世界」の空間の再構築に結びつける」ものである[71]。

外側から見れば、郊外は単調で面白みもなく、歴史からも切り離された大衆的な「没場所」であるかもしれないが、そこに住む者にとっては、そのなかで懸命に「我が家《ホーム》」を通して自己実現を果たそうとしながら苦悩しつづける空間である。しかし、自己の意味を投影し自己を規定してくれるはずの実存空間としての家は、郊外において流動性と画一性ゆえに常にその意味と規定が無化されつづけてしまうという矛盾に陥っている。郊外小説には、そうした十九世紀末から二十世紀初頭にかけて思い悩む郊外住人の意識が浮かび上がっている。都市内部のカオスから郊外へ脱出した人びとは、皮肉なことに新たなカオスを都市の周辺部につくり出したのだ。

アンチ－モダニズム

郊外文学は平凡な庶民生活を描いた三流の文学作品として片付けられがちだが、上記の意味では現代の私たちとも共有可能な空間認識がある。現代でも大都市圏居住者の多くが郊外に住み、そこから毎日都市内部へ通勤している。郊外小説の主人公たちが日々の生活のなかで感じる喜怒哀楽、人間的交流や家庭の温もりはもちろん、都市内部と郊外、仕事と家庭との間で往復運動をしつづけるせわしなさや緊張もまた共有できるものである。

それにもかかわらず通俗的な内容、ナイーヴな語りゆえに、都会的で、洗練され、コスモポリタンかつ技巧的なモダニストたちが台頭すると、郊外小説は凡庸、狭量かつ旧世代的なものとして徹底的に嘲笑・批判されてしまった。ヴァージニア・ウルフが「虚構のなかの人物」において行なったアーノルド・ベネットやH・G・ウェルズ、ゴールズワージーに対する批判が代表的である。前述のようにウルフは、郊外に生きる女性を主人公にしたベネットの『ヒルダ・レスウェイズ』(一九一一年)を例にとりながら、「家」の外観と構造ばかりを描いて登場人物の内面に入り込むことがないと指摘する。

> 彼［ベネット］の問題は、ヒルダ・レスウェイズのリアリティをわたしたちに信じこませようとすることなのである。エドワード朝時代の人間である彼は、ヒルダが住む家の様子、窓から彼女が眺める家並みがどんなものかを、仔細にそして精緻に描写することから小説を書き出す。家屋のような不動産は、エドワード朝時代の人間が容易に親近感を感じることができる共通基盤だったのである。[72]

ウェルズやゴールズワージーも同罪で、ウェルズにいたっては人物の内面を無視して、キャンバーウェルのような郊外の雑踏や建物、ダイニング・ルームや居間、そこに住むあけすけで人のいい住人たちばかりを描いているとさえ言う。「郊外小説」という用語を用いてはいないが、結局のところウルフが批判しているのは、「家」の精緻な描写からはじまり、人物の「意識」を描くことがないまま風俗を描いて終わってしまう郊外小説の体質である。郊外小説批判こそモダニズム誕生の原点の一つであったのだ。[73]

しかし、実際には郊外小説は「家」を外側から描いただけではない。室内から外の景色を眺めながら自らの実存的意識を探り、その一方で室内の生活を描写しながら、社会のなかでの自らの存在、世界における自我の存在、そしてその不安という内面まで深く掘りさげる。『ヒルダ・レスウェイズ』における家の描写には、ときに現存在としての自我と過去および未来との関係を模索する実存が浮かび上がる啓示的瞬間がある。ナイーヴな形式ではあるが、ウルフが言う「非在（non-being）」の覚醒を言語によって捉えようともしている。二十一歳を迎えて成人になったヒルダは、母親の寝室で鏡に映った自分の姿と部屋を見て、自分の未熟さと同時に部屋の家具を通して「現前する」母親の存在を認識し、それを受けて自分の存在を自覚する。

かつて手を触れるのも怖かったワードローブの鏡付き中央扉を開けたとき、手前に移動していく鏡から自分の姿が消えて、ベッドと部屋の半分が映ったのが目に入った。ワードローブの中身とドアの間に自分が挟まったその瞬間、母の存在の奥底に隠された秘密を突然突きつけられた気がした。よく知っている古い子供用の手袋の匂いがした。〈中略〉言葉を交わす以上に母親と親しくなれた気がした。開いたワードローブの下段には精巧かつ緻密に作られたマホガニー製のキャビネットがあり、真鍮の把手がついた深い三段の引き出しがある。そのうちの一つからだらしなく白いリネンがはみ出ていた。お母さん！[74]

住んでいる家は寡婦となった母親のものである。父が遺産として残した不動産の経営も人任せなヒルダは、自分がやりたいことがまるでみつからない、そんな彼女は、母親の寝室に足を踏み入れて初めて母親を人間として認識する。だが、その直後に彼女が亡くなることで自我に直面する。秘書の仕事に一旦は就くが、ジョージ・キャノンに騙され、重婚されたうえに子供を身ごもったばかりか、最終的にこの育った家や賃貸用の不動産を含む財産をすべて失ってしまう。母親を理解したと思った瞬間、彼女は安定した中流階級の家と生活を喪失し、自分の新たなアイデンティティを模索せざるをえなくなってしまうのである。「家は空になってしまったわ。過去への扉は永遠に閉ざされてしまった」とヒルダは慨嘆する。自分の意思で家と家財一式を売却して「なんでもできる自由を手にした」のと引き換えに、彼女は自らの存在から過去を消したのだ。[75]「家」とともに「家族」と「過去」を失ったヒルダは、運命と状況に流されるようにして、新たに手にした金融資産も居場所も失ってしまう。彼女を救ったのが、父親の後を継いだ印刷業者エドウィン・クレイハンガーである。この小説はクレイハンガー一家を描いた四部作の二番目にあたる小説だが、結婚したクレイハンガーとヒルダは結局お互いに不満を抱えたまま生きていく。

ベネットの小説は「意識の流れ」を通して人間の実存的不安へと突き進むところまでは行きつけなかったが、下層中流階級《ロウアー・ミドル・クラス》の不安定で、不満を抱えた生活を郊外の家並みと環境の描写とともに映し出している。

4　郊外を流離う夏目金之助

冥界のロンドン

カオスと化していく世紀転換期のロンドン郊外に住み、流転しつづける不安定な生活を送り、実存的意識を抱えはじめた日本の作家がいる。夏目金之助（漱石）である。一九〇〇年（明治三十三年）十月末に文部省派遣留学生としてロンドンに到着した金之助は、最初の下宿以外はすべてロンドン郊外で生活を送ることになったが、その意味はこれまで指摘されてこなかった。都市内部のカオスと郊外のカオスがせめぎ合う「帝都」ロンドンに身を投じ、果てしなく拡張していく郊外の遠心力に振り回され、漂流した経験は、郊外の家を考える際に重要な示唆と証言を提供してくれる。

家賃の嵩むロンドン中心部ガウワー通りの下宿を出た後は、ロンドン西北に位置する郊外ウエスト・ハムステッドのプライオリ通り八十五番地の下宿へと移るが、二ヶ月も経たないうちにそこからテムズ川南の郊外キャンバーウェル隣のフロッデン通り六番地、そしてさらに西にあるトゥーティングのステラ通り五番地へと流落し、最後はクラパム共有地近くのチェイス通り八一番地に引き籠る。人びとがコミュニティを形成することなく借家住まいを移動する郊外生活を実体験していたことになる。その経験は、かつて養子先と実家を転々とし、「我が家《ホーム》」と呼べる場所を持ちえなかった過去へと向かい、実存的懐疑と不安を帯びていくことになった可能性がある。

そもそも到着翌日の十月二十九日に市内見物に出かけた金之助は、ボーア戦争から帰還した兵士たちを出迎える群衆のなかで方向感覚を失い道に迷ってしまう。「非常ノ雑踏ニテ困却セリ」と記したこの出来事は、その後、周囲に翻弄されつづけ、自らの進むべき方向性を見失い、政府派遣留学生としての自負と惨めな生活、義務感と無力感、焦燥と徒労との狭間にぽっかりと開いた暗い空隙へとすべりこんでいく前途を暗示するものであった(76)。

それはこの頃から帝国の威信が揺らぎ出すイギリス社会とも共振している(77)。南アフリカにおいてボーア人たちの先制攻撃に苦戦を強いられたイギリス軍は、この頃には増強した軍隊を盾にして攻勢に転じていた。それが金之助の遭遇した群衆の歓迎ムードを支えていたことは間違いない。しかし、その後この戦争は泥沼化し、未曾有の規模の犠牲者と戦費調達を国民に強いることになった。強制収容所ではボーア人の子女たちまでもが多数疫病で死んでいったこともあり、新聞メディアでは戦争への批判も高まっていく。最終的には勝利を収め、南アフリカを帝国内に組み込むことになったイギリスだが、金とダイヤモンド目当ての大義なき戦いは、世紀末の退化論や不可知論が社会を蔽うこの時代、腐乱と崩壊を加速させるさらなる病根を帝国内部に胚胎することになった。下宿で暇に任せて新聞を毎日読んでいた金之助が、帝国の内奥に蠢くこの黒い植民地への欲望と、それに呼応して増大する社会不安に気づかなかったはずはない。一九〇一年一月二十二日の女王崩御に際して、服喪のための黒手袋を買った店で店員から「新しい世紀が不吉な始まり方をした」ことを金之助は認知させられる(78)。

『永日小品』所収の「霧」は社会とともに憂患を抱え込んでいく帝都、およびその郊外に住む金之助の内面世界を凝縮している。チェイス通りの下宿に寝起きしていた頃について書かれた作品だが、近くにあるクラパム鉄道分岐点から夜通し聞こえてくる汽車の騒音のために、金之助はまんじりともしないまま朝を迎える。ベッドから這いおりて北窓から外を見ると、霧のために「茫としてゐ」て何も見えない。当時のロンドンにおいてごく日常的な光景にすぎないが、霧の立ち込めた外の庭にも「たゞ空しいものが一杯詰つてゐ」て「それが寂として凍つてゐる」と記した金之助は、先が見通せなくなっていく不穏な帝都ロンドンを前にして自らの心の内を覗きこんでいた。(79) トゥーティングの下宿で「近頃非常ニ不愉快ナリ」と神経症気味の精神状態に陥った金之助は、より快適なチェイス通りの下宿に移り、自室に引きこもりながら「根本的に文學とは如何なるものぞと云へる問題を解釋せん」と一心不乱に机に向かっていたはずである。(80) しかし、結局はその答えも見出せず、英文学研究についても絶望した金之助は、やがて文部省への報告書を白紙で送り返し、「夏目狂セリ」という風説が立つほどまで精神的に追い詰められてしまう。茫洋かつ寂然とした黒い霧は、留学の目的も意味も見失いつつあった金之助の精神を取り囲んでいた逼迫感のような気分を表している。

実際、「霧」で描かれた体験は、未来も過去も、さらには希望さえも失って途方に暮れる金之助の絶望感をよく示している。窓から外の霧を眺めていた金之助は戸外に出て、表通りを歩き出すものの、二間先までしか見通せず、二間歩けばその先の二間が見えるが、その代わりに「今通って来た過去の世界は通るに任せて消えて行く」という五里霧中の状態に陥る。先の見えないまま進まざるをえず、同時に過去をも見失ってしまった金之助は、現存在として自己定義する手掛かりを一切なくして、闇の中で宙ぶらりんのまま漂流しつづけざるをえなくなった。やっとのことでヴィクトリア駅にたどり着いて用事を終えたが、帰路暗闇の中で完全に方角を失ってしまう。

ヸクトリヤで用を足して、テート畫館の傍を河沿にバタシー迄来ると、今迄鼠色に見えた世界が、突然と四方からばつたり暮れた。泥炭《ピート》を溶いて濃く、身の周囲に流した様に、黒い色に染められた重たい霧が、目と口と鼻とに逼つて来た。外套は抑へられたかと思ふ程湿つてゐる。軽い葛湯を呼吸する許りに氣息《いき》が詰まる。足元は無論穴蔵の底を踏むと同然である。(81)

この重い黒霧はスラムを蔽っている貧困の闇と交わりながらも、実存的疑念を石炭の煤とともに溶かし込み、コートだけではなく、肺腑、そして心の中まで染み込んできて金之助を圧迫している。傍らを通る群衆を見ることも、触ることもできない。いわば亡霊たちが彷徨う冥界、あるいは煉獄に迷いこんでしまったのである。下宿のある対岸の煙突から吐き出された澱んだ煙を手掛かりに黒霧の大海原を進むと、やがてガス燈をともした店に行きあたり、ほっと一安心する。しかし、それもつかの間、労働者階級の住宅が密集する南ランベスを横切りバタシーを通り越したところで、再び行き暮れてしまう。

> バタシーを通り越して、手探りをしない許りに向こふの岡へ足を向けたが、岡の上は仕舞屋《しもたや》許りである。同じ様な横町が幾筋も並行して、晴天の下でも紛れ易い。自分は向つて左の二つ目を曲つた様な氣がした。夫から二町程真直ぐ歩いた様な心持がした。夫から先は丸で分らなくなつた。暗い中にたつた一人立つて首を傾けてゐた。右の方から靴の音が近寄つて来た。と思ふと、それが四五軒手前迄来て留まつた。夫から段々遠退いて行く。仕舞には、全く聞えなくなつた。あとは寂《しん》としてゐる。自分は又暗い中にたつた一人立つて考へた。どうしたら下宿へ帰れるかしらん。(82)

混沌とした異国において、出口なしの状態に陥った金之助の孤独な魂のつぶやきが聞こえる。地下鉄にも、乗り合いバスにも乗ることなく流離いつづけた金之助は、テムズ南岸にある場末の郊外で立ち往生してしまった。目印のない無機質に並ぶ街路に悩まされる。ロンドン到着早々、市中の雑踏に道を失った金之助は、二年後には過去からも社会からも切り離され、行き先を照らしてくれる光明さえ見出すこともできないまま、幽界のような郊外に取り残されていた。

　この方向を見失って闇を見つめる状態は、池田美紀子や前田愛が指摘するように、蛇の曲線、渦巻き、脱線、迷路《メーズ》の比喩をちりばめて東京を「迷宮化」した小説『彼岸過迄』、とりわけ就職先を探して奔走しながら下宿で煩悶する田川敬太郎、その友人で神田須田町の裏通りでひっそりと暮らし、「世の中と接触する度に内へとぐろを巻き込む性質」を持つ須永市蔵といった人物造形に影を落としていようし、東京郊外の崖下の借家に罪悪感を抱えてひっそりと暮らす『門』の野中宗助にもつながってくる。[83] 金之助がロンドンにおいて読み取ったのは、「都市空間の詩学であるよりも、むしろもっと散文的な迷宮の構造であった」という前田の考察は妥当であろうし、池田が指摘するように「都市の迷宮」が表象する須永の「心の迷宮」にポーやドストエフスキーの残響を読み取ることもできる。

だが、金之助の精神を重苦しくしたのは、「蜘蛛十字に往来する」汽車や地下鉄、馬車といった交通機関そのものではなく、ベンヤミンが言う都市の遊歩者《フラヌール》を魅了した群衆でもなく、それらを避けようとして郊外へ避難しながらも、実存という別の迷宮に入り込まざるをえなかったロンドン郊外での居住経験にあるのではないだろうか。[84] そして、日清・日露戦争勝利の歓喜の後、中国情勢、そして世界情勢が不穏な動きを見せ始めるなかで「帝都」東京に居場所を見出せない人びとに、ロンドンの周縁を流離いつづける孤独な異邦人金之助の姿を重ねて読むことも可能ではないだろうか。

郊外という地獄

二番目の下宿先であるプライオリ通り八十五番地は、金之助に郊外のカオスを最初に自覚させた生活空間である。十九世紀後半に急速に郊外化した地域の一つであり、現在ではウエスト・ハムステッドと呼ばれるロンドン西北に位置するこの地域は、少なくとも一八八〇年代まではウエスト・エンドの端に位置していた。十八世紀にはオリエント趣味のゴシック小説『ヴァセック』(一七八六年)を書いたウィリアム・ベックフォードの血縁者など、限られた富裕市民層が所領を保持し、彼らの館やコテッジが点在する村であった。一八一二年には、その田園風景に惹かれてハムステッドからリベラルな散文家リー・ハントが引っ越して来ている。

だが、十九世紀半ばを過ぎて、この地域を南北に走るウエスト・エンド・レーンの真中を横切るようにして、三つの異なる鉄道路線が次々に敷設され駅が設けられると、開発が一気に加速した。セント・パンクラスからミッドランド鉄道が鉄道を敷設し、一八七一年に「キルバーンおよびハムステッド方面ウエスト・エンド駅」（現在のテムズリンク、ウエスト・ハムステッド駅）を開いた。それを皮切りに、メトロポリタン鉄道が一八七九年にウエスト・ハムステッド駅を地下鉄（後のメトロポリタン線）として開業し、最後に北部ロンドン鉄道がウエスト・エンド駅（現在のウエスト・ハムステッド駅）を一八八八年に開業した。鉄道で市内に通勤する人びとの需要を見込んだ開発業者は、地主たちから土地を買い取り、投機的に画一的な郊外住宅地を造成していった。ウエスト・エンドの地名がウエスト・ハムステッドへと変わったのもこの宅地造成の過程である。

　プライオリ通りは、すぐ南にあったキルバーン修道院《プライオリ》に由来する名前だが、ミッドランド鉄道敷設後に開発された地域である。ウエスト・エンド・レーンの西側は、早い段階から細切れに不動産売買・開発が進行し、世紀末に向かうにつれ下層中流階級《ロウアー・ミドル・クラス》、職人階級、労働者階級と多様な階層が流れ込んでいった。それに対し東側の地域は、全体として遅れて開発が始まり、赤煉瓦二階建ての中流階級住宅地として造成される[85]。チャールズ・ブースが作成した前述の「ロンドン貧困地図」（一八八九年）では、プライオリ通りは八十五番地を含めて中流階級を示す赤色に塗られ、角を曲がったクリーヴ通りの家は富裕中流階級の黄色に塗られている[86]。その東側には未開発の土地が二十世紀になるまで広がり、その向こう側を南北に走るフィンチリー道路には黄色の富裕中流階級の家並みが並んでいる。つまり、金之助が下宿した一九〇〇年頃のウエスト・ハムステッドは、田園の痕跡を残しながら急速な変貌を遂げ、多様な階層の人びとが流れ込み、互いに背を向けつつも肩を寄せ合って暮らし、鉄道路線によって市内との結びつきを保っていた開発途上の郊外だった。日記には記されていないが、金之助は進行しつづけるこの郊外の変容を間近で目撃していたはずである。

　プライオリ通りの住民は中流階級といっても、他の郊外と同じく地方や外国からロンドンに流れ込んできた異質な人びとによって構成されていた。その多数を占めていたのが、市内に通勤する事務員など下層中流階級の人びとである。プライオリ通り八十五番地に住んでいたマイルド家はドイツ人父子と継娘という複雑な家族構成であった。亡くなった母親は最初にフランス人に嫁ぎ、娘を生み、その後ドイツ人男性と結婚したという経緯である。一八七六年にこの家を購入したのは母親だが、亡くなる時に娘に残した遺産はこの不動産のみだったのではないだろうか。やむをえず娘は下宿屋をして自分の生計の足しにしていたのであろう。コスモポリタンな生き方、黒い髪と黒い目を持っていると金之助が書き遺している点から、ユダヤ系の人を推測させる。この家ではヨーロッパの港湾視察に派遣されている長尾半平という日本人がもう一人下宿をしており、金之助にとって心の救いとなる。当時の郊外では大きな家に借家住まいをしながら、部屋を間貸しすることで生計を補助することもよく行われていた。

しかし、あちこち視察に飛び回る長尾とは異なり毎日自室で過ごすことが多い金之助にとって、ここは居心地の悪い場所であった。父子は市内の同じ店へ毎日通勤しながら、互いに口を利かない。アグニスという召使いをしている女の子は息子によく顔が似ていて、彼の私生児ではないかという疑念を抱かせる。笑うことも、口を利くこともなく雑用をし、家主である娘からパンをもらい受けるアグニスには哀愁が漂っている。週二ポンド（二〇円）もする部屋代の割に、裏庭を見おろす寂れた部屋に押し込められ、陰気な家の雰囲気、アグニスの不憫な姿と日々接するにつれ、いたたまれなくなる。

この下宿生活を通して、一種「捨てられた」存在としての過去を想起し、孤独と不信にあえぐ「死」を金之助は読み取ったというのが江藤淳の解釈である。(87)「死」の姿を垣間見たかどうかは別にして、社会から孤立し、希望もないまま苦悶する家主たちに、自らの心の内に掩蔽していた魂の「地獄」を想起し、そこから懸命に逃れようと自己防御本能を働かせた可能性は高い。キャンバーウェルに下宿を移した後に、長尾に会うべくプライオリ通りを再訪したとき、金之助はその過去の「地獄」の「匂い」がそこに立ちこめているのを嗅いでしまう。

自分は敷居から一歩なかへ足を踏み込んだ。そうして、詫びる様にじつと見上げているアグニスと顔を合はした。其の時此の三箇月程忘れてゐた、過去の下宿の匂いが、狭い廊下の真中で、自分の嗅覚を、稲妻の閃めく如く、刺激した。其の匂のうちには、黒い髪と黒い眼と、クルーゲルの様な顔と、アグニスに似た息子と、息子の様なアグニスと、彼等の間に蟠まる秘密を、一度に一斉に含んでゐた。自分はこの匂を嗅いだ時、彼等の情意、動作、言語、顔色を、あざやかに暗い地獄の裏に認めた。自分は二階へ上がつてK君に逢ふに堪へなかつた。(88)

二階の長尾の部屋へ昇るのをためらう金之助は、「暗い地獄」の入口で抵抗する。しかし、実はこの時すでに金之助自身も地獄に引きずりこまれつつあった。

流転する郊外

金之助の三番目の下宿となったフロッデン通りは、実はこれまで見てきたキャンバーウェルと通り一本を隔てただけの西隣の町である。「深川のはづれと云う様な所」と形容するこの場所で、金之助は抵抗空しく自分が「暗い地獄」に落ち込みつつあるのを意識しはじめる。狩野亨吉らに宛てた手紙で「下宿籠城主義」を掲げた後に、三階の下宿部屋の様子を次のように詳述している。

下宿といへば僕の下宿は随分まづい下宿だよ三階でね窓に隙があつて戸から風が這入つて顔を洗ふ台がペンキ塗の如何はしいので夫に御玩弄箱の様な本箱と横一尺竪二尺位な半まな机がある夜抔は君ストーブを焼クトドラフトガ起つて戸や障子のスキからピュー〱風が這入る室を暖めて居るのだか冷して居るのだか分らないね夫から風の吹く日には烟突から「ストーブ」の烟を逆戻しに吹き下して室内は引き窓なしの台所然として居る何に元の書生時代を考へれば何の事はないと痩我慢はして居るが色々な官員や会社の役人や金持が来てねくだらない金を使ふのを見るといやになるよ日本へ帰れば彼等のある者とは同等の生活が出来る外国へ同じ官命で

来て留学生と彼等の間にはかゝる差異が何故あるかと思ふと帰り度なるね。[89]

窓に隙間があり、ストーブの換気に不備があることから、家が安普請であることが容易に推測できる。同じ国費留学生である官僚たちが贅沢な市内の暮らしに安閑としているのに対し、金之助は暖さえろくに取れない場末の郊外の三階で呻吟している。惨めさと卑屈さを詰め込んだような空間で、隙間風がひび割れた心の中に入ってきたのを金之助は感じた。ここに籠城することで、自己の存在と異質な社会との距離を調整するどころか、ますますその距離が広がり、精神的余裕も失っていく。『門』の野中宗助と御米のように、小説にも表出する寂寥感漂う室内で沈思する人物像の原型が垣間見える。

金之助の下宿は、キャンバーウェルの交差点から西に五分ほど歩き、鉄道高架をくぐったあと左手に折れた道沿いに建っていた。現在ではすでに跡形もないが、一八八〇年代に市内から流出する下層中流階級《ロウアー・ミドル・クラス》のために投機的に建設された郊外住宅の一つである。「此薄暗い汚苦しい有名なカンバーウェルと云ふ貧乏町の隣町」と金之助が形容するのは、十九世紀末の坂下に普請された労働者のための住宅、あるいはウィンダム・ロード北にあったスラムを意識してのことだろう。下宿屋の主人は教養がなく、『ロビンソン・クルーソー』も読んだことがない。奥さんはどこかの家庭教師《ガヴァネス》をした後、家賃を含む生活費を稼ぐべく女子学校を経営したが、感染症流行のために閉校せざるをえなくなる。無知なくせに知ったかぶりをするし、話す言葉もアクセントも不正確だと、金之助は「倫敦消息」で語る。この時代に郊外に流れ込んできた下層中流階級の典型と言えよう。[90]

金之助と同居していた日本人が出て行くと、下宿屋の夫婦は自分たちの家賃を払えなくなってしまう。家財差し押さえと相前後して、さらに辺鄙なトゥーティングへ夜逃げ同然で移動せざるをえなくなった。一度は別の下宿へと脱出を試みた金之助だが、市内の高い下宿にはとても住めない。[91] 彼らとともにさらに貧相な郊外へと流落せざるをえない。そのとき、自分が社会からますます隔絶した奈落の底に沈んでいくのを感じる。

運命の車は容赦なく回転しつゝある。我輩の前乃彼等二人の前には如何なる出来事が横はりつゝあるか。我等は三人ながら愚な事をして居るかも知れぬ。愚かかも知れぬ。叉利口かも知れぬ。只我輩の運命が彼等二人の運命と漸々接近しつゝあるは事実である。(92)

官費によって渡航し、日本国のために有用な人物になるべくロンドンにやってきた自負がある金之助にとって、ブレッド夫妻とともに郊外を漂流する存在へと貶められるのは屈辱に違いなかった。さりとてどうすることもできない。それはこの夫婦もまた共有していた想いであった。

新しい下宿はいっそうみすぼらしい郊外長屋の一軒であり、部屋は前よりもましなものの、日記には「聞キシニ劣ルイヤナ處デイヤナ家ナリ永ク居ル氣ニナラズ」と不快さを露わにしている。(93) それから三ヶ月余の後七月十日、金之助は日記に「近頃非常ニ不愉快ナリ。クダラヌ事ガ気ニカヽル。神経病カト怪マル」と書き記す。(94) この時すでに再び下宿先を変える決心をし、その後最後の下宿先であり、もっとも快適だったはずのチェイス通り八十一番地へと引っ越す。しかし、やがて留学の意義を見失い、文学研究の価値さえも認められず、自室に引きこもったまま喪失感と挫折感とに苦しめられていくことになる。金之助にとって郊外は、運命の輪に翻弄されるように流離いつづけ、膨張しつづける群衆のなかで自分を見失い、そこから距離をとって自室に籠城したところで、社交する金銭もなく、目的も行き場も失ったままもがくことさえできない無力な自分と対面するだけの空間であった。

実存的建築物としての「倫敦塔」

そんな金之助の郊外流浪生活の集約とも言うべき小品が「倫敦塔」であろう。『漾虚集』に所収されていることから、幻想的でロマンティックな作品として読まれがちだが、それは外に纏っている衣であって中には闇が横たわっている。金之助が描写する石造りの中世建築物には、二年余の間、彼が郊外を流離い、煤と絶望を溶かし込んだ闇の中で「暗い地獄」を心中に見出した経験が濃厚に反映されている。

ロンドンに到着して間もない頃、「丸で御殿場の兎が急に日本橋の真中へ抛り出された様な心持ち」で、群衆のなかをかき分けるように地図を片手に歩いてたどり着いたのがロンドン塔である。それは過去の歴史を凝縮し、訪れるものに昔日の声、亡霊の姿を現出させる歴史的時間の霊媒として浮かび上がっている。

倫敦塔の歴史は英国の歴史を煎じ詰めたものである。過去と云ふ怪しき物を蔽へる戸帳が自づと裂けて龕中の幽光を二十世紀の上に反射するものは倫敦塔である。凡てを葬る時の流れが逆しまに戻つて古代の一片が現代に漂ひ来れりとも見るべきは倫敦塔である。人の血、人の肉、人の罪が結晶して馬、車、汽車の中に取り残されたるは倫敦塔である。(95)

ラスキンが言う過去と現在を半ばつなぐ建築物であるとも言えるが、しかし金之助にとってこのロンドン塔は、再び日の光を見ることが許されないまま幽閉され、そして処刑されていった人びとが生と死を見つめた空間として出現している。ダンテの『神曲』「地獄篇」の詩句を引用した金之助はあきらかにこの歴史的空間を冥府として意識していた。と同時に、二年間の留学経験を経て書かれた作品ゆえに、それはロンドンの郊外という冥界を流離いつづけた自己の留学生活の予兆としても意識されていたはずである。ロンドン塔に幽閉された人びとにとって「テームスは〈中略〉三途の川で此門［逆賊門］は冥府に通ずる入口であつた(96)」。プライオリ通りの下宿で嗅いでしまった「地獄の匂い」、ランベスで道を見失わせた黒い霧がロンドン塔をも蔽っている。

ロンドン塔の描写から浮かび上がってくるのが、迫りくる死を前にして生を再考しなくてはならないという実存的問題である。「凡ての人は生きねばならぬ。此獄に繋がれたる人も亦此大道に従つて生きねばならなかつた。同時に彼等は死ぬべき運命を眼前に控へておつた。如何にせば生き延びらるゝだろうかとは時々刻々彼等の胸裏に起る疑問であつた(97)」。このように投獄された人びとに自らを重ね合わせている金之助は、ロンドン塔を実際に訪れた金之助ではなく、郊外を漂流し、わびしい下宿の一間で自らの生を直視しつづけ、社会と自らの存在との懸隔の狭間にあいた暗黒の地獄に落ち込んでいった金之助、後に『こころ』、『門』、『明暗』において実存的問題を模索する小説家漱石なのではないだろうか。いずれにせよ、自分の立ち位置を定められず所在なく移動し、漂流しつづけるロンドン郊外の生活は、漱石が距離をとろうとしながらも下層中流階級《ロウアー・ミドル・クラス》と共有せざるをえなかった問題であった。

5　帝国内の異空間とマイホーム主義

ホームズが移動する郊外

世紀末の郊外キャンバーウェルを包む闇を記したもう一つの小説から、郊外の家についてさらに考察を深めていきたい。アーサー・コナン・ドイルが書いた『四つの署名』（一八九〇年）である。『緋色の研究』（一八八七年）に続くシャーロック・ホームズ・シリーズ第二作であり、オスカー・ワイルドの『ドリアン・グレイの肖像』（一八九〇年）とともにアメリカの出版社からの依頼を受け、『リピンコット・マガジン』に掲載された小説である。この小説の舞台がロンドン市内というよりも、キャンバーウェルを含むロンドン南の郊外であることはあまり注目されていない。ワイルドの小説がウエスト・エンドとイースト・エンドの対比の上に成立しているのとは対照的である。

『四つの署名』は、強奪した秘宝をめぐるインド駐在の陸軍士官四人の共謀と裏切り、殺害の物語である。富山太佳夫が明らかにしたように、ドイルが好む帝国主義的枠組みでの冒険譚が露骨に反映されつつ、「陰気な天気」と「濃い霧」に包まれたロンドンでホームズがコカイン中毒にかかっている世紀末的小説でもある。(98) 父親の失踪と正体不明の男からの面会を求める手紙を不審に思うメアリ・モースタンがホームズに助力を求めることから物語は始まる。ホームズおよびワトスンが彼女と落ち合うストランド街では、泥濘にまみれ「濃い霧がかかって蒸した舗道にショーウィンドーの黄色い光が流れ出て、往来をうごめく群衆をぼんやりと照ら」している。彼らの「悲しげな、またうれしげな、あるいは窶れはてた、または楽しそうな顔」が光と闇の間を行き来している様が「人生の姿」であると感じるワトスンには、エドガー・アラン・ポーの「群衆の人」からボードレールが引き継ぎ、ベンヤミンが彼らに見出した都市のフラヌール像が浮かんでいる[99]。

しかし、面会の相手であるサディアス・ショルトと、兄であり殺害されるバーソロミュー・ショルトがともに郊外に住んでいる点に注目すべきだろう。最初にホームズたちが向かったのはサディアスが住むテムズ川南のブリクストンである。東隣のキャンバーウェルや他のロンドン郊外と同様、十九世紀後半に急激な住宅造成が行われ、多様な人びとが流れ込んできた地域である。労働者や移民とともに貧困などの社会問題を抱えこんだ歴史は二十世紀に負の遺産として継承され、一九八一年に起きた「血の土曜日」と呼称されるブリクストン暴動にまでつながっていく。小説内でもわざと迂回路をとる馬車の中からホームズだけが正確に街路を見分け、テムズ川を渡ってこの「さえない」郊外に入ってきたことを確認する。

馬車はほんとにいかがわしく、ぞっとするような区域にたどり着いた。両側には単調な煉瓦造りの建物が続いていて、角にたつ酒場だけが、けばけばしく下品な光を灯し、輝いていた。それぞれ小さな前庭をもつ二階建ての家が続いていたかと思うと、次には煉瓦が真新しくピカピカした新築住宅がはてしなく続いている。そこは、周囲の田園に突きだされた大都市のおそろしい触手というべきものだった。そしてついに、一列になった新築の家並みの三軒目で馬車が止まった。となり近所はすべて空家で、馬車が止まったその家も、台所からほのかな灯火が一筋もれているだけで、それ以外は近所の家と同じく真っ暗である[100]。

ドイルは『四つの署名』執筆時にはまだポーツマスで開業医をしており、ロンドンの地理に詳しかったわけではない。「いかがわしく、ぞっとするような区域」というのは多少デフォルメされているだろう。しかし、世紀末の郊外についてはある程度把握していたのではないだろうか。けばけばしい居酒屋《パブ》以外は新築の二階建ての家並みが「はてしなく続」いている画一的な街路、しかも「おそろしい」勢いで開発されたために需要が供給を下回り、空き家になっていた家が多い状況は、ロンドンの新興郊外住宅地では頻繁に見られたものであった。『緋色の研究』でも、ケニントンから南に伸びてブリクストンを抜けるブリクストン道路の空き家でイーノック・ドレッパーの殺人が起こっている。『タイムズ』紙のデータベース検索で確認する限り、一八八〇年から一九〇〇年にかけて小説にヒントを与えたような殺人事件はこの地域の空き家で起きていないが、孤立した空き家が多いこと自体が郊外の不穏な環境を示唆している。

この家に到着した一行は、黄色いターバンをしたインド人の召使いに案内されてサディアス・ショルトと対面する。彼の部屋に案内されたホームズたちは、豪勢なオリエント風にしつらえた装飾品に驚く。高級なタペストリーやカーテンが部屋の壁や窓を蔽い、その合間から豪華な額縁をはめた絵画や東洋の壺が飾られているのが見え、床にはふかふかの絨毯が虎の毛皮二枚とともにしかれている。「三流の郊外住宅」のなかに突如広がった「東洋のぜいたく品」は、「真鍮の象嵌にはめ込まれた最高品質のダイヤモンドのように場違い」だと訪問者たちの目に映る。(101)夏目金之助がロンドンの下宿で経験したように、また郊外小説が描くように、郊外には、フランスやドイツといったヨーロッパからの移住者ばかりでなく、サディアス・ショルトのようにインドなどの植民地と縁を持った人びと、あるいはアメリカからの旅行者、金之助のような留学生なども住んでいた。『緋色の研究』で被害者となるアメリカ人ドレッパーやスタンガソンらが滞在していたのもキャンバーウェルの宿である。郊外ではそうした、植民地を含む異国へとつながる帝国の異空間が、ドアの向こう側に広がっていた。

一行はその後サディアス・ショルトの導きで、さらに南の郊外ノーウッドにある、兄バーソロミューが住む邸宅《ヴィラ》ポンディッチェリ荘に向かい、そこで彼の殺人に遭遇する。父ショルト少佐が屋根裏に隠していた財宝を見つけたバーソロミューだったが、彼やメアリの父モースタン大尉らの裏切り行為に復讐を誓ったジョナサン・スモールもそれに気づき、屋根裏部屋から財宝を盗み出す際に、同行していたトンガがバーソロミューを毒矢にかけたのだ。そこからホームズたちのキャンバーウェルを含む郊外を横断する追跡劇がはじまる。朝まだきの時刻、「半ば田舎じみた邸宅《ヴィラ》がたち並ぶ道路」には労働者やドックで働く人たちが起き出し、女たちが玄関を掃除しはじめている。二人の犯人が逃走した後を追い、ホームズたちはキャンバーウェルを抜け、ケニントンに至り、そこからテムズ川へ向かう。

> わたしたちはストリーサム、ブリクストン、キャンバーウェルを横切り、オーヴァル競技場の東側にある小路を抜けてケニントン・レーンまで来た。犯人たちは人目を避けようとしたのだろうが、どうやら奇妙にジグザグしたルートを選んでいるようだ。平行に走る横道があるときは大通りをけっして通らずに、横道ばかりを逃げている。ケニントン・レーンの先で、彼らはボンド・ストリートとマイルズ・ストリートを通って左に進路をとった。[102]

ボンド・ストリートは正しくはボンド・ウェイである。移動距離は直線で計算しても八キロほどにおよぶ。オーヴァル競技場のあたりは、夏目金之助が地下鉄に乗るために頻繁に歩いた地域でもある。逃走劇はその後テムズ川に場を移すことになるが、なぜホームズの物語は郊外で展開する必要があったのだろうか。

ホームズ自身が指摘するとおり、事件は人目につく市内の住宅ではなく、隣人の目から遮断された一軒が独立した郊外やあるいは田舎のほうが起きやすい[103]。特に郊外では、住宅が通りにそって立ち並んでいたとしても、供給過剰により空き家が多いし、人目につかない。あるいはコミュニティが流動的なために隣人同士の関係が疎遠であり、玄関のドアを閉めてしまえば、そこは社会から孤立した密室空間になる。プライヴェートな空間で起きていることが隠されれば隠されるほど、人びとはそれに対する好奇心を喚起されていく。一八七二年の『アーキテクト』誌は「個人主義」が、専門的職業につく中流階級にとって重要な美徳であり、それがゆえに「自由、多様性、個人主義」

が通常の家族生活にも入り込み、「プライヴァシー」という概念を空間的にも形成していくと分析する。[104] 行き場を失った余所者や新参者など「多様」な人間が流れ込み、孤立しているがゆえに誰の視線も気にすることなく「自由」かつ勝手な生活を送ることができる新しく造成された空間、それが郊外である。ポウプが指摘するとおり、「周縁に位置する不可解な家庭生活空間において、何も見透すことも、理解することもできないことに苦しみつづける孤立した個人」は、決定的な「手がかり」を求めようとする。[105] ドイルの探偵小説が登場したのは、そうした住民の多様化と流動化が加速する郊外においてプライヴァシーの確保された密室空間が急増したことと不可分の関係にある。探偵は人びとが覗きたかった密室空間を見通し、公共のまなざしのなかに暴き出してくれる存在なのだ。

ワトスンはそうしたプライヴェートな空間への「覗き見」という行為を通して、一方ではホームズに魅了され、他方ではモースタン嬢が住みかつ体現する郊外の家庭へと惹かれていく。モースタン嬢の安否を確認すべく、彼女が家庭教師として住み込んでいる家を訪れるのだが、その場所がほかならぬキャンバーウェルである。

セシル・フォレスター夫人の家へ着いたのは午前二時に近かった。召使いたちはとっくの前に寝てしまっていたが、夫人だけはモースタン嬢が受け取った謎のメッセージを訝り、彼女の無事の帰宅を案じて起きて待っていた。みずからドアをあけて、私たちを迎えいれてくれた。夫人は中年のおしとやかな女性で、やさしくモースタン嬢を抱きよせ、母親のような声で話しかけるのを見て、私はとてもうれしかった。モースタン嬢が家庭教師という単なる雇われ者ではなく、友人として敬意をもって遇されているのが明らかだったからである。〈中略〉走ってゆく馬車からそっとふりかえってみると、彼女たちがまだ玄関の石段に立っているのが見えた。二人が互いに寄りそう優美な姿、ドアが半分だけ開き、そこからステンドグラスを通して輝くホールの灯り、晴雨計、美しく磨きこんだ階段の絨毯押さえなどが見えていた。このような平穏でイングリッシュな家庭の様子を一瞥したことは、われわれが今手がけている殺伐として陰惨な事件の最中にあって、それだけで十分な慰めであった。[106]

半分開けたままのドアの向こう側にワトスンが覗き見たのは「家庭愛」である。郊外化とともに空間としても、また人間の精神内部にも迷宮を増加させていった帝都ロンドンにあって、家を照らす灯りと家庭的慈愛と平穏は郊外をユートピアとして提示し、人びとに安らぎと希望をもたらすものであった。ワトスンはスモール逮捕後にモースタン嬢と結婚する。ホームズ・シリーズにおいて「殺伐として陰惨な事件」は市内中心部というよりも、周辺部あるいは郊外で繰り返し起き、ホームズを縦横無尽に駆りたてることになるが、その背後には、平穏な家庭という郊外の神話と、帝国の異空間を内部に忍ばせて流動しつづける郊外の実態が緊張関係を保ったまま横たわっている。ホームズの活躍が人びとを魅了したのはスラムや犯罪の跋扈という現象以上に、カオスとともに空隙が増していく郊外のプライヴェートな空間を透視してくれるからなのだ。

マイホーム主義という神話

空隙を孕みながらも、プライヴァシーと家庭愛を確保した空間として、郊外住宅は神話化されつづける。それを支えているのがマイホーム主義である。郊外に移住した下層中流階級《ロウアー・ミドル・クラス》たちは、存在の不安を抱きながらも自分たちの家を誇りに思っていた。先にもふれたS・F・ブロックの『ロバート・ソーン――ロンドンの事務員の話』の主人公はデヴォンシャー出身の事務員だが、毎日変わりばえのしない生活をしながら、友人の妹と結婚した後に新居を定めるが、その地もまたキャンバーウェルである。

> 私たちの家は、慎ましやかだが十分に快適な家であった。デンマーク・ヒルに近い閑静な地域に一列に並んで建てられた六部屋のコテッジの一つである。正面にはオークの木柵沿いに常緑樹の垣根があり、パーラーの出窓の下には小さな花壇が設けられている。裏庭には、煉瓦の壁に囲まれた小さな芝生の庭がある。鰯の缶詰や

ら煉瓦の欠片やらが土に埋まった花壇が二つほどあって、庭の奥にポプラが、流し場の窓の脇にライラックが一本ずつ植わっている。玄関のドアには真鍮のノッカーと郵便受けがついている。部屋は小さいが、居心地がいい。一階にはダイニングと応接室、キッチン、流し場があり、二階には寝室が二部屋と、裏に面して椅子と机と書棚のある小部屋がある。それを「書斎」と呼べるのがうれしい。さほどの暮らし向きではないにしても、わたしたちは社会の中で一人前であり、立派な世間体を保っているのである。真鍮のノッカー、出窓、客間とダイニングがその事実を立証してくれている。また、「書斎」があることは、隣人よりも優れた偉大なる郊外の理想をわたしたちが抱いていることを証明してくれる。(107)

グローヴ・レーンにある小さな家の一つを想像してもいいかもしれない。けっして贅沢だったり、豪勢であるとはいいがたい慎ましやかな家である。しかし、それでも新婚生活ができる喜びとともに、小さいながらも自分たちだけの空間と庭を持つことができる下層中流階級の自負の念と家庭を愛する気持ちがこの一場面に集約されている。クロスランドが「派手で、けばけばしく、安っぽい」と形容した郊外住宅は、労働者階級とは一線を画し、中流階級としての自立を誇るシンボルであった。(108)だが繰り返して言えば、それは「郊外の理想」であって、現実ではない。単調な職業生活と孤立しつつある社会生活のうちにあり、曖昧な社会階層に帰属する存在にとって、唯一慰めとアイデンティティを確保できる空間が郊外の「我が家《ホーム》」になる。そのいじらしいまでのマイホーム主義は、ジョージ・グロウスミスとウィードン・グロウスミスの兄弟による小説『とるにたらない者の日記』にも活写されている。俳優であり作家でもあった二人が書いたこの作品は、郊外に住む下層中流階級の生活を中流階級の目線を通して風刺した喜劇である。一八八八年から八九年にかけて風刺雑誌『パンチ』に連載され、一八九二年に単行本として出版されて以来、現在まで読み継がれている。

主人公は投資会社の事務員をしているチャールズ・プーター氏とその妻。彼らが住むのは、ロンドン北部の郊外ホロウェイにある六部屋の二軒一棟《セミ・デタッチド》の家である。家に番地ではなく「月桂樹」と名前がついているのがプーター氏の自慢だが、平凡な郊外の家にほかならない。玄関に石段がつき、半地下と小さな前庭および裏庭があるこの家は、贅沢はできないが収入の範囲内で懸命に「上品」な文化を取り込み「体　裁《リスペクタビリティ》」を保とうとする下層中流階級の性格を反映している。

そんなプーター氏にとって家と家族こそが人生のすべてである。靴の泥落としが邪魔だといって取り去ったり、自分で室内改装をしようとお風呂まで真っ赤なペンキで塗ったり、息子のルーピンの就職や結婚についてもやっきになる。社交はそうしたいじましい家庭生活の延長線上にあるが、家庭空間の周縁部に位置しているにすぎない。新井潤美が指摘するとおり、プーター氏の下層中流階級的マイホーム主義は小説の冒頭に明示されている。

シティの仕事が終わるとまっすぐ私は帰宅する。家庭があってもそこで時間を過ごさなければ何の意味もないだろう。「ホーム・スイート・ホーム」こそ私のモットーなのだ。晩にはいつも私は在宅している。古くからの友人ゴーイングがふいに立ち寄ることもあるし、向かいに住むカミングズが来ることもある。愛する妻キャロラインと私は、彼らが立ち寄れば歓迎する。とはいっても、キャリーと私は、友人たちが来なくても楽しい時間を過ごすことができる。いつだって何かすることがあるからだ。どこかに鋲を打たなくてはならないし、ヴェネツィアン・ブラインドが曲がっているのを直すとか、扇子を壁に打ちつけるとか、絨毯の一部を床に打ちつけるとか。(109)

ブルジョワたちの郊外クラパムが体現した福音主義的な家庭愛を必死に追い求め、それを十九世紀末の新興郊外に実現しようとしている下層中流階級の姿が、滑稽に描かれている。中・上流階級のようにクラブやチャリティ活動で社交するわけでもなく、労働者階級が組織したアソシエイションに帰属するわけでもなく、隣近所の人間とのみ適度な距離感を保ったつきあいをするだけの彼らのマイホーム主義は、孤立と孤独の裏返しでしかない。「外出

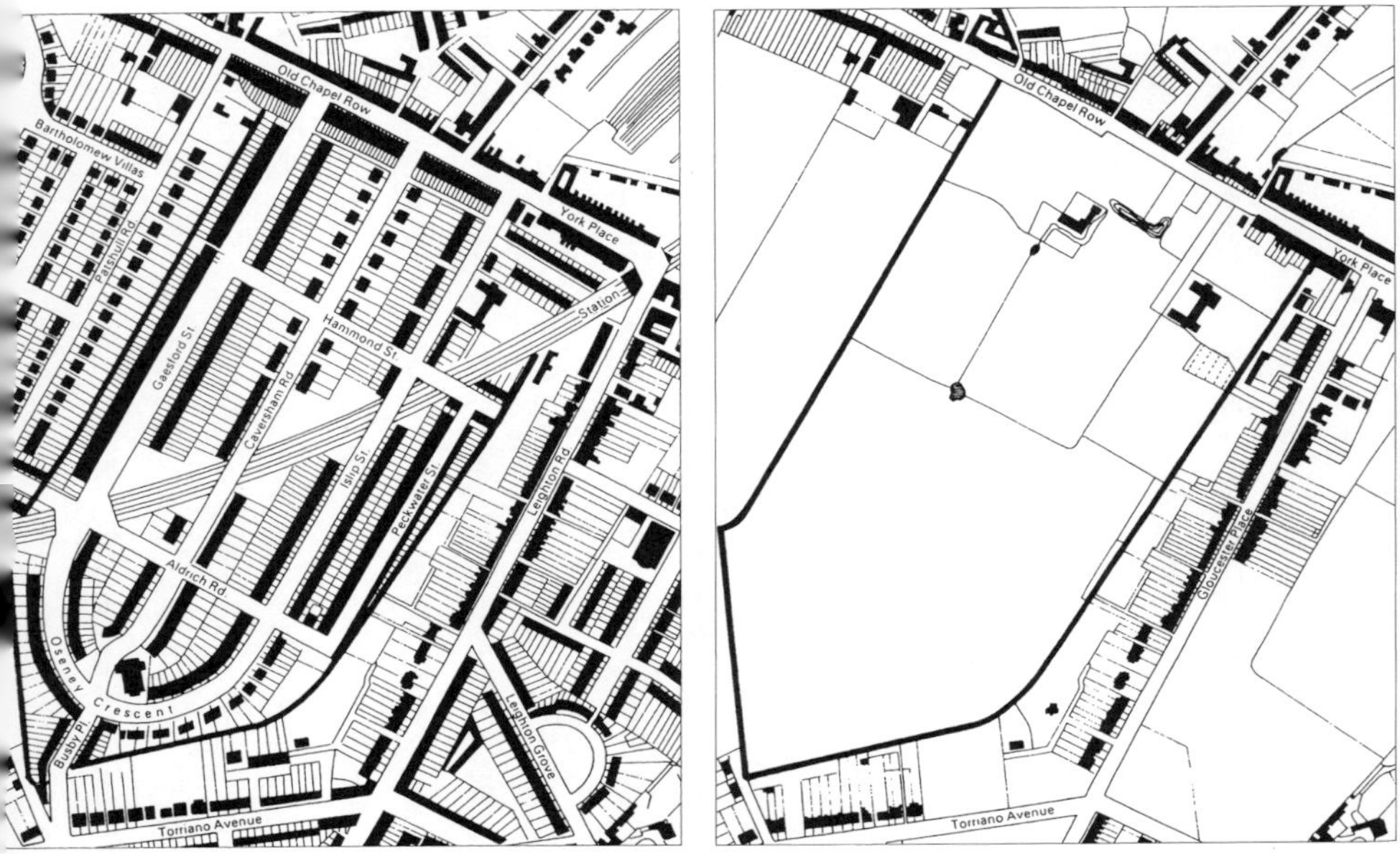

図 3-3　ケンティッシュ・タウンにあるクライストチャーチ・エステイトの変貌（右 1804 年／左 1880 年）——ジリアン・ティンドール『地下に眠る野原——あるロンドンの村の歴史』より

する社交生活なんかは自分には合わないと思って満足している。それゆえ私たちは今朝受け取ったバード嬢の結婚式への招待を断ることにした」[110]。そう言うプーター氏は、満たされない虚栄心を抱きつつ郊外の非社交的生活へと最後は回帰していくしかない。「幸福なる中間とは体裁であり、体裁とは面白みのないものであ」り、「卑俗な妥協以上でも以下でもない」という富豪ハトル氏の言葉は、中・上流階級にも労働者階級にも属せないジレンマゆえに、「妥協」として「体裁」に固執せざるをえない下層中流階級の宿命を皮肉によって言い当てている[111]。

プーター氏のマイホーム主義が郊外住民の孤立だけでなく、郊外という空間そのものの流動性の上に成り立っているのは、冒頭に続く描写からも明らかである。玄関を使うのがもったいないからと鍵をかけ、友人のカミングズとゴーイングも勝手口から家に入ってくるのは、中流階級の慣習からは外れたマナーである。それ以上に、家の裏庭が鉄道線路に面し、列車が通過する振動で庭の塀がひび割れてしまっているのを気にかけないのも、「上品さ」や「体裁」とは無縁である。

線路へと伸びているステキな小さな裏庭がある。最初こそ列車の騒音が気になるかと思って不安だったが、家主がしばらくすれば気にもとめなくなると言って、家賃を二ポンドまけてくれた。たしかにそのとおりだった。庭塀の下のほうがひび割れてしまっているのを別にすれば、まったく不便を感じなかった。[112]

こうした郊外住宅を誇りに思うプーター氏の価値観に対するグロウスミスの露骨な揶揄は、クロスランドやマスターマンの視線と同質である。実際、この頃のホロウェイあるいはケンティッシュ・タウンは、十九世紀半ばまで保っていた上品で瀟洒な中流階級住宅街という様相を崩しつつあった。ジリアン・ティンドールがたどったように、鉄道の敷設とそれに伴う居住区の改変によって「望ましい地域としての生存競争に敗れた」ために、一八七〇年以降、プライヴァシーを確保した平穏で整序された街区が消滅し、既存の住宅は品位ある住民を失い、衰退の一途をたどっていった（図3-3）。ウィードン・グロウスミスの挿絵から察するに一八五〇年後半から六〇年頃の住宅と思われるプーター氏の家も、そうした再開発によって寂れてしまった住宅の一つである。「月桂冠」というかつては中流階級の郊外住宅に付された名前は、そんなさびれたホロウェイやケンティッシュ・タウン、カムデン・タウンの住宅にも適用されていった。[113] カムデン・タウンに育ったグロウスミスたちは地元の盛衰を熟知していた。郊外の住民も空間も固定されることなく、再開発と移動によって多様性を増しつつ変化し、ときに没落し孤立していく。そして、次の世代もまた新たな居住環境を造りだしていく。息子ルーピンも、父プーター氏の「お仕着せの、完璧で、体裁がよくて、葬式っぽくて、一流のシティの事務所の下級事務員」然とした格好と生活様式を嫌悪し、脱出を図ろうとしている。[114] 風刺喜劇として読まれがちな『とるにたらない者の日記』の背後には、定まることなく郊外を移動しつづける下層中流階級の悲哀が潜んでいる。

第4章　イングリッシュな農家屋

――遺産の継承と社会――

1　「イングリッシュな農家屋」というハビトゥス

呼吸する農家屋

「イングリッシュな家」と聞いてすぐに私たちの脳裡《のうり》に浮かぶイメージは、陳腐なまでにステレオタイプ化されたものだろう。イングランド西部のコッツウォルズによくあるような、石垣に囲まれ、スレート葺きの屋根を載せたこぢんまりとしたコテッジを想い浮かべる人も多いはずだ。ハンプシャーやドーセットシャーなどの伝統的な田園風景のなかにたたずむ、木柵や生垣のある農家を想像する人もいるかもしれない。藁葺《わらぶ》きの屋根ならなおあつらえむきだろう。整然とした庭よりは、雑然と草花が生えているほうがいい（口絵1、図4-1）。

こうした田舎の民家には、イギリスが長い年月の間に育んできた田園生活の美徳、牧歌的な快楽と農耕詩的な勤労の精神が宿っていると考えたくなる。イギリス人にとって家はお城のようなものだとよく言われるが、彼らにとって理想的な家とは、風景の一部であり、自然美が育むイギリス的な精神と美徳の砦である。それは、日常の生活空間であり、家族愛の象徴であり、そしてコミュニティや社会の縮図である。

図 4-1　神話化された「イングリッシュな家」——ヘレン・アリンガムによる挿絵,『イングランドのコテッジ・ホーム』(1909 年) より

しかしながら、こうしたナイーヴな通念としての「イングリッシュな家」は、けっして自然発生的に生まれたわけではない。忙《せわ》しなく不衛生な都会から隔離された憩いのオアシスとして人工的に構築され、メディアによって演出され、さらに文学と絵画を通して理想化され、時には投機や売買の対象として市場価値を付与されることでできあがったイメージである。言い換えれば、人為によって形成された政治的な記号であり、人びとの嗜好とイデオロギーを体現した人工物であり、意識的に保持された文化的産物である。つまり、ピエール・ブルデューの言う「ハビトゥス」の事例である。

そうした「イングリッシュな家」の一つが、E・M・フォースターの小説『ハワーズ・エンド』に描かれた農家屋である。軽妙な語り口ではじまる冒頭から、日本人である私たちにとっても妙に懐かしさを憶える家に出会う。庭では芝生と草花が朝露に濡れ、そこを抜けると牧場が広がっている。その境目には大きくて古い楡の木が枝を広げ、家に寄りそうように何百年ものあいだ立ち続けている。感覚的な実在性をもった安息の場であり、家庭空間であり、イングランドの牧歌的世界が現前する。

この屋敷を別宅として所有しているのが、ルース・ウィルコックスである。資産家の娘として生まれ、植民地アフリカでゴム事業を展開するウィルコックス氏と結婚し、老いを迎えている。だが、家の歴史性と実在性は帝国とは無関係なように、ここに招かれ滞在しているヘレン・シュレーゲルの魂も魅了している。そして私たちもまた、姉マーガレットに彼女が綴る手紙を通して、この家の磁場に足を踏み入れることになる。

> 朝ごはんの前に書いているからこんなに長い手紙になってしまうの。ああ、なんてきれいなツタの葉でしょう。家屋には一面ツタがつたっているの。ちょっと前に外を見たらウィルコックス夫人がもう庭に出ていたわ。庭が大好きなのは明らかね。時折り疲れた様子を見せるのも当然だわ。大きな赤いケシの花が咲くのをじっと見つめていて、それから芝生を横切って牧場へと向かっていった。牧場の一角が右手にちょうど見えるわ。朝露にびっしょりと濡れた芝の上を長いドレスの裾をひきずり、ひきずり歩いていき、昨日刈ったばかりの干草で手をいっぱいにしてもどってきた。うさぎかなにかにあげるんでしょう。鼻につけて匂いをずっと嗅いでいた。ここの空気はおいしいわよ。しばらくしてクローケーのボールの音がするからまた外を見たら、チャールズ・ウィルコックスが練習してるところだった。ここの家の人たちはあらゆる競技にカンカンなの。でもすぐにくしゃみが出始めたからやめなくてはならなくなった。またそのうちにボールを打つ音がするから、誰かと思えば父親のウィルコックスさんが練習していて、やがて「ヘクション、ヘクション」とくしゃみが聞こえる。彼もやめなくちゃならないわ[1]。　(4)

朝露に濡れた芝生や干し草の匂いとともに、朝のひんやりとした田舎の空気が爽快感をともなって肺の中にしみこんでくる。ツタが家の外壁にはっているのが、楡の老木とともに数百年を経た自由農民《ヨーマン》の家屋の歴史を暗示している。庭でクローケーが行われているのもいかにもイングランドの紳士生活らしい。とはいえ、あらゆる競技にカンカンだと言いながらもウィルコックス家の男たちが花粉症にかかっているのはユーモラスだ。新興の富裕中流階級である彼らが紳士を気取っていながら、田舎の風景とスポーツに溶け込むことのできないよそ者であることをさりげなく風刺している。

この小説では、冒頭から終わりまでこの「イングリッシュな」農家屋がどっしりとした存在感を保っている。そもそも『ハワーズ・エンド』というタイトルそのものが、小説の主人公が人間ではなく家であることを示唆している。登場する人物たちの背後では常にこの古い家が呼吸をし、彼らの運命を操っているのだ。家は「生きて」(132) いて、「心臓」を「鼓動」(172) させ、「力」(189) をもっており、物語のなかで登場人物たちの生死を左右していく。

庭に立つ楡の木までもが不思議な生命力を宿しているが、楡はイギリスの伝統的な樹木の一つであり、小説が記すようにこの木はハワーズ・エンド邸にとっての「地霊 (*genius loci*)」(292) だと言えよう。地霊はフォースターの初期短編小説でしばしば描かれたテーマだが、この小説においてはさらに強い磁力をもって登場し、楡の木、さらにはウィルコックス夫人に憑依している。[2] 彼女は若い世代と彼らの文明から超然としていて、「家と、それを覆っている樹木の世界に所属しているよう」であり、家が体現する祖先と歴史を崇拝するがゆえに、「過去のみが与えることのできる本能的な叡智」を「相続している」(19)。伝統と叡智を結びつけて論じたエドマンド・バークの反フランス革命論を思い起こさせると同時に、そのあまりに超自然的な性質は、古の土着的な信仰や日本でも見られる「地神様」信仰、先祖信仰までもが想起されてなにやら不気味でさえある。彼女にとってハワーズ・エンド邸はたんなる建物という物理的な存在ではなく、「精神 (a spirit)」(84) であり、人格であり、家とその所有者たちが長い年月をかけて歴史的に醸成した伝統と叡智の具現なのである。

「家の精神」の継承可能性

この「イングリッシュな」家に備わる精神と叡智は世代を超えて理解されるのであろうか。この小説の主題の一つはそうした家の精神と伝統の継承可能性についての問いかけである。もちろん価値観や生活様式がまるで異なるウィルコックス家とシュレーゲル家という二つのブルジョワ家庭の確執と絆に小説の主題を求めるのがわかりやすい解釈だが、「家」を主人公として読み直してみると、同世代間だけではなく異なる世代間、もっと言えば異なる人種のつながりがもう一つの重要なテーマとして浮かび上がってくる。物語の中でハワーズ・エンド邸は、ルース・ウィルコックスから、ドイツ人の父親を早くに亡くしたマーガレット・シュレーゲル、さらには妹のヘレンの子供へと紆余曲折を経ながら相続されていくことが暗示されている。不動産としての「家屋」だけではなく、精神と文化と歴史を備えて呼吸する「家」の伝統が、世代や血統を超えていかに継承されうるかという問題が提示されているのだ。

精神の所有物を遺贈するということなどいったい可能なのだろうか。魂に子孫などあるのだろうか。楡の木、ツタ、朝露のついたひと束の藁、こうしたものへの強い愛着を血の通っていないところに移植することなどできるのだろうか。 (84)

だとすれば、「ただつなぎとめさえすれば……」という小説の題辞が、通常解釈されるように異なる社会階層に属する人間同士の結びつきについて言及しているだけではなく、異なる世代、異なる時代に属し、異なる背景を持った人びとが、「家」の表徴する伝統や文化を媒介にして結びつくことが可能かどうかという問題意識を表明したものとは言えないだろうか。そしてそこには、帝国の衰滅を意識し始めた二十世紀初頭のイギリスを襲うさまざまな社会・政治問題も絡んでくる。伝統的で「イングリッシュな」はずの農家屋は文化の継承や再生をテーマにしつつ、その内部に同時代の社会の病理を隠匿している。

ハワーズ・エンド邸はフォースターが少年期を過ごしたルクス・ネストを下敷きにしていることはよく知られている。ロンドンの近郊ハートフォードシャーにあるこの家は、二〇〇年、一説によれば五〇〇年もの歴史をもっており、ハワーズ・エンド邸と同じく庭に楡の木があり、地面から四フィートあたりの幹に歯痛除けのまじないのために豚の歯がつきささっていたという（口絵5）。しかしながら、フォースターの感傷的な追憶だけでハワーズ・

エンド邸の意味は解き明かせない。都会に対置された田園の家として読むのもナイーヴすぎよう。ウィルフレッド・ストーンのように『ハワーズ・エンド』を環境保全のプロパガンダとして解釈したとしても、「工業と対峙した自然、商売と対峙した詩を掲げたロマンティックな議論に潜んでいる哀愁」という結論は、レイモンド・ウィリアムズの『田舎と都会』の議論をあまりに単純化したものでしかない(3)。

「イングランドの現状」の標徴

その点、河野真太郎はより洗練された解釈を提供する。すでに失われた田園の理想、有機体的社会への回帰の感情構造を『ハワーズ・エンド』に読み解きながら、都市の近代性を否定することなく虚構としての有機的牧歌《パストラル》を都市空間の内部に取り戻す試みがハワーズ・エンドの象徴するものだと論じる。たしかに、新たな「イングリッシュネス」構築の鍵をハワーズ・エンド邸が担っていることは否定できない(4)。しかし、それは河野が論じるようにアーバン・パストラルという表象を通してではなく、農業が衰退しつつあるイングランド再興のために文字通り都市の住民を田園へ移動させ、田園都市を構築する帰農主義という同時代の政策と不可分のものとして解釈すべきではないだろうか(5)。より政治的かつ歴史的な文脈の中で、「時代の精神」の標徴としてハワーズ・エンド邸を解読する必要がある。

また、かつて川崎寿彦は川端康成の『山の音』に描かれた、戦後の分断化されていくブルジョワ家庭を考察しながら、それとは対照的に『ハワーズ・エンド』の世界を、遺産と歴史を継承していく「リアリスティックでコミカルなヴィジョン」として説明した(6)。しかし、フォースターの描いた農家屋は、実際のところ川端が描いた鎌倉にある実業家尾形信吾の住居、あるいは彼が懐古する故郷の信州の家と同じである。絶え間ない時代の潮流に取り巻かれた家屋は、脆弱な人間同士の絆や危うい伝統の糸をかろうじてつなぎとめようとしながら、その限界と亀裂を露呈していく。それは「リアリスティック」かもしれないが「コミカル」ではない。時代に翻弄され、孤立する人びとが、絆を求め、安息の場を構築しようとする「真剣な《シリアス》」希求を具現した空間であり、しかしそれが難しいゆえに「悲劇的な《トラジック》」舞台となり、その悲劇性に無自覚なために「茶番劇《ファース》」になりえる物語と言うべきではないだろうか。ハワーズ・エンド邸も『山の音』の家々も、家屋の内部に堆積する歴史の層、その積時性を掘り起こしていく考古学的考察を通してその表象の意味が明瞭になっていく。都市開発の荒波のなかで家を失うシュレーゲル家と帝国主義を標榜するウィルコックス家が交わり反目する「場」、ウィルコックス夫人からマーガレット・シュレーゲルへ、そしてその甥へと血統の断絶を許容しながらも受け継がれていく遺産としてのハワーズ・エンド邸には、重厚で錯綜した歴史的・社会的意味が内包されている。

ハワーズ・エンド邸が体現する文化的・歴史的標章《シニフィエ》を同時代の文脈のなかで丁寧に解きほぐしたのが丹治愛である。ハワーズ・エンド邸は資産家の娘ルースの所有物であり、植民地でのゴム事業を手がけるウィルコックス家の資産によって維持されている。すなわちブルジョワ的帝国主義を背景にしているのだが、その一方で、都市に労働者、下層中流階級として流れ込んでいったレナード・バストのような農民の孫世代を退化させていく社会構造を批判する建物でもある、と丹治は言う(7)。『ハワーズ・エンド』は、退化論が表明する危機感を共有し、同時代に勃興する田園回帰運動やその中で実現するエベネザ・ハワードの「田園都市《ガーデンシティ》」構想とも共鳴しているのである(8)。ヴァージニア・ウルフらも指摘するとおり、フォースターは「時代の影響に極端に敏感」であり、彼の作品の多くは「病気にかかった国民を診断し、分析した疾病に対して文学的治癒を施す国民的寓喩」である(9)。『ハワーズ・エンド』もそうしたいわば二十世紀初頭の「イングランドの状況」を反映した小説として読むことができよう。

フォースターが小説を執筆していた一九〇八―一〇年前後は、エドワード朝からジョージ朝へと時代が移行しただけでなく、ヴィクトリア時代からの貧困問題を引きずり、人種的な退行、帝国の衰退への危機感が高まり、さらに都市と田園のコミュニティ空間が変容していく時期であった。そうした重層的な時代に対する意識が、小説の中心に位置する主人公ハワーズ・エンド邸に宿っている。丹治の指摘に従いながらも、あえて「ハビトゥス」としての家を中心に物語を読んだとき、「寓喩」というよりもむしろ歴史的リアリティを包摂し、同時代の人びとの生活文化を具現し、彼らの生活を再構築していく媒介としての「家」のあり方が見えてくる。本章では、フォースターの『ハワーズ・エンド』が描く「家」に塗りこめられた「イングリッシュなもの」の構築を分析し、その「ハビトゥス」が磁場として発生する家の姿を時代のなかに追ってみたい。

2 流転する都市の景観

モダニズム建築の出現

ヴィクトリア朝が終わりを告げた一九〇〇年代、価値観の変動と日常生活の変化は目に見える形で進行していった。第3章で見たように、下層中流階級《ロウアー・ミドル・クラス》は中流階級としてのアイデンティティを確保すべく郊外に移住し、マイホーム主義のなかで中流階級の価値基準に基づいた生活様式を確立しようと必死に日々格闘していく。一方で、その息子や娘たちはそうした古い価値基準に反発する。知識人階級においてもまた価値の転換が起こっていた。フォースターが周縁的なかたちで帰属したブルームズベリー・グループも、堅苦しいピューリタン的な仮面をかぶった前時代の偽善的道徳主義に叛旗を翻すことで、そうした風俗変化の一端を担っていた。

『ハワーズ・エンド』において、そうした変化は街並みの変貌として顕著に浮かび上がっている。ヴィクトリア朝以前に建てられた建物が破壊され、新しいモダンな建物が次々に登場し、街並みが刷新されていく。古臭い文化をとりつぶして新しい価値観を象徴する都市景観が現出することになったのである。マーガレットがヘンリ・ウィルコックスに向かって「彼らはウィカム・プレイスをとり潰して、あなたたちが住んでいるようなアパートを建てようとしているのよ」(71) と半ば自暴自棄に訴えた状況である。こうした都市景観変容の一因には、この頃からしだいに移動手段として馬車を凌駕しつつあった自動車のための道路整備がある。フォースターはユーモアと揶揄を織り交ぜてその様子を活写している。

図 4-2　現存するモダニズム建築 1——ホランド・ハウス（ロンドン，ベリー通り）

> コンサートやお芝居が彼らの脇を飛ぶように過ぎ去り、お金が出て行き、また懐にもどり、名声が得られたかと思えば、すぐ堕ちる。ロンドンの街は街で、彼らの生活を象徴するごとく、絶え間ない流転のなかで浮沈を繰り返した。その間にも、その浅瀬はさらに手を広げてサレーの丘に打ち寄せ、ハートフォードシャーの田畑を浸していった。こちらのビルが建つかと思えば、あちらのビルが崩壊する。今日ホワイトホールが形を変えたかと思えば、明日はリージェント・ストリートの番である。月が経つごとに道路はますますガソリン臭くなり、横切るのもますます難しくなる。人びとはお互いの話が聞こえなくなり、ますます息苦しくなり、空もどんどん見えなくなってしまう始末だ。自然は撤退してしまったのだ。木々の葉は夏至に葉を落とし、太陽は見事な朦朧状態のなかで塵とほこりを通して輝いている。(92)

ホワイトホールの整備が実際に行われたのは十九世紀のことだが、この時代にロンドンで都市整備が進んでいった状況が克明に記録されている。一九〇九年には「開発と道路改善基金法」と「住宅・都市計画法」が施行され、全国の自治体が基金によって道路を整備しはじめただけでなく、後述するように都市や郊外への住宅供給が国

図4-3　現存するモダニズム建築2——ヒールズ（ロンドン，トッテナム・コート）

策として推し進められ、ロンドンに隣接するサレーやハートフォードシャーに都市化の波が打ち寄せていった。

　新しい価値観を体現した建築物が、イギリス建築史においてモダニズムとして区分けされるこの頃に建設されたオフィスビルである。コダック・オフィス（一九〇九年）、ホランド・ハウス（一九一四—一五年、図4-2）などはそうした初期モダニズム建築の典型である。ロジャー・フライが『一画家の建築異論』（一九二一年）のなかで揶揄したように、大陸のモダニズム建築ほど前衛的ではないにしろ、鉄のフレームを用いて縦の線を強調しているところが特徴的である。[10]「アメリカのロンドン参入」として取りざたされたセルフリッジ（一九一〇年）やトッテナム・コート道路に現存するヒールズ（一九一四—一六年、図4-3）も鉄のフレームを使っているが、歴史的な威厳と合理性を表現している点で先進的な技術と伝統との優雅な融合を成し遂げていた。ウィルコックス一家が移り住んできたデューシー通りのアパートも、こうした新しいスタイルで造られたロンドンの建築群の一つであろう。ハワーズ・エンド邸が具現する古い農家屋の対極に位置づけられるべき近代的都市建築物である。

「不動産の時代」

こうした都市開発の当然の結果として不動産の取引も活発化し、「不動産の時代」（127）が到来する。ヘンリ・

ウィルコックスのように余剰資本を手にした新興中流階級は、付加価値のついた不動産を居住目的、あるいは投機目的で購入していく。農業資本に依存していた古い貴族・上流階級が凋落し、金融資本家や産業資本家が彼らに成り代わって社会や政治の表舞台に立ち、同時にカントリー・ハウスを含む土地や家屋を買収していったのもこの頃からである。マーガレットの前で「家（home）」を「家屋（house）」と意識的に言い直したウィルコックスにとって、結局のところ、「家屋」は定住の場所ではなく、金融価値をもった不動産でしかない（261）。[11] 彼らの田舎生活は、土地やコミュニティに根ざしたものではなく、地域への義務を持たない週末の余興でしかなかった。[12]

それは人びとのアイデンティティを混沌に陥れる流離いの時代でもある。カオスは郊外のみならず、都市内部も侵蝕しはじめていった。古い屋敷が破壊されていく「絶え間ない流転」のなかで、人びとは定住地を失い、根無し草のように漂泊しつづける。「みんな引越していく」（117）とウィルコックス氏が言い、生まれた部屋で死ぬことなどもはや許されないのだとマーガレットが嘆く時代においては、継承すべき家の「精神」は永遠に失われてしまう。ロンドンのような都会では人間同士の付き合いが常に更新されつづけ、「多くの人たちを知れば知るほど、その人たちを取り替えていくのはずっと簡単になっていく」（111）し、「場」によって形成されるはずのアイデンティティも永遠に揺れ動きつづけ、マルク・オジェの言う、匿名の人びとがコミュニティを構成することなく行き交う「非‐場所」が創出されていく。[13] だからこそ「人間たちより場所のほうがずっと大切なのかもしれない」（111）とマーガレットは気づく。

家族が継承してきた家財がウィカム・プレイスから運び出されるのを見つめながら、マーガレットは移動しつづけなければならない中流階級の空虚な「遊牧民族」的生活、「手荷物の文明」にやるせない怒りと不安を覚える。定住することなく所有物を蓄積することで、中流階級の想像力はますます貧しくなっていくように感じてしまう。

ウィカム・プレイスを失ったことによりシュレーゲル家の姉妹弟はまちがいなくそれだけ貧しくなったのだ。

その家によって彼らの生活は均衡を保っていたのだし、ほとんど顧問役のような役割を家は果たしてきたのだ。そして彼らの地主も精神的に豊かになったわけでもないのだ。その場にアパートを立て、ますますスピードが速い車に乗るようになり、ますます辛らつな攻撃を社会主義に加えていくかもしれないが、彼は家を破壊することで、長い年月がかもし出す貴重な蒸留物をこぼしてしまったのであり、彼がもっているどのような化学薬品をもってしてもそれを社会というコップの中にもどすことは不可能なのである。(128)

いったん破壊された家は永遠に元にもどらない。そんな建築物の歴史的不可逆性がセンチメンタルに吐露されている。そこに宿っていたはずの「家霊」は消え、「貴重な蒸留物」とフォースターが言う長い年月をかけて家に備えられてきた叡智と伝統も永遠に失われてしまう。家には「それぞれの死に方」が確かにあり、その「肉体が滅びる前に魂は抜け出してしまう」(219) のである。二度と修復することのできないアイデンティティの断絶が起こる。

二十世紀初頭において人間と物資の移動が加速し、不動産の流動性も増していくにつれ、アイデンティティの混乱、崩壊、融解が社会において一種の強迫観念になり、それらが主題となってモダニズム文学に反映されていったのは当然のことかもしれない。ロンドンは「混濁 (muddle)」であり、絶え間なく流転しつづける。[14] それと同時に人びとの精神と肉体も「無限に」変転を果てしなく繰り返す。「放浪」がモダニストたちの勲章ともいうべきテーマであるとすれば、『ハワーズ・エンド』もまた一面においてシュレーゲル家とウィルコックス家の両家を通して、そのモダニスト的テーマを追求していることになる。[15] ここにおいて十九世紀のロンドンの都市部と郊外を特徴づけてきた「混濁」は、帝都の躍進と威勢を示唆する指標から永続的なカオスの指標へと転落する。「煩忙の建築」と「煩忙の言語」が飛び交い (93)、複数の次元にまたがるような移動と混濁した空間認識のなかで、フォースターもまた「永遠なる無形性」(156) を保った近代の意識を、逆転する家屋に反映させる。「形」あるはずの建築物も、破壊と開発を繰り返し流転する都市のなかで「形」を失いつづけることになる。

3　田園への回帰

農村からやってきた都市の住民

こうした「流転」と「混濁」を誘発する都市の開発と変貌の裏には、悲惨な居住環境に呻く都市労働者や貧困者の影が潜んでいたことに留意しておくべきであろう。世紀末において田園地帯から都市への流入人口は急増する傾向を見せ、一九〇一年時点でイングランドの人口の四四%が十万人以上の市町に住むようになっていた。自由貿易の恩恵を受けて食糧価格が低下した結果、都市労働者の生活水準は比較的高いものではあったが、彼らはモダニズム建築や道路整備とは無縁な劣悪な生活環境に置かれていた。

チャールズ・ブースが『ロンドン居住者の生活と労働』（一八八九―一九〇三年）によって示したのは、時代に置き去りにされたかのように困窮に苦しむ都市労働者や貧困者の姿であった。彼らのうち雇用の問題ゆえに貧困状態に陥っている労働者の割合は、六二・五%にも上っていた。[16]「貧乏人には関心がない」と小説内では冷淡な言葉を挿入するフォースターだが、勤労者学校で教壇に立ち続けた彼はこうした都市貧困層の生活環境について実は熟知していた。小説中のレナード・バストの人物造形にはそれが生きている。シュロップシャーの農夫を祖父に持つ、都市に流入してきた流民であり、中流階級のなかでも最下層に所属し、銀行の事務職員として糊口をしのいでいる。だが、シュレーゲル家のおせっかいな女性たちの勧めにしたがって転職したために、かえって定職を失い、劣悪な生活環境の深みにはまり、「どん底」(98, 193) へと押し流されていく。

バストは労働者ではないが、第1章で見たスラムの住人たちと同じ境遇に陥ってしまうことになる。「どん底」という表現は、ジャック・ロンドンがスラム生活を記録したルポルタージュ『どん底の人びと』（一九〇三年）やマスターマンの『どん底から』（一九〇二年）のタイトルを容易に想起させる。[17] 都市の周辺に居住する下層中流階級《ロウアー・ミドル・クラス》は、バストと同じようにむさ苦しい部屋か安普請の住宅で日常生活を送りながら、一歩軌道を踏み外せばたちまち、自分たちが見下し内心恐れている労働者階級、さらには暗黒のなかで暮らしている貧困層へと転落してしまうことを知っていた。都市で暮らす下層中流階級は、常に貧困の闇と背中合わせに暮らしていたのである。

機能不全の都市生活と瀕死状態の農村共同体

当時の政治においては、バストのような、農村からやってきた都市住民への社会保障をどう整備していくかが必然的に最重要の課題になっていく。自由党はそうした問題に積極的に取り組んでいたし、保守党や力を増しつつあった労働組合も事態を重く見ていた。[18] 選挙権を与えられた労働者たちの要求に耳を傾ける必要があったことだけが理由ではない。軍備増強をめぐるアメリカやドイツとの競争や、ボーア戦争での惨憺たる結果から、イギリスの国民および国が弱体化しているのではないかという懸念が一九〇〇年を過ぎて急速に高まっていた背景がある。

その要因の一つとして不衛生で劣悪な都市居住環境があらためて指摘され、ダーウィニズムの浸透と相俟って肉体と精神の退行への不安が社会のなかで肥大化していった。一九〇三年には、政党を横断して「身体能力低下に関する委員会」が設置され、その解決を図ろうとする。ロンドンに出現したモダニズム的建築群も、実はヴィクトリア時代の文化・社会体制を一掃し国家的能率化を推進するキャンペーンの一環であったし、同時に一九〇九年の「住宅・都市計画法」が示すように、都市居住者に対してより衛生的で快適な住居環境を提供すべく郊外の田園地帯へと誘う帰農主義や田園都市計画が政策として進められていくことになる。[19]

こうした一連の政策は、「土地へ還れ」あるいは「田園への脱出」をスローガンにした帰農主義、あるいは田園への回帰の運動と連動している。[20] その発端は、都市の居住環境の悪化だけでなく、田園の荒廃という時代状況であった。一八四六年の穀物法廃止以後、国内農業は自由貿易下で海外から輸入される廉価な穀物との競争のなかでしだいに疲弊していった。蒸気船の導入、さらには冷蔵庫が発明され食肉の輸入が可能になった一八七〇年代後半からは、いっそうの衰退を余儀なくされる。機械化と効率化が可能な大土地所有者を別にすれば、大麦・小麦、羊毛のみに依拠していた小規模農家や小作農たちは土地を放棄せざるをえなくなった。[21] その後も天候不順による不作続きのために田園の荒廃はいっそう顕著なものとなっていった。減収と閉塞した田舎の生活に押しつぶされそうな農民たちは、開放的で収入の見込める都会へと流れ込んでいき、その結果として深刻に過疎化した農村コミュニティが出現することになったのである。

一八九三年になってやっと王立委員会が設立され、国家の重大危機として田園の荒廃に対する真剣な議論がなされた。バストのようにロンドンに流れ込んできた農民たちが三世代で衰滅していく一方で、優れた人間が海外へ移住してしまう状況になれば、イギリスという国家は存亡の危機に直面することになる。帝国の覇権を維持するためには、世界で活躍する健全な人口が必要であると同時に、母国イギリスにも優秀な人材を留めておかなくてはならない。衰微するイングランドの田園風景、およびそれを維持するコミュニティの喪失は、イギリスの国土の荒廃とそれに伴って「イングリッシュなもの（Englishness）」、およびそれが付与する帰属すべきアイデンティティの崩壊へとつながってしまう。田園の荒廃は、イギリス帝国を支える根幹が崩壊する前兆と見なされ、人びとは危機感を共有しはじめる一方で、「イングリッシュなもの」を再構築・再創造する動きが胎動しはじめるのである。

「土地へ還れ」というモットーは一八九三年のハロルド・E・ムアの本のタイトルにも見られるし、牧歌的生活への帰還という衝動は一八八〇年代から見られる。[22] しかし、危機感が顕著になるのは世紀転換期からであり、この時代の都市の変貌と表裏一体の政治・社会思潮である。農耕という伝統的な生活形態が失われてしまったことで国民生活にも甚大な影響がでるのではないかという不安は、とくに知識人階級の間で顕著であった。ボーア戦争を推進し帝国主義を標榜するミルナー卿は一九一一年に「あらゆる生産能力形態のうち、人が勤勉に土を耕すことほど、必要不可欠な命綱、磐石な基盤はない」と断言したが、それは農耕が「健康的で、活力にみち、道徳的な民族を維持する鍵となる」と考えていたからである。[23]

ライダー・ハガードの『田園のイングランド』(一九〇二年)もそんな危機感を表明している。ハガードが生まれた家は地主階級であり、農業不況の煽りをまともに受けた。それゆえに並々ならぬ危機感と関心を抱き、小説を書くかたわら、イングランドの農業事情を自分の足で詳細に調べあげて『デイリー・メイル』紙に連載した。そこに浮かび上がってきたのは、かろうじて牧畜業を維持しているものの、農業収入の激減と過疎化のために瀕死の状態にあるイングランドの田園風景であった。都会へ人口が流出していく一方で、都会から労働者が帰ってくることはない。結果として土地は「放置され」たまま荒れていく。労働者を土地にとどめ、農地として活用しつづけたいのであれば、こぎれいな家と美しい庭がなくてはならないし、その子供たちが都会へ流れ出さないような魅力が田園のコミュニティになくてはならない[24]。つまり、見放されて死にかけた田園に花を植え、再生させる必要を示唆したのである。

マスターマンとフォースター

こうした「田園のイングランド」蘇生のための帰農主義は政党横断的に推進されていく。『ハワーズ・エンド』が出版された一九一〇年に、保守党は一部の議員を中心として、農地改革を綱領にもった新しい計画を提出した。しかし、一八八〇年代以来、土地所有や土地改良の問題に関心を寄せていたのは自由党であった。そして一九一三年には、農地改革と田園生活改善を通してイングランドの田園を再生させるヴィジョンを掲げた二巻本からなる長大な報告書を作成した。とりわけイングリッシュな風景とアイデンティティの崩壊に対する危機感を示した自由党政治家の一人が、前述のC・F・G・マスターマンである。自治省の政務次官まで務めた庶民院議員であり、フォースターと同じく「リフォーム・クラブ」の会員でもあった。文芸にも造詣が深く、フォースターの『天使も踏むを恐れるところ』(一九〇五年)、『果てしなき旅』(一九〇七年)、『眺めのいい部屋』(一九〇八年)の書評も書いている。フォースターはその書評に気をよくしたらしく、彼もマスターマンの著作を読んでいた形跡がある。

『ハワーズ・エンド』の執筆時に出版された『イングランドの状況』(一九〇九年)においてマスターマンは、現在の農業従事者にとっての未来は、「相変わらずの乏しい賃金で相変わらずの労働」をしつづけ、救貧院で末路を迎えるだけであると指摘する。

村という村では、この百年の間に新しいコテッジが建てられることはまるでなかった。崩れた壁は朽ちて落ちていく。家族はすし詰め状態であり、そんな過密状態において必ず見られるように、みな腹をすかせ、悲惨きわまりない生活を送っている。すべては疲弊と衰退の様相を示しているのだ。田舎の村に住むよそ者にとって驚異なのは、なぜ多くの村人が土地を捨てていくのかではなく、なぜ残っている人たちがいるのかなのである。これがただ偏見の目でとらえた田園の住人たちの普通の状態であるとは思わないであろう。かつてイングランドの田園には生活があったのだ。その生活は今やまるで幻のように消滅しつつある。[25]

田園の荒廃が進行していく一方で、田舎の農民たちの心の奥底には抑えようのない「土地への愛着」が潜んでいることもマスターマンは鋭敏に察知していた。貧しい農民にとっては戦争や政治よりも、刈り入れを台無しにしてしまう季節はずれの雨、妻の病気、年老いていくことのほうがはるかに重要な問題である。それでも生き続け、生活する貧しい農民たちは「驚くべき耐久力と生への執着」を持っている。[26] こうした状況を目にして、マスターマンは「希望と家」を農民たちに与えることの大切さを訴える。

一九〇七年の論考では、具体的な救済策として、政府が土地の買収を行い、住居を供給すると同時に、耕地の貸与を行うべきだと主張している。こうした施策は、物理的な意味での富はもたらさないまでも、土地や労働への自負の念を養い、それを糧としてコミュニティも活性化していく。実際に一九〇〇年代においては、郊外区域に、小さな区画に区切られた土地つきの住居が建てられはじめる。その多くは赤煉瓦造りで、労働者がコミュニティを形成できるような長屋式住宅であった。『ハワーズ・エンド』の最後に描写された「赤さびた」住居群である(289)。

自らを自嘲気味に「ヴィクトリア朝の自由主義の末裔」に位置づけるフォースターにとって、こうした二十世紀初頭の都市開発と田園の荒廃という問題は、マスターマンと同じく自分の政治原理を動揺させかねない重要な社会問題として見えていたはずである。バストがハワーズ・エンド邸に向かう途上に見かける農夫たちは、都市住民とは対照的に健康的で、生命力をもっており、「イングランドの希望」であると描写される。彼らは、変化しつづける時代において、変わることのないイングリッシュな伝統的風景の中で生き残ってきた人種なのである。

田園地帯に足を踏み入れたときに、レナードは対照的な光景に気がついた。ここでは人びとは夜明けから起きていたのだ。彼らの時間はロンドンの時間によって支配されているわけではなく、穀物と太陽の動きによって支配されているのだ。彼らがもっともすばらしい人種であるなどと言うのは感傷主義者ぐらいなものだが、彼らはお天とうさまの生活を遵守していたのだ。彼らはイングランドの希望なのだ。〈中略〉半分は土百姓、半分は義務教育を受けてインテリぶっているが、彼らは今でも昔ながらのヨーマンという高貴な血統を受け継ぎ、それを子孫に伝えることができるのだ。(276)

農夫の三代目のバストが受けた啓示の瞬間、自分のあるべきアイデンティティを垣間見た瞬間である。そこには都会で彼を脅かしつづけた「どん底」はない。バストの見た風景はイングランド再生のヴィジョンであり、当時の帰農主義が掲げる田園再生の希望を露骨なまでに反映している。さらに言えば、それはこの時期に芽生えはじめる反帝国主義的意識の反映でもある。ハワーズ・エンド邸へと向かって歩くバストを自動車に乗って追い抜くチャールズ・ウィルコックスが、植民地を含めた海外に帝国の美徳を広める帝国主義的コスモポリタニズムを具現するとすれば、バストはイングランドの田園へと、求心的なナショナリズムへと向かう小英国主義的精神を体現している。(27)だが、フォースターはそれに皮肉な捻りを加えている。バストはその直後に突然かつ悲劇的な死を迎えることで、彼の大地への帰還は果たされない。イングランド再生のヴィジョンは永遠に実現しないまま潰えてしまうのだ。

4　田園都市の誕生

曖昧な空間

帰農主義に煽られた郊外の都市化は必ずしも肯定的な現象をもたらしたわけではない。サレーの丘陵やハートフォードシャーの田園を浸していった「絶え間ない流転」の波は、新しいコミュニティを創成する一方で、古いコミュニティを破壊していった。マスターマンは田園への回帰を促す一方で、田園の都市化によるコミュニティの変容という事態を憂慮してもいた。富を獲得した新興中流階級が田舎へと車をくりだし騒音と煙を撒き散らすだけでなく、不動産を売買することによって田園のコミュニティを浸食していたからである。彼らにとって田園の家は定住の場ではなく、「遊び道具」でしかないからだ。

彼らは食べ物や服を買うように、不動産を悦楽のために買うのである。家屋を、より健康的な田畑の空気のなかに移植された小さな都会に改造してしまうのだ。イングランドのどこか真ん中あたりで楽しみ、友人たちを供応し、消えていく伝統や情熱にはまったく頓着しないのである。[28]

実際のところフォースターの小説でも、ヘンリ・ウィルコックスはハワーズ・エンド邸を別荘としてしかとらえていないし、周囲のコミュニティに溶け込もうともしない。都市の田園化ともいうべき郊外都市の発展は、一九〇〇年代から加速化し、都市内部からあふれ出てきた中流階級の、都市へ通勤可能な居住地（suburbia）として定着することになる。『眺めのいい部屋』のサマー・ストリートと同様に、フォースターが好んで小説の舞台に設定したがる中流階級の郊外居住地域ができあがっていくのである。また、貴族・上流階級の没落が顕著になりはじめる時代において、農業コミュニティと密接に結びついていた地方の社交界も崩壊しはじめ、週末を牧歌的田園で過ご

図 4-4　都市とも田園とも区別がつかない「不分明な」田園都市という空間——スペンサー・ゴア『レッチワース駅』(1912 年)

すだけでコミュニティと交わることのない新興階級が彼らに取って替わっていったこともマスターマンは示唆している。いずれにしても、新しい時代に発現した田園の都市化という逆説の帰結である[29]。

　ハワーズ・エンド邸は都会と対置された田園の家と見なされがちだが、実はこうした都会と田舎の中間にある郊外に位置していることに注意しなくてはならない。ヘレンに会うべくはじめてヒルトンの駅に降り立った叔母マント夫人の目には、そこが都市とも田園とも区別がつかない「不分明な感じ」に映る(13)。地域の生活や社交があるものの、ウィルコックス自身が認めるように、そこは「ロンドンに含まれているわけでもなく、だからといってロンドンから外れているわけでもない」曖昧な空間なのだ(116)。ハワーズ・エンド邸自体も、ウィルコックス家の人びとによって厩がガレージに建て代えられ、牧場を囲い込んで岩石庭園が造られたりしているために、昔の姿をとどめていない中途半端な不動産と化している。牧歌の世界に安住しているのでもないし、「田園の衰退に加担して」いるわけでもない(13)。それゆえに次男のポールにとって、「真に田舎でもなきゃ、都会でもない」というこの不動産は、他人に譲っても惜しくない代物なのである(291)。

　ハワーズ・エンド邸をめぐるこうした曖昧さは、当時エベネザ・ハワードが提唱した田園都市《ガーデン・シティ》計画と共通する性質である。田園都市は一九〇〇年代に盛んに叫ばれた帰農政策の一例であり、都市への人口流入に歯止めをかけ、逆に都市から田園へと人口移動を促すために都市生活と農村生活の長所をそれぞれ掛け合わせたコミュニティを建築するというものであった。この計画は、一九〇三年にロンドンの中心から三五マイル離れたハートフォードシャーにおいて、三八一五エーカーの土地を買収することではじめられた。そこには十分な空き地があり、住民はすべてその地域に勤めながら住宅と庭を享受する職住一致のコミュニティが建設可能であった。最初の田園都市レッチワースの誕生である(図4-4)。

農業地帯で周りを囲まれたこの町は、所有地と借地の結合した土地組織のもとで有機的な都市計画を実現し、商工業活動の自由と市政の民主的指導を両立することで、稀有な経済的成功を収めた。ヘンリ・ジョージが『国土と土地政策』(一八七一年)や『進歩と貧困』(一八七九年)のなかで、貧困とむさくるしい都市生活の問題解決には土地の所有権と土地の価値が絡んでくることを指摘したことに着想を得ながら、ハワードは都市と農村の結婚、農村にある心身の健康や活動性と、都市が有する知識や技術的な便益との結婚を企図したのである[30]。それは郊外ではなく、むしろ郊外の対立物であり、田舎の隠遁地ではなく、効果的な都市生活のための統合されたコミュニティ、農村の都市化でもあり都市の農村化でもある両義的な空間なのだ(図4-5)。

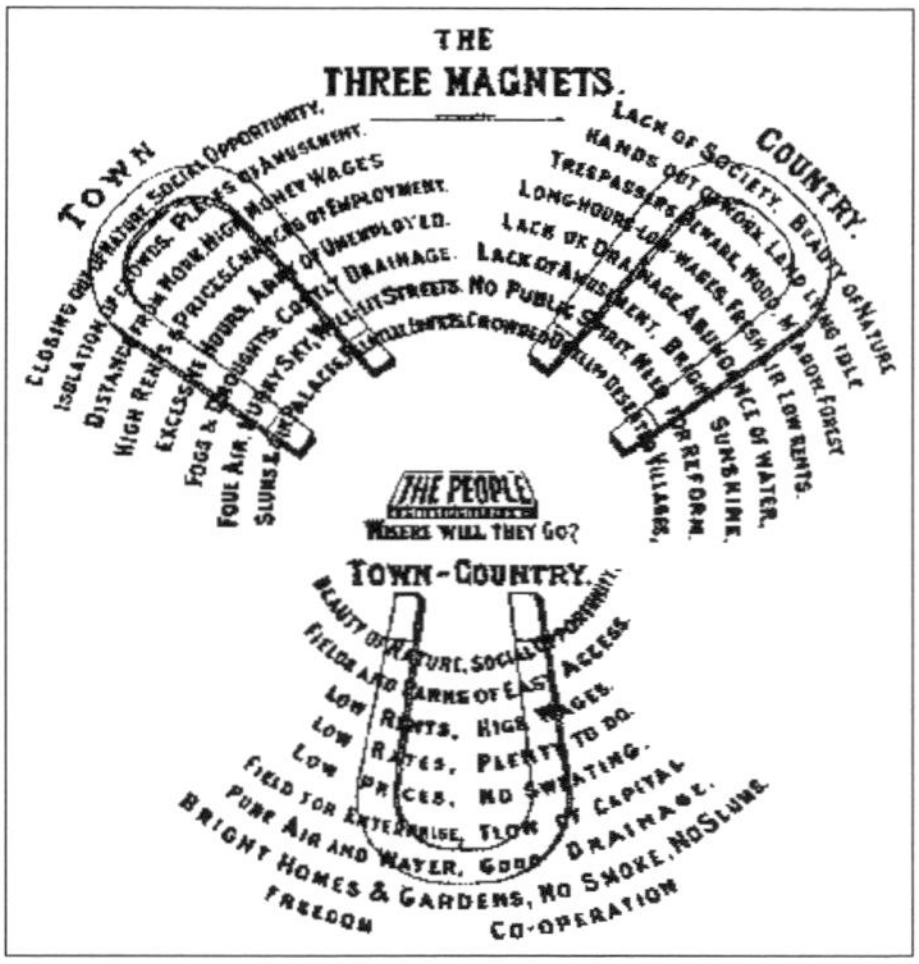

図 4-5 農村と都市の折衷物としての田園都市——エベネザ・ハワード『明日の田園都市』(1902 年)より

「隕石都市」批判

フォースターがこのハワードの田園都市計画について知っていたのは間違いない。レッチワースは、彼が幼年期を過ごしたルクス・ネストがあるスティーヴネッジの目と鼻の先だからである。フォースターの伝記を書いたニコラ・ボウマンは、ルクス・ネストの近所に住むヒュー・シーボーンが『インディペンデント』紙でレッチワースの田園都市計画について議論していることから、スティーヴネッジの人びとにとってその計画は周知の事実であったと考えている。[31] だからといって、ハワーズ・エンド邸がレッチワースの寓意であると考えるのは早計であろう。ハワーズ・エンド邸は、帝国主義を標榜するウィルコックス家の資本によって維持されながら、表向きは「イングリッシュな」田舎家を象徴するものとして再創造された文化物だからである。人為性が含まれている点でハワーズ・エンド邸もレッチワースも同じかもしれないが、前者は職住一致の新しい田園都市の象徴ではない。

フォースターがこだわっているのは「家」に含まれている歴史、日常の暮らしの中で人びとが蓄積していく生の模様と経験、そこから生まれてくる文化である。ルクス・ネストのあるスティーヴネッジが第二次世界大戦直後に田園都市化の波に呑まれたときに彼が示した猛反発は、そうした家屋に備わっている積時性への執着を露呈している。「イングランドでもっとも美しいと思う」追憶の家を再訪したフォースターは、そこで幼馴染みとの再会を果たす。かつて幼いころ彼のおじいさんの積んだ干草の山でいっしょに遊んだその友にはすでに孫がいる。五世代にわたる時が流れた農家は昔ながらの風情をたたえながらたたずんでいる。しかし、その村に突如として六万人が暮らす町を作るという計画に驚愕と怒りを憶えるのである。

生垣を抜けるとその農家がある。そこに住む農夫が八歳で、僕が九歳だったころ、二人でよく彼のおじいさんが積み上げた干草の山に飛び乗ったり下りたりしてすっかり台無しにしてしまったものだ。今では彼自身がおじいさんなのだから、私は一つの場所に五世代が存続しているという感覚に囚われてしまう。あいも変わらない生活が続いてきたが、この春になって状況が一変した。配水管をしつらえようと許可を申請した誰かが、この地域全体が「徴用」されているために許可はおりないと何気なく言われたのだ。いったい何のための「徴用」なのか。戦争は終わったのではないのか。今度は都市・地方計画省の担当役人たちがロンドンからやってきて、六万人の人たちが住む衛星都市が建設されることになると伝えた。今ここに暮らし、働いている人たちは破滅を宣告されたのである。(32)

何世代も変わらない生活を送っていた人びとの習慣と伝統を具現している「日常的生息空間《ハビトゥス》」がこの農家屋なのである。それが突然降って湧いた衛星都市構想によって破壊されてしまうことをフォースターは批判する。レッチワースに続いて一九二〇年代に建設がはじまった近隣のもう一つの田園都市ウェルウィンが、一九四〇年代、そして五〇年代、さらに六〇年代に拡張していった。一九四六年の法律によって計画されたこの破壊的な衛星都市をフォースターは「隕石都市」と呼ぶ。もっとも「イングリッシュ」であったはずの「最良の」農村コミュニティは、「隕石都市」によって「さっぱり始末」され、「古くからある、優雅な風景」が抹殺されてしまったのだ。(33) フォースターはそうした様子を記録し、安易な農村地帯の都市化に異を唱えたのである。

ハワーズ・エンド邸は、都会でもなく田舎でもない郊外の中間地帯に位置づけられながら、安易かつ破壊的な農村の都市化を批判するトポスとして機能している。ハワーズ・エンド邸は都市のモダニズムからも、また新奇な田園都市とも距離を保っているのである。田園都市の背後にある田園回帰という考え方には賛同しつつも、その俄《にわか》作りで人工的な都市計画に対しては静かな批判を投げかけている。

5 「イングリッシュな家」の創造

郷愁《ノスタルジア》の家

田園都市計画と並行した一九〇〇年代の田園回帰運動のなかで、ハワーズ・エンド邸に代表される古い「イングリッシュな家」への追慕の念が募っていった状況も小説の中に影を落としている。人びとは、イングリッシュな家とはビアトリクス・ポターの絵本に出てくるようなコテッジか、あるいはアーツ・アンド・クラフツ運動が推進するような、イギリス南部の田園によく見られた謹厳実直な昔の時代を想起させるチューダー様式の家を指すのだと愛着をもって考えるようになっていく。一九〇〇年のパリ万博で「イギリス的な（British）パヴィリオン」としてエドワード・ラッチェンズがデザインしたものは、ブラッドフォード・オン・エイヴォンにある十七世紀の赤煉瓦建築物リンストン・ハウスの忠実な再現であった。それは産業資本と金融資本を中心にしてイギリスの政治と経済がフル稼働し、自由貿易と植民地主義の追求の果てに人びとが抱くようになった社会状況への不安と危機感の裏返しでもある。繁栄の陰にスラムを抱え、富の裏で心身の衰退が進むとされる現状に対して、古き良きイングランドにあったはずの健全な生活を憧憬し、再構築しようという衝動が芽生えだしたのである。(34) 田園生活こそ「イングリッシュなもの」だという「ロマンティックな神話」が形成され、流布する逆説が成立したのだ。(35)

そうした古い「イングリッシュな家」への憧れをもっとも端的に表象し、また扇動した著作の一つが、ヘレン・アリンガムの挿絵を掲載したステュワート・ディックの『イングランドのコテッジ・ホーム』（一九〇九年）であろう。序章で述べたように、イングリッシュな田園にたたずむイングリッシュな古い庶民的家屋の歴史と風情が、文章と小ぎれいな挿絵によって示されている。農村人口が激減し、古く伝統的なイングランドのコテッジが急速に姿を消しつつあった当時において、人びとの郷愁をかきたてるようにそれらを絵と平明な記述によってとどめ置こうとしたのである。フォースターが『ハワーズ・エンド』を執筆していた一九〇九年に出版されたこの本は、一大センセーションを巻き起こし、現在でも多くのイギリス人に愛されて版を重ねている。

注目すべきなのは挿絵の多くに、庭や畑、そこに暮らす人びとがコテッジといっしょに描きこまれ、コミュニティの息遣いまでもが現在進行形で感じられることである（口絵1、前掲図4-1）。家の前や周囲には花が咲き乱れ、人びとは生垣越しに語り合い、子供は自然のなかで戯れている。風景と生活、労働とコミュニティが断絶することなく、ゆるやかな連続性と調和を保っているのだ。これらの絵は、ハワーズ・エンド邸がある風景とウィルコックス夫人やヘレンにしぼりたての牛乳を届けてくれる近隣の農家を完璧なまでに表象している。アリンガムの絵によって、ヴィクトリア朝期に典型的な、整然と植えられた花壇やまっすぐな小道、生垣をもった家屋は完全に時代遅れのものになってしまった。[36]

こうした田舎のコテッジを模倣した庭付きの家が一九〇〇年代からロンドンの市内や郊外で爆発的な需要を見せ始めたことは、当時の人びとにとってそれらが絵空事ではなく、現実に手が届く不動産であり、消滅しつつあるがゆえに保存すべき伝統として受け取られていたことを意味する。『クラリオン』（一八九一―一九三二年）や『カントリー・ライフ』（一八九七年―）の発刊と需要にもそれは反映している。[37]

『クラリオン』は、しだいに政治色を薄めつつあったものの、とくに下層中流階級《ロウアー・ミドル・クラス》と上層労働者階級の間に大量に出回った社会主義的な傾向を持つ週刊誌であった。田園の喜びを社会主義的な未来の展望へと結びつけ、さらにさまざまな野外活動などを行うグループのネットワークを全国規模で築くことで、田園主義を現実的な形で推進していた。一方で、一八九七年にエドワード・ハドソンによって発刊された『カントリー・ライフ』は、田舎のジェントリー階級よりも、都会に住む中流階級に人気があった雑誌である。彼らは都会の外に新しい世界を見出そうとしたのである。『クラリオン』は第一次世界大戦がはじまった直後の一九一五年にいったん廃刊になってしまうが、だからといって庶民の田園への憧憬が消滅したわけではなく、むしろ戦争の進行とともに高まっていく。

たしかにこの前後から文学作品においても、草花が庭一面に広がる庭と居心地のいい家は、イングランドらしい風景と文化に不可分なものとして、過剰なまでの愛着を付与され、理想化あるいは神話化されていく。[38]『ハワーズ・エンド』と同じ頃にフォード・マドックス・フォードが描いたイングリッシュな家の光景はその好例だろう。生垣に挟まれ、曲がりくねった田舎道に、コミュニティが成立していたイングランドの田舎の風景を、「心」の礎石として旅したフォードにとって、農業労働者たちや彼らの苦労は見えていたにしても、残された「ピクチャレスク」な風景こそが重要な文化的遺産であった。[39] 一九〇七年に出された『国民の精神』において、草花が庭一面に広がる庭と居心地のいい家は、イングリッシュな風景や文化と不可分なものとして神話化されている。

世界のどこにいっても、イングランドの風景ほど、昔ながらの平和な家庭《ホーム》の精神を見出せるものはない。こんな風に、横になって瞑想へと誘う芝生、柔らかくまどろむような陽光、こんもりとした木陰、静かなミヤマガラスの鳴き声は、西洋のどこにもない。塀に囲まれ、小道に石を敷いたイングランドのバラ園ほど、古きもの、不易なるものを感じさせる環境は、大聖堂の境内を別にすれば、どこにもない。[40]

ハワーズ・エンド邸が、ウィルコックス家の所有する植民地資本によって維持され、バストの田園への帰還を拒否することと考え合わせると、フォードの農家屋はナイーヴな理想化でしかない。

とはいえ、一九一一年から一九二二年にかけてエドワード・マーシュが編纂した『ジョージアン詩集』が、イングリッシュな田園風景を描くことで人びとの心をとらえたのも、「イングリッシュなもの」への希求の高まりを証していよう。この詩集は、第一次世界大戦期とその後を通して爆発的な人気を誇った。前線の塹壕で、また戦後急速に開発されていくイングランドの風景のなかで、兵士や人びとはイングランドの風景に自らの居場所を求めていく。それは、序章で引用したルパート・ブルックやエドワード・トマスの詩がよく示している。

A・E・ハウスマンが当初私家版として一八九六年に出した詩集『シュロップシャーの若者』も、純情な若者の恋と生活を田園風景のなかで語ることで、一九二二年までに二万一〇〇〇部も売れたという。農業の衰退と「反比例」して、文化としての農業と風景、そしてそこに存在する日常生活空間としての家屋は、高い価値を置かれるようになっていったのである。[41]「家《ホーム》」は自然風景とともにイングランドの人びとの国民性と記憶遺産へと変質し、人びとは、ウォルター・ド・ラ・メア、テニソン、ワーズワスを読みながら、イングランドの田園生活の美徳を見出していったのだ。フォースターも実は例外ではなく、「伝統的な自然への情緒をリュックサックにつめて」歩いていた。[42] 第一次大戦が終わり、帰国した兵士たちが田園地帯に住居を求めるようになったのは当然の成り行きだった。[43]

一九二〇年代になると田園への憧憬は、車による観光といった通俗的な形で明瞭に現れ出てきた。H・V・モートンの『イングランド探訪』(一九二七年)や第6章で論じるベッチャマンが一九三〇年代後半にジョン・パイパーとともに執筆した「シェル・ガイド」シリーズがその例である。一九一八年の七万八千人から一九三九年の二〇〇万人に跳ね上がった自家用車の所有者は、ツーリストとしてイングランド全土を走り回り、「イングリッシュな」景観と館や史跡を訪ねるようになる。『ハワーズ・エンド』において、車が伝統的な田園コミュニティの日常生活をかき乱す脅威の存在として批判されているのは、マスターマンが指摘したように、都会からの容易なアクセスが確保されることで、新興ブルジョワ階級による田園コミュニティへの義務なき進出が促されるからだが、それは表層だけの「イングリッシュなもの」の再構築と一体のものなのである。ジェド・エスティが『縮小する島国』において指摘するとおり、それは帝国主義とは正反対のベクトル、つまり小さな島国としての小英国主義へと向かう新しい保守主義の表現でもあり、ハワーズ・エンド邸はそうした矛盾を抱えた家の表象なのである。[44]

ナショナル・トラストのヴィジョン

帰農主義と田園回帰への希求にともなうこうしたイングリッシュな家のステレオタイプ化は、当時設立されて間もないナショナル・トラスト運動という社会現象によってさらに確固たるものになっていく。ハワーズ・エンド邸の背後に横たわるもう一つの歴史の層である。

一八九五年に設立されたナショナル・トラストは、ワーズワスやラスキンの影響を強く受けて湖水地方の自然を保全しようとしていたハードウィック・ローンズリーに、労働者の住宅環境改善運動を続けていたオクタヴィア・ヒルと共有地保存協会を推進していた弁護士ロバート・ハンターが加わることで成立したものだ。こうした複数の運動が合流したナショナル・トラストは、ラスキンやウィリアム・モリスの影響も受けながら、その名前のとおりイングリッシュな伝統と文化の保全、ナショナル・アイデンティティの再構築を重要な責務として遂行し、田園回帰や生活環境改善、社会保障といった目的も包含していた。

『ハワーズ・エンド』のなかでナショナル・トラストは、シュレーゲル姉妹が参加した夕食会後の討論会で言及されている。億万長者の遺産をどうするかを議論した際に、マーガレットは「史跡あるいは自然景観地の保全のための協会」、つまりナショナル・トラストに遺贈するよう助言する役割を務めることになる（108）。これはフォースターが執筆する直前の一九〇七年に制定されたナショナル・トラスト法への言及である。設立後、なかなか社会的支持を拡大できずに苦しんでいたトラストは、この法律により、寄贈あるいは遺贈された資産を「譲渡不可能」なものとして永久保存する特権を獲得した。その後、一九一〇年と一九三一年に法改正があり、トラストへの寄贈や遺贈に対して税制上の優遇措置が定められ、トラストの財政基盤は安定したものになっていく。会員数の増加に加えて、寄贈資産・遺贈資産の増加も確保できたからである。(45)

ナショナル・トラストが追求したイングランドの景観および史跡の保護・継承と、それを通したナショナル・アイデンティティの再構築は、たとえば批評家兼エッセイストであったジョン・ベイリーの活動にも体現されている。イギリス英文学会の会長（一九一二—一五年）、理事長（一九二五—二六年）とナショナル・トラストの重役および会長（一九二三—三一年）として活躍したベイリーは、大学での英文学の授業において英詩を読むことが、若い学生の想像力とイギリス的精神の育成にとってきわめて重要であることを力説する一方で、そうした文学的素養がイングランドの歴史的建造物や美しい景観という貴重な財産を守る「資産管理人」の役割を果たすと考えていた。伝統的建築物や景観が、急速に開発業者によって破壊され、あるいは維持管理の困難から消滅していった二十世紀初頭、彼が他のナショナル・トラストの役員とともに破壊から救った建築物や景観は数知れない。

ナショナル・トラストの考え方はベイリーのような知的中流階級に共感と熱意をもって迎えられていった。ビアトリクス・ポターは設立当初からの会員であり、湖水地方にある広大な地所を寄贈した。フォースターとは遠縁にあたり、彼がケンブリッジで聴講したり面会したこともある著名な歴史家G・M・トレヴェリアンも、イングリッシュな伝統と遺産を継承する建築物や景観が消滅していくことに危機感を抱き、ナショナル・トラスト運動に強い関心を抱いていた人間である。一九二九年に活字化された『イングランドの美は死滅しなくてはならないのか――史跡と景勝地保全を目的とするナショナル・トラストのための嘆願』と題したパンフレットは、ちょうど車での観光がブームとなってきた時代にあって、いかにナショナル・トラストが史跡と景勝地の保全に重要な役割を果たしてきたか、あるいは果たしうるかを説いている。歴史家として彼が力説したのは史跡・景勝地訪問を通した歴史感覚の涵養である。多くの人びとがそれらを訪問し鑑賞できるよう史跡を保全することによって、彼らの「歴史感覚を陶冶し、わたしたちの祖先、さらにもっと昔の居住民たちの生活を、たんに歴史書で読んだ抽象的概念としてではなく、心の中にいとおしく思い描く現実として鮮明に理解できるようになる」ことが大切だと説いたのである。[46]

その一方でトレヴェリアンは、観光によって自然の景観までもが破壊されていくことに警鐘を鳴らしている。現代に生きる人びとが景観を破壊してしまえば、後世の子孫たちはそうした景勝地を訪れようと思わなくなる。イギリスという島国の自然美は資産であり、国民全体にとって特別な栄誉であるのと同様に、それぞれの地方・地域の景勝地は住民にとって富と名誉の源泉であり、それによって精神的安寧を確保することができる。それゆえ、すべての人びとが政治的、学術的、個人的ないがみ合いを忘れて、史跡と同時に景勝地の保護に全力を尽くすべきだと言うのである。

……自然美が消滅してしまえば、宗教、教育、国民的伝統、社会改革、文学、そして芸術は、この島においてこれまではかり知れぬほどそれらを助長し、今もずっと助長してくれている主要な生命源、活力源を喪失してしまうことだろう。未来の展望《ヴィジョン》がなければ、人びとは死滅してしまうし、自然美がなければ、精神的な意味でイングランドの人びとは死滅してしまうだろう。かつてイングランドの人びとは自然のなかに暮らし、四六時中自然の影響を受けていたのである。そうした着想を得て、私たちの祖先は宗教、歌、芸術や工芸において偉業を成し、偉大な作品を生み出したのである。それは、精神生活を送っている国民全体の共通の産物なのである。今日、多くの人は都会へと追い払われ、そのために想像力、霊感、創造力が失われてしまっている。しかし依然として田舎に住んでいる人や、休日に田舎にやってくる人もいるのだ。彼らは咽喉が乾いた人間のように自然美を喜びいさんで飲み干し、魂を再び活性化して都会へと戻っていく。[47]

この文化と伝統の精神的継承と魂の洗濯ともいうべき機能が、トレヴェリアンにとっての自然景観の保護の効用である。それが「国土の精神的秩序」の根幹としてイギリスの伝統を継承していく際に重要な役割を果たし、さらには人類全体にとっても大きな貢献を果たす。そのために、安直に廉価なコンクリートや針金のフェンスによって建物や農地の景観美を壊したり、むやみやたらに醜い電線を張ったりするのではなく、コストがかかってもいいからお金では買えない文化と伝統、そして生命力の根源としての自然美を保護することで、チョーサーからルパート・ブルックまでが謳ったイングランドの景観を後世の人びとが享受できるようにすることが大切だと、繰り返し主張した。

トレヴェリアンが、『ハワーズ・エンド』執筆当時の一九〇〇年代後半において、こうしたナショナル・トラストへの趣旨をどこまで理解していたかはわからない。しかし、トレヴェリアンの兄であり、古典を愛した詩人でもあったロバートと文通をしていたフォースターは、こうした考え方をすでに共有していた可能性がある。彼は『ハワーズ・エンド』執筆直前の一九〇七年七月に、湖水地方に行き、自然保護運動の父祖ともいうべきワーズワスのダヴ・コテッジを訪問しているが、そこでロバートに書簡を送り、冗談めかしながら「グラスミアは気に入った」と記している。家と土地、詩作品と風景、歴史と環境の連想に均整がとれているというのがその理由である。

［土地と作品との］連想はまさに「ピッタリ」だ。ここのビリー［ウィリアム・ワーズワス］は均整が取れている。――ノルマンディーのビリー［ウィリアム征服王］と、多分、ストラトフォードのビリー［ウィリアム・シェイクスピア］は釣り合いが取れていない。ダヴ・コテッジほど楽しんだ場所はめったにない。ただ、あのいまいましいアーノルド家のやつら――ラグビー野郎［トマス・アーノルド］とマット［マシュー・アーノルド］のことだが――があの愛すべき頓馬コウルリッジの隣で憂鬱な顔をしているのが台無しだ。[48]

「自然を教師にする」というワーズワスの自然観が生まれ、発展したのがこの湖水地方であり、景観保全運動の源泉として機能していた。故郷である湖水地方の風景美と共同体を愛したワーズワスが一八一〇年に出版した『湖水地方案内』は、急増しつつあった観光者用の案内書として書かれたが、一八四四年にこの地方に鉄道建設が提案されると、自然・生活環境の保護のためのプロパガンダとして機能した。フォースターが「均整が取れている」と賛美した土地と作品との連想は、ただたんに、ワーズワスが住んでいたダヴ・コテッジが周辺の環境にマッチしていたということではない。実は十九世紀末には湖水地方全体にも開発・投機ブームの波が押し寄せており、ダヴ・コテッジ周辺の土地も開発の危機にさらされることになった。そこでワーズワス・トラストが一八九〇年に設立され、このダヴ・コテッジおよび周辺地域を購入し、その環境を保全することに甚大な努力を払っていたのである。フォースターが賛美しているのはその人為的な保全の努力である。[49]

『ハワーズ・エンド』における有名なパーベック丘陵からのイングランド俯瞰図は、こうした一連の景観保存運

図 4-6　パーベック丘陵からの眺め（ドーセット州）

動と並置することでその歴史的意味が明らかになる。すでに述べたように、都会の乱開発と居住者の肉体的・精神的衰退に危機感を抱いていた二十世紀初頭において、「自然に還れ」はルソー的ロマン主義者の空想には終わらなかった。都市での非定住的、遊牧的な生活、個別化され、断片化された生活のなかで、人びとがバラバラになってしまったアイデンティティをつなぎとめ、「イングリッシュなもの」の全体的ヴィジョンの再構築を図ることができる数少ない手段として考えられていたのである。外国人にイングランドを見せたければ、パーベック丘陵の端っこにある頂きに連れて行くのが賢明だと『ハワーズ・エンド』の語り手は述べる。眼下にはフローム川、その向こうの谷にはスタウ川が流れている（図4-6）。それは、理性ではなく想像力でしかとらえることのできないイングランドの風景と建築物、そして田園生活が織り成す光景である。

> なんと多くの村々がこの光景に広がっていることだろう。なんと多くのお城が見えることだろう。廃墟となった教会、あるいは威風堂々とした教会が数多く立っている。数多の船、鉄道、そして道路が。信じられないほど多種多様な人びとが、晴れ渡った空の下で汗を流し、そして死を迎える。まるでスワネッジに打ち寄せる波のように、理性を凌駕して想像力は膨らみ、翼を広げ、深みにもぐり、やがて地理を描き、イングランドを包み込むのである。（142-43）

シェイクスピアの『リチャード二世』のなかでランカスター公爵ジョンが吐露する有名な「この笏授かりし島国」

のセリフに匹敵する迫力を持って、イングランドの美しさを謳いあげている。こうしたイングリッシュな風土の礼賛は、前衛的なモダニズム文学と比べてナイーヴで空疎な風景描写、センチメンタルな郷愁とかたくなな保守主義だとして簡単に切り捨てられるものではない。都市の街並みの変貌とイングリッシュな田園風景の消滅、そしてそれにともなう、イギリス帝国の存立基盤たる人間の退行への不安といったものを背景においてみれば、国土と国民精神の荒廃への深刻な危機感が背後に潜んでいるのがわかる。

6 「つなぎとめる」建築物

ラスキンとフォースター

ナショナル・トラストの思想的原動力の核はラスキンにあるのだが、だとすればラスキンとフォースターとのつながりを、ハワーズ・エンド邸を媒介して読むことができるかもしれない。「ワーズワスを若い頃から年老いてまで毎日の教科書として用い、さらにあらゆる本質的な点で彼の教えの主旨にそって生きてきた」ラスキンにとって、自然景観と史跡の保護は、イギリスの文化の継承だけでなく、美的感覚と精神衛生の向上、さらにはそれによる経済的効果の点でもきわめて重要なものであった。[50] ワーズワスの自然観を理論化するだけでなく、知的能力や道徳を教示する自然の価値を認めることで、自然保護の思想的土台を築いたのである。貨幣価値では測れないが、自然環境や歴史的景観が住民に与える精神的安らぎや文化的価値を重んじる考え方は、「快適な環境」を追求するアメニティの思想と言えよう。

そんなラスキンの思想は、たとえばハワードが田園都市計画の中に引用したラスキンの文章にも顕著である。

どんなに美しい景色でも、いつかは飽きられ、見向きもされなくなる。しかし、楽しき労働によって豊かになった景色、たとえばよく耕された畑、手入れの行きとどいた庭園、実がたわわになった果樹園、きちんと刈りこまれた、甘い香の漂う、お客のよく集まる屋敷、いきいきとした生命の歌声、そういったものはいつまでも飽かずに愛される。(51)

純粋に自然な空気ではなく、小鳥のさえずりや虫の羽音、子供の声が満ち溢れている庭、人間が耕し家畜や野生動物が共生できる生活環境こそ理想なのである。こうしたコミュニティの風景は、田園都市レッチワースだけでなく、ナショナル・トラストの理念や、ヘレン・アリンガムの挿絵の中に表象される「イングリッシュな家」の背景を構成している。(52) 前述のように、それはフォースターがハワーズ・エンド邸に描きこんだ風景でもある。そして小説の最後には、ヘレンとバストの子供が庭の中で戯れることでハワーズ・エンド邸の庭は「救済」の風景として立ち現れる。「過去が現在を浄化し、現在が、荒々しい鼓動とともに、結局のところ笑いと子供たちの声に満ちた未来があると宣言している」風景である（244）。

とはいえ、ラスキンとフォースターは安直に結びつけられるわけではない。フォースターのラスキンに対する態度にはきわめて曖昧な点が多いからだ。『ハワーズ・エンド』や『眺めのいい部屋』における『ヴェネツィアの石』への言及は、川端康雄が指摘するように「相当に辛辣なもの」で、新しい時代の申し子としてのフォースターによる古いヴィクトリア朝的価値観への反発と受け取れてしまう。(53) しかしながら、ラスキンの思想はフォースターにとって無視できない魅力を湛えていたことも事実である。ケンブリッジ大学の一年生のときにラテン語詩コンテストで入賞して賞金を手にすると、まっさきにラスキンの『ヴェネツィアの石』をメレディスの小説やシェイクスピアの作品とともに購入している。(54)『ハワーズ・エンド』や『眺めのいい部屋』にこの著作が繰り返し登場するのは、それほどフォースターにとって印象深い著作であったことを示しているのではないだろうか。後にピーター・クェネルが『ジョン・ラスキン――預言者の肖像』（一九四九年）においてラスキンの肉体的問題を嘲笑した際には、感情的なまでに弁護を試みさえしている。[55]

政治的にもフォースターにとってラスキンは批判対象とは言えないであろう。ラスキンの思想にかなった勤労者学校においてフォースターは二十年以上にわたって教鞭をとり、学校新聞やその他の活動にも熱心に参加している。また、フォースターが多くの示唆を受けた前述のマスターマンもラスキンに造詣が深い。一九二〇年に出版された『預言者ラスキン』に寄せた論考においては、解決策の点では意見を異にしながらも、ラスキンが物質社会の台頭による自由と文明の衰退と死滅を予測していたことに敬意を表している。この本の編者であるジョン・メイズフィールドが言うように、産業によって社会構造が急速に変化していく時代のなかで、人間の「精神的な力」をどう維持し伝えていくかを真剣に考えたラスキンは、「このイングランドを水面に浮かぶ麗しき国、神の家に植えられた永久《とこしえ》の緑のオリーヴの木のように」するための灯台であり、「インスピレーション」の源だったのである。[56]『ハワーズ・エンド』は、そうしたラスキンの思想を多分に反映している。

過去と現在をつなぐ建築

『ハワーズ・エンド』、ラスキン、そしてナショナル・トラストは一つの共通する問題意識によって結ぶことができる。その問題とは、長い年月を経て築き上げられた貴重な「精神の所有物」は、建築物を媒介にして継承していくことができるのかというものである。『ヴェネツィアの石』を書いたラスキンの意図は、建築批評における「普遍的な」礎石を築くことだったが、一般の住居や教会建築などの価値、それらが人間や社会に与える感化力は、第2章で見た『建築の七燈』に体系的かつ包括的に論じられている。[57]そのなかでラスキンが野蛮で不均衡なゴシック建築の芸術性を高く評価した理由の一つは、それが職人の手によって建てられ、彼らの精神と思想を胚胎した建築物を媒介に過去と現在の交感が行われるからであった。そして歴史的な建築物を見ることは、壁の一つひとつ、敷石の一つひとつに塗りこめられた時代の精神をテクストとして「読み」、「解釈する」ことであり、歴史的建築物の喪失は、歴史感覚と解釈能力の欠如を生むだけでなく、ナショナル・アイデンティティの喪失にもつながってしまう。それゆえに、その場限りの喜びのために、あるいはその場限りの用途のために建てるのではなく、永遠に存続すべき建築として建てることをラスキンは主張する。「過去の建築をもっとも貴重な遺産として保存する」だけでなく、「今現在の建築を歴史的なもの」にすることで国民の遺産は築かれる。(58) 石の一つひとつが、私たちの手によって触れられ、それによって神聖なものとなるときが将来必ず来るのである。

序章でも述べたように、ラスキンが言うところの「過去」と「未来」を「つなぎとめる（connect）」建築の「力（strength）」は、まさにフォースターが『ハワーズ・エンド』の警句に掲げた「ただつなぎとめさえすれば……（Only connect...）」につながっている。これは大聖堂のような歴史的建築物だけでなく、普通の家にもあてはまることであった。日常生活の場であり、習慣《ハビット》やマナーを構築する「場《トポス》」としての家は、「美」と「快適さ」を備えることで住む人びとの精神を構築し、そして家もまた彼らによって再構築されていく。その「ハビトゥス」としての家を通して異なる世代が結ばれることで、伝統の継承と再創造が生活のなかで継起していくことになるとラスキンは考えている。ハワーズ・エンド邸が媒介する過去の人間と現在の所有者、そして未来の所有者との絆もこの主張の延長線上にある。長いあいだ受け継がれてきたそうした快適な住居がもつ感化力が、ウィルコックス夫人、マーガレット、ヘレン、そしてその子供に「神秘的な共感」を喚起し、精神的な絆を構築していく。マーガレットは「私たちの家が過去であると同時に未来である」と語る（290）。この時間の継続していく感覚が、ラスキンの言うように、国民の共感までもつなぎとめ、「半ば」という限定された条件ではありながらそのアイデンティティをも構築していくことを示唆している。(59)

こうした考え方は、モリスが牽引したアーツ・アンド・クラフツ運動のメンバーにも共有されていた。たとえば、デトモア・ブラウのような中心人物は、直接ラスキンあるいはモリスにインスピレーションを受けて、一九〇〇年から一〇年にかけてイングランド各地の館を古いイングリッシュな伝統様式で建築していった。同朋のW・R・レサビーの言葉を借りれば、「夜更けまで続くシャンパン付きの晩餐のような理想」ではなく、「黒パンと朝露の美的理想」を掲げたものである。ハワーズ・エンド邸も、多分にそうした運動の理想も反映している。(60)

断絶と継承の一体性

ラスキンやナショナル・トラスト、アーツ・アンド・クラフツ運動は、単に古い過去の遺物を博物館の陳列品のように保存したり、安直に再現・復興することを目指していたわけではない。「新しい精神が別の時代に吹き込まれれば、それは新しい建物になる」とラスキンが明言しているとおり、長い年月を経て生き残った建築物は、新しい居住者、新しいコミュニティと時代から新たな魂を吹き込まれ、さらに異質な資本、ときには外国からの資本を注入されて存続していくのである。(61) そこには記憶の持続だけではなく、断絶もあり、歴史の連続性だけではなく、不連続性も胚胎している。ハワーズ・エンド邸のたたずまいがウィルコックス家の人びとによって変容するように、新たな住民によって建築物は新しい生命を与えられ、同時にナショナル・アイデンティティも変成されていく。ラスキンが「半ば」という条件をつけたとおり、建築物が媒介する共感によって精神文化は理解され、受け継がれることはあっても、それは限定的なものでしかないのだ。『ハワーズ・エンド』において、ドルイドの遺跡がオニトンに設けられているのも、たんなる「ロマンティックな緊張感」をかもし出す舞台装置ではなく、過去からの「生き残り」として、原始のイングランドと現在との、単純な連続ではない媒介物の役割を担っている(290)。

同じことがハワーズ・エンド邸の庭に立つ楡の木についても言えよう。前述のように、フォースターが幼年時代に住んだ追憶の家に実際にあった木をモデルとしているわけだが、それは過去と現在、さらに未来を媒介する農家にとって不可欠の「地霊」でもあった。そして木の中ほどに埋め込まれた豚の歯が象徴しているのは、田舎の「民間伝承と膿みただれた迷信」(61)、つまり現在とは断絶したかつてのコミュニティを築いていた精神文化の「生き残り」だと言える。それをマーガレットが愛するのは、それでもルース・ウィルコックスの精神文化を継承していこうとする資格の自己確認にほかならない。「イングランドには無数の聖なる木が依然として残っているのだ」とウィルコックスに向かって語るマーガレット（162）にとって、楡の木は精神と人格をもち、長い年月を生き続けてきた農家屋の「同胞」だった。マーガレットは家の中から「同胞である木」を眺めているときに、過去と現在をつなぐ「いっそう真実に近い絆がきらめくようにして現れてきた」のに気づく（176）。これがマーガレットにとっての啓示的な瞬間であり、家と木を媒介にした過去との交感であった。この農家と楡の木の媒介によって、過去と現在、そして人間同士が「同胞」として結ばれる可能性が生まれてくる。

もしどこかと言うのであれば、こうしたイングリッシュな農家でこそ生活を落ち着かせ、そして全体を見つめることができるのであろう。時とともに遷ろいゆく姿と永遠の若さをひとつのヴィジョンにまとめることができるのだろう。つなぎとめる——恨みつらみなくつなぎとめ（connect）、すべての人間同士が同胞兄弟となることができるのだろう。（229，傍線は引用者による）

時代とともに、社会とともに新たなアイデンティティを付与されながらも、彼らは家と木とともに断絶を包摂しながら存続していくことになる。そうした希望を家屋と木は象徴しているのである。ハワーズ・エンド邸とその地霊である楡の木に囲まれたとき、はじめてマーガレットは「流転の感覚」から解放され、イングランドを再確認しようとするのであり（174）、その結果、この家の価値を知るミス・エイヴリーによってもルース・ウィルコックスの継承者として認められていく。

7　帝国の陰影

社会主義と帝国主義

断絶を含んだ遺産の継承は、無条件の継承がどうやっても叶うことのない現実であるがゆえの切羽詰まった解決策でしかないのかもしれない。変転しつづける都市の生活、荒廃し瓦解する農村コミュニティ、退廃する帝都ロンドンと退化する国民という世紀末以後の不安――幻影と現実の綯い合わさった不安――が、「イングリッシュな」逃避地であるはずのハワーズ・エンド邸に暗い影を常に落としつづけるからである。

小説のなかではその暗い影はレナード・バストという、汲々とした暮らしに甘んじる下層中流階級《ロウアー・ミドル・クラス》の男性によって体現されている。前述のように、バストはウィルコックス氏の無責任な助言とシュレーゲル姉妹のお節介のために転職のあげく失職してしまう。シュレーゲル姉妹が議論したナショナル・トラストへの遺産委託などは、失業したバストにはまったく無意味な贅沢でしかない。

しかしながら、バストもまた「イングリッシュなもの」の継承の一翼を担う存在であることも確かである。フォースターは下層中流階級や労働者階級にとっての「イングリッシュなもの」の問題を、バストの人物造形を通して意識的に描いている。ナショナル・トラストも実は無関係とは言いがたい。ロバート・ハンターが弁護士として貢献していた共有地保存協会とオクタヴィア・ヒルが率いていた住宅改善運動がその基盤にある限り、ナショナル・トラストには景観や建築物の保全だけでなく、社会全体の福利の構築というヴィジョンも含まれるからだ。

また、バストがウィンブルドンの辺りを夜通し歩き続けたというエピソードは明らかに、共有地保存協会が一八七一年の立法によりパトニー共有地とともに保全することに成功したウィンブルドン共有地への言及であろう。農村地域の荒廃と並行して、都会における労働者の健康状態や衛生状態に社会的関心が集まっていたとき、週末に彼らを郊外に連れ出し、田園地帯を散策させることが提唱されはじめる。十九世紀前半にすでにバーミンガムやマンチェスターの労働者が健康のために郊外を散策するケースが見られたが、世紀末になるとロンドンでも、知的階級が中心だったハイキングがしだいに労働者にも享受されはじめていた。こうした傾向は一九二〇年代末から三〇年代はじめにかけての異常なまでのハイキング・ブームにいたり、都会で暮らしている若い工場労働者は陳腐な作業や日常生活から逃れるために、進んで野外の散策を求め、最終的には一九三二年の「歩く権利法」の制定を見るにいたる。これは共有地として残されている土地が、所有者によって囲い込まれ開発業者によって私的不動産になってしまうことがないように、自由に散策できる権利を保障したものであった。十九世紀後半から土地の囲い込みに反対してきたリベラル派の社会改革思想の結実の一つである。共有地を利用する住民たちのコミュニティ生活や週末にロンドンからやってきて散策する人たちの憩いと健康の場を確保するためであった[62]。

その一方で、世紀末にはオクタヴィア・ヒルの住宅改善運動に代表される個人的善意に基づく慈善は限界を露呈しはじめる。ある意味では、彼女がナショナル・トラスト創設に関わることはそうした限界を認識していたことにもなろう。彼女から離反したウェッブ夫妻らはフェビアン協会を設立し、国家による産業や資本の公有化を基盤にした社会主義的運動を推進していく。フォースター自身、後年ウェッブ夫妻に直接面会に出かけているが、『ハワーズ・エンド』執筆当時にあっても、フェビアン協会の社会主義に無関心であったわけではない。

バストの救済策をめぐるシュレーゲル姉妹とヘンリ・ウィルコックスとの確執、さらにはマーガレットとヘレンの齟齬は、そうした貧困者救済をめぐる篤志的な慈善と公共政策、さらには社会主義との間に生じたイデオロギーの不協和音を色濃く反映しているように思われる。ウィルコックス氏は「貧民に感傷的な態度なんか取るものではない」とシュレーゲル姉妹をたしなめ、効果的な方策として「必ず慈善に寄付しなさい。それもできるだけたくさんの額を寄付しなさい」と勧める(163)。ウィルコックス氏にとって社会主義者たちは、改革を声高に唱えるだけで、現実的かつ効果的な社会改善を行うことができない輩でしかない。「健全な実業家ひとりのほうが何人もの社会改良家よりもずっと世の役に立つ」(20)。強固な堤防建造によってテムズ川の流れを変えたように、自身の手によって社会環境も改善できるというのが彼の自負であり、原理なのである。

ところがマーガレットにとっては正しい選択肢がどれなのかは見極められない。ナショナル・トラストが貧しい労働者の精神文化を高めるかどうかについても確信が持てないし、社会主義の現実性についても納得できない。さらに、ヘンリ・ウィルコックスと彼の一家が標榜する帝国主義的資本の正当性も理解できないままだ[63]。「人類に善をなすことは無益なことなのだ」(109)から、社会全体の改良は非現実的な空想でしかない。だが、貧困という「どん底」に飲み込まれてしまったほんの一人、あるいは二、三人の人間を助けることは無益なことだろうか、そうマーガレットは問い続ける(167)。その一方で、バスト夫妻の意志を無視して庇護し、ウィルコックス氏を社会悪の権化、非人間的で「金回りのいい俗物野郎」(117)として敵視し、戦いを挑み続けるヘレンの態度は、「倒錯した博愛主義の考え方」だと思うのである(191)。慈善や社会主義に対するマーガレットの距離は定まりきらない。

同時代のD・H・ロレンスはフォースターへの手紙のなかで、ヘンリ・ウィルコックスのような実業家を讃えることで小説が台無しになっていると抗議したが、それは的外れであろう[64]。むしろライオネル・トリリングが指摘するように、「混濁」した状態をそのまま見せていることによってフォースターの小説にはロレンスの小説にはないきわめて寛容かつ広い政治的空間が生じている。それはリベラリズムからはずれていく「リベラルな想像力」が創造した空間と言えるかもしれないし、「中庸」の美徳を体現した虚構の原理なのかもしれない[65]。さらに突きつめれば、小説における帝国主義のあり方は見かけ以上に曖昧なのかもしれない。ブラドショーが指摘するように、帝国主義と無関係を装うように見えるマーガレットこそ実はもっとも無意識的に帝国主義的態度を見せている[66]。弟のティビーに就職を勧めながら、マーガレットはポール・ウィルコックスがナイジェリアで帝国繁栄のための義務を全うしていることを讃える。「そうした人間たちを輩出する国は誇りに思ってもいい。イングランドが「帝国」になったのも不思議ではない」(95)。そう言いながら彼女はナイジェリアの人びとに対する軽侮の念を露骨に示す。ハワーズ・エンド邸もウィルコックス家の人びとによって改築されてしまったが、帝国主義の覇権の恩恵を受けた資本に支えられることで開発業者の手にかかることなく生き残るのである。

コスモポリタニズムとイングリッシュなものの錯綜

シュレーゲル家とウィルコックス家の間で繰り広げられる主義の錯綜と緊張は、住む家を失った前者にハワーズ・エンド邸を貸す・貸さないというやりとりの中で増幅していくことになるが、ナショナル・アイデンティティの文脈に置くといっそう複雑である。帝国主義を標榜するウィルコックス家の人びとが外国人嫌いであり、「骨の髄までイングリッシュ」(135)のはずのシュレーゲル家の人びとが「コスモポリタン」(136)を標榜している。そして両者は定住する家をもたないという点で通底している。マーガレットはヘンリ・ウィルコックスと結婚しても、「流転の感覚」に苛まれつづけている(222)。フレデリック・ジェイムソンは、こうした『ハワーズ・エンド』に見られる「非定住性」が根底では帝国主義と響き合いながらモダニズムの文学の中に表象されていると論じるが、[67]同時にそうした緊張関係がハワーズ・エンド邸という古家がもつ磁場によって引き合わされ、「イングリッシュなもの」の再構築の可能性と意義が問い糾されているところに意味があるのではないだろうか。

それというのも、イギリスから植民地へ多くの人びとが移動し、逆に植民地から多くの人びとがやってくる時代において、生まれた場所あるいは血統だけで「イギリス人」を定義することはもはや絶望的に不可能になっていったからである。[68]イギリス帝国が肥大化していく過程で必然的に生じた人種と血の錯綜は、単に文化的な問題ではなく、生理学的かつ法律的な問題である。ヴィクトリア朝にもすでにこの問題が胚胎していたが、ドイツ人の血を引き、「コスモポリタン」であることを標榜するシュレーゲル家の人びとを登場させることで『ハワーズ・エンド』はこの問題を再考している。彼らにイングリッシュな文化の表象とも言えるハワーズ・エンド邸を継承させることで、『ハワーズ・エンド』はリベラルな立場を表現しているのではないだろうか。保守的なラスキンと比べればはるかに柔軟な立場であり、同時代のフォード・マドックス・フォードが『国民の精神』（一九〇七年）のなかで示したナイーヴな考え方にも、近いようで遠い。フォードは「イングリッシュな」人間は、アングロ・サクソン人、あるいはノルマン人といった特定の血を引いた民族であるとは考えていない。自分が学校時代に経験したクリケットの場面を想起しながら、それは「場と精神、環境によって生み出された精神」の問題であると主張する。アフリカのダホメからやってきた友人が「イングリッシュな」組織の一員となっていたからだ。

僕たちは情熱的なまでにイングリッシュだと感じていた。イングランドの日差し、クリケットの白いユニフォーム、金色に輝く三柱門《ウィケット》、緑の芝生。そして小麦色をした皮膚をがっしりとした筋肉隆々の胸の上で輝かせている純血のダホメ人スチュアートもまた、ピンクと白、あるいは日焼けして褐色になった頬をした僕たちと同じようにイングリッシュであると感じていたのだ。僕たちのチームへの忠誠心。いや、それよりももっと深いものだと思う。ブリテン諸島の歴史を教えられることで僕たちの胸に植えつけられた歴史の一部、イギリス人のまさに精神そのものの一部なのだ。それを言葉にして表現するとしたら、「彼とは同じ学校に行ったのだ」と言うことほど的を射たものはないだろう。だが、そうした教育課程、イングランドの伝統との接触があればこそ、世界中のどこの子供もすばらしいイギリス人になることができるのだ、と僕たちが感じていたのはほぼまちがいない。(69)

ここに現れている考えは、イングランドの土地に生まれたものではなく、イングランドの土地に触れ、その地霊の感化を受け、精神を継承したものがイングリッシュなのだという考え方である。もちろんそれはイギリスを中心にして世界を眺める帝国主義と根底ではつながっている。「イングリッシュなもの」という虚構に固執する限りにおいて、現代の多文化主義と比較すればきわめて狭量なナショナリズムにすぎない。小説の冒頭で、ハワーズ・エンド邸でクローケーをしながら、花粉症のためにくしゃみをするウィルコックス家の人びとを嘲笑するフォースターには、「イングリッシュなもの」とイギリス人をそのまま等式で結んでしまうナイーヴさを批判するまなざしが潜在している。「イングリッシュな」はずの彼らは、もっとも「イングリッシュな」スポーツの一つを「イングリッシュな」家の庭ですることが許されていない。この庭で遊ぶことを許されたのは、結局のところ、ドイツ人の血を引くヘレンと農民の三代目であるバストとの間に生まれた子供、そして隣の農家に住むトムなのである。彼らが「イングリッシュな」文化を正統な継承者として担っていくことが示唆されて物語は終わる。

後年『民主主義に万歳二唱』（一九五一年）において言明しているように、フォースターは「個人的な関係こそ真実のものであると信じている」のみならず、その個人が固定されたタイプではなしに、文化的背景であれ、毛並みの異なる多種多様な人間がいて初めて「文明というものが作り出される」と考えている。(70) そこには階級という枠組み、さらには人種や血統という枠組みをも超克するヴィジョンが胚胎している。

「危険な遺産」

『ハワーズ・エンド』に示されている田園主義は、けっして安直かつナイーヴな現代的意味での環境主義でもないし、ジェド・エスティが言う「脱都会化」でもない。(71) もっと曖昧なものであろう。それは、「イングリッシュな」伝統の具現として精神を付与された家を遺産として誰が受け継いでいくかという問題設定の中で浮かび上がってくる政治的問題であり、都会に残存する貧困と田園の荒廃という一九〇〇年代のイギリスが抱えた極度に深刻な社会問題を背景としていた。そうした病んだイギリス社会の再生を目指す動きと同期する形で「イングリッシュな」文化と精神の再構築の動きが生み出したものなのである。景観美と史跡を媒介させることで「イングリッシュなもの」を保全し、継承しようとしたナショナル・トラスト運動や並行するアーツ・アンド・クラフツ運動、アリンガムの絵に象徴される田舎のコテッジへの憧憬もそれと連動している。つまり、それらを反映させた「イングリッシュな農家屋」としてのハワーズ・エンド邸は、この時代が生んだ「ハビトゥス」としての家の表象である。

しかし、「精神の所有物」は無傷で、あるいは変形することなく継承されるわけではなかった。そこには断層と亀裂が生じる。ミシェル・フーコーが遺産について語った言葉を借りれば、それは「危険な遺産」、つまり偶発性によって生じたものであり、固定されることなくさらなる歴史的偶発性によって不安定に動揺しつづけるものなのである。

この遺産は獲得物、蓄積され強固になっていく所有物ではない。むしろ断層、裂け目、異質な層の総体で、それらのものはこの遺産を不安定にしているのであり、内部から、あるいは下方から、脆弱な相続者を脅かしているのである。……由来の探究は何かを築くものではなく、まったくその逆である。ひとが不動だと認めていたものを危うくさせ、ひとが単一だと考えていたものを断片化する。ひとがそれ自体と合致していると思っていたものの異質性を示すのである。(72)

フーコーによる「ニーチェの系譜学」の解説は、フォースターがハワーズ・エンド邸を通して見せたイングリッシュな精神文化の継承を説明していよう。ハワーズ・エンド邸は、その霊的な同胞である楡の木とともに、過去と現在を精神的につなぎ、祖先と子孫とを文化的に結びつける媒介物であることは確かだが、そこには不純物が混じっているし、意外なほど中途半端な存在として機能しているのだ。そしてルース・ウィルコックスからマーガレット・シュレーゲルへの遺産の継承には、血統の点でも、階級の点でも、さらに言えば主義の面でも大きな断層と亀裂がある。にもかかわらずマーガレット・シュレーゲルはハワーズ・エンド邸という「イングリッシュな」田舎家の正統な継承者として、法的にも、またミス・エイヴリーが媒介するコミュニティにおいても認められていく。

都会に飲み込まれ、都会が田園を侵食していく過程にあって、少しずつ姿を変え、住人も時代とともに変わりながら生き続けるハワーズ・エンド邸は、過去の精神文化という遺産を継承しつつ、新たな血と精神を取り込むことで再生していくイングランドの姿である。それは、新たなコミュニティを再生する力をもった家であり、神秘的な霊力を漂わせた建築物であり、歴史を包含した磁場なのだ。「ただつなぎとめさえすれば……」という小説の警句は、歴史的建築物や家を媒介にした過去と現在の人間、階級や民族を超えて継承されていく精神と文化の、不安定で、危険な絆を示唆しているのである。赤さびた新奇な家が牧場の向こうから侵入し始めていることが示唆するように、その絆は必ずしも予定調和的な形で構築されているわけではないし、また悲観的に終わっているわけでもない。フォースターの追憶の家は、曖昧なまま一九〇〇年代の歴史的状況を静かに奥に湛えた人為的な「ハビトゥス」としてたたずんでいる。

ハワーズ・エンド邸がかろうじてつなぎとめたはずの「イングリッシュなもの」の「危険な遺産」は第一次世界大戦を契機にその裂け目を広げていくことになる。小説の冒頭で描かれた古い農家屋に巻きついていたツタは、もはや壁の亀裂、土台が朽ちていくのを押しとどめることはできなくなる。そして崩れ落ちていく古いイングランドは、カントリー・ハウスの衰退と瓦解という社会現象に反映されていく。

第5章　「空っぽの貝殻」
――消えゆくカントリー・ハウスの幻影――

1　消えたカントリー・ハウス

カントリー・ハウスの遺影

手元に『カントリー・ハウスの破壊』と題された古びた展覧会カタログがある。歴史学者であり、ヴィクトリア・アンド・アルバート博物館の館長を務めていたロイ・ストロングが中心となって一九七三年に開催した企画展を基に編集されたものである。頁をめくると破壊されてしまった数々のカントリー・ハウスの遺影が、生前の姿を白黒の写真に収めている。サークルビー・パーク（ヨークシャー）やアールストーク・パーク（ウィルトシャー）、ハイヘッド城（カンバーランド、図5-1）のように、よく見る十八世紀の新古典主義様式の威容を構えたものもあれば、ケニオン・ピール・ホール（ランカシャー）のようなジャコビアン様式のもの、スクリーンズ（エセックス）のようなジョージ朝様式でまとめたもの、プレストウッド（スタフォードシャー）のようにオランダ風の破風を冠のように載せた奇怪なもの、グッドリッチ・コート（ヘレフォードシャー）のように十九世紀のネオ・ゴシック様式のものなど、時代も様式もさまざまな居館が並んでいる。数十頭もの狩猟用ビーグル犬が前庭に並んでいるウェ

図 5‒1　消えたカントリー・ハウス 1——ハイヘッド城（カンバーランド）

図 5‒2　消えたカントリー・ハウス 2——ウェルトン・ハウス（ヨークシャー）

ルトン・ハウス（ヨークシャー、図5‒2）や子供たちが庭でティー・パーティーをしているガーノンズ（ヘレフォードシャー）のような写真もある。これらのカントリー・ハウスはすべてこの世から消滅してしまった。[1]

消えたカントリー・ハウスの規模は、イングランドだけで一九〇〇年から一九七〇年までの間に約一五〇〇軒にも及ぶ。とりわけ深刻なのは一九三〇年代、一九五〇年代、一九六〇年代である。[2] その三十年間だけで、最低でも九一九軒ものカントリー・ハウスが死滅した。スコットランドやアイルランドを含めるとさらにその数は増える。

カタログには、もうもうとあがる噴煙を前に消防士たちが懸命に消化活動をしているストーク・イーディス（ヘレフォードシャー、図5-3）の写真もあるが、同じように火事で焼失したものも少なくない。だが、多くは維持不可能なために遺棄されたり、破壊されたり、あるいは再開発のために姿を消していった。

『カントリー・ハウスの破壊』は、そうした失われたカントリー・ハウスというイギリスの歴史的遺産に哀歌を捧げる。「わが国の教区教会と同じように、カントリー・ハウスは遠い昔からそこにあり、国民の遺産を構成する一部でありつづけている」。ロイ・ストロングはイギリスという国と伝統を重んじる人であれば誰もが、カントリー・ハウスが体現する歴史と文化に心を寄せ、そこに自らのアイデンティティを見出すと言う。「イングランドの大邸宅とその住人たちはイギリス社会において連綿と続く関係性を表徴している」[3]。自らもジェントリー階級出身であり、三十七年にわたってナショナル・トラストを通してカントリー・ハウス保存に尽力したジェイムズ・リーズ＝ミルンも、「宮殿であれ、荘園であれ、カントリー・ハウスはイギリスの歴史を縮約している」と述べ、単なる住居ではなく、それ自体が芸術作品であり、「偉大な人間」によって造られ、「偉大な人間」が暮らし、「偉大な人間」を生んだ建築物であると定義する[4]。喪失した「偉大」で「栄光ある」過去へのノスタルジアは、展覧会のために写真や文で協力した貴族たちにも共有されている。

だが、それほどまで「偉大」であったのであれば、カントリー・ハウスはなぜこれほどの規模で消滅したのであろうか。リーズ＝ミ

図 5-3　噴煙をあげるストーク・イーディス（ヘレフォードシャー）

ルンの言う「カントリー・ハウス革命」が起きたのには、その役割と歴史、それが表徴する社会的・文化的伝統に対する厳しい批判があったはずである。「偉大」ではなくなってしまった現実を見つめ、遺棄された理由を考える必要があろう。『カントリー・ハウスの破壊』が吐露し、現在の人びとにも共有されているカントリー・ハウスへの郷愁や関心は、一九七〇年代以降に再構築されたものであって、破壊が壮絶な規模で起こっていた二十世紀初頭には必ずしも社会的に広く許容されていたものではなかった。

しかし、同時にすべてのカントリー・ハウスが消えたわけではないことにも留意すべきだろう。一七二九年にフランシス・スミスによって堂々としたバロック的な装飾の新古典様式で建てられたウィガーワース・ホールは、所有していたハンロック男爵家による維持が不可能になり一九二四年に消滅することになったものの、その一方で、同じダービシャーにはデヴォンシャー公爵家の館チャッツワース（口絵6）やハードウィック・ホール、一七五九年にロバート・アダムが装飾を手がけたカーゾン家のケドルストン・ホールなど、いくつものカントリー・ハウスが残存する。コーンウォールでは、皇太子の資産に含まれていたホワイトフォード・ハウスが一九一三年に破壊され、アーチャー家が一八二〇年代に美しいジョージ朝様式で再築したトレレイクは、一家がほかのカントリー・ハウスも所有していたために、一九五七年に余剰資産として破壊され、土地も売却処分されてしまったが、しかし、川と入江に面した風光明媚なコートヒールや、ダフネ・デュ・モーリアの小説『レイチェル』（一九五一年）にインスピレーションを与えたアントニー・ハウスは現存している。ケント州では、十八世紀に庭園を含めて整備されたブラッドボーン・ホールが、一八六七年に炭鉱王フランシス・クロウショーに売却され、彼の死後さらなる転売を重ね、最終的に一九三七年に破壊されたし、ホルボロー・コートも余剰資産として所有者によって破棄され、開発業者の手に渡ったが、他方で、十四世紀の荘園であり、フィリップ・シドニーを生んだ、ド・リール子爵家の居館であるペンズハースト・プレイスや、サックヴィル家が住み、小説家ヴィタ・サックヴィル＝ウェストの実家だったノウル・ハウス、その彼女が購入したシッシングハーストなど、著名なカントリー・ハウスが現在なお点在する。

もちろん、生き残ることができた多くのカントリー・ハウスは例外的に富裕な貴族の所有であったが、だからといって彼らもまた無傷だったわけではない。維持費軽減のためにスタッフを解雇したり、不動産の一部を売却処分したり、一般公開と引き換えに維持費捻出や税金軽減をはかるといった措置をとる必要があった。遺棄する代わりに、ナショナル・トラストへ不動産を丸ごと遺贈し、一定の条件下で屋敷の一部に居住するといった場合も少なくなかった。日本でも人気があったBBC番組『ダウントン・アビー』では、そうした貴族たちが二十世紀前半に直面した状況を克明に描いている。

イングランドのカントリー・ハウスは隣り合わせでありながら、どうしてこのような異なる運命をたどることになってしまったのか。それはどのようなかたちで二十世紀初頭の文学に反映されているのであろうか。それらはみな、『カントリー・ハウスの破壊』が綴る失われていく「イングリッシュな」文化遺産への愛惜の念を共有していると言えるのだろうか。

空虚な館

『クルーム・イエロー』（一九二一年）は、科学者を排出したハクスリー家の一員である小説家オルダス・ハクスリーが書いた処女作である。イングランドの田舎にあるカントリー・ハウスでの退屈な生活を諷刺している。後に彼が書いた代表作『すばらしき新世界』（一九三二年）のような空想的SF小説とは異なる世俗的な筋書きであり、けっして出来がいいわけではない。しかし、ハクスリーらしい批判精神と諷刺的な視線が、カントリー・ハウスに住む上流階級の間に漂う倦怠感へ向けられているのが面白い。哀愁さえ漂っているのが、すっきりしない結末とともに印象に残る。

舞台に設定されているのは、長い歴史と秘密をもったウィンブッシュ家の屋敷クルーム・イエローである。所有者のヘンリ・ウィンブッシュの娘アンを目当てに、ジャーナリストである主人公デニス・ストーンが滞在しにやってくるが、彼が到着したとき屋敷は人影もなく空疎な空間として姿を現す。突然の来訪でみなを驚かせようと思ったデニスの意図は空振りに終わってしまう。

彼は誰も驚かしはしなかった。驚かす人などいなかったのである。すべてが静まりかえっていた。デニスは人気のない部屋から部屋へと進み、うれしそうになじみのある絵画や家具、あちこちに雑然と散らかったままのわずかな生活の痕跡を眺めた。家の者が出はらっているのはむしろうれしいことだった。屋敷の中をあちこち歩き回るのは、ちょうど廃墟として見捨てられたポンペイを探検するように楽しいものであったからだ。こうした過去の遺物から、発掘人たちはどんな生活を再構築するというのであろう。がらんとした人気のない部屋にどんな人間を住まわせるというのであろうか。[5]

伝統と格式を持ち、召使いたちが恭しく出迎え、パーティーなどの社交が繰り広げられるはずのカントリー・ハウスだが、この屋敷では沈黙だけが支配している。屋敷内を探索するデニスの喜びとは裏腹に、クローム・イエローは「廃墟として見捨てられたポンペイ」と同じように、「過去の遺物」でしかない。がらんとした空き部屋にどんな人間が住んでいるのか想像しようと思っても不可能な、時代から置き去りにされた死んだ箱モノでしかない。この屋敷は衰退と腐敗を内包し、住んでいる人間までも腐食しつつあることが暗示されている。亡霊と化した歴史だけが呼吸する空間なのである。

第一次世界大戦が終わり、社会は平和を取り戻しているように見えるが、かつての共同体の絆は崩壊しかけている。ウィンブッシュ家は宗教について関心を失い、教会の礼拝にも熱心ではないし、敷地を村人たちに開放して開催するチャリティ・フェアについても「苦痛」と「疲労感」しか感じない。[6] 高貴なる身分の人間が庶民に対して行うべき「身分に伴う義務《ノブレス・オブリージュ》」といった美徳は、このカントリー・ハウスの所有者にはもはや無縁のものとなっている。[7] 所有する屋敷に対する愛着や誇りという、従来の上流階級に共有されていたはずの「場所愛《トポフィリア》」も、領主としての責任感とともに放棄されているのだ。小説は屋敷内で繰り広げられる社交的な会話を記録するが、そこに華麗さはなく、アンをめぐる男同士の競争と嫉妬だけが虚ろな言葉と会話を勢いづけている。結局、デニスは将来に何の希望も見出せないまま、そしてアンの心を射止めることもできないまま、この屋敷を後にする。

小説はカントリー・ハウスが社会的意義と実体を失っていく時代の雰囲気をとらえ、皮肉をこめて描いている。中流階級出身のデニスの居場所がないのはもちろんだが、それ以上に生気を失ったクルーム・イエローと住人たちは時代の中に居場所がない。そんな空っぽのカントリー・ハウスの姿は、現代のゴシック小説家セアラ・ウォータームズが『リトル・ストレンジャー』(二〇〇九年)で表象した没落していくエアー家の屋敷よりも、はるかに不気味である。ゴシック的な修辞や舞台装飾がないために、いっそうカントリー・ハウスが虚ろに浮かび上がっている。

そうした空虚なカントリー・ハウスが二十世紀イギリス小説のなかで最初に姿を現すのは、おそらくノーベル賞作家ジョン・ゴールズワージーが一九〇七年という早い時期に書いた『カントリー・ハウス』においてではないだろうか。ペンダイス家の屋敷ウースステッド・スケインズが、維持すべき「伝統」の象徴でありながらも、姦通によって一家の堕落と衰退がもたらされるトポスとして登場する。同じ主題は『フォーサイト家物語』シリーズ(一九〇六〜二二年)でも追求されている。十九世紀の紅茶商人上がりの富裕な一家が姦通や遺産相続をめぐり三代にわたって繰り広げる愛憎劇を描きながら、「伝統」の栄枯盛衰を主題にしたものだ。シリーズ最後の小説『覚醒—貸家』(一九二一年)の最終幕では、主人公ソームズ・フォーサイトの叔父ティモシーの屋敷が解体され、フォーサイト家、そして彼らが体現する「伝統」の崩壊の象徴として提示されている。「数多のイングリッシュな人生がもろくも滅び、墓場の土と塵になっていく」。ソームズは、ヴィクトリア朝の頃から一家が追い求めてきた財産と威光が、もはや過去のものになってしまったことをしみじみと実感する。だが、フォーサイト家が滅びようとも、イギリス帝国は「拡張」していくことをソームズは意識する。一家は帝国の「拡張」に関与したかもしれないが、彼らの後には新しい人びとが帝国を拡張していく。一家が所有した邸宅は、新たな住人を迎えるための幕間、「二つの人生の合間に横たわる死の幕間、新たな不動産を建てるために必要な破壊状態」にある。それはいわば「貸家」でしかない。(8) ソームズはそうした不動産の世代交代を是として受け入れる。

戦間期に破壊されていったカントリー・ハウスも同じ「死の幕間」に置かれた「貸家」と言えるのではないだろうか。イギリス帝国の終焉については、海外の自治領に国王への忠誠と引き換えに内政、外交、軍事の権限を与えた一九三一年のウェスミンスター憲章を基準にする場合もあれば、一九四七年のインド独立を基準にする場合もある。(9) いずれにしても、その意味ではカントリー・ハウスとイギリス帝国は命運をともにしているようにも見える。だが、両者を一体化したものとしてとらえると、それぞれの本質や両者の関係性を誤って認識する恐れがあろう。第一次世界大戦後にイギリス帝国の衰退が加速したことは否定できないが、その存命のために切り捨てられていったのが、それまで帝国の政治や外交を担っていた貴族・上流階級であり、その結果としてカントリー・ハウスの没落が始まっていったと考えるべきではないだろうか。(10)

ハクスリーやゴールズワージーが鋭敏に察知したように、戦間期においてカントリー・ハウスは空虚な館と化し、新しい世代が次の館を建てるために殉死する「貸家」としての運命を受け入れていた。そこにはイギリス帝国への郷愁《ノスタルジア》といったセンチメンタリズム以上に、変容していくイギリス社会の構造そのものを見つめる冷徹なまなざしが潜んでいるのではないだろうか。戦間期の文学に描かれたカントリー・ハウスはそんな意識を反映していると思われる。D・H・ロレンスの『チャタレイ夫人の恋人』（一九二九年）におけるチャタレイ家の屋敷やイーヴリン・ウォーの『ブライズヘッド再訪』（一九四五年）の屋敷はすぐに思いつく例である。また、ダフネ・デュ・モーリアの『レベッカ』（一九三八年）には、焼失したマンダレーが記憶として再現される。下層中流階級《ロウアー・ミドル・クラス》たちの郊外住宅が、彼らの日常生活において経験する実存的な不安と同時に、日々の喜怒哀楽を表象し、フォースターの『ハワーズ・エンド』が流民化していく中流階級の不安が醸成する「古き良きイングランド」に対するノスタルジアとその限界を示しているのに対し、第一次世界大戦後の小説においてカントリー・ハウスは空虚な建築空間として文学のなかに立ち現れてくる。そこにどのような意味を見出したらいいのだろうか。この章では、そうした空洞化していく、あるいは消滅していくカントリー・ハウスの文学的表象を「ハビトゥス」としてとらえ、そのなかから、同時代の人びとが共有したイングランドの伝統的「家」に対する意識を掘り起こしてみたい。

2 戦間期の不安——ダロウェイ夫人が感じる闇

「未来はまさに暗闇」

「未来はまさに暗闇だけど、概していえばそれが未来のありかたとしては最善なのでしょう。そう思う」。第一次世界大戦がはじまって半年後の一九一五年一月に、ヴァージニア・ウルフはそんな言葉を日記に書き残している。[11] やがて未曾有の戦死者を数えることになる大戦の行く末について漠とした不安を抱きながらも、その実像を描くことができないままでいる心境がうかがえる。レベッカ・ソルニットはこの不確かさの包容、「陰翳に富み、多義性を抱えこんだ憶測の言語」こそがウルフの言語の本質であり、確信をもって解釈・断言することで未来の可能性が狭まってしまうというスーザン・ソンタグの「反解釈」論につながることを指摘した。[12] だが、未来に対する絶望と楽観主義という両極端を湛えたこの「暗闇」そのものは、やはりこの時代のなかに求めなくてはならないだろう。それがはっきりとした形をもって浮かび上がってくるのが、一九二五年に出版された『ダロウェイ夫人』である。その「暗闇」に、第一次大戦後のイギリス社会に広がる亀裂と動揺のみならず、カントリー・ハウス崩壊の兆しが見てとれる。

「お花はわたしが買ってくるわ」と告げて、ロンドンのウェストミンスターにある自宅から出発した主人公クラリッサ・ダロウェイは、セント・ジェイムズ公園を横切り、ボンド通りまで歩いていく。[13]「意識の流れ」という斬新な手法を用いた語りは、まぶしく陽光が降りそそぐ六月の朝、ロンドンを闊歩しながらダロウェイ夫人の意識にさまざまな想念がよぎり、その思考が都市空間のなかにさまよい出ていく様子を描いていく。ハイド・パークを駆ける馬のひづめの音、ローズ競技場でのクリケットの音、戦後のチャリティ・バザーの風景、国会で政務をする夫リチャードとの夫婦関係、かつて田舎の屋敷ブアトンで当時の恋人ピーター・ウォルシュと過ごした日々。目には見えない過去と現在が、クラリッサの身体を通して意識に泡沫のように浮かび、ロンドンに溶けだしていく。「意識の流れ」に浮かんでいる都市空間は、ウルフが批判したアーノルド・ベネットなどジョージ朝の大衆作家が描く家や都市構造とは異なる。

とはいえウルフは日常空間としての家を無視しているわけではない。ダロウェイ宅内部での様子や挙動、ロンドンの建築空間は克明に記されている。日常的な時間の流れのなかで麻痺している外界空間への意識——彼女の言葉を使えば「日常の綿毛」、「非在（non-being）」——がある瞬間に覚醒し、世界を意識し始めるそのエピファニックな瞬間を言語化することこそがウルフの眼目である。(14) とめどない意識のつぶやきを言語化することで、物理的関係が断ち切れた構造物や人物のなかに非在への意識、「暗闇」に対する覚醒を漂わせることである。人物の陰に潜む「美しい洞窟」を掘り下げたいというウルフは、自殺した友人のことを思いながらロンドンを歩き、「暴力と反理性」が工事現場の足場のように空中に交差しているのを見出す。小さく無力な存在の周りに、いつのまにか動乱を広げていく恐ろしい「反理性」。「戦争」もそうした「反理性」によって生み出され、「死」と「暗闇、緊張」をもたらすが、誰一人としてそれを現実としてとらえているわけではなく、「空虚」の感覚を浸透させ、その周りに輪のように浮遊している。(15)

第一次世界大戦の傷痕

この「反理性」という「空虚」な「暗闇」が、第一次世界大戦によって刻まれた傷痕とともに、クラリッサ・ダロウェイの意識や彼女の家、そして彼女が歩くロンドンという都市空間にも浸透している。戦争で息子を失い、従兄に屋敷まで明けわたすことになったミセス・フォックスクロフト、息子の戦死を伝える電報を握りしめたままチャリティ・バザーを開催したレイディ・ベクスバラの姿。シェルショック症候群にかかり、戦友エヴァンズの亡霊と対話しつづけるセプティマス・ウォレン・スミス。彼らはみな大戦がもたらした負の遺産と死の記憶そのものである。精神科医に「均衡の感覚を欠いている」と告げられ、自己解放を目指して窓から投身自殺を遂げるセプティマスの姿は、同じように不安定な精神状態に苦しみつづけ、最後は入水自殺によって命を絶ったウルフ自身に重ねあわされる。だが、それ以上に、戦間期を生きた人びとの心のなかを蔽っていた暗闇、「均衡の感覚」を失っていった社会状態そのものを象徴していよう。(16)

過去から立ちあがってきた亡霊のようにピーター・ウォルシュもインドから帰国し、ダロウェイ家の居間に入りこんでナイフを振りかざすし、一人娘エリザベスに歴史を教える家庭教師ドリス・キルマンが、クラリッサに対して抱く憎悪の混じった怒りはクラリッサを激しく動揺させる。キルマンの「この女を打ち負かし、その仮面をはぎとりたいという圧倒的な欲望」は、不況と失業、貧困にあえぎ、飢餓行進《ハンガー・ストライキ》を繰り返したこの頃の労働者たちの抗議と共鳴しているし、一九二六年のゼネストでクライマックスをむかえる一種の階級闘争をつき動かしていた怨念そのものでもある。(17)

見かけ上は静かで華やかなダロウェイ家の生活は、そうした不穏で歪んだ社会にとりまかれている。そしてその背後には空虚な暗闇が潜んでいる。一九二二年の総選挙で生まれたアンドリュー・ボナー・ローの保守党政権、翌年にそれを引き継いだスタンリー・ボールドウィンの政権は、失業と貧困に苦しむ労働者やストライキをする坑夫たちの要求に応えるどころか、むしろそれを抑え込むことで政権を維持しつづけていた。リチャード・ダロウェイは保守党議員という設定であり、したがってダロウェイ家で開催される夜のパーティーにやってくる首相はボールドウィンということになる。アルメニアあるいはアルバニア問題の委員会に出かけ、良家の子女をカナダに移民させるというレイディ・ブルートンの計画に手をかすリチャードには、海外で「追い立てられ、生存権を奪われ、傷つけられ、凍えている、残虐と不法行為の犠牲者」の救済を考えるゆとりはあっても、国内の労働者の窮状に共感するそぶりは一切ない。[18]

クラリッサにいたっては、「でもわたしは、アルバニア人のことよりばらの花をながめているほうがずっと好きだ。〈中略〉アルバニア人――それともアルメニア人だったかしら――への同情は少しも感じない。だけどばらは大好き(それがアルメニア人を助けることにならないかしら?)」と国外の虐げられた人びとへの同情もない。娘のエリザベスは、「いくつもの委員会に出て毎日何時間も費やすことが〈中略〉貧しい人の役に立つなら」、父親はチャリティ精神があるということになり、キルマンの言うとおりキリスト教徒ということにもなるのではないだろうかと推論しながらも、結局「とてもむずかしい問題で、わたしにはわからない」と放棄してしまう。[19] 平穏で裕福で幸せなダロウェイ家からは、第一次大戦後のイギリスを覆う社会問題が壁の外側に押し出されてしまっている。

不在の居館

しかし、「暗闇」は意識のなかにすべりこんでくる。クラリッサ自身「ああ、きっと失敗に終わるわ。完全な失敗に」と、自宅で主催するパーティーについての不安を最後まで拭えずにいる。[20] 戦間期を通してイギリス社会に広がっていったその暗闇は、漠然としていながら、深く、重く、大きな不可視の闇である。井野瀬久美惠は、『ダロウェイ夫人』の登場人物、とりわけピーター・ウォルシュが徘徊するロンドンには帝国を表徴する記念碑や政治的建築物が埋めこまれており、彼らの徘徊がそうした帝国の記憶を呼びさます、あるいはそれらと交差していることを指摘している。[21] だが、それらはいわば過去の遺物として描かれていることに注意しなくてはならない。小説では、インドから帰ってきたピーターは女性関係をめぐる問題を抱えているし、ルクレチア・スミスの孤立は「博愛主義」を標榜したはずの帝国の理念の限界を示している。[22] 井野瀬が注目したのは銅像や記念碑といった集合的記憶のかたちであり、それをピーターやルクレチアの個人的境遇と対置することで帝国の「希薄化」という側面をあぶりだした。

しかしながら、イギリスの帝国主義が第二次世界大戦まで残存したとすれば、「希薄化」していったのは貴族・上流階級が為政者として君臨していた十九世紀までの政治・社会体制である。ロンドンを歩くダロウェイ夫人や人びとの意識には、彼らの「衰退」と「瓦解」の影像が浮かんでいたのではないだろうか。

グリーン・パークに足を踏み入れたクラリッサの意識がとらえたのは、公園の北を走るピカディリー通りの向こう側にそびえていたデヴォンシャー・ハウスである。しかし、それは実在として描写されるのではなく、想い出として言及されている。

デヴォンシャー・ハウス、バース・ハウス、バタンインコの剝製の像がかざってあるバーデット＝クーツ女男爵のお屋敷——昔、この三つのお屋敷が一斉に煌々と輝いている夜景を見たことがあった。想い出がよみがえってくる。シルヴィア、フレッド、サリー・シートン——そういったたくさんの人たちのこと。一晩じゅう踊りあかしたこと。荷馬車の群れが重い荷を運びながら市場にむかっていたこと。公園を抜けて家へと馬車を走らせたこと。(23)

後述するように、デヴォンシャー・ハウスはデヴォンシャー公爵家のロンドン居館である。またバース・ハウスは、もともとホテルだったものを一八二一年にバース伯が買い取り、十九世紀半ばにアシュバーン男爵家へと遺贈された居館である。アンジェラ・バーデット＝クーツ女男爵は、ヴィクトリア朝において女王に次ぐ資産家と噂され、その資産をあまたの慈善事業に惜しみなくつぎこんだ慈善家である。一八三七年にストラットン通りがピカディリー通りに交差する角に建っていた館を購入し、以後一九〇七年に死ぬまで暮らしていた。そこに飾られていたバタンインコの剝製の像は当時の人にはよく知られていた。ヴィクトリア朝のピカディリー通りには、それ以外にもバーリントン・ハウス、モンタギュー・ハウス、ランズダウン・ハウス、ノーサンバランド・ハウス、ノーフォーク・ハウスなど、メイフェア地区を代表する貴族たちの館が競い合うように威容を誇っていた。デヴォンシャー・ハウスであれ、バーデット＝クーツ女男爵であれ、ヴィクトリア朝、エドワード朝を通してイギリスの文明・文化の一端を表徴する存在であったと言ってよい。

しかしながら、小説が出版された時点で、こうしたエドワード朝まで上流階級社会の象徴であった建築物も人物たちも消滅していたか、あるいは風前の灯火のようにかすかに生きながらえているだけであった。一九一〇年十二月に行われたロイド・ジョージの「人民予算」をめぐる二度目の総選挙を一つの境目として、貴族たち大土地所有者は、政治的権力を失うとともに、強化された不労所得に対する課税と一八七〇年代から続く農業不況による収入減と土地価格下落のあおりを受けて経済的に逼迫し、ロンドンの居館やカントリー・ハウスを含む不動産を整理・処分する必要に迫られた。(24) クラリッサ・ダロウェイの意識が綴っているのはそれ以前の光景なのである。かつて夜どおし燈火がかかげられ、舞踏会があちこちの館で繰り広げられ、馬車で着飾った社交界の人びとが行きかった世紀転換期の様子を、歩きながら想起しているにすぎない。原文では過去完了形が用いられ、突如こうした想い出が意識のなかに映像としてよみがえっていることが明示されている。クラリッサは不在の邸宅を透視している、つまり現実のロンドンに潜む歴史の空隙を覗きこんでいるのである。

確かに戦間期のロンドンから次々に舞踏会も、舞踏会を行う居館じたいも姿を消していった。バース・ハウスとバーデット＝クーツ邸は残ってはいたが、デヴォンシャー・ハウスはウルフが『ダロウェイ夫人』を仕上げていた一九二四年に解体されてしまった（図5-4）。イングランド中西部のダービシャーに巨大な土地を保有していたデヴォンシャー公爵家のロンドン居館でもあったこの建物は、ウィリアム・ケントによってデザインされたパッラーディオ様式の堂々たる建築物で、一八九七年にはここでヴィクトリア女王の即位六十周年舞踏会が皇太子夫妻を招待して開かれた。しかし、経済的に逼迫していた九代目デヴォンシャー公爵は、借金返済と収入改善を図るべく、一九一九年から二二年までの間に資産価値にして六十四万ポンドの土地を手放し、このデヴォンシャー・ハウスも一九一九年に七十五万ポンドで開発業者に売却したのである[25]。その開発業者は、購入した館を一九二四年に解体して、ホテルやアパートへと建てかえた。現在ピカディリー通りに建つデヴォンシャー・ハウスはその建てかえられた建築物の一部でしかない。イギリス貴族階級の社交や文化の中枢として機能していたデヴォンシャー公爵家の館が解体されてしまったことは、一つの時代、一つの伝統の消滅を意味している。さらにいえば、貴族階級の衰退と失墜を暗示している。

図 5-4 解体されるデヴォンシャー・ハウス（ロンドン，ピカディリー通り，1924 年）

一九二〇年代から三〇年代は、伝統的な上流階級から新しい階級へと、社会を動かす資本と人びとが方向転換していった時代であることが、館の解体あるいは処分を通して露見していった時代である。貴族たちの大きな居館はメイフェアを中心に残存し、社交も継続されていたことも確かだが、その一方で衰退しつつあることは同時代において共通認識であった。メイフェア地区でいえば、デヴォンシャー・ハウスだけでなく、一八五三年に建てられたパーク・レーンにあるドーチェスター・ハウスが一九二九年に取り壊されて、現在も続くドーチェスター・ホテルへと姿を変えた。その三年前に屋敷を相続したモーリー伯が、経済的理由から売却したのである。一九三〇年代になると、カーゾン卿、ハーウッド卿、サザランド伯、ダービー卿、ノーフォーク公爵、ウェストミンスター公爵といった貴族たちが次々にロンドンの館を売りに出し、処分していった。いや、ロンドンの居館ばかりでなく、カントリー・ハウスまでもが次々に売りに出された。ただし、恐慌直後の不動産市場では買い手がすぐにつくわけでなく、なかには邸宅が焼け落ちる映画のシーンを撮影するためにハリウッドが購入した例さえある。売却さえされないまま放置され、朽ち落ちていったカントリー・ハウスも少なくない。

ポートランド伯は回顧録のなかで、第一次世界大戦後にウエスト・エンドの居館から貴族たちが立ち退き、絵画などの芸術作品が消え、その代わりにレストランやキャバレー、ナイト・クラブが乱立しだした当時の様子を率直に批判している。

いまや四つの館を除いて、屋敷は扉を閉ざし、邸内にあった絵画やそのほかの芸術作品は、たいていの場合、世界中に散らばってしまった。現在個人の邸宅として残っているのはロンドンデリー・ハウス、アプスリー・ハウス、ブリッジウォーター・ハウス、ホランド・ハウスのみである。巨大で、私の目には醜悪にしかみえない建物が、グローヴナー・ハウスやランズダウン・ハウスのあったところに建てられ、さらに醜悪なものが、美しかったドーチェスター・ハウスの場所に建てられた。社会的にいえば、レストラン、キャバレー、ナイト・クラブがそのかわりに建ってしまったのだ。「かくの如く世界の栄光は過ぎ去りぬ[26]」。

もちろんすべての貴族たちが、自分たちの不動産の卑俗な変貌を憤ったり、感傷的にとらえていたわけではない。エドワード七世の愛妾にもなったウォリック伯爵夫人フランシスは、一九〇四年に社会主義に改宗し、「時代は変転するのであり、それに合わせて私たちも変わらなくてはならない。本当に危険なのは、行動であれ、思考であれ、慣習であれ、こんなふうに死んだものに固執することなのです」と旧態依然とした考え方や慣習に耽ることを批判した[27]。だが、そんな彼女でさえもウエスト・エンドで売却処分された貴族の館に想いを馳せるとき、「もはやなき女性の亡霊が、一人寂しく食堂にある大きなテーブルに腰かけて、亡霊の召使いにかしずかれている姿を見る」と懐旧の情をこめて述べているのは興味深い[28]。

亡霊たちの居館

過去に生きた人びとが亡霊だとすれば、『ダロウェイ夫人』におけるピーター・ウォルシュも、セプティマス・ウォレン・スミスも、いずれも亡霊である。インドから戻ってきたピーターが見ているのは、クラリッサとともに過ごしたカントリー・ハウス、ブアトンでの夏の日々である。ダロウェイ夫人となってしまった彼女と夫リチャードに対する嫉妬、悔恨、満たされざる欲望が、そこに入り混じる。ダロウェイ家の居間にやってきて、彼の性的欲望を顕示するようにナイフをいじる彼には、ブアトンでの想い出しか居場所がない。セプティマスもまた、公園にいようが、病院であろうが、自室であろうが、外の世界は見えていない。光なき世界の住人である。戦死したエヴァンズとの会話だけが彼の世界となっている。だからこそ自室内で唯一外へと開かれた窓の向こう側へ、光の世界へと身を投げることになる。彼らの「暗闇」は、華やかにパーティーを催すダロウェイ宅を不気味に取り囲んでいる。

小説においてパーティーは失敗しないし、命を投げだした青年のことを聞いたクラリッサは、精神の高揚をおぼえ、「美を感じ」、「楽しさを感じ」、「幸福感」にひたることになる。(29) しかし、それはいわば虚飾の幸福であり、その背後には空洞化していく上流階級の生活空間、消滅していく、あるいは消えてしまったカントリー・ハウスやロンドンの居館が潜んでいる。クラリッサが所属する支配階級が「猶予期間に生き」ているだけで、「その価値観は批判の対象となり……帝国が急速に崩れ落ちていく」時代が小説世界の中心にあるというアレックス・ツウェードリングの指摘は妥当であろう。(30)

同じ頃に出版され、モダニズムの記念碑とも言えるT・S・エリオットの『荒地』(一九二二年)では、戦間期の荒涼とした人びとの精神世界を、ダンテの描いた地獄の風景、あるいはボードレールが描いたパリの光景を借りて、無数の亡霊たちが冬の茶色い霧のなかを溜息をつきながらさまよいつづける「非現実の都市」として描出している。その『荒地』の詩句をパロディ化すれば、『ダロウェイ夫人』の世界そのものになる。

甘美なるテムズよ、穏やかに流れよ、わたしのパーティーが終わるまで
甘美なるテムズよ、穏やかに流れよ、わたしは静かに想いだすだけ
しかし、背後から吹く冷たい風のなかに聞こえるのは、
居館がガラガラと音をたてて崩れ落ちる音、骸骨のケタケタ笑い。

非現実の都市
夏の朝の降りそそぐ陽光のもと
デヴォンシャー・ハウス、バーデット＝クーツ
いまや不在の館、十九世紀の栄耀栄華に満ちた過去
復元不可能に消滅してしまったロンドンの貴族。(31)

不在化してしまったメイフェアの居館とカントリー・ハウス、そこで繰り広げられた社交は、戦間期には荒地をさまよう記憶の幻影としてしか現前しえない。

3　空虚な屋敷の原型

チャタレイ夫人の館

ハクスリーのクローム・イエローをとりまく倦怠感、次いでダロウェイ夫人のパーティーに漂う不安な空気は、D・H・ロレンスの代表作『チャタレイ夫人の恋人』（一九二八年）にも折り重なるようにして流れ込んでいる。主人公のコニー・チャタレイと森番メラーズとの性的関係ばかりが取りざたされてしまうために、この小説が戦間期

に衰退していく伝統的貴族とカントリー・ハウスをテーマにしていることは看過されがちである。しかし、準男爵家の血筋断絶という問題や、炭坑が苦境に陥る不況という歴史的状況も描きこまれ、不穏で不安定な戦間期の空気は、イングランド中部地方にあるチャタレイ家の館ラグビー・ホールを重苦しい翳となって覆っている。

語り手は作品の冒頭からいきなり二百年続いた貴族の家が第一次世界大戦後に断絶の危機に瀕していると語りだす。兄が戦死したために男爵家の跡取りとなったクリフォード・チャタレイだが、戦場で負傷し、二年ものあいだ生死の境をさまよったあげく下半身不随になってしまう。その直前に結婚した妻コンスタンス（コニー）とともに、チャタレイ家代々の屋敷にやってくるが、二人の間には肉体交渉を媒介する愛と手段も、その結果としてチャタレイ家の名前を受け継ぐ子供もいない形骸化した夫婦関係しか残っていない。

『ダロウェイ夫人』では、いわば生贄のようにシェルショック症候群にかかったセプティマスが自殺を遂げるだけで、ダロウェイ家のパーティーは継続する。しかし、ロレンスの小説では男爵家とその館そのものが病み、滅んでゆくプロセスが主題となっている。兄もすでに戦死し、クリフォードが子供をつくることもできない以上、チャタレー家は断絶の危機に瀕している。イングランド中部地方によくあるように、ラグビー・ホールは炭鉱を領地内に所有しているため、年じゅう陰気な黒い煙が辺りにたちこめている。明るさが消えたままのカントリー・ハウスは、戦間期を蔽っていたチャタレイ家衰退の翳のようでもある。

この書き出しの重要さに注目したのは富山太佳夫である。この小説がジェイン・オースティン以来の幸福な結婚と社会的地位の保証というイギリス小説の伝統をひっくり返したものであり、それはいうなればイギリス帝国の幻想をも裏返したものであると指摘した。(32) 富山が念頭に置いているのは、滑稽なまでのコニーとメラーズの裸体描写や性的関係の描写、下半身が麻痺したクリフォードが男爵としての威厳と血統を維持しようとやっきになっている姿である。それが、伝統的なイギリス小説のパロディーであり、帝国の幻想を暴いているというのである。「現代は本質的に悲劇的である。だからわたしたちはそれを悲劇的に受け止めるのを拒否する」という小説の冒頭の一文には、第一次世界大戦の悲惨な経験と傷痕をそのまま描くのではなく、森番と男爵夫人との性的関係を通して生の意味を問い直し、帝国の虚飾としてのみ存在し中味が空洞化している貴族階級の実態を暴こうという意図がうかがえる。[33] しかし、富山が言及する帝国とは、貴族階級を階級制度の頂上に戴いた因襲的な、幻影としてのイギリスという意味であって、現実の帝国はすでに産業や金融、貿易を動かす人びとによって支配され、動かされていたことに注意すべきであろう。こうした帝国幻想が裏返しになっているとすれば、それはクリフォードの性的不能の結果として、支配階級の凋落と彼らが所有するカントリー・ハウスの衰微が暗示されている点だと考えるべきではなかろうか。

男性としての性生活が不可能になったクリフォードは、本を書いて名声を得ることに情熱を注ぎ、伝統や階級に頑迷に固執する。その姿は滑稽なまでに強調されている。それぞれの世代で「慣習には抗ってもいいが、伝統は維持しなくてはならない」(43) と主張するこの準男爵は、金と社会的・政治的権威ばかりに過剰な意識を働かせるために、「自発的な本能は死んでいる」(153) のであり、彼の言葉と考えもすべて「死んでいる」(94)。上流階級としかつきあわず、近隣の坑夫たちとの間には「超えることのできない溝、漠然とした断絶」(14) さえ常に存在している。たしかに、石炭への関心を呼び覚まされたクリフォードは新たに生気を得て、炭鉱事業に没頭する。だが、だからといって彼の世界観や価値観が変わるわけではない。クリフォードが自らの威厳を守ろうと懸命になればなるほど、彼は喜劇的存在になっていく。コニーとメラーズのセックスに象徴される人間と自然の生命力と対比されることで、彼の所領も館も、また準男爵という地位さえも、「空っぽの貝殻」であることが明らかになっていく。

炭鉱騒動

そもそもこの作品が書きはじめられたのは『ダロウェイ夫人』が出版された翌年の一九二六年である。また、この年にロレンスはオルダス・ハクスリー夫婦とも知り合い親交を深めているから、科学的な関心だけではなく、

『クルーム・イエロー』を含めた文学的なモチーフについてもなんらかの刺激を受けていた可能性は高い。そして、なによりも一九二六年がゼネストの年であったことに注目すべきであろう。父親がノッティンガムシャーにあったブリズニー炭鉱の坑夫であったロレンスは、炭鉱労働者たちが劣悪な労働環境のなかで低賃金のまま酷使されている状況を熟知していたし、二〇年代を通じて彼らが経験する貧困、苦境、失業にも共感的なまなざしを向けていた。

『チャタレイ夫人の恋人』のなかでもそのことが問題になる。チャタレイ家の地所には炭坑があり、一家の資産は石炭によって支えられている。しかし、戦間期においてはヨーロッパ大陸で廉価な石炭が流通することで、イギリスの炭鉱経営は難しいかじ取りを迫られることになった。炭坑夫たちの賃金を抑制しないと大陸市場において競争力を失うが、その一方で賃金の低下は、第一次大戦後のイギリス社会のなかで、炭坑夫たちにさらなる苦境を強いることになる。炭鉱夫たちにとってこれ以上の低賃金は受け入れがたく、ストライキで抵抗せざるをえなかった。他方でクリフォードのような炭鉱経営者にとってそれは、共産主義にかぶれ「ボルシェヴィキ」と化していく無知な炭坑夫たちによる破壊的な行動にしか見えなかった。そのうえ、チャタレイ家が管理するテヴァーシャル炭坑ではほかの炭鉱の多くと同様に石炭の産出量が減ってきている。近くのスタックス・ゲイト炭坑では石炭だけでなく、石炭からとれる成分を用いた加工品を商品とすることで、経営を維持し、テヴァーシャル炭坑から炭坑夫たちを引き寄せている。冷え切った妻との関係から目をそむけるように、そんな状況を前にしてサー・クリフォードは炭鉱経営に全精力を傾けていく。

坑夫たちの苦境と怒りは、実はアスキス内閣時の一九〇八年からすでに深刻なものとなっており、ストライキはあちこちで頻発し、やがて百万人もの坑夫が参加する一九一二年三月の大ストライキとして噴出する。アスキスが決定的な政策を打ち出せないまま、第一次世界大戦に突入し、戦時下のロイド・ジョージ連立内閣においても何も解決できずにいた。そんな坑夫と労働者たちの不満と怒りが限界に達したのが一九二六年のゼネストだった。(34) オールダムの下院議員として選出されたフランク・フェアファーストは、第二次世界大戦後の委員会において、父親や兄弟たちとともに過ごしたこの時代の坑夫たちの塗炭の苦しみを証言している。

炭鉱の歴史はこの世でもっともどす黒い歴史の一つであろうし、この国におけるわれわれの暮らしを統括する制度がいかにひどいものかを示している。それは坑夫たちの血と汗と苦労が染みこんだものであり、過去何世代にもにわたる、やつれて困窮きわまった女性たちの顔が炭鉱産業に刻まれているのだ。[35]

なお、ジョージ・オーウェルの『ウィガン波止場への道』(一九三七年)は、ゼネストが失敗に終わり、暗黒の三〇年代のなかで困窮きわまった坑夫たちの姿を追ったルポルタージュである。[36]

複数のイングランド

『チャタレイ夫人の恋人』の語り手は、政府を含めた支配階級すべてに対して批判的なまなざしを投げかけている。しかし、だからといって繰り返されるストライキがなんの解決にもならないことも醒めた目で見ている。生活に困窮した坑夫たちはストライキを起こすが、それは彼らの心の奥底に眠っていた痛みと不満と不安が湧きあがった「戦争の挫傷」(55)である。「すべてが少々ばかげている、いやかなりばかげている」のであり、「支配階級が支配しようとする限り、彼らもばかげている」とつき放す(10)。

コンスタンスの目から見ても、クリフォードのような貴族は逼迫した暮らしを強いられているためにけち臭いし、ラグビー・ホールでの生活は陰惨な牢獄にしか見えない。「壁、いつも壁」(86)と森の散策から館に帰るときに嫌悪感を感じる彼女は、すでに形骸化しているクリフォードとの空虚な生活に対して生理的拒絶反応を示している。カントリー・ハウスだけに大きな邸宅ではあるが、「整然とした混沌」の様相を帯びていて、「巨大な生の不在」の象徴として眼前に現れる(55)。ダロウェイ夫人の感じた空虚さよりもっと深く重い不安と憂鬱が充満したカントリー・ハウスが浮かび上がってくる。コニーにとって森とそこに暮らすメラーズは逃避の場である以上に、コニーの空洞化した生＝性に再生を促す活力源となるものであった。

コニーの不安と呼応するように、近隣にあるカントリー・ハウスは次々に居住者を失い、消滅していく。そして風景とコミュニティもまた変貌していく。近隣に住む大地主レスリー・ウィンターの館シップリー・ホールをコニーが訪問する途中で目撃するのは、そうした支配階級の凋落を象徴するかのように崩壊していくカントリー・ハウスと風景の変貌であった。同時代に、車旅行を通して田園の「メリー・イングランド」を探訪することがブームになるが、その背後には、カントリー・ハウスが解体されていく「陰鬱《グリム》なイングランド」が広がっている。いや、むしろそのメリー・イングランドを支えた建築物や風景が消滅していったからこそ、危機感ゆえにその価値を再評価する動きが高まり、その一環として車旅行が盛んになっていったというのが歴史的経緯である(37)。

シップリー・ホールも、コニーが訪問した直後に当主のウィンターが死亡し、維持費がかかりすぎるという理由で遺族によって解体されてしまった。跡地には、シップリー・ホール・エステイトという、かつての館の名前だけを冠して、二軒一棟《セミ・デタッチド》の住宅が建ち並ぶことになってしまう。窮地に陥った地主階級にとって、再開発のための売却処分は常套的な不動産処理法であった。

もう一つの館チャドウィック・ホールの解体現場は、コニーのドライブにおけるクライマックスである。丘の上に立ちエリザベス朝から存続する著名なカントリー・ハウスという設定になっている。一つの建築物が崩壊し、別の新しい建築物が地上に建つところに歴史の変転があり、そこに古いイングランドの消滅と新しいイングランドの誕生があり、古い「意味」が解体され、新しい「意味」がイングランドに付与されると語り手はいう。

> イングランド、わたしのイングランド。だが、どちらがわたしのイングランドなのだろう。イングランドの大邸宅《ステイトリー・ホーム》はすばらしい写真になるし、エリザベス朝の人びととつながっているという幻想を抱かせる。時代を経た壮麗な館《ホール》はよきアン女王時代やトム・ジョーンズの時代から存在している。しかし、くすんだ茶色の化

粧しっくいの上についた汚れのためにますます黒くなっていて、ずいぶん長い年月のあいだ金色が見えなくなったままだ。大邸宅と同じように、館も一つひとつ見捨てられ、いまや引き倒されている。イングランドにあるコテッジについては、絶望的な田園地帯に煉瓦造りのしっくい住宅として生き永らえている。

いま大邸宅《ステイトリー・ホーム》は引き倒されているのだ。そしてジョージ朝の館《ホール》は消えていく。フリッチリーは正真正銘のジョージ朝の古い館《ホール》だが、コニーが車に乗って移動しているあいだにもまさに壊されている最中であった。それは完璧な補修を施されていて、戦争がはじまるまではウェザビー家の人びとが優雅な暮らしをしていた。しかし、今では邸宅は大きすぎるし、お金もかかりすぎるし、田舎の住み心地もかなり悪くなってしまった。ジェントリーたちはもっと快適な場所へと移動してしまい、どこから収入が入ってくるのか知る必要もなくお金を使っている。

それが歴史である。ある一つのイングランドがもう一つのイングランドを塗抹するのだ。かつて炭鉱は館《ホール》を豊かにした。しかし、いまやそれがちょうどコテッジをすでに塗抹したように館《ホール》も塗抹していったのである。産業のイングランドが農耕のイングランドを塗抹する。一つの意味がもう一つの意味を塗抹する。新しいイングランドが古いイングランドを塗抹する。その連続性は有機的なものではなく、機械的なものなのだ。

(156)

カントリー・ハウスの消滅、解体がしだいに加速していった一九二〇年代の空気を、ロレンス流の繰り返しの多い文体で力強く記録したカントリー・ハウス追悼の散文詩である。ここで描かれているのは、十八世紀に建てられ、農業収入に依存しつづけた伝統的な地主階級の館《ホール》と大邸宅《ステイトリー・ホーム》が姿を消していく歴史である。しかし、彼らの社交生活が消えたわけではなく、依然として彼らはお金を使い、贅沢な生活をどこかで続けている。それは、不動産資本を金融資本に変え、ジェントルマン資本主義に加担することで保証された生活であり、その資本を通して帝国主義を支え、またそれにすがっている生活である。

炭鉱などが象徴する産業のイングランドが、農耕のイングランドを「塗抹」したのは確かだが、しかし歴史的現実としてはすでに十九世紀に起きたことである。前述のように、一九二〇年代にイギリスの石炭は、ヨーロッパ市場においてより廉価な石炭によって完全に閉め出されようとしていた。それは、自由主義の恩恵を受けていたイギリスの重要な輸出品目の一つが消滅していくことを意味していた。さらに重要な輸出品であった綿製品なども、同じころから次第にアジア市場で日本の綿製品によって駆逐され出した。つまり、塗抹されつつあったのは農耕のイングランドであると同時に、自由主義を掲げていた産業のイングランドでもあった。むしろそこに見え隠れしているのは、ロンドンのシティを中心とする金融のイングランドという新しい社会形態なのかもしれない。

それゆえ、フィッツウィリアム家のように、莫大な資産を元手に一九二〇年代の危機を乗り切り、戦後までカントリー・ハウスを保持しつづけた貴族もいる。しかし、その一方で居館を放棄せざるえない人びとも多かった。そして、彼らが急速な土地価格の下落にともなうパニック状態で切り売りした土地に建てられたのが、帰還した兵士や労働者たちのための住宅である。大戦後のロイド・ジョージの政権も、一九二二年に政権を奪取したボールドウィンの保守党も、彼らが持ち家を獲得できる政策を進めていくことで、元地主階級の土地が侵食されていったのである。[38] つまりコニーが見た風景には、複数のイングランドを象徴する邸宅が実は潜んでいる。第2章で見た十九世紀のロンドンに広がった郊外にも多様なデザインの家があったが、しかし戦間期の家の多様さは貴族階級から労働者までを範疇に入れるためにダイナミズムに富んでいる。ロレンスの小説に切り取られているのは、そうした大きな変貌を経験していくイングランドの家の姿である。

その後のイングランドの家

ここで、歴史を刻み込んだ田園の大邸宅が「塗抹」されることによって、その歴史意識に「超えることのできない溝、漠然とした断絶」が生まれてしまう点に注意すべきであろう。支配階級の存続については批判的なまなざしを向けるロレンスであるが、必ずしも歴史の断絶について全面的に肯定しているわけではない。車に乗ってさまようコニーの意識がとらえたのは、現在が塗抹されて過去の層へと変わってしまう歴史的瞬間であり、それはカントリー・ハウスが消滅して、記憶のなかの幻影へと変質してしまう場面である。そうした現在と過去の溝を悼むコニーの視線を感傷的なものとして片づけるわけにはいかない。

労働者階級の父を持つロレンスは、支配階級の没落自体にはさほど危機感を抱くこともなかったし、カントリー・ハウスの消滅についても感傷的な想いはなかった。しかしながら、それはコミュニティの崩壊と住民たちのアイデンティティの変容を不可避の結果としてもたらすことになる。チャドウィック・ホールについて「それは過去である。現在は丘の下に横たわっている。未来がどこにあるかは神のみぞ知る」(155)と小説が語るとき、ウルフが一九一五年に感じて受け入れた漠とした不安、クラリッサ・ダロウェイがパーティーで蔽い隠そうとした翳が、大地の底に沈んでいるのが暗示されている。森の小屋の中や繁みでセックスするコニーとメラーズは、動物的なまでに自然な人間の生命力を表徴し、不能になり没落する貴族のアンチ・テーゼとして機能しているのは明らかだが、だからといってメラーズの子供を宿したコニーがどうなるのか、メラーズが幸福になるのか、そしてその子がラグビー・ホールをはたして維持していくことができるのかどうか、ロレンスは曖昧にしたまま小説を終えている。結局、戦間期の不安は解決されることなくラグビー・ホールを支配しつづけるのである。

4 回想のなかのカントリー・ハウス――デュ・モーリアの『レベッカ』

焼け落ちるカントリー・ハウス

本章の冒頭で言及した『カントリー・ハウスの破壊』のなかには、火事で焼失したカントリー・ハウスの遺影がいくつかあり、目をひく。一九〇八年に火事に遭ったハンプシャーの館《ホール》フックは丸焦げになり、真っ黒な炭の塊に見える無残な室内を内臓のようにさらけ出している。黒い煙をあげて燃えているストーク・イーディス（ヘレフォードシャー、一九二七年）、一九五七年に館の半分が焼け落ち、まだ白い残煙が瓦礫から立ち昇っているアッシングトン・ホール（サフォーク）、瓦礫だけが山積みになったハルスニード・パーク（ランカシャー、一九三二年）も、惨めな姿をさらしている。消火設備が未整備だったこの時代、火事によるカントリー・ハウスの焼失や瓦解は稀なことではなかったが、地主階級が経済的窮地に陥り、次々に彼らの館が消滅していった状況にあっては、その末路にいっそう暗い影を投げかけていた。

そんな焼失するカントリー・ハウスをそのまま小説にしたのが、ダフネ・デュ・モーリアの『レベッカ』（一九三八年）である。作品の中で名前を明かされない女性がイギリスの上流階級マキシム・ド・ウィンターの後妻になり、夫とともに由緒あるカントリー・ハウス「マンダレー」に住むことになる。だが、家は恐ろしい過去を持っていた。マンダレーの女主人として社交界に君臨し、夫マキシムとの幸せな生活を演じていた前妻レベッカが、実は陰で放埒と不貞を繰り返していたのである。そして、彼女が別の男性の子供を身ごもっていると告げたとき、マキシムは彼女をクルーザー船上で殺害し、船とともに海の底に沈めたのだった。その遺体が船とともに発見されることでマキシムの罪が明るみに出そうになるが、レベッカはがんを患い、本人もそれを知っていたことが判明し、死因が自殺とされたことで無罪放免になる。だが、その帰り道、マキシムと語り手はマンダレーが炎に包まれているのを知る。結局、マンダレーを失ったマキシムと語り手は、イングランドから離れ、ヨーロッパのリゾート地でその後の人生を送ることになる。潰えたカントリー・ハウスはもはや彼らの夢の中にしか存在しない。

この小説はアルフレッド・ヒッチコックが映画化したことで高い知名度を得ることになった[39]。大衆読者を射程にいれて女性を主人公にしたサスペンスであり、二十世紀における代表的なゴシック小説でもある。アンジェラ・カーターをはじめとして、シャーロット・ブロンテが書いた『ジェイン・エア』(一八四七年)の焼き直しであることも指摘されている[40]。だが、カントリー・ハウスの維持と継承をめぐる確執、そしてその焼失というモチーフは、戦間期において歴史的かつ文化的な主題であったことを踏まえると、この小説をたんなるゴシック小説やサスペンス、ロマンスあるいは同じく館が焼け落ちる『ジェイン・エア』の複製として読み解くだけでは不十分ではないだろうか。小説を支配するのは、すでに消えてしまったマンダレーの遺影であり、そのマンダレーを取り仕切っていたレベッカの記憶である。マンダレーをイングリッシュなカントリー・ハウスとして再興したレベッカが葬られ、マンダレーもまた焼失することの意味を考える必要があろう。それによって戦間期においてこの小説が持つ文化的意味も明らかになる。

とはいえ、近年再評価されているデュ・モーリア小説の魅力は、二十世紀の新しい女性的感性によってとらえられたゴシック性にある点は否定できない。ゴシック小説は中世の風俗や建築物への関心が高まる十八世紀末に登場した文学ジャンルであり、ホラース・ウォルポールの『オトラント城奇譚』(一七六四年)やアン・ラドクリフの小説が代表する、中世の城館を舞台として血統をめぐる諍いと抑圧を主題にしたロマンスである。デュ・モーリアはこうしたゴシック的状況を新たな文脈の中に置き換え、女性が置かれた状況を大衆的読者に訴えるスタイルで語った。たとえば、『ジャマイカ・イン』(一九三六年)では、船を難破させて積荷を横領する盗賊団の家に軟禁される女性を描いているし、現存するアントニー・ハウスにインスピレーションを受けた『レイチェル』(一九五一年)では、カントリー・ハウスの相続をめぐって繰り広げられる奸計と殺害の疑惑がプロットの中軸になっている[41]。

『レベッカ』においてデュ・モーリアは、二十世紀まで生き延びた空虚なカントリー・ハウスを舞台として、その継承と存続の問題を、死んだはずの前妻が庶民出身の後妻に与える不安と強迫観念を軸にしながらたどっている。「マンダレーのことをあまりに考えすぎてきた。〈中略〉ほかの何よりもマンダレーのことを優先した」と、マンダレーの維持を気にかけるマキシムにとって、館と庭園を美しく飾り、社交を取り仕切るレベッカは、なくてはならない存在であった。[42] 家具や絵画をしつらえ、庭を美しく整え、社交や舞踏会を取り仕切ったのもレベッカであった。「今日目にする美しいマンダレー、人びとがうわさし、写真を撮り、絵に描くマンダレーは、すべて彼女が、レベッカが生みだした」(307)とマキシムは認める。そして『チャタレイ夫人の恋人』におけるのと同様に、血統の継承は館の存続にとってなくてはならないものであった。だが、性的不能でありながら後継を求めるクリフォードとは対照的に、レベッカがジャック・ファヴェルの子供を妊娠したと主張したとき、マキシムは彼女を殺害するにいたる。マンダレーの虚飾を支えるための空虚な結婚生活は、不貞と殺人によって猥雑なものと化し、やがて館の焼失という結末を迎えることになっていく。後妻との間にも子供ができていないことで、血統の断絶も暗示されている。

この結末は、不安や恐怖を基調に据えるサスペンスやゴシック小説以上の歴史的意味を担っている。たしかに、マキシムもレベッカの存在に怯えつづけるし、後妻としてマンダレーにやってきた語り手の「わたし」もまた、レベッカや彼女を崇拝する召使いダンヴァース夫人に恐怖と不安を感じる。だが、マキシムと「わたし」を支配し、威圧しているのは、マンダレーというカントリー・ハウスの存在であり、それを再興したレベッカという女性であり、それが隠蔽している上流階級の空虚な「生」という秘密である。

「空っぽの貝殻」

そんな空虚な生活は「空っぽの貝殻」というイメージで小説内に呈示される。小説の冒頭は、マンダレー焼失後にヨーロッパでマキシムとともに暮らしている語り手が、在りし日のマンダレーを夢の中で理想化している描写である。完璧なまでに均整を保ったマンダレーの姿が、降り注ぐ月光のもとでまるで宝石のように浮かび上がってくる。しかし、かつての「呼吸していた」頃の姿を取り戻しているように見える館は、実際のところは「破壊」され、「空っぽの貝殻」でしかないと述懐する。

> マンダレーが見える。私たちのマンダレー。かつていつもたたずんでいたように、ひっそりと静寂のなかに、私の夢の中で月光に灰褐色の石を輝かせ、縦仕切り《ムリオン》のある窓が緑の芝とテラスを映しながら立っている。あの壁が織りなす完璧な均整を時が破壊するなんてことはありえない。窪地にある宝石のようなあの場そのものを破壊することもない。〈中略〉そこに息を殺してじっと立っていると、館は空っぽの貝殻ではなく、かつてと同じように生命を保ち、呼吸をしているんだと断言できる気がするの。(2-3)

館が「かつてと同じように生命を保ち、呼吸をしている」と描写する語り手であるが、それはあくまで夢の中でのことである。「断言できる気がする」と留保をつけることで、この夢の中のマンダレーが幻影にすぎないことを暗に認めている。実際のところ、マンダレーは黒焦げになった廃墟として放置されたままである。亡霊のようにマキシムと語り手につきまとうレベッカの影は炎とともに葬りさられたが、現実に残されたマンダレーは中身のない残骸でしかない。表面的に読めば「空っぽの貝殻」はそんな廃墟への言及に思われるが、他方でレベッカが女主人として君臨していた時のマンダレーも、「空虚」な貝殻でしかなかったという思いが含意されてはいないだろうか。

この部分にカントリー・ハウスに対する郷愁《ノスタルジア》を読みこむこと自体は、間違いとは言い切れない。デュ・モーリアは『レベッカ』の執筆を、陸軍士官の夫に連れ添いアレクサンドリアに駐在している間に行い、その後イングランドに帰国して脱稿した。海外滞在中に途方もないホームシックにかかったという本人の回想を踏まえれば、夢に出てくるマンダレーは、カントリー・ハウスが具現する「イングリッシュな」文化と伝統への郷愁を含んでもいよう。[43] 彼女が後に住むことになるコーンウォールの家メナビリーとの関連を指摘する研究者もいるが、メナビリーを正式に借家契約するのは『レベッカ』執筆後の一九四三年のことである。他方、彼女が第一次世界大戦中に滞在したミルトンの家とその記憶がマンダレーの回想のなかに埋めこまれていると考えてもいいだろう。[44] だが、マンダレーの所在地については明確な言及はない。海岸近くという設定からは、デュ・モーリアが愛着を持っていたコーンウォールが推測されるが、むしろ所在について詳細な情報がないことで、イングランドに多数存続する不特定多数のカントリー・ハウスの一つとして表象されている。結果として、ある個人や地域に限定された特定のカントリー・ハウスではなく、イングランド全体で共有可能な伝統として読むことができる。その維持をめぐる家庭内の不和と焼失という出来事は、この時代に急激に消滅の速度を速めていったカントリー・ハウスを目撃していた人びとにとって、一種の集合的記憶の表象でもあったろう。

実際にこの頃、危殆に瀕しているカントリー・ハウスの保存を訴える動きが生まれていた。一九三〇年にロシアン侯爵になったフィリップ・カーは、一九三四年にナショナル・トラストにカントリー・ハウスを移譲し、国民の遺産として管理させる案をナショナル・トラストの年次会議で提示した。前述のように、一八九五年に設立されたナショナル・トラストは、すでに共有地や史跡、文学に謳われたような自然景観だけでなく、古建築物の保存にのりだしており、それを国民の歴史的・文化的遺産として維持・管理し、公開することを行なっていた。自動車を使った観光も盛んになりだしたこの時代、ドライブ用の地図や観光ガイドの需要も高まり、結果としてナショナル・トラストの管理する史跡や景観、建築物への関心が喚起され、会員数も増加の一途をたどっていったのである。『レベッカ』の語り手が入手したマンダレーの葉書写真も、そうした観光ブームで生み出されたカントリー・ハウス像である。[45]

こうした時代背景のなかでカーの提案は、広範囲にわたって社会に「カントリー・ハウス運動」というべき保存の動きを生み出していく。一九三七年に、ナショナル・トラストがこうした建築物の譲渡を受け財団として維持・

管理する権利を保障する法案が可決される。実際に彼自身が真っ先にブリクリング・ホールを移譲すると、それに続いて移譲する貴族が相次いだ。それは、歴史的な時間を刻み込んだ居館を形だけでも残したいという彼らの切望と、それを国民にとっての遺産として受け継ぎ、保存し、観覧したいという人びとの希望とが手を結んだ結果である。この方策は、第二次世界大戦期を除けば、ナショナル・トラストに移譲されたか否かには関係なく、多くのカントリー・ハウスに観光客を呼び込むことで予想外の収入をもたらすことになった(46)。

マンダレーはこうした時代精神をある程度反映していよう。実際、小説中で、語り手はかつて購入したポストカードに描かれたマンダレーが、「えもいわれぬ完璧なまでの優雅さと美しさを保っ」ている姿に感動したことを思い出す。レベッカによって観光の対象として再構築されたカントリー・ハウスの理想像がそこに浮かんでいる。

そう、そこにわたしが思い描いていたマンダレーがある。ずいぶんむかし絵葉書のなかでみたマンダレーが。魅力をたたえ、完璧なまでの優雅さと美しさ、夢にみていたよりも美しく、柔らかな草地とふかふかの芝生がひろがる窪地に建ち、テラスが庭に面し、そこから海へと続いている。(24)

絵葉書という媒体を通して、マンダレーは理想化された虚構として記憶の引き出しに収められ、そのイメージが実際のマンダレーに投影されている。それはこの時代の多くの人びとが共有した郷愁《ノスタルジア》の対象である。

だが、『レベッカ』の主題は郷愁ではない。むしろそれが虚像であり、カントリー・ハウスは欺瞞に満ちた空間であることを呈示している点に意味があろう。マンダレーを差配し、再興したレベッカも、館そのものも、廃墟とならざるをえない宿命にあった。マキシムにとっても、語り手である「わたし」にとっても、マンダレーは居心地の悪い、不気味な空間として現前する。夢に現れるマンダレーが「もはや回復することなどありえない」と言う語り手は、壮麗なカントリー・ハウスが永遠に失われてしまった現在を悲嘆しつつも、そこには「恐怖や苦悩」に満ちた生活が廃墟とともに埋まっていることも知っている。「空っぽの貝殻」であるマンダレーは、語り手にとって

「恐怖」のトポスだったことは冒頭においても明言されている。

館は墓場になっていた。恐怖や苦悩が廃墟のなかに埋もれたままで。それらを救い出すことなんて無理なの。日中マンダレーのことを想起するなら苦々しい気持ちにはならない。恐怖を感じることなく住むことができたのなら、かつてと変わらないままマンダレーのことを思い起こすことができるでしょう。夏のバラ園、夜明けにさえずる鳥たち。栗の木の下で過ごしたお茶の時間、庭の芝生の下方から耳にとどく波の音。(4)

バラ園、鳥声、ティータイム、潮騒――こうした明るいカントリー・ライフの贅沢な生活は理想化されたヴィジョンである。しかし、夜に眠りの中で見るマンダレーは、「恐怖と苦悩」を瓦礫の下に埋めた「廃墟」として脳裏に甦ってくる。優雅なカントリー・ハウスの生活は、その裏側に「恐怖の館」であり「墓場」であるという暗い顔を潜ませている。

「非現実」の館

マンダレーが「恐怖の館」になったのは、レベッカをめぐる過去の秘密が隠されているからである。なんのとりえもなかったマンダレーは、レベッカというユダヤ系の名前を持つ謎の女性がマキシムの妻としてやってくることで、優雅で美しいカントリー・ハウスへと変貌した(47)。庭が整備され、家具や装飾品、絵画や美術品までが蒐集され、まさに絵空事のような館が出現したのである。生活空間としての館は、社交と観光のための虚像に生まれかわった。マンダレーの存続だけを気にかけるマキシムは、レベッカの詐術と専横に屈せざるをえず、レベッカは男性を破滅に導く「運命の女」として嫌悪と恐怖の対象にしかなりえなかった。一方、語り手の「わたし」にとって、虚像としてのマンダレーとそれを生んだレベッカは一種の強迫観念になっていく。レベッカと同一化していく自分に陶酔し、あげくの果てに、仮装パーティで、かつてレベッカが亡くなる直前に扮したド・ウィンター家の祖先と同じ仮装をしてマキシムを動揺させてしまう。しかし、他方でそのレベッカの記憶が霊のように館内に浮遊しているのを感じ、「非現実的でぞっとする」（189）感覚に襲われる。彼女を崇拝していたダンヴァース夫人も、「どこにいっても彼女を感じるわ。あなたもそうじゃないかしら」（194）と半ば脅すような言葉を漏らして威嚇する。死んだはずのレベッカはしだいに主人公の心を占有しはじめる。「マンダレーの中のどこを歩いても、あるいはどこに座っても、想像のなかで、あるいは夢のなかでそうしたとしても、レベッカに遭遇する。〈中略〉レベッカ、いつもレベッカ。レベッカを追い出すことなんかけっしてできない」（261–62）。そう彼女は告白する。

語り手の「わたし」がマンダレーに感じるこの「非現実的な」感覚はゴシック小説的なものでもあろう。ゴシックの本質は中世や迷信的な世界といった「異時間」を挿入することで生まれる「違和感」に、歪《いびつ》な美と快楽を感じることにある。ローマを蹂躙した蛮族と見なされた「ゴート人」を語源に持つ「ゴシック」は、ローマの建築物が象徴する均整と調和、秩序が、野蛮で「ゴート」的な力によって崩され、闇を包摂した生命力溢れる世界へと変容したものである。レベッカのマンダレーは、戦間期においてもはや時代錯誤となった慣習を復興させた過去の遺物＝異物であった。語り手の「わたし」はその「異時間」に対して「非現実的」な感覚、つまり「違和感」を感じつつ、同時に魅了されていくことになる。[48] そして、無秩序で不気味な闇を包摂することで甦ったマンダレーは、その闇の力から噴出したような炎をあげて崩れ落ちる。死因審問でレベッカの死因が自殺とされたとき、語り手はレベッカがもはや生命を持たない灰に帰したと言うが、それはマンダレーもまた同じ宿命をたどることを暗示している。

> 灰は灰に、塵は塵に。レベッカはもはやリアリティを持った存在ではないように思われた。彼女の遺体が船室の床で発見されたときに、彼女は音を立てて崩れ落ちたのだ。納骨堂に横たわっているのはレベッカではない。塵なのだ。たんなる塵でしかない。（360）

埋葬の際に引用される『創世記』（第三章一九節）および『ヨブ記』（第三〇章一九節、第四二章六節）を用いることで、

「非現実的でぞっとする」感覚を喚起していたレベッカの亡霊、それが憑依したマンダレーが、その存在とともに魅力＝魔力を失っていくことが示唆されている。

マンダレーを再興したレベッカが滅びるのと同時に、マンダレーは「灰」に、「塵」に、そして「土」に還ったのである。マンダレーの焼失はたしかに小説中において不可解な事件である。マキシムが無罪放免となったことに憤慨したジャック・ファヴェルが、火事の直前にダンヴァース夫人に電話をしていることから、彼の指示によるダンヴァース夫人の仕業だと推察できる。(49) だが、重要なのは「誰が犯人か」ではなく、デュ・モーリアが『レベッカ』を書いたこの時期に、多くのカントリー・ハウスが実際に破壊や火災を通して、灰燼に帰していたことである。犯人を特定するなら戦間期の時代そのものであろう。『レベッカ』からは、マンダレーのようなカントリー・ハウスがもはや時代にそぐわない過去の遺物＝異物であり、「非現実」の空間であり、それゆえに絵空事の「空っぽの貝殻」にすぎないという認識が浮かび上がってくる。それもまた戦間期の「ハビトゥス」の一つである。

5　かつて僕はそこにいた――記憶のなかのブライズヘッド

『レベッカ』は、カントリー・ハウスが非現実の空間であり、記憶のなかに生きる廃墟として語られる小説だが、カントリー・ハウスの記憶を郷愁《ノスタルジア》とともに主題に据えたのがイーヴリン・ウォーの『ブライズヘッド再訪』である。小説のなかでは中流階級の主人公チャールズ・ライダーが建築画家となって、戦間期に消滅していくカントリー・ハウスや古い建築物を絵のなかに保存していく。『ライダーの田舎屋敷』、『ライダーのイングリッシュ邸宅』、『ライダーの村と地方建築』といった画集が五ギニーという高額にもかかわらず何千部も売れているという設定は、この時代に車による観光旅行ブームが興り、中流階級がそれまで関心を失っていた「イングリッシュな」カントリー・ハウスや建築物、史跡を訪れ、鑑賞しはじめたことに対応している。「何世紀もの年月にわたって、それぞれの世代の最高のものを確保し、留めて、静かに成長してきた建物」が好きな彼にとって、それをキャンバスに描き、美的に留めおくのは当然と思われる行為であった(50)。

しかし、本人が自嘲と皮肉をまじえて言うように、正規の訓練を受けているわけでもない彼の絵が一般に受けるのは、しだいに上達する技法や対象となる建築物への情熱もあろうが、「過去十年にわたって国威発揚がさけばれているうちに、イギリスの人びとは初めてそれまで自明視していたものに気づき、消滅せんとするまさにそのときになって自分たちの歴史的偉業に敬意を表せんとするかのように思えた」(215-16)からである。経済的な不況に落ち込んだために、普通の画家たちは仕事を失っていたが、皮肉なことに、処分されるカントリー・ハウスが増えた結果、ライダーの仕事が保証されたのである。建築画家としての彼の成功は貴族階級の「衰退の兆候」を逆説的に示している。「井戸が涸れていれば、人は蜃気楼からでも水を飲もうとするのだ」(216)。なくなっていく歴史的建築物の下手な幻影でしかない彼の絵でさえも、人びとは手元にとどめようとする。彼は「まもなく放棄されるか、処分される邸宅の肖像画を描くべく、イギリスじゅうのあちこちに呼ばれ、死滅の兆候をしめす競売人たちがやってくる直前に到着することも稀ではなかった」と述懐する(216)。

しかし、チャールズ・ライダーがそこまで情熱を持ってカントリー・ハウスの絵を描くのは、それが彼自身の過去、彼自身の存在と繋がっていることを自覚しているからである。上記の記述がある小説第三部の冒頭で、彼は自分のテーマが「記憶」であると明言し、それが、語りの基準点になっている第二次世界大戦さなかの灰色の朝、翼を広げはためかせて真上を舞っていると述べる。「こうした記憶は私の人生であり、いつも私とともに存在している。私たちが確実に所有しているのは過去だけなのである」(215)と言う。しかしながら、その過去でさえ、記憶という不可視の空間以外では所有することができないし、その中で変形していくことが同時に意識されている。消えゆくカントリー・ハウスの姿を絵筆でキャンバスに描き留めながら、チャールズは青春時に友人セバスチャンとともに過ごした後者の実家マーチメイン・ハウスでの日々が戻ってこないことを嘆く。小説は家庭も家も、名声さえも失った一人の中流階級中年男性が、カントリー・ハウスで経験した生活から得た曖昧模糊とした「インスピレーション」、それによって形成された彼の実存を確かめようとする回想によって織り成されている。

しかし、それはたんなる感傷的ノスタルジアではない。戦間期のカントリー・ハウスをめぐる一連の動きの背後にある中流階級の意識、縮小していく帝国という認識を通して過去を再構築しようとする人びとの動機と社会に対するまなざしをこの小説のなかに読みこんでいくべきではないだろうか。社会・経済構造の転換と階級的な力関係が変化していくなかで、自立と実力、ある程度の豊かさを享受しながらも、流民化し、居場所を見失う不安を抱き、その抑止としてカントリー・ハウスに象徴される「過去」と「歴史」を保存し、顕示しようとする意識、そしてそれでいながら存在の不安を拭えずに闇に囲まれたままの意識こそが、ウォーの小説に描かれているものであろう。「私たちが確実に所有しているのは過去だけなのである」と、チャールズ・ライダーに思わせ、言わせている精神的・文化的基盤を考える必要がある。小説の中心舞台となるブライズヘッドは、主人公チャールズ・ライダーが眺め、接触し、やがて家族の一員として加わらんとするものの、結局は距離が埋まらないまま遠くから見つめるだけのカントリー・ハウスとして浮かび上がる。記憶のなかで現前するブライズヘッドは、家と家庭を失い、陸軍将校として移動しつづけるライダーにとって、自分の人生を見直し、再度位置づけてくれる可能性を持った唯一のトポスなのである。

小説の冒頭から、過去をめぐる複雑なライダーの意識が吐露されている。行き先を告げられぬまま部隊とともに駐屯地にやってきたライダーは、そこがかつて出入りしたブライズヘッドであることに気づく。同時代の多くのカントリー・ハウスの宿命を代弁するかのように、マーチメイン家の居館は陸軍に徴用されている。部下のフーパーから大きな屋敷が見えると興奮気味に伝えられた彼は、その威容を敷地の向こう側に認め、感慨深げに過去の自分とブライズヘッドとの関係に想いを馳せる。セバスチャンに連れられてやってきた最初の訪問で感じた高揚感が甦ってくる。

「僕はかつてここにいた」と僕は言った。僕は以前ここにいたのだ。最初は、二十年前の雲ひとつなく晴れた六月の日にセバスチャンと一緒だった。側溝がシモツケソウで白く濁り、空気が夏の香りで澱んでいた。とりわけ快晴の日で、以後そこに何度も、さまざまな気分を胸に出入りしたものだが、この再訪に際して僕の心が立ち戻っていったのは、この最初の訪問の記憶だった。(23)

「僕はここにいた(I have been)」と直接話法現在完了形でフーパーに告げ、そしてその直後に今度は「僕は以前ここにいた(I had been)」と地の語りのなかで過去完了形として繰り返すことで、自らの「存在(be)」が過去という時間、そして現在という時間、その間に広がる経験のなかで定義されることが暗示されている。それはハイデガーの言う、過去把持によって位置づけられた実存的意識である。そして同時に、フランク・カーモードが『終わりの感覚』で指摘した、「チック」と「タック」という時計の針の動きの間に埋めこまれた物語でもある。[51]

小説は、オクスフォード大学におけるセバスチャンとの出会いから、「この再訪」にいたるまでのライダーの人生と意識を綴っていく。第一次世界大戦後の一九二三年、ハクスリーが『クルーム・イエロー』を出版した二年後を開始点とし、第二次大戦真っただ中の一九四〇年代初頭を終着点とする歴史的時間によって測られ、ブライズヘッドとそこに住んでいたマーチメイン家との接触によって構築された自らの人生に対する意識が織りなすフィクションである。その狭間には、セバスチャンとの袂別、妻子との離別とセバスチャンの姉ジュリアとの婚約があり、最終的には、カトリックである一家の信仰を理解できず、マーチメイン卿の死去とともにジュリアとの婚約を破棄してそこを去ったときの孤立と失意という記憶が眠っている。その過去が図らずも戦中に再訪したブライズヘッドを目の前にして意識に現前することで現在の自分を再認識するというのがこの冒頭の場面である。そしてその意識を構成しているのが、「以後そこに何度も」訪れた際に胸に抱いた「さまざまな気分」である。明言されていないが、家族や館と接しながら、疎外と流民化という結末へといいたった過程で主人公がとらえた複層的な自我が、この「気分（moods）」に暗示されている。その意識の裂け目、「この再訪」で遠くに姿を確認したブライズヘッドと将校としてたたずむ自分との間にある距離から、過去の記憶が亡霊のように立ちのぼり、ライダーの脳裏を駆けめぐることになる。

「我アルカディアにありき」

小説の第一部では、チャールズ・ライダーがオクスフォード大学に入学し、そこでセバスチャン・フライトと出会い、そしてブライズヘッドの世界へと引き寄せられていく過程が描かれている。従兄弟の忠告に背き、セバスチャンとともに放蕩三昧だが愉快な青春を過ごした記憶が主題である。その表題が「我アルカディアにありき」であるのは意味深い。エルヴィン・パノフスキーがニコラ・プッサンの同名の絵画を精緻に分析して示唆したように、この言葉は単に自分が牧歌的世界にいたという意味ではなく、アルカディアのような楽園的世界にも「死」が潜んでいるという不吉な訓戒である。[52] それは、自堕落な日々が終わりを告げる、つまりセバスチャンとの友情関係が切れてしまうという未来を暗示してもいるが、ブライズヘッドとの縁も切断され、同時に彼自身が思い描いていたブライズヘッドを軸とした世界が瓦解し、自らの存在意義が不確かなものとなっていくことも示唆している。そして何よりも、軍に徴用されるにせよされないにせよ、損壊し瓦解していったカントリー・ハウスの「死滅」という歴史的現実を示唆する言葉である。

しかしながら、そんな不吉な運命とはかかわりなく、チャールズが一九二三年にオクスフォード大学にやってきたとき、重苦しい雰囲気はなかった。現代的な社交とパーティーが賑やかに繰り広げられていたのである。その世界からチャールズはブライズヘッドへと導き入れられる。セバスチャンの運転する車でピクニックに出かけた二人は、旅籠でビールを飲みながら昼食をとったあと、セバスチャンの生家である館へやってくる。

僕たちは車に乗ってそのまま進み、まだ日が高いうちに目的地に着いた。凝った意匠の門と村の共有草地に立つ対になった古典様式のロッジを抜けると、道が続き、さらに門をいくつか通り抜け、広々とした緑地を過ぎて、車道沿いに左へ曲がる。すると突然目の前に今まで隠れていた景色が立ち現れた。僕たちがいるのは谷の端で、眼下には、約半マイルほど先に、衝立のような森に囲まれるように古い館の丸屋根と支柱が灰金色に輝いていた。

「どう?」車を止めてセバスチャンが口を開いた。丸屋根の向こうには階段状に水が流れ落ちているのが見え、その周りはそれを庇護し、隠すようになだらかな丘がたたずんでいた。(36)

この光景に瞬時に魅せられたチャールズは、「なんていうところに住んでいるんだ」と思わず口にしてしまう。だが、セバスチャンは自慢するわけでも、照れるわけでもなく、「僕の家族が住んでいるところさ」と言って車を表に回す。「僕の家」とは言わずに、「家族が住んでいるところ」と形容した淡白さに、チャールズは驚くが、その言葉の背後に潜んでいるフライト家内の不和やセバスチャンが抱いている孤立感を察知することはできない。セバスチャンがやってきたのは、この豪勢なカントリー・ハウスを誇示するためでも、チャールズを家族に紹介するためでもなく、自分がもっとも信頼し、また自分のことを理解している乳母に紹介するためであった。しかしチャールズは、正規の客として表玄関・表階段からではなく、召使いと同じように裏玄関・裏階段を通って家のなかへ案内されたことに気分を害す。セバスチャンとチャールズにとって、ブライズヘッドはそれぞれ異なる意味を持つ建築物であり、それらが交わることはない。少なくともチャールズはそのことに無自覚なままであり、その差異に気づくのはジュリアとの婚約を破棄し、ブライズヘッドを追われるように出たとき、あるいは戦中に将校として再訪したときであろう。ブライズヘッドにいる間じゅうセバスチャンは緊張しているが、チャールズにはその理由がわからないままである。

チャールズにとってブライズヘッドは貴族とその生活の象徴であり、そこでの家族、そこでの社交、そして何よりも建築物としての歴史的価値こそが重要であった。小説の第四章は、その齟齬が暗示される挿話である。「若き日々の物憂さ」こそが「至福のヴィジョン」を提示するという語り手チャールズにとって、学生時代にセバスチャンと過ごしたブライズヘッドでの日々は「天国」(77)であった。そして、バロック様式で建てられたブライズヘッド滞在を通して、バロック様式に関心を持つようになるのであった。チャールズはなぜブライズヘッドが正式にはブライズヘッド・カースルと呼称される「城」なのか、丸屋根はイニゴ・ジョーンズのデザインかと、セバスチャンを質問攻めにするが、セバスチャンはそうした質問が「観光客」然としたものにしか見えず、苛立ちを隠せない(78)。彼にとって心を許しあえる乳母や友人と一緒にいるときだけが心休まる時間であり、ぬいぐるみのアロイシウスとともにいることでやっと平和に呼吸できる空間を確保しているのであり、家族たちやしかつめらしい訪問者がやってくるとその途端にブライズヘッドは息苦しくなる。「[ブライズヘッドは]自分のものではないんだ。ただ現在たまたまそうなだけで、いつもは獰猛な野獣でいっぱいなんだ」(77)。チャールズにそう答えるセバスチャンにとって、ブライズヘッドは歴史的建築物としては存在していない。

一方、チャールズはここで起居するうちに美的教育を施されていることを感じる。

こうした館で暮らすのは美的教育を受けているようなものだった。部屋から部屋へと歩き、ジョン・ソーン風の図書室から中国風の応接間に入ると、金色の仏塔や中国の首振り人形、装飾的壁紙やチッピンデールの透し彫り家具に目を奪われる。ポンペイ風の壁画で囲まれた居間から巨大なタペストリーがかかったホールへと入ると、そこは二五〇年前に設計されたときと同様の姿で変わっていないのがわかる。そして何時間もテラスに座って、日陰から外の景色を眺めるのである。(78)

ハクスリーの『クルーム・イエロー』では、館に入った主人公は灰に埋もれたポンペイの廃墟のような室内に当惑するが、ブライズヘッドは豪華な装飾に包まれた生きた邸宅という印象をチャールズに与える。だが、部屋から部屋へと歩きまわり、異なる様式の豪勢な部屋を見つめているチャールズのまなざしは、セバスチャンに指摘されたように「観光客」のものにほかならない。ナショナル・トラストに寄贈され、その管理のもとに公開されたカントリー・ハウスに人びとが訪れ、そこで暮らしていた上流階級の生活を想像し、また芸術的な室内装飾や建築デザインを鑑賞し、自らの感性に対して「美的教育」を施すのとまったく同じプロセスをたどっているにすぎない。

ウォーは意図的にチャールズにそうした戦間期の中流階級文化人のまなざしを重ねあわせているように思われる。『ブライズヘッド再訪』には、ウォー自身が学生時代以来交流し、経験した貴族ライゴン家の居館マダーズフィールド・コート（図5-5）の生活も反映している。[53]「幼少時に、自転車で近所の教会をまわっては黄銅牌の拓本をとったり、聖水盤の写真をとっていた」建築好きのチャールズは、「ラスキンのピューリタニズムからロジャー・フライのピューリタニズムへと飛躍し」ようとも所詮は「偏狭な中世趣味」の人間でしかなかったのだが、ブライズヘッドで過ごすうちに、バロック主義者へと改宗してしまう（79）。それは、カントリー・ハウス訪問を通して、ヴィクトリア朝の福音主義的で、厳格な、あるいはネオ・ゴシック建築に象徴される中流階級的な価値観から解放され、新たな審美的世界を見出していく観光客の美的経験を代弁しているかのようである。

これが僕のバロック様式への改宗であった。高々と傲岸にそびえるブライズヘッドの丸屋根の下、こうした格子天井の下で、あるいはいくつもつづくアーチや壊れた三角切妻壁《ペディメント》を抜けて、その向こうにある列柱が陰をつくっているところまで行き、噴水を前にして何時間も座ったまま、その陰にじっと見入り、その残響に聞き入り、ここに凝縮された大胆で斬新な妙技に感じ入っていると、石の間から吹き上げては泡となっていく水がまるで命を与えてくれる聖水であるかのように、僕の体全体の神経がまるごと再生され、生き生きとしはじめるのを感じるのだった。（79）

図 5-5　マダーズフィールド・コート（ウースターシャー）――ウォーに『ブライズヘッド再訪』のインスピレーションを与えたライゴン家の居館

チャールズのバロック趣味への改宗の瞬間は、聖水という宗教的なモチーフに、バロック様式の建築要素である列柱の陰が交わることで完成される。丸屋根や格子天井を抜け、アーチや廃墟風の建物を抜けるのはそのためのイニシエーションであり、列柱の陰から噴水を長時間見つめつづけ、そこに自我を没入させることで一体化を成し遂げる。チャールズが体感した感性の再生は、主観的な経験であり、不可知論者の彼にとって「神」不在の疑似宗教体験となっている。

　セバスチャンに薦められて、事務室の壁を装飾する仕事を請け負ったとき、彼は、それまでにブライズヘッドを世代ごとに装飾、増築、改築してきた建築士や装飾芸術家の一人として自分を位置づけることに誇りと満足を覚えるのであった。それはブライズヘッドという建築物と自分の存在が、初めて壁絵制作というプロセスを通して、物理的かつ美学的に、したがって精神的にも、相互交渉をしだした瞬間である。壁絵を描いている間、チャールズにとってブライズヘッドはその絵を通して自分がその歴史の一部になる存在であり、もはやセバスチャンの実家としての物体ではなくなっていく。

　チャールズがセバスチャンと自分との間に横たわる亀裂に気づくのは、館に家族がやってきたときである。屋敷で開催される農業祭のために長兄のブライズヘッド（ブライディー）がロンドンからやってきて、末妹のコーディーリアまでが屋敷に戻ってくると、この一家にとってカトリックがきわめて本質的な意味を持っていることをチャールズは知る。そこで初めて、自分がこれまでブライズヘッドと接してきたのは、セバスチャンが意図的に限定して見せていた側面だけであったことを認知する。

その晩、僕は初めてセバスチャンのことをいかに自分が知らなかったかわかってきたし、同時になぜ彼がいつも自分の生活の一部だけを見せ、それ以外を僕から隠そうとしてきたかも理解できた。彼は海上の船旅のさなかでできた友達のようなもので、今や僕たちは彼の故郷の港に到着したのだ。(91)

家族という故郷に取り囲まれたセバスチャンは、チャールズが見たことのない側面を見せはじめる。彼らが宗教的な談義を夕食の席でも延々としつづけるのに、チャールズは戸惑いを隠せない。父子家庭となった自分の家ではそうした宗教的な会話をすることがないからである。

チャールズはそうした家族の信仰に違和感を感じながらも、それをあえて無視して彼らの生活と接点を保つことにする。セバスチャンとともに貯蔵庫にしまってあったワインを試飲したり、絵を描いたり、マーチメイン卿のいるイタリアへセバスチャンとともに赴き、厄介になったりする。

共感の亀裂

「我アルカディアにありき」と告げる「死神」の声は、「幻影」としてのブライズヘッドの楽園のなかで、最初から囁き続けていたのだが、「幻影」に魅了されていたチャールズには聞こえていなかった。ブライズヘッドから立ち去るときに初めて気づくことになる(164)。家族との間に深い溝を抱え、居場所を見出せないまま苦しむセバスチャンにとって、チャールズが自分抜きで家族と親密になろうとし、ブライズヘッドに同一化していくのは認めにくい過程であった。彼がチャールズに願っていたのは、信仰のことで悩み続け、共感できない家族にそのことで難詰されつづけなくてはならない日常生活からの逃避先を提供することであり、自分の悩みを理解しながら遊興につきあってくれることであった。しかし、チャールズはブライズヘッドの本質を理解しないまま、そのなかへと踏み込んで行くことで、セバスチャンの心から乖離し、結局ブライズヘッドからも離反することになる。セバスチャンもアルコール中毒になったまま大学を中退し、放浪のすえに修道院の厄介になることになる。

信仰の問題を理解しない「観光客」は、ブライズヘッドという建築物を表面的にしか理解していなかったということになるのかもしれない。思春期を経て信仰を喪失してしまっているチャールズには、その当時、セバスチャンが抱いているカトリック信仰は飾りのようなものであって、彼自身の実存的問題としては認識していなかった。「ああ、カトリックでいるというのはひどく厄介だ」と言うセバスチャンに、チャールズは驚く。しかしセバスチャンは、自分がチャールズなんかよりはるかに「悪に染まっている」ことを認めつつも、カトリックの信仰が「いつも大きな意味を持っている」と断言する（83–84）。そして「神よ、我を善なるものにし給え、ただしばしその時をお待ちください」と祈り、キリストの生誕、星、東方三博士も馬鹿げたものではなく、「美しい考え」ゆえに信じると主張する。「美しいからといってそれらを信じることなんてできないだろう」と言うチャールズに対し、セバスチャンはそれが自分の信仰だと反論する（84）。

宗教をめぐるフライト家との疎隔は、当主マーチメイン卿が死の床についているときにも見られる。チャールズがジュリアとの再婚を決意した後、マーチメイン卿は息を引き取るべく、愛妾と暮らしていたイタリアからブライズヘッドに戻ってくる。いよいよ彼の末期を迎えたとき、ジュリアたちは神父を呼んで生前の罪を清めてもらおうとする。チャールズはそうした儀式が馬鹿げているようにしか思えなかった。教会にも行かず、宗教のことなど口にしなかったマーチメイン卿に対し、末期にそんな儀式を施したところで意味があるとは考えられなかったからである。しかし、それでも神父がマーチメイン卿の額に十字をきったとき、ジュリアのために赦免の徴が現前することをひざまづいて祈った（322）。だが、儀式と信仰をめぐる言い争いを通して、ジュリアはチャールズとともに生きることができないと自覚し、彼もまたそれを認める。

こうした信仰は構造物としてのブライズヘッドになんの関係もないように思えるが、しかし実のところ、カトリック貴族としてのフライト家の根幹に関わり、十九世紀末のアーツ・アンド・クラフツ運動が生み出した様式で建てられたチャペルはもちろん、居間、屋敷の隅々までを、表面的には見えないながらも貫いている地霊のようなものである。前述のように、農業祭を敷地内で催した際、長兄の敬虔なブライディーがロンドンから戻ってきて仕切るのだが、ハクスリーの『クルーム・イエロー』が記録した空虚さ漂う農業祭とは異なり、敬虔かつ真剣に遂行される。しかしながら、フライト家も貴族が権威と権力を失っていく時代の流れに抗うことはできない。ブライディーがロンドンで司教と会った時に、館内の礼拝堂を閉じることにしたいと告げられる。マレステッドに住む十家族ほどのカトリックたちにとって、ブライズヘッドのチャペルは遠すぎるために、ミサを執り行える新たな施設を建てるというのが理由である。末妹のコーディーリアもセバスチャンも衝撃を受け、とりわけコーディーリアは涙を浮かべて断固反対するが、ブライディーはもはや自分たちが古いカトリック一族として周りの人たちをミサに来させるような時代ではなく、「遅かれ早かれ、母親が亡くなった後には、［邸内でミサを行う慣習は］やめることになるだろう」（89）と告げる。農業祭を取り仕切っていても、かつてのように宗教的共同体のなかでフライト家が権威をもった中心的役割を果たすことはできなくなっているのであり、それが建物とコミュニティのあり方にも変化をもたらすのである。

「若きイングランド」

ブライズヘッドをめぐるチャールズの回想が、たんなる郷愁《ノスタルジア》ではないのは、過去が規定する現在の自分だけではなく、未来のイングランドを見つめながら自己を相対化しているからである。小説の冒頭と結末が、部下のフーパーとの対話と関係性を強調している点が重要である。貴族でもなく、自分と同じ教育を受けた中流知識人階級でもない、庶民的な出自のフーパーが今の若者であり、今度は彼らが将来のイングランドを担い、動かす人間たちになっていく。

何週間も一緒に過ごすうちに、フーパーは私にとって若きイングランドの象徴になってきた。そのために、若者が未来に求めるものや今の世界が若者たちに負っているものについて述べた公の見解を新聞で目にするたびに、そうした一般的声明について、フーパーを置き換えて当てはめ、それでもそうした声明が妥当と思えるかどうか確認することにしたのである。(15)

フーパーは兵役免除の手を尽くしたのちに嫌々軍隊に入るはめになった人物であり、そのため軍隊について幻想も抱いていなかったし、商売をしていた過去があるために「効率」ばかりを気にしている若者である。そんな彼も、また上官のチャールズも、軍人然とした連隊長には気に入られず、嫌がらせにいつも彼らの部隊は惨めな仕事ばかりをさせられる。しかし、それゆえにこそチャールズはフーパーに愛情を感じ、戦争後のイングランドの姿を彼の上に重ねるのである。

それは必ずしも明るい未来像ではないかもしれないが、完全に歴史が断絶したものでもない。物語の結末では、回想から現実の駐屯生活に話が戻る。そのときにブライズヘッドはすでに空爆を受けて一部が損壊し、また以前駐屯していた部隊がすでに暖炉や壁をメチャクチャにしていった様子が語られる。フーパーはそもそも、どうしてこうした大きな屋敷が一つの家族のために必要なのかが理解できないと語る世代と階級である。以前であれば歴史的建築物の意義を説明できたはずのチャールズも、徴用され破壊されつつあるブライズヘッドを目の当たりにして、言葉につまる。息子をつくって成長を楽しむように、建てた後の建物の成長を見るのが最初の目的だったのだろうと言うが、結局のところ「僕には家もなければ子供もいない、愛するものもいない中年男だから」存在理由は説明できないと告げる(330)。離婚し、ジュリアとも結ばれなかった自分への自虐的なコメントであるが、彼自身そのときには依然として自らの実存的な不安と問題に対して答えを持っていないことが示唆されている。それが、回想の最後の言葉に縮約されている。

この館を建てた人たちは、やがてこれがどのように用いられるか知らなかった。彼らは古い城の石で新しい家を建て、年ごとに、代々増築をかさねて豪華な館を築いた。広大な庭園の木は年ごとに育ってみごとな材木になった。やがて、とつぜん霜が降りたようにフーパーの時代がやってきた。館の人びとは去り、それまでの仕事は一切無に帰した。「我独りこの街に座すのみ」。空の空なるかな。すべて空なり。（331）

虚無感が漂うコメントである。カントリー・ハウスの歴史が「空」であると断言している。ジュリアとの婚約、遺産の相続は、チャールズにとって一度はカントリー・ハウスが自分のものになるという「夢」のような将来を約束してくれるものだった。しかし、ブライズヘッドの地霊、フライト家の信仰を理解できず、ジュリアとの破局によってそれが「幻影」でしかなくなったとき、ブライズヘッドは再び「空虚」なカントリー・ハウスへと姿を変えた（306）。ゴールズワージーの『覚醒―貸家』では、帝国を動かす新しい世代が生活する場を提供する不動産として「邸宅」が定義されていたが、『ブライズヘッド再訪』ではカントリー・ハウスは「空」なるものとして定義され、未来の世代にとっては意味がわからない遺物＝異物としてしか認識されていない。火災で焼失した『レベッカ』のマンダレーと同じく、「空っぽの貝殻」として放置されているのである。ラスキンが『建築の七燈』で訴えた、歴史的建築物が歳月や時代を超えて伝えつづける記憶や共感も否定されてしまっているようにさえ見える。

しかしながら、軍隊のラッパの音を聞きながら、チャールズはそんな感慨こそが実は空虚であることに気づかされる。それは哲学書や悲劇や歴史書のなかで用いられる修辞的な表現でしかない。彼は、今まで入ったことのないアール・ヌーヴォー様式の礼拝堂に足を踏み入れたとき、目の前にランプの光が灯っているのに気づく。無残に打ち壊されているが、青銅のランプが、打ち壊された青銅のドアの向こう側に聖櫃の側で灯されている。徴用され、爆撃によって損壊されても、誰かのため、命あるもののために、炎は燃えている。それはブライズヘッドを建てた人間も、そこに住み続けた人間も意図しなかったものであるが、同時に彼らの苦労や生活から、そして壁絵を描く一方、家庭生活と幸福な未来の破局を経験した自分のような人生から生み出された灯でもある。「この館を建てた人間たち、ここで悲劇を演じた人間たちがいなかったのなら、この炎が灯っていることはなかったであろう。その炎が再びこの古い石でできた礼拝堂のなかで燃えているのを僕は今朝みたのだ」(331)。その炎は古の時代に騎士たちが消したものであり、兵士たちが消したはずのものであるが、今再び燃えている。その断絶的継続性にチャールズは希望を見出すのである。カントリー・ハウスも所有者が変わり、あるいは解体されていくが、それでも建物は存続し、あるいは新たな生命を与えられて維持される。もとの姿ではなくなるかもしれないし、本質が変わることもあろうが、しかしその精神は生き続け、悲劇であろうとなかろうとそこに関与した人間の生が無意味になることはない。チャールズはそこに自らの実存的疑問の解答を見出したことになる。

6 空洞化する「威厳」——カズオ・イシグロの『日の名残り』

不確かなカントリー・ハウスの記憶

二〇一七年にノーベル賞を受賞したカズオ・イシグロを一躍有名にした小説が『日の名残り』(一九八九年)である。イギリスでも権威あるブッカー賞を受賞し、一九九三年にはジェイムズ・アイヴォリーが監督し、エマ・トンプソンとアンソニー・ホプキンズが主演した映画が、イギリスの文化的遺産を表象するいわゆるヘリテージ映画としてヒットすることで、彼の名を世界に知らしめた(54)。

小説では、ダーリントン卿という貴族の館を差配していた執事スティーヴンズが、戦間期に館で行われた英独宥和のための国際会議や交渉の記憶をたどっていく。「偉大な」貴族の主人に仕えることで、「人類に奉仕する」のが執事の役割であると自負するスティーヴンズは、黙々とダーリントン卿に仕え、国際会議やトップ外交の会談を背後で支える。[55]だが、ナチスが台頭したドイツにとって、ダーリントン卿は都合のいいカモであり、イギリスを懐柔する手段として利用していただけであった。結局、ダーリントン卿は国民から裏切り者のレッテルを貼られ、名誉毀損の裁判にも敗訴し、傷心のまま亡くなる。後継者なきダーリントン・ホールはアメリカ人のファラデイ氏がスティーヴンズを含む四人の使用人とともに買い取り、スティーヴンズはこの新たな主人に仕えている。物語は、かつての同僚であり、互いに想いを寄せていたはずの女性を訪ねるべく、ファラデイ氏の厚意で車を借りて休暇旅行に赴く道中の、イングリッシュな風景とそこで想起される過去のダーリントン・ホールでの経験を問いただしていく。

彼の小説を貫いているテーマの一つが記憶である点については多くの研究者の見解が一致している。[56]初期の作品『遠い山なみの光』(一九八二年)や『浮世の画家』(一九八六年)は、それぞれイギリスに移住し、長女を失くした日本女性、戦中のある咎により名声を落とした日本の画家が、過去を振り返る物語である。『日の名残り』の次に書かれた『充たされざる者』(一九九五年)は、記憶喪失症のピアニストである主人公の経験を語り、『わたしたちが孤児だったころ』(二〇〇〇年)では、幼少期に失踪した両親を主人公が日中戦争の真っ只中にある上海に追跡する。臓器提供のために養育されたクローンがほかのクローンの友人たちと過ごした寄宿学校の記憶をたどっていく『わたしを離さないで』(二〇〇五年)や、伝説的なアーサー王が死んだ後のイギリスに舞台を設定し、記憶喪失症の老騎士が妻とともに進む旅程を語った『忘れられた巨人』(二〇一五年)も、時代設定やジャンル、スタイルは異なれど、「記憶」がテーマになっている。

『日の名残り』でもカントリー・ハウスの記憶が重要なテーマである。だが、ほかのイシグロ小説の場合と同様に、その記憶は不確かなものであり、語り手である主人公のごまかしや隠蔽、言い訳、ときには虚言までもが密かに紛れこんでいる。[57]信頼できない主人公の言葉は、語りが騙りと表裏一体であることを示唆していて、威厳と権威、栄耀を誇ったはずの貴族とカントリー・ハウスは、彼の記憶の語り=騙りを通過することで、実はそれが無意味で、空虚なものでしかなかったことが暗示されている。作者としてイシグロは巧妙に小説を組み立てている。ダーリントン卿が活躍する一九二〇年代から三〇年代にかけての戦間期を、所有者がアメリカ人へと変わった後の一九五〇年年代半ばという文脈のなかで執事に回想させることで、貴族とカントリー・ハウスの権威が失墜していく過程を、二つの時代の政治・社会状況の差異を浮かび上がらせつつ提示している。さらに付け加えて言うならば、八〇年代末に小説が出版されている点も、サッチャー政権時代に興隆した「イングリッシュなもの」への郷愁《ノスタルジア》を喚起するヘリテージ産業の一端であるかのような印象を与え、小説が描くカントリー・ハウスの意味を複雑にしている。そのため、戦間期、戦後、八〇年代という三つの時代の層におけるカントリー・ハウスの位置づけを考えなくてはならない。

『日の名残り』は一見、イギリス帝国が潰えていく過程において、それを象徴するかのような貴族階級と彼らの館というイングリッシュな文化遺産の消滅に対する郷愁をテーマにしているように読めてしまう。たしかに、スティーヴンズの語りと旅行は、それを裏づけるかのように「イングリッシュなもの」の具現としてカントリー・ハウスとイングランドの風景を綴っている。だが、それが矛盾と欺瞞をはらんでいることが徐々に明らかになるにつれて、貴族やカントリー・ハウスの空虚さと「イングリッシュなもの」という概念の神話性が暴露されていく(58)。デュ・モーリアの『レベッカ』やウォーの『ブライズヘッド再訪』と同じく、『日の名残り』においても、貴族階級とカントリー・ハウスが戦間期においてすでに実力と権威を喪失し、空洞化していたという認識が根底にあり、それによって戦後、そして八〇年代の人びとまでが共有する文化的遺産への憧憬と郷愁に疑問符が打たれている(59)。この節では、「イングリッシュなもの」を支える曖昧で、不確かな記憶としてのカントリー・ハウスの欺瞞がほころびていく語りを、『日の名残り』のなかに追っていきたい(60)。

空洞化する「威厳」

小説の冒頭において、主人公の語り手であるスティーヴンズは、オクスフォードシャーにあるダーリントン・ホールを買い取ったアメリカ人ファラデイ氏に仕える執事として登場する。ファラデイ氏が、しばらく帰国するのに合わせて、スティーヴンズに休暇を取って旅行するよう勧めるとき、スティーヴンズは「この壁に囲まれて何年もの年月、イギリスにおける最高のものを見てきたのが私の特権」だからという理由で、壁の外の世界へ足を踏み出すことを一度は断る(4)。そこにはもともとの所有者だったダーリントン卿の時代以来、イギリスを代表する文化と伝統を館が具現し、自分もその一端を担ってきたという自負の念が垣間見える。「威厳」という美徳を「イングリッシュな」ものとして誇る彼は、イギリスの上流・紳士階級のマナーと生活様式、文化だけでなく、執事というイギリス特有の職業にもその美徳を見出している。危機的な状況に際しても感情をコントロールし、職掌や役割にふさわしい振る舞いをしつづけることが「威厳」であるとすれば、イギリス人こそが他のどの国民よりもその美徳を備え、カントリー・ハウスに仕える「偉大な執事」こそがそうしたイギリス人の典型であるという(43)。とりわけ「歴史あるイギリスの大邸宅」には、威厳ある優れた執事や召使いが必要であるとスティーヴンズは主張する(6)。

たしかに、感情を表に出さないことはイギリス人の美徳としてよく語られるし、執事には危機的な状況に際しても常に冷静沈着で威厳を持った対応が求められる。父親は以前使えていた主人の客人が、その主人を嘲笑したとき、その非礼を威厳ある態度で糺したし、父親がよく知るインドに駐在した執事は、キッチンに忍び込んでいた虎を冷静に銃殺し、何事もなかったかのように職務を遂行した。スティーヴンズ自身も国際会議がダーリントン・ホールで開催された際には、父親が危篤に陥り死去するという危機的な状況にもかかわらず、滞りなく職務を遂行する。

だが、スティーヴンズが考える「威厳」は表面的なものであって、社会的に、あるいは政治的に、さらには人間的にも、誇示すべきものではないことがしだいに明らかになっていく。スティーヴンズの指揮下でダーリントン・

ホールに奉公しはじめた老齢の父親は、庭の石段につまづいてお盆と一緒にグラスをひっくり返してしまったり、給事中に鼻水を垂らすという失態を演じる。危篤に陥った父親を前にして、スティーヴンズは息子として情愛ある言葉をかけることもなく、仕事の話しかできない。「威厳」を維持して職務を遂行しているつもりでも、目に涙を浮かべて泣きそうな顔になっているのを客人に指摘されてしまう。ギフェンの研磨剤で銀製の食器・食卓刃物類を磨くことが執事たちの間で流行したことを自慢げに語るスティーヴンズの「威厳」は、きわめて俗物的である。

であるならば、執事の「威厳」を支えるカントリー・ハウスと、居住者であり所有者である地主・貴族階級の権威と威厳もまた疑問に付すべきものに見えてくる。[61] スティーヴンズ自身がその疑問に直面するのが、ファラデイ氏の車を借りて出た休暇旅行の三日目である。ガス欠のために投宿したデヴォンシャーの村の家で、村人たちに紳士階級に際立つ美徳は何かと詰問され、「威厳」であると答える。だが、政治談義の好きなハリー・スミスに「威厳はたんに紳士が持っているものじゃない。この国の老若男女みなが尽力し、手にすることができる美徳である」と反駁される。「だからこそ俺たちはヒトラーと戦ったんだ。ヒトラーの好き勝手にさせていたら、今俺たちは奴隷でしかないだろう。〈中略〉思い起こさせる必要もないだろうが、奴隷には威厳はないのだ」(185-86)。そう主張するハリー・スミスにとって、威厳は自分自身の意志と判断にしたがって自由な言動を行うことで生まれてくるものであり、隷属状況にある人間はもちろん、自己の意志と判断ができない人間はすべて威厳がないことになる。政治的な知識も持たず、外交関係についても一切感知しようとしないスティーヴンズは、ダーリントン卿がやっきになって進めていたドイツとの宥和政策の意味もわからなかったし、それによってダーリントン卿の権威が失墜するのも見ようとはしなかった。ナチス・ドイツのカモになったダーリントン卿、その彼に盲目的に仕えるスティーヴンズはいずれも「威厳なき奴隷」であったことになる。ハリー・スミスの立場は二十世紀初頭から貴族・地主階級の既得権と特権を批判していく自由党、やがてそれにとってかわる労働党の見方を反映している。福祉政策の充実をかかげ、教育改革も遂行したイギリスにおいて、もはや召使いのように滅私奉公することを「まったく威厳を欠いた」生き方だと考える傾向が強くなっていったことはイシグロも認識していた[62]。

貴族とカントリー・ハウスの失墜

歴史的現実として、政治的にも地主・貴族階級の権威が失墜しはじめたのが戦間期である。ロイド・ジョージによる人民予算騒動と総選挙の結果、貴族院の権力は弱められていった。それは政治を、選挙で選ばれた庶民院の政治家が担いはじめていく契機となり、結果として地主・貴族階級は政治の中枢から排除されていった[63]。重くなった課税にあえぐ地主・貴族階級は不動産を手放しはじめたが、そのことはもはや地方の共同体においても彼らは領主として君臨することを事実上あきらめたことになる[64]。

ダーリントン卿が「非公式」に国際会議や極秘外交交渉をダーリントン・ホールで主催し、ドイツ宥和政策を推進しようとするのは、彼にはもはや政治の表舞台で活躍できる場がないからである。小説中では国際会議の開催は一九二三年、イギリスの首相とドイツ代表の密会は一九三六年ないしは三七年だが、それぞれアンドリュー・ボナー・ロー、スタンリー・ボールドウィンが首相を務めていた保守党政権下である。保守党とはいえ、ローは中卒で製鉄業に身を投じて成功した人物であり、ボールドウィンも中流階級出身である。彼らは、もはや貴族階級の既得権を保護するのではなく、中流階級の利権を伸長させる政策を進める政党として保守党を刷新した。選挙で選ばれた庶民院の国会議員は法や政策に関する専門家として職務に従事し、爵位と富、不動産、歴史性のみを笠にきて貴族院に座る貴族階級は専門的知識も能力もない「アマチュア」の政治家でしかないことになる[65]。

国際会議にやってきたアメリカ合衆国代表ルイス氏は、それゆえにダーリントン卿を「紳士」であるが、外交政策については「アマチュア」だと批判する[66]。

彼は誰でしょう。紳士です。ここにいる誰もがそれに異を唱えることはないでしょう。古典的なイギリス紳士です。作法をわきまえ、正直で、善意にあふれています。ですが、ダーリントン卿はここではアマチュアです。〈中略〉彼はアマチュアであり、今日の国際問題はもはやアマチュア紳士の手に負えるものではありません。あなたたちヨーロッパの方々はそのことをできるだけ早く悟ったほうがよろしいのではないでしょうか。あなたたちのように品良く、善意に満ちた紳士方にお聞きしたい。今あなたの周りで世界がどんな場所になりつつあるのかおわかりなのかと。高貴な本能から行動する時代はもはや終わったのです。もちろん、ここにいるヨーロッパの方々はご存知ないかもしれない。私たちを歓待してくれたこのような紳士は、理解できない事柄に首をつっこむのが自分たちの仕事だと信じている。この二日間たわごとばかりがここで交わされた。ヨーロッパでは外交政策を進めるのに専門家が必要なのです。それがわからなければ大惨事へと突き進むことになるのです。皆さま方、乾杯です。乾杯させてください。プロフェッショナリズムのために。（102）

ダーリントン卿にとどまらず、ヨーロッパの代表団までをも「アマチュア」と批判し、国際政治の現実を理解できないまま外交に干渉することの問題性を指摘したのである。イギリスが世界の秩序を維持したパクス・ブリタニカが潰え、パクス・アメリカーナにとってかわられる戦後を暗示させる場面でもある。ダーリントン卿は「アマチュアリズム」という批判に対して、重要なのは「名誉」であると反論するが、最終的にはルイス氏が正しいことになる。ナチス・ドイツの機嫌をとるべく、ユダヤ人の召使いを解雇し、イギリス・ファシスト連合を立ち上げ「黒シャツ」部隊を組成させたオズワルド・モズリーとも短期間ではあれ親交を持ち、ドイツに渡航し宥和政策をはかろうとしたダーリントン卿は、ナチス・ドイツが一九三九年九月にポーランドに侵攻し、第二次世界大戦を引き起こしたことで、ルイス氏の言うとおり、外交においてナイーヴかつ無知なアマチュアでしかなかったことが露わになるのである（137）。

とするならば、「世界の重要な決定」は、公の部屋で衆人環視のなかでなされるわけではなく、「親密で、落ち着いたこの国のカントリー・ハウスにおいて」なされ、そこに仕えることで執事は「人類に仕えている」(114)ことになるというスティーヴンズの主張にも、疑問符が突きつけられることになる。「真に優れた家柄と関係を持つことは、「偉大さ」の必要条件であり、「偉大な」執事は「偉大な紳士」に仕えることで、「帝国の将来の福利に間違いなく貢献」しているし、それによって「人類に仕えている」とスティーヴンズは、家柄の良さと偉大な紳士への従順な奉仕を、執事の「偉大さ」として位置づける(117)。だが、ダーリントン卿は「優れ」て「偉大な」主人でもなかったし、彼自身も世界に影響を与えたわけではない。実際のところ、彼の館内で交わされた言葉は、政治的にも、外交的にも重要な意味を持ちえず、むしろ誤った判断へと国と国民を導く害悪でしかなかった。つまり、貴族階級とカントリー・ハウスは政治的に意味を持たないどころが、障害であり、害悪でしかなかったことになる。そしてスティーヴンズが拠り所とする「帝国」もまた、すでに失墜した貴族の権力とは関係のないところで延命工作がなされ、カントリー・ハウスの没落と並行しながらも覇権を失っていく。

明瞭に語ることはないが、それを自覚しているがゆえにスティーヴンズは常にその過去を隠そうとする。旅の道中では自分の元主人がダーリントン卿であることを隠しつづけるし、ダーリントン・ホールを訪れたルイス氏の客人ウェイクフィールド夫人に対しても、過去を否定する。敷地内にあるアーチが十七世紀に製造されたものではなくダーリントン卿が存命中に作った偽物ではないかという質問に対して、そうかもしれないと答え、ダーリントン卿に仕えたことも否定する。結果として歴史あるはずのダーリントン・ホールは、にわか造りの「偽物」のカントリー・ハウスと確信され、スティーヴンズ自身も「真性なる古くからあるイギリスの執事」ではなく、「偽物」と判断されてしまう(124–25)。旅の道中では「イングリッシュな」景観と風物、人びととの交流を堪能するスティーヴンズだが、「最高のイングリッシュなもの」であったはずのカントリー・ハウスは、ここにきて「真性」を喪失してしまうことになるのである。それは権力を失い、権威まで失った貴族とカントリー・ハウスの宿命である。「空っぽの貝殻」でしかなくなった後継者なきダーリントン・ホールは、アメリカ人によって維持され、空洞のまま命を永らえるしかないのだ。それとともにスティーヴンズの居場所とアイデンティティも揺らいでいくことになる。

戦間期から戦後にかけて、地主・貴族階級への批判が高まり、彼らの政治的権力が弱体化し、同時に経済的基盤までも喪失した時代にあって、カントリー・ハウスはもはや無用の長物でしかなかった。「イングリッシュ」な歴史遺産として憧憬を一部に喚起したとしても、すべての人がその価値を認めていたわけではないし、すべての邸宅が価値あるものでもなかった。小説の起点となる一九五〇年代には四一七軒という未曾有の規模のカントリー・ハウスがイングランドの地上から消滅していった。その点、たしかにイギリス帝国の衰退と重ね合わされるべき現象であり、バリー・ルイスや金子幸男が指摘するように、『日の名残り』にも、衰微する帝国と「イングリッシュなもの」に対する自信喪失の反映を読みこむことは不可能ではないだろうが[67]、カントリー・ハウスの威厳と権威が失墜していく背景には、帝国の外交と政治、さらには経済までもがもはや貴族やカントリー・ハウスを中心に担われてはいなかったという歴史的実態があったことを忘れてはならないだろう。八〇年代に書かれたイシグロの小説は、ツーリズムの対象としてしか生き残れない「イングリッシュな」遺物という、カントリー・ハウスが背負った悲しき宿命を暗示している。それは「真性」ではなく、郷愁と想像によって捏造された「イングリッシュな」虚構としての家の姿でもある。

7　カントリー・ハウスの現在と未来

保存のための戦い

イングランドでは現在でも、その優雅な姿を緑の大地の上に横たえているカントリー・ハウスを見ることができ

図5-6　ヴィタ・サックヴィル＝ウェストが愛したシッシングハースト（ケント州）

るのだが、その端正なたたずまいとは裏腹に、それらは過酷な運命に抗い続けかろうじて生き永らえている老いた伝統であり、人為的努力によってなんとか延命措置を施されている空洞化した記念碑であることを忘れてはならないだろう。イングランドの地中には、無用かつ無意味な遺物として消滅していった無数の居館が眠っている。

実際のところ、現在「ステイトリー・ホーム」といわれる大邸宅のうち完全に個人所有として存在するものは多くない。屋敷の一部に住み続ける権利と引き換えに、屋敷の所有と維持・管理をナショナル・トラストやイングリッシュ・ヘリテッジに委譲した邸宅は数多い。形と居住者は変わらずとも、所有者は個人ではなく財団へとすり替わっているのである。農地を売却し、ロンドンのデヴォンシャー・ハウスも処分したデヴォンシャー公爵家のチャッツワースは、美しいダービシャーの丘陵の懐に抱かれるようにしてたたずんでいるが、もはや公爵家の資産ではなく、独自の財団が管理する資産として存続を許されているにすぎない（口絵6）。オクスフォードシャーのモールバラ公爵の館ブレナム・パレスやウェスト・サセックスにあるノーフォーク公爵の大邸宅《ステイトリー・ホーム》であるアルンデル城も、同じく独自の財団によって維持されている。

ケント州にあるシッシングハーストもそんなカントリー・ハウスの一つである。ウェルドと呼ばれるケント州の丘陵地帯にたたずむ美しい庭が絵になる館である（図5-6）。その庭を作り上げたのはヴァージニア・ウルフの友人ヴィタ・サックヴィル＝ウェストであるが、彼女の死後ナショナル・トラストが所有権を譲り受け、維持・管理しながら一般に公開している。ウルフの時代に一つの転換点を迎えたカントリー・ハウスの物語をサックヴィル＝ウェストのシッシングハーストで締めくくりたい。

ヴィタ・サックヴィル＝ウェストは、ケント州セヴンオークスにあるノウル・ハウスに第三代サックヴィル男爵の娘として一八九二年に生まれた。ノウル・ハウスはもともとカンタベリー大主教であったトマス・クランマーの所有物であったのをヘンリー八世が気に入ってしまい、無理やりクランマーから取り上げた。その後、新たな所有者となった初代ドーセット伯トマス・サックヴィルが十七世紀初頭にルネサンス風に改造したのが現在の建物である。以来サックヴィル家の代々の当主が買い集めた家具や美術品がその当時のまま保存されている大邸宅《ステイトリー・ホーム》である。地主階級への課税が増加されていく過程で、その方針にもっとも強い抵抗を示したのはサックヴィル家である。ヴィタは歴史あるこの家に強い愛着を持っており、女性であるがために自分が相続できないことに大きな不満を持っていた。

貴族の娘として華麗なる人生を歩むヴィタだが、文才にも優れ、一九二七年に書いた『土地』により優れた文学作品に与えられるホーソーンデン賞を受賞し、一九三三年にも『詩集』で再度受賞する。一九一三年に外交官であったハロルド・ニコルソンと結婚し、ともにコンスタンティノープルに駐在するが、翌年にはハロルドが外交官を辞してヴィタとともにイギリスに永住することになった。

二人が強い愛情で結ばれていたことは疑う余地もないが、ともに同性愛者でもあった点で特異な関係と言えよう。ハロルドが複数の男性と関係をもつのと平行して、ヴィタも女性遍歴を重ねたのである。女学校時代に四歳年上のロザモンド・グローヴナーと恋愛関係に落ちたのがはじまりで、それはヴィタが結婚するまで続いた。ヴァイオレット・トレフュシスとの関係も二人がティーンエイジの頃にはじまったと思われるが、結婚後も続き、一九一八年には子供をおいて何度か駆け落ちする始末であった。フランスに赴いた際にはヴィタが男装して外出さえしていた。

ヴィタのレズビアニズムを語るときに欠かせないのはヴァージニア・ウルフとの関係だろう。二人の関係は一九二〇年代の後半に深まることになる。ウルフの小説『オーランドー』(一九二八年)は、ノウル・ハウスを舞台にヴィタをモデルにして両性具有者の生涯を十六世紀からたどった奇妙な伝記の体裁をとっている。ヴィタの息子であるナイジェル・ニコルソンが「文学において最も長く、最も魅力的なラヴ・レター」と言ったのはもっともなことで、二人の恋愛が深まるなかでヴィタの精神世界が虚構に昇華されている。

ウルフからシッシングハーストへ

サックヴィル゠ウェストとウルフの関係が急速に冷えていったのは、前者がシッシングハーストを購入したのが大きな要因となっている。新しい庭を造るための古い家を探していたサックヴィル゠ウェストは、息子とともにシッシングハーストを訪れてひと目ぼれしてしまう。四百エーカーの農地とともに買い取ったのは一九三〇年のことであった。その後の一年の間にヴィタからヴァージニアに宛てた書簡は一つも残っていない。ハロルドが不在の間、ウルフが一晩をシッシングハーストで過ごしたことはわかっているが、以後はかつてのように二人で時を過ごすことはなく、ヴィタはこのカントリー・ハウスにますます引きこもり、ヴァージニアは孤独感と不安と嫉妬に悩まされることになる。

シッシングハーストは正式にはシッシングハースト・カースルと「城」を名前に冠した由緒正しく、複雑な歴史の層を内に刻み込んだ建築物である。名前の由来は森の中の空き地を意味するサクソン語である。この辺りには十二世紀末から集落がつくられ、やがてマナー・ハウスを中心にして掘によって取り囲まれるようになった。一四八〇年にサックヴィル家と縁戚関係のあるベイカー家が購入し、マナー・ハウスが古びて廃墟になった跡地に現存する赤煉瓦の塔の館が築かれるにいたる。石と木材でつくられたマナー・ハウスしかなかったケント州において最初の赤煉瓦による大屋敷《マンション》であった。十八世紀半ばから十九世紀半ばまでは、政府に貸し出して軍隊の駐屯地になったり、フランス軍の捕虜や貧民を収容したりしたために、一八五五年にコーンウォリス家が買い取ったときには、損傷が激しくとうてい住むに耐えない状態であった。そのため、新しい住宅用の農家屋を新築することになる。第一次世界大戦を経る頃になるとそのコーンウォリス家もシッシングハーストを維持・管理できなくなり、ついに一九二八年に売りに出したのである。サックヴィル＝ウェストが訪れたときには二年ものあいだ買い手がつかず、無惨な姿を曝け出したまま崩壊の途をたどっていた。

シッシングハーストを買い取ったヴィタはロンドンの社交界や戦後の社会・政治に背を向けて、ガーデニングと神秘主義に心血を注いでいくことになる。ノウル・ハウスとシッシングハーストを含めたカントリー・ハウスに対する彼女の思い入れは、それから五年後に出された「イングリッシュ・カントリー・ハウス」というエッセイによく表現されている。「イングランドのカントリー・ハウスのようなものは世界じゅうを探してもどこにもない」という言葉ではじまるこのエッセイには、そうした「イングリッシュな」カントリー・ハウスを愛し、所有している自負の念が満ち満ちている。(68)

「不自然な建築物」

英語では“Country House”と表示し、けっしてハイフンで二つの単語を結ぶべきではないと主張するのは、「家が本質的に田舎の一部となっているからであり、たんに田舎にあるだけではなく、その一部として、自然に生えてきたものとして存在している」からである。(69)そこにサックヴィル＝ウェストが理想とするカントリー・ハウスのあり方がある。モールバラ公爵の壮麗なるブレナム・パレスも、ヨークにある優雅なカースル・ハワードも、バッキンガム公爵の旧邸であり風景庭園で名高いストウも、さらにデヴォンシャー公爵家のチャッツワースまでも、彼女の目から見れば、突然空から降って湧いたように出来上がり、周りの風景とも調和しない「不自然な」建築物でしかない。

サックヴィル＝ウェストは、イングランドが豊かな自然と大地に恵まれた緑の島であり、常に戦火にさらされてきたヨーロッパとは対照的に平和で静かな田園が広がっている国であるとして、それと調和するように増改築を繰り返してきた風化した邸宅を評価する。おそらく彼女がカントリー・ハウスの理想として念頭に置いているのはサックヴィル家の邸宅ノウル・ハウスなのだが、エッセイでは同じケント州にあるペンズハーストを例に出す。詩人フィリップ・シドニーを輩出したカントリー・ハウスである。バロンズ・ホールと呼ばれる一三四一年に築かれた木造屋根の広間を持ったマナー・ハウスが邸宅の根幹であり、そこからエリザベス朝期のロング・ギャラリー増築や十九世紀の大規模な増改築を含むプロセスを経て、今ある巨大な大邸宅《ステイトリー・ホーム》になっている。第二次大戦後荒廃していた庭も現在では多くの観光客の目を楽しませている。

そうした増改築を繰り返して「自然に」生長したカントリー・ハウスの美徳を表現する際に彼女が用いるキーワードが「混濁（muddle）」である。

「カントリー・ハウス」の特徴は、外側と同じように内側も「生い茂った」状態になっていることだ。室内装飾の専門家に好まれる「時代部屋」はまったく問題外である。すべてが混濁しているのだ。ジェイムズ一世時代の板壁、チッピンデールのテーブル、中国風の壁紙、十八世紀の二人掛けソファー、ジェノヴァ風のビロード、ジョージ朝時代の錦織、ブルゴーニュ風のタペストリー、アン女王時代の刺繍、ウィリアム王・メアリ女王時代の重ねだんす、さらにはヴィクトリア朝のサイドボードまでがいっしょくたになっていて、純粋さを求める人は嫌悪のあまり身震いすることであろう。特定の時代のものだけがある完全な時代別の室内装飾などは存在しないのである。所有者の一人一人が家具や絵画、タペストリー、彫像などをそれぞれの時代の趣味と流行にしたがって少しずつ入手していったのである。趣味が良いときもあれば、悪いときもある。そうしたものに「絶対」はないのである。わたしたちの趣向だってまさにこの現代の趣味と流行に左右されているのだ。あるスタイルを讃え、別のものを酷評したとしても、次の世代は正反対の意見であったりするのだ。[70]

十七世紀前半から、名誉革命、アン女王時代、ジョージ朝を経て、ヴィクトリア朝までさまざまな時代の家具や装飾品がつまったカントリー・ハウスは、その構造自体もまた異なる時代の増改築を経て「混濁」状態であり、ちょうど樹木が年輪を重ねて生長し、さまざまな形の葉を生い茂らせるように、自然に大きくなり呼吸している。

ハムステッドの空き家

サックヴィル＝ウェストの『消耗した情熱』（一九三一年）にはそんな「魂」をもった家が登場する。八十八歳のレイディ・スレインが、夫の亡き後家族から離れてたった独りでハムステッドの家に移り住む話である。若いころ女優になるのが夢だったレイディ・スレインは、貴族院に議席を持つ貴族政治家の妻として従順に仕え、子供を育てたものの、夫が死んだ後には心の中に空虚さが広がり、若いころの思い出や夢がわだかまりのように残っているのを感じる。そして、子供たちが引き取って面倒をみてくれるというのを無視してケンジントンの自宅からハムステッドの小さな家に移り住むことにする。たった独りになった彼女は家がプライヴェートな空間でありながらも、そこに物質だけではない魂のようなものがあると確信する。

これほどまでに家が、とくに空き家が奇妙に感じられるなんてけっして彼らにはわかりはしない。たんに垂直方向と水平方向に体系的に煉瓦が積み上げられ、間隔をあけてドアと窓が取りつけられたものではなく、独自の生命を宿した実在である。四角い煉瓦の箱の中に閉じ込められた空気に、すべてを一つにつなぎとめる息が吹き込まれたように、家はたたずみ、四方を囲む壁が落ちてしまうまで、その実在を一般公共の目に見せ続けるのである。それはプライヴェートなものである。家なのだ。かんぬきと横木がある、なしに関係なく、プライヴェートな空間だ。もし、そんな迷信めいたことがばかげているように思うなら、人間だって骨の寄せ集めにすぎないくせに、魂だの、精神だの、記憶力だの、知覚だのを主張したがると言えはしないだろうか。家と静止した煉瓦が無関係なように、それらは絶えず動いている肉体の原子とまるで関係がない。[71]ヴァージニア・ウルフとともに散策中に見つけたハムステッドのチャーチ・ロウにある家をモデルにしているのだが、自分独自の人生を歩むことができなかった老女が過去を振り返る場所としてこの魂を宿した家は存在する。

　自分は「フェミニスト」ではないと言うレイディ・スレインは、当時の社会で女性の置かれた窮屈な立場を回想する「一人きり」の空間としてこの家に住む。一九二六年にウルフに宛てて書かれた手紙の中で、自分が「不愉快なまでにますます孤独になっていく」のを感じていることを記している[72]サックヴィル＝ウェストにとって、シッシングハーストはレイディ・スレインにとっての家のような、平和と内省へと引きこもるための空間であった。ちょうどダロウェイ夫人が仕事から戻ってこない夫から離れて一人きりで屋根裏部屋で本を読むのと同じ、自分の世界にこもる「プライヴェート」な空間なのである。再び戦争の足音が響いてくる時代において実存的な不安を心の奥底に抱え、それを見つめるトポスであったのだ。

　サックヴィル＝ウェストにとって、自然に「生い茂った」カントリー・ハウスは生きたものであって、博物館の陳列品のように死に絶えた過去の遺物として提示されるべきものではなかった。『ハワーズ・エンド』のマーガレット・シュレーゲルが古い農家屋に「精神」を見出し、庭の木に「地霊」を感じたのと同じように、サックヴィル＝ウェストは邸宅を「魂」を持った「生きもの」としてとらえている。「家の魂、家の空気は、その家の構造やそこにある装飾と同じく家の一部」なのである。[73]そしてハワーズ・エンドがそうであったように、「魂」あるいは「精神」をもった家には家族、そして人間の絆が生まれ、コミュニティが形成されていく。そこに過去と現在、現在と未来をつなぐ「精神の遺産」、変容しながらも生き続ける「伝統」が育まれることになる。それは非現実な理想かもしれないが、産業と商業、金融によって支えられ支配された帝国が顕示され、それに追われるようにして多くのカントリー・ハウスが放棄され、解体され、消滅していった戦間期にあって、「伝統」の意味を、土地から生えた建築物を通して主張した小さな反論がサックヴィル＝ウェストの声であったと言えよう。

カントリー・ハウスの寿命

しかしながら、サックヴィル＝ウェストはそれが永遠に続くものではないことも鋭敏に察知していた。カントリー・ハウスのエッセイの最後において「この［カントリー・ハウスという］制度は封建的なものと共同社会的なものの奇妙な混交として今日のイングランドにおいて生き延びている。しかしあとどのくらい？」と結んでいる。最後の疑問符は不吉な響きをともなったものである。そこには、シッシングハーストに流れている長い歴史やその時間意識とともに、カントリー・ハウスとそこでの生活が永遠に続くものではないという不安な疑問が潜在している。シッシングハーストに居住し、庭の手入れをしながら、十六世紀から現代までの長い歴史的な時間の中にこの家と自分の存在があるという彼女の意識は、シッシングハーストを購入した直後に書かれた詩「シッシングハースト」に発露している。

この地で年月がとめどなく過ぎゆくなかで
わたしは暦を忘れ、碇《いかり》を落ろし、
眠りの中に自我を忘れ、
深く沈み、そして高揚する。
この庭仕事、この城、そしてこのわたし
深淵をたゆたいながら、
無時間の時空、過ぎし過去を寄せ集めた断片で
心を満たそう。

その間、青空にそびえる雪山のふもと
村の教会の鐘の音に合わせて牧草が揺れる牧場で、
人びとは種をまき、そして刈り入れをする。(74)

第二次世界大戦後に発表されたシッシングハーストの庭の四季を詩にした「ガーデン」の秋には、冬が近づき花や葉を落として枯れていく庭の草木を見つめながら、すべての動植物が「一刹那」の存在でしかないと説く。(75)冬にすべての生命が枯れ果て、あるいは眠りにつくように、カントリー・ハウスと庭の自然もまた栄枯盛衰をたどる可能性は否定できないという認識がある。それは「死の幕間」を前にした「貸家」でしかない。

実際に一九六二年にヴィタが死んだ後に、シッシングハーストは存亡の危機に立たされることになる。その五年後の一九六七年、夫のハロルドと二人の息子は庭と農地を含めたシッシングハーストの所有権をナショナル・トラストに移譲することを決めた。シッシングハーストの維持と存続を第一に考え、相続税を免れつつニコルソン家がそこに住み続ける権利を保有するための苦渋の決断であった。息子であり政治家であったナイジェル・ニコルソンも亡くなった現在、孫にあたるアダム・ニコルソンが当主としてシッシングハーストの庭をさらにきれいにすべく心血を注いでいるが、それは所有権を喪失した旧支配階級が伝統の形見を維持しつづける努力にほかならない。彼の書いた『シッシングハースト——未完の歴史』は、遺物になってしまったカントリー・ハウスの意味を問い直し、過去を書き直し、記憶を塗り替えつづけるカントリー・ハウスの住人の戦いの記録である。(76)

第6章　建築物の詩学
——ジョン・ベッチャマンと歴史的建築物——

1　奇矯なる国民詩人

ブリティッシュ・ライブラリーからの眺望

イギリスで調査をする際に、必ずといっていいほど利用するのがブリティッシュ・ライブラリーである。昔はブルームズベリーにあるブリティッシュ・ミュージアムの一角にあったのだが、二十世紀末にカンファレンス・センターや展示室を含む複合施設としてセント・パンクラスに移設された。古い図書館にはかつてマルクスが毎日のように座っていた机が残っていたりして、十九世紀以来の知の体系を包み込む「アウラ」が漂っていたが、モダンなデザインの大英図書館にはそれが欠落している。チャールズ皇太子が「醜い」と批判したのも頷けなくはない。

しかしながら、この大きな船を思わせる重厚な赤煉瓦の構造物と広々とした空間の使い方は、それはそれで落ち着きを感じさせてくれるものだ。とくにそのたたずまいにイギリス建築の歴史を感じてしまうのは、入口へと向かう広場を歩きながら右上を見上げると、隣のセント・パンクラス駅に直結したホテルがギザギザの小尖塔群を空高く突き上げているのが目に入るからである（図6-1）。今はセント・パンクラス・ホテルの名前を冠しているが、

図 6-1　ブリティッシュ・ライブラリー（正面手前）とセント・パンクラス・ホテル（正面奥）

もともとは「ミッドランド・グランド・ホテル」と言われていた。一八六七年にジョージ・ギルバート・スコットによって設計され、一八七三年に完成したヴィクトリア朝期の代表的なネオ・ゴシック建築物である。「威容」を示しているとも言えるが、「異様」なスタイルでもある。

　同じ赤煉瓦の建築物とはいえ、十九世紀のネオ・ゴシック建築と斬新な二十世紀末の図書館との奇妙なコントラストは、道行く人びとを、産業革命をなし遂げたヴィクトリア朝期とポップな現代とを交互にタイムスリップしているような錯覚に陥らせる。長い歴史の流れが育んできた「アウラ」をその全体から発散している過去の遺産は、未来を志向する現代の建築物に対置されることで、私たちの時間感覚を覚醒し、一世紀半余にわたる年月の間この場所を往来し、呼吸してきた人びとの姿と声を想起させることになる。コラージュではない。「接ぎ木」のように、異なる時代の異なる様式の建築物が土地の精神、地霊を共有しながら積み重ねられることで、時間の層を構築しているのである。そのとき私たちは現在と対比された過去を再解釈し、同時に現在の私たちの存在意義や歴史観を過去と対置することで再解釈している。二つの建築物は異なる時代に生まれながらも同じ時空間に共存することで、イギリス建築の伝統と歴史を再編する力を持った共生物となっているのである。そこには経時的モザイク模様の建築群が陶冶する歴史感覚が宿る。

　その感覚は、セント・パンクラス駅があることでさらに強調される。ジリアン・ティンドールが『地下に眠る野原』で歴史的に掘り起こしてみせたように、そもそもこの地域には複数の歴史の層が地下に眠っている。十九世紀初頭まではセント・パンクラス教会とその墓地だけが存在し、周囲には田園風景が広がっていた。その後、先駆的なロンドン郊外として投機的に住宅が建てられるが、短期的な借地契約であったために安普請の家になり、スラム化していく。そこにマンチェスターから線路を伸ばしてきたミッドランド鉄道が鉄道駅を構えたのである。(1)

古めかしい外観に反して駅の中は二〇〇七年末に新装されている。イングランド中部へ向かう電車の発着駅としてだけでなく、ウォータールー駅に代わってパリやブリュッセルに向かうユーロスターの発着駅の役割が加えられたのである。二〇一二年のロンドン・オリンピック開催のための大規模工事であった。以前はすぐ隣のキングズ・クロス駅と比べて存在感も薄く、寂しげであったが、現在では明るいショッピング・アーケードをともなった、ヨーロッパとイギリスをつなぐ表玄関に生まれ変わった。それに合わせて長いあいだ閉鎖されていた旧ミッドランド・グランド・ホテルも、セント・パンクラス・ホテルとして新装開業したのである。現在によって過去が再解釈され、書き直されていくように、建築物もまた常に存在意義と価値を修正され、再構築されつづけていく。パリンプセストとしてのロンドン景観は常に刷新されていくのだ。

セント・パンクラス駅を見上げて

そんな改装されたセント・パンクラス駅構内でぜひとも見ておきたいものがある。地下のアーケードから鉄階段を昇った地階踊り場に立っている小太り男のブロンズ像である（図6-2）。上を向いた姿は、ウィリアム・ヘンリ・バーロウの設計した巨大な鉄骨天井を見上げているようにも見えるし、外にあるホテルの尖塔群を見上げているようにも見える。手には古びた布袋を下げ、頭にはひしゃげたフェルト帽をかぶり、しわだらけのコートを風になびかせているのがなんとも愛嬌がある。

彼の名はサー・ジョン・ベッチャマン。イギリスの桂冠詩人であった人物である。桂冠詩人はイギリスにおいて国民的詩人に対して王室から与えられる名誉ある称号である。かつてのように国事慶弔に際して詠詩する義務は負

図 6-2　バーロウの鉄骨屋根を見上げるベッチャマン（セント・パンクラス駅構内）

わないが、それでも常に国民のために公的な詩作活動を期待されている格の高い存在である。

ベッチャマンが桂冠詩人になったのは晩年のことであり、それまではむしろ、汚れたテディベアのような風采と風変わりな言動のために、冗談や風刺の的になりがちだった。しかし、それでもユーモアと機知にあふれる彼ほど、人びとに愛されお茶の間の人気者であった詩人はいない。詩作品も粋だが、そんな彼の最大の魅力と存在意義は歴史的建築物に対する情熱とその保存のための奮闘にある。当時において嫌悪され解体の対象となっていた十九世紀の建築物を再評価し、それらの価値を詩や散文に記録し、テレビやラジオといったメディアを通しても保存を訴えつづけた功績は高く評価されるべきだろう。建築物が社会の歴史を内に刻み、人びとの生活を見つめ、コミュニティを形成する基盤であるとするならば、ベッチャマンの活動と文学はイギリス社会とその再形成の記録であったと言えよう。

ベッチャマンの像がセント・パンクラス駅構内に置かれたのも、ほかでもない彼の尽力によってこのネオ・ゴシック建築が二十一世紀にまで生き永らえたからである[2]。一九六〇年代になってすでに閉鎖されていたホテルとともに駅を解体する計画が持ち上がったとき、敢然とそれに反対を唱えて立ち上がったのがジョン・ベッチャマンであった。

ロンドン子が心の中に浮かべるのは、ペントンヴィル・ヒルから見える塔や小尖塔の群れが、霧でかすんだような夕日を背にしてくっきりと浮かび上がる風景であり、到着する電車が巨大な弧を描いたバーロウの車庫の大きな口に飲み込まれていく姿であり、陰気なジャド通りを歩いていると、突然ホテルのゴテゴテしたゴシック建築が姿を現す光景なのである。(3)

都市景観として、とくにロンドン子にとってのセント・パンクラス駅の価値と意義を簡潔かつ印象的に要約している。このように訴えたベッチャマン自身、セント・パンクラス駅があるカムデン区の生まれであるからその感慨は当然でもあろう。

瀟洒で古典的なスタイルのジョージ朝建築が人びとを魅了するのに比して、ヴィクトリア朝期の赤煉瓦のネオ・ゴシック建築は悪趣味として疎まれ、二十世紀初頭のモダニズムの勃興、戦後の都市開発計画の流れのなかで次々に解体されていった。ベッチャマンはそういう時代潮流のさなかにあってネオ・ゴシック建築物にこそ、中流階級的な野心と勤勉の美徳を育み商工業を活性化させたヴィクトリア朝精神の真髄があると説き、それらを保存することでイギリス社会における歴史感覚の維持と文化的アイデンティティの再構築を促そうとしたのである。

つむじ曲がりの救世主

ヴィクトリア朝建築に対する偏見を打ち砕こうとするつむじ曲がりで挑戦的な態度は、イギリス的でもあるが、ベッチャマン本人の性格でもある。それは『凄くいい趣味、あるいはイングリッシュな建築の盛衰についての憂鬱な物語』という彼の最初の単著によく顕れている。一九三三年という早い時期に書かれたせいか論旨に乱れがあるが、それでもキングズ・クロス駅とセント・パンクラス駅の建築が象徴する文化的意義についての意見は明快である。余分な飾りが一切ない頑丈な造りのキングズ・クロス駅にこそ、ヴィクトリア朝の時代精神がそのまま体現されていると断言し、セント・パンクラス駅についてもユニークな礼賛を連ねている。

隣にはセント・パンクラス駅が奇怪なゴシック様式のホテルと一緒に建っている。その前に立った建築士サー・ギルバート・スコットが「あまりに美しすぎる」と叫んだという逸話がある。ホテルの背後には、世界でもっとも幅広の張間の一つである駅の屋根が続いている。ホテルと比べて大胆とはいえないが、ずっと美しい。ホテルは、大きな懐中時計の鎖をさげ、派手なネクタイを真珠のネクタイピンで留め、その下にご立派な心を脈打たせた尊大な長老市会議員を想起させる。(4)

終生にわたって持ち続けた鉄道と駅への愛着が読み取れる文である。もったいぶった長老市会議員の比喩もベッチャマンらしいものだ。ヴィクトリア朝期の人びとが共有していた大胆さと尊大さを、駅とホテルの建築様式に見出している点が、詩人の感性ならではと言える。いわば生活文化の象徴として、つまり「ハビトゥス」として建築物をとらえる彼の建築批評の特徴がよく出ている。

ベッチャマンの建築批評が単なる懐古主義ではないことは、こうした駅こそが「イングランドに先天的な建築感性」を例示していると指摘している点に明らかである。イングランド北部にある無数の工場や殺風景な都市でエンジンや鉄が製造され、鉄道が敷設されていく過程で建造された駅には、無意識のうちに築かれた伝統が具現されている。(5)第2章でもふれたジョージ・ギルバート・スコットは、キャンバーウェルにある「救世軍」のウィリアム・ブース・コレッジ(一九二九年)や、バタシーにあるジャズ時代の要素を取り入れた発電所(一九二九―三五年)など数多くの独創的な建築を手がけた建築家ジャイルズ・ギルバート・スコットの祖父だが、ミッドランド・グランド・ホテルの設計に際しては、躍動するヴィクトリア朝の精神を当時流行の最先端であったネオ・ゴシック様式の派手なスタイルで表現したのである(口絵7)。後になってベッチャマンは、産業発展の過程で分離した建築士と技術師の調和ある協働の成果がこの美しい駅とホテルに象徴されているとも論じている。(6)

結局のところ、保存論争において世論はベッチャマンの味方につき、ホテルは閉鎖されたまま駅の前に残されることになった。二十一世紀に入ってユーロスターの基点として駅とホテルを丸ごと大リフォームしたのはイギリス政府やロンドン市の賢慮だろうが、それが可能だったのも駅とホテルがそのまま残っていたからであり、その保存運動を行なったベッチャマンと市民たちの努力こそ英断であったと言えよう。

とはいえ、ベッチャマンが完全無欠の英雄だったわけではない。そもそも詩人としての特性となると、モダニズムから離反したところに彼の出発点があったし、文学史上においても同時代人であるW・H・オーデンやルイ・マックニースと比べても高い評価を与えられているわけではない。建築史の領域においてさえも、浩瀚な『イングランドの建築』を著した同時代のドイツ移民ニコラウス・ペヴスナーやジョージ朝建築など古典的スタイルを賛美する建築史家ジョン・サマーソンのほうがはるかに専門的であり、重要である。モダニズムに背を向けて、斜めに走り続けた詩人兼建築評論家ベッチャマンは、愛されこそすれ「コメディアンもどきの専門的アマチュア」と見なされがちで、いずれの領域においてもまじめな考察からは疎外されることが多い。

しかしながら、そんなベッチャマンだからこそ庶民的な目線でイングリッシュな建築物を見つめ直す鑑識眼を持ちえたのも確かである。二十一世紀に入った現在のイギリスにおいて彼が残した文化的・精神的遺産を本書の最後に吟味しておくことは、十九世紀から現代にいたるイングランドの建築物を、「ハビトゥス」として再考する際にもきわめて有効だと思われる。

2 裏街道を迷走する

落第した審美主義者

あまりに「イングリッシュな」ためなのだろうか、ジョン・ベッチャマンはこれまであまり日本で紹介されることがなかったが、実にユニークな生涯を送っている。長いヴィクトリア朝の終焉から五年後の一九〇六年、ロンドンのカムデンで家具装飾品の製造・加工を営む家に生まれた。曾祖父の代にドイツから移民した家系である。この時代のカムデンには下層中流階級や職人階級が多く流れ込み、小売業や加工業が店を構え出していた。富裕ではあったが、社会階層的には中流階級とは言明しにくい生業でもあり、それが将来ベッチャマンに劣等感を抱かせることになると同時に、彼の言動に庶民性を付与し、国民的詩人としての人気を獲得させることにもなる。ベッチャマンは家業を継ぐ気はまるでなく、苗字も勝手にドイツ風の Betjemann の n を一つ抜いて Betjeman に変えてしまう。

しかし、教育環境には恵まれていた。彼の生まれた家パーラメント・ヒル・マンション五十三番地は、その名の通りロンドンを一望できる広大な公園パーラメント・ヒルの脇に立っている。その後に移り住んだハイゲイトも瀟洒な郊外であった。ハイゲイト・スクールではやがてモダニズム文学を牽引することになる詩人T・S・エリオットの教えも受ける。その後、オクスフォードにある名門ドラゴン・スクールでの寄宿生活を経て、やはり富裕な家庭の子女が寄宿する名門モールバラ校へ進む(7)。スポーツは大嫌いな一方で、この頃からすでに建築に関心を寄せ、イングランド国教会高教会派への傾倒もはじまっている。

ベッチャマンが大きな知的・精神的感化を受けるのは、一九二五年に入学したオクスフォード大学においてである。当時発足したばかりの英文科を専攻した彼は、モードリン・コレッジに在籍しながら耽美主義者（aesthete）として旺盛な知的活動を始めた。教会やチャペルの礼拝に列席したり、高尚な学生新聞『チェルウェル』の編集主幹を務めたりしながら、機知に富んだ詩作も始める。同時期の学生には、のちに評論家になるピーター・クェネルやモダニズム後の文壇に新風を吹き込むことになる詩人W・H・オーデン、作家として大成するイーヴリン・ウォーがいた。電車旅行の趣味を共有していたオーデンとは学生時代から話が合った。教会建築やヴィクトリア朝への関心をオーデンに植えつけたのはベッチャマンである。ウォダム・コレッジにいた英文学教授であり、学寮長にもなったC・M・バウラは、自身が耽美主義者《イーセティー》であることもあって、建築好きで機知に富んだベッチャマンを何かと気にかけていた。

しかし、こうしたベッチャマンの交友と活動は偏ったものであり、正規のカリキュラムとは無関係であったことに注意しなくてはならない。モードリン・コレッジにおける彼の指導教授は『ナルニア国物語』を書いたことでも知られる中世文学者C・S・ルイスであった。ベッチャマンにとって不幸だったのは、ルイスとは入学直後からウマが合わなかったことである。ベッチャマンの茶化した態度がルイスの気に障ったようだ。ベッチャマンが最終学年になった年、ルイスとのぎくしゃくした関係は一大事を引き起こしてしまう。ベッチャマンはあろうことか、必修だった神学の単位を再試験もろとも落第してしまったのである。そのため学位なしでも卒業できる「及第試験」を受けさせてもらえるよう大嫌いなルイスに嘆願書を出す羽目に陥る。プライドを捨てて頼んだ挙句やっと受験は許可されたのだが、ルイスの冷淡な態度に激怒したベッチャマンは、腹いせに勉強したこともない「ウェールズ語」を試験科目として選択する。結果は予想通り不合格であった。結局退学処分に甘んじることになったベッチャマンは、ルイスへの怨恨をトラウマとともに一生抱き続けることになる。要領よくまっすぐに生きられない彼の生き方を示唆する逸話である。

建築評論家ベッチャマン誕生

オクスフォード大学を退学した後、ベッチャマンは生活の糧を稼ぐべく学校教師や保険ブローカーの仕事をしていたが、やがて彼の建築への鑑識眼を評価していたバウラの口利きで『建築評論』のアシスタント・エディターの職につく。処女詩集『シオンの山』が出版されたのと同じ一九三一年のことである。とはいえ、当時の『建築評論』は、流行のモダニズム建築についての記事を中心にした斬新な業界雑誌であり、ヴィクトリア朝の生活文化や建築物、古い教会建築などに関心を寄せていたベッチャマンにとっては必ずしも居心地のいいところではなかった。プロの建築評論家たちから学んだものも大きかったが、この頃の彼の記事には彼本来の文章が持っている生気が感じられない。

それから二年後の一九三三年に転機が訪れる。石油会社シェルの広報責任者ジャック・ベディントンと知己になったベッチャマンは、シェルをスポンサーとしてドライブ用の観光案内書を編集する権利を『建築評論』の出版社で得る。その見返りとして給料もそれまでの年三〇〇ポンドから四〇〇ポンドに増やしてもらうことに成功した。昇給は何としても必要だった。というのも、その年に陸軍大佐の一人娘ペネロピー・チェトウォードと秘密裏に結婚していたからである。

「シェル・ガイド」シリーズは、イギリス各地の地誌や建築物をレジャーや歴史とともに紹介しながら、ドライブ観光へと人びとを勧誘することを目的としていた。車の普及を図り、石油の消費拡大を狙った企画であった。このシリーズは大成功を収めたばかりでなく、『建築評論』では抑圧されていたベッチャマンの古い建築物に対する愛着が遺憾なく発揮されている点で重要である。建築評論家としてのベッチャマンの本当の意味での出発点となる著作と言えよう。一九三五年に『建築評論』の編集から完全に離脱すると、モダニズムや近代的なものに対する彼の不信感はより明確なものになっていき、一九三七年に出版された詩集『絶え間なきしずく——小さなブルジョワの詩集』においてはコミカルな調子で建築を含む郊外やイングランド各地の風物を謳い、散文『好古趣味的偏見』(一九三九年)では、建築物をデザインやスタイルではなく「生活環境」「生活文化」と定義して独自の路線を打ち出していく。誰も省みることのないヴィクトリア朝期の建築物を見つめる「ハビトゥス」的建築批評の道を走り出したのである。

「国民のテディベア」

第二次世界大戦中、ベッチャマンはダブリンに報道担当の大使館員として駐在することになる。しかし、その間にも『年代物のロンドン』（一九四二年）や『イングリッシュな都市と小さな町』（一九四三年）を通して、十九世紀を中心としたイングリッシュな建築の価値を掘り起こしたし、詩作も精力的に続けた。彼のヴィクトリア朝についての関心は、一九五八年に歴史学者エイザ・ブリッグズとともにヴィクトリア朝協会の創立に貢献し、副会長に就任することにもつながっていく。

ベッチャマンを語るときに欠かせないのがメディアでの活躍である。戦中からすでに主にラジオなどを通して古き良きイングランドの建築物や町並みの美しさを訴えてきたが、一九六〇年代から七〇年代にかけてはテレビ番組に活動の中心を移し、まさにお茶の間の人気者詩人として国民の支持を集めていくことになる。コミカルな彼の存在ゆえに高視聴率を確保したＢＢＣの『メトロランド』（一九七三年）、続編の『教会への情熱』（一九七四年）は、彼のテレビ・プレゼンターとしての才能を如何なく発揮したものである。

その頃になると彼の功績が社会的にも認知され、一九六〇年にイギリス帝国三等勲爵士（ＣＢＥ）、一九六九年に下級勲爵士（Knight Bachelor）を授与される。桂冠詩人になったのはその後の一九七二年のことである。とりわけ、地方に埋もれていた教会やタウンホールなどの建築物が持つ美と価値について啓蒙的な役割を果たしたことが彼の功績であった。晩年はアルツハイマー病にかかり、一九八四年に子供の頃から愛したコーンウォールにて七七歳で永眠した。

「国民のテディベア」として人気を博しながらも、文学と建築の両面において、モダニズムの潮流から逸脱し、エリート街道からも外れ、裏街道を迷走しつづけた生涯だった。一九五一年に出会ったレイディ・エリザベス・キャヴェンディッシュとの関係も彼の風評に波風を立てたし、六十歳になってもベッチャマンは自分がジャーナリスト崩れでしかないと自嘲していた。しかしながら、そんなユーモアと愛嬌があったからこそ、彼は等閑視されていた十九世紀建築や教会建築の価値に庶民の目を見開かすことができたのも確かであり、とくにメディアを通した彼の影響力はけっして小さくない。

3 建築物の詩学

「建物」と「建築物」

詩人でありながら建築評論家の顔を持つベッチャマンのヴィクトリア朝建築物礼賛は、単なる懐古趣味で片付けられる浅薄なものではない。そもそも『凄くいい趣味』を書いた最大の目的は、そうした建築に対する好古趣味的な態度への批判であった。

ベッチャマンにとって建築は、それだけで独立して地面に立っている立体物でもないし、複数の素材を組み合わせた構造物でもない。ましてや個性的なデザインが価値を決める芸術作品でもない。ある時代の中に生まれ、その精神に育まれ、呼吸をし、熟成されていく生命体だった。生命が骨や肉から成り立ち、食べ物を摂取して成長するように、建築物も複合的な要素によって構成され、それぞれの時代の空気や環境、文化を摂取して変容し、また時代に影響を及ぼす媒介物であった。「ハビトゥス」という用語こそ用いていないにしろ、「ハビトゥス」としての建築こそベッチャマンが保持した批評原理であった。

建築ジャーナリストではあっても建築家ではなかったベッチャマンにしてみれば、建築の専門家は素材や構造、窓のつけ方など細かなところにばかりに目がいってしまい、博物館的な知識を披露することしかできない狭量な存在であった。彼らの手にかかると生きた「家」が殺され、無味乾燥な箱モノになってしまうと批判する。(8)『凄くいい趣味』では、それゆえに建築の細部ではなく、それをとりまく複合的要因を考慮することを提案している。建築は景観の一部であり、それゆえに都市計画の重要な要素になるし、人口増加、生活環境、天候、土壌、住民の政治的立場、さらには審美的欲求などによっても左右される。建築物がコミュニティによって影響を受ける側面もあれば、逆にコミュニティが建築物に感化される場合もあるわけで、ちょうど生活スタイルと服装の関係のように、両者を厳密に独立したものとして区分けすることはできない。(9)さらには同時代の土木技術や鉄鋼などの、現在でいう材料工学の発展によっても大きく左右されるのが建築物である。

ベッチャマンの「ハビトゥス」としての建築観は、彼が『好古趣味的偏見』に引用したトマス・グレアム・ジャクソンによる建築の定義に凝縮されている。その名もずばり『建築』(一九二二年)という概説書において、ジャクソンは建築家としての自らの経験を踏まえて建築の総合的な価値と意義を追究した。建築とは、精神的な領域はもちろん、生活領域にもかかわりを持ちながら、さまざまな分野の総合的な知識の上に、材料を用いて組み立てていく分野である。しかし、だからといって組み合わせればいいというわけでもない。彼の定義にしたがえば、「建物(building)」が「建築物(architecture)」になるためにはすぐれた技術と芸術性が必要になってくる。ジャクソンは散文と詩の違いをアナロジーとして用いることでそれを説明している。

詩がいわば散文に依拠していると言われるように、建築物は建物を基盤にしている。しかし、建築物は単なる建物以上のものだし、詩も散文以上のものである。〈中略〉偉大なる思考の高揚やより流麗なることばの流れ、共感、優美さ、情緒などが加えられることで散文が詩に昇華するように、建物も、主な枠組みの形が優れて優美であり、建築環境を完璧に示し、目的と実用のより緊密な調和を確保することで建築物に変容するのである。

一言でいえば、建築物とは建築の詩なのである。[10]

ジャクソンが設計した建築物の一つが、不格好で居心地の悪いオクスフォード大学の試験場であるのは皮肉なことこのうえないが、この一節を引用することでベッチャマンが強調したかったのは、複合的性質が生み出す「建築物の詩学」であった。散文的に部分が組み合わされた箱モノではなく、それに思想と美と実用性のすべてが加わり、融合することで生成される詩としての建築物が彼にとっての評価の対象なのである。

建築物の実用性

上述の「実用性」に含められる要素は、景観や都市計画、天候や生活環境、さらに重要なのは技術革新など建築物の実際的な側面なのだが、それは彼がヴィクトリア朝建築物に見出し、評価したものである。

すでに見たとおりセント・パンクラス駅とホテルはそうした例の一つだが、『凄くいい趣味』におけるクリスタル・パレス礼賛を考えてもいいだろう。クリスタル・パレスのようなガラス張りの建築、アルバート公記念碑からサウス・ケンジントンにかけて広がる博物館の建築計画について、ベッチャマンはヨーロッパに先駆けた先進的な「偉大なるイングリッシュな建築の伝統」であると断言する。[11] それらが商業的事業としての側面を持っており、さらに当時急速に発達したガラス製造技術や鉄の精錬技術などを土台として、それぞれの用途に適した構造と環境を付与されていたというのがその理由である。

ベッチャマンが折りに触れて「世界中でもっとも素晴らしい建物の一つ」として称えるロンドンの鉄道駅は、実はキングズ・クロス駅なのだが、それも同じ理由からである。デザインを優先する建築家ではなく、ルイス・キュービットという一介の土木技師が設計した駅は、「余分な装飾」が一切ないゆえに駅としての機能を完璧に果たす建築物であると論じる。古典的ではあるが単純明快な外観を提示し、当時の工業技術を遺憾なく発揮した鉄の支柱に支えられたガラス屋根の通路、乗車する入構客の入口と出ていく降車客の出口を区別したどっしりとした正面玄関、オフィスを駅の一部として組み込んだ構造は、その機能性においてきわめて優れていると讃える。(12) 技術に支えられた機能性と実用性こそがベッチャマンにとっての「イングリッシュな伝統」であった。

そうした実用性を評価する態度は、ヴィクトリア朝に浸透した中流階級の美徳の評価と直結している。『凄くい趣味』にはそんな建築物に反映された中流階級の美徳を強調する一節が見られる。

ヴィクトリア朝建築物は、産業主義が生み出したイングランドの大黒柱ともいうべき中流階級を正確に反映している。功利主義的な建物においては正直で、ときに想像力豊かであり、一般住居においては野暮なほど俗っぽく、雑貨屋のポートワインと同じく不快でありながら、善意だけは十分にあるものなのだ。(13)

こうした中流階級礼賛はヴィクトリア朝文化理解としてとりたてて議論すべきものではないように思えてしまう。しかしながら、この文が書かれた一九三〇年代は、モダニズム建築がイギリス国内はもちろん、ヨーロッパ、いや世界中を席巻していた時代であり、ヴィクトリア朝期に建てられた建築物が次々に壊され、斬新な建築物に取って代わられていったことを考慮すれば、時流に逆らう立場に立っていたことは確かである。建築家の意匠・デザインが建築物の評価を左右する時代にあって、「ハビトゥス」としての建築を強調した、つまり使用する人間、住人にとっての機能性と実用性を建築に求めたベッチャマンの意見は注目に値する。

ネオ・ゴシック建築再評価

ヴィクトリア朝建築物と言えば、すぐにゴシック復興の流れを受けた中世主義的なゴシック建築、正確に言えばネオ・ゴシック建築が思い浮かぶ。ジョージ・ギルバート・スコットが設計したセント・パンクラス駅前の旧ミッドランド・グランド・ホテルもその一例である。しかし、「実用性」という判断基準ゆえに、ベッチャマンのネオ・ゴシック建築評価はユニークなものとなる。
第2章で俯瞰したように、十八世紀後半から顕著になるゴシック復興熱は、ホラース・ウォルポールのストロベリー・ヒルや『オトラント城奇譚』に代表される城館にとどまることなく、カムデン協会を経由して教会に広まり、そしてミッドランド・グランド・ホテルのように世俗的建築様式としても浸透していった。[14] ピュージンとラスキンはともに中世を基準にすえたが、前者が中世の社会をカトリック信仰の生き続けた社会として宗教的に解釈したのに対して、ラスキンは中世の社会を宗教というよりは倫理的な観点から解釈した。[15] ラスキンは何よりもゴシック建築のなかに、野蛮さ、変化、自然らしさ、奔放さ《グロテスク》、剛健性、饒多性を見出すのみならず、「健全な労働によってつくられたもののみが正しい」という倫理性を賦与したのである。この流れはウィリアム・モリスへと受け継がれ、中世的ギルド制に基づく室内装飾に流れ込んでいくことになる。
ベッチャマンは、ヴィクトリア朝のネオ・ゴシック建築が「当時の教育を受けた人びとにとって深い関心事であった社会道徳や宗教とごちゃまぜになっている」ことを当然のように認めながらも、奇妙なことにヴィクトリア朝におけるゴシック復興の最大の貢献者と見なすべきラスキンについては口を閉ざしているし、ピュージンに対しても肯定的な評価を与えない。[16] かろうじて、ウィリアム・モリスの社会主義的な傾向を帯びた活動が「中世の工芸の本質」を再構築する契機になったことは評価するが、その一方で「進歩」を象徴する機械産業や工場に対する反動として中世主義は、結局のところ「健康的なそよ風」ではあっても、「不可能な」世界への「逃避」だととらえる。[17]
さらに言えば、ジョージ・ギルバート・スコットに対しても、さほど高い評価を与えず、『凄くいい趣味』のなかではこきおろし、彼の「ゴシック復興」それ自体が「趣味の破滅的な革命」を引き起こしてしまったと批判する。一九五二年の『最初と最後の愛』においては、その評価を改めてより精緻な議論をするが、結局のところスコットは、ピュージンのゴシック装飾を極限にまで推し進めたデザイナーではあっても、独創的なものはほとんどないと断言する。石、屋根、鋳物については実用的なものを用いているにせよ、ゴシックは彼にとって「表現形式であって、建築方法ではない」と切り捨てる。[18]

「混濁」の美徳

では、ベッチャマンはすべてのネオ・ゴシック建築を否定するのかといえば、そうでもない。彼にとっての理想的なネオ・ゴシック建築は、実用性を持ったものであるが、それ以上に「混濁」の美徳を備えたものなのである。この特殊な建築的美徳については丁寧に議論すべきであろう。

『凄くいい趣味』の第一章で、架空のカントリー・ハウスの歴史を通して建築物の意義と価値を浮き彫りにしている一節に、「混濁（muddle）」の定義がある。ベッチャマンは、「家」が経てきた「歴史的過程」がその存在意義であり、そこに建物が「詩」に昇華する重要な要素が宿っていると訴える。[19] 中世に基盤をおきながらも、十六世紀末のエリザベス朝様式あるいは十七世紀のジャコビアン様式、十八世紀のジョージ朝様式、そして十九世紀のヴィクトリア朝様式の、外装や内装を積み重ねることでできあがっていく家の姿に、住む人の趣味や生活様式、さらには時代の文化が注入され、思想と美が生み出されていく。特定の建築家のデザインですべてが決まってしまう一過性の美や思想ではけっして得られない深みと重さがそこに醸し出されるというのである。

ベッチャマンはその円熟した歴史の層を「混濁」として受け止め、そこに「人間らしさ」を見出そうとする。

何世代にもわたって人が住み続けている家には、真新しい家とは比べものにならないほどのやさしさが満ち満ちている。十中八九、新しい家と比べて造りがしっかりしていることはもちろん、古い家はイングランドの一部になっているのである。地表に新たにできたピカピカ光る赤い吹き出物ではないのである。古い家はそこに住んできた何世代もの生活を反映している。ふち飾りや絹のランプシェードに表れた母親の趣味、枠のついた水彩画に対するおばあさんの情熱、ひいおばあさんの刺繍や重くてがっしりと作られた家具。古い家は不自由

だし、混濁しているが、でも人間らしいのだ。(20)
複層的な時間の対立と共存が生命のかたちとして建築物に浮かび上がる。「混濁」はフォースターの『ハワーズ・エンド』（一九一〇年）のなかでは都会の喧騒に象徴される都市社会の姿を形容する言葉であったものだが、ここではどこかやさしさとあたたかみを醸し出す人間性を生む基盤となっている。(21) 新しい建物ばかりが注目を集める日本では理解されにくい考えかもしれない。どんよりとした天気が多い気候のせいか、イギリスでは何世代も時代を経ることで風化し、風景の一部を成している地味で落ち着いた建築物が独特の美を保っている。ヴィタ・サックヴィル＝ウェストにとって、自然に地面から生えてきたような「混濁」したカントリー・ハウスこそイングリッシュな建築物だったことを思い起こしてもいいであろう。(22)

ベッチャマンの使う「混濁」は一般的には否定的な響きがあるので、「複合混成態（conglomerate）」という言葉を使ってもいいかもしれない。異なる物質を混合し、融合することで、新しい化合物を組成したり、あるいは異分子を包摂しつつも共存させた集塊という意味である。地質学的に言えば礫岩を意味し、経済では多業種の業務を行う複合企業体のことであり、生理学では病巣の塊であるこの概念(23)は、複層的な時間の流れや異質なデザインを束ねることで、家や建築物がそこに住む人びとやコミュニティに精神的な作用を施し、日常生活のなかで新しい物語と文化を生み出していく「ハビトゥス」としての建築物のあり方をよく示しているだろう。(24)

ベッチャマン自身は、自然に円熟味を重ねて「複合混成態《コングロマリット》」となった建築美をカントリー・ハウスではなく教会建築に求めた。それも都市にある大聖堂ではなく地方の村落に点在する名もない小さな教会である。中世に建設された古い教会ばかりでなく、近代になって築かれ、その後修復され、現在でも宗徒たちが寄り集う生きた教会にこそ、思想と美と実用性を包摂した美を見出すのである。さきほど引用した「混濁」を定義した部分に続けて、ベッチャマンはイングランドの最古の意義ある家は「神の家」、つまり教会であると主張する。

イングランドの古い家のうち、もっとも古くかつもっとも興味深いのが神の家、つまり教会である。一般に公開されているのであればなおいい、いやそうであるべきだろう。各世代がそれぞれ古い教会に装飾を施してきたが、その結果として博物館の陳列品のようにはならず、生きたもの、まだ使用されているものとなっている。古いステンドグラスからやわらかに差し込む日の光は、十八世紀の鬘をかぶった人びとの頭や中世の人びとのごつごつした長靴下を照らしたように、最新デザインの帽子をかぶった人びとの頭を照らすのである。[25]

ここでも、教会という建築物が博物館の陳列品のように死んだ標本になってしまうことに対して痛烈な批判を潜ませている。コミュニティの中で機能し、生き続けている教会、時代ごとの生活や文化の層を内包して呼吸している生命体としての建築物こそが、ベッチャマンにとって理想の建築物だったのである。というのも、その中にこそイングランドの物語、つまり歴史が息づいているからである。

イングランドの古い教会はイングランドの物語である。今わたしたちが文明と呼ぶものがけたたましい騒音をかき立てている中で、それらだけが静寂の離島として残存している。澱んだ水ではない。いや、牧師や人びとが愛着を持っているのであれば、澱んだ水であるべきではない。むしろ砦である。教会は、単に年老いた学者気取りの拓本家の関心を惹く古びた建物ではなく、歴史がその全体に記録された生きた建物であり、その歴史はさほど訓練しなくても容易にそして魅力的に読解できるものなのだ。[26]

ベッチャマンが建築物に見出そうとしている日常のなかの歴史性という美学がここにもある。古い教会を見つめることは、生きた建築物の呼吸を感覚的にとらえることであり、そこに包摂された「混濁」した歴史の層を観察し、その中に人間の生活の足跡、その歴史を読み取ることである。その読解の結果として観察者が美を堪能するところに建築物の詩学の効用がある。それは安易な懐古趣味に陥ることではない。『好古趣味的偏見』において「過去をふりかえって未来を見つめる」と言っているように、過去の歴史を見直すことで、新たな未来への展望を構築する実存的な解釈行為なのである[27]。とりわけベッチャマンは人びとが顧みることのなくなった建築物の価値を再発見する意義を追究した点で、ヴァルター・ベンヤミンの「歴史の天使」を想起させる。崩れ落ちる瓦礫を拾い上げ、後ずさりしながら未来へ進む歴史の天使は、力によって沈黙を強いられた存在の声を聞くことで歴史を逆なでに読む行為の象徴である[28]。

しかし、同時にベッチャマンは建築物に包摂されている複次元的な時間の層に最大の価値を置いていることにも留意していいだろう。過去の建築の上に、現在・未来の生活や技術に根ざした修復を加えていくことではじめて生まれる時間感覚と言っていいかもしれない。現存在としての私たち人間と建築物の絶え間なき対話と交感、際限のない解釈の反復がそこにある。建築物の解釈学こそ、その詩学の根本であり、古い教会は、未来を見つめ、将来を拓くための心の「砦」なのである。

モザイク模様の街並み

歴史の層が織りなす複合混成態《コングロマリット》としての建築物の詩学は、なにも教会や一般の建築物だけに限ったものではない。複数の異なる時代に建築された建物が建ち並ぶ街のモザイク的景観にも当てはまる。

単行本になった『イングリッシュな都市と小さな町』（一九四三年）という挿絵入りの小粋なエッセイでは、イングランドの小都市にある目抜き通りを歩くと、十五世紀のコテッジから、十八世紀ジョージ朝期の大きく古典的な建築物、十九世紀のネオ・ゴシック様式のタウンホールまで、さまざまな建築物が観察できると指摘する。イングランドのすべての古い町にはその土地固有の歴史の層を垣間見せてくれる通りが必ずあって、そうしたモザイク模様の町並みもまたイングランドの過去を物語る雄弁な語り部であると論じる[29]。とくにロンドンは、異なる時代の建築物がそこかしこに並ぶモザイク模様の都市景観の宝庫である。冒頭でふれたセント・パンクラスの図書館と駅、ホテルもその一例であろう。その建物たちの混沌としたモザイク模様にこそ歴史を包摂した景観美が宿っているのである。

そんなベッチャマンが魅了され、また擁護したのが、人びとが住みあるいは利用し、改築を加えた挙句に、当時「醜悪」かつ「悪趣味」な建築物として批判されることになったヴィクトリア朝の建築物だったのである。ヴィクトリア朝はイギリスがさまざまな領域で全盛を迎えた時代であるがゆえに、その時代の建築物もまた価値を見直されてしかるべきだと彼は主張する。産業革命を含めた商工業の未曾有の発展を見た時代であったし、文学ではディケンズ、サッカレー、テニソン、スウィンバーン、絵画の領域ではジョン・エヴァレット・ミレイ、ホルマン・ハント、アーサー・ヒューズなどのラファエル前派に属する画家、後にはホイッスラーやチャールズ・コンダーなどが登場した時代でもある。エリザベス朝やジョージ朝に比してけっして劣らぬ偉大な世紀であり、その産物としての建築物の美徳を認めないのは時代の偏見であって、誤った歴史観を植えつけることになるという。(30)

ヴィクトリア朝の人びとは善良で、面白い。多数の人たちが思っているよりはるかに興味深く、ロマンティックで、独創的で、繊細である。彼らがそんな風であるとき、すなわち、彼らがすべてを新しくはじめたとき、地主として社会的地位を確立したいと願う工場主が大きなカントリー・ハウスを建てたとき、オクスフォード運動に刺激されて、崖や丘や木々や大空の創造主にふさわしいものを建てたいと願う富裕な地主が、古典的な風情の郊外に新しい教会を建てるとき、ヴィクトリア朝の建築家は自立することになったのである。(31)

一般的には均整のとれた古典的なたたずまいの十八世紀ジョージ朝建築が好まれがちだが、ベッチャマンによれば、ヴィクトリア朝の人びとは、パッラーディオ様式の比率を遵守するといった外観には心を砕かず、むしろ屋内の平面図に関心を寄せ、室内の設計にしたがって外観を整えていったという。(32) 歴史的に正しい説明ではないが、国教会福音主義が浸透し家庭性の美徳がたたえられる一方で、自由主義的で世俗化した国教会への批判とその再構築がオクスフォード運動によって行われていった精神を、建築物の構造に見出そうとしたのである。

ベッチャマンの近代建築批判の根底には、こうしたヴィクトリア朝建築が包摂している「人間」くささともいうべき雑然とした家庭的ぬくもりや土着の風土・文化への本能的な愛着が横たわっている。小さな田舎のイングリッシュな町や村にある十九世紀の建築物――たとえば、ごく普通の煉瓦と石でできた家や小さなタウンホール、優美な橋、郊外に広がるテラスハウスや、クレッセントと呼ばれる三日月状の街路――が、価値と意義を黙殺され、まるで空襲で破壊されたかのように放置されていることに憤りを覚えているのである。(33)

その一方で、煉瓦を模倣したコンクリートや鉄骨が用いられ、オレンジ色の四角形や茶色の矢形の幾何学的な模様の壁紙や、平らな屋根などをあしらったモダンな建物が注目や賞賛を浴びるのは、彼にとって許しがたい、建築の風紀紊乱であった。「ジャズ・モダン」と呼ばれる「モダン」なスタイルは、たしかに見るべき価値のある建築かもしれないが、その名のもとにすべての新しい建物を「モダン」と見なして、古い建築物を取り壊していくのは規律を欠いた無法状態だと批判する。

そうした近代建築の傾向を「質感を欠いた物質主義(textureless materialism)」と形容するとき、ベッチャマンの「建築物の詩学」が再び明瞭に姿を現す。(34)英語の"texture"には、生地や素材の「肌合い」や「質感」という意味もあるが、同時に「組成」、「詩的要素」や「響き」という意味もあるし、さらに時代の精神や風土、文化が刻まれた歴史の「記録(text)」という意味さえも含まれている。異なる時代を通して「混濁」した装飾を施され、なおかつ呼吸し続ける生きた歴史が建築物なのであり、そこには人びとの生活の詩が響いているのである。ラスキン流の表現をすれば、時代の「ざわめき」が宿っているのだ。(35)そうしたいわば「ハビトゥス」としての建築物の"texture"の価値と意味を詩や散文、ときにはメディアを通して人びとに開示していくことが建築詩人ベッチャマンの役割であり存在意義であった。

4 新生ゴシック建築

ウィリアム・バターフィールド

そうした「混濁」の美徳をネオ・ゴシック建築にも見出すことは適切であろう。ウィリアム・バターフィールドについてのベッチャマンの議論を読むとそれがわかる。第2章でも述べたように、バターフィールドは、オクスフォード運動の精神を体現し、斬新なネオ・ゴシック建築を多く手掛けた建築家だが、ベッチャマンにとって重要なのは彼の宗教精神ではない。彼がヴィクトリア朝の技術の上に成り立った独創的かつ実用的なネオ・ゴシック建築を設計したからである。バターフィールドは「ゴシックはキリスト教的様式だが、現代では石工技術は忘れられ、建設業者は煉瓦を使う、だからわたしは煉瓦で建てる」と、石による教会建築は過去のものとして切り捨て、煉瓦で、しかもその土地の素材を使い工場で生産された色つき煉瓦を用いて、新しい様式のゴシック建築物を築き上げていったのだった[36]。

オクスフォード運動の精神を受け継いで設立されたオクスフォード大学キーブル・コレッジ（一八六八―七〇年、一八七二―七三年）は、バターフィールドの建築原理を見事に体現している（図6-3）。さらに代表的なのはロンドンのマーガレット通りにある前述のオール・セインツ教会（一八五〇―五九年）である（前掲図2-3）。いずれも赤茶の煉瓦を用いて、模様を

図 6-3　キーブル・コレッジ（オクスフォード）

白色に塗った煉瓦で描き、構造的には中世的な尖塔の代わりに重量の負担が下部にかからない工法で煉瓦の塔を積み上げている。後者は、狭い敷地のなかに非対称性というゴシックの構造を生かした配置で建設された。また、ロマン主義時代の詩人サミュエル・テイラー・コウルリッジの父親が教区牧師をしていたデヴォンシャー州のオタリー・セント・メアリ教会の修復工事もバターフィールドは手掛けているが、独創性と同時にその土地の大理石を用いていることをベッチャマンは高く評価している。デザイン優先ではなく、時代に合致し、それぞれの土地の材料を優れた土木技術によって構築した実用的な建築と見なされているのである。

ベッチャッマンがバターフィールドに見出しているのは、中世の様式と十九世紀的な技術およびローカルな材料、さらにはその建築の用途という実用性がすべて入り混じって建てられた混合性である。キングズ・クロス駅を讃えているのも同じ理由であったのはすでに述べたとおりである。それは、ジョージ・ギルバート・スコットの装飾的なゴシック模倣建築には決定的に欠如しているものである。

ジョージ・エドマンド・ストリート

ベッチャマンが評価するもう一人のネオ・ゴシック建築家がいる。ジョージ・エドマンド・ストリートである。「もともとは田舎の建築士」であったストリートが建てた、オクスフォードシャーにある村の小学校や教会は、「復興されたゴシック」ではなく「継続しているゴシック」の代表例であると賞賛される。その理由は、「古い納屋や農家屋に見出した建築原理を応用して、その土地の建材を用いて素朴な教会を新たに建てた」からというものである。バターフィールドと共通する美徳を見出していることは明瞭である。[37] 第2章の冒頭で言及したセント・ジェイムズ・ザ・レス教会（一八五九—六一年、口絵3）もこのストリートが設計したものである。

さらに知名度が高いストリートの建築物は、ロンドンの王立裁判所（一八六八—八二年）であろう。ストランド通りの端、フリート通りへと連なる一角にその威容を示している。一八六八年に建築が始まり、一八八二年にヴィククトリア女王が列席して開館された。両脇に張り出した塔とその尖った屋根、窓枠の意匠がゴシック様式であることを明示している。裏に回って見ても、圧巻の壮観を呈している。『絵で見るイングランド建築史』（一九七二年）のなかでこの裁判所を紹介しながら、ベッチャマンは十九世紀ゴシック復興の最後の例として位置づけている。

ストランドにある王立裁判所はストリートの最後の作品である。そして、十三世紀後半のゴシック建築が十九世紀の開発事業の唯一純粋なモデルとして独断的に信奉されてきたその最後の作品でもある。(38)

実はベッチャマンは『凄くいい趣味』においては、この裁判所を自意識が過剰な建築として批判している。ピュージンと組んで国会議事堂を完成させたチャールズ・バリーが「自意識がなく、自らの知識よりも技術を優先させた」のに対して、ストリートはゴシックについての学識を優先することで建築物としての価値を落とすことになったと主張する。(39)

しかし、この裁判所が「流行遅れの学究的なゴシックの終焉の前兆」であるとベッチャマンがとらえていることは重要である。(40) つまり、スコットと同じくゴシック復興の流れを受けてはいるが、その傾向がすでに終焉を迎えていたと認識しているのである。実際に、一九五二年に出版された『最初と最後の愛』においては、ストリートがゴシックに囚われた建築士でありながら偉大なる職人であり、同時に新しい建築様式を生み出す弟子たちをその配下に抱えていたことを指摘している。

彼は偉大な職人であって、鉄材、石材、刺繡、指物（建具）を愛していた。彼が建てた教会はどれも入念に細部までつくり込まれていて、彼はそれらすべてを自ら手掛けたのである。ウィリアム・モリス、フィリップ・ウェッブ、ノーマン・ショー、J・D・スペディングはみな彼の事務所で働いていて、彼の情熱に感化されてしまった。彼は妥協を許さないゴシック主義者であり、一般家屋の建物には常にそれぞれの土地の材料を用い、

一つのまとまりとして意識しながら扱っていた。(41)

謹厳で辛気臭いバターフィールドが自分の部屋に引きこもり、部下の作成した設計図に手を入れて仕事をしていたのに対し、ストリートは建築に関連する隣接領域、つまり現在でいう材料工学、さらには室内装飾にまでも幅広い関心を持ち、情熱をもって自らの手で設計図を描き、現場で仕事をした。その結果として、同じゴシック主義者でありながら、ストリートの下には十九世紀後半にゴシック復興から逸脱した斬新な建築スタイルを生み出していくことになる才能あふれる建築士たちが育っていった。モリスは社会主義に関与しながら、手工業ギルド制を再構築し、室内装飾や家具などの新しい中世主義を標榜していく。フィリップ・ウェッブは土地の素材を用い、イングランドの農家屋に見られる構造と様式を用いたヴァナキュラーなスタイルで、モリスの館「レッド・ハウス」(前掲図2-4)を設計する一方、モリスが設立した古建築物保存協会の中心人物としても活躍する。また、ノーマン・ショーは「クイーン・アン様式」と呼ばれる建築様式によって一世を風靡することになる。

別のところでベッチャマンはこうした建築家たちを文学におけるテニソンやディケンズにも比する天才的なヴィクトリア朝建築家として讃えているが(42)、何よりも注目すべきなのは、ストリートの建築物がゴシック主義の「終焉」であり、そこからヴィクトリア朝ネオ・ゴシックを瓦解させていく新しい建築が生み出されていったことである。第2章で見たように、それは貧困という社会問題を解決できなかった中世主義の限界を示唆しているが、ベッチャマンはそのゴシック崩壊の過程のなかに、新しい建築様式が生み出される息吹と生命力を嗅ぎ取っていた可能性がある。実際に彼は、モリスやウェッブ、ショーの流れが、エドウィン・ランドシーア・ラッチェンズ、チャールズ・ヴォイジーといった建築家に受け継がれ、二十世紀初頭の田園都市や郊外住宅へ至ると考えている。モダニズムに抗っていた建築詩人は、必ずしも新しい建築様式をすべて否定したわけではなく、伝統を継承しながらも新たなスタイルを生み出す建築家たちに着目していたことになる。

5　盟友ジョン・パイパー

行き場のない詩人と行き詰った画家

ベッチャマンが独立するきっかけとなり、成功を収めた「シェル・ガイド」シリーズのなかで『コーンウォール』や『デヴォン』を凌ぐ白眉の一巻がある。オクスフォードシャーの案内書『オクソン』(一九三八年)である。数多く挿入されている白黒の写真はどれも、構図がしっかりと定まっていて、それでいながらプロの写真家の写真にはない不思議な個性と魅力が宿っている。記事を読むと、オクスフォードシャーの建築物や市町村の特徴がみごとに言葉によって切り取られている。テクストと写真とのバランスが絶妙であり、とくに「見捨てられた場所」と題された特集は、詩的な言語で廃墟の美学を物語る。写真・絵と文字の「間テクスト性」はページをめくる現代人の眼と感性をも堪能させてくれる。

これを執筆したのはジョン・パイパーというベッチャマンより三歳年上の画家である。ベッチャマンが『オクソン』の執筆者を探していたときに知り合ったのが彼であった。この協働作業をきっかけとして二人は盟友として生涯にわたって絆を深めていくことになる。ともに中流階級出身であり、自転車に乗って教会建築を探査するのが好きだったばかりか、家業を継がずに芸術の道に迷い込み、独自の境地を拓こうともがき苦しんでいた点でも心の同朋であった。高校卒業後に父親の法律事務所で働いていたこともあるパイパーであったが、子供の頃から抱いていた絵画への憧れが捨てきれず、父親の死後すぐに仕事を辞めて絵の道を志す。独学だったためにロイヤル・コレッジ・オブ・アートの入学試験にいったん落ちてしまうが、翌年に入学を果たし、やがてベン・ニコルソンやヘンリ・ムーアとともにイギリスにおける抽象画を牽引した「セヴン・アンド・ファイヴ」という芸術家集団の一人として活躍していく。やがて再婚することになるマヴォンウィが編集する抽象絵画の雑誌『機軸《アクシス》』や『地平線《ホライゾン》』のデザインを手がけたり、記事も執筆する。[43] しかしながら、幼いころから大地や自然物、そこに住む人間と教会を含む建築物への愛着と関心を持っていたパイパーは、抽象画に限界を感じ、具象画へと転向していく。とりわけ、十八世紀以来イギリス絵画の伝統的ジャンルとなっていた風景画を、モダンな感性とスタイルで刷新することを試みる。『オクソン』の企画が舞い込む頃、パイパーはそうした方向転換の指針が見えずに試行錯誤を繰り返していた。詩人としてベッチャマンが行き場を失っていたとき、パイパーもまた画家として行き詰っていた。

相互恩恵

そんなパイパーにとってベッチャマンとの出会いは一大転機であったし、ベッチャマンの方も大きな感化を受けることになる。とくに重要だったのは、建築の美的判断基準を共有していたことである。二人とも偏見や理論にとらわれることなく、自分の目で建築を見つめ、デザインやスタイルの奥に潜む歴史と人間の匂いをかぎ分けようとしていた。いわば建築物を「ハビトゥス」としてとらえていたのである。パイパーの友人アントニー・ウェストによる伝記は、パイパーを建築画家としてではなく、前衛的な画家としてのみ強調しすぎる嫌いがあるが、それでも二人の関係については重要な指摘をしている。ベッチャマンとの冗談の掛け合いをあきらめるくらいなら、絵を描くのをやめたほうがましだとテレビのインタヴューでパイパーが断言した逸話を紹介しながら、ユーモアや機知を理解し合えた点でも二人は盟友であり、そうした全人間的な交流がそれぞれの作風に円熟味を加えることになったと指摘している。

二人とも共同作業から恩恵を被った。両者の友情は非常に愉快であり、日常生活にとって活力源となっただけでなく、そのおかげで二人とも審美的な円熟味を大きく増していくことになったからである。ベッチャマンが公的な場で活躍し、階層的な価値観を固定してしまうのに反比例して、彼の詩が深みと真剣味を増していったことと大きく関係している。一緒に働いている間、二人は意識している以上にお互いにとって根本的に大切なものを習得していったのである。[44]

パイパーが教会や建築物のデッサンや絵画を、彼独特のやや曲がった線と暗い色彩で精力的に描き出していくのはベッチャマンと知り合った後であり、その背後には二人が共有する、歴史を刻んだ生きた建築物への愛着が潜んでいる。そして、ベッチャマンが建築への審美眼をより研ぎ澄ませ、詩や散文の中で溌剌とイギリスの建築美を謳うようになっていく背後にはパイパーの存在があった。詩人と画家というアイデンティティはお互いの領域を脅かすことなく、それぞれの知性と感性を刺激し熟成させていった。

パイパーが出した数少ない画集の一つである『ブライトン腐食銅版画《アクアティント》』（一九三九年）には、人間の生活文化と一体化して時間と記憶を刻み表象する建築の美を謳うベッチャマンの影響が滲み出ている。タイトル通り腐食銅版画という凹版版画技法によってブライトンの風物を描いたものである。防蝕剤を銅版にふりかけ、熱で定着させた後に防蝕剤の隙間に浮き出た銅版部を腐食させる技法だが、腐食時間の差によって濃淡ができるため微妙なトーンまで繊細に表現できる。パイパーはその技術を習得し、金色や銀色が混じった輝く色合いによって、ロイヤル・パヴィリオンやブランズィック・テラスなどの建築物や風景を、目を見張るような荘厳さで、しかしそれでいて暗い陰影を帯び退廃した雰囲気さえ漂わせながら、紙の上に浮かび上がらせている（図6-4）。一九三〇年代のブライトンは、かつて海岸リゾートとして享受した賑わいを失い、さびれた風情を見せはじめていた。グレアム・グリーンが『ブライントン・ロック』（一九三八年）で描き出したのは、そんな街で鬱屈している若者たちの姿と風景である。パイパーもまた同じ時に、ブライトンに寂しげな余韻を持たせながら神々しいまでの輝きを与えることで、降り積もった歴史を抱えつつ忘却され衰微していく都市の陰影を腐食銅版画の中に溶け込ませたのである。実はこの画集にはベッチャマンの紹介を通して、オスカー・ワイルドの同性愛人だったアルフレッド・ダグラスが序文を寄せている。彼が幼年時代から熟知しているブライトンを回想することで、腐食画の陰影がいっそう深まっている。

また、「シェル・ガイド」シリーズの協働作業を通して、ベッチャマンとパイパーは十八世紀から十九世紀にかけての紀行文学・紀行挿絵にも関心を寄せていった。イタリアやフランスなどのヨーロッパ大陸ばかりでなく、十八世紀後半において「ピクチャレスク」な風景を求めて人びとが国内観光をしだしたその火つけ役になったウィリアム・ギルピンの版画つきの本や、それを風刺したローランドソンの版画シリーズ『シンタックス博士の旅行』をはじめとして、観光に関連する古本をあちこちの古書店で漁るようになる。パイパーにとってそれは、それまでの抽象画から脱却し、イギリス風景画の伝統に回帰する重要な契機となった。前衛的で国際的なモダニズムからの脱却は、戦間期における「イングランド」と「イングリッシュなもの」の再評価と流行に同調した動きでもある。[45]『イギリス・ロマン主義芸術家』（一九四二年）は、そうしたパイパーの転換点を示唆する一冊である。[46]今読むとギルピンやコンスタブルの風景画、あるいは幻想的なロマン主義詩人・版画家ウィリアム・ブレイクについてあたりまえの議論がなされているにすぎないが、トマス・ガーティンやJ・M・W・ターナーについての考察に見られるように、彼らの絵を単なる風景画としてとらえるのではなく、地誌的な価値を持った記録あるいは建築絵画・版画として解読しようとしている点に、ベッチャマンの盟友にして建築画家であるパイパーの視線が見出せる。風景や建物がかもし出す光と影の錯綜に、建物が持つ

図 6-4　黄昏色のブライトン――ジョン・パイパー『ブライトン腐食銅版画』（1939 年）より

息づかいと歴史、その建築美を看取する画家のまなざしがある。

「快き腐朽」

しかしながら、パイパーがベッチャマン以上にこだわった建築物がある。それは時代の経過とともに風化していく廃墟である。『オクソン』で特集した「見捨てられた場所」にも彼の廃墟趣味は強烈なインパクトをもって表現されている。「オクスフォードシャーは滅びし金殿玉楼の土地である」という印象的な書き出しではじまるエッセイは、実はパイパー本人ではなく、後に妻となるマヴォンウィのものであり、オクスフォード大学で英文学を学んだマヴォンウィは、ベッチャマンとも親しく彼の詩「マヴォンウィ」や「オクスフォードのマヴォンウィ」でその聡明な知性と人間性を称えられているのだが、しかし「シェル・ガイド」の中のエッセイはパイパー本人の廃墟観を濃密に反映しているように思われる。この頃からすでにパイパーは、廃墟が廃墟のままでその地域の文化を表象する歴史的価値と美的価値を持っていると考えていた。そのため、必ずしも復元や補修が廃墟を維持するための正しい解決策ではないと主張する一方で、だからといって破壊することにも強く反対していた。

寂れたブライトンなどの海岸に関心を寄せたのもその一例であるが、パイパーの廃墟観がもっとも顕著にあらわれているのは、「快き腐朽」と題されたエッセイにおいてである。崩れ落ちた建築物への感傷に耽溺するのではなく、「反ロマン主義的」、「現実的な」まなざしで廃墟の魅力と美を分析し、その上で、廃墟を保存する際の問題点と解決策を考えようというのが要点である。(47) 古い建築物を扱う際の普遍的かつ妥当な公共政策が存在しないのが大きな問題であり、その対処法として、それぞれの建築物の腐朽・倒壊状態に対して鋭敏な感性をもって臨み、余分な修復や復元を試みたりしないことが大切だと主張する。時代の流行に追随した修復をするのはもってのほかであった。何よりも「自分の眼を信頼し」、現在の状態のままで廃墟が価値と美しさをもっていると認めることが重要であるという主張は、ベッチャマンの建築観よりも、むしろウィリアム・モリスの古建築物保存に対する考え方に多くを負っていると思われる。[48] 実際に「人生の美」という一八八〇年代のモリスの講演をパイパーは引用している。

次のような提言だけはしておきたいと思う。つまり、古い建築物は芸術作品であると同時に歴史的な記念碑であり、非常に注意深く、繊細に扱う必要があるのは明らかである。今日の模作は古《いにしえ》の芸術と同一ではないし、また同一になりえない。そして取って代わることもできない。それゆえに、模倣作品を上に重ね合わせてしまえば、芸術作品としても、歴史の記録としても、古い建築物を破壊してしまうことになる。最後に、建築物の表面の自然な風化は美しいし、それを喪失してしまうのは大きな損害である。[49]

モリスのこうした考えはラスキンの建築論を継承したものであり、一八七七年の古建築物保存協会の設立へと結実するのだが、その原則は維持や補修の仕方にまで建築当時の技法を踏襲するというかなり厳密なものであった。現代的な感性や流行に対しても柔軟なナショナル・トラストの保全原則とは大きく異なっている。

焼失する教会を保存する

パイパーのイングリッシュな廃墟への執着は自身の絵画のなかにも表れている。とくに第二次世界大戦中にケネス・クラークの措置によって、ドイツ軍の空爆を受けて破壊・焼失してしまった教会や大聖堂を数多く描いた絵が典型的である。[50] ロンドンの小さな教会はもちろんのことだが、バースやコヴェントリーの教区教会や大聖堂などが空爆されたとき、彼はそこに赴き、ときにまだ炎が残ったままの教会の残骸を描き続けた。政府の要職にあったクラークが私財をも投じて行なったプロジェクトである。能力のある若い画家たちに戦地に赴くかわりに公的任務として絵を描く機会を与える一方で、焼失してしまう教会建築物を絵画という別の芸術作品の中に写し取る試みであった。歴史が形成した三次元の建築芸術を、二次元の中で新しい芸術作品に変換しようとしたのである。

そうした精神は大戦後に設立された「被爆教会保存のための協会」にも引き継がれる。廃墟となった教会をそのまま保存し、公園の一部として開放することで、戦争の記憶を共有しつつさらなるコミュニティの活性化を図ろうとしたのである。ロンドンのシティ、ニューゲイト・ストリートに現存しているクライスト・チャーチはそうした空爆後の痛々しい廃墟の姿のまま保存され、公園として活用されつづけている教会である。パイパーは、この教会が被爆した直後に駆けつけ、赤い炎が残る黒ずんだ残骸をキャンバスに残すことで永遠化した（図6-5）。

『廃墟論』を書いたクリストファー・ウッドワードは、そうして保存された廃墟のクライスト・チャーチについて「一九四五年に経験したあのしじま、畏怖の念を呼び起こすあの沈黙に、これほど近づける場所は他には見当たらない。多くの人がここへきて、生き残り再生する教訓を見出した」とその歴史的・精神的意義を評価する。[51] パイパーも芸術家として同じような気持ちで、空爆された教会を見つめていたのではなかろうか。つまり、それを無理に修復したり復元したりすることはせず、傷を受けた歴史の証言者として後世に保存し、崩れ落ちた存在そのものの美的価値を保ちながら、その地域の精神文化を具現した「ハビトゥス」としての建築物を絵画のなかにとどめようとしたと思われる。「自分の眼で」歴史的建築物の価値と美を見出し、それを視覚芸術として昇華させつづけた点でパイパーの態度は、ベッチャマンの建築観と呼応しながらも、各時代の勝手気ままな復元や修復を断固否定し、廃墟美を賛美しつづけた点で独自の建築物の詩学を固持していた。

図 6-5　ジョン・パイパー『クライスト・チャーチ，ロンドン，ニューゲイト通り』（1941 年）

6　ベッチャマンの教会賛美

教会巡礼

実は、ベッチャマンも「オールダーズゲイト通り駅の死を悼む挽歌」（一九五八年）のなかで、かつてクライスト・チャーチでの礼拝に参列したことを思い出しながらその廃墟になった姿を書き留めている。

しかし彼の教会建築批評は、廃墟美の絵画的価値を認めるジョン・パイパーとは異なる路線で展開していく。つむじ曲がりな批評眼は、修復を含めた歴史の層を建築物のなかに読み取ろうとする繊細な感性と深い造詣に支えられ、さらに研ぎ澄まされる。観光において注目されがちなのは司教がいる大きな聖堂だが、ベッチャマンは無視されがちな「みすぼらしい」小さな教会に建築美を見出し、その歴史性を洞察しようとする。そしてその鋭利な建築審美眼によってイングランド各地の教会をくまなく観察することで、百科全書的な知識を積み上げていった。

「シェル・ガイド」シリーズで彼が直接執筆した『コーンウォール』や『デヴォン』にもその博識は披露されているが、一九五八年に編集した『コリンズ案内書――イングランドの教区教会』はそうした教会巡礼の成果であり、圧巻の記録である。複数の執筆協力者の力を借りながら、マン島を含むイングランド国教会の教区教会のうち建築物として価値あるものを、古いもの、新しいもの、さらには復元されたものまで州別・教区別に網羅し、それぞれ個別に歴史と特徴を列挙している。それまでにも地方の教会案内書がなかったわけではないが、イングランド全体の国教会教区教会がその建築史上の重要項目とともに一冊にまとめられた本はこれが最初である。和辻哲郎の『古寺巡礼』を想起してもいいが、教会の建築史的意義をより客観的かつ簡潔な記述でまとめて集積した浩瀚な辞典となっている。

たとえばウォンズワースにあるオール・セインツ教会は、どこにでもある教会にしか見えないが、ベッチャマンの記述を読むとそれが誤った印象であることがわかる。

塔、一六三〇年。身廊、一七八〇年。北側廊、一七二四年。内陣、一八九一年。内部には円柱に加えて、荘厳で重々しい内陣を備えた筒形穹窿《きゅうりゅう》がある。回廊は金色に塗られた寄附者の記録で輝いていて、幅広の側廊の遠く奥のほうに引きこまれている。そこに行くにはみごとな大階段を昇ればいい。洗礼盤と説教壇は創建当時のままであり、四角い教区委員の信者席が残存している。

わずか数行の記述にこの教会の個性あるたたずまいとずっしりとした歴史性がとらえられている。教会が、異なる時代に補修され、増設された複層の歴史的厚みをもっており、回廊に特徴があることや、洗礼盤と説教壇が原型を保った装飾であることまで、一瞬のうちに理解できる。上述した「混濁の美」が記録されているのだ。何気なく見逃されてしまいがちな教会建築には、そうした美学が内包されている。それを解きほぐす快感を伝えている点にこの事典の意義がある。

教会建築の詩学

そんなベッチャマン流の教会建築の鑑賞の仕方は、一九三八年に彼がラジオで行なった講演「教会の見方」に集約されている。開口一番、彼は「自分の眼でじっと見つめる」ことが大切だと説く。そして、教会建築の最大の魅力は、何世代もの家族が住んだ家が異なる時代の層を抱え込んでいるのと同じように、長い年月の間に刻まれた異なる時代の要素と層が塗りこめられている点にあることを力説する。外側のデザインや大きさや装飾品の豪華さが問題なのではない。住人たちの精神の反映として家が存続するように、信仰する人びとの心がそれぞれの時代に修復され増築された部分に刻まれることで、沈黙の内に歴史を包み込んでいるのである。彼にとって建築鑑賞の際に重要なのは、理論に基づく美学的判断でも、神学的な哲学でもない。そこに集い、信仰している人びとのコミュニティの息遣いと精神が、どう教会建築に顕れているかを見抜き、その文化的影響を含めてそれを大切にしようとするという点なのである。

だからこそ、ヴィクトリア朝に建設された教会が悪趣味なものばかりであるという通俗的な見方に対して、遮二無二に反発しつづけたのだとも言える。ベッチャマンにとっては十九世紀の人びとの信仰も、ノルマン時代や十七世紀の人びとのそれと同じく生きた文化だったのである。

そんな彼の教会建築観を愉快な詩にしたのが「聖歌」である。ある教会が無名の建築家によって一八八三年に修復されたという架空の設定に基づいて書かれた詩で、弱強四歩格のリズムで、韻も効果的に踏まれた八行一聯の作品だが、内容的にも響きとしてもベッチャマンの軽妙な口調が素直に表出している。彼はこの無名の人間による無名の教会修復がいかに独創的でかつ趣味のいいものであるかを、ユーモラスに賛美した。

教会装飾！　教会装飾！
芸を謳い、技を讃えよ！
彼は真鍮でピカピカにし、
厚手の赤い羅紗布をかけ、
さえない古い側廊を潰して
新しいのをくっつけた。
すてきな変化をつけるために
色柄焼きタイルを敷いた。
説教壇は
縞模様がついた茶色の大理石。

注文したステンドグラスは
薄紅と深紅の湖。
謳えよ、謳え、にぎやかな聖歌を、
慎ましく、離れて立つ汝らよ、
上を見上げよ。栄えある
彼の手による屋根の復元を。

（一七―三二行）[52]

真鍮や羅紗布、紅色のステンドグラスはいかにもヴィクトリア朝後期の教会にありがちなアイテムである。「ブラックフライアー」などの他の詩にもヴィクトリア朝の教会を讃える詩句は見出せるが、この詩ではユーモラスな響きを交えながらもそれらを高らかに讃えることで、一見悪趣味と見られがちな十九世紀末の修復にも見るべき価値が備わり、また区別すべき趣味の良さと悪さがあることを示唆している。

ここで、ヴィクトリア朝期に修復の方法についての是非が問われ、また修復するにしても複数の方法が混在したことに注意する必要がある。ゴシック趣味が一世を風靡した時代において、ジョージ・ギルバート・スコットが行なったのは中世以外の要素をすべて除去して、中世の様式に統一することであった。スタッフォードにあるセント・メアリはスコットによってその外観がすっかりと様変わりしてしまったし、ウェストミンスター・アビーにあるクリストファー・レンの手による古典主義的な主祭壇は、スコットによって末期ゴシックで再建されてしまった。また、同じウェストミンスター・アビーのチャプター・ハウスの古典主義的な付加物は完全に除去されて中世的な装飾に刷新された。スコットにとって、ゴシック復興とは「新様式を創始するものではなく、これまで何世紀も眠っていた様式を目覚めさせるもの」であった。『わが国の古い教会の忠実な修復への要請』（一八五〇年）のなかでスコットはそう主張する。[53]

こうした建築物の中世への恭順は必ずしも中世への回帰というわけではない。それぞれの教会が中世において実際にどんな状態であったかが歴史的に証明されえない以上、忠実な修復というのはありえない。とすると、スコットが行なった修復は破壊行為以外の何ものでもないことになる。彼の行う修復に批判的な立場をとっていたのがジョン・ラスキンである。前にもふれたように、『建築の七燈』のなかの「記憶の燈」において、過去の時代の建築を遺産の中のもっとも貴重なものとして保存しなくてはならないと訴えた彼は、「修復の第一歩は過去の作品を粉砕することである」と過去を破壊する修復を批判する。[54] 現在に生きるわれわれは、後の世代のために保存すべき建築物に手を触れる権利はいっさいない、というのがその根拠である。スコットの破壊的修復に対するラスキンの批判は徹底したもので、スコットが王立建築家教会の会長として、建築界への貢献者に送るゴールド・メダルをラスキンに贈呈しようとしたとき、ラスキンはそれを拒否している。

ベッチャマンの賞賛する教会修復はスコットのものとも異なるし、ラスキンの保存主義とも異なる。ベッチャマンは古い教会が、ヴィクトリア朝期の土木技術、そのそれぞれの土地の材料、その時代の装飾によって修復されることで、歴史の層を積み重ね、さらには実際に使う人びとの目的に適うものとなることを肯定した。そこにあるのは先述の「複合混成感《コングロマリット》」の美学である。

「教会修復」とタイトルを変えたりして、ベッチャマンは教会建築について語るたびごとにこの詩を引用していることからわかるように、多層的な教会建築に対する彼の愛着と美学がもっとも彼らしい声で表現された詩である。

教会詩

教会と詩がベッチャマンの詩的精神において渾然一体となっているのは、教会を謳った詩のリズムに注目するとよくわかる。彼が亡くなる直前にジョン・マレー社から出された『教会詩』（一九八二年）は、彼が生涯において書き続けた教会に関係する詩の中から、人びとに愛された代表的な詩ばかりを集め、盟友ジョン・パイパーの挿絵をつけた小粋な詩集である。ベッチャマンが生涯にわたって持ち続けた教会愛が凝縮されている。
その詩の一つに、「イングランド国教会の想い、セント・メアリ・モードレンの日にオクスフォードの植物園からモードレン・タワーの鐘の音を聴きながら」がある。彼が所属したモードレン・コレッジの目の前にある植物園で、町中に響きわたるコレッジの鐘の音が喚起する想念を書き綴ったものである。退学処分になったオクスフォード大学への強い懐旧の念もこめられているが、それ以上に鐘の音のリズムがベッチャマンの想い、さらには教会詩のリズムそのものを構成していることに気づかされる。

多彩なる鐘の音
拍子を変えながら、豊かに、深く、
あの尖塔群の高みで揺れ
木立を浸し、空に氾濫し、
流れゆく雲をあやすように眠りにつかせる。

イングランド国教会の音。
神と国とに対する「温厚なる」信仰を伝える。
朝の礼拝に向かう信徒の群れは
保守的に、善良に、ゆっくりと
高々と掲げられる聖体拝領皿へと進む。
（一一―二〇行）

訳では伝えにくいが、詩のリズムは独特のリズムであり、それは彼自身による詩の朗読のリズムにも現れているし、ラジオやテレビのナレーションにも反響している。ＢＢＣ２が一九七四年一二月に放送した『教会への情熱』という番組が、ベッチャマンの教会賛美のクライマックスだろう。その二年前の番組『メトロランド』の続編として制作されたものだが、ノリッジの教区教会を軸として、教区の人びとやコミュニティをそれぞれの教会の建築的特徴とともに、ベッチャマンらしい機知とユーモアを織り交ぜながら紹介している。教会建築に対するベッチャマンの膨大な知識と人間味あふれる理解が生の声と姿からにじみ出ている。イングランドにおいて第二次世界大戦前後から、そして一九七〇年代から、各地の教会建築を訪れ、鑑賞するのがちょっとしたブームにもなるが、それに果たしたベッチャマンの役割は小さくない。

二〇〇九年二月二十一日の土曜日、朝九時に教会の鐘の音がイングランドじゅうでいっせいに響きわたった。もはや宗徒たちが寄り集うこともない閉鎖された各地の教会の存在を人びとに思い起こさせようという試みである。過去何十年ものあいだ扉を閉ざされていた教会も、かつてはコミュニティの中心にあって人びとの心と体をつなぎとめ、日々の生活の精神的糧を提供していたのである。十七世紀の教会もあれば、十九世紀末の教会もある。それらの会衆席は今でも使える状態で保存されているし、教会自体も美しさを保ったまま村の片隅に眠るようにして存在している。チームを組んでその鐘を鳴らすことで、教会の存在と宗教心、それに支えられたコミュニティの絆をもう一度意識させようとしたのである。そんな人びとの教会への愛着にも、ベッチャマンの教会賛美の精神が流れ込んでいるような気がする。

7　鉄道マニアとしてのベッチャマン

沈黙の駅

ベッチャマンが好きだったのは教会めぐりやドライブだけではない。電車の旅もこよなく愛し、学生の頃からあちこちに電車に乗って出かけていた。蒐集した十八世紀から十九世紀の観光本や絵画を眺めて楽しむのと同じように、車窓からの景色を眺めて、想いに耽るのに興じたのである。電車旅行を好んだ詩人にはW・H・オーデンもいるが、その鉄道熱に火をつけたのは実はオクスフォードで同窓だったベッチャマンである。たしかにベッチャマンほど鉄道や車窓からの眺めを独特の機知とリズムで詩にした詩人はいない。ちょうど教会を謳った彼の詩に鐘の音が響いているように、詩の韻律の底にはガタゴトとゆっくり揺れながら進む電車のリズムが混じっている気がする。そのリズムを耳に響かせながら詩を読むと、ベッチャマンが楽しんだ車窓の風景が次々と目の前に浮かび上がってくるようだ。

初期の詩集『絶え間なきしずく』に収められた「地方の町の遠き眺め」はそんなベッチャマンの詩の特徴をよく示している。彼が好んだグレート・ウェスタン鉄道に乗ってロンドンから西へと旅をしながら、窓越しに見える教会とそこに集う町の人びとを描いていく。といっても、教会名はどれもベッチャマンが勝手につけた名前だし、コミュニティの様子も奔放な想像にまかせて描いたものである。

セント・エイダンの頭はとげだらけ
鉄の尖塔、色のついたタイルがついている
中ではまあるく朱色に塗られた通路に立って
おごそかな様子でモードおばさんがピョコッとお辞儀する

セント・ジョージでは、朝の祈禱の鐘の音が
路面電車の音を呑みこんで人びとを祈禱へ誘うなんてことはまずない
ローマ・カトリックの姿も形も、音も匂いも
ガスが充満した空気をかき乱すこともない

セント・メアリでは教区牧師が
実に愉快に、親しげに説教する
クリケット、フットボール、毎日の
素朴な生活におよぶ事柄を

（五－一六行）

電車旅行の愛好と教会建築趣味とがベッチャマン流に融合された愉快な詩である。「グレート・ウェスタンから」という詩、あるいは『高く、低く』（一九六六年）に収められた「グレート・セントラル鉄道――シェフィールド中央駅からバンベリーまで」という詩が示唆するように、晩年までベッチャマンは車窓からの風景を電車のリズムに乗せて謳い続けた。「マットロック・バース」も、イングランド中北部のダービシャーにある木造と煉瓦の合わせ造り（half-timber）の駅から見える非国教徒たちの教会を謳っている。詩のテクストのところどころに、教会の中から聞こえてくる合唱隊が歌うヘンデルの聖歌を織り交ぜたユニークな詩である。

そんな電車旅行愛好家であれば、建築としての駅のたたずまいにも関心をもたないはずがない。いや、むしろベッチャマンにとって駅と教会とは同義であった。ロンドンの大きなターミナル駅について書いた『ロンドンの歴史的鉄道駅』（一九七二年）の序文で、「もし駅舎が――つまり線路に沿って建つ待合室や切符売り場が――教区教会と同等の意義をもつものだとしたら、終着駅は鉄道時代の大聖堂である」と、穿った意見を述べている。[55] ここで「もし」という仮定は単なるレトリックでしかない。教会とは異なる世俗の次元に属する建築物だが、地方であれ都会であれ、駅はコミュニティにとって不可欠の存在だったし、人びとの出会いと別れ、旅立ちと帰郷のドラマの舞台であり続けた。マルク・オジェに言わせれば、鉄道駅は空港と同じように、匿名の人びとがコミュニティを構成することなく行き交い、したがってアイデンティティが固定されずに揺れ動きつづける「非－場所」でしかないが、[56] しかし、十九世紀後半から二十世紀初頭の鉄道全盛時代において、鉄道は希望を乗せて、新しい未来へと人びとを運ぶ夢の乗り物であり、駅は旅する人びとを慰撫してくれる避難地だった。「非‐場所」というより、むしろれっきとした「場」を形成した空間なのである。さらにベッチャマンにとっては、駅には線路を敷設し人びとを運んだ鉄道時代の精神が宿っていた。ロンドンにある鉄道駅はそんな時代の大聖堂だったのである。

だからこそベッチャマンは一九六〇年代にセント・パンクラス駅とホテルが解体されようとしたときに立ち上がったのだ。しかし、セント・パンクラス駅の保存成功の背後で、彼がかかわった二つの保存運動が失敗に帰したことも指摘しておかなくてはならない。ユーストン駅の前に立っていた巨大な門とシティにあった石炭取引所がそれである。一九五七年、六一年頃からそれぞれの撤去計画が持ち上がる。ベッチャマンは、設立したばかりのヴィクトリア朝協会のメンバーとともに撤去反対運動の先頭に立ち、重要なヴィクトリア朝建築物として保存の意義を訴えつづけたが、いずれも失敗に終わる。彼の仇敵の一人、建築家ジョン・サマーソンが主張するようにさほど価値がない建築だということばかりでなく、門の移設や保存のために無駄なコストがかさんでしまうというのが主な理由であった。

追憶の鉄道

もう一つ、鉄道マニアのベッチャマンにとっては認めがたい改革が一九六〇年代に行われた。「ビーチング大削減」と呼ばれる大幅な鉄道路線の廃止である。

第二次世界大戦後の一九四八年に国有化されたブリティッシュ・レイルウェイズであったが、大規模な経営改善の必要性に直面していた。一九三〇年代以降に顕著になった車社会の浸透によって、人と物資の移動手段がしだいに鉄道から車へと移行していった結果、収益が大幅に減り、恒常的な赤字に苦しんでいたのである。効率的な旅客サービス・システムの導入と鉄道路線の見直しは不可避であった。一九五〇年代から段階的に路線が廃止され、一九六二年までに総距離にして三一〇五マイル（四九六八キロメートル）の路線が閉鎖されたが、それでも思うような成果をあげることができない。

そこに登場したのがリチャード・ビーチングである。調査に基づいた彼の報告書『ブリティッシュ・レイルウェイズの再構築』（一九六三年）はさらに六千マイル（九六〇〇キロメートル）の路線廃止を提言した。廃止対象のほとんどが採算のとれないローカル路線である。この大幅な路線削減しかブリティッシュ・レイルウェイズが生き残れる道はないという彼の単純明快な提言を政府は受け入れた。彼の名前をとって「ビーチング大削減」と呼ばれるこの改革は、「大削減」を意味する“axe”の原義通り大鉈をふるって路線を切り落とすものとなった。実際のところ規模にして総全長四千マイルの路線と三千の駅、率にすると二五％の路線と五〇％の駅がイギリスから消滅することになった大改変だった。

ベッチャマンがこうして消滅してしまった小さな鉄道の駅にいかに愛着をもっていたかは、削減が始まる以前の第二次世界大戦中に行なったラジオトークに明らかである。このトークは彼がよく持参していた『ブラッドショーの鉄道案内書』の百周年を記念した番組であった。彼はまっさきに、印象に残っている鉄道の駅として、シュロップシャーの丘々のロマンティックな風景の中に絵のようにたたずむ小さなゴシック様式の駅の数々をあげる。同時に、ガスライトに照らされた切符売り場の隅から次々と亡霊のように山高帽をかぶった人びとが電車に乗り込んでいく煤けたロンドン郊外の駅にも情緒があると指摘する。

そして彼が個人的な愛着を寄せるのが、子供の頃に愛したコーンウォールの駅であった。オイルランプが掲げられ、海藻のにおいが浜辺から漂い、雨に洗われたプラットホームから輝くようなコーンウォール特有の花崗岩と谷間にそって茂るブラックベリーの垣根が見える駅である。「もし［イングランドという］この国を見て、感じたければ、電車で旅行しなさい」という彼のことばは、車窓を通してイングランドの風景と建築物を眺め続けてきた詩人としてのことばであろう。[57]

そうしたさまざまな駅のなかから特別にベッチャマンがもっとも「イングリッシュな」駅として抽出したのが、

コッツウォルドにある小さな無人駅である。イギリスの駅には現在でも無人駅のようなものが多い。そうでなくても切符売り場で切符を買ったら後は誰にも会わない駅は少なくない。いつのまにか電車がやってきて、しばらく停車したかと思うとそのまま黙って出発していく。行き先のアナウンスさえしない。イギリスにおいては、そんな静かな駅が緑豊かで鳥の鳴き声ぐらいしか聞こえない静かな環境に囲まれていることで独特の旅情を醸し出すのである。ベッチャマンはそれを自分の詩ではなく、イギリスの田園を凝縮された美しい詩に謳い続けたエドワード・トマスの「アドルストロップ」という詩の中に見出している。

そう、アドルストロップを覚えている。
その名を。ある暑い午後のこと
急行電車がそこに停車したのだ
異例なことに。六月の終わりだった。

蒸気がシューと音をたて、誰かが咳払いをした。
下車する人も、乗車する人も、だれもいない
プラットホームはがらんとしたまま。目に入ったのは
アドルストロップ——その名前だけ。

（一—八行）[58]

なんの変哲もない内容だが、トマスはイギリスを電車で旅すると必ず出くわす駅の風景を、端正な詩の中に切り取っている。この詩を引用しながらベッチャマンは、駅員が砂利を踏みながら歩く音や柔らかなアクセントでされるアナウンス、あるいはプラットホームのどこかで牛乳缶がぶつかってたてるガランゴロンという音、その後に訪れる長い静寂に、田舎の鉄道駅の深い喜びがあると説明する。

こうした地方の駅の静寂さは、「ビーチング大削減」の結果、落ち着いた生活環境の一部としての静けさから、死の沈黙へと変わってしまったのである。今でもイギリスの地方に行くとかつて線路が敷かれていた堤らしきものや駅の跡地が、その痛ましい傷跡をさらしたまま放置されている。

8　ベッドフォード・パークの戦い

郊外住宅の保存

ベッチャマンのかかわった保存運動はすべて成功したわけではないが、まったく徒労に終わったわけでもない。ときに嘲笑されながらも、コミュニティの日常的かつ歴史的アイデンティティの礎として十九世紀建築物の価値と魅力を訴えつづけたことは、人びとの意識と世論の流れを少しずつではあったが変えていった。

上記のようにセント・パンクラス駅の保存はそうした努力の成果であるが、より明瞭かつ峻烈な行動として現れたのが郊外住宅地ベッドフォード・パークの保存運動である。巨大な「官」の力が抗しがたい圧力であることは確かだが、市民の共同体が団結して組織的抵抗を繰り広げるとき思いがけない力学が働きうる。ベッドフォード・パーク保存運動は、十九世紀末に形成されたロンドンの郊外住宅地を再開発しようとする自治体に対して、その建築的価値を再認識した住民が足並みをそろえて抵抗することで勝利を勝ち取り、前代未聞の規模でヴィクトリア朝建築群の保存に成功した画期的な出来事である。清教徒革命時代にこの地でチャールズ一世軍と議会軍が戦ったターナム・グリーンの戦いをもじって「ベッドフォード・パークの戦い」と言われる官と民の抗争である（図6-6）。ベッチャマンはこの戦いにパトロンとして援護射撃を行なったのである。

ベッドフォード・パークはヴィクトリア朝後期に発達したロンドンの赤煉瓦郊外住宅地の一つである。テムズ川沿いにあるロンドンの西郊外チズィックに隣接した住宅地で、一八七五年から開発が始まった。地下鉄の駅でいえばディストリクト線のターナム・グリーン駅を出てすぐ右手に広がっている地域である。G・K・チェスタトンの『木曜日の男』（一九〇八年）では「サフロン・パーク」と名前を代えて物語の舞台に設定されている。全体の色調とデザインが統一されていながら、屋根の形や間取りにはじまってバルコニーの有無や窓の形にいたるまで一軒一軒すべて微妙に違えた閑静で芸術性豊かな四百戸ほどの一戸建ての住宅街である。よくあるロンドン郊外の無機質なテラスハウスや二軒一棟《セミ・デタッチド》住居の連続とは異なる優美な景観が広がっている。[59]

図 6-6　トム・グリーヴズ『ベッドフォード・パークの戦い』（1963 年，後列，左から 5 番目のカンカン帽を被っている人物がベッチャマン）

リチャード・ノーマン・ショー

ベッドフォード・パークは、土地所有者となったジョナサン・カーがエドワード・W・ゴドウィンに家屋の設計を最初に依頼したが、やがて前述のリチャード・ノーマン・ショーに引き継がれ、さらに彼の跡を継いだモーリス・B・アダムズによって完成される。「クイーン・アン様式」と呼ばれる住宅建築がベッドフォード・パーク全体で採用される。赤煉瓦と垂直に立つ装飾的な破風が特徴的な様式だが、ショーとアダムズはそれに加えて白いバルコニーによって繊細かつ華麗な住宅を建てた。モリスやラスキンたちの中世復興の影響も受けながらも、それとは異なる独特のスタイルを生み出したのである。

このショーについてベッチャマンは、『凄くいい趣味』のなかで金持ち連中だけに取り入る「軽薄で、贅沢好きで、仰々しい建築家」として糾弾したが、のちに評価を修正し、ストリート門下から新しい建築様式を確立し、田園都市などの新たな郊外住宅の流れを作り出した建築家として評価していくことになる。[60]『過去百年のイングランドの町』（一九五六年）においては礼賛を連ねている。

図 6-7　ベッドフォード・パークの戯画の一つ

慎ましやかな芸術家のために作った小さな家――ノーマン・ショーや彼の弟子たちがその土地にある材料やその土地のスタイルを用いて作ったような家――こそ、前世紀、いやいつの時代においてもイングランドが建築に対して行なった最大の貢献である。現在私たちはそれらを「趣味の悪いヴィクトリア朝的邸宅（villas）」と呼んでいるが、一軒一軒が隣の家と異なるように骨を折って作られていることに気づいていないし、室内の展望をよくするために、天井の照明を鉛でふいたり、ときには焼き絵ガラスをかぶせたりしてギラギラする光をおさえたりしている配慮や工夫をまったく認識していない。[61]

ベッチャマンに倣って実際に歩き回って確認してみれば、多様性のなかの統一性がかもしだす郊外住宅の美を堪能することができる。家の外見だけではなく、写真や資料からではわからない玄関ポーチの装飾やステンドグラスのデザインといった細かなところまでそれぞれ粋な模様がしつらえてある。それらが一軒一軒、異なるデザインを施されながらも、町全体で調和を保っているのである。

友人の母親がたまたま住人の一人であることがわかり、ロンドン滞在の折に内覧する機会を得たが、床や暖炉やキッチンが建築当時のまま保存されていた。驚いたことに、その暖炉の装飾としてウィリアム・ド・モーガンによるひまわり柄のタイルが使われていた。ド・モーガンはモリスの弟子として植物や動物の柄を用いたタイルを焼いた工芸家である。また、ひまわりはベッドフォード・パークやその他の郊外のシンボルである。ド・モーガンはそのひまわりをモチーフにしてタイルをこの郊外のために焼いたのである。現在では彼のタイルは高価な美術品となっている。そんなタイルを使った暖炉を置き続けている居間に、ヴィクトリア朝末期から現在まで暮らしてきた人びとの生活の息づかいが宿っている。

詩人のW・B・イエイツが画家であった父親J・B・イエイツとともに幼少期を過ごしたのもこのベッドフォード・パークであったし、ラスキンの弟子であるT・R・ルークもこの地に居を構えた。アトリエ用の平屋さえあちこちに建てられ、芸術家村の様相さえ呈していた。世紀転換期の風刺画には、「郊外」のシンボルのひまわりを片手にラファエル前派風あるいはモリス調の服を着て、住人たちがベッドフォード・パークを闊歩している姿がよく描かれている（図6-7）。建築的な価値だけでなく、モリスとラスキンの精神を受け継いだ歴史的・文化的価値をもった芸術的コミュニティだったのである。

ベッドフォード・パークの戦い

しかし、この住宅が現存するのはすさまじい努力と闘争の結果であったことを忘れてはならない。開発されてから八十年以上たった一九六〇年ごろになると、ベッドフォード・パークの家々も傷みがはげしくなっていた。第二次世界大戦後から大きな家は間貸しされ、かつての芸術家村とはほど遠い様相を見せだしたために「貧困《ポヴァティ》パーク」とさえ揶揄されるようになっていた。当時の都市計画担当局ミドルセックスのカウンティ・カウンシルがそれを放置するはずはなく、一九六〇年代初めに再開発地域に指定し、ショーやアダムズが設計したすべての住居を取り壊してモダンな住宅建築に変えるという大胆な計画を進めはじめた。

この計画を知った住民たちは仰天すると同時に、その時になってあらためてショーやアダムズの住宅建築の価値とコミュニティの歴史をかけがえのないものとして再認識することになる。住民の一人トム・グリーヴズを中心にして再開発反対運動を起こした彼らは、一九六三年に「ベッドフォード・パーク協会」を設立する。住宅地保存のための市民組織としてはイギリスで最初のものであり、そのパトロンに就任したのがベッチャマンであった。

とはいえ、市当局との抗争は簡単に決着するはずもなく、一九六七年にはついにモールバラ通り一番地が解体されてしまった。危機感を高めた住民たちが窮状打開のために行なったのは「ベッドフォード・パーク・フェスティヴァル」の開催であった。一週間のものあいだ住民が余興を通じて交流するだけでなく、ヴィクトリア朝建築についての講演会やベッチャマンの詩の朗読などを通して、ベッドフォード・パークの歴史的な価値を世間に大々的にアピールする機会を設けたのである。

そうした努力がメディアを通して人びとの関心を集め、一九六九年には三五六戸の家が丸ごと保存建築物のリストに「グレードⅡ」として登録されることになった。建築物が「グレードⅡ」として登録されるということは、その建築物の内装、外装、生垣やフェンスにいたるまで保全することが義務づけられ、改造したり増築したりする際にも許可が必要になることを意味する。一度に多数の建築物、しかも一般のヴィクトリア朝郊外住宅建築が「グレードⅡ」の保存リストに登録されるのは例がなかったことであるし、そもそも住宅地がまるごと保存されるということ自体が前代未聞であった。一致団結した住民とそれを支援しつづけたベッチャマンのほぼ完全なる勝利と言っていい。コミュニティの歴史を重んじ、「ハビトゥス」としてのショーとアダムズの建築物の価値を理解し愛する住民たちが、主体的に一致団結して活動したからこそ勝利したベッドフォードの戦いであった。

実はベッチャマンのパトロン就任には住民から反対の声もあった。それによってベッドフォード・パーク保存運動そのものが、彼の言動と同じく冗談として受け取られかねないことを危惧したのである。しかし、ベッチャマンが郊外住宅の文学的守護神であることは自他ともに認める事実であった。一九六〇年に『デイリー・テレグラフ』紙上で、彼はベッドフォード・パークが「前世紀に建てられたもっとも意義ある郊外、おそらく西洋においてもっとも意義ある郊外」だと言明していたし、何よりもカムデンに育った彼自身が、ヴィクトリア朝後期に形成されたロンドン北部の郊外住宅文化を自分の文化的アイデンティティとして保持していた。

『『とるにたらない者の日記』についての想い』と題された詩は、第3章で見た、グロウスミス兄弟によって書かれた郊外小説『とるにたらない者の日記』(一八九二年)の主人公プーター氏と妻のキャリーの生活を、大戦後の五〇年代に暮らす人間の目からうらやましそうに思い浮かべた詩である。たわいもない戯言を並べているようだが、「頑丈で真っ赤な破風をつけた」住宅(一三行)や、新しく植えられたマツの木やこれみよがしの短い私設車道といった七、八十年前のロンドン北部の郊外風景を郷愁にみちた筆致で回顧している。また、「ウィルズデンの墓地にて」では、ロンドン北西部のヴィクトリア朝後期の郊外住宅地ウィルズデンの墓地に眠っている、プーター氏とキャリーのような郊外住民たちの生活を、影絵のように喚起している。ちょうどユーストン門、石炭取引所が壊され、ベッドフォード・パークの戦いが行われている頃の作品である。ヴィクトリア朝期の郊外住宅や建築物が破壊されつつある時代において、消滅していくそうした建築物とそれが見守ってきたコミュニティと文化への墓碑、追悼歌がこれらの詩であった。

二十世紀郊外住宅への排撃

ヴィクトリア朝期の郊外に対するそんなベッチャマンの感傷的なまでの愛着は、反対に二十世紀の新しい郊外に対する激しい嫌悪感を引き起こしさえする。実際に「『とるにたらない者の日記』についての想い」においても、カクテル・バーに象徴される派手で安っぽい現代文化への批判が吐露されているし、それ以外にも安普請の郊外住宅やそこでの生活文化は常に嘲笑されている。

もっとも典型的なのは「スラウ」という詩であろう。スラウはロンドンから電車で西に四〇分ほど行ったところに位置する一九二〇年代後半から急速に発展した新興の工業地域兼郊外住宅地である。ベッチャマンにとってそれは、無機質で人間味と歴史性に欠けた唾棄すべき建築群とコミュニティであった。

さあ来い、いとしき爆弾よ、スラウに落ちよ
今や人間にはふさわしくない町だ。
牛に食べさせる草もない。
死よ、群がり来たれ。

さあ来い、爆弾よ、木っ端微塵に破壊しろ
あの空調つきの明るい社員食堂を、
缶詰の果物、缶詰の肉、缶詰の牛乳、缶詰の豆、
缶詰の精神、缶詰の息。

（一―八行）

ベッチャマンにとって、イギリス的な風景にそぐわない安っぽい材料を使い、派手な色使いをする開発は犯罪であった。「やつらが町と呼ぶごみくずをめちゃくちゃにしろ」（九行）という攻撃的なメッセージには、彼の詩学を冒瀆するような建築感性に対する怒りがこめられている。

この詩はスラウの住民にとって今でも屈辱的なものだが、ベッチャマンが批判したのは、周りの環境と調和しない非歴史的建築物を見ても何も感じない感性、「缶詰」の食べ物だけでも平気な感覚であった。それを「缶詰の精神」と批判することで、彼流の建築物の詩学を社会に浸透させ、文化の質を高めていくことを企図していたのである。二〇〇九年一月になってスラウのシティ・カウンシルがタウンホールを建て替える計画を発表した際に、住民たちはそれがスラウの建築物でベッチャマンが唯一褒めたたえたという理由で反対を訴えた。皮肉にも、そうした日常生活における建築物の価値を住民に自覚させた点でベッチャマンの批判は有効だったことになる。

しかし、ベッドフォード・パークにおいては墓碑も追悼歌も不要であった。現在、住宅地はきれいに整備され、バルコニーはもちろん、庭にあるヴィクトリア朝期の温室、アトリエまでが丁寧に保存され、実際に使われている。

プライオリ通り一番地はヴィクトリア朝協会の本部があったところであり、ここから全国規模でヴィクトリア朝の歴史と文化についての啓蒙を行なっていた。俳優も住んでいたりして芸術家村の伝統も継承されている。もちろん「ベッドフォード・パーク協会」も住民によって熱心な活動を続けている。二〇〇七年には「ベッドフォード・パーク・フェスティヴァルから四〇年を経て」という立派なパンフレットも刊行した。ショーが設計し緑色の椅子と梁を使った珍しいデザインの教会には住民たちが礼拝に熱心に集まるし、公会堂でも常に何らかの活動が行われ、やはりショーが設計した住人のためのパブ「タバード・イン」(チョーサーの『カンタベリ物語』の舞台となったサザックのパブの名前を借用している)には人びとが集う。ヴィクトリア朝の芸術的郊外住宅が現在でも生きたまま歴史を積み重ねているのである。

9 伝統の再編成

もちろん、ベッチャマンのヴィクトリア朝建築礼賛や教会建築賛美、あるいは近代建築批判には懐古趣味的なところがないわけではない。かつて緑の木があり、なだらかな丘があったところに、見慣れない「イングランドとはまるで無関係なもの」が生え、「イングランドが消滅している」という、近代家屋に対する批判は、郷愁の混じったセンチメンタルな偏見以外のなにものでもないように聞こえる。[62] しかしながら、「イングランドを毒す」建築物と引き換えに莫大な金額を受け取り、しかも自分が建築を理解し町の発展に貢献していると思い込んでいる開発業者は、犯罪者として牢屋にぶちこむべきであるという彼の過激な意見に同調する人は少なくなかった。彼にとって建築物はどんな芸術よりも永続する、文明の指標だったのである。

建築物は文明のもっとも永続的な記念碑である。言語、絵画、音楽が忘れ去られてしまった後に残るのは建築物なのだ。現代文明が、廃墟と化したチェーン店の前に立つコンクリートの街灯、電線や鉄線や裂けた柱やテレビ塔がゴミのように散らばったアスファルトによって記憶されることになってよいのだろうか(63)。

こうした訴えは、ナショナル・トラストが戦後広く社会的に認知され、大きな影響力を及ぼす時代になって、一般に共有されるところとなっていく。ベッチャマンは詩人として、「ハビトゥス」としての建築物の詩学を文学やメディアを通して訴え続けたのである。

モダニズムからの脱落者であったベッチャマンが戦ったこうした一連のキャンペーンは、ちょうど彼の学校時代の教師だったT・S・エリオットが「伝統と個人の才能」をはじめとする文芸批評で主張したことを反転させて、建築の領域に応用したものと考えることができる。エリオットはジョン・ミルトンからロマン派詩人を経て、ヴィクトリア朝期の詩人たちにいたるまで徹底的に排撃し、それまで過小評価されていたジョン・ダンなどの形而上詩人たちを礼賛することで、それまでの文学史的伝統を再編成した。ベッチャマンは建築の領域でそれまで非難されていたヴィクトリア朝建築物を礼賛することで、モダニズム以来の新しい建築スタイルのみならず、エリザベス朝から十八世紀までの建築物を「まなざす」視線を刷新しようとしたのである。

「伝統」というのは「気弱さゆえに誤ってつけられた呼称」であるとベッチャマンが批判するとき、エリオット流のレトリックを逆手にとって、偏見に根ざした「好古趣味」を排撃している(64)。また、モダニズム建築に対する彼自身の批判も多分に偏見を含んでいることは否めないが、ヴィクトリア朝建築を礼賛することで、ベッチャマンは同時代のモダニズム偏重主義に大胆不敵にも挑戦し、価値基準の大転換を企図したのである。

想い出の家——あとがきにかえて

僕の心のなかでは、近所にある納屋の一つひとつ、教会の石の一つひとつ、墓地の隅々まで、これらの読んだ本とつながりつつも独立した連想となり、本のおかげで有名になった場所を表象することになるんだ。

——ディケンズ『デイヴィッド・コパーフィールド』（一八五〇年）(1)

人は心のどこかに秘かに想い出の家を隠し持っているのではないだろうか。幼年時代を過ごした家かもしれないし、よく遊びに行った友人の家かもしれない。必ずしも実在した家である必要もない。古い写真で見ただけ、あるいは小説に書かれているだけの虚構の家でもいい。周囲をとりまく環境や社会からの圧力に抵抗しながらも、無意識のうちになんらかの意味を今の自分にもたらし、日常生活に休息と活力を与えてくれるヘテロトピア、記憶の奥底で想念と情念によって育まれた虚像としての空間、それが想い出の家である。

本書ではそんな家や建築物が文学のなかに立ち現れてくる様子を、十九世紀後半から二十世紀のイングランドに追い求めてみた。ネオ・ゴシック様式の教会、古い「イングリッシュな」農家屋、十九世紀に建てられた駅舎や公共建築物、そして歴史を湛えたカントリー・ハウスは、貧困に苛まれたスラムや衰退していく伝統的な田園共同体と対置され、ナイーヴな郷愁、中流階級的イデオロギー、政治的メッセージなどを絡みつかせながら生成された歴史的構造物である。文学という虚構上の空間でもあり、同時に実際に構築あるいは再構築されたものでもある。

私自身のことを言えば、子供の頃育った田舎の古い農家屋がそんなヘテロトピアとして潜在していた気がする。曾祖父の代に建てられた堅牢な家屋で、何度かの増改築を経て曾祖母から私と妹たちまで四世代が同居していた。E・M・フォースターのハワーズ・エンド邸、あるいは彼が言及したハートフォードシャーにあった五世代にわたって受け継がれた農家と同じようなもので、家族の生活とその歴史が、家の壁や柱、あるいは庭木に刻み込まれていた。不便だったし、快適でもなかったが、その頃の雑然としながらも賑やかな日常生活は、古い木造民家が周囲の田畑とともに醸しだしていた匂いや空気とともに、郷愁じみた感慨を喚起する。だが、その家も私が小学校を出たときに解体されてしまったし、家の想い出自体も、その後に移動と引越しを繰り返すうちに忘れ去られ、想起されたときにはその時々の経験に感化され、変質し、そして再び無意識の闇の中へと姿を消していた。

それでもそんなヘテロトピアは磁場を持っていて、建築物を眺める感性を左右してしまうものかもしれない。本書で扱った家や建築物に私が関心を持ったのも、古い農家屋が意識の奥底に眠っていたからではないのかと今になって思う。バブル時代の日本における猛烈な都市開発、九十年代からのイギリスにおける開発を目のあたりにしたとき、あるいはグローバル化した現代において情的価値が付与されることのない「非‐場所」が増殖しているのを意識したとき、さらに政府や自治体の政策・方針によって街区が消滅したり、建物群が建設を停止されたままの状態に遭遇したとき、違和感を抱き、批判的なまなざしを向けたその背後には、ヘテロトピアの存在があった気がする。震災や災害で自宅とともに家族や想い出を失った人たちの姿を目にするときに想起するのも同じものである。

それは実在しているようでいて、読んだ本や経験を通して解体と再構築を繰り返した虚像である。ナイーヴに理想化されたものであるようでいて、実際は日常生活のなかに根ざし、私自身の実存と深く関わる空間でもある。ディケンズの自伝的小説『デイヴィッド・コパーフィールド』の主人公が述懐したのもそんな空間である。エピグラフで引用した一節が示唆しているのは、周囲の建物や環境が読書体験を通して独自の生命と意味を持った虚構の空間へと変容していく過程である。母の再婚によって生家のなかで居場所を失ったデイヴィッドにとって、それは自分の存在に意味を付与してくれる唯一の場所であった。物理的に存在する建築物や空間は、心のなかでさまざまな想念や情念と絡まり、外界や感覚と交渉しながら形や色を変え、構造まで変えながら独自の生命体へと変化していく。最終的に作家となったデイヴィッドは、言葉によって虚構のなかにそのヘテロトピアを出現させていく。

そのときブルデューの言う「ハビトゥス」としての家が浮上する。小説家や詩人たちが社会のなかで批判的に見ていたもの、あるいは危機感や不安を持って見つめていたものが建築表象として出現するのであり、その家の姿こそが時代と文化が生み出した「ハビトゥス」である。本書では長い歴史的時間軸のなかで、多様な「ハビトゥス」としての建築物を、複数の文学作品のなかに追跡したために、大雑把な議論にとどまった側面は否定できない。だが、人が住み、暮らす空間としての家や建築物は、もっとも身近でありかつ私たちの存在に深く関わる建築物でもあり、習慣や伝統、感性や思考を構築すると同時に、実存的な構造物でもあることは示せたのではないかと思う。日常生活のなかで呼吸し、育まれ、存続しているという意味で、家は「ヴァナキュラー」な建築物である。それそれぞれの地方の素材を用い、その風土に適しているというだけではなく、そこでの日常生活のリズムや生活様式、ときに言語活動や思考にも即したものであるという意味で「ヴァナキュラー」な空間である。ヘテロトピアもまた日常から生まれるし、物語も日常から生成される。「ハビトゥス」の根源には、そうした日々の営みをする人間の生息空間とそこで生成されている物語が含まれるべきである。そこに家の詩学《ポエティックス》がある。

そんな「ハビトゥス」としての家をイングランドに追いかける旅は楽しいものであったが、長い道のりでもあった。留学中に目覚めた建築愛であったが、それについて書こうと思ったのは、かれこれ十年以上も前で、放送大学に勤めていたときに工藤庸子先生に勧められたのがきっかけであった。短いものに終わるはずだったのがいつのまにか長くなり、職場を変わり、校務や他の論文・研究によって中断を余儀なくされることも多く、今日にいたってしまった。専門の時代でもないこともあり執筆は難航したが、そのあいだに多くの家々や建築物を訪れ、確かめる機会を得たのは有益であった。かつてスラムがあった区域をチャールズ・ブースの「貧困地図」を片手に訪れ、変貌した街並みのなかに過去の痕跡を見つけるのは密かな喜びであったし、キャンバーウェルやベッドフォード・パークを含めた郊外も数度にわたって歩き回り、友人や住人の好意で屋内を検証させてもらえる機会を持てたのも貴重な経験となった。ルクス・ネストを車で訪ねた際には、その手前に広がるウェルウィン・ガーデン・シティで環状交差点が連続する道路網を抜けようとして完全に方向感覚を失い、同じところを堂々巡りしつづけたのは、同じく堂々巡りばかりする執筆過程と同じような気持ちがして、ほろ苦い思い出である。カントリー・ハウスも訪れたが、観光地化する史跡への違和感はぬぐえず、その度に庶民的な住宅や各地域にある古い教会のような日常的建築物への愛着がいっそう深まっていく旅でもあった。ベッチャマンの詩に惹かれるのも同じ理由である。

こうした旅路のなかで多くの人びとに出会い、同僚や先生・仲間に助けられ、励まされてきた。本書にとっての地霊《ゲニウス・ロキ》とも言うべき人たちである。放送大学在任中から今日にいたるまで、草光俊雄先生とは建築を含めてイギリスの歴史や文化について語り合い、その度に多くの示唆と刺激を受けてきた。歴史に対する考え方や文化の捉え方といった基本的な知的態度を教えていただいたように思う。注では示せないが、本書の議論の根底にある文学や文化の読み方にはその影響が大きい。学生時代の指導教官であった富士川義之先生からもラスキン協会に誘っていただいたり、本書の一部について示唆とともに発表の機会を与えていただいたことに感謝申し上げたい。富山太佳夫先生にもことあるごとに指導と示唆をいただいた。名古屋大学文学部在任中には、滝川睦氏から研究環境に多大な配慮をいただき、その後も草稿段階での内容に的を射たコメントと温かい激励を丁載し、大きな心の支えになった。また佐藤彰一先生が率いたCOEプロジェクト「テクスト布置の解釈学的研究と教育」において、領域の異なる同僚や研究者と知的交流できたことも「家」の解釈学を考える機会になった。もちろん現在の東京大学の同僚たちにも感謝したい。容易ならぬ仕事や校務も任せてくれた一方で、教育・研究を通して知的刺激を与え続けてくれ、度重なる調査出張やサバティカルなど執筆のための便宜を図ってくれたことに感謝したい。

最終的に本書に魂を吹き込んでくれたのは大学院プログラム「多文化共生・統合人間学」におけるプロジェクト「生命のかたち」である。小林康夫先生および桑田光平氏とフランスやイギリスでの学生研修を通して、建築や都市について多くを語り合う時間を持てたのは至福であった。「ハビトゥスとしての家」は私にとって「生命のかたち」の卒業論文である。研修を通して多くの建築物を見てきたが、とくにフランク・ゲーリーが設計したルイ・ヴィトン財団美術館、ル・コルビュジエ研究の第一人者である加藤道夫氏とともに滞在したラ・トゥーレット、モリスゆかりのケルムスコット・マナー、ロンドン・ウォンズワース区議員トニー・ベルトン氏とパートナーで歴史家のペニー・コーフィールド氏が案内してくれたバタシー地区の住宅は、新たな角度から家と建築について考える機会となった。都市論にも詳しいコーフィールド氏とは個別に都市と住宅について長時間議論をし、「混合混成態《コングロマリット》」を都市・建築の概念として着想する機会となった。また、家や都市の文学的表象について同プロジェクトで特別授業を担当してくれ、私の関心と疑問に誠意を持って答えてくれた柴崎友香氏にも感謝申し上げたい。氏の家や都市にまつわる小説もまた本書にインスピレーションを与えてくれた。こうした研修を支え、ピクチャレスクや都市、建築に関する私の授業にもつき合ってくれた星野太氏、大池惣太郎氏、内藤久義氏、立石はな氏にも感謝したい。

　また、伊藤毅先生からは折にふれ本書の内容に関わる問題について建築史家として貴重な助言と示唆をいただいた。二〇一六年から月一度の研究会に参加させてもらうだけではなく、十八世紀ダブリン建築の調査や佐渡の宿根木での研修を通しても建築調査の基本を手ほどきしてもらったことは貴重な経験であった。小関隆氏、高田実氏、井野瀬久美恵氏、勝田俊輔氏、坂下史氏といった歴史学者たちからの助言にも助けられた。夏の日差しのなか、高田氏とともに訪れたノウル・ハウスとシッシングハーストへの旅路は忘れがたい思い出である。コウルリッジ研究の同志ニコラス・パウエル氏にも、ロンドン郊外での家屋調査に便宜をはかってくれたことに感謝申し上げたい。関係する著書も多い新井潤美氏からは階級やカントリー・ハウスについて、川端康雄氏からはモリスやラスキンについて示唆をいただいた。鈴木和彦氏にもブルデューの文献調査でお世話になった。ピクチャレスクの根源にある貧困とスラムなしに、郊外も農家屋も語るべきではないと本質をついた指摘をしていただいたのは高山宏先生である。不十分な内容ながらも第1章と第2章を加えることで、本書の議論に厚みが生まれたとすれば、それは高山先生のおかげである。それ以外にも本書の背後には支えてくれた多数の同僚・友人の地霊《ゲニウス・ロキ》がいる。

　本書の核となる初期構想は複数の学会や研究会で発表し、そこで得た指摘や助言を基に発展させてきた。第3章の原型は京都大学人文科学研究所の研究会「越境する歴史学」、二〇一〇年の日本英文学会中部支部大会、二〇一六年の名古屋大学英文学会、第4章の原型は二〇〇八年の東京大学英文学会、二〇一〇年のイギリス哲学会全国大会シンポジウム、第5章の原型は二〇〇九年の名古屋大学英文学会、第6章の原型は二〇一〇年のヴィクトリア朝文化研究学会において、研究発表あるいは講演として提示し、貴重なコメントをいただいた。スラムとリアリズム、ゴシック論、カントリー・ハウス文学、都市論は、東京大学、名古屋大学、慶應義塾大学の授業でも部分的に扱い、学生たちとの対話を通して再考する機会を得た。コメントを十分活かしきれなかったのは私の力不足である。

出版に際しては福原記念英米文学研究助成基金の支援をいただいた。体調不良のためにやむをえず申請した期間延長を認めていただいたことも合わせて、審査員の方々に心から謝意を示したい。第3章の郊外住宅の調査に際しては、ＪＳＰＳ科学研究費補助金（科研費）「家のイデオロギーを掘り起こす——郊外小説から見た社会とコミュニティの断面図」を利用させていただいた。校務や他の仕事等のために執筆が滞っているところを叱咤激励し、完成まで導いていただいたのは名古屋大学出版会の橘宗吾氏である。氏の激励と編集がなければ本書は永遠に未完に終わっていたであろう。厳しいスケジュールのなか丁寧かつ的確な校正と修正提案をしてくれた三原大地氏にもお礼申し上げたい。

最後になるが、妻由紀子にも感謝の意を伝えたい。校務や研究に時間を費し、家庭内の約束を反故にしてばかりいたが、苦言を呈しながらも常に笑顔で励まし、原稿の確認や整理、文献表作成を補助し、ときには調査も手伝ってくれた。昨夏思いがけず病に伏したとき、そしてその後もそばで支え、「我が家《ホーム》」の大切さをあらためて教えてくれたのも彼女である。本書には不足・不備が残っているのは承知しているが、それらはすべて私の責任である。

二〇一九年七月三十日　東京郊外の我が家《ホーム》にて

大石和欣

《著者略歴》

大石和欣《おお いし かず よし》

1968年　静岡県に生まれる
1994年　東京大学大学院人文社会系研究科修士課程修了
1997年　オクスフォード大学大学院英文科 M. Phil. 修了
2002年　オクスフォード大学大学院英文科 D. Phil. 修了
名古屋大学准教授などを経て
現　在　東京大学大学院総合文化研究科教授
著　書　*Coleridge, Romanticism, and the Orient*（共編，Bloomsbury, 2013）他

家のイングランド

2019年8月30日　初版第1刷発行

定価はカバーに
表示しています

著　者　大　石　和　欣
発行者　金　山　弥　平

発行所　一般財団法人　名古屋大学出版会
〒464-0814　名古屋市千種区不老町1名古屋大学構内
電話(052)781-5027/FAX(052)781-0697

Printed in Japan
印刷・製本 ㈱太洋社
ISBN978-4-8158-0959-1
乱丁・落丁はお取替えいたします。

索　引

ア　行

カ　行

サ　行

タ　行

ナ　行

ハ　行

マ　行

ヤ　行

ラ　行

ワ　行

図版一覧

引用文献

Ackroyd, Peter. *London : The Biography*. London : Chatto & Windus, 2000.

Adams, James Eli. *A History of Victorian Literature*. Oxford : Wiley-Blackwell, 2012.

Anderson, G. L. "The Social Economy of Late-Victorian Clerks." *Lower Middle Class*. Ed. Crossick. 113–33.

Arata, Stephen D. "The Occidental Tourist : *Dracula* and the Anxiety of Reverse Colonization." *Victorian Studies*, 33 (4) (1990) : 621–45.

Armstrong, Nancy. *Fiction in the Age of Photography : The Legacy of British Realism.* Cambridge, MA : Harvard UP, 2000.

Ashworth, William. *The Genesis of Modern British Town Planning : A Study in Economic and Social History of the Nineteenth and Twentieth Centuries*. London : Routledge and Kegan Paul, 1954.

Aslet, Clive. *The Last Country Houses*. New Haven, CT : Yale UP, 1982.

Bacon, Francis. *The Oxford Francis Bacon XV : The Essayes or Counsels, Civill and Morall*. Ed. Michael Kiernan. Oxford : Clarendon, 2000.

Bailey, Catherine. *Black Diamonds : The Rise and Fall of an English Dynasty*. London : Penguin, 2008.

Bakhtin, Mikhail. *The Dialogic Imagination : Four Essays*. Austin, TX : U of Texas P, 1981. [バフチン，ミハイル『ミハイル・バフチン全著作［第 5 巻］「小説における時間と時空間の諸形式」他——1930 年代以降の小説ジャンル論』伊東一郎・北岡誠司・佐々木寛・杉里直人・塚本善也訳，水声社，2001 年]

Barker, Paul. *The Freedoms of Suburbia*. London : Francis Lincoln, 2009.

Barker, T. C., and Michael Robbins, eds. *A History of London Transport*. 2 vols. London : George Allen and Unwin, 1963, 1974.

Barrell, John. *The Dark Side of the Landscape : The Rural Poor in English Painting, 1730–1840*. Cambridge : Cambridge UP, 1980.

Barrett, Helena, and John Phillips. *Suburban Style : The British Home, 1840–1960*. London : Macdonald, 1987.

Baucom, Ian. *Out of Place : Englishness, Empire, and the Locations of Identity*. Princeton, NJ : Princeton UP, 1999.

Beames, Thomas. *The Rookeries of London : Past, Present, and Prospective*. London, 1851.

Beattie, Hilary J. "Father and Son : The Origins of *Strange Case of Dr Jekyll and Mr Hyde*." *The Psychoanalytic Study of the Child*, 56 (2001) : 317–60.

Beauman, Nicola. *E. M. Forster : A Biography*. New York : Knopf, 1994.

Beauman, Sally. "*Rebecca*." *Companion*. Ed. Taylor. 47–60.

Beckett, Matthew. "Lost Heritage : A Memorial to England's Lost Country Houses." http://www.lostheritage.org.uk/lh_complete_list.html (2018 年 11 月 11 日アクセス)

Bennett, Arnold. *Hilda Lessways*. London : Methuen, 1911.

Bentinck, William John Arthur Charles James Cavendish (Duke of Portland,). *Me, Women and Things : Memories of the Duke of Portland*. London : Faber, 1937.
Besant, Walter. *London in the Nineteenth Century*. London : Black, 1909.
Betjeman, John. *Ghastly Good Taste or, a Depressing Story of the Rise and Fall of English Architecture*. London : Chapman & Hall, 1933.
————. *Antiquarian Prejudice*. London : Hogarth Press, 1939.
————. *First and Last Loves*. London : John Murray, 1952.
————. *The English Town in the Last Hundred Years*. Cambridge : Cambridge UP, 1956.
————. *London's Historic Railway Stations*. London : John Murray, 1972.
————. *A Pictorial History of English Architecture*. London : John Murray, 1972.
————. *English Cities and Small Towns*. 1943 ; London : Prion, 1997.
————. *John Betjeman, Collected Poems : New Edition*. Ed. The Earl of Birkenhead. London : John Murray, 2001.
————. *Trains and Buttered Toast : Selected Radio Talks*. Ed. Stephen Games. London : John Murray, 2006.
Birch, Dinah. "A Life in Writing : Ruskin and the Uses of Suburbia." *Writing and Victorianism*. Ed. J. B. Bullen. London : Longman, 1997. 234–49.
Block, Ed Jr. "James Sully, Evolutionist Psychology and Late Victorian Gothic Fiction." *Victorian Studies*, 25 (4) (1986): 363–86.
Booth, Charles. *Maps Descriptive of London Poverty*. London, 1889.
————. *Life and Labour of the People in London*. 10 vols. 1889–1904 ; New York : AMS, 1970.
Booth, William. *In Darkest England and Way Out*. New York : Funk and Wagnalls, 1890.
Bourdieu, Pierre. "The Genesis of the Concept of *Habitus* and of Field." *Sociocriticism*, 2.2 (1985): 11–24.
Bradshaw, David. "Howards End." *The Cambridge Companion to E. M. Forster*. Ed. David Bradshow. Cambridge : Cambridge UP, 2007. 151–72.
Briggs, Asa. *Victorian Cities*. London : Harper & Row, 1970.
Brooke, Rupert. *The Collected Poems of Rupert Brooke : With a Memoir*. London : Sidgwick & Jackson, 1918.
Bullock, S. F. *Robert Thorne, the Story of a London Clerk*. London, 1907.
Byrne, Paula. *Mad World : Evelyn Waugh and the Secrets of Brideshead*. New York : HarperCollins, 2010.
Calmet, Augustin. *The Phantom World : or, the Philosophy of Spirits, Apparitions, etc*. Trans. Henry Christmas. 2 vols. London : Bentley, 1850.
Cannadine, David. *Aspects of Aristocracy : Grandeur and Decline in Modern Britain*. New Haven, CT : Yale UP, 1994.
————. *The Decline and Fall of the British Aristocracy*. 1990 ; New York : Vintage Books, 1999.
Cantlie, James. *Degeneration amongst Londoners*. London, 1885.
Carlyle, Thomas. *Chartism*. London : James Fraser, 1840.
————. *Past and Present*. Ed. Christ R. Vanden Bossche, Joel J. Brattin, and D. J. Trela. Berkeley, CA : U of California P, 2005.
Carter, Angela. *Expletives Deleted : Selected Writings*. 1992 ; London : Vintage, 1993.

Cavaliero, Glen. *The Rural Tradition in the English Novel, 1900–1939*. London : Macmillan, 1977.
Chadwick, Edwin. *Report on the Sanitary Condition of the Labouring Population of Great Britain*. London : 1842.
Chapple, J. A. V. *Documentary and Imaginative Literature, 1880–1920*. New York : Barnes and Noble, 1970.
Chase, Malcolm. *Chartism : A New History*. Manchester : Manchester UP, 2007.
Clark, Kenneth. *The Gothic Revival : An Essay in the History of Taste*. 1928 ; London : John Murray, 1962. ［クラーク，ケネス『ゴシック・リヴァイヴァル』近藤在志訳，白水社，2005 年］
Cobbett, William. *A History of the Protestant Reformation in England and Ireland*. 2 vols. London, 1829.
————. *Rural Rides*. Ed. Asa Briggs. 2 vols. London : Dent, 1957.
Collins, Marcus. "The Fall of the English Gentleman : The National Character in Decline, c. 1918–1970." *Historical Research*, 75 (2002) : 90–111.
Conrad, Joseph. *The Secret Agent : A Simple Tale*. Ed. John Lyon. Oxford : Oxford UP, 2004.
Cook, Matt. "Wilde's London." *Oscar Wilde in Context*. Ed. Kerry Powell and Peter Raby. Cambridge : Cambridge UP, 2013. 49–59.
Cowper, William. *Poetical Works*. Ed. H. S. Milford, corr. Norma Russell, 4th ed. London : Oxford UP, 1971.
Crosland, T. W. H. *The Suburbans*. London : John Long, 1905.
Crossick, Geoffrey, ed. *The Lower Middle Class in Britain 1870–1914*. London : Croom Helm, 1977.
Cullum, John. *The History and Antiquities of Hawksted, and Hardwick, in the County of Suffolk*. 2nd ed. London, 1813.
Curtis, L. Perry. *Jack the Ripper and the London Press*. New Haven : Yale UP, 2001.
Darley, Gillian. *Octavia Hill*. London : Constable, 1990.
Daunton, Martin. *Wealth and Welfare : An Economic and Social History of Britain 1851–1951*. Oxford : Oxford UP, 2007.
Davie, Donald. "Anglican Eliot," *Eliot in His Time*. Ed. A. Walton Litz. Princeton, NJ : Princeton UP, 1973. 181–96.
de Maré, Eric. *Victorian London Revealed : Gustave Doré's Metropolis*. London : Penguin, 1973.
di Battista, Maria. "Daphne du Maurier and Alfred Hitchcock." *Companion*. Ed. Taylor. 320–29.
Dick, Stewart. *The Cottage Homes of England*. 1909 ; London : Bracken Books, 1991.
Dickens, Charles. *The Christmas Books : Volume 1*. Ed. Michael Slater. Harmondsworth : Penguin, 1971.
————. *Bleak House*. Ed. Norman Page. Harmondsworth : Penguin, 1972.
————. *The Posthumous Papers of the Pickwick Club*. Ed. Robert L. Patten. Harmondsworth : Penguin, 1972.
————. *Hard Times*. Ed. Paul Schlicke. Oxford : Oxford UP, 1989.
————. *Sketches by Boz*. Ed. Dennis Walder. London : Penguin, 1995.
————. *Oliver Twist*. Ed. Kathleen Tillotson. Oxford : Clarendon, 1999.
————. *Dombey and Son*. Ed. Alan Horsman. Oxford : Oxford UP, 2001.
————. *David Copperfield*. Ed. Nina Burgis. Oxford : Oxford UP, 2008.
Disraeli, Benjamin. *Coningsby, or, The New Generation*. Ed. Sheila M. Smith. Oxford : Oxford UP,

1982.
———. *Sybil, Or the Two Nations*. Ed. Nicholas Shrimpton. Oxford : Oxford UP, 1998.
Domestic Missionary Society (Manchester). *Eighth Report of the Ministry to the Poor, Commenced in Manchester, January 1, 1833, Read at the Annual Meeting, May 31st, 1842*. Manchester : Thomas Forrest, 1842.
Doyle, Arthur Conan. *The Sign of Four*. Ed. Ed Glinert. London : Penguin, 2001.
———. *The Adventures and Memoirs of Sherlock Holmes*. Ed. David Peace. Harmondsworth : Penguin, 2009.
du Maurier, Daphne. *Rebecca*. London : Virago, 2003.
Dyos, H. J. *Victorian Suburb : A Study of the Growth of Camberwell*. Leicester : Leicester UP, 1961.
———. *Exploring the Urban Past : Essays in Urban History by H. J. Dyos*. Ed. David Cannadine and David Reeder. Cambridge : Cambridge UP, 1982.
Eden, Frederic Morton. *The State of the Poor : Or, an History of the Labouring Classes in England, from the Conquest to the Present Period*. 3 vols. London, 1797.
Edwards, James. *A Companion from London to Brighthelmston, in Sussex ; Consisting of a Set of Topographical Maps from Actual Surveys, on a Scale of Two Inches to a Mile*. London : Bensley, 1801.
Eliot, George. "The Natural History of German Life." *Essays of George Eliot*. Ed. Thomas Pinney. London : Routledge, 1963. 266–99.
Eliot, T. S. *After Strange Gods*. London : Faber, 1934.
———. *The Sacred Wood : Essays on Poetry and Criticism*. London : Faber, 1997.
———. *The Complete Poems and Plays of T. S. Eliot*. 1969 ; London : Faber, 2004.
Ellis, Steve. *The English Eliot : Design, Language and Landscape in Four Quartets*. London : Routledge, 1991.
Elrington, C. R., ed. *A History of the County of Middlesex : Volume 9, Hampstead, Paddington. Originally published by Victoria County History*. London, 1989.
Esty, Jed. *A Shrinking Island : Modernism and National Culture in England*. Princeton, NJ : Princeton UP, 2003.
Fedden, Robin. *The Continuing Purpose : A History of the National Trust, its Aims and Work*. London : Longmans, 1968.
Feldman, David. *Englishmen and Jews : Social Relations and Popular Culture 1840–1914*. New Haven : Yale UP, 1994.
Fletcher, T. W. "The Great Depression of English Agriculture, 1873–1896." *Economic Historical Review*, 2nd series. 13 (1961): 412–32.
Flint, Kate. "Fictional Suburbia." *Popular Fictions : Essays in Literature and History*. Ed. Peter Humm, Paul Stigant, Peter Widdowson. 1986 ; London : Routledge, 2003. 111–26.
Ford (Heuffer), Ford Madox. *The Heart of the Country : A Survey of a Modern Land*. London : Alston Rivers, 1906.
———. *The Spirit of the People : An Analysis of the English Mind*. London : Duchworth, 1907.
Forster, E. M. *Two Cheers for Democracy*. Ed. Oliver Stallybrass. 1951 ; London : Edward Arnold, 1972.
———. *Selected Letters of E. M. Forster : Volume One 1879–1920*. Ed. Mary Lago and P. N.

Furbank. Cambridge, MA: The Belknap P of Harvard U, 1983.
———. *Selected Letters of E. M. Forster : Volume Two 1921–1970*. Ed. Mary Lago and P. N. Furbank. Cambridge, MA: The Belknap P of Harvard U, 1985.
———. *Commonplace Book*. Ed. Philip Gardner. London : Scolar Press, 1985.
———. *Howards End*. Ed. David Lodge. Harmondsworth : Penguin, 2000. ［フォースター，E・M『ハワーズ・エンド』小池滋訳，みすず書房，1994 年］
Forster, Margaret. *Daphne du Maurier*. London : Chatto & Windus, 1993.
Fox, Kate. *Watching the English : The Hidden Rules of English Behaviour*. London : Hodder and Stoughton, 2004.
Fry, Roger. *Architectural Heresies of a Painter : A Lecture Delivered at the Royal Institute of British Architects, May 20th, 1921*. London : Chatto & Windus, 1921.
Fryckstedt, M. C. *Elizabeth Gaskell's* Mary Barton *and* Ruth *: A Challenge to Christian England*. Stockholm : Uppsala, 1982.
Galsworthy, Jon. *The Forsyte Saga*. 3 vols. New York : Scribner's Sons, 1926.
Gardner, Philip, ed. *E. M. Forster : The Critical Heritage*. London : Routledge and Kegan Paul, 1973.
Gaskell, Elizabeth. *Mary Barton*. Ed. Stephen Gill. Harmondsworth : Penguin, 1985.
———. *North and South* (1855) *: The Works of Elizabeth Gaskell, Volume 7*. Ed. Elisabeth Jay. London : Pickering and Chatto, 2005.
Gaskell, S. Martin. "Housing and the Lower Middle Class, 1870–1914." *Lower Middle Class*. Ed. Geoffrey Crossick. London : Croom Helm, 1977. 159–83.
Gaskell, William. *The Duties of the Individual to Society : A Sermon on Occasion of the Death of Sir John Potter, M. P.* London : E. T. Whitfield, 1858.
———. *Address to the Students of Manchester New College, London, Delivered after the Annual Examination, on June 23rd, 1869*. Manchester : Johnson and Rawson, 1869.
Gaspey, William. *Tallis's Illustrated London in Commemoration of the Great Exhibition of All Nations in 1851. Forming a Complete Guide to the British Metropolis and its Environs. Illustrated by Upwards of Two Hundred Steel Engravings from Original Drawings and Daguerreotypes. With Historical and Descriptive Letterpieces*. 2 vols. London : Tallis, 1851–52.
Gauldie, Enid. *Cruel Habitations : A History of Working-Class Housing, 1780–1918*. London : Allen & Unwin, 1974.
Gavin, Hector. *Being Sketches and Illustrations, of Bethnal Green : A Type of the Condition of the Metropolis and Other Large Towns*. London, 1848.
Geddes, Patrick. *Cities in Evolution : An Introduction to the Town Planning Movement and to the Study of Civics*. London : Williams, 1915.
Gissing, George. *In the Year of Jubilee*. Ed. Paul Delany. London : J. M. Dent, 1994.
———. *The Odd Women*. Ed. Patricia Ingham. Oxford : Oxford UP, 2000.
Godwin, George. *London Shadows : A Glance at the 'Homes' of the Thousands*. London : Routledge, 1854.
Gomel, Elana. *Narrative Space and Time : Representing Impossible Topologies in Literature*. London : Routledge, 2014.
Greater London Council. *Historic Census Population*. http://data.london.gov.uk/datastore/package/historic-census-population（2015 年 7 月 1 日アクセス）

Greville, Frances Evelyn. *Afterthoughts*. London : Cassell, 1931.

Groom, Nick. *The Gothic : A Very Short Introduction*. Oxford : Oxford UP, 2012.

Grossmith, George, and Weedon Grossmith. *The Diary of a Nobody*. Ed. Kate Flint. Oxford : Oxford UP, 1995.

Haggard, H. Rider. *Rural England : Being an Account of Agricultural and Social Researches Carried Out in the Years 1901 & 1902*. 2 vols. London : Longman, Green, and Co., 1902.

Hallam, Henry. *View of the State of Europe during the Middle Ages*. 3 vols. London : John Murray, 1872–78.

Hapgood, Lynne. *Margins of Desire : The Suburbs in Fiction and Culture 1880–1925*. Manchester : Manchester UP, 2005.

Hatlen, Burton. "The Rise of the Repressed / Oppressed in Bram Stoker's *Dracula*." *Minnesota Review*, 15 (1980) : 80–97.

Heath, Stephen. "Psychopathia Sexualis : Stevenson's *Strage Case*." *Critical Quarterly*, 28 (1986) : 93–108.

Hill, Octavia. *Homes of the London Poor*. London : Macmillan, 1875.

———. *Octavia Hill : Early Ideals*. Ed. Emily S. Maurice. London : George Allen & Unwin, 1928.

Hill, Rosemary. *God's Architect : Pugin and the Building of Romantic Britain*. London : Allen Lane, 2007.

Hilton, Boyd. *A Mad, Bad, and Dangerous People ? : England 1783–1846*. Oxford : Oxford UP, 2006.

Hitchcock, Henry-Russell. *Architecture : Nineteenth and Twentieth Centuries*. Harmondsworth : Penguin, 1977.

Hobsbawm, Eric, and Terence Ranger. *The Invention of Tradition*. Cambridge : Cambridge UP, 1983.

Horner, Avril, and Sue Zlosnik. *Daphne du Maurier : Writing, Identity and the Gothic Imagination*. London : Macmillan, 1998.

Houen, Alex. *Terrorism and Modern Literature, from Joseph Conrad to Ciaran Carson*. Oxford : Oxford UP, 2002.

House of Commons, *Parliamentary Debates (Hansard)*. 5th series.

Howard, Ebenezer. *To-morrow : A Peaceful Path to Real Reform*. London : Swan Sonnenschein, 1898.

Howkins, Alun. *Englishness, Politics and Culture, 1880–1920*. London : Bloomsbury, 2014.

Huish, Marcus B. *The Happy England of Helen Allingham*. 1903 ; London : Bracken Books, 1985.

Hunt, Tristrum. *Building Jerusalem : The Rise and Fall of the Victorian City*. London : Weidenfeld and Nicolson, 2004.

Huxley, Aldous. *Crome Yellow*. Ed. Malcolm Bradbury and David Bradshaw. London : Vintage, 2004.

Ishiguro, Kazuo. *The Remains of the Day*. London : Faber, 1989.

Jackson, Thomas Graham. *Architecture*. London : Macmillan, 1925.

Jameson, Frederic. "Modernism and Imperialism." Terry Eagleton, Fredric Jameson, and Edward W. Said. *Nationalism, Colonialism and Literature*. Minneapolis, MN : U of Minnesota P, 1990. 43–66.

Jancovich, Mark. "'Rebecca's Ghost' : Horror, the Gothic and the du Maurier Film Adaptations." *Companion*. Ed. Taylor. 312–19.

Jerrold, Blanchard, and Gustave Doré. *London : A Pilgrimage*. London : Grant, 1872.

Jones, Gareth Steadman. *Outcast London : A Study in the Relationship Between Classes in Victorian*

London. 1971 ; London : Verso, 2013.
Keating, Peter. *The Haunted Study : A Social History of the English Novel 1875–1914*. 1989 ; London : Fontana Press, 1991.
Kermode, Frank. *The Sense of an Ending : Studies in the Theory of Fiction*. Oxford : Oxford UP, 1967.
Killeen, Jarlath. *Gothic Literature 1825–1914*. Cardiff : U of Wales P, 2009.
Laurie, Arthur Pillans. *Pictures and Politics : A Book of Reminiscences*. London : International Publishing, 1934.
Lawrence, D. H. *The Letters of D. H. Lawrence : Volume IV, June 1921–March 1924*. Ed. Warren Roberts, James T. Boulton, and Elizabeth Mansfield. Cambridge : Cambridge UP, 1987.
————. *Lady Chatterley's Lover*. Ed. Michael Squires. Harmondworth : Penguin, 1994.
Lees-Milne, James. "The Country House in Our Heritage." *Destruction*. Ed. Strong, Binney, and Harris. 11–13.
Lewis, Barry. *Kazuo Ishiguro*. Manchester : Manchester UP, 2000.
Light, Alison. "'Returning to Manderley' : Romance Fiction, Female Sexuality and Class." *British Feminist Thought : A Reader*. Ed. Terry Lovell. Oxford : Basil Blackwell, 1990. 325–44.
————. "Hitchcock's *Rebecca* : A Woman's Film." *Companion*. Ed. Taylor. 295–304.
————. *Forever England : Femininity, Literature and Conservatism Between the Wars*. London : Routledge, 1991.
Lodge, David. *The Art of Fiction*. London : Vintage, 2011.
London County Council, *London Statistics*, 12 (1901–02).
Luckhurst, Roger. "Introduction." Stoker, *Dracula*, ed. Luckhurst. iii–xx.
MacDonagh, Josephine. "Space, Mobility, and the Novel : 'The spirit of the place in a great reality.'" Matthew Beaumont, ed. *A Concise Companion to Realism*. Oxford : Wiley-Blackwell, 2010. 50–67.
Machray, Robert. *The Night Side of London*. London : T. Werner Laurie, 1902.
Mackerness, E. D. "Introduction." George Sturt. *The Journals of George Sturt 1890–1927*. Ed. E. D. Mackerness, 2 vols. Cambridge : Cambridge UP, 1967. 1 : 1–50.
Mandler, Peter. *The Fall and Rise of the Stately Home*. New Haven, CT : Yale UP, 1997.
Manners, John. *England's Trust and Other Poems*. London : Rivington, 1841.
Marsh, Jan. *Back to the Land : The Pastoral Impulse in England, from 1880–1914*. London : Quartet Books, 1982.
Marx, Karl. *Capital : A Critique of Political Economy*. Ed. Ernest Mandel. Trans. Ben Fowkes. 3 vols. London : Penguin, 1990.
Masefield, John. "John Ruskin." *Ruskin the Prophet and the Other Century Studies*. Ed. J. Howard Whitehouse. New York : E. P. Dutton, 1920. 13–22.
Massé, Michelle A. *In the Name of Love : Women, Masochism, and the Gothic*. Ithaca, NY : Cornell UP, 1992.
Masterman, C. F. G., ed. *The Heart of the Empire*. London : Fisher Unwin, 1901.
————. *The Condition of England*. London : Mathuen, 1909.
————. "Ruskin the Prophet," *Ruskin the Prophet and the Other Centenary Studies*. Ed. J. Howard Whitehouse. New York : E. P. Dutton, 1920. 45–60.
Matlass, David. *Landscape and Englishness*. London : Reaktion Books, 1998.

Maurice, C. Edmund. *Life of Octavia Hill as Told in Her Letters*. London : Macmillan, 1913.
Mayhew, Henry. *London Labour and the London Poor : Cyclopaedia of the Condition and Earnings of Those That Will Work, That Cannot Work, Those That Will Not Work*. 3 vols. London : Griffin, 1861.
McCulloch, J. R. *London in 1850–51*. London : Longman, 1851.
Meade, L. T. *A Princess of the Gutter*. London : Wells Gardner, 1895.
Melchiori, Barbara Arnett. *Terrorism in the Late Victorian Novel*. London : Croom Helm, 1985.
Milner, Christopher. *Land Problems and National Welfare*. London : John Lane, 1911.
Milner, John. *The History, Civil and Ecclesiastical, and Survey of the Antiquities of Winchester*. Winchester, 1798.
Mingay, G. E. *The Transformation of Britain 1830–1939*. London : Routledge, 1986.
Money, L. G. Chiozza. *Riches and Poverty*. 1905 ; London : Methuen, 1908.
Moore, Harold E. *Back to the Land*. London : Methuen, 1893.
Morretti, Franco. *Atlas of the European Novel 1800–1900*. London : Verso, 1998.
————. *The Bourgeois : Between History and Literature*. London : Verso, 2013.［モレッティ，フランコ『ブルジョワ――歴史と文学のあいだ』田中裕介訳，みすず書房，2018 年］
Morris, E. S. *British Town Planning and Urban Design : Principles and Policies*. London : Longman, 1997.
Morris, William. *News from Nowhere and Other Writings*. Ed. Clive Wilmer. London : Penguin, 2004.［モリス，ウィリアム『ユートピアだより』川端康雄訳，岩波文庫，2013 年］
Morrison, Arthur. *A Child of the Jago*. London : Methuen, 1896.
Muthesius, Herman. *The English House*. Ed. Dennis Sharp. Trans. Janet Seligman and Stewart Spencer. 3 vols. 1903–04 ; London : Francis Lincoln, 2007.
Nicholson, Adam. *Sissinghurst : An Unfinished History*. London : HarperPress, 2008.
Norberg-Schulz, Christian. *Genius Loci : Towards a Phenomenology of Architecture*. London : Academy Editions, 1980.
O'Brien, Susie. "Serving New World Order : Postcolonial Politics in Kazuo Ishiguro's *The Remains of the Day*." *Modern Fiction Studies*, 42/4 (1996) : 787–806.
Olsen, Donald J. *The Growth of Victorian London*. London : Batsford, 1976.
Olson, Liesl. *Modernism and the Ordinary*. Oxford : Oxford UP, 2009.
Orwell, George. *Orwell's England*. Ed. Peter Davison. London : Penguin, 2001.
Overy, Richard. *The Morbid Age : Britain between the Wars*. London : Allen Lane, 2009.
Panofsky, Erwin. "On the Conception of Transience in Poussin and Watteau." *Philosophy and History : Essays Presented to Ernst Cassirer*. Ed. Raymond Klibansky and Herbert James Paton. New York : Oxford UP, 1936. 223–54.
————. *Gothic Architecture and Scholasticism*. New York : Meridian Books, 1957.［パノフスキー，アーウィン『ゴシック建築とスコラ学』前川道郎訳，ちくま学芸文庫，2001 年］
————. *Architecture Gothique et Pensée Scolastique*. Trans. Pierre Bourdieu. Paris : Les Éditions de Minuit, 1967.
Pater, Walter. *Plato and Platonism : A Series of Lectures*. New York : Macmillan, 1893.
Paxman, Jeremy. *The English : A Portrait of a People*. London : Penguin, 1999.
Peppis, Paul. "Forster and England," *The Cambridge Companion to E. M. Forster*. Ed. David

Bradshow. Cambridge : Cambridge UP, 2007. 47–61.

Perren, Richard. *Agriculture in Depression, 1870–1940*. Cambridge : Cambridge UP, 1995.

Pick, Daniel. *Faces of Degeneration : A European Disorder c.1848–c.1918*. Cambridge : Cambridge UP, 1989.

Piper, John. *Oxon*. London : Faber, 1939.

————. *British Romantic Artists*. London : Collins, 1942.

————. *Buildings and Prospects*. London : Architectural Press, 1948.

Pope, Ged. *Reading London's Suburbs : From Charles Dickens to Zadie Smith*. Basingstoke : Palgrave, 2015.

Porter, Bernard. *The Battles of the Styles : Society, Culture and the Design of the New Foreign Office, 1855–1861*. London : Continuum, 2011.

Porter, Roy. *London : A Social History*. London : Penguin, 1994.

Pugh, Martin. *'We Danced All Night' : A Social History of Britain between Wars*. London : Bodley Head, 2008.

Pugin, Augustus Welby Northmore. *The True Principles of Pointed or Christian Architecture : Set Forth in Two Lectures Delivered at St. Marie's, Oscott*. London : W. Hughes, 1841.

————. *Contrasts : Or, a Parallel between the Noble Edifices of the Middle Ages and Corresponding Buildings of the Present Day*. Cambridge : Cambridge UP, 2013.

Richardson, Joanna. *Gustave Doré : A Biography*. London : Cassell, 1980.

Richardson, Phyllis. *The House of Fiction : From Pemberley to Brideshead, Great British Houses in Literature and Life*. London : Unbound, 2017.

Richardson, Ruth. *Dickens and the Workhouse : Oliver Twist and the London Poor*. Oxford : Oxford UP, 2012.

Ruggles, Thomas. *The History of the Poor : Their Rights, Duties, and the Laws Respecting Them. In a Series of Letters*. 2 vols. London, 1793–94.

Ruskin, John. *The Works of John Ruskin*. Ed. E. T. Cook and Alexander Wedderburn. 39 vols. 1903–12 ; London : Cambridge UP, 2007.

————. *The Diaries of John Ruskin, 1848–1873*. Ed. Joan Evans and John Howard Whitehouse. Oxford : Clarendon, 1958.

Sackville-West, Vita. "English Country Houses." W. J. Turner, ed. *The Englishman's Country*. London : Collins, 1935. 53–100.

————. *The Garden*. London : Michael Joseph, 1946.

————. *All Passion Spent*. 1931 ; London : Virago Press, 1983.

————. *The Letters of Vita Sackville-West to Virginia Woolf*. Ed. Louise DeSalvo and Mitchell A. Leaska. London : Macmillan, 1985.

————. *Vita Sackville-West : Selected Writings*. Ed. Mary Ann Caws. New York : Palgrave, 2002.

Said, Edward. *Culture and Imperialism*. New York : Vintage Books, 1993.

Schwarz, L. D. *London in the Age of Industrialisation : Entrepreneurs, Labour Force and Living Conditions, 1700–1850*. Cambridge : Cambridge UP, 1992.

Scott, George Gilbert. *A Plea for the Faithful Restoration of Our Ancient Churches*. London, 1850.

Showalter, Elaine. *Sexual Anarchy : Gender and Culture at the Fin de Siècle*. London : Bloomsbury, 1991.

Silverstone, Roger, ed. *Visions of Suburbia*. London : Routledge, 1997.

Snow, John. *On the Mode of Communication of Cholera*, 2nd ed. London, 1855.

Solnit, Rebecca. *Men Explain Things to Me*. Chicago : Haymarket Books, 2014.

Southey, Robert. *Sir Thomas More : or Colloquies on the Progress and Prospects of Society*. 2 vols. London : John Murray, 1829.

Spalding, Frances. *John Piper, Myfanway Piper : Lives in Art*. Oxford : Oxford UP, 2009.

Spencer, Kathleen L. "Purity and Danger : *Dracula*, the Urban Gothic, and the Late Victorian Degeneracy Crisis." *ELH*, 59 (1) (1992): 197–225.

Squier, Susan Merrill. *Virginia Woolf and London : The Sexual Politics of the City*. Chapel Hill, NC : The U of North Carolina P, 1985.

Stallybrass, Peter, and Allon White. *The Politics and Poetics of Transgression*. London : Methuen, 1986. ［ストリブラス，ピーター，アロン・ホワイト『境界侵犯——その詩学と政治学』本橋哲也訳，ありな書房，1995 年］

Steedman, Carolyn. "What a Rag Rug Means," *Journal of Material Culture*, 3/3 (1998): 259–81.

Stevenson, Robert Louis. *Strange Case of Dr Jekyll and Mr Hyde and Other Tales*. Oxford : Oxford UP, 2006.

Stoker, Bram. *New Annotated Dracula*. Ed. Leslie S. Kissinger. New York : Norton, 2008.

Stone, Wilfred H. "Forster, the Environmentalist." *Seeing Double : Revisioning Edwardian and Modernist Literature*. Ed. Carola M. Kaplan and Anne B. Simpson. Basingstoke and London : Macmillan, 1996. 171–92.

Stoneman, Patsy. *Brontë Transformations : The Cultural Dissemination of 'Jane Eyre' and 'Wuthering Heights.'* London : Prentice Hall, 1996.

Strong, Roy, Marcus Binney, and John Harris, eds. *The Destruction of the Country House 1875–1975*. London : Thames and Hudson, 1974.

———. "Introduction : The Country House Dilemma." *Destruction*. Ed. Strong, Binney, and Harris. 7–10.

Summerson, John. *The Architecture of Victorian London*. Charlotteville, VA : UP of Virginia, 1972.

Taylor, Helen, ed. *The Daphne du Maurier Companion*. London : Virago, 2007.

Taylor, Ina. *Helen Allingham's England : An Idyllic View of Rural Life*. Exeter : Webb and Bower, 1990.

Taylor, Nicholas. *The Village in the City*. London : Temple Smith, 1973.

Taylor, W. Cooke. *Notes of a Tour in the Manufacturing Districts of Lancashire in a Series of Letters to His Grace the Archbishop of Dublin*. London : Duncan and Malcolm, 1842.

Teo, Yugin. *Kazuo Ishiguro and Memory*. Basingstoke : Palgrave, 2014.

Thom, J. H. *Religion, the Church, and the People : A Sermon Preached in Lewin's Mead Chapel, Bristol, September 23, 1849, on Behalf of the Ministry of the Poor in Bristol*. London : John Chapman, 1849.

Thomas, Edward. *The Heart of England*. 1906 ; Oxford : Oxford UP, 1982.

———. *Selected Poems*. Ed. Matthew Hollis. London : Faber, 2011.

Thompson, B. L. *The Lake District and the National Trust*. Kendal : Titus Wilson, 1946.

Thompson, Dorothy. *The Chartists : Popular Politics in the Industrial Revolution*. Aldershot : Wildwood House, 1986.

Thompson, F. M. L. *English Landed Society in the Nineteenth Century*. London : Routledge and Kegan Paul, 1963.

———, ed. *The Rise of Suburbia*. Leicester : Leicester UP, 1982.

Thompson, Paul. *William Butterfield, Victorian Architect*. Cambridge, MA : MIT Press, 1971.

Thomson, David. "Du Maurier, Hitchcock and Holding an Audience." *Companion*. Ed. Taylor. 305–11.

Tindall, Gillian. *The Fields Beneath : The History of One London Village*. 1977 ; London : Eland, 2013.

Tomkins, Stephen. *The Clapham Sect : How Wilberforce's Circle Transformed Britain*. Oxford : Lion Hudson, 2010.

Trevelyan, George Macaulay. *Must England's Beauty Perish ? : A Plea on Behalf of the National Trust for Places of Historic Interest or Natural Beauty*. London : Faber & Gwyer, 1929.

Trilling, Lionel. *E. M. Forster*. London : The Hogarth Press, 1951.［トリリング，ライオネル『E・M・フォースター』中野康司訳，みすず書房，1996 年］

Trimm, Ryan. "Telling Positions : Country, Countryside, and Narration in *The Remains of the Day*." *Papers on Language and Literature*, 45/2（2009）: 180–211.

Trotter, David. *The English Novel in History 1895–1920*. London : Routledge, 1993.

Turner, Sharon. *The History of the Anglo-Saxons from the Earliest Period to the Norman Conquest*. 3 vols. London : Longman, Brown, Green, 1852.

Underwood, E. Ashworth. "The History of Cholera in Great Britain." *Proceedings of the Royal Society of Medicine*, 41（1947）: 165–73.

Vidler, Anthony. *The Architectural Uncanny : Essays in the Modern Unchomely*. Cambridge, MA : MIT Press, 1992.［ヴィドラー，アンソニー『不気味な建築』大島哲蔵・道家洋訳，鹿島出版会，1998 年］

Wachtel, Eleanor. *More Writers and Company : New Conversations with CBC Radio's Eleanor Wachtel*. Toronto : Knopf, 1996. 17–35.

Wall, Kathleen. "*The Remains of the Day* and Its Challenges to Theories of Unreliable Narration." *The Journal of Narrative Technique*, 45（1994）: 18–42.

Waters, Sarah. *The Paying Guests*. London : Virago, 2014.

Waugh, Evelyn. *Brideshead Revisited : The Sacred and Profane Memories of Captain Charles Ryder*. Harmondsworth : Penguin, 1962.

Webb, R. K. "The Gaskells as Unitarians." Joanne Shattock（ed.）, *Dickens and Other Victorians: Essay in Honour of Philip Collins*. London : Macmillan, 1988. 144–71.

Webster, Helena. *Bourdieu for Architects*. London : Routledge, 2011.

Wells, H. G. *Ann Veronica : A Modern Romance*. Ed. Carey F. Snyder. Peterborough, ON : Broadview Press, 2016.

West, Anthony. *John Piper*. London : Secker & Warburg, 1979.

White, Jerry. *London in the Twentieth Century : A City and Its People*. London : Vintage, 2008.

Wiener, Martin J. *English Culture and the Decline of the Industrial Spirit, 1850–1980*. Cambridge : Cambridge UP, 1981.［ウィーナ，マーティン・J『英国産業精神の衰退——文化史的接近』原剛訳，勁草書房，1984 年］

Wilde, Oscar. *The Picture of Dorian Gray*. Ed. Michael Patrick Gillespie. New York : Norton, 2007.

Williams, Anne. *Art of Darkness : A Poetics of Gothic*. Chicago, IL : The U of Chicago P, 1995.
Williams, Raymond. *The Country and the City*. London : Hogarth Press, 1985.
Wilson, Nicola. *Home in British Working Class Fiction*. Abingdon : Routledge, 2016.
Wise, Sarah. *The Blackest Streets : The Life and Death of a Victorian Slum*. London : The Bodley Head, 2008.
Wohl, Anthony S. *The Eternal Slum : Housing and Social Policy in Victorian London*. 1977 ; New Brunswick, NJ : Transaction Publishers, 2006.
Woodward, Christopher. *In Ruins : A Journey Through History, Art, and Literature*. New York : Vintage Books, 2003.
Woolf, Virginia. *Collected Essays*, 4 vols. London : Hogarth Press, 1966–67.
———. *The Diary of Virginia Woolf*. Ed. Anne Olivier Bell. 5 vols. San Diego : Harcourt Brace, 1984.
———. *Moments of Being*. Ed. Jeanne Schulkind. London : Grafton Books, 1989.
———. *A Woman's Essays : Selected Essays : Volume One*. Ed. Rachel Bowlby. Harmondsworth : Penguin, 1992.
———. *Selected Essays*. Ed. David Bradshaw. Oxford : Oxford UP, 2008.
Wordie, J. R. "Introduction." *Agriculture and Politics in England, 1815–1939*. Ed. J. R. Wordie. Basingstoke : Macmillan, 2000. 1–31.
Wordsworth, William. *Wordsworth's Guide to the Lakes*. Ed. Ernest de Sélincourt. 1835 ; Oxford : Oxford UP, 1977.
———. *Sonnet Series and Itinerary Poems, 1820–1845*. Ed. Geoffrey Jackson. Ithaca, NY : Cornell UP, 2004.
Wordsworth, William, and Wordsworth, Dorothy. *The Letters of William and Dorothy Wordsworth : The Middle Years (1806–1820)*. Arr. and ed. Ernest de Sélincourt. 2 vols. Oxford : Clarendon, 1937.
Yelling, J. A. *Slums and Slum Clearance in Victorian London*. London : Allen & Unwin, 1986.
Yoshikawa, Saeko. *William Wordsworth and the Invention of Tourism, 1820–1900*. Farnham : Ashgate, 2014.
Zwerdling, Alex. *Virginia Woolf and the Real World*. Berkeley, CA : U of California P, 1986.

アガンベン，ジョルジュ『王国と栄光——オイコノミアと統治の神学的系譜学のために』高桑和巳訳，青土社，2010 年。

新井潤美『階級にとりつかれた人びと——英国ミドル・クラスの生活と意見』中公新書，2001 年。

———「階級——新しい「ミドル・クラス」」松岡光治編『ギッシングを通して見る後期ヴィクトリア朝の社会と文化』渓水社，2007 年，59–76 頁。

アルヴァックス，モーリス『集合的記憶』小関藤一郎訳，行路社，1989 年。

池田美紀子『夏目漱石——眼は識る東西の字』国書刊行会，2013 年。

泉美知子『文化遺産としての中世——近代フランスの知・制度・感性に見る過去の保全』三元社，2013 年。

一條和彦「パノフスキーの「メンタル・ハビット」とブルデューの「ハビトゥス」——イコノロジーの限界について」『美學』第 47 号（3），1996 年，94–113 頁。

井野瀬久美惠「『ダロウェイ夫人』と帝都――ロンドンの記憶はいかに喚起されたのか？」窪田憲子編『ダロウェイ夫人』ミネルヴァ書房，2006 年，48–55 頁。

ウルフ，ヴァージニア『ダロウェイ夫人』丹治愛訳，集英社，2003 年。[Woolf, Virginia. *Mrs. Dalloway*. Ed. Stella McNichol. London : Penguin, 2000]

江藤淳『漱石とその時代』全 5 巻，新潮社，1970–99 年。

エンゲルス，フリードリッヒ『イギリスにおける労働者階級の状態――19 世紀のロンドンとマンチェスター』一條和生・杉山忠平訳，上下巻，岩波書店，1990 年。

大石和欣「混濁の「帝都」――ヴィクトリア朝時代の建築物のダイナミズム」山口惠理子編『ロンドン――アートとテクノロジー』竹林舎，2014 年，31–61 頁。

――――「病んだ精神と環境感受性――ウィリアム・クーパーの持続可能な詩景」小口一郎編『ロマン主義エコロジーの詩学――環境感受性の芽生えと展開』音羽書房鶴見書店，2015 年。

――――「郊外の不気味なレズビアン・ゴシック――サラ・ウォーターズの『寄宿人たち』」河内恵子編『現代イギリス小説の「今」――記憶と歴史』彩流社，2018 年，149–192 頁。

オジェ，マルク『非－場所――スーパーモダニティの人類学に向けて』中川真知子訳，水声社，2017 年。

小野寺健『E・M・フォースターの姿勢』みすず書房，2001 年。

加藤耕一『時がつくる建築――リノベーションの西洋建築史』東京大学出版会，2017 年。

金澤周作『チャリティとイギリス近代』京都大学学術出版会，2008 年。

――――「チャリティとラスキン」『ラスキン文庫だより』76 号，2018 年，1–7 頁。

金子幸男「執事，風景，カントリー・ハウスの黄昏――『日の名残り』におけるホームとイングリッシュネス」荘中・三村・森川編『カズオ・イシグロの視線』229–54 頁。

川崎寿彦『薔薇をして語らしめよ――空間表象の文学』名古屋大学出版会，1991 年。

川端康雄『葉蘭をめぐる冒険――イギリス文化・文学論』みすず書房，2013 年。

川本三郎『郊外の文学誌』岩波現代文庫，2012 年。

木下誠「煉瓦とコンクリート――セント・パンクラス駅再開発からグローバリゼーションへ」川端康雄他編『愛と戦いのイギリス文化史 1951–2010 年』慶應義塾大学出版会，2011 年，335–50 頁。

草光俊雄『歴史の工房――英国で学んだこと』みすず書房，2017 年。

クラーク，ピーター『イギリス現代史 1900–2000』西沢保・市橋秀夫・椿建也・長谷川淳一他訳，名古屋大学出版会，2009 年。

河野真太郎『〈田舎と都会〉の系譜学――20 世紀イギリスと「文化」の地図』ミネルヴァ書房，2013 年。

小関隆『近代都市とアソシエイション』山川出版社，2008 年。

コーフィールド，ペネロピー『イギリス都市の衝撃 1700–1800 年』坂巻清・松塚俊三訳，三嶺書房，1989 年。

小森陽一『世紀末の預言者・夏目漱石』講談社，1999 年。

近藤存志『時代精神と建築――近・現代における様式思想の展開』知泉書館，2007 年。

近藤和彦「礫岩政体と普遍君主――覚書」『立正史学』第 113 号，2013 年，25–41 頁。

斎藤兆史「『日の名残り』というテクストのからくり」荘中・三村・森川編『カズオ・イシグロの視線』67–87 頁。

酒井健『ゴシックとは何か——大聖堂の精神史』筑摩書房，2006 年。

佐藤元状「まがい物のイングリッシュネス，あるいはヘリテージ映画としての『日の名残り』」『ユリイカ』2017 年 12 月号，115–23 頁。

塩野谷祐一『ロマン主義の経済思想——芸術・倫理・歴史』東京大学出版会，2012 年。

ジェフリー，キース「ブリテン諸島／イギリス帝国——二重の委任／二重のアイデンティティ」キース・ロビンズ編『オックスフォード・ブリテン諸島の歴史 10——20 世紀 1901 年–1951 年』鶴島博和監修，秋田茂監訳，慶應義塾大学出版会，2013 年，15–46 頁。

荘中孝之・三村尚央・森川慎也編『カズオ・イシグロの視線——記憶・想像・郷愁』作品社，2018 年。

————「記憶の奥底に横たわるもの——『遠い山なみの光』における湿地」荘中・三村・森川編『カズオ・イシグロの視線』13–34 頁。

ジルアード，マーク『騎士道とジェントルマン——ヴィクトリア朝社会精神史』高宮利行・不破有理訳，三省堂，1986 年。

菅靖子『イギリスの社会とデザイン——モリスとモダニズムの政治学』彩流社，2006 年。

鈴木博之『建築家たちのヴィクトリア朝——ゴシック復興の世紀』平凡社，1991 年。

————『ヴィクトリアン・ゴシックの崩壊』中央公論美術出版，1996 年。

ストーカー，ブラム『ドラキュラ』新妻昭彦・丹治愛訳，水声社，2000 年。［Stoker, Bram. *Dracula*. Ed. Roger Luckhurst. Oxford : Oxford UP, 2011］

多木浩二『生きられた家——経験と象徴』青土社，1984 年。

田中孝信『スラム小説に見るイーストエンドへの眼差し』アティーナ・プレス，2012 年。

田辺繁治『生き方の人類学——実戦とは何か』講談社現代新書，2003 年。

丹治愛『ドラキュラの世紀末——ヴィクトリア朝外国恐怖症の文化研究』東京大学出版会，1997 年。

————「『ハワーズ・エンド』の文化研究的読解——都市退化論と「土地に還れ」運動」林文代編『英米小説の読み方・楽しみ方』岩波書店，2009 年，115–34 頁。

————「『ハワーズ・エンド』の文化研究的読解への不満——貧困と帝国主義をめぐる人間主義的問い」林文代編『英米小説の読み方・楽しみ方』岩波書店，2009 年，135–55 頁。

————「ウィリアム・モリス『ユートピアだより』——ナショナル・ヘリテージとしてのイングランドの田園」『関東英文学研究』第 9 号，2016 年，33–40 頁。

チャンドラー，アリス『中世を夢みた人々——イギリス中世主義の系譜』高宮利行監訳，研究社，1994 年。

ド・セルトー，ミシェル『日常的実践のポイエティーク』山田登世子訳，国文社，1987 年。

トゥアン，イーフー『空間の経験——身体から都市へ』山本浩訳，ちくま学芸文庫，1993 年。

富山太佳夫『英文学への挑戦』岩波書店，2008 年。

————『シャーロック・ホームズの世紀末』青土社，初版 1993 年，増補新版 2015 年。

中嶋彩佳「記憶と忘却の狭間で——『忘れられた巨人』における集団的記憶喪失と雌竜クエリグ」荘中・三村・森川編『カズオ・イシグロの視線』182–207 頁。

夏目漱石『漱石全集第三巻　坊ちゃん外七篇』岩波書店，1979 年。

————『漱石全集第十巻　彼岸過迄』岩波書店，1979 年。

————『漱石全集第十六巻　小品　上』岩波書店，1979 年。

――――『漱石全集第十八巻　文學論』岩波書店，1979 年。

――――『漱石全集第二十二巻　初期の文章』岩波書店，1980 年。

――――『漱石全集第二十四巻　日記及断片　上』岩波書店，1980 年。

――――『漱石全集第二十七巻　書簡集一』岩波書店，1980 年。

ノラ，ピエール『記憶の場――フランス国民意識の文化＝社会史』谷川稔訳，全 3 巻，岩波書店，2002–03 年。

ハイデガー，マルティン『存在と時間』原佑・渡邊二郎訳，全 3 巻，中公クラシックス，2003 年。

――――『ハイデッガーの建築論――建てる・住まう・考える』中村貴志編訳，中央公論美術出版，2008 年。

――――『哲学者の語る建築――ハイデガー，オルテガ，ペゲラー，アドルノ』伊藤哲夫・水田一征編訳，中央公論美術出版，2008 年。

バシュラール，ガストン『空間の詩学』岩村行雄訳，ちくま学芸文庫，2002 年。

バルト，ロラン『記号の国』石川美子訳，みすず書房，2004 年。

平松紘『イギリス緑の庶民物語――もうひとつの自然環境保全史』明石書店，1999 年。

フィッシュマン，ロバート『ブルジョワ・ユートピア――郊外住宅地の盛衰』小池和子訳，勁草書房，1990 年。［Fishman, Robert. *Bourgeois Utopia : The Rise and Fall of Utopia*. New York : Basic, 1987］

フーコー，ミシェル『思考集成 IV――規範／社会：1971–1973』小林康夫・石田英敬・松浦寿輝編，伊藤晃他訳，筑摩書房，1999 年。

――――『ユートピア的身体／ヘテロトピア』佐藤嘉幸訳，水声社，2013 年。

ブルックス，クリス『ゴシック・リヴァイヴァル』鈴木博之・豊口真衣子訳，岩波書店，2003 年。

ブルデュー，ピエール『実践感覚 1』今村仁・港道隆訳，全 2 巻，みすず書房，2001 年。［Bourdieu, Pierre. *Outline of a Theory of Practice*. Trans. Richard Nice. Cambridge : Cambridge UP, 1977］

古谷大輔・近藤和彦編『礫岩のようなヨーロッパ』山川出版社，2016 年。

ベンヤミン，ヴァルター『ベンヤミン・コレクション I――近代の意味』浅井健二郎編訳，久保哲司訳，第 2 版，筑摩書房，2013 年。

前田愛『都市空間のなかの文学――文化記号論の試みとして』筑摩書房，1992 年。

マルクス，カール『新訳 共産党宣言――初版ブルクハルト版（1848 年）』的場昭弘訳，作品社，2010 年。

見市雅俊『コレラの世界史』晶文社，1994 年。

三浦直子「ハビトゥス概念と美術史研究――ブルデューによる『ゴシック建築とスコラ的思考』の後書きをめぐって」『日仏社会学会年報』第 27 号（別刷），2016 年，129–48 頁。

水野祥子「ナショナル・トラスト――景勝地保護と国民統合」指昭博編『「イギリス」であること――アイデンティティ探求の歴史』刀水書房，1999 年，186–206 頁。

村岡健次「病気の社会史――工業化と伝染病」川北稔編『路地裏の大英帝国――イギリス都市生活史』平凡社，1982 年，101–14 頁。

メルロ＝ポンティ，モーリス『知覚の現象学』竹内芳郎・小木貞孝・木田元・宮本忠雄訳，全 2 巻，みすず書房，1967–74 年。

モリス，ウィリアム，E・B・バックス『社会主義――その成長と帰結』大内秀明監修，川

端康雄監訳，晶文社，2014 年。

モレッティ，フランコ『ドラキュラ・ホームズ・ジョイス——文学と社会』植松みどり・北代美和子・林完枝・河内恵子・橋本順一・本橋哲也訳，新評論，1992 年。

吉田健一『英国に就て』ちくま学芸文庫，2015 年。

ラスキン，ジョン『ゴシックの本質』川端康雄訳，みすず書房，2011 年。

リーグル，アロイス『現代の記念物崇拝——その特質と起源』尾崎幸訳，中央公論美術出版，2007 年。

ルフェーヴル，アンリ『都市への権利』森本和夫訳，ちくま学芸文庫，2011 年。

レルフ，エドワード『場所の現象学——没場所性を越えて』高野岳彦他訳，ちくま学芸文庫，1999 年。

注

序章　イングリッシュな家のハビトゥス

（1）日本語において「イギリス」はイングランド，スコットランド，ウェールズ，北アイルランドを包括する連合王国（United Kingdom）を指す言葉として，「英国」と平行して通常用いられ，本書でもそれを踏襲する。しかし，連合王国を構成するそれぞれの国ごとに固有の生活文化と言語，歴史があり，家屋においてもその特徴と意義も微妙に異なる。本書ではそれを踏まえて，主にイングランドの家と建築物に焦点を当て，文化や時代との関わりを文学の中から解きほぐすのが目的である。したがって「イングリッシュな」という形容詞も，連合王国全体というよりも，イングランド固有の建築物に適用される言葉として用いる。スコットランド，ウェールズ，北アイルランドについては独自のアプローチをすべきであると考えている。

（2）Stewart Dick, *The Cottage Homes of England*（1909 ; London : Bracken Books, 1991）12, 15.

（3）アリンガムは貧しい複数の農民家族が住み込んでいる古民家も正確に描いているが，それらも美的で，「ピクチャレスクな」ものとして描出している。Marcus B. Huish, *The Happy England of Helen Allingham*（1903 ; London : Bracken Books, 1985）121, 123.

（4）農村の衰微については誇張すべきではないが，1870 年から 1914 年にかけてイングランド南部・中部の州，湖水地方やヨークシャーでは 30％から 45％，なかには 46％以上の土地が人手のかかる農業用地から牧草地へと放棄されていったのは，注目に値する。Martin Daunton, *Wealth and Welfare : An Economic and Social History of Britain 1851–1951*（Oxford : Oxford UP, 2007）44–47. その他の参照文献として，F. M. L. Thompson, *English Landed Society in the Nineteenth Century*（London : Routledge and Kegan Paul, 1963）308–09 : Richard Perren, *Agriculture in Depression, 1870–1940*（Cambridge : Cambridge UP, 1995）7–30 : G. E. Mingay, *The Transformation of Britain 1830–1939*（London : Routledge, 1986）106–35 ; T. W. Fletcher, “The Great Depression of English Agriculture, 1873–1896,” *Economic Historical Review*, 2nd series, XIII（1961）: 412–32 ; J. R. Wordie, “Introduction,” J. R. Wordie (ed.), *Agriculture and Politics in England, 1815–1939*（Basingstoke : Macmillan, 2000）26.

（5）Thompson, *English Landed Society* 303, 317–22 : David Cannadine, *The Decline and Fall of the British Aristocracy*（1990 ; New York : Vintage, 1999）88–138.

（6）この過程については本書第 4 章で詳述するが，Alun Howkins, *Englishness, Politics and Culture, 1880–1920*（London : Bloomsbury, 2014）86–89 を参照のこと。アイナ・テイラーは，アリンガムが描いた農家屋の絵は，同時代のカメラがとらえた光景とは異なる「ロマンティックな神話」，「完璧」ゆえに「美しい夢」として位置づける。Ina Taylor, *Helen Allingham’s England : An Idyllic View of Rural Life*（Exeter : Webb and Bower, 1990）8.

（7）「田園回帰運動」とイングリッシュなものの創出との関係性は，第 4 章で詳しく論じる。Howkins 90–91.

（8）Rupert Brooke, *The Collected Poems of Rupert Brooke : With a Memoir*（London : Sidgwick & Jackson, 1918）9.

(9) Edward Thomas, *Selected Poems*, ed. Matthew Hollis (London : Faber, 2011) 90.

(10) George Orwell, *Orwell's England*, ed. Peter Davison (London : Penguin, 2001) 254.

(11) Jeremy Paxman, *The English : A Portrait of a People* (London : Penguin, 1999) 140.

(12) ピエール・ブルデュー『実践感覚 1』今村仁司・港道隆訳（みすず書房，2001 年）89 頁［Pierre Bourdieu, *Outline of a Theory of Practice*, trans. Richard Nice (Cambridge : Cambridge UP, 1977) 72］。

(13) ヘレナ・ウェブスターによる研究は，ブルデューのハビトゥスが空間や建築という概念と密接なつながりのあることを総括的に論じている。Helena Webster, *Bourdieu for Architects* (London : Routledge, 2011).

(14) Erwin Panofsky, *Gothic Architecture and Scholasticism* (New York : Meridian Books, 1957) 21［アーウィン・パノフスキー『ゴシック建築とスコラ学』前川道郎訳（ちくま学芸文庫，2001 年）37 頁］. パノフスキーは他に適当な用語がないということで一度だけ用いただけだが，ブルデューはこの著作を翻訳した際，訳文においては「精神的習性《アビテュード・マンタール》」という言葉を三カ所で使用したうえで，解説文のなかで「ハビトゥス 」という言葉に置き換えてゴシック聖堂を建造する精神構造の文化的，社会的意味を考えようとする。Erwin Panofsky, *Architecture Gothique et Pensée Scolastique*, tr. Pierre Bourdieu (Paris: Les Éditions de Minuit, 1967) 83, 97, 120, 151, 152, 157, 159, 164. パノフスキーのブルデューへの影響については，複数の研究者が指摘している。一條和彦「パノフスキーの「メンタル・ハビット」とブルデューの「ハビトゥス」――イコノロジーの限界について」『美學』47(3)（1996 年）94–113 頁。田辺繁治『生き方の人類学――実戦とは何か』（講談社現代新書，2003 年）66–102 頁。三浦直子「ハビトゥス概念と美術史研究――ブルデューによる『ゴシック建築とスコラ的思考』の後書きをめぐって 」『日仏社会学会年報』第 27 号（別刷）（2016 年）129–48 頁。Webster 69–72. とはいえ，三浦直子が指摘するように，実は最初にパノフスキーの「精神習慣」の訳語として「ハビトゥス」を当てはめたのは，解説文でブルデューが長々と引用している古文書研究者ロベール・マリシャルの中世書体研究論文である。ブルデューはそれを借用したことになる。マリシャルは中世の書体が，建築物などの諸芸術・文明の産物が変化するのと並行して変容している，つまり文明を「再生産し反映する」ように変容していることを指摘し，石造りのゴシック聖堂と羊皮紙写本のゴシック書体との間，大工や石工などの職人の技術・様式と能書家の技法・様式との間に調和的関係を見出した。三浦 135 頁。Webster 70–71 も参照。

(15) Pierre Bourdieu, "The Genesis of the Concept of *Habitus* and of Field," *Sociocriticism*, 2.2 (1985) : 13.

(16) マルティン・ハイデガー『ハイデッガーの建築論――建てる・住まう・考える』中村貴志編訳（中央公論美術出版，2008 年）12 頁。

(17) Eric Hobsbawm, "Introduction : Inventing Traditions," Eric Hobsbawm and Terence Ranger (eds.), *The Invention of Tradition* (Cambridge : Cambridge UP, 1983) 3.

(18) 吉田健一『英国に就て』（ちくま学芸文庫，2015 年）37 頁。

(19) 吉田 39–40 頁。

(20) Francis Bacon, *The Oxford Francis Bacon XV : The Essayes or Counsels, Civill and Morall*, ed. Michael Kiernan (Oxford : Clarendon, 2000) 135.

(21) Bacon 137–38.

(22) ケイト・フォックスは，イギリス人が実は社交が苦手であり，彼らにとって前庭が社交を象徴する空間だとすれば，家の内と裏庭は社交下手という本質を隠すために確保しているプライヴェートな空間であると定義した。ここにも自分の居場所としての「故郷《ホー》=家《ム》」を想像 = 創造するイギリス人のセンチメントが見て取れる。Kate Fox, *Watching the English : The Hidden Rules of English Behaviour* (London : Hodder and Stoughton, 2004) 133–36.
(23) 吉田 41 頁。
(24) 多木浩二『生きられた家——経験と象徴』（青土社，1984 年）33 頁。多木とは対照的にフロイト的な解釈を建築に応用したのは，Anthony Vidler, *The Architectural Uncanny : Essays in the Modern Unhomely* (Cambridge, MA : MIT Press, 1992).
(25) 2017 年に出たフィリス・リチャードソンの『フィクションの家』が人びとに受けているのも，そうした伝統的文化構造が根っこにある。Phyllis Richardson, *The House of Fiction : From Pemberley to Brideshead, Great British Houses in Literature and Life* (London : Unbound, 2017). 同書は，ジェイン・オースティンの小説に描かれたジェントリー階級や貴族の館，牧師館からウォーの『ブライズヘッド再訪』，アガサ・クリスティー，現代のイアン・フレミングや J・G・バラードまで，多種多様な文学に描かれた家を紹介し，時代のなかで考察している。この本は本書の企図と類似しているが，リチャードソンの目的は文学における「家」を総覧的に考察することであり，必ずしも「ハビトゥス」としての家とその社会的意義に注目しているわけではない。
(26) マルティン・ハイデガー「詩人のように人間は住まう」『哲学者の語る建築——ハイデガー，オルテガ，ペゲラー，アドルノ』伊藤哲夫・水田一征編訳（中央公論美術出版，2008 年）。
(27) モーリス・アルヴァックス『集合的記憶』小関藤一郎訳（行路社，1989 年）167 頁。
(28) ピエール・ノラ『記憶の場——フランス国民意識の文化 = 社会史』谷川稔訳，全 3 巻（岩波書店，2002–2003 年）第 1 巻 31–32 頁。
(29) John Ruskin, *The Works of John Ruskin*, eds. E. T. Cook and Alexander Wedderburn, 39 vols. (1903–12 ; London : Cambridge UP, 2007) 8 : 228.
(30) Ruskin, *Works* 8 : 234, 224.
(31) Ruskin, *Works* 8 : 233–34.「時代」と訳しがちな “age” をあえて「歳月」とここで訳したのは，長い時間経過のなかで行われる建築物の修復の歴史的意義について論じた加藤耕一の指摘にしたがった。加藤耕一『時がつくる建築——リノベーションの西洋建築史』（東京大学出版会，2017 年）255 頁。
(32) アロイス・リーグル『現代の記念物崇拝——その特質と起源』尾崎幸訳（中央公論美術出版，2007 年）27–36 頁。
(33) 泉美知子は，ユゴーやユイスマンスによるパリのノートル・ダムについての文学的言説は，文化遺産としての建築物の意義を社会に認識させていく契機になったことを指摘している。泉美知子『文化遺産としての中世——近代フランスの知・制度・感性に見る過去の保全』（三元社，2013 年）221–22，226，264 頁。
(34) この点については第 4 章を参照。
(35) Ruskin, *Works* 8 : 228–29.
(36) 加藤 21 頁。
(37) T. S. Eliot, “Tradition and the Individual Talent,” *The Sacred Wood : Essays on Poetry and*

Criticism (London : Faber, 1997) 40–41.

(38) T. S. Eliot, *The Complete Poems and Plays of T. S. Eliot* (1969 ; London : Faber and Faber, 2004) 171, 177.

(39) プラトン論の冒頭においてペイターは，哲学的思索を「使用した石材それ自体のなかに，昔の有機体の微細な遺骸が残っているようなもの」，「一見新しそうなものも実は古びていて，書き古しの羊皮紙《パリンプセスト》，以前にすでに使われた実際の意図で織られたつづれ織り，その分子がすでに何度となく生と死を繰り返した動物の骨格のようなもの」と述べる。Walter Pater, *Plato and Platonism : A Series of Lectures* (New York : Macmillan, 1893) 3.

(40) モーリス・メルロ＝ポンティ『知覚の現象学』竹内芳郎・小木貞孝・木田元・宮本忠雄訳，全 2 巻（みすず書房，1967–74 年）第 2 巻 118 頁。

(41) ガストン・バシュラール『空間の詩学』岩村行雄訳（ちくま学芸文庫，2002 年）48 頁。

(42) イーフー・トゥアン『空間の経験——身体から都市へ』山本浩訳（ちくま学芸文庫，1993 年）136，26–27，256，326 頁。

(43) ミシェル・フーコー『ユートピア的身体／ヘテロトピア』佐藤嘉幸訳（水声社，2013 年）。

(44) H. G. Wells, *Ann Veronica : A Modern Romance*, ed. Carey F. Snyder (Peterborough, ON : Broadview Press, 2016) 275–76.

(45) マルティン・ハイデガー『存在と時間』原佑・渡邊二郎訳，全 3 巻（中公クラシックス，2003 年）第 1 巻 76 頁。

(46) Virginia Woolf, "Character in Fiction," *Selected Essays*, ed. David Bradshaw (Oxford : Oxford UP, 2008) 48.

(47) Virginia Woolf, "Modern Fiction," *Selected Essays* 9.

(48) Liesl Olson, *Modernism and the Ordinary* (Oxford : Oxford UP, 2009) 66–67. ウルフとベケットにおける「習慣（habit）」の重要性については，同書 68–69.

(49) Mikhail Bakhtin, "Forms of Time and of the Chronotope in the Novel : Notes toward a Historical Poetics," *The Dialogic Imagination : Four Essays* (Austin, TX : U of Texas P, 1981) 84［ミハイル・バフチン『ミハイル・バフチン全著作［第 5 巻］「小説における時間と時空間の諸形式」他——1930 年代以降の小説ジャンル論』伊東一郎・北岡誠司・佐々木寛・杉里直人・塚本善也訳（水声社，2001 年）143 頁］. バフチンは神話的・歴史的な時間と日常世界との相関性をラブレーやフォークロアに見出すが，小説がつくり出すクロノトポスの意義も強調する。

(50) エレイナ・ゴメルは，ダーウィンの進化論やアインシュタインの相対性理論など自然科学分野における発展が，一般社会における時空間の概念，そして文学におけるクロノトポスにも影響を及ぼしていることを，H・G・ウェルズやジョゼフ・コンラッド，ボルヘスらの小説のなかでたどっているが，その際に依拠する理論的な基盤の一つがバフチンのクロノトポスである。Elana Gomel, *Narrative Space and Time : Representing Impossible Topologies in Literature* (London : Routledge, 2014) 26–30.

(51) Gareth Steadman Jones, *Outcast London : A Study in the Relationship Between Classes in Victorian London* (1971 ; London : Verso, 2013) 262–314.

第 1 章　闇の奥の家

（1）H. J. Dyos, *Exploring the Urban Past : Essays in Urban History by H. J. Dyos*, eds. David Cannadine and David Reeder（Cambridge : Cambridge UP, 1982）131.

（2）産業化にともなうロンドンの社会構造の変化については，G. E. Mingay, *The Transformation of Britain 1830–1939*（London : Routledge, 1986）1–10, 25–27 ; L. D. Schwarz, *London in the Age of Industrialisation : Entrepreneurs, Labour Force and Living Conditions, 1700–1850*（Cambridge : Cambridge UP, 1992）237–38.

（3）London County Council, *London Statistics*, 12（1901–02）x ; Anthony S. Wohl, *The Eternal Slum : Housing and Social Policy in Victorian London*（1977 ; New Brunswick, NJ : Transaction Publishers, 2006）1, 358–59.

（4）Dyos 148–50 ; Enid Gauldie, *Cruel Habitations : A History of Working-Class Housing, 1780–1918*（London : Allen & Unwin, 1974）113–56 ; Wohl 3–20 ; Roy Porter, *London : A Social History*（London : Penguin, 1994）248–87. とくに 19 世紀後半において日雇い労働者を含む労働者たちが置かれた過酷な住宅状態については，Gareth Stedman Jones, *Outcast London : A Study in the Relationship Between Classes in Victorian Society*（1971 ; London : Verso, 2013）152–78.

（5）Dyos 119–25 ; J. A. Yelling, *Slums and Slum Clearance in Victorian London*（London : Allen & Unwin, 1986）10–11, 34 ; Porter 322–38.

（6）E. Ashworth Underwood, “The History of Cholera in Great Britain,” *Proceedings of the Royal Society of Medicine*, 41（1947）: 165–69 ; 村岡健次「病気の社会史――工業化と伝染病」川北稔編『路地裏の大英帝国――イギリス都市生活史』（平凡社，1982 年）101–14 頁 ; 見市雅俊『コレラの世界史』（晶文社，1994 年）134–72 頁。

（7）Underwood 169–73 ; John Snow, *On the Mode of Communication of Cholera*, 2nd ed.（London, 1855）.

（8）Malcolm Chase, *Chartism : A New History*（Manchester : Manchester UP, 2007）17–29, 84–85, 100 ; Boyd Hilton, *A Mad, Bad, and Dangerous People ? : England 1783–1846*（Oxford : Oxford UP, 2006）612–21 ; Dorothy Thompson, *The Chartists : Popular Politics in the Industrial Revolution*（Aldershot : Wildwood House, 1986）106–19, 271–98.

（9）Thomas Carlyle, *Chartism*（London : James Fraser, 1840）1, 16, 18.

（10）Edwin Chadwick, *Report on the Sanitary Condition of the Labouring Population of Great Britain*（London : 1842）257 ; Porter 316–20.

（11）Henry Mayhew, *London Labour and the London Poor : Cyclopaedia of the Condition and Earnings of Those That Will Work, That Cannot Work, Those That Will Not Work*, 3 vols.（London : Griffin, 1861）3 : 312–15.

（12）Mayhew 1 : 255–57.

（13）フリードリッヒ・エンゲルス『イギリスにおける労働者階級の状態――19 世紀のロンドンとマンチェスター』一條和生・杉山忠平訳，上下巻（岩波書店，1990 年）上 160, 75–76 頁。

（14）エンゲルス『労働者階級の状態』上 117–20 頁。Yelling 19.

（15）エンゲルス『労働者階級の状態』上 108，109，114 頁（一部改変）。

（16）George Godwin, *London Shadows : A Glance at the ‘Homes’ of the Thousands*（London : Routledge, 1854）2, 9, 13, 15. スラム撤去を含む都市開発におけるゴドウィンの位置づけ

は Wohl 46-47 を参照。

(17) スラムの撤去は1840～50年代に始まっていた。Jones 159-60.

(18) Godwin 2, 3.

(19) Godwin 23.

(20) Hector Gavin, *Being Sketches and Illustrations, of Bethnal Green : A Type of the Condition of the Metropolis and Other Large Towns* (London, 1848) ; Thomas Beames, *The Rookeries of London : Past, Present, and Prospective* (London, 1851).

(21) スラム表象における中流階級的言語については，Carolyn Steedman, "What a Rag Rug Means," *Journal of Material Culture*, 3/3 (1998) : 259-81 ; Nicola Wilson, *Home in British Working Class Fiction* (Abingdon : Routledge, 2016) 20. また，スラムの環境改善に関わる一連の政策と背景にも階級的偏見は明らかである。それについては，Wohl 73-108, Yelling を参照。

(22) ディケンズの『オリヴァー・トゥイスト』における貧困，スラムの取り扱いについては，Ruth Richardson, *Dickens and the Workhouse : Oliver Twist and the London Poor* (Oxford : Oxford UP, 2012) が詳細に説明しているが，中流階級的なユートピアとしての家との対照のなかでとらえているわけではない。

(23) Charles Dickens, *Oliver Twist*, ed. Kathleen Tillotson (Oxford : Clarendon, 1999) 59.

(24) Dickens, *Oliver Twist* 59-60.

(25)「都市の織り目」はアンリ・ルフェーヴルが『都市への権利』のなかで用いている言葉であり，小説のなかでオリヴァーがたどる動線はその織り目にしたがっている。都市の発展の過程で工業が都市の中心に入り込み，既存の都市の中核を破壊し，スラムを形成すると同時に，運搬や商業的交換の組織化といった運動を通して周囲の田舎を飲みこみ，人口を吸収していく，つまり田舎の農民たちの〈非農民化〉を促し，古い〈生活様式〉を，「民話」のなかへと落ちこませていくシステムの網のことである。それは都市の生物学的繁殖の形態だが，しかし固定されたものでもないし，はっきりと目に見える形で存在するわけでもない。また，目的的であろうと，非目的的であろうと，人びとや物や金を都市から周囲，地方に送り出し，道路や人脈，流通のネットワークを通じて，循環させ，結果としてデザインなき網を織りあげ，そこから再び人間，物資，金を都市内部に吸い上げていく。アンリ・ルフェーヴル『都市への権利』森本和夫訳（ちくま学芸文庫，2011年）21-22頁。

(26) Dickens, *Olivers Twist* 61-63.

(27) ディケンズは一時期ロンドンのクリーヴランド通りにあった救貧院近くに住んでいた。その事実と『オリバー・トゥイスト』との関係については，Richardson, *Dickens and the Workhouse* を参照。

(28) Charles Dickens, *Bleak House*, ed. Norman Page (Harmondsworth : Penguin, 1972) 272.

(29) Dickens, *Olivers Twist* 210.

(30) Raymond Williams, *The Country and the City* (London : Hogarth Press, 1985) 156.

(31) Charles Dickens, *Hard Times*, ed. Paul Schlicke (Oxford : Oxford UP, 1989) 28, 83.

(32) Williams 158 ; Charles Dickens, *Dombey and Son*, ed. Alan Horsman (Oxford : Oxford UP, 2001) 23-24.

(33) Dickens, *Hard Times* 84, 88.

(34) Dickens, *Hard Times* 88.

(35) Dickens, *Hard Times* 91.

(36) Dickens, *Hard Times* 13.

(37) Charles Dickens, *The Christmas Books : Volume 1*, ed. Michael Slater (Harmondsworth : Penguin, 1971) 73.

(38) Benjamin Disraeli, *Sybil, Or the Two Nations*, ed. Nicholas Shrimpton (Oxford : Oxford UP, 1998) 66.

(39) James Eli Adams, *A History of Victorian Literature* (Oxford : Wiley-Blackwell, 2012) 103.

(40) M. C. Fryckstedt, *Elizabeth Gaskell's* Mary Barton *and* Ruth : *A Challenge to Christian England* (Stockholm : Uppsala, 1982) 90-97.

(41) *Eighth Report of the Ministry to the Poor, Commenced in Manchester, January 1, 1833, Read at the Annual Meeting, May 31st, 1842* (Manchester : Thomas Forrest, 1842) 19, 34-35 ; Elizabeth Gaskell, *Mary Barton*, ed. Stephen Gill (Harmondsworth : Penguin, 1985) 126.

(42) J. H. Thom, *Religion, the Church, and the People : A Sermon Preached in Lewin's Mead Chapel, Bristol, September 23, 1849, on Behalf of the Ministry of the Poor in Bristol* (London : John Chapman, 1849) 6, 28. 公共心，公平無私，普遍的仁愛（博愛），真理を強調し，「任務を伴う信仰」を強調するユニタリアンの信条はウィリアム・ギャスケルの言説の中にも顕著である。説教において，「真理」あるいは「真実」を重んじると同時に，「公平無私」，「率直さ」あるいは「寛容さ」，さらには「公共心」や「博愛」，「普遍的仁愛」といった 18 世紀の理性的非国教徒に特徴的な美徳を顕彰する。William Gaskell, *Address to the Students of Manchester New College, London, Delivered after the Annual Examination, on June 23rd, 1869* (Manchester : Johnson and Rawson, 1869) 11-12 ; William Gaskell, *The Duties of the Individual to Society : A Sermon on Occasion of the Death of Sir John Potter, M. P.* (London : E. T. Whitfield, 1858) 10. また，R. K. Webb, "The Gaskells as Unitarians," Joanne Shattock (ed.), *Dickens and Other Victorians : Essays in Honour of Philip Collins* (London : Macmillan, 1988) 144-71 も参照。

(43) Elizabeth Gaskell, *North and South*, *The Works of Elizabeth Gaskell, Volume* 7, ed. Elisabeth Jay (London : Pickering and Chatto, 2005) 164.

(44) Gaskell 49.

(45) Wilson 23-25.

(46) 写真とリアリズムの関係を論じたものは Nancy Armstrong, *Fiction in the Age of Photography : The Legacy of British Realism* (Cambridge, MA : Harvard UP, 2000) であるが，空間，とりわけ都市環境と人間との関係もリアリズム文学の重要な要素であるという指摘もある。Josephine MacDonagh, "Space, Mobility, and the Novel : The spirit of the place is a great reality," Matthew Beaumont (ed.), *A Concise Companion to Realism* (Oxford : Wiley-Blackwell, 2010) 50-67.

(47) George Eliot, "The Natural History of German Life," *Essays of George Eliot*, ed. Thomas Pinney (London : Routledge, 1963) 270-71. レイモンド・ウィリアムズはギャスケルの労働者階級家屋の描写にリアリズムの台頭を読み込んでいる。Williams 87. エリオットのリアリズムについては塚越幸佑の指摘に負う。

(48) Jones 241-61. スラムの問題を正面から扱っていないが，金澤周作は 19 世紀イギリスのチャリティの多様な実態を論じながら，幅広い富裕中流階級のネットワークとその意味を明らかにしている。金澤周作『チャリティとイギリス近代』（京都大学学術出版会，

2008 年）195–218 頁。

(49) スラム問題に対するヒルをはじめとする中流階級篤志家たちの自己満足的美徳の押し付けについては，Wohl 179–99 を参照。

(50) 絵画に興味のあったヒルはラスキンの『近代画家論』(1843–60 年）を読み，その自然観・自然描写に大きな感銘を受ける。それが縁となってラスキンとの知己を得るが，1855 年にラスキンの家を最初に訪問した際に，美しい環境が人間の幸福感に及ぼす影響について議論を交わしている。C. Edmund Maurice, *Life of Octavia Hill as Told in Her Letters* (London : Macmillan, 1913) 38.

(51) Octavia Hill, *Octavia Hill : Early Ideals*, ed. Emily S. Maurice (London : George Allen & Unwin, 1928) 48. 同様の意見は 1875 年に出版された『ロンドン貧民の住居』でも力説されている。Octavia Hill, *Homes of the London Poor* (London : Macmillan, 1875) 211–12.

(52) Gillian Darley, *Octavia Hill* (London : Constable, 1990) 179.

(53) Hill, *Homes of the London Poor* 199, 200. 以後，［　］は引用者による補足である。

(54) Jones 215–40.

(55) William Booth, *In Darkest England and Way Out* (New York : Funk and Wagnalls, 1890) 10, 13 に引用。

(56) Booth, *In Darkest England* 11–12.

(57) Booth, *In Darkest England* 12.

(58) Booth, *In Darkest England* 13.

(59) ブースは，チャールズ・ブースに倣って統計をまとめ，救貧院や施薬院にいる貧民がロンドン全体で 3 万 4000 人，イースト・エンドだけで 1 万 7000 人，ホームレスがロンドン全体で 2 万 2000 人，イースト・エンドで 1 万 1000 人，週給 18 シリングで病気がちな貧困層がロンドンでは 20 万人，イースト・エンドでは 10 万人にのぼると指摘する。Booth, *In Darkest England* 21–22.

(60) Booth, *In Darkest England* 41–42.

(61) Booth, *In Darkest England* 209–10.

(62) 19 世紀後半において退化論を下敷にして，言説化されていくスラムについては，Jones 127–51 を参照。

(63)『ジキル博士とハイド氏の奇怪な事件』に対する精神分析的批評は多いが，たとえばエディプス・コンプレックスを用いて説明した Hilary J. Beattie, "Father and Son : The Origins of *Strange Case of Dr Jekyll and Mr Hyde*," *The Psychoanalytic Study of the Child*, 56 (2001) : 317–60 や，世紀末の同性愛に対するパニックとして，あるいは性的な欲動を中心に論じた Elaine Showalter, *Sexual Anarchy : Gender and Culture at the Fin de Siècle* (London : Bloomsbury, 1991) 105–26 ; Stephen Heath, "Psychopathia Sexualis : Stevenson's *Strange Case*," *Critical Quarterly*, 28 (1986) : 93–108 がある。この時代の小説と退化論との関係については，Daniel Pick, *Faces of Degeneration : A European Disorder c.1848–c.1918* (Cambridge : Cambridge UP, 1989) 155–75 や Ed Block Jr. "James Sully, Evolutionist Psychology and Late Victorian Gothic Fiction," *Victorian Studies*, 25 : 4 (1986) : 363–86 を参照。一方で，フランコ・モレッティは，本書と同じくチャールズ・ブースの地図を基に文字作品を読むが，ウエスト・エンドとイースト・エンドの対照性を強調し，パリと同様ロンドンにもモザイク的分布があることを見落している。Franco Moretti, *Atlas of the European Novel 1800–1900* (London : Verso, 1998) 75–140.

(64) Robert Louis Stevenson, *Strange Case of Dr Jekyll and Mr Hyde and Other Tales* (Oxford : Oxford UP, 2006) 6.

(65) Anthony Vidler, *The Architectural Uncanny : Essays in the Modern Unhomely* (Cambridge, MA : MIT Press, 1992) 17–43.

(66) Stevenson, *Strange Case* 7, 15–16. ピックはこれがハイドの人相と優生学によって裏打ちされていると指摘する。Pick 165–67.

(67) Stevenson, *Strange Case* 16.

(68) Stevenson, *Strange Case* 53.

(69) Stevenson, *Strange Case* 55.

(70) James Cantlie, *Degeneration amongst Londoners* (London 1885) 39.

(71) 階級闘争とロンドンについては，Jones, *Outcast London* 281–314.

(72) L. Perry Curtis, *Jack the Ripper and the London Press* (New Haven : Yale UP, 2001). 1880 年から 1920 年にかけてのスラム小説の選集を編んだ田中孝信もこうした不穏な社会情勢のなかで，中・上流階級の人々がスラムに投げかけるまなざしが不安と恐怖に裏打ちされた温情主義を含んでいることを指摘する。田中孝信『スラム小説に見るイーストエンドへの眼差し』(アティーナ・プレス，2012 年) 4–23 頁。

(73) Stephen D. Arata, "The Occidental Tourist : *Dracula* and the Anxiety of Reverse Colonization," *Victorian Studies*, 33/4 (1990) : 621–45 (623, 629, 633–34).

(74) 丹治愛『ドラキュラの世紀末――ヴィクトリア朝外国恐怖症の文化研究』(東京大学出版会，1997 年)。

(75) 丹治『ドラキュラの世紀末』105–137，123–32 頁。

(76) 1892 年の総選挙の重要な争点の一つは，外国人法による移民の制限であった。David Feldman, *Englishmen and Jews : Social Relations and Popular Culture 1840–1914* (New Haven, CT : Yale UP, 1994) 361.

(77) ブラム・ストーカー『ドラキュラ』新妻昭彦・丹治愛訳（水声社，2000 年）337 頁。ただし，以下，適宜 Bram Stoker, *Dracula*, ed. Roger Luckhurst (Oxford : Oxford UP, 2011) を参照して改訳した。

(78) Burton Hatlen, "The Rise of the Repressed/Oppressed in Bram Stoker's *Dracula*," *Minnesota Review*, 15 (1980) : 80–97. Arata 626 に引用。帝国の衰退と犯罪など都市の闇については，Kathleen L. Spencer, "Purity and Danger : *Dracula*, the Urban Gothic, and the Late Victorian Degeneracy Crisis," *ELH*, 59/1 (1992) : 197–225 ; Pick 155–75 を参照。

(79) ストーカー 38 頁。

(80) ストーカー 38-39 頁。カトリック神父であるオーガスティン・カルメットは，東欧においてドラキュラ伝説などの迷信が 18 世紀という啓蒙の時代に残存していることに驚き，そうした話を収集した。それが翻訳されたのは 1850 年であり，そのほかの東欧の旅行記とともにイギリスに広く知れわたるようになる (Augustin Calmet, *The Phantom World : or, the Philosophy of Spirits, Apparitions, etc.*, 2 vols, trans. Henry Christmas (London : Bentley, 1850) 2 : 33–40. Luckhurst, "Introduction," Stoker, *Dracula* xvi に引用)。また，エドワード・テイラーが『原始的文化――神話，哲学，宗教，芸術，そして慣習の発展についての調査』を通して近代社会のなかで生き続ける原始的な思考や生活様式，迷信を明らかにしたのは 1871 年のことである (Luckhurst, "Introduction" xvii を参照)。ストーカーのドラキュラが体現しているのはこの近代性の背後に眠る闇であって，ゴシック

小説が常套的に描く堕落した貴族の亡霊やポリドーリの脆弱な吸血鬼ではない。資本家を労働者の生き血を吸う吸血鬼に喩えたマルクスに倣って，モレッティが主張するような「人格化された資本」でもない。金貨で彼が買うのは空洞化し，闇を包みこんだ都市の裂け目である不動産ばかりである（フランコ・モレッティ『ドラキュラ・ホームズ・ジョイス——文学と社会』植松みどり・北代美和子・林完枝・河内恵子・橋本順一・本橋哲也訳（新評論，1992 年）30 頁；Karl Marx, *Capital : A Critique of Political Economy*, ed. Ernest Mandel, trans. Ben Fowkes, 3 vols. (London : Penguin, 1990) 1 : 342).

(81) リチャード・オーヴァリが詳らかにしてみせたように，この闇は第一次世界大戦とその後の政治・経済の混沌の源泉である病理が，世紀末の帝都にすでに露見しはじめた証しである。Richard Overy, *The Morbid Age : Britain between the Wars* (London : Allen Lane, 2009).

(82) アイスランド版『ドラキュラ』の序文において，ストーカーは「切り裂きジャック事件」が小説の源泉の一つであると明かしている。“Author’s Preface,” Leslie S. Klinger (ed.), *The New Annotated Dracula* (New York : Norton, 2008) 6.

(83) ストーカー 283 頁。

(84) ストーカー 283 頁。

(85) ストーカー 275，255，302 頁。

(86) Peter Stallybrass and Allon White, *The Politics and Poetics of Transgression* (London : Methuen, 1986)［ピーター・ストリブラス，アロン・ホワイト『境界侵犯——その詩学と政治学』本橋哲也訳（ありな書房，1995 年)］；田中 10–17 頁。

(87) エリック・ド・マレは，スラムを描いたドレの挿絵を，スラムをめぐる同時代の言説とイメージのなかにおいて詳細に吟味している。Eric de Maré, *Victorian London Revealed : Gustave Doré’s Metropolis* (London : Penguin, 1973) 55–59, 101–09.

(88) Blanchard Jerrold and Gustave Doré, *London : A Pilgrimage* (London : Grant, 1872) viii.

(89) Joanna Richardson, *Gustave Doré : A Biography* (London : Cassell, 1980) 115.

(90) Oscar Wilde, *The Picture of Dorian Gray*, ed. Michael Patrick Gillespie (New York : Norton, 2007) 22–23, 55.

(91) Sarah Wise, *The Blackest Streets : The Life and Death of a Victorian Slum* (London : The Bodley Head, 2008) 169–70 ; Arthur Pillans Laurie, *Pictures and Politics : A Book of Reminiscences* (London : International Publishing, 1934) 73.

(92) Robert Machray, *The Night Side of London* (London : T. Werner Laurie, 1902) vi ; Matt Cook, “Wilde’s London,” Kerry Powell and Peter Raby (eds.), *Oscar Wilde in Context*, (Cambridge : Cambridge UP, 2013) 50.

(93) アーサー・モリソンについては第 2 章を参照。

(94) Joseph Conrad, *The Secret Agent : A Simple Tale*, ed. John Lyon (Oxford : Oxford UP, 2004) 3.『密偵』をテロリズム文学として議論した研究として，Barbara Arnett Melchiori, *Terrorism in the Late Victorian Novel* (London : Croom Helm, 1985) 74–82 ; Alex Houen, *Terrorism and Modern Literature, from Joseph Conrad to Ciaran Carson* (Oxford : Oxford UP, 2002) 22–45 がある。

第 2 章　スラムに聳えるネオ・ゴシック建築

(1) 19 世紀後半のイングランド国教会は非国教徒たちのチャペルや社会主義運動に対抗

して，「教区」としてイースト・エンドなどの貧困問題に積極的に関与しだす。K. S. Inglis, *Churches and the Working Classes in Victorian England* (London : Routledge and Kegan Paul, 1963) 21–47.

（2）クリス・ブルックス『ゴシック・リヴァイヴァル』鈴木博之・豊口真衣子訳（岩波書店，2003 年）318，332，334 頁。

（3）Sarah Wise, *The Blackest Streets : The Life and Death of a Victorian Slum* (London : The Bodley Head, 2008) 213–14.

（4）ブルックス 226–27 頁。

（5）鈴木博之『ヴィクトリアン・ゴシックの崩壊』（中央公論美術出版，1996 年）255 頁。

（6）イギリスを中心にして，現代のホラー映画やファッションにいたるまで，ゴシックの多義性・多層性をたどった良書として Nick Groom, *The Gothic : A Very Short Introduction* (Oxford : Oxford UP, 2012) がある。19 世紀のゴシック様式の多様性については，Henry-Russell Hitchcock, *Architecture : Nineteenth and Twentieth Centuries* (Harmondsworth : Penguin, 1977) 143–56.

（7）アリス・チャンドラー『中世を夢みた人々――イギリス中世主義の系譜』高宮利行監訳（研究社，1994 年）1 頁。

（8）Thomas Carlyle, *Chartism* (London : James Fraser, 1840) 58 ; *Past and Present*, eds. Christ R. Vanden Bossche, Joel J. Brattin, and D. J. Trela (Berkeley, CA : U of California P, 2005) 70.

（9）カール・マルクス『新訳 共産党宣言――初版ブルクハルト版（1848 年）』的場昭弘訳（作品社，2010 年）45 頁。

（10）チャンドラー 7 頁。貧民や労働者たちへの温情主義的態度は，中世主義が抱摂する騎士道精神とも無縁ではない。19 世紀半ばのキリスト教社会主義や後半のセツルメント運動にもそれは見られる。マーク・ジルアード『騎士道とジェントルマン――ヴィクトリア朝社会精神史』高宮利行・不破有理訳（三省堂，1986 年）129–44，250–52 頁。

（11）青年イングランド派は，ベケットとヘンリー 2 世との論戦を研究し，経験主義やリベラルで実利主義的な価値体系を封建主義の宿敵に見立てたハレル・フルードの『遺稿集』（1838–39 年）の影響を受け，また宗教的には儀礼や典礼を重んじつつ聖職者の社会的義務についても称揚していくオクスフォード運動にも感化されていた。

（12）チャンドラー 240 頁。

（13）John Manners, *England's Trust and Other Poems* (London : Rivington, 1841) 16.

（14）Manners 18.

（15）Manners 18.

（16）Anthony S. Wohl, *The Eternal Slum : Housing and Social Policy in Victorian England* (1977 ; New Brunswick, NJ : Transaction Publishers, 2006) 74–108, 244–53.

（17）Wohl 84–105, 130–38 ; J. A. Yelling, *Slums and Slum Clearance in Victorian London* (London : Allen and Unwin, 1974) 7–30.

（18）Wise 19–20. ディズレイリは中世主義を小説において露骨に示すことはなかったが，『コニングズビー』第 12 章に描かれたオズワルド・ミルバンクは，住宅の建設，換気への気配り，「人びとを物心両面で豊かにする」良心的な工場主であり，そこに青年イングランド派が標榜した貧者に対する身分に伴う義務《ノブレス・オブリージュ》という美徳が垣間見える。Benjamin Disraeli, *Coningsby, or, The New Generation*, ed. Sheila M. Smith (Oxford : Oxford UP, 1982) 143.

(19) 酒井健『ゴシックとは何か――大聖堂の精神史』（筑摩書房，2006 年）24–48 頁。
(20) William Cobbett, *A History of the Protestant Reformation in England and Ireland*, 2 vols. (London, 1829) I, v, 149.
(21) チャンドラーは，ディズレイリが『シビル』の主人公ジェラードの口を通して言った「二つの国民」はルソーおよびカーライルだけではなく，コベットにも由来すると指摘している（266 頁）。第 1 章 42 頁参照。
(22) Cobbett, *Protestant Reformation* I, xvi, 460–68. チャンドラー 103–04 頁に引用。
(23) Cobbett, *Protestant Reformation* I, v, 155. チャンドラー 108 頁に引用。
(24) William Cobbett, *Rural Rides*, ed. Asa Briggs, 2 vols. (London : Dent, 1957) 1 : 268.
(25) Cobbett, *Rural Rides* 1 : 265–67.
(26) Cobbett, *Rural Rides* 1 : 267.
(27) William and Dorothy Wordsworth, *The Letters of William and Dorothy Wordsworth : The Middle Years (1806–1820)*, arr. and ed. Ernest de Sélincourt, 2 vols. (Oxford : Clarendon, 1937) 2 : 830.
(28) William Wordsworth, *Wordsworth's Guide to the Lakes*, ed. Ernest de Sélincourt (1835 ; Oxford : Oxford UP, 1977) 68.
(29) William Wordsworth, *Sonnet Series and Itinerary Poems, 1820–1845*, ed. Geoffrey Jackson (Ithaca, NY : Cornell UP, 2004) 162, 164, 193, 198. チャンドラー 150 頁を参照。
(30) William Wordsworth, "Sonnets Composed or Suggested during a Tour in Scotland in the Summer of 1833 XLII," *Sonnet Series* 604–05.
(31) Robert Southey, *Sir Thomas More : or Colloquies on the Progress and Prospects of Society*, 2 vols. (London : John Murray, 1829) 1 : 60, 76, 93. サウジーの中世主義については，チャンドラー 161–65 頁を参照。
(32) Southey 1 : 173–74.
(33) Southey 1 : 174, 2 : 246–47, 1 : 171.
(34) John Milner, *The History, Civil and Ecclesiastical, and Survey of the Antiquities of Winchester* (Winchester, 1798).
(35) John Ruskin, *The Works of John Ruskin*, eds. Edward Tyas Cook and Alexander Wedderburn, 39 vols. (1903–12 ; Cambridge : Cambridge UP, 2009) 8 : 152–214, 9 : 65–73, 10 : 180–269. 以後，本章におけるラスキンからの引用はすべてこの全集から引用し，巻数と頁数をカッコ内に記す。また『ヴェネツィアの石』のゴシック建築論については，引用に際して川端康雄訳『ゴシックの本質』（みすず書房，2011 年）を参照した。以下，この邦訳の頁数もカッコ内に記す。
(36) チャンドラー 9 頁。
(37) ブルックス 166–93 頁。
(38) ロンドンにおける多様な建築物については，拙論「混濁の「帝都」――ヴィクトリア朝時代の建築物のダイナミズム」山口惠理子編『ロンドン――アートとテクノロジー』（竹林舎，2014 年）31–61 頁を参照。
(39) 建築ラッシュが進行していた 19 世紀，政府・自治体の公共建築物の建設は通例コンペティションによってデザインが決められていた。多くの建築家がネオ・ゴシック様式のデザインで応募し，スコットの弟子のコウが外務省の一位となり，戦争省については無名の設計士のデザインが優勝した。ところが自由主義を標榜するパーマストン首相は

ゴシック様式を拒否して，実際の設計をコンペティションに応募しなかった別の建築家に任せようとしたのである。それを知ったスコットは，落選した自分に仕事が与えられるように同じく落選したバリーとともに議員に働きかけた。外務省に調査委員会が設置され，スコットは外務省の設計者として指名される。戦争省は建設中止となり，かわりにインド省をスコットとバリーが共同設計する決定が下される。この裏工作に対して，パーマストンと建築家であり庶民院議員でもあったウィリアム・タイトは猛烈な反対運動をくり広げる。結局スコットはパーマストンの要求通りイタリア古典様式によってデザインをまとめざるをえなくなった。この一件は，1859 年の自由党結成へと至る自由主義イデオロギーの躍進を反映したものであった。Tristrum Hunt, *Building Jerusalem : The Rise and Fall of the Victorian City* (London : Weidenfeld and Nicolson, 2004) 251–58 ; 鈴木博之『建築家たちのヴィクトリア朝――ゴシック復興の世紀』（平凡社，1991 年）104–08 頁 ; Bernard Porter, *The Battles of the Styles : Society, Culture and the Design of the New Foreign Office, 1855–1861* (London : Continuum, 2011) . ネオ・ゴシック建築をめぐるより宗教的な文脈での様式と思想の結びつきについては，近藤存志『時代精神と建築――近・現代イギリスにおける様式思想の展開』（知泉書館，2007 年）149–249 頁。

(40) Sharon Turner, *The History of the Anglo-Saxons from the Earliest Period to the Norman Conquest*, 3 vols. (London : Longman, Brown, Green, 1852) .

(41) チャンドラー 133–36 頁。

(42) Henry Hallam, *View of the State of Europe during the Middle Ages*, 3 vols. (London : John Murray, 1872–78) 2 : 326.

(43) Hallam 3 : 372–74 ; John Cullum, *The History and Antiquities of Hawsted, and Hardwick in the Country of Suffolk*, 2nd ed. (London, 1813) 258–59 ; チャンドラー 137–38 頁。カラムの著書は，国教会牧師の著作らしく，地域の系図と教会史からはじめるが，現在の農村における貧困の原因を探っている点で重要である。彼は家内工業制度の終焉が，女性や子供の賃金低下を招き，家族の貧困化，そして救貧税の増加へといたったと指摘する。サフォークの労働者にとって珍味である豚肉やベーコンは，14 世紀のヨーマンが毎日食べていたものであり，「どんなに役立たずの怠け者でも現在のもっとも勤勉な労働者より稼ぎは多かった」とする。カラムの貧困についての言説は，コベットの言説と共鳴しながら，トマス・ラグルズの『貧困の歴史』（1793–94 年）やフレデリック・モートン・イーデンの『貧困の状況』（1797 年）に引用されていく。Thomas Ruggles, *The History of the Poor*, 2 vols. (London, 1793–94) 1 : 16–18 ; Frederic Morton Eden, *The State of the Poor*, 3 vols. (London, 1797) 1 : 17–18. ホイッグ党の主要構成員である大土地貴族が，1707 年の合同法以後の連合王国を正当化するために，スコットランド人とイングランド人がともに「ゴート族」の末裔であるという神話を利用し，また自らの血統を誇示する虚構として，ゴシック的建築物を所領内に建造していった過程については，Groom 54–64 が明解な説明を提供している。

(44) A. W. N. Pugin, *Contrasts : Or, a Parallel between the Noble Edifices of the Middle Ages and Corresponding Buildings of the Present Day* (Cambridge : Cambridge UP, 2013) 35–50. 皮肉なことに，一方でこの対比は産業都市の活気を称えるものとしても受容されていく。後述のウィリアム・クック・テイラーが描出したピクチャレスクな工場群を参照（94 頁）。

(45) ローズマリ・ヒルはピュージンの改宗そのものよりも，『対比』が示唆する中世的カトリック信仰が物議をかもした点を重視している。Rosemary Hill, *God's Architect : Pugin*

and the Building of Romantic Britain (London : Allen Lane, 2007) 111–59. ピュージンのカトリック信仰の特異性と建築観については，近藤 153–54，156–66 頁。

(46) A. W. N. Pugin, *The True Principles of Pointed Or Christian Architecture : Set Forth in Two Lectures Delivered at St. Marie's, Oscott* (London : W. Hughes, 1841) 6, 9–10.

(47) 鈴木『建築家たちのヴィクトリア朝』58 頁。

(48) Paul Thompson, *William Butterfield, Victorian Architect* (Cambridge, MA : MIT Press, 1971) 335–36.

(49) Thompson 334 ; John Summerson, *The Architecture of Victorian London* (Charlotteville, VA : UP of Virginia, 1972) 30.

(50) ジョン・キーブルを記念するオクスフォード大学キーブル・コレッジのチャペルはバターフィールドの晩年の設計であるが，その礼拝室にバーン＝ジョーンズの『世界の光』が掲げられているのは両者の近接性を示唆している。

(51) W. Cooke Taylor, *Notes of a Tour in the Manufacturing Districts of Lancashire in a Series of Letters to His Grace the Archbishop of Dublin* (London : Duncan and Malcolm, 1842) 15–16, 36, 35.

(52) Taylor, *Note of a Tour* 21–22.

(53) Taylor, *Note of a Tour* 43.

(54) Carlyle, *Past and Present*.

(55) Carlyle, *Past and Present* 5–6.

(56) Carlyle, *Past and Present* 6.

(57) Carlyle, *Past and Present* 313–14.

(58) Carlyle, *Past and Present* 50.

(59) Carlyle, *Past and Present* 99.

(60) Kenneth Clark, *The Gothic Revival : An Essay in the History of Taste* (1928 ; London : John Murray, 1962) 193［ケネス・クラーク『ゴシック・リヴァイヴァル』近藤存志訳（白水社，2005 年）226 頁］.

(61) ラスキンは富裕なシェリー酒仲買人の父と厳格な福音主義者であった母のもとに生まれ，母の福音主義が青年期にいたるまで大きな影響を彼に及ぼしたことは伝記的によく知られている。

(62) ブルックス 304 頁。

(63) マルクス 42 頁。

(64)「オイコノミア（οἰκονομία)」は，キリスト教が生まれて以来，神の活動と統治を言及する重要な神学上の概念でありつづけた。ジョルジョ・アガンベンの『王国と栄光——オイコノミアと統治の神学的系譜学のために』（高桑和巳訳，青土社，2010 年）は，このオイコノミアの概念的系譜を使徒パウロの用法から，「オイコノミア」が言葉として消えてしまった近代までたどり，その歴史的意義について壮大な物語を提示する。近代ヨーロッパにおいて，神の超越的な原理は隠されながらも，統治による内在的秩序を維持する原理として働きつづける一方，支配的権力がその代理として讃えられ，栄化されていくことにもなる。ラスキンの建築論，政治・経済思想の背後にもオイコノミアは潜在している。

(65) John Ruskin, *The Diaries of John Ruskin, 1848–1873*, eds. Joan Evans and John Howard Whitehouse (Oxford : Clarendon, 1958) 382.

(66) ラスキンにおける「生」の理念は絵画論や芸術論，建築論において展開されながら，経済論においても核となり，功利主義に対抗する基盤となっている。この点については塩谷祐一が『ロマン主義の経済思想――芸術・倫理・歴史』（東京大学出版会，2012年）91–185頁において，ロマン主義の系譜に位置づけながら詳述している。
(67) チャンドラー305頁。
(68) チャンドラー311–12頁。ラスキンの思想と活動をヴィクトリア朝に隆盛するチャリティの文脈のなかでとらえる必要もある。金澤周作「チャリティとラスキン」『ラスキン文庫だより』76号（2018年）1–7頁。
(69) チャンドラー296頁。
(70) チャンドラー296頁。
(71) ラスキンが与えた1870–80年代から高まる田園主義への影響については，Jan Marsh, *Back to the Land : The Pastoral Impulse in England, from 1880–1914*（London : Quartet Books, 1982）8–12, 93–98, 139, 144.
(72) ラスキンが定義した「国民の共感」を凝集した記憶の場としての建築物については，序章14–15頁を参照。
(73) ブルックス304頁。
(74)『ユートピアだより』からの引用については，William Morris, *News from Nowhere and Other Writings*, ed. Clive Wilmer（London : Penguin, 2004）を参照しつつ，断りのない限りは川端康雄訳（岩波文庫，2013年）に基づき，適宜一部改変した上で引用頁を本文にカッコ内で記す。
(75) モリスのデザインとモダニズムとの関係性については，菅靖子『イギリスの社会とデザイン――モリスとモダニズムの政治学』（彩流社，2006年）119–216頁を参照のこと。
(76) Clark 138［クラーク160頁］.
(77) 草光俊雄『歴史の工房――英国で学んだこと』（みすず書房，2017年）123–29頁。
(78) ブルジョア的美徳としての「快適さ」については，Franco Moretti, *The Bourgeois : Between History and Literature*（London : Verso, 2013）44–51［フランコ・モレッティ『ブルジョワ――歴史と文学のあいだ』田中裕介訳（みすず書房，2018年）46–53頁］.
(79) 菅104–08頁。プロイセンの貿易省美術工芸部主任としてイギリスに1896年から1903年にかけて滞在したヘルマン・ムテジウスも『イングランドの住居』において，モリスのアーツ・アンド・クラフツ運動が追求する「快適さ」にナショナル・スタイルとイングリッシュなものを看取している。Herman Muthesius, *The English House*, ed. Dennis Sharp, trans. Janet Seligman and Stewart Spencer, 3 vols.（London : Francis Lincoln, 2007）1 : 168.
(80) ウィリアム・モリス，E・B・バックス『社会主義――その成長と帰結』大内秀明監修，川端康雄監訳（晶文社，2014年）228，225–26頁。
(81) モリスの古建築物保護に対する情熱は，ユートピアのなかにも盛りこまれている。主人公を案内するディックは，彼らの社会では「建物本体を壊さずにそのままにしている」（100頁）ことを主人公に告げる。「ぼくらの先祖がどういうものを美しい建築とみなしたか，その記録を多少もっておくのも悪くありません。なにしろ膨大な労力と材料を費やしたものですからね」（100頁）というコメントは，建築物とその様式の歴史的変遷，それを築く歴史的文脈と労働，材料まで「モノ」として保存し，人びとに公開していく意義をモリスの代わりに訴えたものであろう。

(82) Vita Sackville-West, “English Country Houses,” W. J. Turner (ed.), *The Englishman's Country* (London : Collins, 1935) 53.

(83) 丹治愛「ウィリアム・モリス『ユートピアだより』――ナショナル・ヘリテージとしてのイングランドの田園」『関東英文学研究』第 9 号（2016 年）34, 40 頁。

(84) モリスおよび『ユートピアだより』が「土地へ還れ」をモットーにした田園主義の動きに与えた影響については，Marsh 12–17, 139–40, 144–45, 188–89 を参照。建築との関連では，Martin J. Wiener, *English Culture and the Decline of the Industrial Spirit, 1850–1980* (Cambridge : Cambridge UP, 1981) 46, 58–59, 65–70［マーティン・J・ウィーナ『英国産業精神の衰退――文化史的接近』原剛訳（勁草書房，1984 年）74–75，92–93，105–08 頁］を参照。

(85) Wise 190–205.

(86) L. T. Meade, *A Princess of the Gutter* (London : Wells Gardner, 1895) 92.

(87) Arthur Morrison, *A Child of the Jago* (London : Methuen, 1896) 144.

第 3 章　「混濁」した郊外と家

(1) 川本三郎『郊外の文学誌』（岩波現代文庫，2012 年）。

(2) ロバート・フィッシュマン『ブルジョワ・ユートピア――郊外住宅地の盛衰』小池和子訳（勁草書房，1990 年）62–74 頁［Robert Fishman, *Bourgeois Utopia : The Rise and Fall of Utopia* (New York : Basic, 1987) 51–62］.

(3) Stephen Tomkins, *The Clapham Sect : How Wilberforce's Circle Transformed Britain* (Oxford : Lion Hudson, 2010) 16–35.

(4) クーパーの詩の引用はすべて William Cowper, *Poetical Works*, ed. H. S. Milford, corr. Norma Russell, 4th ed. (London : Oxford UP, 1971) に基づく。

(5) 郊外の生活環境に対する感受性の意義をクーパーの詩を軸に論じた拙稿「病んだ精神と環境感受性――ウィリアム・クーパーの持続可能な詩景」『ロマン主義エコロジーの詩学――環境感受性の芽生えと展開』（音羽書房鶴見書店，2015 年）183–216 頁を参照。

(6) T. W. H. Crosland, *The Suburbans* (London : John Long, 1905) 7, 17–18.

(7) Edward Thomas, *The Heart of England* (1906 ; Oxford : Oxford UP, 1982) 5.

(8) Patrick Geddes, *Cities in Evolution : An Introduction to the Town Planning Movement and to the Study of Civics* (London : Williams, 1915) 26. Donald J. Olsen, *The Growth of Victorian London* (London : Batsford, 1976) 201 および Lynne Hapgood, *Margins of Desire : The Suburbs in Fiction and Culture 1880–1925* (Manchester : Manchester UP, 2005) 1-3 を参照。

(9) 郊外小説についての簡潔かつ的を射た定義は，Kate Flint, “Fictional Suburbia,” Peter Humm, Paul Stigant, Peter Widdowson (eds.), *Popular Fictions : Essays in Literature and History* (1986 ; London : Routledge, 2003) 111–26 ; Peter Keating, *The Haunted Study : A Social History of the English Novel 1875–1914* (1989 ; London : Fontana Press, 1991) 320–24 を参照のこと。新井潤美も下層中流階級《ロウアー・ミドル・クラス》が主人公になっている郊外小説の文化的背景を詳細に説明している。新井潤美『階級にとりつかれた人びと――英国ミドル・クラスの生活と意見』（中公新書，2001 年）51–95 頁。

(10) *Architect* 45 (1891): 330 ; *Architect* 53 (1895) : 177. Olsen 187 に引用

(11) Hapgood 9.

(12) Ged Pope, *Reading London's Suburbs : From Charles Dickens to Zadie Smith* (Basingstoke :

Palgrave, 2015) 7.

(13) Pope 5.

(14) 現代におけるロンドンの郊外が夾雑物の集合体であり，統一性と計画性を欠いている空間であるという認識は，ポウプが引用しているロジャー・シルヴァーストーンが編集した論集やポール・バーカーの著書にも顕著である。Roger Silverstone (ed.), *Visions of Suburbia* (London : Routledge, 1997) ; Paul Barker, *The Freedoms of Suburbia* (London : Francis Lincoln, 2009). Pope 2-3 を参照。

(15) Virginia Woolf, "Character in Fiction," *Selected Essays*, ed. David Bradshaw (Oxford : Oxford UP, 2008) 45-52.

(16) Roy Porter, *London : A Social History* (London : Penguin, 1994) 225-27 ; Asa Briggs, *Victorian Cities* (London : Harper & Row, 1970) 311-39 ; C. F. G. Masterman (ed.), *The Heart of the Empire* (London : Fisher Unwin, 1901) 7-8.

(17) 19 世紀ロンドンの建築物の刷新と混濁については，拙稿「混濁の「帝都」――ヴィクトリア朝時代の建築物のダイナミズム」山口惠理子編『ロンドン――アートとテクノロジー』(竹林舎，2014 年) 31-61 頁で詳述している。

(18) ペネロピー・コーフィールド『イギリス都市の衝撃 1700-1800 年』坂巻清・松塚俊三訳（三嶺書房，1989 年）。

(19) 国勢調査が始まった 1801 年，いわゆる大ロンドン地域の人口は 109 万人だったが，1851 年には 265 万人，そしてヴィクトリア女王が崩御した 1901 年には 651 万人という驚異的な数にいたる。グレーター・ロンドン庁データ参照（http://data.london.gov.uk/datastore/package/historic-census-population，2015 年 7 月 1 日アクセス）。産業化にともなうロンドンの社会構造の変化については，G. E. Mingay, *The Transformation of Britain 1830-1939* (London : Routledge, 1986) 1-10, 25-27.

(20) 19 世紀の郊外の発達については，フィッシュマン 9-118 頁［Fishman 3-102］; H. J. Dyos, *Victorian Suburb : A Study of the Growth of Camberwell* (Leicester : Leicester UP, 1961) ; Olsen 187-264 ; F. M. L. Thompson (ed.), *The Rise of Suburbia* (Leicester : Leicester UP, 1982) を参照。

(21) Porter, *London* 215-322 ; Olsen 187-208.

(22) 郊外を含めた 19 世紀のロンドンの交通網の発達については，T. C. Barker and Michael Robbins (eds.), *A History of London Transport*, 2 vols. (London : George Allen and Unwin, 1963, 1974) の第 1 巻を参照。短距離の駅馬車は 1825 年の段階ですでにハイゲイトからケンティッシュ・タウンを通っていたが，2 頭で 12～15 人の乗客を一度に乗せ，料金も 6 ペニーと安い乗合馬車《オムニバス》が導入されることで，馬車を所有できない中流階級の人びとにも体裁《リスペクタビリティ》を損なうことなく市内に移動することが可能になった。パディントン駅からシティまでのニュー・ロードに乗合馬車が走ったのは 1829 年という早い時期であったが，1851 年の万博を契機にして乗合馬車はブームになる。乗合馬車なくして郊外の発展はなかったし，郊外小説も生まれなかった。一方，トラムは 1861-62 年に導入される。乗合馬車より安く多くの乗客を輸送できるために，1870 年代からしだいに輸送網を拡大していった。恩恵を受けたのは下層中流階級《ロウアー・ミドル・クラス》や職人たちである。キャンバーウェル・グリーンまでトラムが通ったのも 1871 年である。通勤用の鉄道網，乗合馬車，トラムの発達が必ずしも郊外化の大前提であったわけではない。それらがなくても郊外住宅地は拡大していった。しかしながら，交通網の発達が郊外化現象を大きく促進して

いったことは紛れもない事実である。

(23) Dyos, *Victorian Suburb* 19–20.

(24) フランコ・モレッティは，デフォーの『ロビンソン・クルーソー』を題材にして，「快適さ」がイングランドのブルジョワ家庭の価値観を代表するものであると論じるが，郊外住宅はその延長線上に誕生するハビトゥスである。Franco Moretti, *The Bourgeois : Between History and Literature* (London : Verso, 2013) 44–51［フランコ・モレッティ『ブルジョワ——歴史と文学のあいだ』田中裕介訳（みすず書房，2018 年）47–53 頁］.

(25) *The Times*, February 16, 1798.

(26) *The Times*, February 16, 1798.

(27) *The Times*, August 6, 1799 ; *The Times*, May 29, 1799.

(28) James Edwards, *A Companion from London to Brighthelmston, in Sussex ; Consisting of a Set of Topographical Maps from Actual Surveys, on a Scale of Two Inches to a Mile* (London : Bensley, 1801) 12–13.

(29) William Gaspey, *Tallis's Illustrated London in Commemoration of the Great Exhibition of All Nations in 1851. Forming a Complete Guide to the British Metropolis and its Environs. Illustrated by Upwards of Two Hundred Steel Engravings from Original Drawings and Daguerreotypes. With Historical and Descriptive Letterpieces*, 2 vols. (London : Tallis, 1851–52) 1 : 319.

(30) J. R. McCulloch, *London in 1850–51* (London : Longman, 1851) 108.

(31) Charles Dickens, *The Posthumous Papers of the Pickwick Club*, ed. Robert L. Patten (Harmondsworth : Penguin, 1972) 895.

(32) 卑賤なものを絵画的な素材に変えてしまう「ピクチャレスク」の美学のイデオロギーについては，John Barrell, *The Dark Side of the Landscape : The Rural Poor in English Painting, 1730–1840* (Cambridge : Cambridge UP, 1980) を参照のこと。ストリブラスとホワイトは，バフチンのカーニヴァル論を援用しながら，19 世紀都市において下品なもの，下劣なもの，醜悪なものが境界侵犯を行う力学を持ち，それに対してブルジョワ階級がそれに抵抗し，排除するイデオロギーを体現すると論じるが，その一つの形態が郊外ということになるだろう。Peter Stallybrass and Allon White, *The Politics and Poetics of Transgression* (London : Methuen, 1986)［ピーター・ストリブラス，アロン・ホワイト『境界侵犯——その詩学と政治学』本橋哲也訳（ありな書房，1995 年)］.

(33) E. L. Blackburne, *Suburban Rural Architecture* (London, 1869). Helena Barrett and John Phillips, *Suburban Style : The British Home, 1840–1960* (London : Macdonald, 1987) 11 に引用。

(34) Olsen 22.

(35) Charles Dickens, *Sketches by Boz*, ed. Dennis Walder (London : Penguin, 1995) 411.

(36) Dyos 29–84.

(37) Dyos 83–113.

(38) Charles Booth, *Life and Labour of the People in London : Third Series : Religious Influences 6 Other South London* (1902–04 ; New York : AMS, 1970) 96.

(39) Booth 88 ; Dyos 59.

(40) Dyos 22, 86 ; Jerry White, *London in the Twentieth Century : A City and Its People* (London : Vintage, 2008) 22, 172.

(41) ギッシングと階級の問題については，新井潤美が，下層中流階級《ロウアー・ミドル・クラス》の郊外生活というテーマを含めてすぐれた考察を提示している。新井潤美「階級——新しい「ミドル・クラス」」松岡光治編『ギッシングを通して見る後期ヴィクトリア朝の社会と文化』（渓水社，2007年）59–76頁。また，1870年頃からの下層中流階級の形成については，Geoffrey Crossick (ed.), *The Lower Middle Class in Britain 1870–1914* (London : Croom Helm, 1977) を参照。

(42) George Gissing, *In the Year of Jubilee*, ed. Paul Delany (London : J. M. Dent, 1994) 5.

(43) Gissing, *Jubilee* 15.

(44) Gissing, *Jubilee* 58.

(45) Gissing, *Jubilee* 160, 153, 82, 249.

(46) Gissing, *Jubilee* 249.

(47) Gissing, *Jubilee* 304.

(48) Gissing, *Jubilee* 334.

(49) Gissing, *Jubilee* 341.

(50) Gissing, *The Odd Women*, ed. Patricia Ingham (Oxford : Oxford UP, 2000) 47.

(51) Gissing, *The Odd Women* 84.

(52) Gissing, *The Odd Women* 226, 1183, 171.

(53) Gissing, *The Odd Women* 117.

(54) Gissing, *The Odd Women* 322.

(55) 1905年に行われたL・G・C・マニーの統計調査によれば，1903–04年時点ではイギリスの全人口約4450万人のうち，年収700ポンド以上の世帯は125万人でしかなかった。その次にくる年収160ポンドから700ポンドには375万人が含まれる。その中には小学校の教師や非国教徒の牧師から裕福な弁護士，会計士，上級事務員までが含まれ，彼らが郊外の主な居住者を構成することになる。富裕層や中層の人びとだけではなく，地方からやってきたしがない事務員もいれば，労働者階級すれすれの人たちもいたのである。1903–04年における年収160ポンドから700ポンドの間の人びとの内訳は以下のとおりである。

年　収	人口(人)
£160 〜 £400	607,000
£400 〜 £500	53,000
£500 〜 £600	29,000
£600 〜 £700	13,000

L. G. Chiozza Money, *Riches and Poverty* (1905 ; London : Methuen, 1908) 35, 42.

(56) G. L. Anderson, “The Social Economy of Late-Victorian Clerks,” Crossick (ed.), *The Lower Middle Class* 113–33.

(57) Crosland 7–8.

(58) 新井『階級にとりつかれた人びと』79–84頁。

(59) Crosland 17–18.

(60) エドワード・レルフ『場所の現象学——没場所性を越えて』高野岳彦他訳（ちくま学芸文庫，1999年）190頁。

(61) David Trotter, *The English Novel in History 1895–1920* (London : Routledge, 1993) 129–30.

(62) John Ruskin, *The Works of John Ruskin*, eds. E. T. Cook and Alexander Wedderburn, 39 vols. (London : George Allen, 1903–12) 18 : 141, 8 : 226. しかし，ラスキンは郊外の出身でもある。それについては，Dinah Birch, "A Life in Writing : Ruskin and the Uses of Suburbia," J. B. Bullen (ed.), *Writing and Victorianism* (London : Longman, 1997) 234–49 を参照。

(63) C. F. G. Masterman, *The Condition of England* (London : Mathuen, 1909) 82.

(64) 労働者のクラブを中心としたアソシエイションについては，小関隆『近代都市とアソシエイション』(山川出版社，2008 年) を参照。

(65) Walter Besant, *London in the Nineteenth Century* (London : Black, 1909) 262.

(66) S. Martin Gaskell, "Housing and the Lower Middle Class, 1870–1914," Crossick (ed.), *The Lower Middle Class* 178.

(67) レルフ 174 頁。

(68) Nicholas Taylor, *The Villiage in the City* (London : Temple Smith, 1973) 193.

(69) レルフ 174 頁。

(70) Christian Norberg-Schulz, *Genius Loci : Towards a Phenomenology of Architecture* (London : Academy Editions, 1980) 11.

(71) レルフ 69 頁。

(72) Woolf 48.

(73) しかしながら，モダニズム文学は必ずしも日常的な空間としての家を排除しているわけではない。「自我と世界との交渉」，ウルフの表現を使えば，外界を意識しないままの「日常の綿毛」，「非在 (non-being)」がある瞬間に覚醒し，世界を意識し始めるその様態を言語によってとらえようとしている。Liesle Olson, *Modernism and the Ordinary* (Oxford : Oxford UP, 2009) 9 ; Virginia Woolf, *Moments of Being*, ed. Jeanne Schulkind (London : Grafton Books, 1989) 79.

(74) Arnold Bennett, *Hilda Lessways* (London : Methuen, 1911) 31–32.

(75) Bennett 214.

(76) 夏目漱石『漱石全集第二十四巻　日記及断片　上』(岩波書店，1980 年) 14 頁。

(77) ロンドン滞在の間に夏目金之助が「帝国主義」についての意識を覚醒させていったことについては，小森陽一『世紀末の預言者・夏目漱石』(講談社，1999 年) 11–53 頁に詳しい。

(78) 漱石『日記　上』28 頁。

(79) 夏目漱石『漱石全集第十六巻　小品　上』(岩波書店，1979 年) 93。

(80) 漱石『日記　上』57 頁。夏目漱石『漱石全集第十八巻　文學論』(岩波書店，1979 年) 10 頁。

(81) 漱石『小品　上』93–94 頁。

(82) 漱石『小品　上』94–95 頁。

(83) 前田愛『都市空間のなかの文学——文化記号論の試みとして』(筑摩書房，1992 年) 392–414 頁。池田美紀子『夏目漱石——眼は識る東西の字』(国書刊行会，2013 年) 298–99 頁。夏目漱石『漱石全集第十巻　彼岸過迄』(岩波書店，1979 年) 247 頁。

(84) 前田『都市空間のなかの文学』400 頁。池田『夏目漱石』296–347 頁。夏目漱石『漱石全集第三巻　坊ちゃん外七篇』(岩波書店，1979 年) 8 頁。

(85) C. R. Elrington (ed.), *A History of the County of Middlesex : Volume 9, Hampstead, Paddington. Originally published by Victoria County History* (London, 1989) 45.

（86）Charles Booth, *Maps Descriptive of London Poverty* (London, 1889).
（87）江藤淳『漱石とその時代　第二部』（新潮社，1970年）93-96頁。小森はこの家族内の性的力関係に，ヨーロッパにおけるドイツとフランスの地政学的関係の反映を読み取り，その差別と抑圧に「暗い地獄」を当てはめている（小森32-36頁）。
（88）漱石『小品　上』73頁。
（89）夏目漱石『漱石全集第二十七巻　書簡集一』（岩波書店，1980年）142, 144頁。『ホトトギス』に寄せた「倫敦消息」でも「東京で云えば先づ深川だね。橋向ふの場末さ」と卑下した形容がされている。夏目漱石『漱石全集第二十二巻　初期の文章』（岩波書店，1980年）12頁。
（90）漱石『初期の文章』17頁。
（91）市中心部のオクスフォード通りにある高級下宿を下見した際には，「Oxford辺ノ貴女ノ様ヲ見テ家へ帰ルトcontrastガ烈イ」とフロッデン通りとの落差に愕然とし，居場所を確保できない惨めな自分の立ち位置を思い知ることになる。漱石『日記　上』47頁。
（92）漱石『初期の文章』22頁。
（93）漱石『日記　上』48頁。
（94）漱石『日記　上』55頁。
（95）漱石『坊ちゃん外』6頁。
（96）漱石『坊ちゃん外』8頁。
（97）漱石『坊ちゃん外』17頁。
（98）富山太佳夫『シャーロック・ホームズの世紀末』（青土社，初版1993年，増補新版2015年）。
（99）Arthur Conan Doyle, *The Sign of Four*, ed. Ed Glinert (London : Penguin, 2001) 21. 以下，テクストの翻訳に際しては延原謙訳（新潮文庫，1953年）を参考にしながら自訳を用いる。
（100）Doyle, *The Sign of Four* 22-23.
（101）Doyle, *The Sign of Four* 23-24.
（102）Doyle, *The Sign of Four* 59.
（103）Arthur Conan Doyle, "The Silver Blaze," *The Adventures and Memoirs of Sherlock Holmes*, ed. David Peace (Harmondsworth : Penguin, 2009) 24.
（104）*Architect* 7 (1872) : 207.
（105）Pope 5.
（106）Doyle, *The Sign of Four* 50-51.
（107）S. F. Bullock, *Robert Thorne, the Story of a London Clerk* (London, 1907) 249.
（108）Crosland 137.
（109）George and Weedon Grossmith, *The Diary of a Nobody*, ed. Kate Flint (Oxford : Oxford UP, 1995) 3. この小説に描きこまれた下層中流階級《ロウアー・ミドル・クラス》の風俗や文化の意味については，新井『階級にとりつかれた人びと』86-95頁を参照。
（110）Grossmith 64.
（111）Grossmith 113.
（112）Grossmith 3.
（113）Gillian Tindall, *The Fields Beneath : The History of One London Village* (London : Eland, 1977) 188-89. 鉄道敷設による居住区の再開発については，同書163-87.

(114) Grossmith 98.

第4章　イングリッシュな農家屋

（1）本章での『ハワーズ・エンド』からの引用はすべて E. M. Forster, *Howards End*, ed. David Lodge (Harmondsworth : Penguin, 2000) に基づき，引用した頁数をカッコ内に示す。引用は拙訳を用いるが，翻訳に際しては小池滋訳（みすず書房，1994年）を適宜参照した。

（2）小野寺健『E・M・フォースターの姿勢』（みすず書房，2001年）172–73頁。

（3）Wilfred H. Stone, "Forster, the Environmentalist," Carola M. Kaplan and Anne B. Simpson (eds.), *Seeing Double : Revisioning Edwardian and Modernist Literature* (Basingstoke and London : Macmillan, 1996) 183.

（4）河野真太郎『〈田舎と都会〉の系譜学――20世紀イギリスと「文化」の地図』（ミネルヴァ書房，2013年）116–17頁。

（5）河野 101–15頁。

（6）川崎寿彦『薔薇をして語らしめよ――空間表象の文学』（名古屋大学出版会，1991年）300頁。

（7）丹治愛「『ハワーズ・エンド』の文化研究的読解――都市退化論と「土地に還れ」運動」，同「『ハワーズ・エンド』の文化研究的読解への不満――貧困と帝国主義をめぐる人間主義的問い」，林文代編『英米小説の読み方・楽しみ方』（岩波書店，2009年）115–34，135–55頁。

（8）丹治「『ハワーズ・エンド』の文化研究的読解」119–31頁。

（9）Virginia Woolf, "The Novels of E. M. Forster," *Collected Essays*, 4 vols. (London : Hogarth Press, 1966–67) 1 : 342 ; Paul Peppis, "Forster and England," David Bradshow (ed.), *The Cambridge Companion to E. M. Forster* (Cambridge : Cambridge UP, 2007) 47.

(10) Roger Fry, *Architectural Heresies of a Painter : A Lecture Delivered at the Royal Institute of British Architects, May 20th, 1921* (London : Chatto & Windus, 1921).

(11) 同時代の書評においてもこの点は指摘されている。R. A. Scott-James, "The Year's Best Novel," *Daily News*, 7 November 1910, Philip Gardner (ed.), *E. M. Forster : The Critical Heritage* (London : Routledge and Kegan Paul, 1973) 136–37.

(12) 伝統的な貴族・上流階級の凋落とそれに伴う田園のコミュニティの変容，また新興階級によるカントリー・ライフの侵食については，David Cannadine, *The Decline and Fall of the British Aristocracy* (1990 ; New York : Vintage, 1999) 341–87.

(13) オジェはミシェル・ド・セルトーの概念を導入しながら，アイデンティティを構築し，歴史を有し，ゆえに固有性を持つ「場」に対して，それが不可能になり，時間や固有性を持たず，したがってそこに関わる存在にアイデンティティを付与することもない非象徴的空間を「非‐場所」と定義する。その事例として空港や駅，大型スーパー，ショッピングモールのような「スーパーモダニティ」を代表する空間を挙げる。マルク・オジェ『非‐場所――スーパーモダニティの人類学に向けて』中川真知子訳（水声社，2017年）101–45頁。

(14) フォースター自身は「ロンドンは混濁（a muddle）であるが，常に不快なものというわけではない」と『民主主義に万歳二唱』の中で述べている。E. M. Forster, *Two Cheers for Democracy*, ed. Oliver Stallybrass (1951 ; London : Edward Arnold, 1972) 348.

(15) Frederic Jameson, "Modernism and Imperialism," *Nationalism, Colonialism and Literature* (Minneapolis, MN : U of Minnesota P, 1990) 52–60.

(16) Charles Booth, *Life and Labour of the People in London : First Series*, 5 vols. (London : Macmillan, 1902) 4 : 1–11.

(17) 丹治は，マスターマンが『イングランドの状況』(1909 年) の中でも「どん底」をお気に入りの言葉として数カ所で用いている点を指摘している。丹治「『ハワーズ・エンド』の文化研究的読解」122–23 頁。

(18) 丹治は『ハワーズ・エンド』の政治的背景に，1908 年に成立した老齢年金法，さらには 1911 年 12 月成立の国民保険と失業保険へといたる一連のリベラル・リフォームがあると指摘する。丹治「『ハワーズ・エンド』の文化研究的読解への不満」139 頁。

(19) William Ashworth, *The Genesis of Modern British Town Planning : A Study in Economic and Social History of the Nineteenth and Twentieth Centuries* (London : Routledge and Kegan Paul, 1954) 167–90 ; E. S. Morris, *British Town Planning and Urban Design : Principles and Policies* (London : Longman, 1997) 75.

(20) 丹治も『ハワーズ・エンド』と帰農主義を標榜する「土地に還れ」というメッセージを結びつけて，退化する国民を「再生 (regeneration)」しようというイデオロギーを小説の中に読み込む。丹治「『ハワーズ・エンド』の文化研究的読解」119–31 頁。

(21) 農村の衰微については，序章注 4 を参照。

(22) Harold E. Moore, *Back to the Land* (London : Methuen, 1893) ; Jan Marsh, *Back to the Land : The Pastoral Impulse in Victorian England, from 1880 to 1914* (London : Quartet Books, 1982) 27–38 ; 丹治「『ハワーズ・エンド』の文化研究的読解」124–25 頁 (注 8)。

(23) Alfred Milner, "Introduction," Christopher Milner, *Land Problems and National Welfare* (London : John Lane, 1911) vi–vii.

(24) H. Rider Haggard, *Rural England : Being an Account of Agricultural and Social Researches Carried Out in the Years 1901 & 1902*, 2 vols. (London : Longman, Green, and Co., 1902) 1 : 580.

(25) C. F. G. Masterman, *The Condition of England* (London : Methuen, 1909) 192–93.

(26) Masterman, *Condition* 193, 198.

(27) 丹治「『ハワーズ・エンド』の文化研究的読解への不満」143–45 頁 ; Martin J. Wiener, *English Culure and the Decline of the Industrial Spirit, 1850–1980* (Cambridge : Cambridge UP, 1981) 59–61 [マーティン・J・ウィーナ『英国産業精神の衰退——文化史的接近』原剛訳 (勁草書房，1984 年) 93–96 頁].

(28) Masterman, *Condition* 204.

(29) Cannadine 341–87 ; 河野 116–17 頁。

(30) Ebenezer Howard, *To-morrow : A Peaceful Path to Real Reform* (London : Swan Sonnenschein, 1898) 6–8, 10, 12–14.

(31) ボウマンは，ハワードの名前がハワーズ・エンド邸の家屋の由来の一つであるかもしれないと提言する。Nicola Beauman, *E. M. Forster : A Biography* (New York : Alfred A. Knopf, 1994) 219.

(32) Forster, *Two Cheers* 56–57. 1963 年にも，「この国の田園地方が消滅してしまったことは (それは二度と再生されることはないであろう)，一人の人間，あるいは一世代の人間が死んでしまったことよりも僕の心をかき乱す。人間であればほぼ同じような形で取

り替えることができるからだ」と田園の消滅を嘆いている。E. M. Forster, *Commonplace Book*, ed. Philip Gardner (London : Scolar Press, 1985) 244.

(33) Forster, *Two Cheers* 57.

(34) Wiener 41–80［ウィーナ 68–137 頁].

(35) Marsh 1–38 ; Alun Howkins, *Englishness, Politics and Culture, 1880–1920* (London : Bloomsbury, 2014) 86–89 を参照のこと。

(36) 序章注 6 を参照。

(37)『クラリオン』の発刊の意義を含めて，マーシュはこの時代に高まるカントリーサイドへの熱狂的愛着を議論している。Marsh 27–38.

(38) 1880 年以降から 1920 年頃にかけて，田園を主題とする小説，詩，随筆の数と人気は顕著に高まっていく。この点についてはすでに多くの指摘がなされているが，たとえば Glen Cavaliero, *The Rural Tradition in the English Novel, 1900–1939* (London : Macmillan, 1977) ; Wiener 50–51［ウィーナ 80–81 頁］; J. A. V. Chapple, *Documentary and Imaginative Literature, 1880–1920* (New York : Barnes and Noble, 1970) ; E. D. Mackerness, “Introduction,” George Sturt, *The Journals of George Sturt 1890–1927*, ed. E. D. Mackerness, 2 vols. (Cambridge : Cambridge UP, 1967) 1 : 44–50.

(39) Ford Madox Ford (Heuffer), *The Heart of the Country : A Survey of a Modern Land* (London : Alston Rivers, 1906) 189.

(40) Ford Madox Ford (Heuffer), *The Spirit of the People : An Analysis of the English Mind* (London : Duckworth, 1907) 50. イアン・ボーカムは不安定化していく社会構造のなかで「イングリッシュなもの」が浮上した一例としてフォードを取り上げている。Ian Baucom, *Out of Place* : *Englishness, Empire and the Locations of Identity* (Princeton, NJ : Princeton UP, 1999) 17–19, 21, 37. また，Howkins, *Englishness, Politics and Culture* 86–89 も参照のこと。

(41) Raymond Williams, *The Country and the City* (London : Hogarth, 1985) 248.

(42) Forster, *Two Cheers* 358.

(43) 結果として田園地帯は新しい郊外住宅となっていく一方で，都会から脱中心化された，伝統的かつ有機的なコミュニティの拠り所として考えられていく。その一形態がデイヴィッド・マットレスのいう有機的地域主義であり，自給自足のコミュニティを構築するというエコロジカルな側面も保有しながら，イングリッシュな生活を新たに方向づけしていく。トールキンがミドル・アース・シャーで描いた世界がまさにこの有機的地域主義であるし，エリオットにおいては宗教的な文脈でより非時間化された形で現れている。David Matless, *Landscape and Englishness* (London : Reaktion Books, 1998) 134 ; T. S. Eliot, *After Strange Gods* (London : Faber, 1934) 17 ; Steve Ellis, *The English Eliot* : *Design, Language and Landscape in Four Quartets* (London : Routledge, 1991) 80–81 ; Donald Davie, “Anglican Eliot,” *Eliot in His Time*, ed. A. Walton Litz (Princeton, NJ : Princeton UP, 1973) 181–96.

(44) Jed Esty, *A Shrinking Island : Modernism and National Culture in England* (Princeton, NJ : Princeton UP, 2003) 76–85.

(45) Robin Fedden, *The Continuing Purpose : A History of the National Trust, its Aims and Work* (London : Longmans, 1968) 17–32 ; B. L. Thompson, *The Lake District and the National Trust* (Kendal : Titus Wilson, 1946) 44–55.

(46) George Macaulay Trevelyan, *Must England's Beauty Perish ? : A Plea on Behalf of the National Trust for Places of Historic Interest or Natural Beauty* (London : Faber & Gwyer, 1929) 20.

(47) Trevelyan, *Must England's Beauty Perish ?* 19.

(48) E. M. Forster, *Selected Letters of E. M. Forster : Volume One 1879–1920*, eds. Mary Lago and P. N. Furbank (Cambridge, MA : The Belknap P of Harvard U, 1983) 90.

(49) ワーズワスの詩的遺産が観光用の出版物に取り込まれることで，湖水地方の観光ブームに寄与した過程については，吉川朗子が詳細な分析を行なっている。フォースターもそうした観光テクストを読んでいた可能性がある。Saeko Yoshikawa, *William Wordsworth and the Invention of Tourism, 1820–1900* (Farnham : Ashgate, 2014) 77–95.

(50) John Ruskin, *The Works of John Ruskin*, eds. E. T. Cook and Alexander Wedderburn, 39 vols. (London : George Allen, 1903–12) 34 : 349.

(51) Howard, *To-morrow* 12 (ラスキンの『ごまとゆり』からの引用。Ruskin, *Works* 18 : 144).

(52) 田園回帰運動におけるラスキンの果たした役割については，Marsh, *Back to the Land* 9–12, 93–98 ; Wiener 68, 82 [ウィーナ 106–07, 139–40 頁].

(53) 川端康雄『葉蘭をめぐる冒険——イギリス文化・文学論』(みすず書房，2013 年) 26 頁。

(54) Forster, *Selected Letters* 1 : 38.

(55) Forster, *Selected Letters of E. M. Forster : Volume Two 1921–1970*, eds. Mary Lago and P. N. Furbank (Cambridge, MA : The Belknap P of Harvard U, 1985) 240.

(56) C. F. G. Masterman, "Ruskin the Prophet," *Ruskin the Prophet and the Other Centenary Studies*, ed. J. Howard Whitehouse (New York : E. P. Dutton, 1920) 45–60 ; John Masefield, "John Ruskin," *Ruskin the Prophet*, ed. Whitehouse 16, 21.

(57) Ruskin, *Works* 9 : 56–57.

(58) Ruskin, *Works* 8 : 225.

(59) Ruskin, *Works* 8 : 223–34. 新しいアイデンティティを構築する過去の遺産としての建築の感化力を，フォースター自身も認めている。ワーズワスの住んだダヴ・コテッジを賛美するのも同じ理由であり，また『果てしなき旅』に出てくるフィグズベリ・リングズがリッキーだけでなく，フォースター自身にとっても自己啓示を誘発する「場」であるのも同じ理由である。過去と現在の絆が「神秘的な共感」を伴って築かれ，精神文化の継承が確約され，さらにアイデンティティの再構築が行われるからなのである。また，女性が学生として学舎に入ってくるのに猛反発をしながら，ケンブリッジの古いコレッジを彼が賛美するのはまさにその歴史性ゆえである。ジーザス・コレッジの煙突が壊されると聞いて激怒するが，その「計算されたように退屈」なたたずまいの中に，コウルリッジやマルサスが学んだ歴史があり，日常生活とはかけ離れた高尚な「別世界」を約束してくれる「繊細かつ劇的な効果の一要素」を彼はケンブリッジの大学建築物に見出している。Forster, *Two Cheers* 345. ナショナル・トラストと「イングリッシュネス」および「ブリティッシュネス」の構築については，水野祥子「ナショナル・トラスト——景勝地保護と国民統合」指昭博編『「イギリス」であること——アイデンティティ探求の歴史』(刀水書房，1999 年) 186–206 頁。

(60) Clive Aslet, *The Last Country Houses* (New Haven, CT : Yale UP, 1982) 244 に引用。

(61) Ruskin, *Works* 8 : 242.

(62) 歩く権利と共有地の問題，および労働者の健康・福祉については，平松紘『イギリス緑の庶民物語——もうひとつの自然環境保全史』（明石書店，1999 年）を参照。

(63) ヘンリ・ウィルコックスは「収入をほぼ倍にした」と書かれているが，それは誇張ではない（139)。彼の会社が関わっていたプランテーションによるゴム事業は，1909 年から 1910 年 4 月にかけて全盛期を迎え，株式市場でも高値をつけていた。ポールもまたアフリカに向かい，イーヴィーがインド帰りの軍人と結婚していることからしても，ウィルコックス家の一族がイギリス帝国の地政学的覇権のいわば象徴のような存在であることは明らかだ。そうした点については，Edward Said, *Culture and Imperialism* (New York : Vintage Books, 1993) 93.

(64) D. H. Lawrence, *The Letters of D. H. Lawrence : Volume IV, June 1921–March 1924*, eds. Warren Roberts, James T. Boulton, and Elizabeth Mansfield (Cambridge : Cambridge UP, 1987) 301.

(65) Lionel Trilling, *E. M. Forster* (London : The Hogarth Press, 1951) 98–116［ライオネル・トリリング『E・M・フォースター』中野康司訳（みすず書房，1996 年）153–84 頁］.

(66) David Bradshaw, "Howards End," Bradshow (ed.), *The Cambridge Companion to E. M. Forster* 119.

(67) Jameson, *Nationalism, Colonialism and Literature* 54–58.

(68) イギリス的なもの，より狭義には「イングリッシュなもの」は，イギリス帝国が肥大化したために，文化的な，さらには政治的な問題としてとらえられていく。英語が混乱していき，民族のアイデンティティも混沌としたものとなる。つまり，イギリス帝国がイングリッシュなアイデンティティを希薄化し，ボヤけたものにしてしまったのである。この時代に編纂された『オクスフォード英語辞典』や『国民伝記事典』は，果てしなく混沌化と希薄化の様相を見せはじめた国語と民族的アイデンティティをあらためて固定しようとした必死の試みとしてとらえることもできよう。さらには，イギリス国民そのものの法律的な定義についての混乱も起きていたこともこの時代の背景として注意しておく必要がある。

(69) Ford (Heuffer), *The Spirit of the People* 34.

(70) Forster, *Two Cheers* 66–67.

(71) Esty, *A Shrinking Island* 4.

(72) ミシェル・フーコー『思考集成 IV——規範／社会：1971–1973』伊藤晃他訳（筑摩書房，1999 年）19 頁。

第 5 章　「空っぽの貝殻」

(1) Roy Strong, Marcus Binney, John Harris (eds.), *The Destruction of the Country House 1875–1975* (London : Thames and Hudson, 1974) 106, 108, 57, 20, 4, 56, 144, 171, 11, 6.

(2) この企画展を契機にマシュー・ベケットが作ったウェブサイト「失われた遺産——イングランドの失われたカントリー・ハウスの記念碑」には，19 世紀以前から現在にいたるまでの喪失したカントリー・ハウスのリストが掲載されている。破壊された年代がわかっているものについて 1890 年代から 1970 年代まで数を数えると，以下のようになる。1930 年代と 1950 年代，1960 年代の数字が大きいことが明瞭である。

1890年代	23軒	1940年代	161軒
1900年代	62軒	1950年代	417軒
1920年代	69軒	1960年代	279軒
1930年代	223軒	1970年代	115軒

なお，ここにはスコットランドおよびアイルランドにおいて破壊あるいは遺棄されたカントリー・ハウスは含まれていない。とりわけアイルランドにおいて破壊されたカントリー・ハウスを含むと，アイルランド独立前後の1890年代から1940年代の数はさらに増えるはずである。Matthew Beckett, "Lost Heritage : A Memorial to England's Lost Country Houses," http://www.lostheritage.org.uk/lh_complete_list.html（2018年11月11日アクセス）

（3）Roy Strong, "Introduction : The Country House Dilemma," Strong, Binney, Harris (eds.), *Destruction* 7, 10.

（4）James Lees-Milne, "The Country House in Our Heritage," Strong, Binney, Harris (eds.), *Destruction* 13.

（5）Aldous Huxley, *Crome Yellow*, eds. Malcolm Bradbury and David Bradshaw (London : Vintage, 2004) 4.

（6）Huxley 137.

（7）Huxley 157.

（8）John Galsworthy, *The Forsyte Saga*, 3 vols. (New York : Scribner's Sons, 1926) 3 : 471, 475.

（9）キース・ジェフリー「ブリテン諸島／イギリス帝国——二重の委任／二重のアイデンティティ」キース・ロビンズ編『オックスフォード・ブリテン諸島の歴史10——20世紀1901年-1951年』鶴島博和監修，秋田茂監訳（慶應義塾大学出版会，2013年）40-43頁。

（10）貴族たちが政治的・経済的実権を帝国内で失っていく過程については，David Cannadine, *The Decline and Fall of the British Aristocracy* (1990 ; New York : Vintage Books, 1999) に詳しい。カントリー・ハウスの崩壊については，Cannadine, *Decline and Fall* 88-138 ; Peter Mandler, *The Fall and Rise of the Stately Home* (New Haven, CT : Yale UP, 1997) 154-263.

（11）Virginia Woolf, *The Diary of Virginia Woolf*, ed. Anne Olivier Bell, 5 vols. (San Diego, CA : Harcourt Brace, 1984) 1 : 22.

（12）Rebecca Solnit, *Men Explain Things to Me* (Chicago, IL : Haymarket Books, 2014) 82.

（13）ヴァージニア・ウルフ『ダロウェイ夫人』丹治愛訳（集英社，2003年）10頁［Virginia Woolf, *Mrs. Dalloway*, ed. Stella McNichol (London : Penguin, 2000) 3］。

（14）Virginia Woolf, *Moments of Being*, ed. Jeanne Schulkind (London : Grafton Books, 1989) 70, 73. モダニズムにおける日常性に注目してウルフの『ダロウェイ夫人』を分析したものに，Liesl Olson, *Modernism and the Ordinary* (Oxford : Oxford UP, 2009) 66-87.

（15）Woolf, *Diary* 2 : 263, 4 : 103, 5 : 234, 284.

（16）ウルフ『ダロウェイ夫人』134頁［Woolf, *Mrs. Dalloway* 106］。

（17）ウルフ『ダロウェイ夫人』172頁［Woolf, *Mrs. Dalloway* 137］。

（18）ウルフ『ダロウェイ夫人』165頁［Woolf, *Mrs. Dalloway* 132］。

（19）ウルフ『ダロウェイ夫人』165，186頁［Woolf, *Mrs. Dalloway* 132, 149］。

（20）ウルフ『ダロウェイ夫人』228頁［Woolf, *Mrs. Dalloway* 183-84］。

（21）井野瀬久美惠「『ダロウェイ夫人』と帝都——ロンドンの記憶はいかに喚起されたの

か？」窪田憲子編『ダロウェイ夫人』（ミネルヴァ書房，2006 年）48–55 頁。『ダロウェイ夫人』におけるロンドン描写については，スーザン・メリル・スクワイアが歴史状況を無視して，セクシャル・ポリティックスを反映する心理描写として読み解くが，井野瀬が指摘するように，帝国の陰影とその意味を読み込む余地は多分に残されている。Susan Merrill Squier, *Virginia Woolf and London : The Sexual Politics of the City*（Chapel Hill, NC : The U of North Carolina P, 1985）91–121.

(22) 井野瀬 55–62 頁。

(23) ウルフ『ダロウェイ夫人』18 頁［Woolf, *Mrs. Dalloway* 9］（一部改訳）。

(24) Cannadine, *Fall and Decline* 48–50；Mandler 62–63, 174–78；ピーター・クラーク『イギリス現代史 1900–2000』西沢保・市橋秀夫・椿建也・長谷川淳一他訳（名古屋大学出版会，2009 年）7–8，57 頁。「1910 年 12 月かその頃に人間性が様変わりした」というウルフの言葉も，ブルームズベリー・グループによる後期印象派展の開催とモダニズムの台頭とを関連づけて解釈されることが多いが，それでは「主人と召使いの関係」が変化したというコメントは説明できない。貴族・上流階級の没落を加速させた総選挙を想定すべきではないだろうか。Virginia Woolf, "Characters in Fiction,"*Selected Essays*, ed. David Bradshaw（Oxford : Oxford UP, 2008）38.

(25) David Cannadine, *Aspects of Aristocracy : Grandeur and Decline in Modern Britain*（New : Haven, CT : Yale UP, 1994）178–82 ; Martin Pugh, *"We Danced All Night" : A Social History of Britain Between Wars*（London : Bodley Head, 2008）352.

(26) W. J. A. C. J. C. Bentick, *Me, Women and Things* : *Memories of the Duke of Portland*（London : Faber, 1937）2. Catherine Bailey, *Black Diamonds : The Rise and Fall of an English Dynasty*（London : Penguin, 2008）293 に引用。

(27) Frances Evelyn Greville, *Afterthoughts*（London : Cassell, 1931）247. Bailey 291 に引用。

(28) Greville 246. Bailey 293 に引用。

(29) ウルフ『ダロウェイ夫人』254–55 頁［Woolf, *Mrs. Dalloway* 198–99］。

(30) Alex Zwerdling, *Virginia Woolf and the Real World*（Berkeley : U of California P, 1986）120–43.

(31) 以下の原典を基にして筆者が改変した詩である。T. S. Eliot, "The Burial of the Dead"（ll. 60–65）, "The Fire Sermon"（ll. 207–14）, *The Waste Land. The Complete Poems and Plays of T. S. Eliot*（1969 ; London : Faber, 2004）62, 68.

(32) 富山太佳夫『英文学への挑戦』（岩波書店，2008 年）261–63 頁。

(33) D. H. Lawrence, *Lady Chatterley's Lover*, ed. Michael Squires（Harmondsworth : Penguin, 1994）5. 以後『チャタレイ夫人』の引用はこの版に基づき，本文中でカッコ内にページ数のみ記す。

(34) Bailey 116.

(35) House of Commons, *Parliamentary Debates (Hansard)* 5th series, vol. 418, HMSO（1946）739–44.

(36) しかし，すべての炭鉱がひどいものであったわけではなく，ベイリーが語る第 7 代フィッツウィリアム伯は，坑夫たちのことを誇りに思い，所領内の炭鉱を良心的に経営した古きよき領主であった。坑夫たちもまた伯爵家に恩義を感じ，ストライキの必要性さえ認めていなかったし，それは戦間期も同じであった（Bailey 116）。同胞の貴族たちの多くが，税金や収入減に苦しみ，資産を手放し，カントリー・ハウスを放棄するなかで，

フィッツウィリアム伯は依然として居館ウェントワースも維持し，1931 年に息子が成人する際には大規模な祝賀会をする余裕があった。

(37) 戦間期にはカントリー・ハウスの喪失に伴い，再評価も起こり，ナショナル・トラストの会員増加やH・V・モートンの『イングランドを探して』(1927 年）に見られるように，田園と伝統，史跡の観光が盛んになる。マンデラーはこの文脈にロレンスの小説を置く（Mandler 228-35)。David Matlass, *Landscape and Englishness* (London : Reaktion Books, 1998) 221-23.

(38) Pugh 61-71 ; Cannadine, *Fall and Decline* 236-96.

(39) アルフレッド・ヒッチコックによるデュ・モーリアの『レベッカ』および「鳥」の映画化については，Alison Light, "Hitchcock's *Rebecca* : A Woman's Film," Helen Taylor (ed.) *The Daphne du Maurier Companion* (London : Virago, 2007) 295-304 ; David Thomson, "Du Maurier, Hitchcock and Holding an Audience," Taylor (ed.), *Companion* 305-11 ; Mark Jancovich, "'Rebecca's Ghost' : Horror, the Gothic and the du Maurier Film Adaptations," Taylor (ed.), *Companion* 312-19 ; Maria di Battista, "Daphne du Maurier and Alfred Hitchcock," Taylor (ed.), *Companion* 320-29.

(40) Angela Carter, *Expletives Deleted : Selected Writings* (1992 ; London : Vintage, 1993) 163 ; Patsy Stoneman, *Brontë Transformations : The Cultural Dissemination of 'Jane Eyre' and 'Wuthering Heights'* (London : Prentice Hall, 1996) 99-104, 106-08, 148-50 ; Alison Light, *Forever England : Femininity, Literature and Conservativism Between the Wars* (London : Routledge, 1991) 164, 218.

(41) デュ・モーリア小説のゴシック性については，Avril Horner and Sue Zlosnik, *Daphne du Maurier : Writing, Identity and the Gothic Imagination* (London : Macmillan, 1998) が丁寧かつ包括的な議論を提供している。『レベッカ』のゴシック性については，Anne Williams, *Art of Darkness : A Poetics of Gothic* (Chicago, IL : The U of Chicago P, 1995) 41-46 も参照。

(42) Daphne du Maurier, *Rebecca* (London : Virago, 2003) 306. 以後『レベッカ』の引用はこの版に基づき，本文中でページ数をカッコに入れて記す。

(43) デュ・モーリアは 1937 年 7 月から 12 月半ばにかけてアレクサンドリアに滞在中『レベッカ』を執筆した後，夫の赴任地移転にともないイギリスに帰国し，ハンプシャーで執筆を続け，1938 年 4 月に脱稿している。Margaret Forster, *Daphne du Maurier* (London : Chatto & Windus, 1993) 123-35.

(44) Horner and Zlosnik, *Daphne du Maurier* 100. コーンウォールやそこでデュ・モーリアが住むことになるメナビリーとの関係については，たとえば Sally Beauman, "*Rebecca*," Taylor (ed.), *Companion* 50 を参照。

(45) Matlass 221-23.

(46) Mandler 238-41, 254-61, 265-310.

(47) アリソン・ライトはレベッカが性的放埒さの点で男性と同じであり，マキシムの祖母がレベッカについて，「育ち，頭脳，そして美貌」という妻に必要な美徳を兼ね備えていると述べている点から，レベッカが貴族階級出身であるとするが，ミシェル・A・マッセはレベッカとの結婚によりマンダレーが虚飾に飾られはじめた点から，没落しつつあった貴族階級が対面維持のために婚姻関係を通して手にした新興階級の「富」がレベッカの背後にあると想定する。Alison Light, "'Returning to Manderley' : Romance Fiction, Female Sexuality and Class," Terry Lovell (ed.), *British Feminist Thought : A Reader* (Oxford :

Basil Blackwell, 1990) 284 ; Michelle A. Massé, *In the Name of Love : Women, Masochism, and the Gothic* (Ithaca, NY : Cornell UP, 1992) 181.

(48) ニック・グルームは,「ゴシック」という概念をゴート人との関係性にまで遡り, 根本から吟味し, その上でその系譜を 18 世紀のゴシック復興, ゴシック小説, 19 世紀のネオ・ゴシック建築, さらに 20 世紀から現代にいたるホラー映画まで俯瞰している。Nick Groom, *The Gothic : A Very Short Introduction* (Oxford : Oxford UP, 2012). 本書第 2 章も参照。異時間の挿入, それによる違和感あるいは不気味さがゴシックの本質であるという議論については, Jarlath Killeen, *Gothic Literature 1825–1914* (Cardiff : University of Wales Press, 2009) 27–59 を参照。

(49) Horner and Zlosnik, *Daphne du Maurier* 107–08.

(50) Evelyn Waugh, *Brideshead Revisited : The Sacred and Profane Memories of Captain Charles Ryder* (Harmondsworth : Penguin, 1962) 215. 以下『ブライズヘッド再訪』からの引用はこの版に基づき, 本文中でカッコ内にページ数を記す。

(51) Frank Kermode, *The Sense of an Ending : Studies in the Theory of Fiction* (Oxford : Oxford UP, 1967).

(52) Erwin Panofsky, "On the Conception of Transience in Poussin and Watteau," Raymond Klibansky and Herbert James Paton (eds.), *Philosophy & History : Essays Presented to Ernst Cassirer* (New York : Oxford UP, 1936) 223–54.

(53) Paula Byrne, *Mad World : Evelyn Waugh and the Secrets of Brideshead* (New York : HarperCollins, 2010). マダーズフィールド・コートの建物は, 12 世紀のホールと 16 世紀の橋と門塔に, 19 世紀にクイーン・アン様式で大規模にリノベーションされた本館であり, バロック様式ではない。ITV が 1981 年に制作したテレビドラマでは, ブライズヘッドはヨークシャーにあるバロック様式のカースル・ハワードを舞台にして撮影された。

(54) 佐藤元状は, イングリッシュネスと簡単に結びつけられないヘリテージ映画としての『日の名残り』の問題を論じている。佐藤元状「まがい物のイングリッシュネス, あるいはヘリテージ映画としての『日の名残り』」『ユリイカ』2017 年 12 月号, 115–23 頁。

(55) Kazuo Ishiguro, *The Remains of the Day* (London : Faber, 1989) 117. 以後, この小説からの引用はすべて本文中にカッコ内でページ数のみを表記する。

(56) たとえば Yugin Teo, *Kazuo Ishiguro and Memory* (Basingstoke : Palgrave, 2014) ; Barry Lewis, *Kazuo Ishiguro* (Manchester : Manchester UP, 2000) 21, 25, 32–34, 57–59, 60–64, 101–05, 133–135 ; 荘中孝之「記憶の奥底に横たわるもの——『遠い山なみの光』における湿地」荘中孝之・三村尚央・森川慎也編『カズオ・イシグロの視線——記憶・想像・郷愁』(作品社, 2018 年) 13–34 頁 ; 中嶋彩佳「記憶と忘却の狭間で——『忘れられた巨人』における集団的記憶喪失と雌竜クエリグ」荘中・三村・森川編『カズオ・イシグロの視線』182–207 頁。

(57) 執事の信頼のおけない語りについては, David Lodge, *The Art of Fiction* (London : Vintage, 2011) 155–57 ; Kathleen Wall, "*The Remains of the Day* and Its Challenges to Theories of Unreliable Narration," *The Journal of Narrative Technique*, 45 (1994) : 18–42. 斎藤兆史は文体分析を通して, スティーヴンズのリアリズムの語りが他の登場人物の内容と比較すると矛盾に満ち, 破綻していることを指摘している。斉藤兆史「『日の名残り』というテクストのからくり」荘中・三村・森川編『カズオ・イシグロの視線』67–87 頁。

(58) この点についてはLewis 74を参照。

(59)『日の名残り』の目的が,「イングリッシュなもの」の神話を提示するのではなく,その神話がテーブル・クロスやティーカップといったものを販売製造するヘリテージ産業を支えている構造を示唆する点にあるという解釈は,Eleanor Wachtel, "Kazuo Ishiguro," *More Writers and Company : New Conversations with CBC Radio's Eleanor Watchel* (Toronto : Knopf, 1996) 28.

(60) カントリー・ハウスが表象するイングリッシュなものについてはすでに先行研究があり,本章もそれに多く負っている。金子幸男は,スティーヴンズが旅行でたどるイングリッシュな風景の文化的意味を掘り下げながら,ダーリントン卿とその屋敷の転覆がイギリス帝国の衰退と重ね合わされていると論じる。金子幸男「執事,風景,カントリー・ハウスの黄昏――『日の名残り』におけるホームとイングリッシュネス」荘中・三村・森川編『カズオ・イシグロの視線』229–54頁。また,ライアン・トリムはダーリントン・ホールに時代遅れのイングリッシュなものを読み込み,スージー・オブライアンは貴族社会が具現するパターナリズムの解体が神話的イングランドの転覆とつながっていることを示している。Ryan Trimm, "Telling Positions : Country, Countryside, and Narration in *The Remains of the Day*," *Papers on Language and Literature*, 45/2 (2009) : 180–211 ; Susie O'Brien, "Serving New World Order : Postcolonial Politics in Kazuo Ishiguro's *The Remains of the Day*," *Modern Fiction Studies*, 42/4 (1996) : 787–806.

(61) 小説において「威厳」の概念が孕む欺瞞性が明らかになる点については,Lewis 84–88も参照。

(62) Kazuo Ishiguro, *A Profile of Arthur J. Mason* (unpublished manuscript) 25. Lewis 76に引用。権力を失った貴族たちのなかには,その不満からモズリーの運動に加わる者も少なくなかった。Cannadine, *Decline and Fall* 545–56. ダーリントン卿にも,実権と権威を失うそうした貴族たちの姿が重なっている。

(63) Cannadine, *Decline and Fall* 35–87, 182–235.

(64) Cannadine, *Decline and Fall* 139–81.

(65) 上流・貴族階級が政府や法律職,教会,さらには軍事や外交の領域においても,中流階級出身の専門家に取って代わられていく過程はCannadine, *Decline and Fall* 236–96 ; Pugh 348.

(66) マーカス・コリンズは,アマチュアリズムが紳士階級の特権的美徳であることを指摘した上で,それが専門家集団によって取って代わられる過程に,イギリス紳士階級の衰退を読みこむ。Marcus Collins, "The Fall of the English Gentleman : The National Character in Decline, c. 1918–1970," *Historical Research*, 75 (2002) : 90–111.

(67) Lewis 99–100 ; 金子240–48頁。

(68) Vita Sackville-West, "English Country Houses," W. J. Turner (ed.), *The Englishman's Country* (London : Collins, 1935) 50.

(69) Sackville-West, "English Country Houses" 53.

(70) Sackville-West, "English Country Houses" 100.

(71) Vita Sackville-West, *All Passion Spent* (1931 ; London : Virago Press, 1983) 90.

(72) Vita Sackville-West, *The Letters of Vita Sackville-West to Virginia Woolf*, eds. Louise DeSalvo and Mitchell A. Leaska (London : Macmillan, 1985) 118–19.

(73) Sackville-West, "English Country Houses" 100.

(74) Vita Sackville-West, “Sissinghurst,” *Vita Sackville-West : Selected Writings*, ed. Mary Ann Caws (New York : Palgrave, 2002) 332.

(75) Vita Sackville-West, *The Garden* (London : Michael Joseph, 1946) 130.

(76) Adam Nicholson, *Sissinghurst : An Unfinished History* (London : HarperPress, 2008).

第 6 章　建築物の詩学

(1) Gillian Tindall, *The Fields Beneath : The History of One London Village* (1977 ; London : Eland, 2013). 第 3 章 170–71 頁も参照。

(2) セント・パンクラス駅保存と再開発に絡んだ歴史的建造物の政治的位置づけについては，木下誠「煉瓦とコンクリート――セント・パンクラス駅再開発からグローバリゼーションへ」川端康雄他編『愛と戦いのイギリス文化史 1951–2010 年』(慶應義塾大学出版会，2011 年) 335–50 頁。木下はベッチャマンの建築観をモダニズム建築や再開発の文脈の中で補足するが，私の主眼は彼のヴィクトリア朝建築に対する関心を彼自身の著作と詩のなかにたどり，複数の歴史的時間を内包した実存的建築物の詩学になっている点を示し，それが 20 世紀前半に持ちえた意味を明らかにする点にある。

(3) John Betjeman, *London's Historic Railway Stations* (London : John Murray, 1972) 11.

(4) John Betjeman, *Ghastly Good Taste or, a Depressing Story of the Rise and Fall of English Architecture* (London : Chapman & Hall, 1933) 122.

(5) Betjeman, *Ghastly Good Taste* 122.

(6) John Betjeman, *Trains and Buttered Toast : Selected Radio Talks*, ed. Stephen Games (London : John Murray, 2006) 53.

(7) ハイゲイト・スクール時代のベッチャマンについてのエリオットの印象は薄かったようだし，ベッチャマン本人もさほどエリオットの影響を受けた形跡がない。後年ベッチャマンが『絶え間なきしずく』を出版するときに，エリオットは自分が監修していたフェイバー社の詩集シリーズに勧誘しようとするが，一足先に大学時代の友人である第 6 代目ジョン・マリーと契約を交わしてしまう。もしエリオットのフェイバー・シリーズから刊行されていればベッチャマンもオーデンと同じく新世代を担う気鋭の若手詩人として文壇にもてはやされたかもしれない。だが，ジョン・マリーが刊行した詩集の斬新なデザインは型にはまったフェイバー詩集よりもはるかに粋であり，ベッチャマンの趣味に合っている。その後のベッチャマンの作品や彼に関する著作の多くもジョン・マリー社が手がけることになる。

(8) John Betjeman, *Antiquarian Prejudice* (London : Hogarth Press, 1939) 24.

(9) Betjeman, *Ghastly Good Taste* 24.

(10) Thomas Graham Jackson, *Architecture* (London : Macmillan, 1925) xv, xxi.

(11) Betjeman, *Ghastly Good Taste* 121.

(12) Betjeman, *Ghastly Good Taste* 121 ; John Betjeman, *First and Last Loves* (London : John Murray, 1952) 83.

(13) Betjeman, *Ghastly Good Taste* 123.

(14) ゴシック復興については，第 2 章を参照。

(15) 鈴木博之『建築家たちのヴィクトリア朝――ゴシック復興の世紀』(平凡社，1991 年) 52 頁；同『ヴィクトリアン・ゴシックの崩壊』(中央公論美術出版，1996 年) 207–18 頁。

(16) Betjeman, *First and Last Loves* 135 ; John Betjeman, *A Pictorial History of English Architecture* (London : John Murray, 1972) 86.
(17) Betjeman, *Ghastly Good Taste* 129–30.
(18) Betjeman, *First and Last Loves* 136.
(19) Betjeman, *Ghastly Good Taste* 24.
(20) Betjeman, *Trains and Buttered Toast* 229.
(21) E. M. Forster, *Howards End*, ed. David Lodge (Harmondsworth : Penguin, 2000) 127.
(22) Vita Sackville-West, "English Country Houses," W. J. Turner (ed.), *The Englishman's Country* (London : Collins, 1935) 53.
(23) 近藤和彦は西洋史の領域で「礫岩」の概念を，世界に覇権を拡張する連合王国である近世ヨーロッパの政体に適用した。フェリペ2世の場合であれ，ジョージ1世あるいはエドワード7世の場合であれ，王国の構成要素としての政体は多様性に富んでおり，複合国家としての統治の実体は希薄であるため，「複合／礫岩国家というよりも複合／礫岩状態」，あるいは「礫岩政体（conglomerate polity）」というべきであろうと言う。必ずしも統一的原理が働いているわけではなく，各構成要素が独自の構造を維持したまま共存し，しかし分離することのない塊となっている。近藤和彦「礫岩政体と普遍君主――覚書」『立正史学』第113号（2013年）32頁。この「礫岩」としての政体の理念を基盤に近世ヨーロッパ史を読み解いた論集が，古谷大輔・近藤和彦編『礫岩のようなヨーロッパ』（山川出版社，2016年）である。
(24) その意味で，ヴァルター・ベンヤミンが鉄とガラスでできたパサージュに対して，集団的なユートピア幻想がまとわりつく「複合形態《コンフィグラツィオーン》」という言葉を用いたのは示唆的である。新しい生産手段の形式は古い生産手段の桎梏から脱しきれないゆえに混淆しあい，その相互浸透あるいは軋轢のなかで，現在の不完全さ，無秩序さという欠陥を止揚しようとして，願望のイメージが浮かび上がり，アウラが浮遊しだす。それが建築物やファッションにいたる「複合形態」のなかに反映されるという。そこには異時間《ヘテロクロニー》が流れ，住む人間それぞれの記憶や思い出が絡まりつき，意識のなかで無限に変容と成長を遂げる生命体としての建築物，物語が紡ぎ出される「磁場」がそこに生まれる。「新しいものに触発されたイメージの空想力《ファンタジー》は，はるか昔に過ぎ去ったものへと赴く。あらゆる時代は，それが見る夢のなかで，自分の次の時代がイメージとなって現われるのを目のあたりにする。このとき次の時代は原史《ウアゲシヒテ》の，すなわち無階級社会の諸要素と結びついて出現するのである。集団の無意識のなかに貯蔵されている無階級社会の経験は，新しいものと浸透しあってユートピアを生みだす。このユートピアは，長持ちする建築物からはかない流行に至るまでの，生の数限りない複合形態《コンフィグラツィオーン》のなかに，その痕跡を残してきた」。ヴァルター・ベンヤミン『ベンヤミン・コレクションⅠ――近代の意味』浅井健二郎編訳，久保哲司訳，第2版（筑摩書房，2013年）330頁。
(25) Betjeman, *Trains and Buttered Toast* 229.
(26) Betjeman, *Trains and Buttered Toast* 234.
(27) Betjeman, *Antiquarian Prejudice* 7.
(28) ヴァルター・ベンヤミン「歴史の概念について」『ベンヤミン・コレクション1』651–53頁。
(29) John Betjeman, *English Cities and Small Towns* (1943 ; London : Prion, 1997) 13.
(30) Betjeman, *Trains and Buttered Toast* 39.

(31) Betjeman, *Trains and Buttered Toast* 40.
(32) Betjeman, *Trains and Buttered Toast* 40.
(33) Betjeman, *English Cities and Small Town* 79.
(34) Betjeman, *English Cities and Small Towns* 80–81.
(35) John Ruskin, *The Works of John Ruskin*, eds. E. T. Cook and Alexander Wedderburn, 39 vols. (1903–12 ; Cambridge : Cambridge UP, 2007) 8 : 233–34. 序章 14 頁を参照。
(36) Betjeman, *Trains and Buttered Toast* 42–43. バターフィールドの建築家としての評価については，Paul Thompson, *William Butterfield, Victorian Architect* (Cambridge, MA : MIT Press, 1971) を参照。
(37) Betjeman, *First and Last Loves* 137.
(38) Betjeman, *Pictorial History* 86.
(39) Betjeman, *Ghastly Good Taste* 125.
(40) Betjeman, *Ghastly Good Taste* 125.
(41) Betjeman, *First and Last Loves* 157.
(42) Betjeman, *Trains and Buttered Toast* 41.
(43) フランシス・スポルディングによる伝記は，マヴォンウィの存在にも焦点を当てながらパイパーがたどった軌跡を詳細に描いている。『機軸《アクシス》』や『地平線《ホライゾン》』は，ベン・ニコルソンやバーバラ・ヘップワースなどイギリスのアーティストだけではなく，パリでのジャン・エリオンやセザール・ドメラ，ジャコメッティとの交流から生まれたものでもある。Frances Spalding, *John Piper, Myfanway Piper : Lives in Art* (Oxford : Oxford UP, 2009) 55–93.
(44) Anthony West, *John Piper* (London : Secker & Warburg, 1979) 104.
(45) Spalding 104–05.
(46) John Piper, *British Romantic Artists* (London : Collins, 1942).
(47) John Piper, *Buildings and Prospects* (London : Architectural Press, 1948) 89–90.
(48) Piper, *Buildings and Prospects* 91–92.
(49) Piper, *Buildings and Prospects* 90 に引用。
(50) ケネス・クラークは前衛芸術家としてのパイパーに批判的であったが，パイパーが具象画へと方向転換し，ベッチャマンが推薦したこともあり，評価を改めパイパーの絵を購入したり，戦時中に被曝建築物の絵画記録を委託したりすることで，支援していく。上述の『イギリス・ロマン主義芸術家』の企画もクラークが斡旋した仕事である。Spalding 156–61, 177–90.
(51) Christopher Woodward, *In Ruins : A Journey Through History, Art, and Literature* (New York : Vintage Books, 2003) 215.
(52) 以下，ジョン・ベッチャマンの詩の引用はすべて *John Betjeman, Collected Poems : New Edition*, ed. The Earl of Birkenhead (London : John Murray, 2001) に依拠する。
(53) George Gilbert Scott, *A Plea for the Faithful Restoration of Our Ancient Churches* (London, 1850) 24.
(54) Ruskin, *Works* 8 : 242.
(55) Betjeman, *Railway Stations* 7.
(56) マルク・オジェ『非 - 場所——スーパーモダニティの人類学に向けて』中川真知子訳（水声社，2017 年）101–45 頁。

(57) Betjeman, *Trains and Buttered Toast* 125.

(58) Betjeman, *Trains and Buttered Toast* 124.

(59) ベッドフォード・パークの住宅に関する建設の歴史と家屋構造については，鈴木『ヴィクトリアン・ゴシックの崩壊』337–57 頁。

(60) Betjeman, *Ghastly Good Taste* 132 ; Betjeman, *Pictorial History* 89 ; Betjeman, *First and Last Loves* 157.

(61) John Betjeman, *The English Town in the Last Hundred Years* (Cambridge : Cambridge UP, 1956) 19.

(62) Betjeman, *Trains and Buttered Toast* 82.

(63) Betjeman, *English Cities and Small Towns* 27.

(64) Betjeman, *Antiquarian Prejudice* 16–17.

想い出の家——あとがきにかえて

(1) Charles Dickens, *David Copperfield*, ed. Nina Burgis (Oxford : Oxford UP, 2008) 53.